U0022938

第一屆

文化流動與知識傳播國際學術研討會論文集

洪淑苓、黃美娥——主編

開幕式大合照

專題演講：清初臺閩詩人舉隅　王文興教授主講

專題演講：臺灣文學與世華文學　杜國清教授主講

第一場　文學體制與知識生產
（左起）洪淑苓、張靄珠、陳萬益、陳益源、劉亮雅、柯慶明、黃美娥、張誦聖、朱雙一

第二場　文化流動：臺灣文學與東南亞華文文學
（左起）林淑慧、張錦忠、王鈺婷、李瑞騰、衣若芬、廖冰凌、蘇碩斌

第三場　文化流動：臺灣文學與東亞文學
（左起）崔末順、朱惠足、王惠珍、何寄澎、金鮮、垂水千惠、張文薰

第四場　同文、主體、邊緣：日治與戰後臺灣
（左起）游勝冠、計璧瑞、應鳳凰、廖肇亨、楊小濱、施懿琳、紀一新、蔡祝青、柳書琴、洪淑苓

第五場　個體、群體、時代與視覺文化
（左起）謝世宗、江寶釵、施懿琳、梅家玲、Bert Scruggs（古芃）、陳培豐、洪國鈞、須文蔚

第六場　知識傳播與現當代臺灣
（左起）李衣雲、賴淑芳、廖勇超、林芳玫、楊秀芳、洪淑苓、蔡建鑫、黃涵榆

閉幕式大合照

序言

洪淑苓

一、緣起

「第一屆文化流動與知識傳播——臺灣文學與亞太人文的相互參照」國際學術研討會係2014年6月27-28日，假國立臺灣大學文學院演講廳舉行。會議由臺灣大學臺灣文學研究所主辦，文學院邁向頂尖大學「文化流動——亞太人文景觀的多樣性」研究計畫群協辦。本書即為該會議之會後論文選輯，並兼收相關論文。全書共十九篇，各篇論文依循「文化流動」或「知識傳播」兩大主軸，以臺灣文學為主體，採取相互參照的模式，擴及對亞太人文的關注，藉此展現全球化時代下的亞洲視角。

臺文所主辦本國際學術會議，是因為自2008年起，臺文所同仁先後與中文系、外文系、戲劇系、音樂所、語言學所等多位教授合作，共同執行文學院邁向頂尖大學研究計畫，持續在「文化流動與知識傳播」的議題上，開拓臺灣與亞太各國相關的學術脈絡。至2013年，適逢臺文所成立十周年，為具體呈現十年來臺大臺文所在臺灣文學研究領域的教學與研究成果，於是結合文學院邁向頂尖大學研究計畫群的努力，共同舉辦國際會議，廣邀各方學者共襄盛舉。也因這樣的結合，所以本書除輯錄該次會議論文十七篇之外，並收錄邁向頂尖大學研究計畫群之研究成果二篇，以代表多年來臺文所與其他專家學者合作耕耘的成果。

二、試論「文化流動」與「知識傳播」

進入21世紀，「文化流動」與「知識傳播」成為推動全球化的兩股動力，促使各地人、事、物的交流愈加頻繁，也催生文化與知識的再創造，形成全球化與在地化、中心與邊緣互相抗衡的現象。藉由流動與傳播的進路，臺灣以及世界各地的文學或文化，都無法拒絕外來資源滲入或被阻隔在世界之外，特別是位於海洋與大陸邊界的臺灣，它在航海上所具有的關鍵位置，也正是它在文學、文化上擁有的優勢，開放、流動、創新，正是臺灣文學的本質與獨特精神。

在方法論上，「文化流動」的「流動」，可指人、事、物的遷移，因此而產生的交流與影響，都可成為討論研究的議題。但「流動」不只是指交流的意涵，更有突破界限，不斷游移，形成新的歷程之意義。

至於「知識傳播」的「傳播」，乃藉用傳播學的傳播概念，從媒介、受眾、社會的相互關係，試著探求「知識」的傳播模式，不只是單向的傳播，也有雙向的關係，當某項知識進入另一個社會，必須經過轉譯，成為當地可以理解的語碼，並適合所需，經過廣泛交流與融合後，促成知識的創新與再生產。

三、相互參照下的臺灣文學與亞太人文

承上所論，由於臺灣特殊的時空經驗，「文化流動」成為社會的隱性結構，因為遷移、斷裂的時空因素而啟發的身分認同書寫，或是因為衝撞固有體制、社會文化，而觸動的性別越界書寫等，在在充實了臺灣文學的內涵，呈現臺灣文學的獨特性。至於對外的文化交流，我們可看到即使在冷戰的局面下，臺灣文學獲得更多對外傳播、輸送的機會，與港澳、新馬以及泰越等東南亞地區、國家都有深層的交流與影響。

進一步深究，流動、交流都是自於一種開放的態度，而臺灣其實從來不曾有過封閉的文化體系。經歷地理大發現、帝國主義擴張、乃至冷戰架構的時代，在臺灣，族群交流的故事不斷換幕登場，文化的內容形式也以驚人的頻率與幅度持續融合。不論回首歷史或凝視今天，臺灣的「本土」本就具有高度的時空延伸之意義，彷彿「全球」文化與知識交流的實驗室一般蘊藏豐富的多元性與異質性。

從知識傳播的視域，在歷史上共同接納「漢字」的多個文化圈，雖然各有不同的國族命運，但文人之間卻不乏龐大的交流機緣；而對「漢字」從接受、共享到創發，也形塑臺灣文學與中國大陸、日、韓等國的對話空間。此外，在傳播的互動關係下，我們也看到1960年代臺灣文學接受了歐美現代主義，並對外輸送文學知識，成為華文文學對西方文藝理論的關鍵轉譯站。至21世紀，臺灣的大眾文學，如推理、偵探、羅曼史等，也吸收

世界各國大眾文學之長，又逐漸建構起臺灣的大眾文學模式，而可以和歐、美、日、韓各國互相輝映。

在文學、知識、文化的傳播與接受的過程中，除了源頭、路徑與影響，更值得探討的是彼此間的碰撞與相互涵化。換言之，主體與客體之間，不是二元對立，也非直線傳播模式，而是多重、多樣的網絡關係。臺灣文學和亞太周邊各國，正是蘊藏這樣的關係，亟待相互參照、比較，共同發展出屬於東方、亞洲的文學觀點。

四、本書涵蓋議題與特色

在「文化流動與知識傳播」的主題下，本書各篇涉及的議題總共涵蓋四大類：

1.作家、文學體制與知識生產

文學史的構成，有多方面的條件。而文學體制的建構與重構、知識的生產與傳播，更是深深影響文學的面向與內涵。張誦聖、黃美娥、計璧瑞、朱雙一以及劉亮雅五位教授的論文，分別觀照了1930年代與1960年代臺灣的現代主義文學之發展與變貌、戰後初期魯迅與于右任在臺灣文壇地位的消長、1960年代臺灣現代主義文學運動的成因，以及1990年代後殖民和酷兒論述在臺灣如何被挪用、轉譯，以及再生產。這都觸及臺灣文學史的各階段問題，無論是用日文書寫，或是挪用西方文學理論，或是和中國文學有所交涉，都對臺灣文學的內部形成撞擊，激發新的局面。

2.文化流動：臺灣文學與東南亞華文文學

以「文化流動」為視角，從臺灣文學輻射出去的是，與新加坡、馬來西亞、越南和香港的多重關係。衣若芬、廖冰凌、洪淑苓與須文蔚等四位教授的論文，正提供我們了解臺灣文學與上述各國華文文學的交流與互動景況。冷戰時代的臺灣，在華文教育、現代文學上具有關鍵性位置，而東南亞各地華校與文壇，不僅吸收臺灣文學，也因此形塑自己的華文文化。因此，無論是作家的移動，教科書、文學刊物的交流，這四篇論文讓我們看見臺灣文學與亞太各國的華文文學暨文化的相互參照。

3.文學與社會：臺灣文學與日本文學、文化之多重關聯

臺灣與日本，無論是文學或文化方面的關聯，從殖民時期到現當代，都有密切的關係，值得我們梳理與反思。蔡祝青教授的論文探討日治時期臺北帝國大學文政學部「東洋文學講座」的成立與發展，使我們了解中國（東洋）文學如何經由日本學制與殖民現代性的視角，落實為文學科目的一環。柳書琴、張文薰、垂水千惠等三位教授的論文則分別藉由小說來揭示日治時期、60年代以及當代的臺灣社會與日本文化之關聯，各篇或者針對臺灣人民的內心感受，或者撩撥臺／日文化翻譯之後的困惑，或者分析當代日文小說如何預言、想像未來的臺灣民主之路，都顯示臺灣與日本在文學、文化、歷史或是社會之間多重、糾葛的關係。而Bert Scruggs教授的論文則是從核電存廢與環保生態問題入手，透過宋澤萊的小說《廢墟臺灣》和日本電影《黑雨》作比較，以收臺／日文學的參照效果。

4.知識傳播與臺灣文學、社會

知識傳播不僅對社會發生影響，對文學場域也可能激發新的生產形態，這在臺灣的古典文學系譜、語文知識、當代文學、當代社會，都可發現範例。最明顯的是當代文學領域，林芳玫、蘇碩斌二位教授的論文分別涉及羅曼史小說與旅行文學，也針對從西方、日本傳入臺灣的文學理論加以耙梳和對話；蔡建鑫教授的論文則以「反核」作為一種知識，探討當代小說《零地點》是否可能成為一部寓言小說。

此外，本書尚收錄邁向頂尖大學研究計畫群的三篇論文。從蔡祝青教授的論文探討日治時期臺北帝國大學文政學部「東洋文學講座」的成立與發展，使我們了解臺灣的大學教育如何承繼古典文學系譜。廖勇超教授的論文則分析傳統「三太子」的民俗信仰如何經由文化創意產業而現代化。呂佳蓉教授的論文涉及語文知識的傳播與接受，透過語料庫的分析，探討中文詞彙如何翻譯、接受「外族」，具體展現知識傳播與文化交流過程中的融合軌跡。

以上各篇大致按照會議當時發表的順序排列，而把邁向頂尖大學研究計畫群的三篇論文置於最後。又，本書各篇皆曾修訂後發表於學術期刊或

通過本書編輯委員會審查通過，詳情可參見各篇發表情形之註明。少數會議宣讀論文因故未能收入，其論文題目請參見「議程表」。

五、結語

第一屆文化流動與知識傳播——臺灣文學與亞太人文的相互參照」國際學術研討會已經圓滿閉幕，記得當時還邀請杜國清教授、王文興教授專題演講，齊邦媛教授也特地以錄影方式為我們講述臺灣文學的重要性。三位臺灣文學界的先進，以及與會專家學者對我們的鼓勵，都使我們銘記在心。

本次會議附設研究生論壇，由臺大臺文所與清大臺文所合辦，十分感謝當時清大的柳書琴所長暨全體師生全力配合、支持。而國際學者張誦聖、紀一新二位教授擔任研究生論壇專題主講人，全程參與，在此也特別感謝。

先前臺文所也曾舉辦多次國際學術會議，但本會議以「第一屆」為名，即顯示臺文所願意在「文化流動與知識傳播」的學術議題上，扮演開拓者的角色，與文學院各系，乃至於所有國內外的專家學者，一同思考、推動臺灣文學研究在國際上的能見度與重要性。這項任務或許任重道遠，但非常值得期許。

本次會議，是我個人擔任臺文所所長暨合聘教授期間所主辦，因此代表主辦單位寫下本篇序言。在此感謝科技部、教育部、外交部、臺灣文學館、臺大文學院等單位的經費補助，也要感謝當時協助會議事務的臺文所全體同仁以及同學們，沒有你們的支持和努力，無法完成這場盛大的學術饗宴。

最後，編輯、出版這本專書，更不能不感謝後來協助編輯、校稿的研究生助理。此外，還要特別感謝臺文所專任助理陳怡燕小姐，在最後階段總攬其事，本書才能順利出版。現任的黃美娥所長在繁重的所務之外，提供諸多協助，並與我分擔主編的工作，也是我必須衷心感謝的。欣見本書出版，願與各位分享成果。並請各界專家學者，不吝賜教。

洪淑苓序於2016年9月18日

目次

戰後臺灣文學典範的建構與挑戰：從魯迅到于右任——兼論新／舊文學地位的消長*

黃美娥**

摘要

有關戰後臺灣文學，一個為人所知悉的現象是魯迅風潮的出現，但是除此之外，革命元老于右任與臺灣文學實亦具有密切關係。為了深究于氏在臺文學角色，本文首先說明曾與魯迅發生筆戰的曾今可，如何協助于氏成為詩人典範；次而闡述因之牽涉的左／右翼文學典範更迭，及其與臺灣舊詩、古典文學地位升降的關連性；最後則是介紹于氏在臺倡議的詩學主張內容與文學史意義。大抵，本文藉由掘發于右任在戰後臺灣詩壇的地位，進以彰顯其為戰後臺灣文學新秩序的重構所帶來的刺激與影響作用，期盼有助深刻掌握戰後臺灣文學的生態樣貌與深層結構。其中，由曾今可與于右任兩位南社成員對於戰後臺灣詩壇的介入與經營，則或可視為中國革命著名文學團體「南社」在臺灣的精神延續的一個側面，值得細加玩味。

關鍵詞：于右任、魯迅、曾今可、戰後臺灣文學、南社

---

* 本文初稿宣讀於「第一屆文化流動與知識傳播國際學術研討會」，修訂後曾刊載於《臺灣史研究》第22卷第4期（2015年12月），頁123-166。承蒙原會議論文講評人陳益源教授及二位匿名審查人提供寶貴建議，在此一併致謝。

** 國立臺灣大學臺灣文學研究所教授兼所長。

一、前言

1945年8月15日日本政府正式宣佈投降，自此臺灣文學史便步入「戰後」階段。面對戰後的到來與日治的結束，臺灣與日本、中國之間原有的文學互動狀態，為此產生重大改變，其間所發生的文學場域的調整、平衡，其實滿佈著延續、斷裂與嫁接的複雜張力關係，值得細加咀嚼。對於這段需要以更為動態的「臺灣文學新秩序的生成與重構」視角，[1]去看待與詮釋的戰後臺灣文學轉型、發展過程，過去學界較為常見的論述內容，主要包括：其一，從後殖民史觀出發，以「跨越語言一代」描述臺灣新文學日語作家群所處的「去日本化，再中國化」創作困境與艱難心境；其二，從《臺灣新生報》「橋副刊」論戰聚焦省內、外文人的交鋒與交流狀況，以及剖析鄉土文學論述在臺灣文學史上的位置與意義；其三，關注戰後初期新現實主義的話語內容與魯迅熱潮湧現的現象；其四，勾勒國共內戰官方派系權力鬥爭樣態，以凸顯臺灣文學被國族政治所箝制的文學特質；[2]大抵以上持論精彩，唯因較集中於新文學面向的討論，以及偏重關切省內、外作家在左翼文學的合作情形，故不免有其侷限性。那麼，究竟從戰後初期開始的古典文學與右翼文學實際發展狀況如何？其與新文學或左翼文學有無連結、對話與對峙關係？而箇中交錯、互涉或角力現象，對於往後的戰後臺灣文學發展，又會具有怎樣的刺激與影響？上述種種疑問，說明了唯有更為全面的釐析與關照，才能獲致更多真相。

針對以上情形，筆者曾經撰寫過〈戰後初期的臺灣古典詩壇（1945-1949）〉一文，略加闡述了臺灣本土古典詩人在戰後初期的創作梗概，與省外來臺詩人、官方右翼有所互動的原因背景，以及古典文人如何將「漢文」寫作視為一種「資本」的挪用，以與新政權、外省文人進行文化協

1　黃美娥，〈戰後初期臺灣文學新秩序的生成與重構：「光復元年」——以本省人士在臺出版的數種雜誌為觀察對象〉，楊彥杰主編，《光復初期臺灣的社會與文化》（福州：福建教育出版社，2011），頁270-297。〔按，此文不同過去學界研究較偏重的「去日本化，再中國化」的詮釋框架，以及集中關注新文學對象的討論模式入手，乃改以「文學新秩序的生成與重構」為研究視角，提出整體觀察臺灣處在日／中之間，所出現的延續、斷裂與嫁接的文學力場關係，並力求統觀新／舊、雅／俗文學範疇，期能達成戰後臺灣文學通盤研究的可能性。〕

2　上述研究成果的回顧與檢討，參見黃美娥，〈戰後初期臺灣文學新秩序的生成與重構：「光復元年」——以本省人士在臺出版的數種雜誌為觀察對象〉，頁270-271。

商、斡旋或抗議，卒而穩固原有的文化地位，或嘗試掌握自我主體性的複雜面貌。[3]而本文在此則擬另就一個特殊現象談起，並以此作為本文問題意識形成的一個基點，此即有關魯迅在戰後初期臺灣的傳播熱潮與消退問題。對此，日本學者中島利郎所編《臺灣新文學與魯迅》是目前為止最為重要的學術著作，書中有關戰後臺灣文學與魯迅密切關係的研析，至少就收錄了陳芳明〈魯迅在臺灣〉、下村作次郎〈戰後初期臺灣文壇與魯迅〉、黃英哲〈戰後魯迅思想在臺灣的傳播〉等文；而諸篇除了鋪陳戰後初期臺灣對於魯迅接受風潮的相關原因、作品散佈概況、重要傳播引介者與管道途徑之外，陳、黃二人另亦觸及右翼文學對於魯迅其人其作的反對現象。其中，陳文主要舉出1947年魯迅風潮消退以後，國民黨反共文藝政策下的反魯情形，這包括與魯迅打過筆仗的作家陳西瀅、梁實秋、蘇雪林等右翼文人作品，在魯迅缺席狀況下的重新出現，以及鄭學稼、劉心皇撰寫扭曲式傳記塑造魯迅負面形象概況[4]；至於黃文，則是注意到更早之前，於魯迅風潮尚存之際，已有一位署名「遊客」者， 1946年10月就在具右翼色彩、與國民黨密切攸關的《正氣月刊》發表〈中華民族之魂〉，去攻擊魯迅與許壽裳。[5]是故綜合陳、黃二人所述，可以發現要討論魯迅在戰後初期臺灣接受熱潮，固然需要審視台灣本土左翼文化人如楊逵、藍明谷與省外文人許壽裳的推手角色意義，實則同樣不能忽略右翼文學的反動現象，亦即需要左／右翼雙方合觀，才能察覺更為深入的戰後臺灣文學史內在樣貌。

不過，更耐人玩味的是，陳文所述固然突出了右翼新文學家與魯迅在臺風潮的對抗性狀況，唯若進一步考掘黃文所謂「遊客」之文，其人實際身分乃是曾因1932年「詞的解放運動」，在上海與魯迅發生筆戰的曾今可，[6]則相關情形就愈顯曲折。事實上，曾氏在臺灣具有多重身分，他不

[3] 黃美娥，〈戰後初期的臺灣古典詩壇（1945-1949）〉，許雪姬主編，《二二八事件60週年紀念論文集》（南港：中央研究院臺灣史研究所，2008），頁283-302。

[4] 陳芳明，〈魯迅在臺灣〉，中島利郎編《臺灣新文學與魯迅》（臺北：前衛出版社，1999），頁18-29。

[5] 黃英哲，〈戰後魯迅思想在臺灣的傳播〉，中島利郎編《臺灣新文學與魯迅》，頁168-170、頁177。

[6] 關於二人筆戰情形與曾今可因為論戰所導致的心靈創傷，以及其人來臺後的各種文學表現，詳參黃美娥，〈從「詞的解放」到「詩的橋樑」——曾今可與戰後台灣文學的關係〉，《「海峽兩岸百年中華文學發展演變」學術研討會》（成都；四川大學文學院，2011.4.16），頁1-21。

僅擔任過《正氣月刊》、《建國月刊》主要編輯者與執筆者；更為重要的是，他還成功扮演了當時臺灣省內外古典文人往來交流的詩人橋樑的聯繫者。[7]其中，尤其值得一提的是，在于右任於1949年10月來臺，[8]至1964年11月10日過世為止，曾今可一直積極介紹很多臺灣詩人與右老相識，[9]並透過小型詩會，或全國詩人大會的舉辦，[10]拉近于氏與臺灣詩人的距離，進而促使于右任快速成為本地古典詩人心中的詩壇領袖與創作楷範。[11]

綜上可知，曾今可早在1946年10月便已出現反魯言論，洎自1949年于氏來臺之後，則是轉而致力鼓吹于右任成為臺灣詩壇領導者的形象，故從反「魯迅」到尊「于右任」，透過曾今可行為側面顯示，在戰後臺灣文學史上，曾經出現過魯、于二位文學典範的事實。而不僅於此，對於于氏這位古典詩壇領導人，鍾鼎文在紀念于右任逝世所撰專文〈于右任先生與新詩〉中言及：「于右任是我國當代最偉大的詩人。不僅寫舊詩的先生們一致尊稱他為『詩宗』、為『詩豪』，公推他為我國唯一的『桂冠詩人』；就是寫新詩的朋友們，也都同樣的尊敬他，崇拜他，公認他是我國當代詩

---

7 參見黃美娥，〈戰後初期的臺灣古典詩壇（1945-1949）〉，頁291-296；〈從「詞的解放」到「詩的橋樑」——曾今可與戰後臺灣文學的關係〉，頁1-21。

8 關於于右任來臺確切時間，參見《于右任先生紀念集・年譜》（按：此集未載出版時地，國立臺灣大學圖書館於1967年7月21日入藏，入藏章註明為于故院長治喪辦事處所贈）所記，其在1949年10月9日已經來臺，而後又因公飛往重慶，直到28日重慶告急，才又飛返臺北。不過，若依據《中央日報》所載，于氏早於1949年5月26日便曾由廣州飛來臺灣，次日離開，參見《中央日報》（1949.5.27）第1版；《中央日報》（1949.5.29），第1版。

9 參見曾今可於〈老樹著花天下香〉一文中之自述，文刊《臺灣民聲日報》（1956.1.20），第3版。另，林衡道晚年回憶起曾今可時，言及：「曾今可在文獻委員會並非委員，平常也沒什麼作用，但一到開詩會作用很大，可以透過他把于右任、賈景德等人邀來⋯⋯。」則亦可做為旁證。又，曾今可〈老樹著花天下香〉篇名，源於于右任獲教育部所頒文藝獎，是中國詩人得獎的第一位，因已高齡七十八，故自嘲「老樹開花」而來。參見陳三井、許雪姬訪問、楊明哲紀錄，《林衡道先生訪問紀錄》（臺北：中央研究院近代史研究所，1992），頁112。參見張健，《半哭半笑樓主：于右任傳》（臺北：近代中國雜誌社，1994），頁208。

10 從《于右任先生文集》（臺北：國史館、監察院、中國國民黨中央黨史委員會，1978）的詩題或《于右任先生年譜》（臺北：國史館、監察院、中國國民黨中央黨史委員會，1978）所記，可以清楚發現于右任與臺灣本地詩人進行詩會活動的紀錄，或參與臺灣全國詩人大會的情形。

11 其實于右任來臺之前，早在重慶與南京時期，已經藉由號召或擔任詩人節紀念活動主席身分，位居詩壇領袖。至於來臺之後，因為曾今可牽線緣故，又快速贏得臺灣本土詩人的敬重，而將于右任視為戰後臺灣古典詩壇領袖的說法，可在許多省外或本土古典詩人的作品中輕易發現此一稱譽現象，例如謝尊五〈壽于右任先生〉：「道範欽山斗，先生福壽全。美髯長歲月，懋德立坤乾。歷劫滄桑健，調元監察賢。騷壇推領袖，寫作筆如椽。」詩載《臺灣詩壇》第1卷第4期（1951.9），頁9。

人中最偉大的一位。……于先生的詩代表一個傳統，一個時代；于先生的死，也意味著傳統的總結，時代的遞替，新詩人們應該更加努力，在民族性與時代性上做更深度的把握……」[12]，在其筆下，于右任具備了同時博得新、舊詩人一致推崇的偉大能力，但也指出于氏的死亡，象徵著一個時代的結束，那就是「傳統的總結」，並且隨之而來的是「時代的遞替」，因而號召新詩人後續應更加努力與做更深度的把握。

但，所謂「傳統的總結」、「時代的遞替」所指涉的是什麼意思呢？鍾鼎文之文是否暗指了于右任之死去與新詩界的未來發展有著某種因果關係？倘若再參酌曾今可在1969年發表〈日本詩人對漢詩的研究〉一文時的慨嘆，或許有助揣測箇中涵意。曾氏指出：「日本人研究漢詩的著作，比我國出版的這種著作還多，而且是有系統的研究、出版。……這風氣已普遍於世界各文明國家，而我們自己卻相反。教育部文藝獎金中的詩歌獎第一屆得者為于右任先生，全國贊成；第二屆得獎者為陳含光先生，自然也應該是全國都贊成的，但卻遭新派的攻擊，以後這種獎金自然都於新派了。」[13]如此一來，藉由鍾氏與曾氏二文的敘述，便可了解于右任的過世，不只是全國詩人典範的消失，還更標誌著新詩派勢力比起舊詩派為之躍升，從對于右任得獎的「全國贊成」到陳含光的遭「新派攻擊」，僅僅一屆獎項的時間差距，就已披露了傳統文學／舊詩地位的徹底失勢，而這正是鍾鼎文所暗指于右任死後，屬於新詩人的時代真正要來臨了。

至此，已能知悉，于右任在戰後臺灣文壇的角色扮演及其意義，顯與左／右翼文學、新／舊文學的在臺發展息息相關，箇中情況值得深入探索，而這也正是本文注意到了于氏個案的重要性，並選擇以魯迅到于右任相關文學典範的建構與挑戰現象之探索，做為主要研究軸心的關鍵所在。[14]此外，如前所述，若要明白其間來龍去脈，必須上溯魯迅接受風潮的盛衰，而後再去追蹤于右任典範的出現與消逝意義，這樣將能發現更為幽微、豐富的文學史意涵。

---

12 鍾鼎文，〈于右任先生與新詩〉，《于右任先生紀念集》，頁202-203。

13 參見曾今可，〈日本詩人對漢詩的研究〉，《中國一周》994期（1969.5.12），頁24。

14 有關于右任個案研究，目前所見不少，內容包括傳記、年譜、詩歌、書法研究，但能將之與戰後臺灣詩壇連結討論者，主要見於孫吉志〈1949年來臺古典詩人對古典詩發展的憂慮與倡導〉，但此文重點，主要聚焦省外古典文人的詩觀，旁及于右任對詩社、詩會或詩刊的活動參與，故與本文研究取徑不同。於孫吉志，〈1949年來臺古典詩人對古典詩發展的憂慮與倡導〉《高雄師大學報・人文與藝術類》第31期（2011），頁93-118。

不過，更細節的討論是，為何魯迅與于右任能脫穎而出，一躍成為時人心中的作家典範？戰後有關魯迅與于右任的接受情形及其文學史語境為何？其中，有關魯迅在臺灣接受史論述已夥，不過倘若右翼文人曾經對其表示擯斥，則如此現象，也在提醒我們需要重新理解當時文壇的多音交響、眾聲喧嘩實況，才能在為人熟知的左翼意識型態與現實主義美學相關論述之外，[15]從事更多的考察工作。此外，在于右任方面，究竟又是憑藉什麼而能獲致各界好評？但他既能成為新、舊詩人眼中的詩豪與偉人，則自其來臺後的1949年至1964年間所鞏固的十五年傳統文學、舊詩地位，何以又會因其過世，就旋即被宣判出「總結」的命運？舊詩、舊派文學的地位因何如此脆弱？新派勢力何以能夠瞬間翻轉？顯然，其中仍有諸多問題必須釐清，一切尚得從頭說起。

二、于右任來臺前臺灣文學場域相關情形

在理解了本文研究動機、目的與主要研究視域之後，為了更深刻闡明于右任後來會成為戰後被極力推崇的全國詩人典範的緣由，必須連帶討論魯迅問題，以及相關左／右翼、新／舊文學的競爭關係，為此以下要重新回溯戰後臺灣文學場域的概況，以便做出較為適切的生態描述。而事實上，一切問題的發生與終結，也都要從1945年日本的戰敗與臺灣的回歸加以追索，如此才能獲得正本清源之效。但，對於戰後初期臺灣文學場域進行追蹤躡跡，到底能夠發現什麼？這些線索與于右任的典範化有何關連？

讓我們先回到戰後初期臺灣文學回歸中國文學的那一刻，有許多問題與衝突也因此而產生。究竟被日人統治過的臺灣文學與中國文學相同嗎？而被殖民地化過的臺灣文學要怎樣改革，才能與中國文學相銜接或一體化？臺灣文學若要中國文學化，則學習典律何在？作家創作典範是誰？倘能針對上述問題加以探討，將會有助於了解魯迅、于右任做為作家典範建構與後來遭逢挑戰的相關情形。對此，以下便先由戰後初期臺灣的「國語運動」說起，這是臺灣文學與中國文學展開「嫁接」關係的一個重要基礎。

---

[15] 關於戰後臺灣左翼文學與現實主義美學關係情形，陳建忠已有不少討論。陳建忠，〈戰後初期現實主義思潮與臺灣文學場域的再構築〉，《被詛咒的文學：戰後初期（1945-1949）臺灣文學論集》（臺北：五南圖書出版公司，2007），頁171-211。

（一）國語運動的推行與新／舊文學位階的升降變化

由於臺灣歷經日本長達51年以上的統治時期，不僅當時的國語是日語，即連曾經使用的漢文書寫，也有夾雜日語、臺灣話文的「混雜文體」情形，實際受到日本帝國漢文不少影響。[16]因此，進入戰後之際，最高統治機關的臺灣行政長官公署就著手推動國語運動，教育部也指派了魏建功、何容等人在1945年11月來臺，準備籌設規劃「臺灣省國語推行委員會」和各縣市的「國語推行所」，到了1946年2月「臺灣省國語推行委員會」正式成立，由魏建功擔任主任委員，就此展開風起雲湧，遍及黨、政、軍與全臺各界的國語學習運動。而如火如荼的國語運動，其與臺灣文學有何關連呢？事實上，透過國語運動，臺灣作家嘗試開始了言文一致白話文的練習與實踐，過去因為日人統治所造成的與中國文學文體不一的情形，才能進行改善。唯，不只是朝向以北京白話為書寫、發音基礎的標準化邁去，亦即並不止於聲音與文字的改革而已，甚至還會涉及因應國語定義的現代化、國家化，以及做為啟蒙國民大眾、參與建設新中國的思想載體需求，因此戰後臺灣國語運動的推行，其實質內涵乃包括了讀音、國字、國文、文法、言文一致到新文化、新思想，也就是說臺灣國語運動論述的思維結構，實際統合著聲音、文體與國體三部分。至此，當具有沾染日本色彩與思想意識的臺灣文學，經過此一語文與思想轉換程序過程的國語習作之後，就能順利與中國文學展開「嫁接」關係，重新讓原屬「異種」的二者結合與接軌，進而完成與中國文學一體化的步驟。

不過，國語運動的推行，不只為戰後臺灣文學帶來語文變化而已，其更引發了固有文學秩序的衝突。由於國語成為戰後臺灣的現代國家語言，以及臺灣文學創作上的正宗語文，因此從日治時代跨越到戰後，相較以日文書寫的新文學而言，原本具有與以北京白話文為基礎的「國語」有著「同文」近似性的古典「漢文學」，卻在聲音與文體上出現歧異性；也就是說，古典漢文與白話文終究有別，儘管曾經一同發抒參與建設新臺灣、新中國的熱情，甚至撰寫詩文吟詠倡言光復心志與建議，但是古典漢文學終究不同於以國語為主的白話新文學，因此雖然相較使用日語寫作的

[16] 關於日治時代臺灣殖民地時期漢文文體變化情形，參見陳培豐《想像和界限：臺灣語言文體的混生》（臺北：群學出版有限公司，2013）。

日文作家，較能貼近中國、容易溝通，但在戰後新時代裡，其語文地位已註定不及白話新文學了。茲以《新風》月刊為例，此刊創刊號中的「歡迎寄稿」聲明，表明刊物誕生目的在於提供一個「送給同胞諸位為文章報國的舞臺」，並歡迎幾類作品投稿：一是含有建設新臺灣的正論、含有貢獻祖國的論說，二為小說，三是小品文，四是漢詩（古風律絕皆可），五是新體詩，此外還另補充說明國文、日文無妨，只要內容充實皆可。[17]但，時隔一個月後，主編便由擅長古典文學的陳鐓厚，改為在日治時代以白話通俗小說聞名的吳漫沙，且所附「徵稿簡約」指出：「本刊注重白話文、以應時代之要求、故凡創作、小說、評論、隨筆、詩、為本刊所歡迎、唯文言文有新思想者、亦為本刊所歡迎。」[18]以上，透過兩期徵稿說明，可以清楚看到以文言文為創作體類的古典文學，雖然可以因為承載新思想而不致在戰後初期的新時代裡被擯棄，但其地位已經遠遜白話文了。也就是說，古典文學所使用的「漢文」，並不等於國語、國文，「漢文」在文字上雖與國語、國文有著「同文」性，但在聲音、文體以及與時代、國家關係的代表性上，則是不及格者。至此，不僅彰顯了「漢文」於戰後的不合時宜，另一個意義則是間接道出「古典文學」將難以與國語白話文文學競逐的事實。簡言之，戰後初期臺灣文學因為國語運動的緣故，連帶引發了文言／白話、新／舊文學的地位升降問題。[19]於是，隨著國語運動愈趨熱烈，則古典文學所要面臨的威脅與挑戰，也會相形嚴峻，這對戰後初期同樣抱持愛國之心，想要投身文化改造的傳統文人而言，是繼日治時代所發生的幾次新舊文學論戰以來，始料所未及之事。

（二）三民主義與臺灣文學

除了前述國語運動為戰後初期臺灣文學場域與相關文學秩序所帶來的衝擊之外，另一個值得關注的現象，則是「三民主義」與臺灣文學的關係及其意義。

---

[17] 編輯部，〈歡迎寄稿〉，《新風》創刊號（1945.11），頁16。

[18] 編輯部，〈歡迎寄稿〉，《新風》第1卷第2號（1945.12），頁32。

[19] 本節關於國語運動如何成為臺灣文學與中國文學嫁接基礎，其相關理論思考與實際在臺推動情形，乃至對於戰後初期臺灣文學新秩序生成、重構的影響，更詳細的細節討論，可以參見黃美娥，〈聲音・文體・國體——戰後初期國語運動與臺灣文學（1945-1949）〉，《東亞觀念史集刊》第3期（2012.12），頁223-270。

有關此一面向，戰後初期臺灣最為重要的文化團體「臺灣文化協進會」，[20]理事長是時任臺北市長的游彌堅，他在〈文協的使命〉中言及：

> 光復後，臺灣的文化界，好像是暴雨之後的沉默似的，大家無聲無息，帶有飄零無依的景象。這是大亂之後應有的氣象，不能把他看做老衰凋落，而是含有待機欲動的新生的力量。……一切需要重新認識。新世界構成新觀念，同時也要用新觀念來構成新世界。……為了達成這使命，我們文化協進會的同人，願意做臺灣文化界的忠實的僕人。……從五十年解放出來的臺灣，自然對文化界的需求格外的大，格外的深切。我們的國家是三民主義的國家，今後的世界應該是三民主義的世界，所以我們所需要的新文化，也應該是三民主義的文化。三民主義文化是什麼？這是新生的臺灣，迫切所要求的文化，也是新中國所需的文化。而臺灣將要做這新文化的苗圃，我們不要忘記我們負著這光榮的使命，努力罷！自重罷！[21]

戰後初期的臺灣，堪稱進入一個由新觀念所構成的新世界之中，此即三民主義所形塑的新文化觀，而游氏更期許臺灣文化協進會同仁要以宣揚三民主義為使命，致力建設新文化苗圃。事實上，臺灣文化協進會的設置章程，第二條就明確指出立社宗旨：「本會以聯合熱心文化教育之同志及團體，協助政府宣揚三民主義，傳播民主思想，改造臺灣文化，推行國語、國文為宗旨」，[22]故明顯可知臺灣文化協進會對於三民主義的尊崇。而由於臺灣文化協進會的成員，包括了文學、音樂、美術與民俗等範疇，因之亦可理解三民主義對於戰後臺灣文學發展的重要性。

但，不只是上述戰後初期最大文化團體「臺灣文化協進會」要致力宣揚三民主義，即連延續日治後期發行量最大的通俗文藝雜誌《臺灣藝術》、《新大眾》而來的《藝華》月刊，在1946年正月號的〈卷頭詞〉中

20　1946年6月16日在臺北市中山堂正式成立，與會人士多達四百餘人，係當時社會層次最高，組織也最為龐雜的文化社團，主要成員網羅了當時的省內外文化菁英，參見秦賢次，〈「臺灣文化」覆刻說明〉，臺灣文化協進會編，《臺灣文化‧第1冊》（臺北：傳文文化事業公司，1994），無頁碼。

21　游彌堅，〈文協的使命〉，《臺灣文化》第1卷第1期（1946.9），頁1。

22　〈臺灣文化協進會章程〉，《臺灣文化》第1卷第1期（1946.9），頁28。另，原文無標點，此處為筆者所加。

也可見到近似的表達：

> 本誌這次因為要宣揚三民主義、提高臺灣文化、涵養高尚趣味、改題為「藝華」月刊。省民受著日本壓迫、有目不能讀著三民主義、有耳不能聽著國父的遺教、有口不能說著主席的善政。所以對於三民主義還未十分了解、此後須極力宣揚三民主義。使大家都知道民族主義是甚麼、民權主義是什麼、民生主義是甚麼。個個遵守。不敢違背。向來受著愚民政策奴化教育的人們、此後須研究中華四千年的文化和世界各國的科學、取長、補短。以建設三民主義的模範省纔好。[23]

足見在三民主義風潮的席捲下，連原本以通俗性、娛樂性為特色的文藝雜誌，也要奮力扮演宣揚三民主義的角色。且，實際上，《藝華》正月號的內稿，就真的刊載了陳旺成〈三民主義的概要〉、蔣中正〈三民主義之體系及其實行程序〉二文。他者再如作家林荊南，於其〈久違了島都〉新詩中，也藉由作品披露心意：「誓向青天白日的旗幟下、為主義竭誠、為民族之繁榮而掙扎！」[24]綜上，在在可見三民主義此一原屬政論性質之主張，其實早已傳播遍及台灣社會各個領域，乃至於刊物、個人。

那麼，三民主義對於戰後初期的臺灣文學，究竟意味著什麼？倘從前述文化團體組織、刊物雜誌的宣言或作家自述來看，三民主義顯然是一種整體發展方向的最高指導原則，既是一種國家意識型態，也是重構新文化的思想基石，同時也是社會更新發展的精神資源，乃至作家宣誓效忠捍衛的對象。於是，令人感到好奇的是，在臺灣的省內、外作家們，到底會如何表述自我與三民主義之間的關係，乃至涵納思想精粹於創作實踐或審美追求之中？針對此一問題，以下嘗試說明之。

1.三民主義、孫文思想的引介與宣揚

有關三民主義對戰後臺灣文學界的意義，筆者曾在他文透過部分雜誌發行要點的分析，逕以「三民主義、文化運動籠罩下的臺灣文本體論」去

---

[23] 不著撰稿人，〈卷頭詞〉，《藝華》正月號（1946.1），頁3。

[24] 林荊南，〈久違了島都〉，《新風》第2期（1945.12），頁16。

形容戰後初期的文壇氛圍與文學發展情況，[25]在此則擬花費較多篇幅，聚焦時人直接參與三民主義思想及孫文相關事蹟引介、宣揚的狀況，而這有助於本文後半對於于右任在臺角色的釐探與剖析。

當時，對於孫文及其三民主義之認同與宣揚，表現最為積極投入者，可以楊逵為代表，他在戰後立即著手創刊《一陽週報》，而單從目前保存可見的第9期內容來看，十二篇文章中就有九篇攸關了孫文、三民主義與革命大業的介紹，包括如下：楊逵〈紀念　總理誕辰〉、蕭佛成〈紀念　總理誕辰〉、鄧澤如〈如何紀念總理誕辰〉、陸幼剛〈紀念總理誕辰的感想〉、胡漢民〈紀念總理誕辰的兩個意義〉、〈孫文先生略傳（下）〉、孫文〈中國工人解放途徑（二）〉、孫文〈農民大聯合（二）〉、孫文〈中國革命史綱要（三）〉、達夫〈三民主義大要（三）〉等。此外，一陽週報社還發售過《三民主義解說》、《三民主義是什麼？》、孫文《三民主義演講》、包爾林百克《孫中山傳》、孫文《民權初步》、金曾澄《民族主義解說》等。[26]至於楊逵何以對於孫文及其三民主義如此景仰，其原因與孫文在國民黨第一次代表大會強調「扶助農工」有關，根據黃惠禎研究指出：「楊逵是把三民主義作為一種重視無產階級的社會主義來接受」。[27]

又，在宣傳、介紹三民主義之際，孫文及其思想、行為也成了景仰、依循的對象。楊逵於1945年11月發表〈紀念　孫總理誕辰〉，文中推崇孫文的偉大之處：「在艱難不失志、在榮耀不腐化、堅決守節到底」，認為大家應該要「清明認識先生的思想、鬪志及為人、來規正我們的思想、鬪志及為人、以繼承先生偉大事業。才是先生所喜歡的紀念方法。」並且呼籲眾人要將「孫中山先生的思想與主義的完善發展」放在肩上，多所貫徹，才能達成美滿社會。[28]再如龍瑛宗，他在〈擁護文化：祝賀台灣文化協進會的成立〉文中，認為「如要克服中國的混亂，中國的黑暗，以及中國的悲哀，唯一的生路就是必須體會孫中山先生的思想，遵循民主主義

---

[25] 黃美娥〈戰後初期臺灣文學新秩序的生成與重構：「光復元年」——以本省人士在臺出版的數種雜誌為觀察對象〉，同註1，頁289-292。

[26] 相關情形參見黃惠禎，《左翼批判精神的鍛接：四〇年代楊逵文學與思想的歷史研究》（臺北：秀威出版社，2009），頁285-287。

[27] 黃惠禎，《左翼批判精神的鍛接：四〇年代楊逵文學與思想的歷史研究》，頁287。

[28] 楊逵，〈紀念　孫總理誕辰〉，彭小妍主編，《楊逵全集・第10卷：詩文卷（下）》（臺南：國立文化資產保存中心籌備處，2001），頁211-212。

的路線。民主主義才是國際潮流，才是中國救亡圖存的最後王牌。」[29]此外，孫文的革命事蹟與不屈不撓精神，亦是時人關注焦點，如菊仙（即黃旺成）〈國父孫中山先生〉，指出蔣中正能夠成功領導八年抗戰，恢復中國在世界的頭等地位，乃是因為能遵守國父遺訓，故強調應該回顧孫文的過去，因此特別撰文陳述孫文略歷，及其從事革命運動的經過。[30]而關於革命之事，龍瑛宗在〈太平天國〉一文中，回憶起年少時就常聽到孫文的故事，且他更上溯洪秀全的太平天國事件，並將之視為中國最初的民族革命，以及建設中華民國的最初烽火與大規模的救亡活動。[31]顯見，與孫文有關的革命行動或事件，也都成為戰後初期臺人關注之焦點。

而除了上述白話文學作家的情形之外，在古典文學與傳統文人方面，其實也有類似表現，例如〈鯤南國學研究會〉所舉行的擊缽吟活動，係以〈民族英雄〉為題，參與吟會的眾人紛紛經由詩作向國父致敬，如陳文石「革命成功稱國父，威加四海萬邦欽」、劉瓊笙「排除壓迫求平等，國父勳勞蓋古今」、陳志淵「尼父遺言當法則，中山學說做規箴」、鄭坤五「攘夷史上無前例，孫蔣功勳冠古今」、黃福全「國父英雄興漢室、一生熱血實堪欽」。[32]顯然，歷經日人統治之後，到了戰後階段，國父與三民主義及其革命史實，已經成為大家欽仰、孺慕對象，以及忠心報國的思想根本，這對於戰後陳儀政府所要強力展開的清掃日化遺毒，無疑發揮了極佳的思想更換、轉變的滌清去污作用。

另，值得補述的是，上列所舉案例，均屬本土作家與社群、刊物，其實當時來臺省外人士，也都一樣置身在三民主義、國父思想的光暈之中，甚且同樣成為翼贊推揚者。如時任國立編譯館館長的許壽裳，他撰有〈國父孫中山先生和章太炎先生：兩位成功的開國元勳〉，文中言及國父與章太炎皆以平民革命，共同推翻滿清，創建民國，並強調革命事業迄今尚未成功，三民主義實行進度也待加強，需要努力趕上。[33]再如負責編輯「正

---

[29] 龍瑛宗著，陳千武、林至潔、葉笛譯，〈擁護文化：祝賀台灣文化協進會的成立〉，陳萬益主編，《龍瑛宗全集・中文卷・第6冊：詩・劇本・隨筆集（1）》（臺南：國家臺灣文學館籌備處，2006），頁266。

[30] 菊仙，〈國父孫中山先生〉，《藝華》創刊號（1946.1），頁19-20。

[31] 龍瑛宗，〈太平天國〉，《龍瑛宗全集・中文卷・第5冊：評論集》，頁189-198。

[32] 以上詩作參見《心聲》創刊號（1946.7），頁11-12。

[33] 許壽裳，〈國父孫中山先生和章太炎先生——兩位成功的開國元勳〉，《文化交流》創刊號（1947.1）（臺北：傳文文化事業公司，1994），覆刻本，頁6-16。

氣學社」機關刊物《正氣半月刊》、《正氣月刊》、《建國月刊》的曾今可，如果參照正氣學社成社目的：（一）促進臺灣的文化建設、（二）推行三民主義的文化運動、（三）領導社會與政治，則可略知上述相關刊物的作用功能。[34]不過在真正推行三民主義的文化運動，正氣學社與刊物更為重視的是「文化建設」，並認為文化建設是一切建設之基礎，而心理建設則是文化建設之首要任務，至於心理建設則在於提倡民族「正氣」。關於正氣之所繫，鄧文儀在《正氣半月刊》創刊號的社論，曾經言及要向〈正氣歌〉作者文天祥學習，[35]但後來更獲普遍認同的則是效法國父，曾今可於〈我們都是正氣戰士〉中的闡發是：

> 本社社長，柯參謀長為什麼要創設本社？在「我們奮鬪的第一年」一文中說的很詳細，……總理訓示我們「人生以服務為目的，不以奪取為目的！」我們的目的就是服務，內地來臺的人應為臺灣服務，臺灣的青年更應為自己家鄉服務。我們要希望結果良好，必須有固定的目標，必須有一定的步驟，我們的目標是「正氣」。……總理又告訴我們：「要立志做大事，不要做大官！」這意義各位一定很明白。我們現在立志發揚民族正氣，即是「立志做大事」。各位要特別認識這一點。……總理又告訴我們：「心理建設為一切建設之首要」。所以我們提倡「正氣」，即是實行心理建設。我知道，在你們的心目中，只有總理是完人，所以我不引用其他的名訓來向你們解說，全世界知道總理終身從事於革命工作，死後沒有一點財產，現在的大官不必說，只一個小小縣長的財產，也可以使他的子孫享受不盡！[36]

而由於正氣學社本就是革命集團，[37]所招收的社員乃是認同革命之軍旅青年，因此國父及其言論在社員心中的角色意義不言可喻，而此處曾今可所凸顯的是國父有關三民主義的理論與行誼風範如何成為詮釋「正氣」意義

34 國珍，〈以正氣建設臺灣新文化〉，《正氣半月刊》第1卷第2期（1946.4），頁3。

35 鄧文儀，〈我們向文天祥學習〉，《正氣半月刊》第1卷第2期（1946.4），頁1。

36 曾今可，〈我們都是正氣的戰士〉，《正氣月刊》第1卷第4期（1947.1），頁87。

37 毛文昌，〈正氣學社週年紀念特寫〉：「本社是一個革命集團，我們都是革命的同志，大家要共同負起神聖的使命，來消滅害國害民的共產黨，完成我們的革命任務。」，該文刊於《正氣月刊》第2卷第2期（1947.5），頁20。

的思想資源。不過，國父對於正氣學社與《正氣月刊》讀者群的象徵符碼作用，尚不僅如此而已，曾今可於〈紀念總理誕辰要學習總理的勤學精神〉，更高度讚揚國父的勤學不輟精神，以為紀念總理誕辰，更應學習孫文的好學行為。

以上，經由三民主義或孫文言行，在戰後初期臺灣社會、文化或文學社群，個人接受、影響現象的勾勒之後，可以得知無論是省內、外文人，或不同政治立場派系的作家群體，其實對於國父與其思想理論、革命表現莫不認同，只是從中學習、感知的目的與內涵趨向，側重之處仍然有所差異。

2.三民主義與文學創作實踐

經由上述說明可知，戰後臺灣省內、外文人作家，莫不受到三民主義之刺激與薰陶，但是三民主義又是如何從政治層面或意識型態，進而轉化成為作家實際創作的思想養分、審美評斷的依歸？

茲先以呂訴上為例，他在〈臺灣演劇改革論（二）〉文章中，言及戰後臺灣戲劇界需要有所改革：

> 我們要根本的改革臺灣戲劇界的組織，同時也要根本的改革劇自身的內容。現在的臺灣演劇改革案有二：一為以新劇（話劇）代替舊劇（歌仔戲），二為上案的反動的舊劇保存案。但是沒論哪一種主張，都是不對。……戲劇是某一時代，某一國家，某一國民的呼聲叫喊！臺灣的戲劇，也要有為五千年來的中國人的叫聲和呼喊。那末，五千年來中國人的叫聲是什麼？不消說，就是三民主義的大理想和聯合國世界新秩序的建設。……一、以後的戲劇，務必以三民主義的大理想為其基調，而創作的戲曲演出才行。……三、劇的形式也無須拘泥於新劇，平劇，歌仔戲等固別的範疇。須創作一種採取歐美的長處並會集歐美的精粹的三民主義的演劇的形式。尤其是在臺灣，須要向三民主義戲劇形式的確立努力邁進，……為創造三民主義戲劇，領導大亞細亞諸民族的文化，必需養成國家的劇作家，導演家，演員。……建立三民主義戲劇，才是臺灣唯一的活路。……只有建立三民主義劇團，先於國內的戲劇一步，為三民主義戲劇的師表，臺灣戲劇，才有它存在的價值。……戲曲如能適合三民主義的精神，沒論是現代劇，或是時代劇，至於其取材的範

圍，無論是中國，或是日本，或是爪哇，都沒有關係。[38]

在這段文字中，呂氏重複表達戰後臺灣戲劇的活路是要取藉於三民主義，要能成為三民主義的演劇；而所謂三民主義演劇，是指以三民主義的大理想為基調，並匯集歐美精粹，取材與類型則不限，且一旦通過這種新的演劇精神與表演模式，便能夠在中國搶得先機，甚至領導大亞細亞諸民族文化。顯然地，在呂氏心中，以三民主義精神沃灌的臺灣戲劇，不只在其內在、題材具有涵納百川的特質，且在中國與世界上都能取得先進性。因此，三民主義並不單純只是孫文的治國理論而已，呂訴上認為三民主義可為臺灣戲劇帶來大幅度的提升改進空間與動力。

不過，對於具有左翼色彩的作家如楊逵而言，他對三民主義所能啟迪臺灣文學的面向與期許，與呂訴上所追求的先進性實際有別，在〈臺灣新文學停頓的檢討〉的想法如下：

> 文學停頓的原因根源於包辦主義，其實不僅是文學，我們若想在所有的鬥爭或建設中致勝，人民自主的團結和創新也不可或缺。……但是我們必須認清，官員中澈底忠於革命的也很多。……我們必須知道，民主主義是，在期待政府進行理想的民主主義之前，就必須由民眾本身由下而上的力量來推動其實行。同時在此過程中，從中排除反對民主的保守反動分子，如此民主主義才能向前推進。我們民眾以自身的力量保障言論、集會、出版、結社的自由，如此才是踏出消弭文學停頓的第一步。[39]

楊氏認為戰後初期臺灣文學遲遲無法獲得進展的原因是包辦主義，這是有鑑於1946年5月林紫貴、姜琦等人組成的臺灣文藝社，在報上發表龐大成員陣容所致，其被楊逵視為包辦主義式華而不實的團體，故期盼文學之路應由民眾從下而上的力量來推動，因此特別標舉出民主主義的意義與價值。而同樣看重民主主義者，尚有前述的龍瑛宗，他在前揭文中也表達了「民主主義才是國際潮流，才是中國救亡圖存的最後王牌。」再者，除作

---

[38] 呂訴上，〈臺灣演劇改革論（二）〉，《臺灣文化》第2卷第3期（1947.3），頁7-8。

[39] 楊逵，〈臺灣新文學停頓的檢討〉，彭小妍主編，《楊逵全集・第10卷：詩文卷（下）》，頁223-224。

家個人意見之外，戰後臺灣最早出現的綜合民間文藝雜誌《新新》，其第7期「卷頭語」也強調民主之必要性，該文以為：

> 反對民主，離開大眾生活的一切文化活動，在現在的臺灣，已經沒有意義的了，所以我們主張臺灣文化運動的民主化和大眾化！而我們「新新」的同仁也願與本省各界的文化人，共同向這個方向努力。[40]

此一卷頭語，與楊逵、龍瑛宗一樣，均傳達了對於民主的渴望與堅持，只是這裡並沒有確切表述所謂「民主」是否為三民主義的內涵物？不過，以民主化為一切文化活動的根本，則是相同的主張。

另，相較於民主主義或民主重要性的被抬高與正視，刊登於《正氣月刊》的曾今可〈明年再談〉，[41]則更為重視民族主義。他的意見如下：

> 我們現階段的寫作的傾向，應該是全民族的團結和民主的實踐要求與實現，科學的提倡並發展。我們的寫作原則應該是集中於「國家至上，民族至上」這一個焦點的。……我們的作品不僅要反映出社會的病態，而且要指出怎樣去建國才能「必成」。……我們的作品是要有正確性的，就是說：我們的寫作的傾向應該是屬於多數人和各方面的，應該是屬於真理的，應該是屬於革命的，應該是有著國家民族的意義和世界的意義的，只有這樣的作品才有永久的價值！[42]

文中清楚說出了寫作原則是「國家至上，民族至上」，要能協助「建國」，必須具有國家民族與世界的意義。由於前面已經談論過曾今可所屬「正氣學社」的社群組織性質，因此此處意見，正可呈現與楊逵等左翼作家關注的差別，顯示意識型態偏於右翼者的看法，他們無寧更為重視國家民族，故與左翼者注重人民之民主，表現出不同趨向的選擇態度與創作發展路徑的思考。

---

[40] 〈卷頭語〉，《新新》第7期（1946.10），頁1。

[41] 此文在《正氣月刊》上發表時，曾今可使用了「王明通」為筆名。

[42] 王明通，〈明年再談〉，《正氣月刊》第1卷第4期（1947.1），頁7。

而要再加說明的是，在戰後討論臺灣文學發展時，左、右翼作家都與三民主義思想有所連結，雖然標舉民主主義或民族主義的方向選擇有別，但都一樣認同文學應該反映現實，注重現實，如曾今可〈靈魂工程師使命〉說道：「一切的創作，像一切的新聞一樣，不能離開現實。離開了現實的文藝作品，是一種把真實掩蓋起來的，虛偽的詐欺的藝術。」[43]而楊逵在〈論「反映現實」〉的表述是：

> 「文學應該反映現實」或是「文學是現實的反映」這句話，似乎已經是常話了，但所有的作品我們都覺得還不夠真正反映著現實。現實究竟是什麼一種情形呢？……為了了解臺灣的現實，大家需要了解整個的中國，整個的世界，這樣來才不致犯著「看樹不看林」的毛病。一篇作品為要反映現實，作者須要確切認識現實，……只看到一間斷的瞬間的事實是不夠的，須要放大眼光綜觀整個世界，透視整個歷史的演變。[44]

文中除了標舉文學必須反映現實的訴求之外，他還說明了要了解臺灣的現實，必須置放於中國和世界的脈絡之中，如此才算是確切認識現實。只是可惜的是，若干省外來臺作家，楊逵發現他們「與臺灣社會，臺灣的民眾，甚至臺灣的文藝工作者很欠少接觸，所寫出來的都離開臺灣的現實要求，離開臺灣民眾的心情太遠」，[45]，顯然要掌握現實的真相與真諦，先決條件是要與民眾接近，甚至成為「人民的作家」。[46]而另一方面，楊逵又想到「什麼叫做現實？」可能書寫者各人各有立場，且認知態度亦有高低之別，「為克服這些毛病，努力去考察現實來把握正確的認識是一個條件，堅決站定一個立場是另一個條件，兩個條件為做人做事——寫作也就是所要做的另一件事情——所不能免的」，他因此進一步主張創作者要站在健全的立場去看待現實、反映現實，因為「高尚的文學就是由高尚的人生態度產生出來的東西」。[47]

---

[43] 曾今可，〈靈魂工程師使命〉，《海潮》第4期（1946.6），頁20。

[44] 楊逵，〈論「反映現實」〉，彭小妍主編，《楊逵全集・第10卷：詩文卷（下）》，頁264。

[45] 楊逵，〈現實教我們需要一次嚷〉，彭小妍主編，《楊逵全集・第10卷：詩文卷（下）》，頁252。

[46] 楊逵，〈人民的作家〉，彭小妍主編，《楊逵全集・第10卷：詩文卷（下）》，頁258。

[47] 楊逵，〈論文學與生活〉，彭小妍主編，《楊逵全集・第10卷：詩文卷（下）》，頁266-268。

有趣的是，與楊逵一樣認同作品要反映現實的曾今可，他在論及作品反映現實之餘，更加闡發的要點卻是「也要能夠影響現實，因為好的文藝是從現實裡面產生，而且又能推動現實前進的」，那麼在曾氏心中所謂的「現實」問題是什麼？其所懸念者乃是大時代下的建國問題：

> 我們的作品不僅要反映出社會的病態，而且要指示出怎樣去建國。……感謝我們的「國難」，使成功的作家進步，使新的作家成長，……在這個偉大的時代，應當有「偉大的作品」產生，……，一定先要使我們進步，使我們有充分的戰鬪精神和充分的寫作技能，而且使我們有正確的寫作傾向。……然後我們的文藝才能適合這大時代的要求，才能在這大時代中進步，才能產生真正偉大的作品，才能達成作家的任務。建國的工作，真是千頭萬緒，但「心理建設為一切建設之首要」，要「實行心理建設」，一定要靠文化教育界的努力。作家是文化界的主要份子，……作家是被稱為「靈魂的工程師」的。……他們在一般人眼中是被當作「傻瓜」看待的。如果一個國家完全沒有了這種「傻瓜」，這個國家就不知要弄成什麼樣子了！[48]

在此，相較於楊逵所提做一位「人民的作家」，[49]並以正確立場與態度去認識現實生活，曾今可也要求作家要有「正確的寫作傾向」，去當一位參加建國工作，致力心理建設的「靈魂工程師」。於是，經由前述之併觀，

---

[48] 曾今可，〈靈魂工程師使命〉，頁19-21。

[49] 其實曾今可對於書寫應當站在人民的立場，實際也有所肯定，他在1948年出版的《亂世吟草》中特別引用寫於1936年的〈普希金逝世百十年紀念〉當作序詩，文中言及「因為你曾經站在人民的立場，反抗黑暗專制的政治，……，你雖然遭了惡勢力的陷害，但你的精神將與世界長存。你雖然遭遇了惡勢力的陷害，但你的精神將與世界長存！你逝世一百一十年後的今日，黑暗與專制依然存在！不幸生長在中國的詩人們，正遭受著你受過的禍災。」於此可見一斑。不過，如果仔細分析此詩內容，可知曾氏並不專為表達從人民立場書寫之重要性與必要性，反倒是要從俄羅斯文學之父普希金的作品「假如生活欺騙了你，不要憂鬱，也不要憤慨！不順心的時候暫且容忍。相信吧！快樂的日子就會到來！」學習，因而發出了「我們向你學習了『容忍』」的心聲。不過，在強調要容忍的當下，這其實已經在針對時局而寄託諷刺於其中了。因此曾氏此詩也提醒我們，在說明其主張創作要能指示建國的同時，卻不能忽略他也不忘諷刺或披露社會病態，唯有如此才能較深刻、辯證掌握曾今可的文藝觀念。參見曾今可，《亂世吟草》（臺北：臺灣詩壇，1948），不計頁次。

可以發現同樣由三民主義出發的文藝觀，曾氏重在建國之使命，以為大時代下當生產出偉大的作品，而所欲反映的現實，係來自於國家經歷抗戰之後所遭遇的時代性處境，但楊逵則正視人民生活的現實層面，二者不僅對於民族主義或民主主義文藝論的看重態度與立場有著明顯差別，而最終追求的文藝發展也有邁向「國家」與「人民」之差異，充分顯露了左／右翼作家同在國父與三民主義思想的引領之下，卻出現南轅北轍的創作態度與關懷，[50]而這正是于右任來到臺灣之前的文藝氛圍與時代情境。

三、從魯迅到于右任文學典範的更迭與形塑

在掌握了1945年以國語運動為基礎的臺灣文學與中國文學嫁接關係，文學場域與新／舊文學秩序的變化，以及三民主義、孫文言行的影響狀態之後，這將有助於以下有關魯迅與于右任能夠相繼成為臺灣戰後作家典範，與後來產生二者更迭替換原因背景的理解。

（一）尊魯、反魯與臺灣新／舊文學

有關魯迅與于右任何以能夠成為戰後臺灣文學的作家典範，茲先由魯迅在臺傳播談起。

其實早在日治時代，臺灣作家便已知悉魯迅及其作品之重要性，如賴和、張我軍、楊逵、周定山、黃得時、龍瑛宗、鍾理和均已接觸過，且多少受到啟發與影響，乃至模擬、學習。[51]至於戰後階段，主要高峰期乃產生於1946年魯迅逝世十週年，此時以楊雲萍為主編，由臺灣作家共同創辦的《臺灣文化》，在第1卷第2期（1946年11月）推出「魯迅逝世十週年特輯」，另《臺灣新生報》、《中華日報》、《和平日報》也有高達32篇

---

[50] 除此之外，前述呂訴上、曾今可強調文學配合三民主義來創作，著實展現了政治思考先行於文學的情況，但若進一步細究楊逵言論，則可知他更重視以文學來彰顯正確思想，想以文學表達民主思想，傳達「民主主義」（此較近於孫文的「社會主義思想」，並可連結毛澤東的「新民主主義論」），而此種作法與思考模式，顯示出左右翼文人在新文學秩序重建中，對待政治與文學關係的態度與行動仍有差異，而這也是導致民族與民主路線的差異。以上，感謝匿名審查人提供慧見，提醒本人雖然顯現了過去學界較少討論的左右翼文人與三民主義的共同密切關係，但仍應留心彼此的差異性。

[51] 相關情形可以參見中島利郎，〈日治時期的臺灣新文學與魯迅——其接受的概觀〉，中島利郎編，《臺灣新文學與魯迅》，頁39-77。

的報導，[52]再加上魯迅好友許壽裳來臺之後的戮力宣揚，及官方、民間所編教科書或中日文對照圖書皆有收錄魯迅作品，因此戰後初期的臺灣興起一股魯迅風潮。不過，魯迅受到青睞的原因並不一致，例如楊逵是以社會主義的階級立場詮釋魯迅，且特重其對抗蔣介石的相關歷史，進而用以批判戰後負責接收的國民黨政權，故具有明顯的左翼文學意識；[53]而楊雲萍則是一方面推崇魯迅作品在日治時代對於臺灣「啟蒙運動的巨浪」之啟蒙性價值，認為魯迅無論是小說、批評與感想之類的文字，皆是當時青年所愛讀，另一方面則對魯迅關懷中國民眾慘無天日生活的精神感到景仰，並認為是現階段臺人應該繼承與發揚光大者；[54]至於，許壽裳更高度強調的是「抗戰到底是魯迅畢生的精神。……在抗日戰爭開始的前一年，他臨死時，還說：『因為現在中國最大的問題，人人所共的問題，是民族生存的問題。……中國的唯一的出路，是全國一致對日的民族革命戰爭。』……魯迅作品的精神，一句話說，便是戰鬥的精神。」[55]以許壽裳置身國家官務系統而言，其與楊逵雖然都看重魯迅戰鬥精神，但不同楊逵的左翼色彩發言，他所側重的是抗戰民族精神的表彰。

不過，若回到前一章節所論的國語運動相關問題上，下村作次郎在〈戰後初期臺灣文壇與魯迅〉一文中，從戰後一些圖書出版情況，提醒吾人應當注意：「在臺灣戰後初期的某一時期，亦曾將魯迅定位為中國近代的著名作家，並將其代表作視為祖國大陸的、近代文學的『名作』，試圖予以引介吸納。」這是從文學接受角度，闡明魯迅作品的審美意義；在此文裡，他更引述王禹農介紹魯迅作品時的意見：「今年是魯迅逝世十週年紀念，而且也是台灣光復滿一周年，本叢書不但鑽研國語精華，而且也可當作國語文學的鑑賞，希望能對臺灣的讀書界帶來些許的意義。」另外，下村作次郎還指出魯迅作品之所以會出現在當時「中日文對照中國文藝叢書」之內，其目的應該是要「做為國語普及運動的一環」，亦即當作「學習國語的教科書」之用。[56]對此，杜重〈推進臺灣文藝運動的我見〉一文

---

52 黃英哲，〈戰後魯迅思想在臺灣的傳播（1）〉，頁175。

53 黃惠禎，《左翼批判精神的鍛接：四〇年代楊逵文學與思想的歷史研究》，頁305。

54 楊雲萍，〈紀念魯迅〉，《臺灣文化》第1卷第2期（1946.11.1），頁1。

55 許壽裳，〈紀念魯迅〉，《臺灣文化》第1卷第2期（1946.11.1），頁2。

56 下村作次郎，〈戰後初期臺灣文壇與魯迅〉，頁129-139。

中，也有類似想法，認為應多介紹巨將如魯迅、郭沫若、茅盾作品，以做為國語文學習範式。[57]

只是，在面對多種推崇理由（包括左翼意識型態、文化啟蒙論、抗戰愛國精神、國語文學習對象）中孕生的魯迅風潮及其作家、作品典範意義，具右翼色彩的曾今可頗不以為然，他在1946年10月以「遊客」署名撰文進行攻擊：

> 許壽裳先生的大作〈魯迅的德行〉，我已經從十月廿一日的和平日報上拜讀了。為了紀念一個死去的朋友而為文表彰，這不僅是一種應酬也是一種美德。不過，恭維死人和恭維活人是一樣的，總要得體。否則便會使人肉麻。許先生說「偉哉魯迅」是可以的，說魯迅是「中華民族之魂」，就似乎有點滑稽。……許先生又說：「魯迅是一位為民請命，拼命硬幹的人。」民國十九年春，（魯迅）忽負密令通緝的罪名，相識的人都勸他暫避。魯迅答道：「不要緊的。」俯仰無怍，處之泰然。許先生竟忘記了魯迅那時候是住在上海租界內的虹口，而且是住在日本的文化間諜內山完造的家裡，……他這樣托庇於民族仇敵的爪牙之下，而你卻說他是「拼命硬幹的人」！[58]

曾氏此文不僅公然與許壽裳較勁對詰，且意指魯迅實為「漢奸」，藉以解構魯迅具民族主義精神的形象，而這樣的言論與稍後一個月《臺灣文化》策劃推出的「魯迅逝世十週年特輯」，簡直南轅北轍，但恰恰可見在魯迅風潮中，卻也存在著「反魯」言論。

而在戰後臺灣真正全面「反魯」之前，因為二二八事件及許壽裳遭刺案，實已促使魯迅風潮快速消退，但尚未完全滅絕，例如時任臺大文學院院長的錢歌川，在鼓吹小品文之撰寫時，仍然提到：

---

[57] 杜重，〈推進臺灣文藝運動之我見〉，《建國月刊》第2卷第6期（1948.9），頁15。此文對於魯迅創作意義的肯定甚為特殊，蓋因《建國月刊》性質如前所述乃偏右翼，且主編係持反魯立場的曾今可，但本文仍然刊出，或許是因僅出於語文習作典律而非思想意識之讚譽，因此最終仍然照稿刊出。

[58] 遊客，〈中華民族之魂！〉，《正氣月刊》第1卷第2期（1946.11），頁3-4。

> 說魯迅是中國新文學運動以來所產生的一個最偉大作家，想必是誰也承認的吧。魯迅雖以阿Q正傳一篇小說奠定了他千古不朽的地位，但他的小說，始終只有吶喊與徬徨那薄薄的兩小本。他後來所寫的全是散文小品。所以與其說魯迅是小說家，不如說他是小品文作者或隨筆家。……使現代中國小品文發達的，周氏兄弟之力，當然不能埋沒。[59]

他公開肯定魯迅是最偉大的中國新文學作家，並指出周氏兄弟在小品文的耕耘貢獻。另，依據徐紀陽最新研究成果顯示，在《民聲日報》、《天南日報》上仍能閱讀到與魯迅其人其作有關之文章，直到《民族報》在1949年11月開闢的「民族副刊」，因在標舉「反共文藝第一聲」的孫陵出任主編，所刊均為反共為主的創作，洎自12月時，更可獲見署名「清心」者所寫貶低魯迅等左翼作家的數篇文字，而後續再到1950年9月至10月間，隸屬臺灣省政府新聞處《臺灣新生報》「新生副刊」的反魯之文更高達19篇之多，這已是系統性反魯現象了，如此自然也在宣告反共文藝體制的完全確立。[60]

那麼，從上述魯迅風潮與反魯狀況來看，可知在戰後國語運動推行之時，雖然新文學地位得到認可，白話文的重要性贏過文言文，但臺灣島內卻正在上演著建構／解構魯迅及其作品成為新文學典律與新文學創作典範的現象，只是弔詭的是，不管魯迅地位如何，其實都不會影響到白話文學在戰後臺灣文學的主流位階。因此，相對地，恰恰是古典文學陣營這邊，即使曾今可早在魯迅風潮盛行時便出現公開反魯的言論，且最終也會證明他才是與國家反共文藝潮流一致，但其投入極大心血所經營的古典詩歌與詩壇，固然成功聯絡省內、外古典詩人同聲共氣，[61]卻還是不得不面對舊詩已屬白話文學對立物的尷尬性，因為這樣的古典文體，與國語運動言文一致體的現代化理想，顯然有所悖離。

---

[59] 味橄，〈談小品文〉，《臺灣文化》第3卷第1期（1948.1），頁13-14。

[60] 徐紀陽，〈「魯迅風潮」的消退與「反魯論述」的泛起——1949年前後的《民聲日報》、《天南日報》、《民族報》、《臺灣新生報》及其他〉，《「臺灣文學研究‧兩岸青年論壇」學術研討會》（廈門：廈門大學臺灣研究院，2012.7.5），頁130-132。

[61] 關於曾今可如何促成省、內外古典詩人的互動交流，參見黃美娥〈戰後初期的臺灣古典詩壇（1945-1949）〉，頁291-293。

事實上，不只是國語運動所帶來的典律挑戰與壓力，在戰後初期，王思翔〈關於「漢學」及其他〉一文也言及：

> 日據時代保存「民族精神」的「國粹」、「漢學」與「詩社」固然功不可沒，光復以來迅速復甦，但這種形成於封建時代的舊文化，如今「古今勢異，封建制度已經消滅，配合新時代所需要，必須有一種新文化，這就是『五四』以來的新文化。」[62]

就王氏的思考來看，舊詩或詩社代表了封建性與守舊性，為了配合新時代需求，應該予以捨棄，去迎接五四以來的新文化。對此，徐秀慧發現王思翔的論點，乃是針對省黨部系統的「正氣學社」結交臺灣傳統仕紳、鼓吹恢復「漢詩」傳統而發，[63]而所謂「正氣學社」之舉，實際上就是出自曾今可的大力推動。由此看來，舊詩與詩社活動，另一個所要面臨的是如何擺脫封建時代、舊文化產物罪名的重荷。此外，隨著光復而來到神州劇變之後，政局動盪，國家不安，撰寫舊詩，變成容易予人吟風弄月之想，1949年10月29日《中央日報》就曾刊出一則〈吟詩不廢公家事　羅家倫大使來函〉的訊息，因為某日羅家倫在報上刊登了擔任印度大使期間所寫舊詩，卻被某報同人責難是「吟風弄月」，故特別澄清所寫不過是發思古幽情之文藝作品，且未曾忘卻職責、影響公務。[64]

綜上可知，戰後以來，能夠使用漢文的臺灣舊詩界，雖然不同於日文系統作家所遭逢的語言跨越之痛苦，但卻得面臨不同型態的挑戰。那麼針對魯迅風潮，曾經出言砲轟許壽裳、魯迅的曾今可，在積極出版《臺灣詩報》、編輯《臺灣詩選》以供臺人發表作品與溝通交流，或是來臺之後就與林獻堂、黃純青、林熊祥、李騰嶽、謝汝銓、魏清德、黃水沛等本地著名詩人多所往返，並且建議舉辦1948年臺灣戰後第一次全臺詩人大會，他又要如何面對上述挑戰呢？

62　王思翔，〈關於「漢學」及其他〉，《和平日報》「新世紀」（1946.6.1），此處轉引自徐秀慧，《戰後初期（1945-1949）臺灣的文化場域與文學思潮》（臺北：稻鄉出版社，2007），頁125。

63　徐秀慧，《戰後初期（1945-1949）臺灣的文化場域與文學思潮》，頁125。

64　〈吟詩不廢公家事　羅家倫大使來函〉，《中央日報》（1949.10.29），第6版。

（二）于右任的典範化過程與左／右翼文學

曾今可的應對策略與思維結構是，首先，他重申舊詩在戰後臺灣的意義遠遠超過當時的新詩，因此確有保留與持續發展之必要性與重要性：

> 詩人在臺灣，不是一種偶像，而是一種力量。他們可以當作人民的一種喉舌，而說明人民的困苦和願望，他們可以當作政府與人民間的橋樑而溝通官民之間的情感。（我不反對新詩，我並且認為新詩是自然的趨勢，但現在的新詩【在臺灣的】似乎還不足負起這種責任來。）我在「臺灣詩壇」創刊詞中說過：「我們生在今日，春秋之筆，尚須暫停。」但我們不能不開口：……我們只有借詩來發洩我們也是大眾的情感。只有這種真情流露，言之有物，不是無病呻吟或風花雪月的作品，才能反映時代，才能引起共鳴，……我們就會知道：臺灣的詩人是有其存在的特殊價值的。[65]

曾氏一方面肯定古典「詩人」是戰後初期臺灣社會的「力量」，能以文字說明人民的困苦和願望，傳達大眾情感，反映時代，而這樣當作政府與人民橋樑、溝通官民感情的任務，新詩暫時無法勝任。

接著，鞏固舊詩與舊詩人的角色意義與價值之後，曾今可又促成本地詩人參與1946年10月31日蔣中正六十華誕祝壽詩的徵選、評比與出版，以及倡議舉辦戰後初期首次的全臺詩人大會。關於1948年的首次全臺詩人大會，曾氏自謂：「三十七年春，……可並建議魏主席於端陽詩人節，設筵臺北賓館，招待全臺各地名詩人，以繼東閣聯吟韻事；魏以不能詩自謙，改由鈕先銘將軍招待，此乃臺灣光復後第一次盛會。」[66]由此可知，此際省內、外詩人大會的召開，曾今可一方面自詡是牽線人，另一方面也使舊詩或詩會活動與官方產生連結，以此厚植舊詩勢力。

而上述曾今可勉力維持詩壇的情形，在1949年10月于右任來臺之後，取得了更大的發展與突破。由於與于氏乃是舊識，二人曾同屬南社社員，而曾氏1935年由日本留學返國後，又因為于右任之助，得以前往國民政府

---

65 曾今可，〈詩人在臺灣〉，《臺灣詩報》創刊號（1949.1.1），頁6。

66 曾今可，《臺灣詩選・序》（臺北：中國詩壇，1953），頁12。〔按：原文無句逗，此處新式標點為筆者所加。〕

浙江省審計處服務，故彼此早有互動。因此，透過在臺灣詩壇經營已久的曾氏協助，來臺後的于右任迅速與在臺灣省文獻委員會任職的黃純青、林熊祥及其他臺北地區文人楊仲佐、魏清德、林佛國等人結識，如其在9日抵臺之後，臺北詩人即邀請於草山開詩會，後因于氏離臺飛港而作罷，但仍在機上作詩寄給臺北詩人，[67]這是于右任與臺灣本地詩人結緣的開始。在此之前，戰後臺灣具有延續日治時代壽命最長的古典詩刊《詩報》命脈意義的《心聲》，已經透過「近代詩拔」專欄刊載過于右任詩作〈同漁父作〉，[68]不過此時對於于氏及其作品的認知，只是將之視為中國近代著名詩人進行理解。而且，即使是曾今可，也未曾料到于右任會在1949年10月來到臺灣，因此當他在年初著手創辦供給省內、外詩人進行詩歌交流的《臺灣詩報》時，曾經聘請同為南社成員的柳亞子擔任該刊監事，卻未想到可以敦聘于氏。然而一旦于氏到來之後，1951年曾今可將新《臺灣詩報》擴大創辦為《臺灣詩壇》時，便邀請于右任出任顧問，到1952年7月時，更延請成為臺灣詩壇社的名譽社長，與社長賈景德一同擔任《臺灣詩壇》的指導人。[69]

實際上，于右任不僅是對詩刊進行指導，乃至推薦佳作供稿，[70]或在其上親自參與詩作發表，于氏亦頻頻參與各類詩會，甚至扮演發起人的角色。在來臺次年（1950）3月，他便主動與賈景德、黃純青及來臺詩人，號召修禊於臺北士林園藝所；[71]同年10月19日為重陽節，又約臺北詩人於陽明山柑橘示範場登高，此次吟會，是有感於抗日戰爭期間，曾在漢口發起「民族詩壇」，至重慶又發起「中華樂府」，現已來臺，於是發起「臺灣詩壇」，目的是為了「提倡詩學」，但也為能「鼓吹革命」，從于氏當日所寫詩稿：「三十九年重陽、陽明山登高，敬望與會群公，咸以康濟之懷抱，發為時代之歌聲，為詩學開闢新的道路，為生民肩負新的使命。」可見其心情與使命感，而此日到會者有120餘人。[72]附帶一提，此種以修禊、重陽登高、消寒，或端午、冬至為名義的雅集吟會活動，自本年之後陸續舉辦不少，于氏有時親自發起主辦，有時則是參與共詠，例如1951

[67] 于右任先生百年誕辰紀念籌備委員會編，《于右任先生年譜》，頁141。

[68] 于右任，〈同漁父作〉，《心聲》第4號（1946.10），頁9。

[69] 編者，〈編後記〉，《臺灣詩壇》第3卷第1期（1952.7），頁40。

[70] 編者，〈編後記〉，《臺灣詩壇》第1卷第6期（1951.11），頁29。

[71] 于右任先生百年誕辰紀念籌備委員會編，《于右任先生年譜》，頁142。

[72] 于右任先生百年誕辰紀念籌備委員會編，《于右任先生年譜》，頁146。

年的端午詩會，1952年在韜園舉行的冬至小敘，1953年禊集新蘭亭、重九士林登高、晴園消寒之會，1954年重九淡水登高，1955年士林禊集、端午詩人大會，1956在國立文物美術館舉行詩人修禊大會等。以上，這些選擇特定日期舉行的詩會活動，因為參加者不少，如1950年重陽陽明山登高者120人，又如1954年甲午重九滬尾登高參加者211人，1955年的癸巳重九士林登高與會者300餘人，可謂聲勢浩大。而此種群聚性的詩歌活動，一方面可將中國傳統文化節日的歷史記憶與儀式傳播來臺，通過詩歌雅宴傳統，增益中國文化認同度，並強化省內、外詩人文化同源意識，另一方面則可為詩人營造遺民文化空間，製造遭遇國難、被迫離鄉者一個集體消愁遣懷的機會，因而在懷舊記憶、避災感傷中，一同療癒又試圖振作，相互感召，相濡以沫，彼此鼓舞，共同惕勵，甚而藉由詩歌改造時代，為鼓吹中興大業而努力。[73]

以上，于右任的積極參加詩會，使他成為許多詩人想要接近的對象，更在本地詩人心中累積超高人氣，陳渭雄簡短一句「得瞻諸老快平生往謁于賈諸老」，[74]欣喜之情溢於言表，同時也說明了于右任平易近人的一面。而在此形象之外的于氏，其實正藉多次舉辦的全國詩人大會，積極介入、主導臺灣詩壇。首先是1951年的農曆詩人節與賈景德、黃純青一同發起召開全國詩人大會，《中央日報》對大會的準備工作略有報導，情形如下：

> 于右任、賈景德、黃純青三老發起於六月九日（端午）召集本省各縣市著名詩社社員，由該社長選代表及內地寓台名詩家共六百二十

[73] 此種文化空間與詩會儀式的意義，在與會詩人的詩作中充分流露，例如石墨園，〈癸巳九日士林雅集〉「詩人造時代」以及吳海天〈癸巳重九士林登高〉「抗俄笳鼓河山動，反共歌詞金玉音。」，《臺灣詩壇》第5卷第5期（1953.11），頁5。吳承燕〈癸巳重九士林登高〉「大陸沈淪鴻雁哀，天涯何處避兵災。登山此日情惆悵，歸棹明年賦去來。」等，頁10。又如于右任〈甲午重九滬尾山登高〉：「海氣重開作勝遊，登高北望是神州。亡人待旦遺民泣，百劫河山一戰收。」；「滬尾山頭百卉芳，國殤祠畔立斜陽。黃花今日誰來贈，為祝詩人晚節香。」；「載酒尋詩興倍高，每逢佳節自相邀。天風吹動相思樹，林外微聞唱大招。」，《臺灣詩壇》第7卷第5期（1954.11），頁1。另如陳邁子〈乙未新蘭亭修禊〉「瀛嶠春事濃，海山增韶秀。霖雨喜及時，瀟瀟澈清晝。欣逢會稽遊，詩腸何辭陋。蘭亭碩彥集，江左變雅奏。避地賦同仇，中原踞虜寇。誰甘新亭泣，河山慨非舊。相期振斯文，勢同鋒鏑鬪。會當共匡復，生民得解救。一擲乾坤小，雞鳴風雨驟。俯仰百年身，曾無金石壽。芳樹連嶂碧，嘉卉滿園囿。撩人故國思，暮色浸衫袖。」，《臺灣詩壇》第10卷第5期（1956.5），頁12。以上，多首詩歌中的情感修辭，展現了世變之後，寓居臺灣的特殊時間、空間感知，以及個人與群體生命情思，頗堪玩味。

[74] 陳渭雄，〈臺北旅次二首〉其一，詩載《臺灣詩壇》第10卷第6期（1956.6），頁18。

> 五名，在中山堂舉行慶祝詩人節兼開全國詩人大會，詩題：（一）臺灣是民主自由之燈塔（二）辛卯詩人節懷沈斯庵。不拘體韻，限本月底以前將詩稿寄交臺北市延平南路一〇九號臺灣省文獻委員會，請帖現正分發中，均附有詳細辦法，本省詩家及內地詩家多至一千五百餘名，因會場及經費所限，未能一一招待。總統對於詩人節甚為重視，特親筆賜題「發揚民族正氣」六字，將印成詩箋分贈各與會詩人。[75]

這次的詩會，乃是國民黨政權播遷來臺後，首次舉辦的具全國性質的詩會活動，在此之前於1948年時，曾今可曾經籌辦第一次的全臺詩人大會。從「全臺」到「全國」，意義自然不同，而從上列報導可知，全國詩人大會想要與會者人數甚夥，蔣中正還贈給與會者親筆賜題「發揚民族正氣」的詩箋，由此可以感受到舊詩界與國家民族主義精神的緊密連結。而此次詩會，詩題「臺灣是民族自由的燈塔」，實為于右任所命題，後來他自作「文化平流接萬方，真光遠射幾重洋。亦興人類安全感，航路時時對太陽。」希望藉由此詩呼喚同胞起義來歸。[76]

其後，他更在多次的全國詩人大會中，藉由公開演說的方式，傳達其個人的詩歌見解，今日可見至少包括1955年於臺南、1956年在嘉義以及1958年於臺東召開的全國詩人節大會中之發言。[77]較特別的是，這些演講內容不僅談到對於古典詩歌的看法，有時更會觸及新詩問題，因此影響層面更大。例如陳紀瀅特別提到于氏在臺南舉行詩人大會演講詞所受啟發：

> 右老這篇詩論，可以說近年來關於詩的論文中，最值得讀的一篇。他自己雖是作舊詩的，但他把舊詩的危機（厄運）說出來。舊詩的危機在哪裡？脫離群眾，而為少數者優閑的文藝。新詩的危機在哪裡？右老雖然沒有明白說出，但顯然也以發揚時代的精神與便利大眾的欣賞兩個重要前提相期許，新詩如果缺乏時代的精神，則同樣是無真生命；新詩如果不為大眾所欣賞，也同樣是廢話。作品

75 〈于右任等發起詩人節大會　定詩人節集會〉，《中央日報》（1951.5.18），第4版。

76 于右任先生百年誕辰紀念籌備委員會編，《于右任先生年譜》，頁153。

77 關於全國詩人大會地點的更動，除了提供與會者可以順道遊覽觀光，認識臺灣地方景觀與歷史記憶之外，也有助於省外文人與本土在地詩人之交流溝通，建立情感。

> 與人格一致，更為重要。
>
> 我覺得這篇詩論，過去或者沒受到新詩作者們的注意，在于氏謝世的今天讀來，更饒有意義。……于氏所接受的基本教育可以說是中國古典文學，依一般情況，他要泥古薄今的，無論詩文，應滯留在他幼年時代的範疇；可是右老一生革命，他從來沒有生活在時代後邊，卻永遠同時代前進，因此不但思想是與時俱進的，文字也是流行的。[78]

有關於于氏在幾次詩人大會中的詩學演說，本文後面將會予以探討，但在此可以獲見長期擔任中國文藝協會常務理事，著名反共文學作家的陳紀瀅，對於于右任的高度肯定與揄揚，並認為其人詩學理念與主張，應該也要受到新詩人的注意。不過，耐人尋思的是「這篇詩論，過去或者沒受到新詩作者們的注意」，這句話暗示了新詩派對於代表古典文學陣營的于右任的詩歌主張理解太少，故多少顯示了新／舊詩派之間的疏離感，雙方之間顯然有著距離感存在。但是，陳紀瀅也表達了倘若能夠理解于右任詩論的人，自然可以明白于氏詩文表現與詩歌理論其實是與時代一同前進而流行的。

無庸置疑的，凡是瞭解于右任為人或創作表現的人，自然對其讚譽有加。尤其做為最早追隨國父的黨國元勳，任事盡責的監察院院長，革命報業開路先鋒，且對青年熱情提攜，又禮賢下士的他，更被許為能夠達成立德、立言、立功三不朽，德業早為世人所公認，故臺灣詩壇亦莫不敬重，此由于氏每年華誕，騷壇文友均紛紛獻詩以賀可窺一般，《臺灣詩壇》、《詩文之友》之中便存有大量作品。而透過相關賀詩，其實有利吾人掌握時人對於于氏的定評，例如謝尊五〈壽于右任先生〉：「道範欽山斗，先生福壽全。美髯長歲月，懋德立坤乾。歷劫滄桑健，調元監察賢。騷壇推領袖，寫作筆如椽。」；[79]羅家倫〈右任院長七四華誕〉：「詩雄草聖兩稱尊，況有胸中十萬兵。」；張慕陶〈右老七四華誕〉「雄文垂百世，勳業冠三臺」[80]其中便言及了道德人品、政治地位、書法藝術與文學成就。

---

[78] 陳紀瀅，〈右老詩文研究〉，收於于故院長治喪委員會組織編輯委員會編，《于右任先生紀念集》，頁187-188。

[79] 謝尊五，〈壽于右任先生〉，《臺灣詩壇》第1卷第4期（1951.9），頁9。

[80] 以上羅家倫與張慕陶之作，參見《臺灣詩壇》第2卷第5期（1952.5），頁18-19。

此外，對於于右任在詩壇的表現，品評者也是不少，王世昭〈寄懷于右老〉：「三讀公詩五百首，都關國計與民生。」；曾今可〈乙未禊集次均默社長韻兼呈右老〉「公掌騷壇似將兵，我如騶卒忝從征。……頌佐中興賴老成。」；王軍余〈自題畫松鶴祝于右老七七華誕〉「復興文藝頻提倡」，[81]以上或對于氏詩作內容均是關注國計民生而敬佩，或注意于氏頻頻提倡文藝復興的貢獻，至於幫助于氏建立與臺灣本土詩人互動橋樑的曾今可，更倒過來自認是于右任的兵卒，並以能夠追隨其旁而感榮幸，且稱許于氏既是騷壇將領，同時也是頌佐中興的老成者。在此讓人不能忽略的是，在戰後初期台灣社會已有一股強烈學習三民主義的風氣，以及對於國父革命事蹟的崇仰，而顯然地，于右任不只平日就常闡揚國父遺教，而且其親身參與革命建國，以及時時以總理革命精神自期的現象，極易讓人將其視為國父之後真正革命精神的承繼者。至此，原本抱持反魯念頭，一心透過《正氣月刊》、《建國月刊》發揚國父革命精神，追求民族正氣的曾今可，當他轉而推揚于右任，協助結交臺灣本土詩人時，其實頗有承繼孫文革命傳統系譜之意味，因此極易獲得大眾的高度認同，愈加鞏固其人的騷壇地位。

而另一方面，于氏本人雖然在寫作上並不刻意為之，但其《右任詩存》[82]，由於深富詩歌改革理念，具有與時代結合的特質，遂使他在1955年，憑此獲得了教育部文藝獎，這是當時詩歌領域最高榮譽獎項。得獎原因如下：

> 于右任先生以字行，陝西省三原縣人，現年七十七歲，監察院院長，著有「右任詩存」，作者輝煌勳業，已為當勢所公認，其對文學之貢獻，為能將中西文學之意境熔合一爐，軒昂奮發，氣象崢

---

[81] 以上王世昭、曾今可、王軍余之作，參見《臺灣詩壇》第8卷第5期（1955.5），頁15-17。

[82] 關於于右任詩歌創作與出版情形，參見張雲家，《于右任傳》（臺北：中外通訊社，1958.5），頁118。該書有清楚描述，言及：「由學生時代開始，經過革命逃亡，以至擔任監察院長，前前後後，歷六十多年，從未停止寫詩，他陸續創作的詩篇，由他自己嚴格挑選印成的『右任詩存』，上下兩冊，共有八百多首，在印行時，他對自己每一首詩，再三斟酌推敲，有許多首，別人看來很好，他卻不吝惜的予以刪除。經他挑選，收集在「右任詩存」裡的八百多首詩，是他一生的代表作，其中受人讚美，他自己也認為得意之作，多半是五十歲以前的作品。」。又，也許是經過篩選，以及許多作品是詩存出版之後所作，目前報刊中仍有許多有待集佚之作，而新體詩部分亦然。

> 嶸，不但代表一國民族精神與正氣，且能充分表達二十世紀的時代精神。其影響所及，則能鼓動時勢，創闢新潮。「右任詩存」所刊長歌及曲，以遒勁之風格，寫革命之偉業，不但是繼承本國文化傳統，發揚光大，且與復國建國之大業，有極密切之關係，如第二次大戰回憶歌等，尤為其精心結撰之創作。[83]

此次審查委員為李濟、周鴻經、錢思亮、劉真、浦薛鳳、鄭彥棻、凌鴻勛、沈宗瀚，另散文類得獎人蘇雪林、美術類為黃君璧。[84]而由上列獲獎理由的說明，可知于氏之能獲獎，正在於作品融合了中西文學意境，清楚傳達民族精神與正氣，以及發揚時代精神，故能鼓動時勢；而所寫革命偉業，更能承繼文化傳統，協助推動復國建國大業，而這自然與1950年代以後的反共風潮有關。因此，無論是攸關國父遺志或是反共大業，于右任其人其作的時代性意義，都促使他有機會躍上詩人典範地位。

而在獲得教育部詩歌文藝獎之後，到了1963年，美、奧、菲、巴（巴基斯坦）等國有籌組國際桂冠詩人協會之舉[85]，擬邀請各國推派代表參加，魏清德與于右任、梁寒操、林熊祥、曾今可、何志浩等六人當選[86]。得獎次年，于氏過世，各界紛紛表達哀悼：

> 于右老所留給大家的典範是：他那愛國始終如一的精神。……我們可以在他的詩存中，看到他濃厚的革命思想和民族意識，「革命詩人」、「愛國詩人」的雅譽，右老是當之無愧的。（中國一周〈敬悼于右老〉）[87]

> 革命奇才、黨國元老；監察制度的完成（監察院長）；新聞報業，革命報刊先鋒；中國文化方面，書法與詩詞歌曲，書法晉帖與魏碑，融合百家草字，創標準草書，以節省簿書時間，為新中國「利著作而新國運」；右老之詩出於放翁而尤過之，元氣磅礴，慷慨豪

83　〈本年文藝獎金　得獎人昨選出〉，《中央日報》（1955.12.25）第1版。

84　〈本年文藝獎金　得獎人昨選出〉。

85　〈中國桂冠詩人　引起不平之鳴〉，《臺灣新生報》（1964.6.14），第2版。

86　〈無篇名〉《詩文之友》18卷5期（1963.8.1），頁48。

87　〈敬悼于右老〉，收於《于右任先生紀念集》，頁163。

> 俠與纏綿悱惻兼而有之，而一歸其旨於革命的提倡與人心的激勵。（中央日報社論〈悼黨國元老于右任先生〉）[88]

> 右老的德、功、言三者，實融合為一體而不可分，……右老俠心儒骨，是中國讀書人的典型，亦是本黨革命同志的典型。……誰曰不宜。（中央半月刊〈紀念黨國元勳于右任先生〉）[89]

從上述悼詞中，清楚可知于右任的形象不只是革命詩人、愛國詩人，更是讀書人與黨國革命同志的典型，以及眾人心中的典範。另，陳邁子在蓋棺論定于右任先生的詩作時，更引述了吳白屋（芳吉）的說法，強調其詩「為民國開國詩人中成就最偉者」，能夠出舊入新，繼往開來，於發傳統詩學之中，復篤開拓詩學，形成風氣。[90]顯然，于右任不只是在臺詩人典範、全國詩人典範，時人甚至推許為民國詩人中成就最偉者。

只是，面臨典範的殞墜，曾今可在〈敬輓于院長右老二首〉之一言及：「……海隅勝地埋忠骨，國際詩人暗桂冠。（各國應於本國桂冠詩人中選國際桂冠詩人，余提名右老為我國之國際桂冠詩人，已由國際桂冠詩人協會通過，右老仙去，繼任人選殊難物色。）最是傷心難告語，更誰堪鎮我騷壇。」[91]詩中凸顯了于右任具有難以取代的典範性意義，而耐人玩味的是，「誰堪鎮我騷壇」正意味著于氏平素對於舊詩壇的保護與捍衛作用，如今隨著其過世，舊詩界已然失去了羽翼，原先在國語運動、新文化中逐漸露出頹勢的狀態，顯然又要浮出檯面了，本文於「前言」曾引述鍾鼎文所謂傳統時代的終結，點出的應該就是曾今可的焦慮吧！那麼，占在右翼位置的曾今可雖然在反魯上得以勝出，但在新時代的挑戰下，舊詩地位終將要為新詩所取代，即使堅強的「右翼」也無法扭轉乾坤，這就是戰後臺灣左／右翼文學、新／舊文學相互交錯、角力後的最終結果。

---

88 中央日報社論，〈悼黨國元老于右任先生〉，收於于故院長治喪委員會組織編輯委員會編，《于右任先生紀念集‧紀念文選》，頁151。

89 中央半月刊，〈紀念黨國元勳于右任先生〉，《于右任先生紀念集》，頁161。

90 陳邁子，〈論右任先生的詩〉，收於于故院長治喪委員會組織編輯委員會編，《于右任先生紀念集》，頁296-298。

91 曾今可，〈敬輓于院長右老二首〉，《詩文之友》第21卷第5期（1965.3），頁3。

四、于右任詩學觀的時代精神與文學史意義

在明白了從魯迅到于右任二位文學作家典範建構、更替的情形之後，雖然已經得知舊文學終將隨著于右任的去世而出現地位衰頹之勢，然而有關其在臺灣所提詩論，卻仍值得深究。這不僅是從事1950年代臺灣反共文藝思潮相關研究者所未注意之處，尚且因為透過曾今可到于右任在戰後臺灣詩壇的介入與經營，同屬南社成員，且同樣戮力闡揚國父革命精神與三民主義思想的二人，所折射出的南社精神在戰後臺灣的發展意義，其實值得多加觀察。

而要釐析上述問題，自然得先整理于氏的詩論內容，然而就如陳邁子〈述于右任先生詩學〉所言：「先生生平埋頭於詩歌創作，卻從來很少直接談到作詩的理論——詩學。有之，還是近年的事。那是在每年在詩人大會中的演講」。[92]因此，以下便透過于氏演講內容，搭配其他報刊文章，試圖掌握其人詩學內容，希冀一探于氏對於臺灣詩壇所展開的改革情形。

（一）詩學革命、革命詩學與南社精神

1949年10月來臺後的于右任，在有機會與臺灣省內、外詩人一起從事詩會活動之後，其內心就抱持了想要在臺灣進行詩學改革的念頭，而付諸實踐的年份就在1950年。這一年他有幾次公開演講與談話的機會，依據《中央日報》刊載，先是在7月份時重論中國國民黨的新生，接著9月份中央黨部為紀念總理首次革命，于右任演講「偉大的時代　偉大的事業」，此後如何在偉大的時代創作有意義的文學作品，以及援引、效法國父革命精神，成了于右任念茲在茲之要事。於是，他在1950年重陽臺北陽明山柑橘示範場登高吟會中，提出敬望與會群公，咸以康濟之懷抱，發為時代之歌聲，為詩學開闢新的道路，為生民肩負新的使命的呼籲。[93]接著則是在1951年這場政府遷台以來最大型的詩會活動裡，直接以（一）臺灣是民主自由之燈塔（二）辛卯詩人節懷沈斯庵命題，而這一則是與臺灣詩歌、詩人產生連結，另外則是力求詩作要與時代處境有所聯繫。再者，在會議真

---

[92] 陳邁子，〈述于右任先生詩學〉，收於于故院長治喪委員會組織編輯委員會編，《于右任先生紀念集》，頁290-296。

[93] 于右任先生百年誕辰紀念籌備委員會編，《于右任先生年譜》，頁142。

正召開當日，除了創作外，會中于右任對於詩韻提出改革建議，並得到若干響應，正式提出的有：（一）黃純青建議廢詩韻，改用國語的自然節奏（二）葉芝生、毛盟鷗建議採用中華新韻（三）弓英德、李滌生……等建議修改律詩之聲韻，以符合國音，響應于院長詩學革命之倡導。[94]而據報載，參與的詩人，曾將建議攜歸研究，並期盼提案成功，以利「揭起今人作詩不依唐宋之韻，而創造中國詩史上的一個新紀元。」[95]又，不單是詩歌改革論述的提出或詩韻改變的討論而已，于右任其實還曾謀求詩體解放，如同他在抗戰時期所寫長歌復短歌二首、戰場的孤兒四首、老人歌二首等，來臺之後他也數次撰寫白話詩，例如題郭明崙之由黑暗到光明歌便是例子。相同的改革心志，更出現在1952年想要模仿杜甫曲江詩詩體，以達成詩體解放目的，因此本年度所作之詩，多仿杜甫曲江三章體，原本曲江三章為杜甫之創體，調古格嚴，如平韻者，末韻皆為三平，頗似詞曲，後人少有注意，更少有繼作，于右任卻連仿其體，蓋有提倡之意。

而更多詩學觀點的陳述，則是出現在1955年於臺南舉行的全國詩人大會，他提出下列看法：

> 執新詩以批評舊詩。或執舊詩以批評新詩。此皆不知詩者也。舊詩體格之博大。在世界詩中。實無遜色。但今日詩人之責任。則與時代而俱大。謹以拙見分陳如下。
>
> 一、發揚時代的精神。二、便利大眾的欣賞。蓋違乎時代者必被時代僻棄。遠乎大眾者必被大眾冷落。再進一步言之。此時代應為創造之時代。偉大的創造。必在偉大的時代產生。而偉大的時代，亦需要眾多的作家以支配之。救濟之。並宣揚之。所謂江山需要偉人扶也。此時之詩。非少數者優閑之文藝。而應為大眾勵心立命之文藝。不管大眾之需要。而閉門為之。此詩便無真生命。便成廢話。其結果便與大眾脫離。此乃舊詩之真正厄運。
>
> 我是發起詩人節之一人。我們為什麼以端午為詩人節。當然是紀念屈原的。所謂紀念屈原。一是紀念其作品的偉大。一是紀念其人格的崇高。屈原的作品。無論造詞、立意、都為中國詩人開闢一廣大

[94] 〈全國詩人大集會　飲酒賦詩度端陽〉，《中央日報》（1951.6.10），第4版。

[95] 〈全國詩人大集會　飲酒賦詩度端陽〉。

> 的境界。……所以紀念屈原。是紀念他衣被萬世的創作精神。與與日月爭光的高尚人格。做一詩人。最重要的是作品與人格的一致。我們詩人要以屈原的創作精神。將詩的領域擴大起來。以屈原的高尚人格。將詩的內容充實起來。以表現並發揚大時代日新又新的崇高理念。而作者本身。更要有「知死不可讓兮。願勿愛兮」的殉道精神。總之、一方面詩人的喉舌。是時代的呼聲。一方面詩人的思想。是時代的前驅。以呼聲來反映時代的要求。以思想來促進時代的前進。而詩人的生活。更當是實現此一呼聲與思想的鬪士。[96]

在這篇演說詞中，于右任談到新、舊詩人相互批評，其實是不懂詩歌者。由此可知在這時期，新、舊詩派之間已經出現齟齬，于氏才會有此一說。是故，他勉勵詩人要發揚時代精神，並寫出便利大眾欣賞之作，亦即要注意時代性與大眾性。接著則是指出屈原及其創作精神，實為現今詩人典範，當注意作品與人格的一致，並應以詩歌呼應時代，力求作為時代的思想鬥士。於此，可見于右任深切思考了詩人與詩歌之間的一體性，且重視詩人責任，以及時代反映論等。

但，詩歌的本質究竟為何物？要想確切體會，必得細緻思考許多問題，于右任在1956年1月發表的〈詩人職責〉一文，從「詩言志」詩的定義，談到了時代之志、詩人之言、詩之境界、詩之體裁、詩人職責，[97]嘗試經過層層釐析，去彰顯詩歌的真義。此外，于右任還不停思索任何可以讓舊詩產生新生命意義的改變與調整方式，同樣在本年完成的的〈詩變〉一詩中，可以發現他的若干體會：

> 詩體豈有常，詩變數無方。何以明其然，時代自堂堂。風起臺海峽，詩老太平洋。可乎曰不可，哲人知其詳。飲不潔之源，逞無窮之路。涵天下之變，盡萬物之數。人生本是詩，時吐驚人句。不必薄唐宋，人各有所遇。[98]

---

[96] 于右任，〈四十四年詩人節詩人大會講詞〉，收於于故院長治喪委員會組織編輯委員會編，《于右任先生文集》，頁595-596。

[97] 于右任，〈詩人職責〉，《臺灣詩壇》第10卷第1期（1956.1），頁42。

[98] 于右任，〈詩變〉，《臺灣詩壇》第10卷第3期（1956.3），頁1。

在這首詩裡，一個呼應其時代詩學觀點的重要思考，乃是「詩體豈有常，詩變數無方」，因為既然重視詩歌的時代意義，那麼根本不必特別去論唐爭宋，不求常體，詩貴其變，如此方能理解唯有能夠反映時代意義者才是佳作；而正是出於這樣的思考邏輯，于右任的詩學革命才有落實的空間。

接著，承繼上首詩歌的想法，他參加同一年度在嘉義舉行的全國詩人大會，事後將演講稿發表在《臺灣詩壇》，在名為〈丙申詩人節大會演說〉的文章中，做了如下陳述：

> 嘉義居臺灣省之中心。又是臺灣省詩教發祥之地。故詩風盛而詩人多。詩教於此蘊育發展而輻射四方。故詩人始有今日之盛會。
>
> 追憶日據時代。有志之士。以詩教互通聲氣。傳達思想。為民族爭生存。為文化爭地位。卒能很快的光復故物。前代詩人的艱辛奮鬥也如此。現在又到了另一個時代。臺灣在此大時代中。成了反共復國的基地。自由民主的燈塔。對於鼓舞士氣。激勵人心。詩人仍須奮勇負擔。臺灣之詩教過去會保衛了臺灣。將來更進而光復祖國。解救被奴役的同胞。這是可以做到的。可以斷言的。詩教為什麼有這麼大的力量呢。古人說：「詩言志」。又說「詩可以群」。把這兩句話連合起來。就是說詩可以團結人心。……所以在這個大時代中。詩人不獨具有鼓吹中興的使命。更負有為生民立命的重任。詩人應如何自奮自幸。時代固然創造詩人。詩人亦在啟發時代。如此日新又新。詩人與時代皆日臻於至善至美之域。詩人有如此崇高的目標。如此廣闊的境界。
>
> 漢魏歟。唐宋歟。元明清歟。一個時代。自有一個時代的興者。為聖為賢。全看自己的努力如何。而今日之時代。吾知興者當更遠逾前代也。
>
> 何子貞論詩。謂做人要做今日當做之人。即做詩要做今日當做之詩。可知與時代同樣要放而大之。同光時的詩人。求其放大而未能。然已有其志矣。今日在臺灣以身任天下改造之詩人。其作法囿於一派乎。其本身拘於一地乎。其手握寸管目營八荒乎。吾思之。吾重思之。願與諸位先生共勉之。[99]

[99] 《臺灣詩壇》第10卷第6期（1956.6），頁38-39。

倘若參照上列引文之段落，有助掌握于氏的幾個觀點，包括：其一、台灣詩風很盛，日治詩教有利後來的光復；其二、現在是反共的時代，臺灣詩教要保衛台灣，光復祖國，鼓吹中興，為生民立命；其三、時代創造詩人，詩人啟發時代；其四、每一個時代都有屬於自己的興者，今日時代應可勝過漢魏到元明清；其五、體認何紹基所說「做人要做今日當做之人。即做詩要做今日當做之詩。」而從前的同光體未能與時俱進。以上這篇演講稿，顯然是與〈詩變〉所述相符，且有了更多發揮，而其中最為重要者，仍屬詩歌與時代關係論的強調。因此，在反共年代裡，詩歌自當承擔保家衛國的重任，且要能夠鼓勵士氣，創造時代。而關於于右任的這種詩學觀點，在此處他引用了何紹基的說法，然而相似的意見，乃至對同光體的批評，其實都可在崛起於二十世紀初的革命文學團體南社之中窺見。例如柳亞子對「同光體」的不滿或對民族正氣的講求，高旭鼓吹革命的精神；至於于右任所認同的各時代均有其自己當作之詩，這種想法又與馬君武「唐宋元明都不管，自成規範鑄詩材」有近似思考。那麼，出身南社的于右任，雖然未以南社詩論為標榜，但其若干持論卻又與南社主張彷彿呼應，實在耐人尋思。再加上，前曾述及曾今可亦是南社社員，且與于氏都積極宣揚國父三民主義與革命精神，並在編輯《臺灣詩報》時還邀請過柳亞子擔任顧問，而其所編《臺灣詩壇》也在成立之初，就聘請同屬南社的張默君擔任顧問，並一起參與多項詩會活動，互相唱酬，則從曾今可到于右任的在臺相關詩歌活動與表現，或不妨視之為南社精神在臺灣延續發展的一個側向。

而繼上述詩歌時代說的觀點之後，于右任在1958年於臺東舉行的詩人大會中，再次延續1951年曾經談過的詩韻問題，並提出更為直接的改革建議：

> 詩應化難為易，應接近大眾，這個意見，朋友中贊成的固然很多，但是持疑難態度的亦復不少。這個原因：一是結習的積重難返，一是沒有具體辦法。………我今天特向大會提出兩點意見，這只是初步草草的設計，是否可行？是否能行？是否應行？請各位參考研究。一、平仄——近體詩的平仄格律，完全是為了聲調美。但是現在平仄變了，如入聲字，國語完全讀平聲了，我們還要把它當仄聲用，這樣我們的詩，便成目誦的聲調，而不是口誦的聲調了！所謂

聲調美，也只成為目誦的美而不是口誦的美。二、——詩有韻，為的是讀起來諧口。但是後來韻變了。古時同韻的，讀來反而不諧；異韻的反而相諧。如同韻的「元」「門」，異韻「東」「冬」」。而我們今日作詩，還要強不諧以為諧，強同以為異，這樣合理嗎？………現在國家推行的是國語，而我們作詩用的是古韻，這樣一來，不知埋沒了多少天才，損失了多少好詩！古人用自己的口語來作詩，我們用古人的口話來作詩，其難易自見，我們要想把詩化難為易，和大眾接近，第一先要改用國語的平仄與韻。這是我蓄之於心的多年願望！[100]

這次的演講，于氏有感於詩歌對於大眾仍屬困難之物，因此想要針對詩歌聲調音韻予以改革，轉而想要採用國語的平仄與韻，希望在推行國語之後，能夠讓大家可以不必使用古韻，而能直接以口語作詩。關於此一聲韻改革意見的提出，劉延濤〈于右任先生年譜編後記〉有一生動描述：

先生晚年，多主要解放舊詩，謂舊詩拘於平仄拘於韻。非以辭害意，即以音害辭。如年譜內所引先生在詩人大會中的演講。來臺後更嘗作白話詩以為倡導。並主張用「中華新韻」用自己的話寫自己的思想；不要把自己的思想，硬塞入古人的語句裏。[101]

此段文字可與上述參看，當更增情味。不過，如果思及因為國語運動的推行，竟導致詩歌古韻的不合時代，原本力主詩歌要迎合時代、書寫時代的于右任，終究因之而面臨了無法簡易化與大眾化的困境，則這對力主革命詩學、詩學革命的于氏而言，恐怕是極大的尷尬了。

綜上，本文梳理魯迅到于右任典範更迭與重構故事始末，乃始於國語運動，但最終成為右翼詩人領導的于右任，卻也因為國語運動而未能遂行其人的詩學革命理想。

---

100 于右任，〈四十七年詩人節大會在臺東演辭〉，收於劉永平編，《于右任集》（西安：陝西人民出版社，1989），頁235。

101 劉延濤，〈于右任先生年譜編後記（下）〉，《中央日報》（1978.5.1）第10版。

（二）「時代說」的詩學意義

透過前述于右任相關詩歌觀念的彙整，可以發現其人最為重要的詩學觀點，乃在於詩歌應該與時代相應，因而能夠形成具有鼓吹中興作用的革命詩學；對此，筆者將之稱為「時代說」。而事實上，這個說法應該確屬于氏詩學的精華所在，賈景德在〈于右老榮獲中華文藝詩歌首選賦此為賀〉一詩，便言及「作詩重創造，要合大時代。」；同時刊出的楊嘯霞同題詩作，也認同于氏之詩歌係「詩隨時代變，辭華無今古」[102]；二人均以「時代」此一關鍵詞形容于右任詩作特色與精神妙趣。

而對於于氏力倡的「時代說」，做為一位詩人典範的他，其個人言論與主張，其實曾經獲致不少共鳴與推廣。即以于氏擔任榮譽社長的《臺灣詩壇》而言，曾今可〈臺灣詩壇第10卷開始感言〉表示：「于右老再三指示同仁，萬勿忽略時代精神，至理名言，大刊發人深省。……右老為開國元勳，世所共知，但其貢獻於文學者尤大。……其詩歌……不惟代表民族正氣，亦足充分表達時代精神，其影響所及必能鼓動時勢，創立新潮。」[103]顯然《臺灣詩壇》與該社同仁，都會成為宣揚于氏「時代說」詩學觀的重要舵手。另如同刊刊出的陳邁子〈歲首獻辭〉，文中也特別闡釋了詩人與時代的關係、詩歌如何發揮創造時代的精神，以及時代融合形塑詩歌的風格等相關問題，所述多從于右任詩學主張而來。[104]且不僅如此，《臺灣詩壇》在第10卷第1期〈編後記〉中，還描述了1956年于右任獲教育部文藝獎章之後的情景：

> 各大詩畫家為慶賀于右老榮獲中華文藝首選，同深親仰。于上月二十五日，假聯合國中國同志會歡讌右老。到賈景德……等六十餘人。右老精神奕奕，謙靄可風。席次賈景德、梁寒操先後致詞，對右老詩歌多時代創作性備致讚揚，並由鄭品聰、黃景南提議，以此次讌集意義重大，如何發揮時代精神，及擴大詩的境界，今後與會同仁，應每月集會一次，藉資觀摩。即以此次為第一雅集，以賀右老獲獎為題，不拘體韻，各賦詩一章，彙為丙申第一集。每月集會

[102] 以上二人之作參見《臺灣詩壇》第10卷第1期，頁40。

[103] 楊嘯霞，〈前題〉，《臺灣詩壇》第9卷第6期（1955.12），頁3。

[104] 陳邁子，〈歲首獻辭〉，《臺灣詩壇》第9卷第6期（1955.12），頁2。

一次，賦詩作畫各盡其長，其佳作按月由本刊登載，年終並出詩畫專集，期以完成闡揚國粹之大任。[105]

在為于右任獲獎所開慶祝歡讌中，眾人肯定于右任詩歌的時代性意義，並表示爾後大家要每月集會一次，一起觀摩學習如何發揮時代精神，或擴大詩歌境界，相關佳作則會按月刊出。

那麼，到底要如何看待與詮釋于右任「時代說」的詩學意義呢？如果從日治時代臺灣詩學來談戰後狀態，又會有何發現？關於日治時代臺灣詩學情形，最為重要的自是「風雅論」莫屬。不過以「風雅」詩論而言，這既是一個詩論，但對臺人而言，也同樣是一「話語」運作。因為一方面，日本致力推展其日式的「風雅」美感精神，促使臺灣扢雅揚風，塑造出一個具有高尚興味的清雅社會，讓臺人沈醉於詩歌風流之中；但另一方面，則是進行中國風雅教化詩觀的挪用與再詮釋，尤其是在與國家殖民主義有所嫁接後，「風雅」話語充當日本統治者的意識型態工具，隱含了權力的施加和承受的意義，於是「風雅」話語與詩人教養／馴化、和衷協同的親善任務相連結。[106]面對日治時代極具文學政治色彩的風雅論，到了戰後究竟會出現何等變化？而從「風雅論」到「時代說」的詩學變化意義為何？

在探討此一問題之前，也許可以先行省思1948年所舉行的第一次全臺詩人大會的情景，由於林獻堂有參與這次的詩會，因此他的想法值得探究。他在〈全省聯吟會祝詞〉寫下內心感觸：

古人有言曰詩言志，又曰詩為心聲。……既能抒人之情懷，引人之興致，又可發人之深省與警惕。……詩學一道，啟雕蟲小技也哉！……今也國土重光，山川依舊，而老儒碩學，先後凋零，若不有以振興之，他日文喪詩亡，深茲憂懼。此次嵌南詩友倡開全省聯吟大會，實為崇尚斯文，獎掖後進之壯舉。[107]

---

105 〈編後記〉，《臺灣詩壇》第10卷第1期，頁38。

106 關於「風雅論」更多的討論，參見黃美娥，〈日、臺間的漢文關係：殖民地時期臺灣古典詩歌知識論的重構與衍異〉，收於吳盛青、高嘉謙主編，《抒情傳統與維新時代：辛亥前後的文人、文學、文化》（上海：上海文藝出版社，2012.11），頁402-431。

107 林獻堂，〈全省聯吟會祝詞〉，《建國月刊》第2卷第6期（1948.9），頁6。

對於戰後首次全臺詩人大會，林獻堂採用《毛詩序》說法，肯定詩歌具有表達個人心聲情感的作用，同時可以發出深省和警惕，所以強調詩歌並非雕蟲小技，其次是將此次全臺詩會視為日治結束之後的詩學斯文重興，故深切期盼以後能夠延續這個詩文傳統，並獎勵後進詩人。於此，林獻堂所關心的顯然是漢詩詩歌傳統延續發展的問題，也就是對漢文命脈的重視。然而林氏所關注的焦點，卻沒有成為于右任掛心之事，如同曾今可一般，于右任在多次演說中，都高度肯定臺灣是一個具有詩教文化之處，且具備民族正氣，因此能夠促成戰後的光復事務，這由前引〈丙申詩人節大會演說〉可知一斑。因此，與林獻堂之想法不同，于右任在1951年全國詩人大會中，所期盼寄寓的是革命詩學，這相當不同於日治時代以和諧、優美、親善、馴化為特徵的風雅論詩學，反而要以高熱情、責任感去面對時代挑戰，繼而從事反共、復國工作。因此，從風雅論到林獻堂保存斯文，乃至于右任的時代說，戰前到戰後的臺灣詩學主張，顯然出現不小的轉折與變化。

　　而標舉「時代說」的于右任，在1955年被教育部提名參選文藝獎選拔之初，原曾多次寫信給教育部，表示請勿提名，但最後仍獲獎。為此，使他更加慎思詩之志、時代之志、人之志、詩之境界、詩之體裁、詩人職責之間的許多問題，他以為：

> 詩言『志』，志是時代之「志」，人類之「志」，故古有採詩之官，欲因之而知時代之趨向、人類之志向，其所欲者樂成之，其所否者革除之，故詩人之關係新運也至重大，今日時代之「志」為何？人類之「志」為何？詩人之應言者又為何？為適應此大時代與人類之呼喚，詩之境界應如何使之擴大？詩之體裁應如何使之靈活？此乃今日詩人之唯一職責，而願隨諸作家之後，相共勉焉。拙作實不足取，然青年作者如能以拙作且可入選，因而砥礪奮發，使新中國之詩苑，因老樹著花，而萬卉爭芳，放大香於大地，則我又只有黽勉接受矣！[108]

這一段由個人小「志」出發，擴大談到時代之「志」、人類之「志」，乃至希望適應大時代、追求詩歌境界擴大的審美意趣，實與日治時代風雅論

108　〈文藝獎金得獎人　于右任談詩人職責〉，《中央日報》（1955.12.26），第4版。

的重風流、優美、親善與和諧大相逕庭。在得獎之後，賈景德等人邀宴祝賀，于右任作詩〈迎接戰鬥年〉以申己意[109]，由此詩題就更能明白所謂「老樹著花」的詩人心事了！同時也更能理解其人詩作何以能鼓動時勢，因而可以協助復國建國大業。因此從先前對於革命精神的鼓吹，到直接命題寫出〈迎接戰鬥年〉時，于右任所謂的詩歌與時代關係，其實已與1950年代蔚為主流的反共文學、戰鬥文藝，兩相契合。不過，儘管如此，在反共文學與戰鬥文藝大纛之下，因為無法隨著國語運動一起前進革命的舊文學，最終還是會逐漸成為時代下的落伍者。

五、結論

本文針對戰後臺灣文學場域進行考察，在一般學界偏重留意的魯迅典範建構狀況之外，另外指出于右任與臺灣古典詩壇實亦具有相當密切的關係，值得予以關注。而全文除了說明曾今可如何在于右任來臺之後，努力協助促成其與臺籍詩人往來互動，以及進一步成為省內、外詩人典範的原因與過程，還將相關現象與戰後魯迅風潮與反魯情形相連結，故能發現其中有著左、右翼重要文學典範更迭替代的意味。

其次，為了便於梳理從魯迅到于右任典範移轉所蘊含的文學史意義，文中先從戰後臺灣文學與中國文學的嫁接關係談起，透過國語運動及其相關語文問題的爬梳，最終闡明于右任所帶動的典範生成與消解，將會與臺灣舊詩、古典文學地位升降息息相關，其中實際牽涉著新／舊文學頡頏競爭的問題。再者，由於在戰後初期三民主義、國父言論及其革命事蹟，對於臺灣文學頗具啟發與影響意義，並導致左右翼作家對於民主主義、民族主義各有倚賴，甚至產生以國家或人民為重的不同趨向的創作目的與寫作觀點，在此情形之下，以曾今可為主編的正氣學社刊物所代表的民族主義文藝觀，在于氏來臺之後獲得了更多發展與茁壯空間，且由於于右任兼具革命元老與愛國詩人的形象，以及其人強調標榜符應時代精神的詩學觀，不僅上承戰後初期以來臺灣社會與文壇對於孫中山三民主義與革命精神敬仰情懷的延續，甚而更與反共文學、戰鬥文藝相連結。至於，本文在分析

---

[109] 于右任，〈迎接戰鬥年〉，《中央日報》（1956.1.11），第4版。詩作內容：「合以詩將歲月酬，寧忘後樂與先憂。行看渡海高歌返，未忍當筵不醉休。老樹花香鬥春訊，□杯力大卻寒流。中原七載□消息，穿眼收京復舊郵。」〔按：□字體無法辨識〕

上述問題之中，所勾勒出的從曾今可到于右任在戰後臺灣古典詩壇的角色意義，則或可視為中國革命著名文學團體「南社」在臺灣精神延續的一個側面，後續值得更深入的考掘。

綜合前述，本文選從魯迅與于右任典範轉變現象出發的考察，雖屬以小窺大，但因為試圖綜觀左／右、新／舊不同文學勢力的流變與較勁，因此應當有利於彰顯戰後臺灣文學秩序重整的樣貌，而這也是一個不同以往的研究視角與方法論。

引用書目

（一）報刊

《新風》（臺北：昌明誌社，1945.11-1945.12）。
《藝華》（臺北：藝華印書館，1946.1）。
《心聲》（新竹：臺灣心聲報社，1946.7-1947.2）。
《正氣半月刊》（臺北：正氣出版社，1946.4-1946.7）。
《正氣月刊》（臺北：正氣出版社，1946.10-1947.5）。
《建國月刊》（臺北：建國出版社，1947.10-1948.9）。
《臺灣詩報》（臺北：臺灣詩壇月刊社，1949.1-1949.2）。
《臺灣詩壇》（臺北：臺灣詩壇月刊社，1951.6-1956.6）。
《民聲日報》（臺中：民聲日報公司，1956）。
《中國一周》（臺北：中國新聞出版公司，1969）。
《文化交流》（臺北：傳文文化事業公司，1994，覆刻本）。
《台灣文化》（臺北：傳文文化事業公司，1994，覆刻本）。
《新新》（臺北：傳文文化事業公司，1994，覆刻本）。
《中央日報》全文影像資料庫（臺北：漢珍圖書公司）。

（二）期刊論文

孫吉志，〈1949年來臺古典詩人對古典詩發展的憂慮與倡導〉，《高雄師大學報》第31期（2011），頁93-118。

（三）論文著作集

黃美娥，〈戰後初期的臺灣古典詩壇（1945-1949）〉，許雪姬主編，《二二八事件60週年紀念論文集》（南港：中央研究院臺灣史研究所，2008），頁291-296，。

———，〈戰後初期臺灣文學新秩序的生成與重構：「光復元年」——以本省人士在臺出版的數種雜誌為觀察對象〉，楊彥杰主編，《光復初期臺灣的社會與文化》（福州：福建教育出版社，2011），頁270-297。

———，〈日、臺間的漢文關係——殖民地時期臺灣古典詩歌知識論的重構與衍異〉，收於吳盛青、高嘉謙主編，《抒情傳統與維新時代——辛亥前後的文人、文學、文化》（上海：上海文藝出版社，2012），頁402-431。

（四）專著

于右任先生百年誕辰紀念籌備委員會編，《于右任先生年譜》（臺北：國史館、監察院、中國國民黨中央黨史委員會，1978）。

于故院長治喪委員會組織編輯委員會編，《于右任先生紀念集》（臺北：于右任先生紀念集編委會編，1964）。

中島利郎編，《臺灣新文學與魯迅》（臺北：前衛，2000）。

徐秀慧，《戰後初期（1945-1949）臺灣的文化場域與文學思潮》（臺北：稻鄉出版社，2007）。

曾今可，《亂世吟草》（臺北：臺灣詩壇，1948）。

張雲家，《于右任傳》（臺北：中外通訊社，1958）。

張健，《于右任傳——半哭半笑樓主》（臺北：雨墨文化，1994）。

陳三井、許雪姬訪問、楊明哲紀錄，《林衡道先生訪問紀錄》（臺北：中央研究院近代史研究所，1992）。

陳建忠，《被詛咒的文學：戰後初期（1945-1949）臺灣文學論集》（臺北：五南圖書出版公司，2007）。

陳培豐，《想像和界限：臺灣語言文體的混生》（臺北：群學出版社，2013）。

黃惠禎，《左翼批判精神的鍛接：四0年代楊逵文學與思想的歷史研究》（臺北：秀威出版社，2009）。

楊逵著、彭小妍主編，《楊逵全集》（臺南：國立文資產保存中心籌備處，2001）。

龍瑛宗著、陳萬益主編《龍瑛宗全集》（臺南：國家臺灣文學館籌備處，2006）。

（五）會議論文

徐紀陽，〈「魯迅風潮」的消退與「反魯論述」的泛起——1949年前後的《民聲日報》、《天南日報》、《民族報》、《臺灣新生報》及其他〉，《「臺灣文學研究・兩岸青年論壇」學術研討會》宣讀論文（廈門：廈門大學臺灣研究院，2012.7.5），頁123-136。

黃美娥，〈從「詞的解放」到「詩的橋樑」——曾今可與戰後台灣文學的關係〉，發表於四川大學文學與新聞學院、四川大學現代中國文化與文學研究中心、臺灣中國現代文學學會、臺灣東華大學華文文學系合辦，「海峽兩岸百年中華文學發展演變」學術研討會（成都：四川大學文學院，2011.4.16）。

Paragons of Post-war TaiwanLiterature: Lu Xun to Yu Yu-jen with Rise & Decline of Classical and Modern Literature

Huang, Mei-e*

Abstract

A well-known phenomenon of post-war Taiwan literature is the predominance of Lu Xun. In contrast, Yu Yu-jen, a revolutionary veteran who also had lots of influence on Taiwan literature, did not get due attention. This article first traces how Yu became a paragon of poetry in post-war Taiwan with the help of Tseng Jin-ko who had polemics with Lu. It also explores how the alternate emergence of modern left/right-wing literary models was related to the rise and decline of classical poetry and classical literature in Taiwan. Finally, the article elucidates Yu's perspectives on poetry and their significance in the history of literature. Re-evaluating the importance of Yu on the poetry scene in post-war Taiwan highlighted the stimulation and impact he had brought to Taiwan literature, which was being reformed in that era. Moreover, it offers insight into the deep structure and ecology of post-war Taiwan literature. Furthermore, as members of the famous Chinese revolutionary literary group "Nan Sheh", Tseng and Yu's involvement and engagement in the post-war Taiwan poetry arena can be viewed as a continuation of the "Nan Sheh" spirit inTaiwan.

Keywords: Yu Yu-jen, Lu Xun, Tseng Jin-ko, Post-war Taiwan Literature, Nan Sheh

---

* Professor, Graduate Institute of Taiwan Literature, National Taiwan University.

郭松棻、〈月印〉、與二十世紀中葉的文學史斷裂[*]

張誦聖[**]

摘要

本文透過臺灣重要作家、上世紀七〇年代海外釣運風雲人物郭松棻的中篇小說《月印》，來凸顯二十世紀中葉華人社會「斷裂」（rupture）現象背後的意識形態糾葛。第一節簡單介紹概念框架。第二節集中討論這篇小說如何以高度藝術化的風格，呈現出了冷戰時期一個關鍵性的時代主軸：「介入」和「非介入」兩種公民倫理之間宿命式的對峙。最後一節追溯郭松棻不尋常的生涯軌跡與當代臺灣文學場域裡不同美學位置之間參差性的重疊分合。比如說，《月印》對日本殖民時期的緬懷召喚，預示了臺灣島內本土派的崛起；而作者在左翼與自由主義之間的擺盪，則延續了現代、鄉土派作家的核心爭議。這篇傑作所標示的臨界點位置為我們提供了重新審視臺灣文學史版圖的寶貴素材。

關鍵字：郭松棻、《月印》、臺灣文學史、冷戰、釣運、斷裂、「介入」、「非介入」

---

[*] 本文初稿宣讀於「第一屆文化流動與知識傳播國際學術研討會」，修訂後曾刊載於《文學評論》2016年第2期，頁169-176。

[**] 美國德州大學奧斯汀校區亞洲研究學系教授。

一、二十世紀中葉的文學史斷裂

相較於西歐社會裡「現代文學」作為一種社會體制歷經數百年的演化過程相比，東亞地區十九世紀晚期啟動的現代文學發展進程呈現出高度壓縮的現象。同時，其間由政治因素所造成的「斷裂」（rupture）現象格外令人矚目。對華人社會來說，一九四九年發生的歷史劇變，在至今超過半世紀的時光裡，於文學史敘述中所造成的對立與分歧，是至今還沒有被釐清的一個嚴肅課題。

環繞著「傳統」和「現代」的各種議題一向受到文學研究者的高度關注，無非是因為十九世紀末、二十世紀初那場前所未有的大斷裂，引發了天翻地覆的秩序重整，影響至今。學者們仍不斷對「前現代／現代」二分史觀武斷性直接或間接地提出異議。比如強調某個美學感知形式或文學底蘊——像「抒情傳統」——的賡續性，則可說是一個 “longue durée”（法國年鑒學派「長時段」）的分析角度，認為亙久性的特定結構足以超越偶發性的斷層。[1]然而，如果將焦點轉到僅涵蓋百餘年的「現代」，並且把考慮範圍跨大到文學作品周遭的生態脈絡，那麼由二十世紀中葉的劇變所開啟、被全球冷戰格局所劫持的一系列極端形式的斷裂，仍然對各種整合性敘述有著強烈的牴觸。我以為，對這個現象的持續追問和細心探討，最終將有助於我們進一步闡明東亞現代社會裡有異於西方的「現代文學體制衍化模態」（modality of the evolution of modern literary institution）。

西方學者慣以二次大戰為分界線來討論上世紀各種歷史文化現象，從某種意義上說，「戰前、戰後」所劃定的時間範疇也大體適用於全球。然而值得強調的，是在這個大分水嶺之後，華人社會在倡立文化生產典範、建構文學史表述方面所採取的激烈舉措，對試圖建立一個獲得學界共識，理論基礎堅實的文學史框架，仍然有舉足輕重的影響。

冷戰結束後的二十多年來，兩岸學者對文學史敘述所作出修正、補闕，幅度之大，鮮有倫比。用一個概括性的說法來總結，這些文學史「重

---

[1] 參考陳國球、王德威編，《抒情之現代性：「抒情傳統」論述與中國文學研究》（北京：生活・讀書・新知三聯書店，2014）。

寫」的核心工作，是剝除層層的歷史蒙蔽。首先，對於身處其中的個人來說，這觸及到心靈深處的情感依歸和道德信念，因此具有專業領域之外的意涵。其次，毋庸諱言，九十年代起臺灣學界對日治治時代的重新發掘與中國大陸八十年代對一九四九年之前的「現代文學」掀起的研究熱潮，與本地複雜的文化政治脈絡之間有再密切不過的關係。然而其中一個共同處，是試圖援用專業文學批評的知識和標準，對一段有當代人親身見證的文學史被抹煞、掩蓋、扭曲作出盡可能客觀的修正。跨出東亞的範圍來看，這或許和冷戰後東歐、德國、前蘇聯的現象或有可以彼此參照之處。如果與英美學界近年來對受冷戰意識形態迂迴滲透的文化生產的檢討相比，則有程度和性質上的基本差異。一個重要的原因是，兩岸二十世紀中葉的威權政體對與政治緊密掛鉤的文化生產的管控，使得文學史敘述的空間被擠壓得十分狹窄。因此，二十世紀末學界對官方版本文學史的質疑、改寫，就顯得發聾振饋，多少蒙上了捍衛「真象」的光環。

平心而論，在學界裡佔有顯學地位從來都是個雙面刃。一方面，體制化了的學術再生產在強勁的社會力和流行文化消費需求的推波助瀾下，免不了孳生新的迷思和意識型態包袱。另一方面，研究者們專業化的資料蒐集，和對長期佔有主導地位的詮釋框架的挑戰，為這個學術領域打下堅實的基礎，注入了新的思辯活力，則是無可否認問的。正因如此，我們期待未來這方面的努力更需謹慎，將文學專業與歷史經驗的糾纏放在一個被觀察的位置。我個人以為從文學史時序性發展中的結構性因素入手，以週期、斷裂、時差、縫隙、系譜、嫁接等概念出發，或許是一個值得探索的方向。

過去幾年來，國共內戰的大動亂、大遷徙在兩岸三地的學術、文化市場中成了聚光燈下的熱點。[2]以此為題材的流行文化產品方興未艾，其中不乏高質量的佳作。然而，眾所周知，基於商業市場中流行文化本身的內在邏輯，除了較為粗糙的產品中煽情、化約、強化刻板印象的缺點之外，中額（middlebrow）文化產品對人們本能的歷史認知需求提供替代性的滿足的傾向，也使得曾經被遮蔽的歷史真實，有再一次被淹沒、或遭到主流敘述置換的可能。這應是文學研究者重訪二十世紀中葉現代文學史所經歷的

[2] 如大陸電視劇《潛伏》，《人間正道是滄桑》、《北平無戰事》；電影《風聲》、《雲水謠》等。以港臺為主、聲勢浩大的則數非虛構性創作《大江大海》，電影《太平輪》。

決定性「斷裂」的一個契機，也是一次嚴肅的考驗。

由於一九四九年後大陸和臺灣所開啟的新文學秩序一個基本核心元素，恰恰是建立在對斷裂前本地的主導性文化秩序的極端否定上，因此某些當代人記憶猶新的文學史實或被從文學史敘述中抹除，或受到目的鮮明的重新詮釋。從這個角度看，兩岸一九四九年後發生的文化史斷層，常出現意識型態內容對立、形式邏輯上卻平行的矛盾現象。我們因此有必要將「遮蔽」和「曲解」作為一種文化機制（mechanism）來輔助我們的分析，才能把歷史進程中「超出預期的後果」（unintended consequences）納入視野。除此之外，極大程度增加了結構性分析難度的，是一九四九年這個文學史斷裂的「重層性」。[3]它不只是延續國共內戰的敵對所造成的「共時性」地理空間分隔，同時基於現代國家主體性或階級革命意識形態的政治需求，也對被新主導文化秩序所否定的前行文學遺產，在「歷時性」層面作出切割。兩個性質不同的「斷裂」生產出來的效果卻有時雷同——比如呈現於對文本、作家兩極式的褒貶——有時互相交織。不過，最為棘手的，莫過於社會學理論所提醒我們的，美學感知（包括文藝欣賞和評鑑的準則）的形成，是集合了個人宿習、群體美學信念、文化生產場域規律、以及偶發因素的複雜過程，充滿了隱微的不確定性。因此長期造成的分歧內核往往超出了單純的是非顛倒，也無法隨著政治箍咒的解套而一夕間被翻轉。

一般說來，最易於辨識的、也是過去二十年吸引了大量關注的，是發生於實質或象徵層面的各種「暴力」。不少論著鎖定緊臨這場世紀斷裂發生的前後時段，將「非常態」文化生產的內容，聯繫到如戰爭、創傷、離散、懷鄉等具有普世性的文學母題上。啟動得更早、與上世紀末政治自由化潮流同步發生的，則是具有政治意涵的「平反」行為。其中一類著墨於撫平動亂之後由上而下的強制性文化統御措施，著眼點經常是它的負面效應。比如新秩序下，重新訂定的文學場域入場資格審核標準往往將一批原有的成員排除在外。而新的主導美學範疇的奠立，意味著個別文學參與者所擁有的文化資本的價值被重新調整，造成位階翻轉，和群體之間新的不平等。個別文學參與者對這個新生態的對應，退隱、屈從、自我改造，則成了牽涉到道德領域的評價。另外一類，如臺灣日治時期、大陸對民國時

[3] 此處「重層性」受黃美娥「重層現代性」一詞的啟發。

期的研究，則是把時間點推至大分水嶺之前。然而主要針貶對象，仍然是二十世紀中葉的文學論述生產，對受到它的評鑑系統排拒、忽略、或汙名化的前輩文學參與著做出「平反」。

林林總總修正論述的背後，質疑、撼動既有文學史評價準則的意圖不言而喻。然而不論是基於個人關懷，或是基於學術規範，旨在進一步闡明特定文學史專業議題的究屬少數。而這正是本篇論文的出發點。藉由對臺灣戰後世代一位堪稱「異數」的小說創作者郭松棻的近距離凝視，本文試圖將一九四九年歷史斷裂的文化效應，與文學史系譜的分支合流作一些連結。除了透過戒嚴時期的臺灣文化場域中幾個最重要的「美學位置」（artistic positions）來凸顯政治意識形態與藝術概念之間的錯綜糾纏之外，更希望藉此對現代東亞文學由西方汲取資源的高度壓縮過程中文藝系譜「嫁接」的現象稍作闡明。

本文主要分析對象是被公認為臺灣當代一流小說創作者郭松棻寫於八〇年代初的中篇小說〈月印〉（1984）。甫從保釣運動遺緒中抽身的郭松棻，以自己前二十年的生命經歷為參照，在這篇小說裡對和「左、右」之爭相對應的「介入、不介入」兩種公民倫理之間的衝突有深刻的反思。在很大的意義上，這也是臺灣戰後世代知識分子所共同面對的一項政治難題。作為十九世紀以來橫掃全球的資本主義、社會主義對峙的產物，左右之爭也緊密伴隨著文學流派、美學意識形態在東亞的傳播。以當代臺灣而論，它無疑主宰了七〇年代鄉土文學運動和留美學生保釣運動的主要文化論述。郭松棻六〇年代受現代主義洗禮，留學美國時狂熱地投身於政治長達十年之久才「重返文學」。因為與同輩創作者之間的「時差」，在稍早的文學史中是被遺漏的。本篇的討論因此也提供了一個機會，讓我重訪當代臺灣文學系譜錯綜複雜的軌跡。

二、〈月印〉：兩種公民倫理的對峙

〈月印〉和淬練出這篇這篇傑作的郭松棻生平際遇，於是成為二十世紀中葉重層性「斷裂」的一個縮影。這個斷裂是啟動臺灣戰後世代生活世界洪流的總閘門：被隔絕的對岸和日治時代所激發的想像和欲望，與對主導性文化中蒙蔽和欺瞞的怨懟相互交織，成為潛藏在平靜表面下的洶湧暗流，具有一觸即發的威脅性。郭松棻是把這個癥結性的衝突反映在生命實踐中的戰後知識分子中的一員。所不同的，是他在生命中一個不同的時段，透過創作來探索這種「介入」行為背後的險峻幽微。

出生於1938年，早慧而對當代歷史脈動極其敏感的郭松棻，幼年在銘刻著極多日治時期印記的臺北舊城區大稻埕渡過。父親郭雪湖（1908-2010）是著名畫家，親身經歷了殖民地知識分子跨越一九四九年鴻溝的諸多艱難，尤其是語言轉換的噤聲之苦，顯然是日後郭松棻作品中「想像禁區」的一個模本。臺大二年級從哲學系轉外文系，畢業後擔任英詩講師，廣泛閱讀存在主義，參與前衛《劇場》雜誌活動，並透過與自由派學者殷海光之間的私誼，體會到國民黨高壓下異議份子的困境。這些經驗刻痕顯然是他對當時被劃為禁區的左翼思潮、殖民地臺灣、中國現代史等產生想像和投射欲望的基礎。一九六七年出國，在柏克萊加大比較文學博士班就讀時，受到當時美國校園裡如火如荼的反戰反體制運動影響、並造成大批臺灣留學生左轉的保釣運動爆發，而郭松棻因緣際會成為這個運動的風雲人物，被國府列入黑名單。運動式微後仍狂熱投入左翼理論鑽研，直至健康受損，身心俱疲，才在八十年代初淡出，重啟創作生涯。此時郭松棻已在代表中共的聯合國部門任職。

在同輩中引起深刻共鳴的〈月印〉中最凸出的一個主題，是「介入」和「非介入」（engagement; disengagement）兩種公民倫理之間的互相牴觸。而貫穿全篇的「介入」主題，與公民抗議、「公共空間」等自由主義理想息息相關。這個理想很大程度上是藉由「文藝青年」受到一個流傳於現代東亞的進步思潮的啟蒙和獻身來表達。這個進步思潮源自於西歐現代文明的精華，透過日本的仲介來到臺灣：故事主角文惠和鐵敏所經歷的最初啟蒙，來自於喝英國紅茶、賞識他們的中學老師佐良春彥因主辦思想性文學雜誌被殖民當局視為危險人物而徹職，以及報載一位研究亞洲熱帶作戰名家北村孝志以自殺抗議因親臺而被遣返的新聞；戰後引介他們與大陸朋友（後來證明是中共地下組織）相識的蔡醫生曾經留學德國，並自詡是日本明治維新的產兒。同樣的影響路線也出現在另一個中篇〈驚婚〉裡。[4]〈驚婚〉中的父親給日本學監的信中透露出他對起源於西歐的近代文明的極端仰慕，視之為人類精神境界所達到的最高點。

理想與「蒙蔽」幾乎是互為表裡的，而且其間的微妙關係是透過主觀

4　寫於八〇年代，2012年才由李渝整理出版。見郭松棻，《驚婚》（臺北：印刻，2012）。

想像的媒介，比如鐵敏腦海裡出現的被白雪覆蓋、乾爽的北方、文惠在蔡醫生家看到的大陸朋友送的一株老梅。作者本人對這種純潔高貴的理想主義顯然保持了一個觀看距離。〈月印〉中形容鐵敏與蔡醫生談到托爾斯泰時，靈魂深深被觸動，找不到言語來表達，只能重複「噢，偉大」這兩個字。而這種超越理性的理想主義，在代表「非介入」的女主角文惠那裡，就成了不切實際的空談。比如，鐵敏瞞著文惠投入共黨地下活動時經常抱怨時局，而經文惠追問時又說不出個所以然來。只有一次比較具體：鐵敏批評「他們」無限制電魚破壞新店溪自然環境。嚴格說來，這和陳映真故事對勞動人民、階級剝削、資本主義等較為核心的左翼元素不同，而更傾向於對公民參與公共政策制定的訴求。

郭松棻對理想與蒙蔽之間曖昧關係的敏感度可以聯繫到他出國前臺灣的文化氛圍。和他一樣是執迷於存在主義、早逝的《野鴿子的黃昏》（1966）作者王尚義，被視為六〇年代文藝青年虛無的寫照。背後一個癥結是年輕人的公民理想在現實政治環境中沒有實踐的可能性。而從文學「再現」（representation）這個層面來說，受到國民黨「大中華中心」完整教育的這一代，面對的是在官方敘述中被「過度表述」的民國時期的大陸，以及被排除在外的「當代中國」、「殖民地臺灣」兩個時空禁區。這個主導文化所激發的文學想像，在陳映真〈鄉村的教師〉（1960）、〈文書〉（1963）中有動人的呈現。而郭松棻八〇年代的作品裡——尤其是〈驚婚〉——似乎試圖重新捕捉這個時期的特殊氛圍。於是我們看到和陳映真作品中彷彿同出一爐的陰鬱敏感青年、強烈而無明確內容的慾望、烏托邦式的空洞脆弱的理想主義、突兀荒謬的非理性事件、對踰越禁忌的恐懼……以及血光、瘋狂、和死亡。

瀰漫於文化氛圍中的欺罔性是表達的對象，也可以是制約了作者本身、甚至產生曲解的元素。由於「真實」被強制排除在認知範圍之外，理想主義在現實世界裡找不到對應物，因此陳映真筆下的吳錦翔、康雄在烏托邦式的理想主義破滅後必須以自殺逃避現實；而郭松棻〈驚婚〉裡有莫名奇妙的與國家機器衝撞的情節；〈草〉（1986）裡敘述者偶然在報上得悉他心儀的一位留美神學院研究生回臺後若干年「因涉嫌叛亂，被判刑入獄」。[5]而〈雪盲〉（1985）裡主角幼時偶然接觸到魯迅作品，從而對「受

5 郭松棻，《奔跑的母親》（臺北：麥田出版社，2002），頁164。

壓迫者」投射出近乎神聖的同情，甚至抒情化了〈阿Q正傳〉裡吳媽這個角色：「再沒有像吳媽那樣一對無辜的眼睛了。以致於阿Q在赴往刑場的車上突然有了唱一支歌給她聽的意思」。[6]可說是一個執拗地尋找「對應客體」（objective correlatives）的負面例子。陳映真在一九六八年的《現代主義的再開發》裡否定了自己早期作品，批判臺灣作家對現代主義膚淺的模倣。而究竟已處於人生不同階段的郭松棻，在〈月印〉這篇更以寫實情節為主的中篇小說裡，將這種理想主義的「主觀投射」設計為小說中人物的行為，而獲得了一個寶貴的客觀距離。這使他得以超越以「虛無」涵蓋一切動機的詮釋方向，擺脫對心理分析潛意識手法的依賴，進一步將「欺罔性」微妙複雜的面向透過清晰的寫實性情節，作出思辯性極強的呈現，將「是非相對性」這個現代主義文學的核心精神體現得淋漓盡致。故事裡不再將「主觀想像」賦予曖昧可疑的特性；僅管含有蒙蔽、欺瞞的因子，但並不因此而否定它的正面意涵。譬如說，文惠初次邂逅「大國女子」楊大姊時充滿了艷羨欽慕，自覺相形見慚。文惠的想像基礎除了楊大姐的衣著談吐，還有她身為母親卻仍闖蕩大江南北為愛國理想獻身的滄桑經歷。這與楊大姊的中共地下黨員的真實身分所造成的欺瞞之間的對照，是個極大的諷刺。然而這個諷刺並不意味著對文惠主觀投射的否定，反而豐富了它的張力：因為文惠的妒忌中其實也包含了她對「介入」型人物魅力的無能抗拒。

更能彰顯〈月印〉與虛無主題的告別之處，是故事裡明確地指出了控訴的對象為「國家機器」的暴力，同時透過鐵敏這個有行動力的激進青年，來取代康雄、吳錦翔、〈驚婚〉主角的存在主義式的反抗意識。「國家機器」的代表，首先是軍國主義的日本政府。故事開端，文惠從收音機裏聽到太平洋島嶼一個接一個「玉碎」的消息，她於是開始憂心起在高中生徵兵訓練營裡罹患癆病卻即將被送到南洋戰場的男友鐵敏，不免發出這個疑問：最後是否要連「臺北橋」一起「玉碎」下去呢？

與將學生徵召上南洋戰場送死的殖民政府相比，戰後接收臺灣的國民政府剷除異己手段殘酷，並且縱容不肖之徒破壞本土自然環境。對武力的壟斷和不顧公益的行政管理，恰好是「國家」這個現代體制自由主義政治主張中必須以「公民空間」來抗衡的弊病。也是貫穿〈月印〉裡「介入」

---

[6] 郭松棻，《奔跑的母親》，頁191。

型知識分子所追求的正面價值。同時，作者還以側寫的手法，來傳神地描繪在一個公共空間被壓縮的社會裏，普通人無力、墮落的狀態。比如文惠的母親和親戚只能在閒談中轉述戰爭中「被吃」的臺灣兵的「謠言」；或者是當鐵敏和共黨地下工作者被捕時，街坊上用輕佻、近乎幸災樂禍的口吻來散佈這個消息——「這是綁好的一串毛蟹，一串七隻，只要從繩頭一拉，一隻也逃不了」。[7]

「介入」型理想的對立面，是文惠和她的母親所代表的，與之抗衡的另一套生活真理。文惠的「不介入」來自於她所受的教養，一種布迪厄所謂的「宿習」（habitus）——郭松棻在訪談中說文惠是他所熟知的臺灣女性的縮影——以及她在戰後極端困境中護理病危的鐵敏所鍛鍊出來的強韌生命力。作者並屢次把這種生活真理與「臺灣」本地鄉土作象徵性的連結；文惠一再以抒情性的筆調描繪在臺北遭受轟炸庇佑她與母親的花蓮海邊老家。故事中種種具有女性特質的「非介入」生活真實，扮演的無疑是與「介入」型政治行動的對立面。而作者顯然把「文化中國」所散發的魅力和「介入」倫理聯繫在一起；兩者處於對立競爭的態勢，呼之欲出。鐵敏病後，文惠原想帶他回花蓮老家探訪，卻碰巧收到蔡醫生的聚會邀約。就是在這次聚會，文惠驚豔於大陸朋友送的那株老梅、楊大姊亮眼的旗袍、而發出「亮亮堂堂」的中國女性和悽苦單薄的日本女性風儀之間對比的感慨。

然而「介入、不介入」這兩種勢均力敵的生活真理，最終卻都被現實中個人無法駕馭的國家暴力所粉碎。鐵敏被槍決，而他與文惠之間沒有子嗣——文惠堅持不與鐵敏圓房，是為了讓鐵敏完全康復，以確保她達到美滿婚姻生活的理想。下面對〈月印〉結尾一個關鍵場景的解讀，顯示出郭松棻如何將這個悲劇性結局與二十世紀中歷史「斷裂」之間作出象徵性的聯繫。透過這種聯繫，他把「介入、非介入」的兩種公民倫理之間的轇葛提昇到一個更高的層次。

鐵敏死後，闖下大禍的文惠處在過度震驚的麻木中。有一天，新上任的派出所所長來訪，由衷地讚美「太太」的「大義滅親……太了不起了」。[8]這幕場景荒謬得近乎黑色幽默：不懂國語的文惠母親文雅地奉茶待

---

[7] 郭松棻，《雙月記》（臺北：草根出版，2000），頁117。

[8] 郭松棻，《雙月記》，頁113-115。

客；不諳當地習俗的外省籍所長逕自穿著皮鞋粗魯地踏上整潔的榻榻米。這個情節有力地表達了一九四九年政權轉移所造成的「斷裂」的全盤性。除了政治迫害，更基本而全面的斷裂，是日常生活規則的重新編碼。外省里長口中的「大義滅親」連繫了一整套更貼近「文化中國」的道德性主導文化。和前述日本軍國政府所說的「玉碎」，都是不折不扣的現代國家統治話語；藉由挪用前現代意義系統中的修辭，徵召國民為集體利益做自我犧牲，同時卻有效地否定了公民爭取參與的正當性。而這個話語跟當下時空的扞格不入，殘忍地揭示出促成文惠蹈成大錯的真正肇因。當文惠全心投於私人領域、甚至在二二八動亂發生時，也將關注投放在米價和身邊與死神掙扎的丈夫身上時，她舉報鐵敏私藏禁書的行為，不幸地出於對非常時期國家機器暴力的低估。文惠對此時統御著這個社會的一套不同於日治時期的潛規則的無知所導致的誤判，原有相當的瑣碎性（Hannah Arendt 所謂的 banality）；而它與所引發的災難之間的全然不成比例，使得〈月印〉的結局如電擊一般，將原來只扮演佈幕角色的歷史斷裂猛然推向了前臺。

如果把這個結局看作兩種對立的生活真理的對決，那麼文惠作為「意識中心」的敘述聲音，賦予了「非介入」的一方相當的優勢；而讀者對文惠的同情多少連繫著對這個立場的認同和理解。只是這份同情裏擺脫不了一個陰影，圍繞著文惠在整個事件裏的責任問題。讓文惠陷入災難的忌妒和被冷落的冤屈，很大程度被她在動亂中護理鐵敏，將他從死神手中奪回——於是對他的生命贏得一種「所有權」（ownership）——所強化。這是希臘悲劇中經常突出的致命性人性弱點（嫉妒、傲慢、野心、佔有慾等等）的「阿基里斯的腳踵」。故事的最後一幕寫到，文惠脫口說出她想像如果自己懷了鐵敏的孩子，立即感到一陣刺骨的羞愧。是什麼理由使她羞愧呢？就像希臘悲劇裏遭天譴的英雄，在懵然無知的狀態下成了命運的幫兇。這個責任歸屬的曖昧性開啟了另一種解讀的可能性：文惠選擇不介入、堅守著貌似自足的日常生活私有空間，其實是建立在一種虛枉、脆弱的基礎上。這種鴕鳥式的心態，毋寧說是斷送介入性理想的元凶。

而正是這種「是非相對性」標誌出〈月印〉更為貼近經典現代主義美學精髓之處。把文惠跟另一個處理二二八經典的作品《悲情城市》裏的女主角寬美作個對比，可以很清楚地凸顯這個特性。文惠和寬美同樣是「不介入」倫理的代表人物，然而侯孝賢和郭松棻透過她們所傳達出的主題訊息卻反映出一個關鍵性的差異。《悲情城市》中有一幕是這樣的：寬美在二二八發生後，聽到旁人發出「天理何在」的感嘆時，急切地在日記中寫到，「天理有無我不管，我只想知道我關心的人現在在哪裡，是不是安好」。顯然，侯孝賢的電影替全然無辜的「普通人」處在非常時期身不由己的不幸遭遇發出控訴。由於不義來自於可知的對象（戰爭、白色恐怖、不肖投機者），抗議仍屬有解，寬美所代表的非介入倫理因此具有無可置疑的正當性。而〈月印〉則不同。天地不仁，讓文惠受到一個超乎個人意志的「冥冥」的擺弄，她所代言的正當性也蒙上陰影。這種將衝突對象含納於自身的悖論式邏輯，是存在主義文學常見的設計。

然而歸根結柢，文學實際產生的政治效應並非個人的意志所能主導，而是受到當代歷史時空裡的多方面因素，甚至是偶發事件的左右。尤其是從文學專業的角度看來，文化產品裡的「再現」功能，足以影響受眾的歷史想像、文化認同，不亞於直接的政治控訴，更值得我們關注。〈月印〉和《悲情城市》不只是揭發了二二八歷史創傷，兩部作品對殖民地臺灣社會裡中層階級、知識分子的生活世界所作的有血有肉的正面呈現，在當時其實具有踰越禁區的「介入」效果。[9]因為這類題材在戒嚴時期是屬於被消極排斥的。最顯著的例子來自流行文化領域：早期臺灣八點檔電視劇中充滿了以民國時期、八年抗戰為背景的悲歡離合；直到九〇年初才有涉及太平洋戰爭和二二八的情節。文學作品的情況十分類似。我們對臺灣當代文學史上現代、鄉土兩派之爭的核心議題和「介入、非介入」的重要意識形態分歧，還需要從更寬廣的文學史脈絡來檢視。

三、文學史回顧

從文學史角度回顧，比起他臺大外文系同班同學白先勇、王文興，郭松棻的現代主義小說晚了將近二十年才出現。然而也正因為這個歷史的偶然所造成的「時差」，讓他在戰後世代作家的光譜上，劃出了一個極為特殊的位置，使我們有機會重新思考當代臺灣文學史系譜中的多重轇葛。

郭松棻的生涯軌跡與當代臺灣文學場域裡的不同流派、世代有不尋常的交會途徑。同樣受到西化思潮洗禮的現代派和鄉土派，在六〇年代末開

9　《悲情城市》同時點出「黑白兩道不分」的某種類型臺灣地方家庭結構。

始分道揚鑣，成為對立陣營。這個過程中，省籍和「中國認同」是背後一個若隱若現的因素。本省籍的郭松棻在釣運中左轉，擁抱「中國認同」，與島內當時涇渭分明、互相較勁的兩派顯然極不合調，反而在意識型態與鄉土派中的左翼交疊。他在柏克萊的釣運好友唐文標，來自香港，因此一九七二年仍被允許回臺客座，其間在《中外文學》等刊物發表了點燃鄉土運動烽火的幾篇重要批判文章。郭與一九七五年出獄變成為鄉土陣營領導人物的的陳映真在《劇場》時代原本相識。而尤其令人矚目的，是兩人在七、八〇年代之交，國際情勢轉向、大陸文革結束之際，不約而同地寫下了反思個人心路歷程的嘔心之作，〈月印〉和〈山路〉（1983）。

郭松棻八〇年代的小說儘管現代主義色彩濃厚，卻以日治末期、太平洋戰爭、以及二二八遺留下來的陰影為題材，與當時崛起的本土派之間有強烈的呼應。九〇年代，他與佔主流位置的嬰兒潮世代、尤其是朱天文、朱天心等「三三」作家群，有些意外的邂逅。在一次訪談中郭松棻提到，他從八〇年代末的一場嚴重憂鬱症復元後，曾一度傾心於「三三」偶像胡蘭成的作品，十分著迷。的確，郭晚年的作品〈今夜星光燦爛〉（1997）和〈落九花〉（1995初稿；2005）中，明顯地有胡氏《今生今世》華麗耽溺的語言風格、和高度俠情化了的「民國女子」的影子。而這兩篇作品以民國時期的爭議性歷史人物（特別是二二八事件的主事者陳儀）作為投射對象，更是碰觸到九〇年代以降臺灣統獨、省籍爭議中「中國想像（認同）」這條超級敏感的神經。

然而郭松棻對臺灣文學史敘述的最大挑戰，還是來自於他在左右光譜上的位置明顯地與臺灣現代派的右翼傾向不合。筆者曾以詹明信（Fredric Jameson）對現代主義的說法來修正這個對臺灣現代派的刻板印象：嚴肅的現代主義作品，可視為是透過美學化象徵的方式，來再現現實世界裏的衝突，從而將它駕馭管控的過程。[10]這個詮釋對於郭松棻的〈月印〉來說，顯然也極為適用。然而不可否認的是，從鄉土文學運動以降，一個對臺灣現代派終極評價的癥結點，不只在於個別作品的藝術評價，而是在於它從冷戰時期的英美文學傳統汲取資源，連帶沾染的菁英保守、「文化買辦」的負面形象。這個攸關「政治正確」的棘手問題，尚須擴大視野，才能作較為全面的釐清。

---

[10] 張誦聖，《現代主義‧當代臺灣：文學典範的軌跡》（臺北：聯經出版公司，2015）。

眾所周知，愛荷華創作班在臺灣現代派成員從英美文學傳統汲取資源的過程中扮演了重要的角色。因此我們的討論或許可以拿最近出版的一篇評論文字，〈愛荷華如何將文學平板化？〉（"How Iowa Flattened Literature"）做個出發點。這篇文章的作者艾瑞克・班奈特（Eric Bennett）根據他博士論文對愛荷華創作班（國際創作班的前身）的冷戰背景研究，認為桃李滿天下，對戰後美國小說創作有舉足輕重影響的愛荷華創作班，由於創始成員保羅・安格爾（Paul Engle, 1908-1991）等的堅持，推崇一套高度選擇性的現代文學典律，有保守僵化、畫地自限的弊病。我們若將班奈特文章中所描述的文學典律特質、美學信念、菁英文學觀，與臺灣六、七〇年代透過大學外文系和學院派（尤其是在愛荷華創作班獲得學位的）作家有效傳播、深植人心的一整套文學概念對照一下，顯然如出一轍，形同複製。在某種程度上，我們也的確可以說與這種文學觀一脈相承的英美版「冷戰自由主義」，也是型塑臺灣現代派作家基本政治信念的基礎。而被奉為圭臬的新批評，對七、八〇年代副刊文學獎評審更是影響至深。[11]

然而，某種程度上說，愛荷華創作班這種將現代主義經典化的現象，廣泛出現於戰後美國學院文學系所；對它的檢討批判也早已屢見不鮮。班奈特文章的貢獻，更在於它同時指出了這個教學範式與戰後美國學院體制的過度專業化、創作與商業（出版業、好萊塢）高度結合後，所造成的負面效應。而這正是我們討論受同一文學傳統影響的當代臺灣創作必須考慮的關鍵因素。我們主張將這種「嫁接」美學傳統的現象放在「輸入型的東亞現代文學體制」這個脈絡下來檢視。同時，試圖將臺灣現代派所傳播的，慣常與西方現代主義美學掛鉤，卻又同時被批評為膚淺模倣的文學典律，與西方經過幾個世紀的演化、業已跨入成熟期的現代文學體制中一個更基本的特質，即文藝社會學理論家們對「藝術自主（律）性」，作更為緊密的聯繫。[12]「現代主義」，與二十世紀前半葉所盛行的「寫實主義」

---

[11] Peter Button的*Configurations of the Real in Chinese Literary and Aesthetic Modernity* (Leiden; Boston: Brill, 2009) 論述西方美學意識與20世紀中國左翼文學理論的關係，儘管以左翼立場出發，對實際案例的評斷有過激之處，但追溯新批評大家中，以*Kenyon Review*為中心的 美國南方派系與夏志清——連帶著六、七〇年代盛行於臺灣外文系所——的批評典範之間的關係頗有參考價值。

[12] 簡要的說，這個美學信念是將文學視為一種特殊形式的語言構築，肯定它的無功利性，並認為文學不具有立即直接的社會效應，他的價值評斷必須根據藝術本身的內在邏輯。可參考Peter Bürger, *The Institutions of Art* (Lincoln: University of Nebraska Press, 1992), *Theory of the Avant-garde* (Minneapolis: University of Minnesota Press, 1984). Peter Uwe, Hohendahl, *Building a National*

類似，扮演的是「典律文本楷模」（canonic textual models）的角色。一來，這樣可以凸顯「嫁接」中本地文化場域的決定性角色：堂堂進入臺灣本身歷史脈絡的美學信念，必須經由本地文場域中學院、出版業、副刊、審鑑機制、讀者群等的仲介。這個文化場域與已經邁入現代化下一階段的媒體社會的戰後美國社會，有根本性質上的不同。二來，可以更精確地描述二十世紀籠罩東亞個社會的「高層文化追求」（high culture quest）如何仍具有廣大穩固的基礎。

郭松棻的例子特別具有啟發性。首先，他雖然身處於當代臺灣文學場域的邊際地帶——但是所秉持的創作理念卻與臺灣的現代派指向同一個美學傳統。[13]在二零零四年簡義明和舞鶴的兩次訪談中，郭松棻堅定地宣稱，當他八〇年代再次閱讀年輕時覺得興味乏然的福婁拜所著《包法利夫人》時，覺得頓然開悟；這對他重拾創作生涯產生了決定性的影響——福婁拜提出「文字精準」（“le mot juste”）的寫作要求，經常被視為是型塑西方現代小說的一個重要源頭。而訪談中郭推崇的一系列文學典律，更印證了他與這個文學菁英傳統的高度認同。其實，郭松棻重新創作的八〇年代，美國學院文學系正受到歐陸新馬、法蘭克福學派的衝擊，對冷戰生態、形式主義等的批判甚囂塵上。不過此時已經離開學院的郭松棻，仍然選擇了與臺灣現代派極其相似的「典律文本」。實際例證告訴我們，在不計其數的二十世紀東亞作家的養成經驗中，對他們產生潛移默化的決定影響的典律文本也大體源自於同一個美學傳統；[14]從現代東亞文學體制的視角來看，他們毋寧形成了一個基本盤極廣的「美學信念群體」。[15]這也有助於我們跟社會主義範式下的美學信念群體作有意義的對比。

一旦我們把視野放到由西方汲取美學資源、以建立本地的現代文學體制的途徑上，那麼便有了一個較大的文學史參考框架，可以同時容納在意識形態上被分隔的美學範式，以及在歷時性軸線上被截斷的文學史系譜。

Literature: the Case of Germany, 1830-1870 (Ithaca: Cornell University Press, 1989); *The Institution of Criticism* (Ithaca: Cornell University Press, 1982)。

[13] 這裡我們以出版、流通網絡，而非地理疆界來勾畫這個場域的疆界，並且將創作者的生涯軌跡納入考量。

[14] 筆者曾在非正式場合詢問鐵凝、閻連科、朱天文——這些十分不同的作家，養成時期的「典律文本」卻顯然屬於同一傳統。

[15] 由布迪厄的「基於信念的共同體」（a community of belief）概念引申而來。

筆者在一篇即將發表的英文論文裡，以優秀的小說創作者呂赫若為例，[16]試圖勾勒出這個文學史框架的一些要素。文中以太平洋戰爭時期臺灣文壇出現一個反常的「復興」現象作為案例，論證臺灣戰前世代作家（即出生於一九〇五到一九二〇年之間，殖民時期第二代作家）透過日文吸收的西方美學資源，所形成的一個類似的「美學信念群體」。

郭松棻在〈月印〉裡試圖捕捉斷裂前殖民地臺灣創作者的生命世界的意圖十分明顯。據說在〈月印〉的一個早期版本裡作者把鐵敏寫的劇本命名為《閹雞》——與一九四三年張文環（1909-1978）著、林博秋（1920-1998）編導的戲劇同名。[17]而〈月印〉中人物鐵敏的經歷和呂赫若有驚人的雷同：包括光復初期開始認真學習中文並試圖以中文寫作，後來加入共產黨地下組織，最後成為白色恐怖下的殉難者。張文環、呂赫若、林博秋同為殖民地臺灣第二代作家的佼佼者，儘管他們的實際年齡應該比鐵敏大十來歲。郭松棻在簡義明的訪談中曾經提到，呂赫若和他的父親郭雪湖彼此相識；呂赫若在一九五一年逃亡前還交給郭雪湖一串鑰匙。[18]從文學史的角度來看，可能更有意義的是，同篇訪談裡郭松棻憶及「二十多年前」初次讀到遠景出版社印行的呂赫若小說中譯時，便確信他是臺灣最好的小說家。[19]這種毫不猶疑、無保留的肯定，顯示兩位作家是同一系列美學信念的追隨者，屬於同一「美學信念群體」。或許，我們的確有希望在這個平臺上透過「東亞現代文學體制的衍化模態」，找到銜接一九四九文學史斷裂的可能性？

16　主要根據呂赫若寫於1942和1944年之間的日記為對象。收入Carlos Rojas and Andrea Bachner eds., *The Oxford Handbook of Modern Chinese Literatures* (Oxford: Oxford University Press, 2016)。

17　在此要感謝張文薰對這一點的提示。

18　見簡義明2004年對郭松棻所作的訪談。郭松棻和作家夫人李渝女士的不幸相繼辭世，讓我們再沒有機求證呂赫若是不是鐵敏這個小說人物的原型。

19　訪談中提及郭松棻初次到呂赫若小說應是「二十多年前」遠景出版的譯文。

引用書目

郭松棻，《驚婚》（臺北：印刻，2012）。

———，〈落九花〉，《印刻文學生活誌》23期（2005），頁66-109。

———，《奔跑的母親》（臺北：麥田出版社，2002）。

———，《雙月記》（臺北：草根出版，2000）。

———，《郭松棻集》（臺北：前衛出版社，1993）。

陳映真，《陳映真小說集》六冊（臺北：洪範書店，2001）。

陳國球、王德威編，《抒情之現代性：「抒情傳統」論述與中國文學研究》（北京：生活・讀書・新知三聯書店，2014）。

張誦聖，《現代主義・當代臺灣：文學典範的軌跡》（臺北：聯經出版公司，2015）。

舞鶴訪談，李渝整理，〈不為何為誰而寫——在紐約訪談郭松棻〉，《印刻文學生活誌》23期（2005），頁36-54。

廖玉蕙，〈生命裏的暫時停格——小說家郭松棻、李渝訪談錄〉，《聯合文學》第19卷9期（2003），頁114-122。

簡義明，〈郭松棻訪談錄〉，收於郭松棻《驚婚》附錄（臺北：印刻出版社，2012），頁175-245。

Bennett, Eric. "How Iowa Flattened Literature." *The Chronicle of Higher Education*. Last modified February 10, 2014, http://chronicle.com/article/How-Iowa-Flattened-Literature/144531/.

Bourdieu, Pierre. *The Field of Cultural Production: Essays on Art and Literature.* New York: Columbia University Press, 1993.

Button, Peter. *Configurations of the Real in Chinese Literary and Aesthetic Modernity*. Leiden; Boston: Brill, 2009.

Bürger, Peter. *The Institutions of Art*. Lincoln: University of Nebraska Press, 1992.

———. *Theory of the Avant-garde*. Minneapolis: University of Minnesota Press, 1984.

Chang, Sung-sheng Yvonne. "Wartime Taiwan: Epitome of an East Asian Modality of the Modern Literary Institution?" In Carlos Rojas and Andrea Bachner eds., *The Oxford Handbook of Modern Chinese Literatures*. Oxford: Oxford

University Press, 2016. P175-245.

Hohendahl, Peter Uwe. *Building a National Literature: the Case of Germany, 1830-1870*. Ithaca: Cornell University Press, 1989.

———. *The Institution of Criticism.* Ithaca: Cornell University Press, 1982.

Jameson, Fredric. *The Political Unconscious: Narrative as a Socially Symbolic Act.* Ithaca: Cornell University Press, 1981.

Guo Songfen, "Moon Seal," and the Rupture in Mid-Twentieth Century Literary History

Chang, Yvonne Sung-sheng*

Abstract

Through the novella "Moon Seal," written by Guo Songfen, an important Taiwanese writer and a leading figure of the overseas Protect Diaoyutai movement of the 1970s, this essay intends to illustrate the essential ideological entanglements lurking behind the mid-20th-century historical "rupture" in contemporary Chinese societies. The first section briefly introduces the conceptual framework. The second section discusses how this novella uses a highly aesthetic style to convey a central theme of the cold war epoch: the fatal opposition between two types of civic values and ethical responsibilities, centering, respectively, upon political engagement and disengagement. The final section traces the unusual career trajectory of Guo and identifies the convergence and divergence between it and various aesthetic positions in the literary field of contemporary Taiwan. For instance, the flair with which "Moon Seal" nostalgically invokes the life world of Taiwan in the Japanese colonial period presaged the rise, within the island itself, of the Localist literary trend; while the way its author perennially wavers between leftism and liberalism carried on the fundamental contention between the Modernist and the Nativist schools. This masterpiece has thus marked a liminal space, the existence of which invites us to re-examine our current mapping of Taiwanese literary history.

Keywords: Guo Songfen, "Moon Seal," Literary history of Taiwan, cold war, Protect Diaoyutai movement, rupture, engagement, disengagement

---

* Professor, Department of Asian Studies, University of Texas at Austin, USA.

有關臺灣現代主義文學的成因和評價的諸種說法辨析*

朱雙一**

摘要

有關臺灣現代主義文學運動的成因和性質，學界至少有「菁英說」、「早熟說」、「冷戰影響說」、「迴響說」等不同說法。「菁英說」認為其發生動力在於承認「落後」而要學習西方、追求「現代化」，是一「文化菁英分子的前衛藝術運動」；強調其對現代文化的樂觀態度和追求美感表現、語言創新。「早熟說」認為西方的現代主義文學是對資本主義危機和異化的反思和批判，但臺灣當時尚屬農業社會，因此其現代主義文學並非從臺灣的現實土壤中生長而出，而是移植和模仿的，具有「亞流」性格和思考上、知性上的貧弱症。「冷戰影響說」指稱戰後的現代主義文藝思潮是冷戰體制下美國據以對抗社會主義的、在全球領域推行『文化冷戰』之意識形態工具之一。「迴響說」固然認識到當時臺灣並無產生現代主義的必然經濟基礎，卻認為有可能源於其他原因（如戰亂等）而引起類似的精神狀態，臺灣現代派乃從西方現代主義那裏找到了可以移易借用的觀物態度和方法，從而產生了一種發聲體不同但音調相似的諧振共鳴式的迴響。各種論說都未必能夠窮盡全部真相，將它們合在一起，才能呈現這一運動的較完整景觀。

關鍵字：臺灣、現代主義文學、菁英說、迴響說、早熟說、冷戰影響說

* 本文初稿宣讀於「第一屆文化流動與知識傳播國際學術研討會」。

** 廈門大學臺灣研究院、臺灣研究中心教授。

20世紀5、60年代的臺灣，發生了一場規模頗大、發展頗充分的現代主義文學運動。對它的評價，卻歷來有很大的分歧；有關它的成因和性質，也眾說紛紜。對這些說法加以辨析，對於瞭解這場運動的來龍去脈，認識其提供的歷史貢獻和經驗教訓，有重要的理論價值和文學史意義。

筆者以為，有關臺灣現代主義的成因、性質和評價，至少有「菁英說」、「早熟說」、「迴響說」、「冷戰影響說」等諸種說法。它們既相互區別和對立，卻又相互涵容和交叉。

一、「菁英說」：追求中國文學復興和現代化的「現代派」

「菁英說」也可稱為「高層文化說」，張誦聖堪稱其較早提出者和理論代表之一。她於1988年第4期的北京《文藝研究》上發表了〈現代主義與臺灣現代派小說〉一文，稍後又撰寫了〈現代主義與本土對抗〉。她明確指出：「60年代的臺灣現代派文學運動可說是一個較為純粹的文化菁英分子的前衛藝術運動。」一批有理想的年輕知識份子由於不滿當時俗陋的文化生態環境，以提倡由英美引進的現代主義文學來達到提升自身文化的目的，由是，這個運動自始便服膺于「菁英式的美學觀念」，具有極顯著的「高層文化」傾向。[1]

對此，張誦聖以白先勇等創辦的《現代文學》等刊物為例加以具體說明。當時臺灣的現代派作家承認自己的文學遠遠「落後」於西方，因此其目標在於向西方文學看齊乃至超越之，以復興中國的文藝。如劉紹銘在《現代文學》創刊號的〈發刊詞〉裏說道：編輯們無意沉溺於中國過往的光輝傳統，相反的，「我們得承認落後」；「在新文學的界道上，我們雖不至一片空白，但至少是荒涼的」。[2]稍後王文興也聲言：「對於晚近文學藝術式微的不滿，已經激起年輕大學生試圖貢獻心力，發起一次中國『文藝復興』的欲望」。[3]

為了達到這一目標，他們選定了幾條途徑。首先是「創新」，正如

---

[1] 張誦聖，〈現代主義與臺灣現代派小說〉，《文藝研究》第4期（1988），頁69、70。

[2] 不著撰稿人，〈發刊詞〉，《現代文學》第1期（1960），頁2。

[3] 張誦聖，〈現代主義與本土對抗〉，《華文文學》第6期（2012），頁32。原文注明王文興所言出處為《現代文學》第4期，時間是1961年3月。但據查，1961年3月出版的為第7期。筆者翻查了這兩期《現代文學》，並未找到此引語，其具體出處待查。

《現代文學》發刊詞所寫的：「我們感於舊有的藝術形式和風格不足以表現我們作為現代人的藝術情感。所以，我們決定試驗，摸索和創造新的藝術形式和風格」。[4]他們認定當時的文壇需要一套新的文學符碼來注入新血，而西方現代主義文學被賦予了「進步、前衛」的符號功能，整份《現代文學》雜誌的編輯方針很清楚地是以引進有別於當時文壇主流的新藝術形式為主。[5]其次，他們將注意力集中於提高自身純藝術意義上的專業水準，希望借此提升中國文學的整體素質。張誦聖以具體作家為例指出：「王文興、王禎和、李永平三位作家都曾公開強調他們對語言極度執著認真的態度，未嘗不是表露出現代主義有（按：應為由）福樓拜以降，將文學視為純粹藝術，毫不妥協地與『形式』長期奮戰的一種專業藝術家的精神」。[6]其三，臺灣現代派作家大多展現出對「深度」的強烈執著：他們喜歡挖掘人性心理的隱密，為詭異難解的事物所吸引，並且偏好透過象徵手法來表達奧秘的「真相」；經常觸碰到諸如性欲、亂倫、罪孽等社會禁忌，對一些艱深的道德議題——像個人的倫理責任、命運、人類受苦的終極意義等——所從事的探索，往往將作品提升到一個更高的境界。這種哲學性思考顯然有別於中國傳統敘述文類的現世傾向。[7]

由此可知，臺灣的現代主義文學以趕超西方、復興中國文藝為目標，以追求「創新」、「深度」和純藝術的「專業」精神為手段，由此顯現了它的菁英、前衛、高層文化的特質，然而，它本身的一個最大的困境也由此而產生：「現代派作家對高層文化和世界性藝術的雙重追求……使他們更疏遠了多數中國人所組成的詮釋群體——這不但是一個社會由外輸入文學符碼所常經的階段，同時也是深奧的藝術品在現代社會裏曲高和寡的普遍遭遇。」[8]

張誦聖的這種「菁英說」，得到部分學者的呼應。如2007年出版的《臺灣小說史論》一書中論說1960年代現代主義小說的第三章，由邱貴芬撰寫。雖然她列出了學界、評論界有關臺灣現代主義文學的種種說法，但可以看出她對「菁英說」有相當程度的認可。她數次引用了張誦聖的說

[4] 不著撰稿人，〈發刊詞〉，頁2。

[5] 張誦聖，〈現代主義與本土對抗〉，頁31、32。

[6] 張誦聖，〈現代主義與臺灣現代派小說〉，頁78。

[7] 張誦聖，〈現代主義與本土對抗〉，頁34。

[8] 張誦聖，〈現代主義與臺灣現代派小說〉，頁71。

法，將「菁英文學的取向」當作臺灣現代派小說的首個「特色」，還注意到現代派對西方文化的嚮往是和他們認為自身文化低下的「落後」情結聯繫在一起的，因此除了提到《現代文學》創刊號上「我們得承認落後」之語外，還指出1960年的《筆匯》月刊也強調「現代化」、「進步」的重要：「今日臺灣在各分野的藝術上，大致都在努力地追求進步，和現代化」，更整段引述了紀弦在《現代詩》季刊創刊號上的「宣言」：「要的是現代的。我們認為，在詩的技術方面，我們還停留在相當落後十分幼稚的階段，這是無庸諱言和不可不注意的。唯有向世界詩壇看齊，學習新的表現手法，急起直追，迎頭趕上，才能使我們的所謂新詩到達現代化。而這，就是我們創辦本刊的兩大使命之一。」[9] 1960年代臺灣現代主義文學運動的直接參與者柯慶明在〈臺灣「現代主義」小說序論〉一文中也敏銳地指出：當時大家把「現代主義」藝術的提倡，視為是「現代化」——以「現代性」為核心之社會改造——的一環，以為兩者皆是成為「現代人」所必備的精神以至物質的特質。他與張誦聖一樣引用了《現代文學》的發刊詞，指出它強調了「我們作為現代人」的自覺以及「試驗，摸索和創造新的藝術形式和風格」的追求。[10]

當然，我們還可以舉出不少例子來說明，像這樣將「現代主義」理解為通過堅持不懈地學習和創新，擺脫落後和庸眾而達致「現代化」的菁英式情懷，在當時極為普遍。如覃子豪認為：「『萬古常新』為新詩所努力的目標之——，亦為新詩創造的原則。自由詩之可貴，即在於此。」[11]洛夫稱：「所謂『現代病』，其實就是詩人追求新的表現手法時勢必具有的一種狂熱。」[12]現代詩人提出「扭斷語字的頸項」的口號，追求「以各種方法去扭曲、錘打、拉長、壓擠、碾碎我們的語言」。[13]他們認定，語言的力量產生於語言找到一種「新的關聯」；只要找到新而適當的關聯使用，便能衝擊人類的精神到一生難忘的境地，而此乃「詩人能力的指

---

[9] 陳建忠、應鳳凰、邱貴芬、張誦聖、劉亮雅合著，《臺灣小說史論》（臺北：麥田，2007），頁216、209。

[10] 柯慶明，〈臺灣「現代主義」小說序論〉，《臺灣文學研究集刊》創刊號（2006），頁1-3。

[11] 覃子豪，〈新詩向何處去？〉，《覃子豪全集Ⅱ》（臺北：覃子豪全集出版委員會，1968），頁304。

[12] 洛夫，〈詩人之鏡〉，《洛夫自選集》（臺北：黎明，1975），頁245。

[13] 白萩，〈自語——《天空象徵》後記〉，《現代詩散論》（臺北：三民，2005，二版），頁97。

數」。[14]這是一種為了打破創作和欣賞中的「固定反應」，甚至不惜扭曲語言以求「新鮮」效果的語言經營。這種語言自然難以為一般讀者所理解和接受，當覃子豪文章中所謂「詩愈進步，詩的欣賞者愈少」之語，引來一篇署名「門外漢」的〈也談目前臺灣新詩〉的文章，呼籲詩人走下「象牙之塔」，做些「老嫗都解」的詩時，其他現代詩人紛紛呼應覃子豪。余光中稱：詩之價值並不取決於欣賞者的多寡，「至少我們不願降低自己的標準去迎合大眾……相反地，我們要求大眾藝術化，要求讀者提高自己的水準」。[15]瘂弦也說：「不必對讀者存在太多顧慮，你儘量向前跑，他們會追得上你，今天追不上，明天會追得上。」[16]這些說法可為其菁英色彩作一注腳。

我們在1970年代後期大陸朦朧詩潮興起時，可以看到與余光中、瘂弦等的上述說法幾乎一模一樣的言論，這是因為當時大陸的現代主義的弄潮兒們，懷著與50年代臺灣現代詩人一樣的心情：整個社會方方面面都在追求「現代化」，文學自然也應該現代化，作家詩人們承認自己的落後和西方的先進，在急起直追的路途中，他們自視為先知先覺的「菁英」，理應儘量往前跑，大眾則會在後面追上來，最終達致「現代」的勝景。不過這種「現代主義」是一種面對自己的「落後」的應激反應，直接將「現代主義」理解為追求「現代化」，卻與西方的「現代主義」對人類文明懷著深透入骨的挫折情緒，對「現代性」加以深切的反思，其實質內涵並不一樣。

如果說張誦聖〈現代主義與臺灣現代派小說〉一文為臺灣現代主義作了「菁英」、「前衛」、「高層文化」的定位，她的另一篇論文〈現代主義與本土對抗〉則將重點放在說明所謂「高層文化」的具體內涵。她從臺灣的現代派特別強調「藝術自主」這項自由主義文學觀，得出如下認知：「這個運動和中國共產革命前、民國時期的自由主義知識陣營，尤其是英美派知識份子之間，有重要的傳承關係」，[17]這也就使她心目中的臺灣現代主義文學，與夏氏兄弟、梁實秋、胡適、周作人乃至英國的利維斯（F. R. Leavis，臺灣譯為李維斯）、阿諾德（M. Arnold）等聯繫起來。果不其

[14] 白萩，〈詩的語言〉，《現代詩散論》，頁101。

[15] 余光中，〈文化沙漠中多刺的仙人掌〉，《掌上雨》（臺北：時報，1984，四版），頁126-127。

[16] 瘂弦，〈現代詩短札〉，《中國新詩研究》（臺北：洪範，1983），頁53。

[17] 張誦聖，〈現代主義與本土對抗〉，頁31-32。

然，張誦聖文中頻頻出現這兩位西方文學理論大師的名字。她甚至認為，1949年前和1949年後的自由派學者的主要差異在於，1949年之後的臺灣學者更傾向於從西方自由人文主義傳統中——以阿諾德和利維斯為代表——借取權威，而前者則較為倚重中國古典傳統。

張誦聖寫道：阿諾德對現代文化抱持樂觀的態度，認為它「標誌著某種永恆的智性和文明的美德」；而臺灣的現代派不但沒有對應於西方現代主義者的「文化否定」概念，反而一心嚮往阿諾德實證主義式的現代視景，亦即哈貝馬斯所謂啟蒙思想家在18世紀所勾勒的奠立在依循著事物內在邏輯，發展實證科學、普世道德和法律以及自主性藝術的基礎之上的現代性藍圖。[18]張誦聖指出，受當時學院裏自由主義的影響，不少現代派的成員日後確實扮演著「理性開明」的自由派知識份子和社會裏的文化菁英的角色。[19]顯然，理性開明等，正是張誦聖所謂「高層文化」的具體內涵之一。《現代文學》發刊詞中以「冷靜、睿智、開明和虛心」自期，這種說法其實來自夏濟安的《文學雜誌》——該刊與《自由中國》相似，以理性、健康、道德等為其標幟——卻又遙接著阿諾德。張誦聖甚至對王文興也從這一角度加以理解，認為對一個具有「秩序、便利、禮節、理性」等理想特質的現代社會的願景投射，正是《家變》中的主角過激地批判傳統中國家庭制度的基礎。[20]

《現代文學》作家群對於文學描寫「人生」、刻畫「人性」，呈示「道德」的強調，也有相似的脈絡淵源。張誦聖指出：臺灣現代主義作家從西方自由人文主義傳統繼承了下列概念：文學的最終目標在於描述人性的永恆特質。當鄉土主義攻擊歐陽子的作品，白先勇起身加以辯護時表示，文學的主要功能在於傳達「普遍人性」的知識；而王文興也認為嚴肅文學區別於流行文學之處，在於它能夠闡明「生命」的意義，現代主義作家的文學觀仍然具有基本的道德面向，認定藝術是詮釋「人性真實」的最有利形式。[21]其實在梁實秋、夏濟安、夏志清那裏，文學應全面描寫人生，深刻挖掘人性，具備道德內涵的理念，早已被反復強調過。如夏志清推薦周作人的〈人的文學〉一文，反對「靈肉二元」的觀點——既不喜

---

[18] 張誦聖，〈現代主義與本土對抗〉，頁33。

[19] 張誦聖，〈現代主義與臺灣現代派小說〉，頁72。

[20] 張誦聖，〈現代主義與本土對抗〉，頁33。

[21] 張誦聖，〈現代主義與本土對抗〉，頁37。

極端崇尚理性而抑壓人的情性、為政治和宗教服務的純「靈」的文學，也批評描寫人類本能而流於色欲、暴力和幻想的淵藪中的純「肉」的文學——提倡的則是全面刻畫人性，「把人看作理性動物，維護人類尊嚴」的文學。[22]夏志清對張愛玲的論說就是這種文學觀的具體體現。他寫道：經得起時代考驗的文學作品都和「人生」切切有關，揭露了人生的真相，「所謂『言志』，除表達個人情感外，即是講自己體會到人生的種種道理」[23]。他又指出，「我們這個社會是個過渡社會，構成的因素很複雜而常常互相矛盾，張愛玲的小說是這個社會的寫照，同時又是人性愛好虛榮的寫照：在最令人覺得意外的場合，人忽然露出他的驕傲，或者生出了惡念」[24]。夏志清的著述中不時出現「道德性」、「道德意味」等字眼，代表的即是人們從生活中體會到的「人生的種種道理」。梁實秋即認為：大部分文學作品都屬於人性的境界，寫人的基本情感，寫人生中的悲歡離合，發掘人性，感動人心，但其中多多少少或隱或顯的總不免要帶著一點道德的意味，「所謂道德不是風俗習慣或規律教條，而是指內心的一種抉擇節制的力量而言。人之所以為人就在這一點。文學作品之刻劃人性而能深入動人，即由於觸到了這一點微妙的所在。」[25]

值得指出的是，這種自由人文主義的觀念歸根結底還是來自於阿諾德、白璧德、利維斯等。例如，文學應全面描寫人生，深刻挖掘人性這一梁實秋、夏志清、白先勇等人文學理念的核心命題，就來自阿諾德的「觀察人生，審之諦而見其全」[26]。阿諾德和利維斯都並非「純文學」論者，利維斯整個生涯都在證明阿諾德的一個重要論斷——文學的最終目的乃是「一種對生活的批評」——的正確性，一再申說真正的文學興趣也是對人生與社會的興趣。[27]伊格爾頓（T. Eagleton）在梳理20世紀西方文學理論時，曾指出利維斯創辦的評論期刊《細究》（*Scrutiny*，大陸學界一般譯為《細察》）「不折不扣代表自由派人本主義的最後防線；和艾略特與龐德不一樣，它關心個人的獨特價值和人際間的創造性領域。這些價值可歸

[22] 夏志清著，劉紹銘等譯，《中國現代小說史》（臺北：傳記文學社，1985），頁50。

[23] 夏志清，〈現代中國文學史四種合評〉，《現代文學》復刊第1期（1977），頁55。

[24] 夏志清，《中國現代小說史》，頁420、413。

[25] 梁實秋，〈文學的境界〉，《文學雜誌》1卷2期（1956），頁4。

[26] 徐震諤譯，〈白璧德釋人文主義〉，《學衡》第34期（1924），頁15。

[27] 陸建德，〈序〉，F.R.利維斯著，袁偉譯，《偉大的傳統》（北京：三聯，2009），頁10。

納為『人生』」[28]。利維斯對傳統批評遠離凡塵的唯美思想深感不安，其《細究》堅持以是否「有益人生」為標準來區分不同作品的文學品質，因此「《細究》不僅是一份期刊，也是一場道德和文化聖戰的中樞，其追隨者深入各級學校，就地戰鬥，藉著文學研究，培育豐富、錯綜、有鑒別能力和道德嚴肅的反響」。[29]從兩者——阿諾德、利維斯等與夏志清、白先勇等——經常採用的「道德」、「人生」、「文化」等關鍵詞的相似，就可知他們之間的某種淵源關係。

臺灣的包括了夏氏兄弟等在內的廣義的現代派與阿諾德、利維斯的自由人文主義相連接、同時也凸顯其「高層文化」性質的第三個明顯表現，在於他們同樣給予「文學」以及「美感」、「語言」等以高度的重視，大大提升了它們的位階。

從19世紀後期至20世紀前期，「英文」（即英國文學，泛指「文學」）這一學科從原本不入流的、僅在技術學院提供廉價「通識」教育或供人茶餘飯後消遣之用，到後來進入劍橋等著名高等學府，甚至「到了三〇年代初，問題變成了為什麼要浪費時間在其他事務。英文不僅是值得研究的學科，而且是最能促進文明的學問，是社會結構的精神要素」，「文學與其說是一門學術科目，不如說是一種與文明本身的命運休戚相關的精神探索」，「英文不只是眾多學科中的一門，而且是所有學科中最重要的，比法律、科學、政治、哲學、或歷史都優越無比」，其根本原因就在於原本作為西方人的精神支柱、社會整合的「混凝土」的宗教，在科學發現和社會變遷的雙重打擊下日漸衰微，而主要是通過感情和體驗發揮作用的「文學」，非常適於宗教退出後所留下的意識形態工作，於是取而代之，繼續發揮其「混凝土」的作用。這時文學被用來團結社會各階級，培養「更廣泛的同情心」，灌輸民族自尊，傳播「道德」價值。許多最根本的人生問題——例如，人之為人的意義，人何以需要與他人有重大關聯，人脫離最基本的價值核心而生活意義何在——都可在此生動鮮活地映現出來，成為值得「細究」的目標。利維斯一生都力圖將文學置於人文教育的核心，於1932年創辦了《細究》，「致力倡導英文研究的道德歸向，英文研究與社會生活整體品質的關聯，其不屈不撓，迄今仍無出其右者。」[30]

---

[28] Terry Eagleton著，吳新發譯，《文學理論導讀》（臺北：書林，2007，增訂二版），頁59。

[29] Terry Eagleton，《文學理論導讀》，頁49。

[30] Terry Eagleton，《文學理論導讀》，頁47。

無獨有偶，1956年夏濟安以「文學」命名其創辦的雜誌，並希望讀者們在讀完它之後，能夠認為這本雜誌還稱得上是一本「文學雜誌」[31]，可知「文學」在其心目中的特殊的「神聖」位置。夏濟安並致力於在臺大講堂上作育文學英才，其學生成為1960年代臺灣文學的重要支柱。由陳世驤、夏濟安等開其端，顏元叔等接其續，將「新批評」引入臺灣的學院中，對文學研究的學科化、學術化，起了關鍵性的作用。而白先勇直至近年，除了致力於傳統昆劇的現代創新外，還在北京大學啟動了「昆曲傳承計畫」，其目的都是通過文學藝術，將人文教育落實於學院中。上述這些例子都可以看到與阿諾德、利維斯等的人文主義傳統一脈相承。

按照伊格爾頓的說法，文化是阿諾德和利維斯的共同信仰，只是阿諾德將文化視為「內在精神的完美」，而利維斯則在一定程度上把文化轉變為一個語言問題。利維斯說，對文學藝術敏感而又有鑒別力的人是文化聖所的看護，他們數量很少，但卻保存了傳統中最不易察覺同時又最容易消亡的成分；高品質的生活取決於這少數人不成文的標準，文化的精粹就是這些人辨別優劣的語言。假如這語言的水準能夠保存，文化傳承庶幾可望。[32]這就將「語言」提高到能決定文化傳承之成敗的高度。利維斯派認為，「有機的社會」雖已逝去，其遺風猶存，見於某些英語的用法。商業社會的語言抽象貧乏，它和感性經驗的生命根源已經喪失關聯。真正的英國文學，在語言上多彩多姿、繁複多變、感性十足而具體細膩，最優秀的詩歌朗誦時聽來就像嚼蘋果一般。這種語言的「健康」和「活力」，乃是源自某種「聖潔的」文明，它體現某種富於創造力的整體，雖然那已消失於歷史；而閱讀文學，即可與本身存有的根源恢復生機勃勃的聯繫。[33]利維斯不滿於橫行在「大眾社會」中的貶低語言和傳統文化的庸俗現象，認為「一個社會的語言品質是其個人與社會生活品質最顯著的指標，一個社會如果不再珍視文學，即是致命地自絕於創造和維持人類文明精華的驅動力」。[34]而白先勇、張誦聖也一再強調現代主義文學是對「中產階級庸俗價值觀」的反動。利維斯派具有認定某些英文比其他英文更英文的「精

[31] 不著撰稿人，〈致讀者〉，《文學雜誌》1卷1期（1956），頁70。

[32] 陸建德，〈偉大的傳統・序〉，頁9。

[33] Terry Eagleton，《文學理論導讀》，頁53。

[34] Terry Eagleton，《文學理論導讀》，頁48。

粹的英文風格」的信念[35]，讓我們想到夏志清何嘗不是認為張愛玲的中文「比其他中文更中文」，所以加以極力的推崇！同時，我們又可在張誦聖數度引以為例的王文興、李永平等人身上看到利維斯所提倡的「精粹」語言風格的影子。如小說家王文興稱：創作是一場「修辭立其誠」的戰爭，「我每日和文字浴血奮戰，拼殺得你死我活」，[36]而這場「戰爭」的目標，即在求「精確」。從王文興的《家變》等作品，顯然可看到利維斯所謂「多彩多姿、繁複多變、感性十足而具體細膩」的語言特點。李永平對中國文字懷著嚴肅態度和虔敬心理，為了「中國文字的純潔和尊嚴」，努力清洗歐化語句和「新文藝腔」，延續和發展中國語文傳統，致力於發掘中國文字固有的美質而加以發揚光大，宣稱自己是「用詩的文字來寫《海東青》」，努力使其小說的風格意境能夠保持中國白話特有的簡潔、亮麗，以及活潑明快的節奏和氣韻，令人低回無限的風情，寫出了所謂「中文靈魂」。[37]在「遣詞」方面，作家對漢字固有的豐富性、形象性特質加以發掘和利用，由此建立了疏密有致、長短相宜、生動活潑的句型、語調風格，堪稱「純正」的中文。這正是利維斯所謂「精粹」的語言風格，同時也是張誦聖將其指稱的臺灣現代派（以白先勇、余光中、王文興、王禎和、李永平等為典型代表）定位為「菁英」、「高層文化」的原因之一。

由此可知，就5、60年代的臺灣文學而言，無論是評說的主要對象和著眼點，或是其理論的淵源和運用，張誦聖與夏志清都有一定的相似性。然而，夏志清對以唯美、頹廢、虛無和非理性為特徵的現代派文學評價並不高，在對白先勇、余光中等人的專論中，並未明確將他們定位為「現代派」，而是強調白先勇那種「尊重傳統、保守的氣質」，「一方面求真，一方面把自己看作中國固有文化的繼承人、發揚人的態度」[38]，余光中那「中間路線的現代傳統立場」、「表現出中國文學傳統上那種喜好自然、朋友、家庭、鄉國的特色」[39]。對當時幾乎涵蓋整個臺灣詩壇的「現代派」，夏志清甚至認為他們「只略得現代西方文學皮毛」，濫竽充數，沽名釣譽；「打出時下流行的『存在主義』口號，其實根本與沙特、卡繆

[35] Terry Eagleton，《文學理論導讀》，頁53。

[36] 王文興，〈永無休止的戰爭〉，康來新編，《王文興的心靈世界》（臺北：雅歌，1990），頁49、51。

[37] 景小佩，〈寫在《海東青》之前——給永平〉，《聯合報》（1989.8.1-2），副刊。

[38] 夏志清，〈白先勇早期的短篇小說〉，《文學的前途》（臺北：純文學，1974），頁163。

[39] 夏志清，〈余光中：懷國與鄉愁的延續〉，《人的文學》（臺北：純文學，1977），頁156。

諸人毫不相干，只不過拾人牙慧，借來一堆時髦辭彙而已」；「聲稱生命既全無意義，人的處境既如此荒謬，只好轉向潛意識方面求取靈感。結果他們的詩滿紙怪異的意象，據說是由潛意識得來、以未經矯飾的文字紀錄下來云。」[40]細察之下，張誦聖和夏志清產生這種差別，原因在於兩人對於臺灣「現代派」、「現代主義」的定義，或者說具體的指稱對象並不一樣。或如瑞恰茲（I. A. Richards，臺灣譯為李查茲）所認為的：藝術表明了一切美好無比的經驗，詩是可以巧妙調和現代人生混亂現象的工具。歷史的矛盾如果不能實際解決，總可以被視為抽象的心理「衝動」，在冥想的心靈中得到融洽的和解。[41]這和現代主義認為詩是用來表達或呈現人在現代社會中的孤絕、疏離、頹廢、墮落……乃至用「惡之花」式意象來對資本主義文明加以對抗，有著根本的不同，因此與其說這是現代主義的觀念，不如說是自由人文主義更為恰當。張誦聖的主要著眼點在於或可稱之為「溫和現代派」的圍繞《文學雜誌》、《現代文學》的作家群，特別青睞於其體現的自由人文主義的特色，以及追求「現代」、「創新」的取向，因此以「菁英」、「高層文化」來加以概括和定位是準確而精闢的。而夏志清筆下的臺灣「現代派」卻主要指圍繞《現代詩》、《創世紀》等詩刊，熱衷於超現實主義等前衛實驗的或可稱之為「激進現代派」的詩人群，而對於他所青睞的余光中、白先勇、於梨華等人，卻並不以「現代派」稱之。這就提示我們，張誦聖的「菁英」、「高層文化」的說法，能否涵蓋全體臺灣現代派作家以及他們的所有追求和關切？臺灣現代主義文學產生的原因 、動機也許並非是單一的，可能有追求「現代」、「進步」的一面，也有因抑壓環境而產生疏離感的一面。前者可用「菁英說」來解釋，後者則無法用同一概念來說明。

進一步言之，西方現代主義文學產生於資本主義呈現出嚴重弊端，科學、理性等現代價值受到質疑的背景下，而張誦聖矚目的臺灣現代派作家仍主要以社會和文學的「現代化」為主要追求目標——這與1980年前後大陸在追求「四個現代化」背景下出現的現代主義文學風潮，頗為相似。但這樣的作品是否就是西方原始、標準意義上的「現代主義」文學？這也許是需要進一步加以推敲的問題。呂正惠似乎也已看到了這一點，說道：不

[40] 夏志清，〈余光中：懷國與鄉愁的延續〉，《人的文學》，頁155。

[41] Terry Eagleton，《文學理論導讀》，頁63。

論是紀弦，還是洛夫、向明（相信還有不少現代詩人），都一再地把現代詩運動稱之為新詩「現代化」乃至文化藝術的「全面現代化」，很明顯，這種「現代化」在他們的意識中，是作為臺灣社會的整體「現代化」的一部分來思考的，經濟和社會生活要現代化，當然文學也要「現代化」。然而呂正惠卻同時明確指出，紀弦在「意識形態」層面並不具有「現代主義」傾向，他的詩絕非西方那種「現代主義」的詩。[42]他並分析了產生這種錯位現象的原因：在5、60年代，作為現代中國文化主流的關懷民族與人民的五四傳統已經在臺灣完全斷絕，作為國民黨統治基礎的意識形態，如反共抗俄、解救大陸同胞、實行三民主義、維護中國文化等等，事實上並不能真正地吸引人心。這也就是說，在當時的環境下，配合臺灣社會的現代化，國民黨本身不但沒有提出一套足以解釋這一切的思想系統，而且還把那一個可能平衡現代化發展的五四傳統連根拔除，因而造成了思想上的「真空」。 在這種情形下，完全沒有考慮到中國（包括臺灣）的特殊處境，完全以西方（尤其是美國）的標準作尺度的現代化思想，必然配合著臺灣的現代化過程，而成為臺灣民眾唯一信服，唯一可以接受的意識形態。當時的人們不會從歷史的角度去考慮西方文化的問題，而只是把西方的現代文化加以絕對化和超時空化，並把它提升為評判其他文化優劣的標準。在這種情況下，本來是以反映現代西方資產階級社會的病態作為主要目的的西方現代主義，在臺灣現代化知識份子的眼中，反而會抹去了它的問題性，而只呈顯出它的進步面，而成為現代社會的現代文學，以別於舊社會的舊文學。也就是說，現代化與現代主義變成是同樣的具有同一方向進步意義的名詞。[43]也許從這個角度才能解釋本來並沒有「現代主義」意識形態的紀弦、白先勇等，卻又那麼理直氣壯地自稱為「現代」——其刊物分別名為《現代詩》、《現代文學》——的原因。因此，即使張誦聖所指的「現代主義」與其原始意義有別，但她其實是從當時臺灣文壇的現實狀況出發，抓住了當時臺灣文壇客觀存在的現象，甚至是頗為「主流」的現象，因此又是無可厚非的。

---

[42] 呂正惠，〈五十年代的現代詩運動〉，《戰後臺灣文學經驗》（北京：三聯，2010），頁44-45。

[43] 呂正惠，〈現代主義在臺灣——從文藝社會學的角度來考察〉，《戰後臺灣文學經驗》（北京：三聯，2010），頁19-20。

二、「早熟說」：現代主義脫離現實基礎的移植性格

「早熟說」又可稱為「亞流說」、「模仿說」，陳映真是這種說法的代表。1965年陳映真在參與組織（所謂「跟了幾天班」）並因此認真觀看了愛爾蘭著名作家貝克特的〈等待果陀〉（大陸通譯為〈等待戈多〉）的演出後，援筆寫下了〈現代主義底再開發──演出〈等待果陀〉底隨想〉一文，成為臺灣文壇真正具有思想高度的現代主義批判之始。文章中對臺灣的現代主義文學提出了兩個重要的評價。其一，臺灣的現代主義文學具有「亞流」的性格，亦即它並非從臺灣的現實土壤中生長而出，而是移植和模仿的；其二，臺灣的現代主義文學具有思考上和知性上的貧弱症。這兩點歸結在一起，「總之，我們的現代主義文藝，變成了一種和實際生活、實際問題完全脫了線的把戲。」[44]

這種說法是否有道理，我們還得將文章從頭讀起。文章開頭就寫道：「我對於文藝上的現代主義，抱著批評的意見，已經數年了。」在列舉了作者一直抱持著這種態度的三大理由後，陳映真又寫道：「差不多便因為上述的幾個觀點，我批判了現代主義。這種批判的態度，使我自己的創作生活具備了某種免疫能力，一直沒出過『現代主義』的疹。」熟悉陳映真早期創作的人們必然對此產生疑問，因為要否認〈我的弟弟康雄〉等陳映真早期小說帶有某種程度上的現代主義色彩，並不容易。不過，我們如果認真考察一下甫登文壇的《筆匯》時期的陳映真的一些文字，也許有助於解開這個「謎」。

1959年4月起，鍾理和開始在《聯合報》副刊發表作品。同年5月2日，當時充其量只是一位文學青年的陳映真（署名「淡水陳永善」），在閱讀了前一天發表在「聯副」上鍾理和的短篇作品〈草坡上〉後，即寫下一張明信片請「聯副」代轉給作者，5月14日又寫了第二信。信中陳映真描述了閱讀鍾理和作品的感受：「就像那溫煦煦的太陽一般輕快而溫暖的」，「禁不住一種美的愉悅」，並正面或側面批評了「搞圈子的文界官僚」和「富有、貴族階級」，以及他們所分別代表的官方反共文學和具

[44] 陳映真，〈現代主義底再開發──演出〈等待果陀〉底隨想〉，原載《劇場》第4期（1965），後收入《鳶山（陳映真作品集8）》（臺北：人間，1988），頁5-6。

有菁英傾向的現代主義文學。顯然，陳映真所讚賞並肯定的是一種充滿了濃厚現實生活氣息的美——與前兩種文學迴然有別的具有「更多的太陽，更多的泥土的芳香」[45]的美。這裏出現的「太陽」特別是「泥土」等大自然意象，說明陳映真的「鄉土文學」情結已開始萌發。果不其然，1960年8月4日鍾理和逝世，同年12月，陳映真在《筆匯》革新號第2卷第5期上發表了〈介紹第一部臺灣的鄉土文學作品集《雨》〉一文，不僅標題中出現了「臺灣的鄉土文學」指稱，文中並再次強調了這一概念，寫道：「鐘理和（引者按：鐘應為鍾）不止在臺灣開出第一朵花，更開出一支最難得的花——臺灣的鄉土文學。」這一概念的提出，顯然比葉石濤於1965年發表〈臺灣的鄉土文學〉——被一般文學史著作視為臺灣鄉土文學當代再出發的重要標誌之一——整整早了四五年。文章給予鍾理和及其《雨》極高的評價，稱：「從《雨》的出版，臺灣在文學上，在文化上才始真正光復了」，「他使臺灣作家的藝術加盟於中國五四新文學運動」的時間提早了十多年；[46]又從「鄉土趣味」的角度解說鍾理和創作藝術上的「最大特色」，包括「對於農人的和土地割切不開的情感，他們的勞動，手足之情」以及「臺灣的天空和農舍」的生動描寫，「到處灌溉了臺灣農村的泥土氣息和畫滿了南部臺灣的美麗的鄉村景色」，充滿了「對於鄉土的懷戀」、「自然可愛，像古中國的詩經一樣純樸而熱情」的「浪漫的趣味」等等[47]。然而最重要的則是對鍾理和創作的現實主義特徵的論述。陳映真看到了鍾理和「蘊存於他的筆管之中的一股攝人的生命和真實不欺的感情」，讚揚鍾理和突破了「現時流行作家」的諸如「架空遊離」的故事來源等諸多弊端，「為現代的中國文學創造了與現時代密切連接了的，充分表現了現在時空的現實和感情的一種新的境地」，是「第一個」「用赤裸裸的感情和真實的血淚去表現了這一時代的作家」[48]。很明顯，使陳映真與鍾理和創作產生強烈共鳴的有兩點：一是文學的現實性，一是文學的真實性。前者強調文學創作與時代、社會的密切聯繫，作家感應於自己的時代與生活，「不流於憤激和觀念化」[49]，始終以現實作為自己創作的源

---

[45] 陳映真於1959年5月14日致鍾理和的信，鍾理和數位博物館：http://cls.hs.yzu.edu.tw/ZHONGLIHE/06/iframe/i_062_1.asp（2011.12.31徵引）

[46] 陳映真，〈介紹第一部臺灣的鄉土文學作品集《雨》〉，《筆匯》2卷5期（1960），頁39。

[47] 陳映真，〈介紹第一部臺灣的鄉土文學作品集《雨》〉，頁38。

[48] 陳映真，〈介紹第一部臺灣的鄉土文學作品集《雨》〉，頁39。

[49] 陳映真，〈介紹第一部臺灣的鄉土文學作品集《雨》〉，頁37。

泉，取材於現實並表現這現實；後者則強調表現的真實性，即是否寫出了真實可信的人物和情感。

由此可知，青年陳映真在踏上文壇的最初就為「鄉土文學」所吸引，並很快建立了文學應密接時代、社會、現實和生活的現實主義文學觀念，對於當時文壇流行的「反共文藝」和現代主義文學，則並不認同。因此他在〈現代主義底再開發〉中所謂「我對於文藝上的現代主義，抱著批評的意見，已經數年了」的說法，並非空穴來風、自我貼金。但如何解釋陳映真自身小說中的現代主義色澤呢？原因應在於定義、標準和著眼點的不同。或者說，陳映真並不以作家採用的藝術技巧、表現手段等來區分現代主義和現實主義，而是以創作是否嚴格地來自於現實生活為根本的著眼點。陳映真當然深知自己所寫的一切（包括其中表現的種種內心情感）都是從現實生活中得來的，所有的技巧和手段都是出於表現現實生活內容的需要而採用的，它們並非「現代主義」作品而是「現實主義」作品。因此陳映真毫不猶豫地宣稱自己「一直沒出過『現代主義』的疹」。文章中還寫道：在〈等待果陀〉中，「做為現代主義的眩人底紅背心的『形式』，在內容和形式的統一的那一剎那消失了。『現代』的這個標籤消失了。問題不在於『現代』或『不現代』，不在於『東方底』或『國際底』，不在『禪』、不在於『觀靜』、不在於⋯⋯。問題的中心在於：『它是否以做為一個人的視角，反映了現實』。」[50]這再次證明瞭陳映真判斷作品性質的「試金石」不在採用了什麼形式，而在於其內容是否反映了現實。或如呂正惠所說的，陳映真的（早期）小說，不論多麼「淹溺」在現代主義的永恆和象徵架構中，我們還是能從中感覺到知識份子「存在困境」的具體樣貌，儘管他一貫地表現出知識份子被迫與現實隔離之後的蒼白的無力感，但比起那些「人生沒有意義」的更空泛的論調總要「具體」得多。[51]從這一角度著眼，陳映真的早期小說毫無疑問地屬於現實主義而非現代主義。

如上述，陳映真一直對現代主義持批評態度，〈現代主義底再開發〉一文的主旨當然也是現代主義批判，然而文中陳映真卻十分誠懇地反省了以往自己對於「現代主義」的一種「機械性」的態度，所謂「早熟說」也由此而來。陳映真寫道：由於這次「劇場」演出〈等待果陀〉的數天

[50] 陳映真，〈現代主義底再開發——演出〈等待果陀〉底隨想〉，頁4。

[51] 呂正惠，〈現代主義在臺灣——從文藝社會學的角度來考察〉，頁17。

跟班，「遂有機會對於這長年的意見做了檢查」，結果之一便是「糾正了自己的意見裏的若干錯誤」，而「這種感覺的第一步，是在於演出條件不好，演出實質也不見完全的這麼一次演出中，我仍然不禁感到一種極其深在底感動的事實。這種感動的經驗，是一點也不亞於其他文藝作品所給予的。我於是初次感覺到：現代主義作品竟也有這樣滿足了藝術需要和知性需要的能力。」其次則是「它的內容與形式的契合感」。陳映真當時顯然已持有形式應符合於內容表達需要的認知，寫道：「我們一點兒也沒有注意到貝克特的聲音、語法、表情和手勢是如何的不同。我們受了感動了」。由此陳映真得出了十分重要的「現代主義無罪說」：一個特定的歷史時代和社會情況，產生一個特定性質和內容的文藝，在「現代」這麼一個複雜而且未曾有過的時代和社會，產生「現代主義」的文學藝術，毋寧是十分自然的一件事。「因此，『現代主義』文藝，在反映現代人的墮落、背德、懼怖、淫亂、倒錯、虛無、蒼白、荒謬、敗北、兇殺、孤絕、無望、憤怒和煩悶的時候，因為它忠實地反映了這個時代，是無罪的。」[52]

從「文藝是一時代的反映」[53]這一現實主義反映論乃至馬克思主義文藝觀出發，陳映真得出發生於西方「現代」社會中的現代主義文藝是「無罪的」結論，但不等於陳映真就會改變他對臺灣現代主義文學的看法。相反，從同一命題出發，陳映真給臺灣的現代主義文學做了「在性格上是亞流的」之基本評價，而促成這種「亞流」性格的原因，主要就在「客觀基礎底缺乏」。由於「現代主義文藝是現代社會底產物」，[54]或者說是資本主義發展到頂峰乃至「爛熟」，從而不斷發生危機的階段，人們深受「異化」之苦，對現代文明深感挫折和悲觀，資本主義本身以及從文藝復興以來建立起來的科學、理性等價值，這時開始顯現其弊端，現代主義文學由此而產生並擔負起以特殊的藝術方式對此加以質疑、反思的任務，這是其具有一定的批判性的原因。但在當時臺灣，資本主義顯然尚未得到充分發展而到達「爛熟」的階段，甚至主要還處於農業社會狀態中；即使資本主義在某些局部（如臺北）開始有所發展，但作為冷戰——內戰構造下的前殖民地和現「半殖民地」或「新殖民地」，其被支配的依賴性的資

52　陳映真，〈現代主義底再開發——演出〈等待果陀〉底隨想〉，頁1、3-4。

53　陳映真，〈現代主義底再開發——演出〈等待果陀〉底隨想〉，頁1。

54　陳映真，〈現代主義底再開發——演出〈等待果陀〉底隨想〉，頁5。

本主義現代化，也與西方有著根本的不同。因此陳映真說：「臺灣戰後資本主義現代化的現在程度問題；臺灣戰後資本主義現代化的虛像和實像間的超離，即臺灣戰後資本主義現代化的性質問題，在在都說明了何以此間的現代主義缺乏了某種具有實感的東西；何以徒然具有『現代』的空架，一片輕飄飄的糊塗景象，就連現代人的某種疼痛和悲愴的感覺都是那麼做作。」[55]缺乏客觀基礎，也就決定了這種現代主義並非從臺灣當時當地的現實土壤中生長出來的，而只能是一種模仿或照搬，表現著「移植底、輸入底、被傾銷底諸性格」。[56]

除了「亞流」性格外，臺灣現代主義文學的另一主要弱點，在於「思考上和知性上的貧弱症」。陳映真寫道：「在臺灣的現代主義文藝裏，看不見任何思考底、知性底東西。文化人在思考、知性上的陰萎症狀之普遍，實在找不到第二塊土地可以和臺灣比較的罷。」[57]這一點當然也與脫離現實有關，同時也是籠罩於當時整個社會的政治「低氣壓」（葉維廉語）所致。後來陳映真更明確指出思想的貧弱為整個當代臺灣文化的最大通病，而強調思想性和知性思考力，也就成為陳映真此後數十年始終不渝的堅持。

以臺灣的資本主義「現代」社會尚未充分發展而論定其缺乏產生現代主義文學的客觀基礎，或許還是有點「機械」和「教條」，因為即使是經典的馬克思主義，也認為物質生產與藝術生產的發展具有不平衡性。馬克思寫道：「關於藝術，大家知道，它的一定繁榮期決不是同社會的一般發展成比例的，因而也決不是同彷彿是社會組織的骨骼的物質基礎的一般發展成比例的。」[58]所以各地現代主義文學的產生也不必與「社會的一般發展」情況完全對應，並不排除因為其他的原因而讓作家們有了與資本主義產生種種弊端和陷入危機狀態下相同或相近的心理感受。如柯慶明在《臺灣「現代主義」小說序論》中，通過閱讀王文興當年為《現代小說選》寫的一篇〈序〉，也注意到臺灣的現代主義與「農業社會脫了節」的問題，但他發現當時的臺灣小說通過傳統社會面對「現代性」的衝撞所形成的

---

55 陳映真，〈現代主義底再開發——演出〈等待果陀〉底隨想〉，頁5。

56 陳映真，〈現代主義底再開發——演出〈等待果陀〉底隨想〉，頁7。

57 陳映真，〈現代主義底再開發——演出〈等待果陀〉底隨想〉，頁5。

58 馬克思，〈《政治經濟學批判》導言〉，《馬克思恩格斯選集》第2卷（北京：人民，1966），頁112-113。

「緊張或脫序」，同樣能在農業社會背景下寫出「現代」這個令人不安不悅的東西。[59]這一點，我們在下面談到「迴響說」時還可找到更有力的例證，加以更詳細的闡釋。

然而，即使略顯「機械」，陳映真的說法仍有其直指問題要害的準確性和深刻性，以及與現實情況的契合性：他強調了文學與時代的緊密聯繫，認定不同的時代就會有不同的文學，表現出強烈的語境意識和現實意識。儘管很多人認為中國文學的現代性從清末民初就已開始發生，但這種現代性主要並非現代主義式的「反思現代性」而是更早些時候的屬於浪漫主義、現實主義時代的啟蒙現代性，因此「五四」打出的旗幟也還是「民主」和「科學」。中國現代文學中，現代主義雖然從20年代李金髮的象徵主義到30年代戴望舒的現代派詩和穆時英等的新感覺派小說，再到40年代的九葉詩派，可說一線延綿，臺灣本地也有1935年前後風車詩社的超現實主義的提倡，但始終未成主流，即使稍成氣候，也只局限於上海這樣的現代化程度較高的大都會中，究其原因，也就在陳映真所說的「客觀基礎的缺乏」。當整個中國主要還是貧窮落後的農村社會時，以描寫和批判資本主義高度發達時期社會問題為主要內容的現代主義，至多也只是涓涓細流，而不大可能出現滾滾潮流的。

兩年後的1967年11月，陳映真在《草原》雜誌創刊號上發表了〈期待一個豐收的季節〉——其中對臺灣現代派詩的批評，比關傑明、唐文標還早了數年之久——文中充滿了〈現代主義底再開發〉中就已出現的強調文學與時代緊密關聯性的「語境」意識。他寫道：「差不多很少人注意到，所謂文藝的現代主義，也發生於歐戰後的『三十年代』的這個事實。然而何以它沒有在中國的三十年代文學中起主導的作用，而遲至今天的臺灣才有了發展，是一個饒有興味的問題。」其原因至少有二：「一方面是流行在當時全世界思想生活中的『左翼』熱病支配了中國的文學思想；另一方面是由於中國當時抵抗日本帝國主義而來的、全國性的民族主義浪潮。這兩個因素，先天地就和具有個人主義、虛無主義性質的『現代派』文藝相對立的。我們實在不能想像：當東三省陷落的時候，詩人會有興致去寫：『你見你的影，於成熟之水上，終於解脫了年齡／而你讓錨製作法律於海底之牧歌中』這樣的句子。在那個年代，人們總是在詩章中尋求當代最迫

59　柯慶明，〈臺灣「現代主義」小說序論〉，頁5。

急、最感動人心的諸問題底解答，他們總是在詩章中鼓舞別人，也受別人的鼓舞；他們總是在詩章中傳達一個悲壯的資訊；他們用血、肉和眼淚去寫詩、讀詩。」[60]因此在陳映真看來，時代因素在文學思潮的產生和發展中具有舉足輕重的作用，不符合於時代條件和語境的文學創作，必然是脫離現實、生造或模仿的。

多年後，呂正惠在堪稱其最得意之作的〈現代主義在臺灣〉中，也講述了類似的看法。他寫道：「用馬克思主義的話來說，現代主義是資本主義進入帝國主義時期的產物。但是，臺灣的現代主義呢？當紀弦在一九五六年宣告成立『現代派』時，臺灣的農村經濟剛要從太平洋戰爭的破壞中復甦，臺灣的『經濟起飛』根本就還沒有開始呢！那麼，『先進』社會的文學如何移植到經濟『落後』的地區呢？」「我們當然不一定要相信馬克思主義的經濟決定論，不一定要相信：『先進』社會的文學跟『落後』地區的文學一定會受制於各自的經濟條件，而發展出不同的道路。但是，我們一定會感覺到，把『先進』社會極為獨特的文學現象，移植到基本上還是農業經濟的臺灣，這中間不可能不存在著一些引人思索的問題。」[61]這可說是從1950年代臺灣尚屬農村經濟形態的角度，對「早熟說」的更明確的表述。

值得注意的是，陳映真說西方的現代主義是「無罪的」，卻也沒有正面地對它大加讚賞，也就是說承認其存在的合理性不等於就要對其大力提倡，其理由陳映真在〈現代主義底再開發〉的開頭部分就加以說明。首先，陳映真認為文藝家應該是一個有思想、有觀點的「知性的人」，當他生存於一個被龐大的、物質文化所非人化了的社會時，他不應該「將這非人化的病的感情濃縮了，又放回給無數苦難的心靈」，而是應該「指責、批評並喚醒人們注意這一切非人化的傾向，鼓舞著做為人的希望、善意和公正，以智慧和毅力去重建一個更適於人所居住的世界」。然而臺灣現代主義文藝「在性格的根本上，便缺乏這樣一個健康的倫理能力」。其次，現代主義文藝在許多方面表現了精神上的薄弱和低能，「用一種做作的姿勢和誇大的語言，述說現代人在精神上的矮化、潰瘍、錯亂和貧困，並以表現和沉醉於這種病的精神狀態為公開的目的……在一種近乎自憐、自虐

60 陳映真，〈期待一個豐收的季節〉，《草原》創刊號（1967），收入《鳶山（陳映真作品集8）》（臺北：人間，1988），引文見頁9-10。

61 呂正惠，〈現代主義在臺灣——從文藝社會學的角度來考察〉，頁4。

狂和露出症的情緒中滿足各個人的自我。」現代主義文藝的貧困性，使它不能包容十九世紀的思考的、人道主義的光輝。其三，現代主義文藝產生了目不暇接的文藝形式，再加上內容先天上的貧困，使內容和形式已經失去了浪漫主義以前的長時期的契合與發展。結果，形式主義的空架子在現代主義文藝中到處充斥。現代主義文藝的詭奇和晦澀的形式，使它遠遠的離開了讀書群，史無前例地捨棄了豐富民眾精神生活的文藝任務。[62]

陳映真等奉行的現實主義反映論觀點，顯露其與馬克思主義文論的緊密淵源。然而所謂現代主義雖然「無罪」，但並不等於「優秀」，它仍有其缺陷和不足的觀點，說明他們更接近於盧卡契（G. Lukacs，亦譯為盧卡奇）而非阿多諾（T. W. Adorno）。對此呂正惠並不諱言，寫道：「大致而言，西方馬克思主義是以批判的觀點論述資本主義對人的『異化』的影響，並從這裏分析現代主義所以產生的原因。在評價上，法蘭克福學派（特別是阿多諾），認為現代主義扮演了叛逆的角色，在批判西方社會上有積極的作用，而盧卡奇則認為現代主義只反映了資本主義的病態，基本上是一種逃避。」因此在意識形態上——即分析現代主義產生的原因時——他採用了西方馬克思主義的共同的觀點，而在對現代主義的具體評價上，則於盧卡契和阿多諾之間，更接近於盧卡契，「對西方現代主義採取比較負面的看法」。[63]

其實在盧卡契和阿多諾的取捨之間，陳映真等的「早熟說」也就有了明顯的理論脈絡可尋。從根本上說，「早熟說」依據的是馬克思主義的「總體性」（或譯為「整體性」）原則，而正是盧卡契將馬克思主義的辯證法歸結為「總體性」範疇，承認整體對各個部分的全面的、決定性的統治地位。這一原則認為：人類社會是一個辯證、歷史的統一體，人類社會的發展是各種因素交互作用的結果；就文學而言，文學的存在和本質、產生和影響因而也只有放在整個社會的總的歷史關係中才能得到理解和解釋。[64]陳映真等正是將文學思潮的發生與特定的社會形態聯繫在一起，認定當時的臺灣尚屬農業社會，並無產生現代主義的客觀基礎，從而得出了五六十年代臺灣現代主義文學屬於「早熟」的結論的。呂正惠指導的

---

[62] 陳映真，〈現代主義底再開發——演出〈等待果陀〉底隨想〉，頁1-3。

[63] 呂正惠，〈現代主義在臺灣——從文藝社會學的角度來考察〉，頁4。

[64] 杜彩，〈「總體性」與盧卡契的現實主義文藝思想〉，《文藝理論與批評》2010第6期（2010），頁45。

學生蘇敏逸在其博士論文中，以「社會整體性」觀念研究葉聖陶、茅盾、老舍、巴金等的長篇小說，概括這一來自盧卡契的術語的意涵為：在作家對中國社會情勢或社會問題有具體而深入，較為本質性的觀察和瞭解之後，將作家個人對於社會整體的看法或社會現象的掌握，轉化為架構長篇小說的基礎；社會的「整體性」著重的不是鉅細靡遺地捕捉社會的每個面向，呈現社會靜態的表像，而是要能掌握「社會本質」，表現影響社會的重大因素，或表現社會的歷史進程等等。[65]可見除了密接現實外，「整體性」概念的要點在於把握「社會本質」。陳映真認為「我們現代主義之再開發」，至少應該基於兩個磐石之上，一是「回歸到現實上」，另一則是「知性與思考底建立」。[66]把握「社會本質」顯然有賴於知性思考力，因此陳映真觀點的背後，其實有著盧卡契「總體性」等觀念和理論的影子。盧卡契所謂「偉大的現實主義作家的作品的內在的真實性，在於這些作品是從生活本身中產生的，而它們的藝術特點是藝術家本人生活於其中的社會結構的反映」[67]，陳映真的說法不能不說與之極為神似，如出一轍。至於阿多諾，雖然在批判資本主義這一根本取向上與盧卡契並無二致，但他倡導否定的辯證法，不遺餘力地對總體性辯證法加以批判，替現代藝術進行辯護。因此呂正惠等更認同於盧卡契。而阿多諾肯定現代主義扮演了叛逆性角色、在批判資本主義異化上有積極作用的觀點，則為葉維廉、白先勇等的臺灣現代主義文學產生的「迴響說」提供了理論資源。

三、「冷戰影響說」：現代主義作為「文化冷戰」之意識形態工具

呂正惠既是「早熟說」的重要闡釋者，也是「冷戰影響」說的重要代表。不過比較早就正式、明確提出這種說法的，或許還是陳映真。1997年鄉土文學論戰20周年時，陳映真撰寫了〈向內戰・冷戰意識形態挑戰——七〇年代文學論爭在臺灣文藝思潮史上劃時代的意義〉一文，指出「鄉土

---

[65] 蘇敏逸，《「社會整體性」觀念與中國現代長篇小說的發生和形成》（臺北：秀威，2007），頁5-6。

[66] 陳映真，〈現代主義底再開發——演出〈等待果陀〉底隨想〉，頁7。

[67] 盧卡契，〈托爾斯泰和現實主義的發展〉，中國社科院外國文學研究資料叢刊編輯委員會編，《盧卡契文學論文集（二）》（北京：中國社會科學，1981），頁334。

文學論戰」意義之重大，「尤在論戰當時爭論雙方皆不自知的這個事實：即戰後的現代主義文藝思潮，是冷戰體制下美國據以對抗社會主義的、在全球領域推行的『文化冷戰』（Culture Cold War）之意識形態工具之一！臺灣的現代主義批判，竟是在極端反共／法西斯環境下對美國主流冷戰意識形態的公開的挑戰！」他引用了英國理論家理查・阿皮革納內西（R. Appignanesi，大陸譯為理查・阿皮格納內西）的觀點：30年代以降，「社會主義的現實主義」成為舊蘇東社會的主流文藝思潮。這個世界社會主義運動的文藝方針，又以強烈的敵愾心批判現代主義的「資產階級腐朽」性，於是彷彿是依「敵之所惡我好之」的原則，在戰後世界文化冷戰體系中，抽象主義、超現實主義，竟成了「自由・民主世界」的主流藝術意識形態。「美國以它自生自長的新興抽象藝術迎合了此一確認」，不過這只是把1919年蘇聯康定斯基的「抽象表現主義」「半途掠奪而去，在國際上廣泛宣傳為百分之百的美國貨，純粹形式的抽象藝術」，蓋因「如果共產主義政權官方禁止『形式主義』，那麼形式主義必定是自由企業（資本主義）民主制度的一個基本要素」。阿皮革納內西還特別指出，在50年代美國麥凱西主義白色恐怖時期，「冷戰時代的戰略，要求一種『真正美國』的認同，以截然有別於歐洲共產主義瘟疫」。現代抽象主義成了這「真正的美國」的認同標誌。它透過美國廣泛設立在其勢力範圍的第三世界社會中的「美國新聞處」一類的機關，透過人員交換、基金會、人員培訓、國際學術會議、留學政策、資助展覽出版和講座、特邀訪問，廣泛推銷。現代抽象主義於是很快成為美國勢力範圍下第三世界的文化（文學）霸權論述，而現代主義也成為這些社會的一代顯學，從而和各當地的反帝、反美、革命的現實主義文學藝術運動互相抗衡，讓青年離開祖國在（美國）新殖民主義和本國半封建精英支配下陰暗的現實，在美式現代主義、抽象主義病態的個人世界中消磨意志、逃避現實——從而鞏固美國制霸下的冷戰秩序。[68]

此外，陳映真還將70年代的臺灣文學論爭放到文藝思潮的世界史中來看，發現這一論爭在並不自覺情況下，參與了從20世紀初期以迄70年代的、世界範圍的、文學思潮的左右鬥爭，亦即現實主義和現代主義的鬥

---

[68] 陳映真，〈向內戰・冷戰意識形態挑戰——七〇年代文學論爭在臺灣文藝思潮史上劃時代的意義〉，《聯合文學》第158期（1997），頁57-76；收入薛毅編，《陳映真文選》（北京：三聯，2009），頁142。

爭。這場論爭的地理範圍，包括舊蘇聯、舊東歐、英國、美國、法國、德國和中南美洲等地。現代主義文學藝術受到各國各民族的文藝批評、文藝思想界左翼的批判，其文獻可謂汗牛充棟，在思想學術上有豐富的收穫。陳映真由此自我反省道：「由於不學和不敏，小論的作者一直要到九〇年初才知道了戰後現代主義和美國文化冷戰意識形態的聯結構造。回想目睹過的五十年代臺灣現代繪畫和文學興起的過程，我有了恍然大悟的理解。」[69]

不過稍早在1984年呂正惠發表其代表作〈現代主義在臺灣〉時，已有類似觀點的表露。他從發展中國家知識份子與社會產生疏離感的角度加以分析，寫道：與一般民眾相比，知識份子在意識形態上最容易「現代化」。受過完整現代化教育的知識份子，一旦他們的現代理念遠超過他們所生活其中的落後社會時，他們就會過度責備自己的社會，而成為社會的特異分子。反過來說，由於他們生活在理念中而唾棄周遭的現實，他們自然也會被民眾所疏離，而成為社會中的「浮游群落」。而正是這種疏離感，成為發展中國家的知識份子和西方現代主義文學的會合點。西方現代主義作家的疏離感來自他們對高度發達的資本主義社會的唾棄，而發展中國家的知識份子的疏離感則來自他們對自己的社會的落後的厭惡。發展中國家的西化知識份子這種無法和自己的社會和諧相處的困境很早即已存在，不過在兩次世界大戰之間，由於西方資本主義國家自己遭遇到前所未有的困境，它們自己國內的知識份子左傾的力量非常強大。在這一大環境下，發展中國家的知識份子基本上以積極介入的方式企圖改革自己的社會，甚或加入革命陣營。這種情況在文學上的表現就是現實主義。但是，二戰結束後情勢有了改變。西方資本主義由於美國國勢的空前發展而暫時穩定下來。美國勢力範圍的發展中國家，受到美國的強力支持和影響，開始大力掃蕩國內的左翼知識份子。這個時候，介入政治既已不太可能（或完全不可能），發展中國家的知識份子就表現為社會的疏離分子，於是現代主義取代了現實主義，成為其文學的主流。不過，由於各地區政治情勢的不同，各個發展中國家（地區）在現代主義文學的發展上也會出現不小的差異。比較拉丁美洲和臺灣，拉丁美洲抗議性的政治運動始終沒有掃除

[69] 陳映真，〈向內戰-冷戰意識形態挑戰——七〇年代文學論爭在臺灣文藝思潮史上劃時代的意義〉，頁140、142。

乾淨，他們的知識份子雖然在政治活動上受到了限制，但他們的政治現實感並沒有完全消失，而臺灣的政治情勢，則是把知識份子參與政治的空間壓縮到等於零，使得知識份子完全喪失了政治現實感。這樣的差異就影響了兩個地區的現代主義的發展，產生了兩種完全不同的現代主義的風貌。在拉丁美洲，知識份子雖然不再能以現實主義的文學直接干預政治，但他們卻把他們的政治現實感變形，以神話和幻想的方式寄託在超現實主義身上，因而形成了舉世聞名的所謂「魔幻現實主義」。但在臺灣，由於政治的高壓使得知識份子不是不敢談到現實，就是完全喪失了政治的現實感。於是，臺灣的現代主義，在最壞的形式下，就成為蒼白的、不知所云的「超」現實的夢魘，如許多不入流的現代詩，在最好的形式下，就表現為無以名狀的、對自己社會的強烈厭惡與疏離，如王文興的《家變》。[70]呂正惠在這裏將戰前和戰後、拉丁美洲和臺灣的現代主義做了對比，臺灣出現的特殊的現代主義狀況，顯然與「冷戰」有關係，或者說是戰後臺灣的冷戰與內戰交疊構造下的產物。

呂正惠寫於2008年的〈青春期的壓抑與「自我」的挫傷——六十年代臺灣現代主義文學的反思〉一文，文末對於「冷戰影響說」有進一步的深入論述。他是從陳映真在60年代就已發覺的臺灣知識青年在當時社會環境下普遍具有的青春期「性」的壓抑的特殊精神狀態談起的。陳映真的原話是：從最一般性的意義上講，現代主義是一種反抗。只要對現代主義稍做發生學的考查就能明白，現代主義如何是對於被歐戰揭破了的、歐洲的既有價值底反抗，又如何是對於急速的工業化社會所施於個人的、劃一性底反抗。臺灣的現代派，在囫圇吞下現代主義的時候，也吞下了這種反抗的最抽象的意義。之所以說「抽象」，是因為在反抗之先，必須有一個被反抗的東西。然而，與整個中國的精神、思想的歷史整個兒疏離著的臺灣的現代派們，則連這種反抗的對象都沒有了，「他們的憤怒、的反抗，其實只不過是思春期少年在成長的生理條件下產生的恐怖、不安、憤怒、憂悒和狂想底一部分，在現代派文藝中取得了他們的表現形式罷了。」就這一段「遠遠超越時代」，「恐怕到現在還很少人瞭解它的深刻意義」的評論，呂正惠繼續加以申論的問題是：二戰之後，在東、西對立的冷戰架構下，西方的現代主義如何改變它在西方的原始角色，轉而成為西方向落後

[70] 呂正惠，〈現代主義在臺灣——從文藝社會學的角度來考察〉，頁23-24。

地區輸入其先進文化的代表，並如何扭曲了落後地區認識現實的方式，使得落後地區的現代主義文學成為一種怪胎。呂正惠仍是注意到戰前和戰後、西方先進國家和廣大落後、發展中國家、地區的區別，也就是注意到了戰後「冷戰」的特殊背景，寫道：誠如陳映真所說的，西方的現代主義原始發生學的意義在於：它是西方知識份子對於資本主義文明的一種反抗形式。然而二戰之後，它卻被西方主流文化所收編，進入學院講授，成為西方文化最晚近的「正統」──西方並不是把所有的現代主義文學都編入主流之中，而是有選擇性的。美國評論家萊昂・特里林在〈現代文學的教學〉一文中，曾困惑地提到，美國學院中所教的現代主義經典都具有法西斯傾向（包括艾略特、葉慈、勞倫斯等），可為證明──冷戰格局形成之後，美國更把現代主義文學作為西方自由、民主傳統的代表，拿來跟蘇聯的社會主義現實主義相對照，以證明蘇聯文化的專制性和落後性。美國中央情報局曾收買一些文化人，由他們主持《邂逅》、《月刊》、《證言》等雜誌（尤其是《邂逅》），在冷戰年代影響極大，它們的文化主調就是自由主義和現代文學。同時，美國駐在落後國家或地區的文化單位（譬如臺灣的美國新聞處），則成為推動當地現代主義文學的「幕後黑手」。現在已知在現代主義於臺灣的推廣過程中，美新處（及香港的一些反共書店，如亞洲書店）是盡了不少力量的。美國在落後國家或地區「運作」現代文藝的重要方式之一是：當它觀察到某人在當地有了一些成就與知名度後，即由美國官方部門邀請訪美，而臺灣報紙會大篇幅報導，認為是無上光榮。這樣，美國通過在當地「製造」文化明星，自然吸引無數「有志青年」來投奔，風潮所驅，不可扼阻。在20世紀60年代的臺灣，畫家劉國松、詩人余光中是其中最閃耀的兩顆明星。應該說，在當時絕大多數的知識青年是完全不知道其中奧妙的，大家只知道現代主義是「金科玉律」，根本不會對其產生懷疑，因此造成一種奇怪的「接枝」現象，美國推銷的現代主義文學與臺灣的社會現實的「接枝」。總的說，20世紀5、60年代臺灣知識青年的困境來自於臺灣社會的保守性格，特別是來自於國民黨嚴苛的思想控制。但是，知識青年對此毫無所知，他們只能把自己的經驗（如青春期「性」的壓抑和苦悶）往囫圇吞棗學來的現代主義美學原則上套。因此出現了一大批知識青年「用美國推銷的方式來思考或表現我們青春期的痛苦」的風潮現象。呂正惠繼續寫道：其實，即使沒有美國政府的背後運作，西方的事物仍會成為落後地區爭相學習、仿效的對象。在美國勢力範圍內（即所謂「自由世界」，相對的就是「鐵幕」），按西方模式走「現代化」路子，已經成為顛撲不破的「真理」，文學、藝術概莫能外，20世紀5、60年代的臺灣現代主義只不過是其中極微小的一環而已。[71] 呂正惠這種對冷戰背景下現代主義在資本主義陣營（所謂「自由世界」）中普遍風行現象的精到觀察和深入分析，與弗朗西絲・斯托納・桑德斯的《文化冷戰與中央情報局》、雷迅馬《作為意識形態的現代化——社會科學與美國對第三世界政策》等書的中譯出版有關，這些書也為呂正惠的立論提供了有力的證據。

陳映真、呂正惠的這些說法，如果聯繫「冷戰」時代兩大陣營各自的情況，可知至少在某種程度上是確有其事。如新中國建立後直到改革開放前，大陸文壇一直將現代主義當作資產階級意識形態來加以批評和杜絕；而不僅在臺灣，當時的菲律賓等屬於資本主義陣營的東亞、東南亞地區，也同樣出現了現代主義文學潮流。這說明兩大陣營對於現代主義的態度確實是針鋒相對的，現代主義發生和發展的環境在兩大陣營中也是截然不同的。當然，這種「冷戰影響」論的提出，取決於提出者對於現代主義的基本評價，對現代主義持負面、批評態度的，較容易認同現代主義與中央情報局、美新處有關的說法。這裏有個問題，即能否找出具體證據來說明臺灣的現代主義文學與美國的「文化冷戰」有某種實際的聯繫？

尋找證據的困難在於：「文化冷戰」的推行者奉行的是「好的宣傳就是要做得不像宣傳」的信條[72]。根據桑德斯《文化冷戰與中央情報局》一書披露，中央情報局於1947年成立後，就立即開始從極有影響力的社會力量中廣泛網羅人員，組成一支由各類人物構成的混合部隊，他們身負雙重任務，既為世界注射防疫針，以防感染共產主義，同時又為美國外交政策在海外獲得利益鋪平道路。結果是結成一張高度嚴密的大網，網路中的成員與中央情報局合作，為推行其理念——這個理念就是世界需要美國和一個新的啟蒙時代，這個時代可稱為「美國世紀」——而並肩戰鬥。中央情報局建立的這支隊伍，是「一個為國家效忠的貴族階層，遵循的是超黨派原則」，是美國進行冷戰的祕密武器，廣泛地散佈在文化領域之中。在

[71] 呂正惠，〈青春期的壓抑與「自我」的挫傷——六十年代臺灣現代主義文學的反思〉，薛毅編，《陳映真文選》（北京：三聯，2009），頁64-67。

[72] 弗朗西絲・斯托納・桑德斯著，曹大鵬譯，《文化冷戰與中央情報局》（北京：國際文化，2002），頁1。

戰後的歐洲，作家、詩人、藝術家、歷史學家、科學家、評論家，無論他們喜歡不喜歡，知情不知情，其中絕大多數人都多多少少與這一隱蔽事業有著某種聯繫。美國間諜情報機構在長達20年的時間裏，一直以可觀的財力支持著西方高層文化領域，名義上是維護言論自由。這種做法在20年中一直沒有受到挑戰，人們也不知其內情，大家都認為這是為西方做好事。如果把冷戰界定為思想戰，那麼這場戰爭就具有一個龐大的文化武器庫，所藏的武器是刊物、圖書、會議、研討會、美術展覽、音樂會、授獎等等。[73]

上述「武器」中與文壇關係最大的自然是刊物、圖書等項，而刊物中與「現代主義」直接關聯的自然包括《現代文學》。那《現代文學》是否得到過「美新處」之類機構的資助？根據1977年《現代文學》復刊時白先勇的回憶，最早辦刊的「財源」是他籌到一筆10萬元的基金，但只能用利息，每月所得有限，只好去放高利貸，後來借債的仲鐵廠倒閉，基金去掉一半，幾乎弄得《現文》破產。但雜誌總還是要辦下去的，「幸虧我們認識了當時駐臺的美國新聞處處長麥卡瑟先生。他是有心人，熱愛文學，知道我們的困境，便答應買兩期《現文》。於是第十、第十一期又在風雨飄搖中誕生了。」後來白先勇出了國，經費便由他一人來支撐，「家裏給我一筆學費，我自己則在愛荷華大學申請到全年獎學金。於是我便把學費挪出一部分來，每月寄回一張支票，化做白紙黑字。在國外，最牽腸掛肚的就是這本東西，魂牽夢縈，不足形容」。1970年《中國時報》余紀忠先生聞悉《現代文學》財收拮据，慷慨贈送紙張一年。另外，白先勇的中學好友王國祥也每月捐資120元美金。儘管如此，1973年《現代文學》第51期出畢，還是得無奈地宣告停刊，致使已編好的第52期因經費問題始終未能見刊。[74]綜觀《現代文學》51期發行期間，編輯不支薪，作者不求稿酬，印刷經費等則主要由白先勇籌措，甚至動用了家裏的錢，連累家人。因此如果說《現代文學》是由「美新處」資助出版的，顯然與事實大相徑庭。然而某種程度和方式的暗中支援，則不能完全排除。像白先勇這裏提及的美新處處長麥卡瑟的慷慨義舉，就是一個實例，而麥卡瑟打的是「熱愛文學」的旗號，正應了「好的宣傳就是要做得不像宣傳」之語。因此呂正惠從白

[73] 弗朗西絲‧斯托納‧桑德斯著，曹大鵬譯，《文化冷戰與中央情報局》，頁1-2。

[74] 白先勇，〈《現代文學》的回顧與前瞻〉，《現代文學》復刊第1期（1977），頁15-20。

先勇如此坦然地稱讚麥卡瑟的義舉，得出對於美新處的用心，「絕大多數（甚至幾乎全部）的知識青年，是完全不知道其中奧妙的」[75]之結論。

根據桑德斯的研究，「中央情報局將其投入的資金加以偽裝是基於這樣的認識：如果直言不諱，那麼他們的甜言蜜語和慷慨解囊就可能遭到拒絕」。實際上，「中情局」的觸角所及範圍極廣，伸展到了西方盟國的各種文化事業之中，通過「支持範圍廣泛的創造性活動，把知識份子和他們的工作當成一盤棋賽中的棋子擺放在棋盤上的各個位置」。這一做法的支持者還說，中央情報局將大量的財力投入其中並沒有附帶任何條件，它所關切的確實只是擴大文化的自由和民主，「只不過是支持人們把原想表達的意思表達出來而已。」如果中央情報局的經費受益人對此毫不知情，而且他們的所作所為也並不因為接受了資助而有所改變，那麼他們作為富有批判精神的思想者，其獨立性就並未因此而受到影響。然而，有關冷戰的官方檔案卻系統地否定了這種利他主義的神話。凡是接受中央情報局津貼的個人和機構，都被要求成為這場範圍廣泛的宣傳運動中的一分子，只不過他們為「最有效的宣傳」下了這樣一個定義：「宣傳對象按照你所指定的方向走，而他卻以為這個方向是他自己選定的。」[76]筆者以為，如果將「投入的資金加以偽裝」以免「遭到拒絕」拿來套，似乎可很好地解釋為何麥卡瑟是出資收購了兩期《現代文學》而不是直接投資給該刊，但這樣的解釋並沒有多少實際的意義。臺灣的現代主義文學運動是否與美國「文化冷戰」計畫有聯繫，或者是否就是「文化冷戰」的一環，當然是一個可以也值得討論的問題，但與其停留於一些表面的、偶然的現象，不如從刊物的內容和體現的思想等方面做些更深入的研究，以求得更有說服力的結論。

值得指出的是，即使在臺灣的左派學者中，也有矚目於臺灣現代主義文學所具有的批判性的。像施淑在〈現代的鄉土——六、七十年代臺灣文學〉一文中就認為：「事實顯示，六〇年代文學並不僅只是臺灣當代文學史上的鬧劇，它的影響，也不全然是負面的。」許多後來被定位於「鄉土」的作家，其實都曾有過現代主義的時期，其創作也經常與現代主義精神脫離不了關係。施淑認為：「在評價現代主義文學時，最常被提到的是

---

[75] 呂正惠，〈青春期的壓抑與「自我」的挫傷——六十年代臺灣現代主義文學的反思〉，頁66。

[76] 弗朗西絲・斯托納・桑德斯，《文化冷戰與中央情報局》，頁4-5。

它的蒼白空虛，遠離現實。從整個表現來看，臺灣現代主義作品在重大的現實問題前，是普遍沉默的，這沉默也確實造成作家對公共問題的冷漠，強化他們對社會人群的疏離。但在白色恐怖的威脅下，這被迫的沉默，並不等同於對現實的無動於衷，對壓迫者及壓迫他們的體制的馴服，反而是帶有反諷的、敵對的意義的。這情形可以從在當時的一片文學謊言中，以虛無者自居的他們，表現在創作裏的語言、形式和意識間的關係看出來。如：它的晦澀文字包含著的壓抑、恐慌；它在句構上把中文傳統的簡潔變成刻意的複雜所呈現的擠迫、混亂和矛盾；它的形式試驗所顯示的自我懷疑、異化和解體。在這之上，它在創造沒有國籍、沒有歷史的荒謬的現代人時，透露出來的是尋求人的意義時的黑暗淒涼。這被迫的沉默之後的混亂意識，它的找不到路向的力量，一旦有客觀的誘因，是不難使虛無的反叛者走上憤怒的反對者的道路的。一九七一年的保釣運動提供了變化的契機。」[77]由此可見，施淑比較強調現代主義也有其反叛性的一面，也因此並沒有把現代主義直接與「冷戰」的影響連接在一起。

「冷戰影響說」的特點在於將現代主義文學的產生放置於當時東西方「冷戰」的大的時代背景下，指出兩者的某種或隱或顯的聯繫，具有其深刻性。更有說服力的事實真相或許有待於進一步深入的探討，但無論如何，由於「冷戰」的原因，來自美國的所謂「現代化」籠罩了當時絕大多數臺灣人的知識視野卻是不爭的事實。2007年鍾喬在《讀書》上刊文寫道：求學當年「冷戰」不是可提出討論的問題，美式「自由」、「民主」的價值才是一道常軌，沿著對「現代化」無比憧憬的光景延伸而去，竟而也「接軌」到「日本殖民統治帶來文明規範的『景象』」中。[78]這種情況對臺灣的影響是十分深遠的。如今臺灣的當權者、社會精英正是在當年冷戰背景下成長起來的，按照呂正惠的說法，它「所造成的後遺症現在已深入到臺灣知識圈的各個角落，正如癌細胞蔓延一樣，根本不可能根除了」。[79]因此儘管左派學者內部看法也不盡相同，但對於冷戰的影響加以觀察和思考，無疑具有其必要性和深刻性。

---

[77] 施淑，〈現代的鄉土——六、七〇年代臺灣文學〉，《兩岸文學論集》（臺北：新地，1997），頁305、307。

[78] 鍾喬，〈冷戰封鎖下的民眾文化〉，《讀書》第8期（2007），頁17。

[79] 呂正惠，《戰後臺灣文學經驗》（北京：三聯，2010），頁67。

四、「迴響說」：音調相似而本源不同的諧振共鳴

「迴響說」（或稱「共鳴說」）的代表人物有葉維廉、白先勇等。葉維廉在〈洛夫論〉一文中對此有較為詳細的論述。他以「孤絕」和「憤怒」來概括洛夫詩的精神特質，認為現代主義在西方的興起是具有積極性的，亦即阿諾德所說要從壟斷資本主義下物化、商品化、目的規畫化的文化取向（即所謂「文化工業」)中解放出來；而洛夫的詩中可見不少「對現代主義的迴響」，只是這些「迴響」並不是來自對過度工業發展的反應，他的「孤絕」另有構成的因素。或者說，對他形成「壓制」的不是西方式的文化工業，而是深藏著長久歷史烙印的、極其複雜的政治情結。[80]

如果用更通俗的語言，「迴響說」可表述如下：儘管當時在臺灣部分城市中局部地形成了資本主義形態，臺灣的現代派文學中，也確實出現了若干反映機械文明異化主題的作品，如羅門的詩。但總體而言，當時的臺灣尚處於轉型過程，資本主義的社會性格尚未成熟，並無類似西方現代派文學得以產生的必然社會經濟條件，因此現代主義在臺灣的出現，很大程度上乃源於其他原因所引起的類似的精神狀態。或者說，臺灣與西方的現代主義，其發出的聲音或許是相似的，但引發這種聲音的本源是不同的。臺灣現代派作家乃從西方現代主義文學那裏找到了可以移易借用的觀物態度和方法，從而產生了一種發聲體不同但音調相似的諧振共鳴式的迴響。

臺灣現代主義文學運動的最直接的「當事人」白先勇，在此問題上也基本持「迴響」說的看法。他認為：現代主義是對西方19世紀的工業文明以及興起的中產階級庸俗價值觀的一大反動，又因世界大戰動搖了西方人對人類、人生的信仰及信心，因此其作品中對人類文明總持著悲觀及懷疑的態度，而事實上20世紀中國人所經歷的戰爭，比起西方人有過之而無不及，傳統社會和價值更遭到空前的毀滅，「在這個意義上我們的文化危機跟西方人的可謂旗鼓相當。西方現代主義作品中叛逆的聲音、哀傷的調子，是十分能夠打動我們那一群成長於戰後而正在求新望變彷徨摸索的青年學生的……我們能夠感應、瞭解、認同，並且受到相當大的啟示。」[81]

---

[80] 葉維廉，〈洛夫論〉，《中外文學》17卷8、9期（1989），頁4-9、92-132；本文引自劉正忠編選，《臺灣現當代作家研究資料彙編・洛夫》（臺南：臺灣文學館，2013），頁314。

[81] 白先勇，〈《現代文學》創立的時代背景及其精神風貌〉，《第六只手指（白先勇文集4）》

又指出：這些現代派作家看似千篇一律，把人生描寫得黑暗無希望，其實他們正忠實地反映了本身對社會及政治情況的失望。後來「戰後新世代」詩評家孟樊對此也有類似的精到判斷：中外的現代主義詩人都以「內在現實」的自由對抗「外在現實」的不自由，只不過西方詩人反的是異化的社會，臺灣詩人反的則是異化的政治。[82]進一步言之，臺灣現代派文學的似乎逃避現實的內向性和純粹性取向，正是環境惡劣的產物，它們的出現本身，即可視為對壓制性現實的一種不滿或抵制。從這個意義上說，臺灣的現代主義文學為當時的臺灣現實社會留下了不可多得的影像，特別是精神的影像。

白先勇的「現身說法」自然是很可信的，但略顯簡略。能對此問題作出較詳細的理論闡釋，並正式提出「迴響」這一概念的，還是葉維廉。不過早在1967年，陳映真在〈期待一個豐收的季節〉一文中，就有臺灣的現代主義文藝是西方虛無主義的共鳴的看法，寫道：由於年輕作家、詩人和傳統完全疏隔，和「三十年代」的風風雨雨也毫不相干，至於抗日的、爭取民族自由戰爭的往事，差不多只是一種古談罷了，「也正就是這樣的一個大疏離，他們才一度把他們那極度空漠的，貧弱的心膺，開向以虛無、背理、醜陋和非人化為重要本質的現代主義文藝。西方的虛無主義，以不同的音程，在臺灣發生了共鳴。」[83]從其語氣中，明顯可知對現代主義所持的還是批評態度。葉維廉所說的「迴響」與陳映真的「共鳴」相當，但葉維廉卻對臺灣的現代主義文學持肯定的態度，而且他的論述是從對陳映真的「早熟說」的批評開始的，某種意義上可說是對於臺灣文壇批判現代主義的一種辯解式反應。

葉維廉首先回顧了當年非議臺灣現代詩的理由，除了意象過濃、造語奇特所造成的「難懂」之外，另一理由則是：「臺灣的社會當時還是農業重於工業的狀態，完全沒有達到高度資本主義發展下人所受到的異化和心理的病變，所以在臺灣，現代主義的出現是虛幻的；它，像西方的現代主義一樣，是頹廢的、墮落的，極端個人主義的；不關心社會，背離現實，沉醉於虛無與夢幻等等。」葉維廉批評道：非議的這第二個理由「乃是來自庸俗的機械的馬克斯論者，只能算是一種詮釋的方法，但由於說法粗

（廣州：花城，2000），頁98-99。

[82] 孟樊，《當代臺灣新詩理論》（臺北：揚智，1998），頁101。

[83] 陳映真，〈期待一個豐收的季節〉，頁11-12。

糙，大致都被後期的馬克斯論者所否定。」他引用了一些西方馬克思主義學者的論點作為自己觀點的支持，指出：「藝術風格的形成和轉變，不能按照政經文化一對一的方法來決定。後期馬克斯論者阿圖塞就曾說過：同一個政經文化下，由於種種其他的因素，可以產生不同的風格。有時，當一種風格被用濫的時候，或當它在發展過程中有了另一種可能的提示時，一種新的風格便告產生；它的產生很多時候不是隨著社會經濟的變動而變動的。在文學史上，所謂時代錯亂的風格已屢見不鮮，而當我們從跨文化的角度來看時，詮釋歷史發展必然性的神話，尤其不易確立。」[84]也就是說，當加入了外來的影響因素時，就可能產生原本未必產生的新的現象和素質。臺灣創世紀詩人洛夫就是一個明顯的例子。葉維廉試圖厘清和解決的問題包括：「洛夫在怎樣的一種文化氣候、政治社會狀態下發現了類似西方現代主義的觀物態度與方法；或者，他在西方現代主義中找到什麼適合於表現他內心空間的策略？」當然，他找到觀物態度、方法和表現策略所創作的作品只是西方現代主義的一種「迴響」，「它和發音源頭的原狀況自然可以不同。」[85]

針對以往十分普遍的對於臺灣現代主義文學脫離現實的批評，葉維廉試圖運用西方馬克思主義的理論來分析「現代主義」在西方興起時所具有的積極性，指出無論是阿多諾和霍克海默所重視的那種講求完整結構和自身具足的作品，或是班傑明（又譯為班雅明）和布萊希特所重視的前衛藝術，都是要和物化、異化、減縮化的社會力抗衡，都是要重新喚起被壓抑下去的、被遺忘了的人性和文化層面，都是要指向社會重建的深層意識。或如阿多諾所說的：現代文藝作品在所謂「社會性的缺乏中反而把社會壓制自然與人性的複雜性真實的反映出來」。[86]葉維廉首先分析了「人在一種什麼情況下會突然同時背離自然與社會，而在一種內在的行程裏尋索與猶疑」的問題，答案為：「最常發生的情況是：當他被某種強大的突變（如天災、戰亂、毀滅性的肢解和瀕臨死亡等）驅入一種絕境時——譬如被放逐——人突然與凝融一切的文化中心割離，迷失在文化的碎片間，和在肢解的過去和疑惑不定的將來之間彷徨。這時人轉向內心求索，找尋一個新的『存在的理由』，試圖通過創造來建立一個價值統一的世界（哪怕

---

[84] 葉維廉，〈洛夫論〉，頁311-312

[85] 葉維廉，〈洛夫論〉，頁312。

[86] 葉維廉，〈洛夫論〉，頁313。

是美學的）。」一個極端的例子是，在西方高度工業化的現代社會，人在不斷分化支離及物化的過程中，以及知識被破裂為許多獨立互不相涉各自為政的單元之際，發現他面臨雙重的危機：自然體的我的存在性和語言的存真性都受到燃眉的威脅。因此，寫作是一個知識追索的行程，通過猶存的「感覺」，重新取得「可感」的存在，如此，也許可以使被工業神權與商業至上主義砸碎的文化復活。寫作就是要通過語言的自覺，剔除文化工業以來加諸它身上的工具性而重獲語言的真實。同時葉維廉又指出：現代主義中的前衛藝術強調對布爾喬亞體制下藝術的攻擊，在策略上用的是驚世駭俗的姿態與行動，包括出人意表的破壞，把非藝術事物視為藝術，非策劃性的自動語言和即興創作等等；在精神上是要驚醒群眾，使其明白他們是在布爾喬亞意識的囚制下生活，最終的目的可以引發政治革命和社會的改革。由此可以看到，西方現代主義這兩種取向，在本質上是針對「知識思想工具化、隔離化、單線化」的現行社會而發；在策略上，一則向內追求一種失去的圓融，一則向外行動以求突變；二者都帶有烏托邦意欲，都要打開藝術潛藏的解放力。然而以此回過頭來看洛夫，可以發現他的「孤絕」並不是來自對過度工業發展的反應，而是另有其構成因素。構成洛夫作為一個詩人特殊的「孤絕」與「憤怒」的因素相當複雜，有燃眉的近因，有深遠難解的遠因，有生存的威脅，有語言的危機，以及在這個時期還潛藏著而後來變得顯赫重要的承傳問題。這些對詩人感受的沖激，不弱於西方所說的「文化工業」。[87]

葉維廉首先分析了「近因」，指出：帶著30年代的詩語言和40年代的一些美學關懷的洛夫，當他隨著軍隊渡過海峽到臺灣的時候，除了「與家園永絕」的黯然之外，他的被「禁錮」的感受不只是個人的，而且是全社會的。當時的臺灣，自美國第七艦隊進入臺灣海峽之後，已經被納入世界兩極對立的舞臺上，而且成了所謂「自由世界」的前衛。既是屬於「自由世界」的陣營，當然要鼓吹自由思想、自由行動了。但事實上，剛剛被迫遠離大陸，敵人只有一水之隔，隨時有被突然攻陷之虞，所以在政治上，出於防衛的需要，便實行有形無形的禁制，「文字的活動與身體的活動都有某種程度的管制。與家園隔絕，懷鄉，渴求突圍而去，或打破沉悶與焦躁，卻又時時沉人絕望之中，一種強烈的深淵似的『走投無路』的低氣壓

[87] 葉維廉，〈洛夫論〉，頁312-315。

呼應著冷戰初期的氣象。這種低氣壓彌漫了相當一段時間，幾乎到臺灣經濟起飛之前，都隱約感染著當時的島住民。」[88]

除了「近因」外，還有「遠因」：「這個令人絕望的禁錮感，除了反映政治緊張狀態下的現實情境外，顯然還投射到別的層面上去，如個人的存在猶如自囚這一個近乎存在主義的課題；又如中國文化之被放逐與禁錮。這三個層次——個人、社會、民族的『走投無路』——在當時構成了創作者特殊的孤絕意識。」[89]或者說，這是來自「中國文化放逐後的虛位」的焦慮和孤絕：「『文化虛位』的憂懼，在『憂結』的詩人心中，因著1949年狂暴戰亂導致與大陸母體頓然切斷而濃烈化、極端化。詩人們要問：『我們如何去瞭解當前中國的感受、命運和生活的激變與憂慮、隔絕、鄉愁、精神和肉體的放逐、夢幻、恐懼和游疑呢？』」此外，「文化虛位」的憂懼，更因為當時語言的失真而加速。當「既愛猶恨說恨還愛」的情結變為情緒的游疑不定和刀攪的焦慮，報章雜誌上的作品盡是些非藝術性的、功用性極強的所謂積極意識與戰鬥精神，完全沒有為當時的文化虛位憂懼感存真。「我們現在回頭來看，現代詩容或在晦澀上有了錯失，但在擊敗五〇年代那類作假不真、虛幻不實的文學上，是功不可沒的。」[90]有些批評家認為〈石室之死亡〉詩中的張力只是一種文字遊戲，這是完全沒有瞭解詩人在文化上的承擔。50年代的政治氣壓以洛夫的情況而言，更是複雜。他身為軍人，對「政府」給他的照顧他有相當的感激；但作為一個詩人，他又不得不為當時那份「憂結」存真。這在情緒上就是一種「張力」，反映在文字上自然也是一種「張力」。「只有當我們同時用個人、社會、民族所面臨的『孤絕』和『不安』的相似心境去看，〈石〉詩才可以迎刃而解。」[91]

經過一番分析，葉維廉總結道：「〈石室之死亡〉的洛夫確曾向西方的現代主義借用了一些語言的策略，這包括近乎表現主義筆觸的緊張扭曲的語言；但這些語言策略的應用不是虛幻現實的描摩，而是把中國現階段歷史由文化放逐、文化虛位（本身是西方霸權所造成的壓制）和政治社會情結所造成獨特的『孤絕』的複雜性中反映出來。從內容來看，〈石〉詩

[88] 葉維廉，〈洛夫論〉，頁315。

[89] 葉維廉，〈洛夫論〉，頁316。

[90] 葉維廉，〈洛夫論〉，頁320-321。

[91] 葉維廉，〈洛夫論〉，頁324。

是早期詩中的『禁錮』意識深層的探索；從詩的藝術來看，則是一種抗衡『禁錮』的精神的騰躍，一種死而後生，通向文化再造的隧道。」[92]

葉維廉是較早對現代詩創作從理論、學術角度加以討論和推動的詩人兼學者。早在1959年，他就撰寫了〈論現階段中國現代詩〉，1961年又有〈詩的再認〉等文。當時他視「現代主義在中國出現是一件可喜的事」，因為「它正可把阻礙詩發展可能性的舊有文學觀念一掃而清，使中國詩跨進一個新的階段」，「現代主義的蒞臨中國是一種新的希望，因為它很可能幫助我們思想界衝開幾是牢不可破的制度，而對世界加以重新認識，加以重新建立」。他概括現代主義的基本特質與精神包括：一、現代主義以「情意我」世界為中心；二、現代詩的普遍歌調是「孤獨」或「遁世」（以內在世界取代外在現實）；三、現代詩人並且有使「自我存在」的意識；四、現代詩人在文字上是具有「破壞性」和「實驗性」兩面的。具體說來，包括了「實驗」和「感覺」兩端。關於前者，葉維廉認為：「中國人對於美的觀念一向非常保守，我們當然承認某一件藝術品（或某一首詩，或甚至某一時期的詩）的『已存在的美』的價值，但這種已存在過的美經常是受時間所限制的，某一時代的美的觀點並不可作為另一時代的美的準則。一種超脫時空的美應該是一連串新的美的不斷的創造（當然美的創造應該經過詩人高度的藝術整理）。」可見「實驗」強調的是一種反傳統的創新精神。關於後者，葉維廉寫道：「『從感覺出發』是現代中國詩頗為普遍的想像方法。幾乎占了半數的詩人都在利用他們敏銳的感覺，他們大膽地讓想像伸展到陌生遙遠的內心國度去，捕捉新鮮、生澀、可怕和官能所及的奇妙的意象。同時由感覺的敏銳，他們甚至在意象與意象之間建立表面看來無理的關係，但在無理中卻含蘊著驚異和深長的意義」。[93]儘管葉維廉也提醒現代詩人們警惕「感覺即是詩」、「新奇即詩」的偏向，但對當時臺灣現代主義文學的「向內轉」和對創新實驗的熱衷基本上還是持正面肯定的態度。

時間過去30年，到了寫作〈洛夫論〉的1990年前後，葉維廉卻否定了文學的「純粹性」，並強調詩人、作家個人與民族的密不可分，強調文學的批判性和使命感，認定創作是「對文化的危機作出一定的反應」。他認

[92] 葉維廉，〈洛夫論〉，頁327。

[93] 葉維廉，〈論現階段中國現代詩〉，《葉維廉文集．第3卷》（合肥：安徽教育，2002），頁193-199。

為，「詩人們一度有個神話，認為有一種純然的東西在心中。」然而詩卻不能完全是以「自我」為中心，「所有文學都是一種語言，語言本身就是一種傳達，而傳達就必須牽涉到兩個以上的人，必然就是社會性的，其中必定產生對話，所以純粹內在的東西是沒有的。」又談到：「寫詩是一個長久的計畫，我希望在詩中把那些被壓抑的，被割捨掉的，被工業物質化埋沒的靈性經驗解放出來……文學中的詩並非為了遷就這個物質世界，它必須帶有批判，對於僵化的人際關係的批判，至於採取何種方式，全在於詩人們微妙的處理。所謂的批判並不一定要在字裏行間，它可以潛藏在詩中對僵化的人際關係作暗示性的抗衡。若是詩裏只是表面享樂式意符的遊戲而不帶意識，就不能算是好的文學作品了。」[94]這裏葉維廉已經將詩是否帶有「意識」（即思想）以及是否具有批判性，作為評判詩的好壞的重要標準了。

當然，這時的葉維廉也並沒有否定現代主義，而是認為現代主義本身就具有社會性和批判性。之所以會出現前後這麼鮮明的差異，一方面，應與時代的變遷和作者文化使命感的增強有關。葉維廉越來越深切感受到一種文化的錯位感、危機感和焦慮感——他早期的詩傾向於自發性，後期「開始有琢磨考慮的痕跡」，即有了更多思考的成分，「我沒有把自己看成是一個詩人，我把自己視為一個關心中國文化的人」，為了中國文化的前途而鬱結憂慮。[95]另一方面，也應與他對於現代主義的再反思有關。上述這些話是他寫作〈洛夫論〉後一年多在接受康士林訪問時說的，而從〈洛夫論〉中我們可以看出，他涉略了大量西方馬克思主義文論，從而對於「現代主義」，特別是它對抗資本主義的「物化」傾向，試圖通過「必要的惡」以實現藝術真理這一更大的善的特質[96]，有了更深刻的認識。葉維廉的這種變化，是他能夠肯定臺灣現代主義文學具有某種程度的批判性而提出「迴響說」的重要原因。

從葉維廉對洛夫詩的分析中可以看出，臺灣與西方的現代主義，其發出的聲音或許是相似的，但引發這種聲音的本源是不同的。可以說，「迴

---

[94] 康士林，〈葉維廉訪問記〉，《葉維廉文集・第7卷》（合肥：安徽教育，2002），頁369-373。

[95] 康士林，〈葉維廉訪問記〉，《葉維廉文集・第7卷》，頁374。

[96] 沈語冰，〈論阿多諾對現代主義的辯護〉，《浙江大學學報（人文社科版）》第34卷第1期（2004），頁138。

響說」注意到「跨文化」的因素，並避免了「經濟決定論」的過於機械的偏頗，是有一定的道理和根據的，不過也有它的「軟肋」，就是它的後設意味較為濃厚。它主要是事後以理論（主要是西方的理論，包括西方馬克思主義理論）來解釋多年前的情景，是否完全符合當時的實際情況，尚有待於考究。另外，葉維廉提出這一說法，主要的依據是洛夫的〈石室之死亡〉，但他的情況是否具有普遍性？這樣的解釋是否能夠涵蓋所有現代派詩人、作家的情況？難道臺灣的現代主義文學就沒有像關傑明、唐文標乃至陳映真等所批評的躲避現實和脫離傳統的弊端嗎？這都是值得考慮的問題。

最後，即使洛夫的「孤絕」來自當時的現實，是當時抑壓現實環境的產物，但還是難免有陳映真所說的過於「抽象化」而缺乏現實批判性的問題。正如呂正惠在分析王文興《家變》中人物時所認為的，王文興的《家變》是臺灣風貌的現代主義最極端的代表作，在《家變》的主角范曄身上，王文興塑造了5、60年代臺灣現代化的知識份子的最佳典型。心智上已完全現代化（西化）的范曄，和代表著傳統社會的父母親之間具有無法逾越的距離，表現出對落後的傳統社會的厭惡和怒氣。從他身上可以看到一個現代化的知識份子，由於全盤接受了西方的現代理念，因而疏離了自己的社會，並時時流露出高高在上的、絕望的孤獨感。這種絕望、暴怒的孤獨性格，又由於范曄的完全缺乏政治意識而變得更為強烈。假如范曄型的知識份子具有某種程度的政治自覺，那麼，他對自己社會的不滿會轉移到腐敗的、封建的官僚體制上，會轉移到這一官僚體制對現代化過程中苦難的人民的無動於衷、甚或欺壓剝削上。假如有這一轉移，他會找到他的「目標」，因而也就有了一個「對象」，他不會這麼「非理性」地暴怒。然而，范曄正是國民黨高壓統治下的現代化知識分子的典型，他根本不知政治為何物，根本不知道他的問題必須在政治層面尋求某種解決，根本缺乏這種方向的「問題意識」，於是，他滿懷的孤獨、絕望與怒氣無處發洩，就毫不保留地傾洩在他日常生活中最為接近的父母身上，並且，還根據他所接受的西方理念，把他跟父親的衝突以「伊笛帕斯」情結來加以解釋。[97]洛夫的「孤絕」當然與小說人物范曄的「孤絕」有很大的不同，但在找不到一個明確的對象、目標來「發洩」他的「滿懷的孤獨、絕

[97] 同註43，頁25。

望與怒氣」這一點上，卻是頗為相似的。從這一點也就可以看出現代主義文學與後來的鄉土文學（特別是以陳映真等為代表的左翼鄉土文學）的重要區別，也足以引起後者對他們的脫離現實的批評。因為在陳映真等看來，文學僅是反映和表達某種孤絕、懼怖、憤怒、絕望，是不夠的，還需要有「指摘、批評並喚醒人們注意這一切非人化的傾向，鼓舞著做為人的希望、善意和公正，以智慧和毅力去重建一個更適於人所居住的世界」的「健康的倫理能力」。[98]這些都是「迴響說」在對臺灣現代主義文學作出肯定時，應該也有所注意的問題。

五、餘論和結語

至此我們還剩下最後一個問題，即除了「菁英說」、「早熟說」、「冷戰影響說」、「迴響說」等四種論說外，關於此一問題是否還有其他的說法？我們注意到陳芳明也是關注臺灣現代主義文學較多的學者之一，不僅在其《臺灣新文學史》中以較大的篇幅論述，而且於2013年9月出版了《現代主義及其不滿》。從新著的書名「不滿」兩字中，可推測作者或許想要強調現代主義所具有的某種批判性，但從書中具體的表述中，可知陳氏所指「不滿」，主要在於對某種特定「意識形態」及其壓制的不滿和抵制，與葉維廉等來自「西馬」理論的對於現代主義批判性的認知，還是有相當的區別。陳芳明在此問題上的最大貢獻，也許在於指出了臺灣文學史上「鄉土與現代其實是可以互相流通，互相對話的美學」[99]——這一點雖然施淑在其〈現代的鄉土——六、七〇年代臺灣文學〉等文中有所涉及，但不像陳芳明如此明確和反復強調——如果要別立一說的話，或可以「現代鄉土互通說」名之。關鍵或許在於對「現代主義」的定義。陳芳明的論述中，或者在技巧上求新求變，採用諸如意識流、象徵、隱喻、時空倒錯、場景跳躍等非傳統線性敘述的手法，造成突兀而錯愕的美感；或者大量書寫戰爭、死亡、記憶、傷害、情欲、夢魘及其體現的荒謬、疏離、悖德、沉淪、支離破碎、游移不定，特別是突入人的陌生的精神領域、內心世界，挖掘人性幽暗和長期壓抑在內心的傷痛，就可稱之為「現代主

[98] 同註44，頁1-2。

[99] 陳芳明，〈未完的美學在地化〉，《現代主義及其不滿》（臺北：聯經，2013），頁9-10。

義」。然而這樣的定義在具體論述中，有時略顯牽強。如在評說鍾肇政早期小說集《中元的構圖》中的現代主義色彩時，指出「現代主義原是在探索人的真實，暗藏在內心的欲望與想像，往往具有悖德的傾向。悖德議題的開發，乃在於對世俗權力與傳統規範進行挑戰，這正是現代主義最具爭議、也最引人入勝之處。現代主義者在處理道德倫理時，就是為了探測人性的脆弱與黑暗」[100]；然而鍾肇政在面對這樣的議題時，卻顯得保守和退縮，如〈道路・哲人・夏之夜〉中的人物，沒有人站在魔鬼的一邊，他們寧可讓痛苦在內心自我折磨，而都忠誠遵守倫理道德的規範，也正是沒有任何逾越禁池，這篇小說就全然未表達出人性的脆弱與衝突，邪惡與敗德並不存在於鍾肇政的思考之中。而從現代主義的審美來檢驗，第一段較為成功，第二、三段就完全偏離現代主義的手法，又再度回到寫實主義的平鋪直敘。[101]在陳芳明的論述中，像這樣以是否描寫了邪惡與悖德作為確認是否「現代主義」的標準，以及認為小說的前半是現代主義的，後半是寫實主義的例子，不時可見，確有值得商榷之處。不過無論如何，陳芳明的「現代鄉土互通說」的提出對於臺灣文學史的書寫，具有重要的意義。限於篇幅，留待今後再加認真的考究。

總的說，在有關5、60年代臺灣現代主義文學的起因、性質和評價的四種主要論說中，「菁英說」和「迴響說」傾向於對臺灣現代主義文學持正面肯定的態度，而「早熟說」和「冷戰影響說」傾向於持負面的批評的態度。孰是孰非，也許不能僅靠理論的推演，而是要放到當時的具體語境中加以考察；而且四種說法既有所區別乃至互相對立，但也相互涵容和交叉，需要我們以全面、辯證的觀點來加以辨析和評說。也許四種說法的提出者都認識到現代主義的文藝與高度資本主義發展下人的異化現象有關，只是各自理想中的應對、處理方式並不一樣。說臺灣現代主義文學運動具有高層文化特點和菁英色彩，這或許是難以否認的事實，余光中所謂「我們不願降低自己的標準去迎合大眾」，瘂弦所謂「你儘量向前跑，他們（讀者）會追得上你，今天追不上，明天會追得上」，就很形象地說明了這一點。問題在於臺灣現代主義文學是否只有這一內容和特色？或者說「菁英色彩」、「高層文化」是否能涵蓋臺灣現代主義文學的全部？特別

---

[100] 陳芳明，〈鍾肇政小說的現代主義實驗〉，《現代主義及其不滿》（臺北：聯經，2013），頁93。

[101] 陳芳明，〈鍾肇政小說的現代主義實驗〉，《現代主義及其不滿》，頁96。

是張誦聖的文化理想和理論視角與阿諾德、利維斯乃至夏濟安、夏志清等比較接近，更傾向於用人文的、審美的調和方式來處理「異化」、「文化工業」、「文化的虛位和危機」等問題，而不是直接訴諸於叛逆和反抗。她所謂的現代主義，其實更接近於自由人文主義，因此她更多矚目於「溫和的現代派」而對「激進的現代派」有所忽略。「迴響說」具有跨文化的視野和辯證思維而顯得較為周全，然而理論演繹的後設味道較濃；「早熟說」最早由作家陳映真提出於1965年而具有較強的即時性，卻因帶有「經濟決定論」的色彩而略顯「機械」。這兩種說法雖然對臺灣的現代主義文學一褒一貶似乎相互對立，其實都與西方馬克思主義有一定的關聯，只是葉維廉提出「迴響說」時更多根據的是熱衷於為現代主義辯護的阿多諾等的理論，而提出「早熟說」的陳映真、呂正惠等，更青睞於對現代主義持否定態度的盧卡契。兩種說法都認識到現代主義忠實地反映了「現代」這個時代以及危機重重的資本主義社會，具有一定的批判性，但是從盧卡契到陳映真，都認為這種反映和批判，還不夠有力。陳映真更根據他所認定的臺灣現代主義文學的模仿、亞流性格，洞察當代臺灣文化缺乏思考力的通病；並指出美式「自由」、「民主」的價值，隨著人們對「現代化」的憧憬而在臺灣延伸開來，形成根深蒂固的冷戰思維模式。這樣的論述，雖然有時會遭「機械」之譏，然而它顯然具有戰後臺灣思想史的深度和意義，為其他論說無法相比。「冷戰影響說」是一較新的角度，卻帶有較強的政治意識形態的色彩，有時給人是否過於聳人聽聞、上綱上線的疑問。然而它們卻能解釋一些比較重要乃至「奇怪」的現象，或提出一些具有深度的觀點。比如，它們能夠解釋在冷戰格局下的5、60年代，資本主義陣營各國各地區文壇為何會普遍刮起現代主義之風，特別是與現實嚴重脫節的美式抽象主義格外風行。除此之外，「菁英說」和「迴響說」實際上否認或拒絕了70年代以後臺灣文壇對於現代主義文學脫離臺灣現實的指責，然而，當時現代派作家們「或向內轉，躲入個人的內心世界；或遁入象牙之塔，沉溺於純藝術的實驗；或割斷縱的歷史的關聯，轉移到西方的時空和語境中；或飛翔於天際，熱衷於宇宙、人類抽象問題的詮釋，唯獨不敢、不願觸碰的，是當時周遭的客觀現實」[102]，應也是不容全然否定的情況。筆者以為，四種論說中任何單獨的一種都未必能夠窮盡5、60年代臺

[102] 朱雙一，《臺灣文學創作思潮簡史》（臺北：人間，2011），頁292。

灣現代主義文學運動的全部真相，而將它們合在一起，或許才能呈現這一運動的起因、性質和人們對其評價的較完整景觀。

引用書目

王文興，〈永無休止的戰爭〉，康來新編，《王文興的心靈世界》（臺北：雅歌，1990），頁49-52。

不著撰稿人，〈發刊詞〉，《現代文學》第1期（1960），頁2。

白先勇，〈《現代文學》的回顧與前瞻〉，《現代文學》復刊第1期（1977），頁9-21。

———，〈《現代文學》創立的時代背景及其精神風貌〉，《第六只手指（白先勇文集4）》（廣州：花城，2000），頁95-104。

白萩，《現代詩散論》（臺北：三民，2005，二版）。

朱雙一，《臺灣文學創作思潮簡史》（臺北：人間，2011）。

杜彩，〈「總體性」與盧卡契的現實主義文藝思想〉，《文藝理論與批評》2010第6期（2010），頁44-50。

呂正惠，〈五十年代的現代詩運動〉，《戰後臺灣文學經驗》（北京：三聯，2010），頁31-48。

———，〈現代主義在臺灣——從文藝社會學的角度來考察〉，《戰後臺灣文學經驗》，頁3-30。

———，〈青春期的壓抑與「自我」的挫傷——六十年代臺灣現代主義文學的反思〉，《戰後臺灣文學經驗》，頁49-67。

沈語冰，〈論阿多諾對現代主義的辯護〉，《浙江大學學報（人文社科版）》第34卷第1期（2004），頁133-139。

余光中，〈文化沙漠中多刺的仙人掌〉，《掌上雨》（臺北：時報，1984，四版），頁115-127。

孟樊，《當代臺灣新詩理論》（臺北：揚智，1998）。

洛夫，〈詩人之鏡〉，《洛夫自選集》（臺北：黎明，1975），頁217-246。

施淑，〈現代的鄉土——六、七〇年代臺灣文學〉，《兩岸文學論集》（臺北：新地，1997），頁304-310。

柯慶明，〈臺灣「現代主義」小說序論〉，《臺灣文學研究彙刊》創刊號（2006），頁1-33。

夏志清，〈白先勇早期的短篇小說〉，《文學的前途》（臺北：純文學，1974），頁161-179。

———，〈余光中：懷國與鄉愁的延續〉，《人的文學》（臺北：純文學，1977），頁153-161。

———，劉紹銘等譯，《中國現代小說史》（臺北：傳記文學社，1985）。

———，〈現代中國文學史四種合評〉，《現代文學》復刊第1期（1977），頁41-61。

馬克思，〈《政治經濟學批判》導言〉，《馬克思恩格斯選集》第2卷（北京：人民，1966），頁198-225。

徐震諤譯，〈白璧德釋人文主義〉，《學衡》第34期（1924），頁1-19。

康士林，〈葉維廉訪問記〉，《葉維廉文集・第7卷》（合肥：安徽教育，2002），頁36-379。

梁實秋，〈文學的境界〉，《文學雜誌》1卷2期（1956），頁4-5。

陳映真，〈介紹第一部臺灣的鄉土文學作品集《雨》〉，《筆匯》2卷5期（1960），頁37-39。

———，〈現代主義底再開發——演出〈等待果陀〉底隨想〉，《鳶山（陳映真作品集8）》（臺北：人間，1988），頁1-8。

———，〈期待一個豐收的季節〉，《鳶山（陳映真作品集8）》，頁9-15。

———，〈向內戰・冷戰意識形態挑戰——七十年代文學論爭在臺灣文藝思潮史上劃時代的意義〉，陳映真著，薛毅編，《陳映真文選》（北京：三聯，2009），頁137-168。

———，〈致鍾理和的信〉（1959.5.14），鍾理和數位博物館：http://cls.hs.yzu.edu.tw/ZHONGLIHE/06/iframe/i_062_1.asp（2011.12.31徵引）

陳芳明，〈未完的美學在地化〉，《現代主義及其不滿》（臺北：聯經，2013），頁7-12。

———，〈鍾肇政小說的現代主義實驗〉，《現代主義及其不滿》，頁81-100。

陳建忠、應鳳凰、邱貴芬、張誦聖、劉亮雅合著，《臺灣小說史論》（臺北：麥田，2007）。

陸建德，〈序〉，F.R.利維斯著，袁偉譯，《偉大的傳統》（北京：三聯，2002），頁1-29。

張誦聖，〈現代主義與臺灣現代派小說〉，《文藝研究》第4期（1988），頁69-80。

———，〈現代主義與本土對抗〉，《華文文學》第6期（2012），頁29-39。

覃子豪，〈新詩向何處去？〉，《覃子豪全集Ⅱ》（臺北：覃子豪全集出版委員會，1968），頁304-312。

瘂弦，〈現代詩短札〉，《中國新詩研究》（臺北：洪範，1983），頁45-65。

葉維廉，〈洛夫論〉，《中外文學》17卷8、9期（1989），頁4-9、92-132；劉正忠編選，《臺灣現當代作家研究資料彙編・洛夫》（臺南：臺灣文學館，2013），頁305-362。

———，〈論現階段中國現代詩〉，《葉維廉文集・第3卷》（合肥：安徽教育，2002），頁193-204。

不著撰稿人，〈致讀者〉，《文學雜誌》1卷1期（1956），頁70。

盧卡契，〈托爾斯泰和現實主義的發展〉，中國社科院外國文學研究資料叢刊編輯委員會編，《盧卡契文學論文集（二）》（北京：中國社會科學，1981），頁308-402。

鍾喬，〈冷戰封鎖下的民眾文化〉，《讀書》第8期（2007），頁15-23。

蘇敏逸，《「社會整體性」觀念與中國現代長篇小說的發生和形成》（臺北：秀威，2007）。

弗朗西絲・斯托納・桑德斯著，曹大鵬譯，《文化冷戰與中央情報局》（北京：國際文化，2002）。

Terry Eagleton著，吳新發譯《文學理論導讀》（臺北：書林，2007，增訂二版）。

An Analysis of the Theories of the Causes and Evaluation of the Modernism Literature of Taiwan

Zhu, Shuang-yi*

Abstract

There are at least four different views on the origin and nature of the modernism literature movement in Taiwan. They are theories of "the elite", "early maturity", "the influence of the Cold War" and "echo". The scholars who promote the theory of "the elite" consider that the elite recognize the backward of Taiwan and try to learn from the West. They believe the modernism literature in Taiwan is an avant-garde movement launched by the cultural elite. While the theory of "early maturity" holds that modernism literature movement in Taiwan is just an imitation of western modernism literature which is the reflection and criticism of capitalism crisis. The imitation unavoidably is weak in thinking and understanding, since Taiwan was still in the agricultural society during 1950s and 1960s. Differently some scholars attribute the emergence of modernism literature in Taiwan to the influence of the Cold War. They deem modernism is one of the ideological tools through which American push Cultural Cold War around the world against socialism. As to the theory of "echo", they believe the origin of modernism is some kind of mental state which is the result of some changes in accidents such as the war. The modernist of Taiwan pursue and transplant the attitude and methods of the western modernist and thus form an echo. On the basis of the analysis of the four theories above, the article believes that each single theory cannot reveal

* Professor, Taiwan Research Institute, Xiamen University.

the cause of the modernism literature of Taiwan. A complete landscape of the movement can be showed only by put the theories together.

Keywords: the modernism literature of Taiwan, the theory of "the elite", the theory of "early maturity", the theory of "the influence of the Cold War", the theory of "echo"

臺灣理論與知識生產：以一九九〇年代臺灣後殖民與酷兒論述為分析對象[*]

劉亮雅[**]

摘要

臺灣快速轉譯、援用西方理論，從後現代、後殖民、精神分析、酷兒、女性主義、現代性、全球化理論等等不一而足。但如同陳瑞麟指出，臺灣很少討論對西方理論的風格化應用能否形成自己的理論家族、理論系譜？能否被國際學界看到？本文認為另一個重點應放在理論如何被轉譯、挪用、再生產？如何被接合到臺灣既有的論述（也是某種理論）？在知識生產過程中有無誤用、濫用或不足之處？在解嚴前後，理論被接受，通常是因其具有挑戰體制、重新詮釋過去、開展未來的進步性，但不同的脈絡與政經社會條件下，理論援用的適切性仍需要被檢視。本文以一九九〇年代臺灣後殖民與酷兒論述為分析對象，探討臺灣理論與知識生產。我將藉由討論兩種論述各自內部的論戰與發展以及兩者之間的交鋒，一方面探討在當時臺灣的脈絡下後殖民與酷兒理論援用的適切性，另方面討論臺灣所形成的後殖民與酷兒理論家族。

關鍵詞：臺灣理論，知識生產，臺灣後殖民理論，臺灣酷兒理論

---

* 本文為102年度國立臺灣大學文學院邁頂研究計畫「臺灣理論與知識生產：以臺灣後殖民與酷兒論述為分析對象」（屬於整合型計畫「形構臺灣：知識生產及其脈絡」之子計畫）之研究成果，初稿宣讀於「第一屆文化流動與知識傳播國際學術研討會」，修訂後曾刊載於《臺灣文學研究彙刊》第18期（2015.8），頁45-82。感謝兩位審查人的寶貴意見。

** 國立臺灣大學外文系暨臺文所特聘教授。

一、前言

在2012年九月舉行的第一屆「知識／臺灣」學群工作坊裡，不同領域的臺灣學者對於臺灣理論與知識生產提出重要的論辯。有的學者如史書美憂心忡忡，認為臺灣一直受到西方理論的強大影響，沒有自己的理論，或無法由本土知識體系「獨力」生產理論。有的學者如陳瑞麟則認為當代理論的生產不必過於強調由本土知識體系「獨力」生產出的理論，重要的反而是臺灣對西方理論的風格化應用能否形成自己的理論版本家族、理論系譜？他認為臺灣並非沒有理論，只是沒有理論版本家族，而且臺灣學者漠視、不討論本土學者的理論版本，才是最大隱憂。換言之，唯有先重視本土學者的理論版本，才能形成理論版本家族，立足於國際學界。陳瑞麟精準地指出：「當臺灣的學者可以產生風格化的理論拼裝時，臺灣就算有自己的理論活動了。當一個臺灣的理論版本家族可以被建立起來的時候，就意謂著臺灣的學術可以登上世界舞臺了。」[1]本文即是由此出發，以一九九〇年代臺灣後殖民與酷兒論述為分析對象，討論臺灣所形成的後殖民與酷兒理論版本家族。

但在進入我的分析脈絡前，我想針對「知識／臺灣」學群早先對臺灣理論與知識生產所提出的一些看法再做梳理和反省。「知識／臺灣」學群由史書美、廖朝陽、陳東升、梅家玲為主要發起人，在2012年3月舉行的學群首次討論會中，匯集了外文、台文、社會學、人類學、法學、史學、音樂學、科學史等不同領域學者，就「理論的定義」、「西方理論的挪用與反思」、「尋找『臺灣理論』的可能性」等，進行初步探討。[2]針對史書美宣言裡「臺灣沒有理論」、「臺灣只有移植自西方的理論」，外文學者邱彥彬認為我們需要有「思想清洗」的自覺，才能對長期以西方、歐陸為思想參照的僵化思維模式，作出方法上的轉換與改變。[3]我認為邱彥彬點出了外文學界在理論的引進與援用上遠高於其他學門，做理論的學者有時被

---

1 陳瑞麟，〈何謂理論？〉，「第一屆『知識／臺灣』學群工作坊」會議論文（臺北：國立臺灣大學文學院臺灣研究中心，2012.9.22），頁16。

2 邱懋景紀錄，〈尋找「臺灣理論」的可能性〉，《臺灣大學文學院臺灣研究中心電子報》第一期（2012），http://ts.ntu.edu.tw/e_paper/e_paper.php?sn=1（2015.5.17徵引）。

3 邱懋景紀錄，〈尋找「臺灣理論」的可能性〉。

戲稱為「買辦」，在西方外文學界流行的理論與風潮往往快速被引進，有時去脈絡地被引進，因此需要檢討對理論援用的適切與否，甚至更進一步建立臺灣自己的理論。外文學者李鴻瓊則認為，過去外文學界的理論熱之所以興起，乃是因學者開始用截然不同於以往的思辯性語言審視、分析臺灣文化與社會。李鴻瓊認為這顯示臺灣似乎找到了一種述說自己的方式和語言，但這種動力在2000年後卻潰散了。[4]我認為李鴻瓊區別了以臺灣為主體的理論挪用，和純粹只是因西方學界流行而模仿的理論援用。但我不同意前者在2000年之後就潰散了，我認為2000年之後還是有，只是因為不是以論戰形式出現，且缺乏整理而不彰顯。社會學學者汪宏倫則認為不同領域對理論的定義不同，社會學未必不重視理論，應先問對理論的定義與想像是什麼？[5]我認為這點很有道理。在我看來，社會學也有不少關於臺灣的理論，例如移民社會、四大族群。除此之外，我認為日治時期臺灣史方面也有許多理論和典範轉移，這甚至是新興區域研究上很重要的理論。現今許多對臺灣史的研究其本身往往已含有新的批判理論視角。[6]從這些新的研究出發，將有助於更進一步發展臺灣理論。換言之，理論與新的歷史研究之間應有相互的啟發。只可惜「知識／臺灣」學群比較缺少臺灣史方面的學者加入討論。稍微可以彌補的是史學／文學學者黃英哲的關注。雖然他做的是實證研究，而非理論，但他試圖釐清1949年後國民黨政府如何移植、挪用戰前日本人的臺灣研究，這將有助於對臺灣知識生產的瞭解。

整體而言，不同領域學者的討論讓我們對臺灣如何生產理論、如何形塑知識傳統有更深入的思辨與反省。臺灣一方面快速轉譯、援用西方理論，從後現代、後殖民、精神分析、酷兒、女性主義、現代性、全球化理論等等不一而足，另一方面，臺灣卻沒有以自己的知識體系獨力生產出來的理論。這或許如邱貴芬所指出的，是因為臺灣的政權更迭頻繁，我們的

---

4 邱懋景紀錄，〈尋找「臺灣理論」的可能性〉。

5 邱懋景紀錄，〈尋找「臺灣理論」的可能性〉。

6 例如荊子馨與陳培豐都重新分析日治時期的同化政策，見Leo T. S. Ching, *Becoming "Japanese": Colonial Taiwan and the Politics of Identity Formation* (Berkeley: University of California Press, 2001)或中譯本，荊子馨著，鄭立軒譯，《成為「日本人」：殖民地臺灣與認同政治》（臺北：麥田，2006）；陳培豐著，王興安、鳳氣至純平譯，《「同化」の同床異夢：日治時期臺灣的語言政策、近代化與認同》（臺北：麥田，2006）。而周婉窈在《臺灣歷史圖說》一書中則提到歷史學界曾辯論清領時期漢人移民究竟將臺灣「中國內地化」抑或他們自身「土著化」？見周婉窈，《臺灣歷史圖說（史前至一九四五年）》（臺北：聯經，1998），頁101。這些都深具啟發性。

知識體系與哲學傳統不夠厚實所致。[7]但現階段我比較同意陳瑞麟的看法，認為當代理論的生產不必過於強調由本土知識體系「獨力」生產出的理論，重要的反而是臺灣對西方理論的風格化應用能否形成自己的理論版本家族、理論系譜？能否被國際學界看到？我並且認為，另一個重點應放在理論如何被轉譯、挪用、再生產？如何被接合到臺灣既有的論述（也是某種理論）？有無誤用或濫用？在解嚴前後，理論被接受，通常乃是因其具有挑戰體制、重新詮釋過去、開展未來的進步性，但不同的脈絡與政經社會條件下，理論應用的適切性仍需要被檢視。本文以九〇年代臺灣後殖民與酷兒論述為分析對象，我將藉由討論兩種論述各自內部的論戰與發展以及兩者之間的交鋒，一方面探討在當時臺灣的脈絡下後殖民與酷兒理論應用的適切性，另方面討論臺灣所形成的後殖民與酷兒理論家族。

廖炳惠和邱貴芬都曾深入探討臺灣後殖民論戰，我也簡略討論過。[8]趙彥寧和我都曾評述臺灣酷兒論述。[9]但這些前行研究，都尚未深入討論臺灣的後殖民或酷兒理論版本家族。本文將採取批判式和脈絡式的閱讀，在後殖民理論方面，主要針對九〇年代初期廖朝陽與邱貴芬有關後殖民的論戰、九〇年代中期廖朝陽與廖咸浩的後殖民論戰所涉及的理論挪用，再旁及廖炳惠的後殖民理論。在酷兒理論方面，主要針對張小虹、紀大偉、甯應斌（筆名卡維波）、劉人鵬和丁乃非的理論挪用，以及趙彥寧等人的批評。由於探討理論版本家族與理論援用的適切性兩者很難分割，一方面我將掌握論戰當時政治、文化、文學的脈絡，另方面我將更細密地研究每篇文章的理論挪用和關注的議題，以便評斷適切性，兩個方向同時進行，並不斷地互相修正。

本文之所以挑選後殖民與酷兒理論版本為分析對象，乃是基於它們的知識生產在九〇年代深具爆發力，且彼此之間有著複雜的交鋒。回顧二十

---

7 邱懋景紀錄，〈尋找「臺灣理論」的可能性〉。

8 Ping-hui Liao, "Postcolonial Studies in Taiwan: Issues in Critical Debates," *Postcolonial Studies* 2.2 (1999), pp.199-211. 邱貴芬，〈「後殖民」的臺灣演繹〉，陳光興編，《文化研究在臺灣》（臺北：巨流，2000），頁285-318。劉亮雅，〈後現代與後殖民：論解嚴以來臺灣小說〉，《後現代與後殖民：解嚴以來臺灣小說專論》（臺北：麥田，2006），頁53-55。

9 參見趙彥寧，〈臺灣同志研究的回顧與展望〉，陳光興編，《文化研究在臺灣》，頁237-279；Liang-ya Liou,"Queer Theory and Politics in Taiwan: The Cultural Translation and (Re)Production of Queerness in and beyond Taiwan Lesbian/Gay/Queer Activism," *NTU Studies in Language and Literature,* no. 14 (2005), pp.123-153.

年前，我們可能首先要問為何在九〇年代，臺灣富聲望之文學獎，大多頒給了後殖民與酷兒小說作者？為何後殖民與酷兒論述成了九〇年代臺灣文學與文化場域的主導論述？是否只因西方理論的旅行，讓臺灣被納入其全球帝國版圖之一部分？抑或此現象肇因於臺灣八〇年代以來劇烈的社會、文化、政治以及經濟變遷？而在眾多論述中，又為何獨獨後殖民與酷兒論述成了主導論述？如果八〇年代初期鄉土反抗已扎根、本土化已展開，醞釀了九〇年代後殖民論述在文學和批評界的影響力，[10]那麼相對的，八〇年代則稱不上有同志運動，難以預見酷兒論述在九〇年代引領風騷。促使後殖民與酷兒論述成為九〇年代主導論述的因素為何？由於不同族群歷史文化經驗的差異，國族認同與史觀因此不同，學者和評論家在解嚴後的論述位置，是否也關乎族群之間的緊張關係？酷兒論述往往偏好後現代反本質主義（anti-essentialist）的耍玩，而後殖民論述則強調恢復語言與歷史記憶。兩者在論述位置上相當不同，卻又相互影響與挪用。本文將分為幾大部分：第一部分將探討促發這些論述的九〇年代臺灣文化政治（cultural politics），第二與第三部分將分別探討九〇年代臺灣後殖民與酷兒論述各自的發展軌跡、各自內部的論戰所產生的理論版本，以及兩者之間錯綜複雜的關係。第四部分，則總結這些理論版本及其適切性。

二、九〇年代臺灣的文化政治

1986年民進黨成立、1987年解嚴，釋放出豐沛的民主能量，加以八〇年代初以來的經濟成長讓消費社會成形，九〇年代的臺灣因此百花齊放，社會運動風起雲湧，激進的學術思潮一波波興起。民進黨作為反對黨，試圖藉由動員社會運動、提倡本土化，來終結國民黨的黨國統治。包括原住民運動、大學學運、勞工運動、農民運動、女性運動、消費者運動與環保運動在內的社會運動，都在反對黨成立後，變得更為蓬勃。[11]恢復歷史記

---

10 戰後臺灣的鄉土反抗主要是指一九七〇年代末期的鄉土文學論戰。鄉土派理論家抨擊美、日新殖民主義勢力日漸滲透臺灣，強調臺灣的文化與經濟自主。這些理論家並非沙文主義式地排斥所有西方事物，而是提倡對鄉土文化傳統的重新評價與肯定。然而，由於當時中國意識主導臺灣社會，「鄉土」概念本身仍有問題。只有葉石濤敢於宣揚臺灣意識，認為「鄉土」是指臺灣本土。詳見葉石濤，〈臺灣鄉土文學史導論〉，尉天驄編，《鄉土文學討論集》（臺北：遠景，1978），頁72。另一方面，「本土化」則指臺灣文化民族主義。

11 張茂桂，《社會運動與政治轉化》（臺北：國家政策研究中心，1989）。頁42、93-94。

憶與語言的計畫——特別是追查二二八事件的真相——也由民進黨率先提出，再由第一位臺灣本土總統李登輝加以啟動。[12]自八〇年代中葉起，許多自歐美學成歸國的學者（其中許多人都擁有英美文學或比較文學博士學位）掀起了激進的思潮。根據廖炳惠的觀察，八〇年代末期的臺灣，存在著「文化無意識的欲求，希望透過找尋某種對應架構，來理解臺灣正形成的新社會想像（social imaginary）。」[13]在詹明信（Fredric Jameson）與哈山（Ihab Hassan）於1986年先後訪臺後，後現代主義儼然形成一股熱潮，而後結構主義、後殖民理論、新馬克思主義、女性主義以及同志／酷兒理論，自九〇年代初以來也受到學術界的重視。

將臺灣視為獨立於中國與日本之外的後殖民論述，可溯及日治時期1928年臺共的主張；[14]然而，此論述卻在三〇年代被打壓，而在1947年二二八大屠殺前後才重新浮現。二二八事件有諸多成因，包括廢日語、制定北京話為國語、對臺灣人的歧視以及臺灣人與（隨著接收部隊來臺的）大陸人之間的文化衝突。但在國民黨為了鞏固政權而進行鎮壓後，二二八卻立刻成為禁忌話題。1949年，國民黨敗於共產黨之手、失去中國政權後遷到臺灣，自此灌輸以中國為中心的意識形態，透過白色恐怖壓制異議份子，並蔑視本土文化、語言。後殖民論述因此地下化，直到1978年葉石濤在與陳映真進行鄉土文學論戰時，才又重新浮現。葉石濤是第一位公開主張臺灣文學獨立於中國文學之外的文化評論者，而他的《臺灣文學史綱》（1987）[15]也接著成為第一部以臺灣為中心的文學史。自八〇年代初期開始，本土化運動標舉臺灣文化，挑戰以中國為中心的意識形態及文化政策。

八〇年代末期，葉石濤與陳燁等人的二二八小說，以及張大春等人的後現代小說相繼出版，分別為文學與批評界中的後殖民與酷兒論述鋪路，縱使張大春並非酷兒。葉石濤和陳燁的小說探究二二八事件與白色恐怖帶給臺灣人的創傷，而張大春的後現代小說則質疑了語言對真實的再現，並委婉諷刺了國民黨在戒嚴時期對媒體的操控。張大春對語言與真實所抱持的後現代懷疑論，卻被酷兒運動者張小虹及其追隨者的後現代酷兒身體政

---

[12] 1988年，李登輝總統因蔣經國總統逝世而繼位。

[13] 廖炳惠，〈臺灣：後現代或後殖民？〉，周英雄、劉紀蕙編，《書寫臺灣：文學史、後殖民與後現代》（臺北：麥田，2000），頁92。

[14] 邱貴芬，〈「後殖民」的臺灣演繹〉，頁310。

[15] 葉石濤，《臺灣文學史綱》（高雄：文學界，1987）。

治所取而代之。臺灣的酷兒運動發展方式不同於西方：西方的酷兒運動奠基於同志運動身分政治（identity politics）的成功，但臺灣的酷兒與同志運動卻幾乎是同時並進的。礙於在恐同（homophobic）的臺灣社會中難以出櫃，酷兒論述因其後現代立場而擁有特殊的利基。就性別議題的角度而言，酷兒論述看似較異性戀女性主義論述更為激進的立場，也對其有利，使其得以在1995年至1996年間吸引媒體更多的關注。九〇年代，以後殖民或酷兒為主題的小說迅速發展。前者作者群包含了李昂、李喬、舞鶴、楊照與賴香吟，後者則包括邱妙津、紀大偉、洪凌、陳雪及朱天文等。本文將後殖民與酷兒論述脈絡化，探究它們之間的複雜關係，以釐清這些論戰與當時社會、政治運動以及臺灣文學之間的關聯，凸顯後殖民與酷兒論述如何刺激了解嚴後的臺灣知識生產，從而探討它們所形成的理論版本家族及其適切性。

三、後殖民論述

九〇年代臺灣的文學與批評界，出現了由歐美學成歸國學者所生產的後殖民論述。他們運用西方後殖民理論，延伸前人在文學與其他領域所提出的本土論述。而廖朝陽大概是其中之先聲。1991年，他在《自立早報副刊》上發表〈誰給林強騙去啦？〉[16]一文，以林強的台語專輯《向前走》為例，剖析臺灣通俗文化中所發展出的文化雜燴（cultural hybridity），[17]他認為此一文化雜燴現象源自於國民黨統治所造成的臺灣文化客體性之現實。《向前走》發行於1990年，呈現新式搖滾樂風，有別於以往台語歌的悲情曲風，標示了自八〇年代末期開始，新的一波對本土文化認同的關注。廖朝陽認為，《向前走》裡，乍看是嬉鬧的後現代拼貼、頌讚臺北都市文明，其實具有對城鄉互動的深刻反省。建築學學者佛蘭不頓（Kenneth Frampton）為了對抗在現代性與後現代性中充斥的工具理性（instrumental rationality），曾提出「批判的地方主義（critical localism）」。廖朝陽借用此概念，主張《向前走》中隱含的「回歸鄉土」主題反映了「中央與邊緣、都市與鄉村、大民族幻想與小民族現實之

[16] 廖朝陽，〈誰給林強騙去啦？——參差發展中的複質文化〉，《自立早報》（1991.12.20-21），副刊。

[17] 廖朝陽文中譯為「複質文化」，本文為求譯名統一，此處仍用「文化雜燴」。

間的種種抗衡關係。」[18]此處「大民族」指的是中國，而「小民族」則是臺灣。他意謂，由於國民黨灌輸虛幻的中國民族主義，壓抑臺灣的歷史經驗與記憶等真實面，造成臺灣文化客體化。因此，重新關注本土文化認同，便只能藉由文化雜燴表達。廖朝陽援用巴巴（Homi K. Bhabha）的「學舌（mimicry）」概念，發現《向前走》專輯中看似後現代拼貼，其實是弱勢文化策略性地戴上面具、向強勢文化的「學舌」，曲折地表達批判和反抗。他另外又舉侯孝賢的二二八電影《悲情城市》（1989）和凌煙的小說《失聲畫眉》[19]為例，說明文化雜燴與學舌。由於兩部作品中皆有「語言閉鎖」（亦即失聲、無法表達）的問題，因此他主張學舌的顛覆力有限，在沒有建立文化主體性（cultural subjectivity）的情形下，也無法真正進行顛覆。另一方面，他也認為，從後殖民的觀點來看，這些不完美的藝術作品，反而更能真實地再現此一歷史時刻中不完美的文化與政治環境。「學舌」的顛覆性有限，最終仍須建立文化主體性。

在這篇開創性的後殖民評論文章中，廖朝陽不僅將殖民學舌與雜燴區別於後現代拼貼之外，批評後者乃是以都市生活為模型、缺乏深度，更強調連學舌都可能被主導文化透過「反學舌」加以收編；為了避免收編，勢必須由學舌走向建立主體性。對廖朝陽而言，臺北崇尚後現代，殖民結構在此仍紋風不動，相對的，「鄉土」才是本土文化認同的庇護所。值得注意的是，廖朝陽對通俗文化的解讀，反駁了後現代主義評論家，也因此挑戰了主流霸權文化。

1992年，邱貴芬在全國比較文學會議裡及會外與廖朝陽展開了一連串的論辯。在〈「發現臺灣」：建構臺灣後殖民論述〉[20]一文中，邱貴芬藉由討論1992年臺灣政治文化的熱門話題「發現臺灣」，開啟了此一論戰。她認為，臺灣與其他被殖民社會一樣，歷史被抹煞、壓抑，因此「臺灣」在解嚴之前乃是禁忌符號，然而就像美國「新」大陸早在被英國人「發現」之前就已存在，臺灣同樣也在被殖民者「發現」之前就存在。邱貴芬以臺灣文學典律為焦點，進行深入的理論性思考，建構臺灣後殖民論述。一方面，她援用西方後殖民理論，瓦解殖民者以「國語本位」、「中國本

---

[18] 廖朝陽，〈誰給林強騙去啦？——參差發展中的複質文化〉，《自立早報》（1991.12.20）。

[19] 凌煙，《失聲畫眉》（臺北：自立晚報，1990）。

[20] 邱貴芬，〈「發現臺灣」——建構臺灣後殖民論述〉，陳東榮、陳長房編，《典律與文學教學》（臺北：書林，1995），頁233-253。

位」所構築的臺灣文學典律。另一方面，在重構臺灣文學典律時，她則勾連後殖民主義與後現代主義的「抵中心（de-centering）」傾向，強調文化多元異質，因此反對將本土與福佬族臺灣人劃上等號，並批判本土化運動中潛藏的「福佬沙文主義」。她主張，由於臺灣被殖民幾百年的經驗，臺灣文化早已具有「跨文化」的雜燴特性，「純」鄉土與「純」臺灣本土的文化、語言從未存在。邱貴芬呼應客家評論者李喬與彭瑞金在《台語文摘》上的憂慮：雖然福佬話是臺灣最大族群所使用的語言，但以福佬話取代「國語」的權威正統性，恐怕將被其他族群（客家人、原住民及外省人）視為複製殖民壓迫。[21]邱貴芬援用艾希克拉芙特（Bill Ashcroft）等人後殖民論述所提出的「更替、並重新定位語言（re-placing language）」[22]之策略，認為流行於臺灣的國語（中文）已結合臺灣經驗，銘刻了臺灣被殖民的歷史，故有別於正統中文。她主張臺灣各族群可以承認此種中文為通用語，而非殖民者的語言，並加以使用。同時，邱貴芬也贊同艾希克拉芙特等人的看法，認為在理想的後殖民世界中，因「純種」迷思所造成的破壞性的文化衝突對立應該退場，取而代之的應是對文化差異的平等對待與接納。她認為臺灣進入後殖民，「必須達成『臺灣文化即是跨文化』的共識，藉以超越殖民／被殖民的惡質政治思考模式。」[23]她以王禎和的小說《玫瑰玫瑰我愛你》的語言雜燴為例，[24]認為該書以中文為主，混雜日語、英語、臺灣化日語、福佬話、客語、臺灣國語、英語化國語等具臺灣特色的生活語言，不僅是臺灣過去幾百年被殖民的縮影，也「抵中心」地打破了以中文為本位的語言階級制，解放了被壓抑被歧視的臺灣多音語言。

邱貴芬以跨文化為貴，取代抗爭對立，卻使其後殖民論述有被主流文化收編的危險。畢竟當時，透過恢復語言與記憶計畫所進行的去殖民（decolonization）[25]才剛剛展開。廖朝陽的〈評論〉一針見血地指出，[26]當時臺灣尚未達到後殖民，且在被殖民者建立主體性之前，也不可能有平等

---

21 邱貴芬，〈「發現臺灣」——建構臺灣後殖民論述〉，頁240。

22 Bill Ashcroft, Garreth Griffiths, and Helen Tiffin, *The Empire Writes Back: Theory and Practice in Postcolonial Literature* (London: Routledge, 1989), p. 36.

23 邱貴芬，〈「發現臺灣」——建構臺灣後殖民論述〉，頁240。

24 王禎和，《玫瑰玫瑰我愛你》（臺北：遠景，1984）。

25 亦即解除殖民所造成的政治、經濟等方面的不平等。

26 廖朝陽，〈評論〉，陳東榮、陳長房編，《典律與文學教學》（臺北：書林，1995），頁254-258。

對待與接納跨文化差異的可能性。廖朝陽擔心被殖民者的抗爭力量會遭到收編，因此援用佛斯特（Hal Foster）的理論，強調以文化異質為貴其實是一種後現代主義式的妥協與調和。[27]廖朝陽反批，由於已無所遁逃、不得不接受中文作為我們的通用語言，邱貴芬鼓倡大家接受，幾乎無異於企圖抹煞過往、為殖民者的文化暴力背書。他要求邱貴芬澄清：她提出的「跨文化雜燴」概念究竟是指「文化熔爐」式的熔鑄，抑或「馬賽克」式由各自分離的要素所拼湊而成？[28]

邱貴芬在〈「咱攏是臺灣人」——答廖朝陽有關臺灣後殖民論述的問題〉[29]中，重申以文化異質為貴的策略，擺脫殖民／被殖民對立的政治歷史模式，以達成新的臺灣「命運共同體」。此一新臺灣「命運共同體」背後隱含的，想當然耳為安德森（Benedict Anderson）所提出之「想像共同體」（imagined community）概念。[30]為了促成臺灣「命運共同體」的共識，她認為後殖民學者一方面應抵制殖民文化霸權，另一方面則應借鏡法農（Frantz Fanon）等人，拒絕「回歸本源」的誘惑。她認為巴巴所提出的「殖民曖昧（colonial ambivalence）」概念，道出了殖民者與被殖民者之間的交流互動。[31]她援用美國黑人理論家蓋茨（Henry Louis Gates, Jr.）、美國女性主義者蕭華特（Elaine Showalter）、弗曼（Nelly Furman）以及卡梅隆（Debora Cameron）的作法，主張「借用壓迫者的語言，製造雙音的論述（double-voiced discourse），是為抗爭不得不作的妥協」。[32]邱貴芬

---

[27] 廖朝陽，〈評論〉，頁255-256。參見Hal Foster, "Postmodernism: A Preface," in Hal Foster, ed., *The Anti-Aesthetic: Essays on Postmodern Culture* (Port Townsend, Washington: Bay Press, 1983), pp. ix-xvi.

[28] 廖朝陽在文中用「拼湊」一詞，我則以為加入「馬賽克」一詞解釋更為清楚。

[29] 邱貴芬，〈「咱攏是臺灣人」——答廖朝陽有關臺灣後殖民論述的問題〉，陳東榮、陳長房編，《典律與文學教學》（臺北：書林，1995），頁259-276。

[30] Benedict Anderson, *Imagined Communities: Reflections on the Origin and Spread of Nationalism* (London: Verso, 1983).

[31] Homi K. Bhabha, "Signs Taken for Wonders: Questions of Ambivalence and Authority under a Tree Outside Delhi, May 1817," in Henry Louis Gates, Jr, ed., *"Race," Writing, and Difference* (Chicago: University of Chicago Press, 1985), pp. 163-184.

[32] 邱貴芬，〈「咱攏是臺灣人」——答廖朝陽有關臺灣後殖民論述的問題〉，頁264。並參見Henry Louis Gates, Jr., *The Signifying Monkey: A Theory of African-American Literary Criticism* (New York: Oxford University Press, 1988); Henry Louis Gates, Jr., "Authority, (White) Power, and the (Black) Critic: or, It's All Greek to Me," in *The Future of Literary Theory*, pp.324-346; Elaine Showalter, "A Criticism of Our Own: Autonomy and Assimilation in Afro-American and Feminist Literary Theory," *The Future of Literary Theory*, pp. 347-369; Nelly Furman, "The Politics of Language: Beyond the Gender Principle?" in Gayle Greene and Coppélia Kahn, eds., *Making a Difference: Feminist Literary Criticism* (New York: Methuen,

援用了沃斯理（Peter Worsley）的「文化融合（cultural syncretism）」、以及巴巴的「擬仿」（mimicry）與「混種」（hybrid）概念，強調「北京話」在臺灣使用了四十多年後，已成為臺灣特有的混種語言，乃是文化混種、或對「正統北京話」的擬仿。她認為「臺灣抵殖民運動者要抗拒的不是北京話，而是北京話的權威性。」[33]她重申自己反對以福佬話取代「北京話」作為國語，並堅持反本質主義的立場，認為臺灣話應包含福佬話、原住民語、客家話及「北京話」，而「臺灣人」也應被視為「一種說話主體採取的立場，而非本質。」[34]雖然一般認為「臺灣人」乃是祖先於三四百年前便定居於臺灣的本地福佬人與客家人，但邱貴芬主張，凡是居住於臺灣、有臺灣「命運共同體」關懷者，皆為臺灣人。為了闡明以文化異質為貴的觀點，邱貴芬特別引述李喬：「臺灣文學的定義是：站在臺灣人立場，寫臺灣人經驗的作品便是。」[35]

廖朝陽的〈是四不像還是虎豹獅象？——再與邱貴芬談臺灣文化〉[36]一文依然質疑邱貴芬的論點。此處爭議的焦點是母語計畫、國語以及抵殖民抗爭。廖朝陽舉義大利的但丁（Dante）等人拒用拉丁文、在歐洲「『發明』民族書寫語」為例，強調後殖民國家未必非得使用殖民者的語言，特別是臺灣的閩南語人口高達七成以上，閩南語才是主流語言。[37]廖朝陽也反駁邱貴芬：既然抵殖民抗爭夾纏著族群角力，他並不認為巴巴的「學舌」真能有助於建立「命運共同體」，尤其國民黨往往透過「反學舌」收編抵殖民抗爭。他批評巴巴的雜種主體乃是一種文化熔爐式「破糊糊的後現代人主體」。[38]廖朝陽認為，文化熔爐式的大民族主義雖然伴隨現代性出現，但「那種無限制融合、吸收異質的偉大主體卻在後現代的流放主體論」中獲得接續。[39]反觀馬賽克式拼貼的多元文化觀，雖然出現於現代性精神被宣告失敗之際，它所強調的小民族自主自決，卻站在「有本

1985), pp.59-79; Debora Cameron, ed. *The Feminist Critique of Language: A Reader* (London: Routledge, 1990).

[33] 邱貴芬，〈「咱攏是臺灣人」——答廖朝陽有關臺灣後殖民論述的問題〉，頁269。

[34] 邱貴芬，〈「咱攏是臺灣人」——答廖朝陽有關臺灣後殖民論述的問題〉，頁271。

[35] 邱貴芬，〈「咱攏是臺灣人」——答廖朝陽有關臺灣後殖民論述的問題〉，頁270。

[36] 廖朝陽，〈是四不像，還是虎豹獅象？——再與邱貴芬談臺灣文化〉，陳東榮、陳長房編，《典律與文學教學》（臺北：書林，1995），頁277-291。

[37] 廖朝陽，〈是四不像，還是虎豹獅象？——再與邱貴芬談臺灣文化〉，頁279。

[38] 廖朝陽，〈是四不像，還是虎豹獅象？——再與邱貴芬談臺灣文化〉，頁283。

[39] 廖朝陽，〈是四不像，還是虎豹獅象？——再與邱貴芬談臺灣文化〉，頁288。

質、也有中心的現代主體觀」頂峰。[40]廖朝陽強調小民族作為一個整體，即便其中內含異質元素。他堅稱即使那些執著於純淨土地與純淨語言的基本教義派，也不應被輕易抹煞或摒除於臺灣主體之外。

對廖朝陽而言，臺灣文化民族主義是抵殖民力量的主力，因此他強調透過恢復語言與記憶的計畫，來重建被殖民者的主體性，同時他質疑巴巴的「學舌」對於抵殖民的有效性。然而，對邱貴芬而言，以福佬話取代中文作為國語，將使其他族群疑慮不安，不利於促成臺灣獨立。一方面，中文作為國語使用已有四十多年之久；另一方面，正因為福佬族是臺灣最大族群，獨尊福佬話很容易被視為「福佬沙文主義」，即便福佬話也是臺灣的通用語言，因此俗稱台語。邱貴芬反本質主義式的妥協、以及她對文化雜燴與文化熔爐的強調，確實可能有助於舒緩其他族群的焦慮。但她在訴諸美國女性主義及美國黑人文學理論家的「雙音的論述」概念時，卻忽略了在這兩種論述的發展脈絡裡，「雙音的論述」都惟有在分別歷經形塑女性美學與黑人美學（也就是本質主義）的階段之後，才有可能提出。[41]戒嚴時期被輕蔑的臺灣（包括福佬、客家及原住民）文化與語言，能夠在未經形塑「臺灣美學」（也就是本質主義）階段的情況下受到重視嗎？透過將臺灣的「北京話」視為混種語言，就能夠達成臺灣後殖民嗎？另一方面，我們也可以質疑廖朝陽的觀點，因為從他自己提出的「反學舌」例證中，便足以顯示「說福佬話」未必等於「支持臺灣民族主義」。而且，過度強調族群的身分認同，可能有礙各族群之間以及各語言之間的對話，進而成為臺灣民族主義的阻力。更何況我們也不能忽略，邱貴芬的跨文化雜燴概念其實一直以抵殖民為前提。如果廖朝陽的抵殖民策略是正面迎擊、抗爭對立，那麼邱貴芬則以多元異質巧妙地自內部顛覆北京話的宰制，她不僅將福佬話、客家話以及原住民語置於與「北京話」平等之地位，也提倡以臺灣意識（亦即以臺灣疆域為基礎的新的國家認同）取代中國意識。我認為，儘管兩人看法不同，但廖朝陽強調主體性和抵抗，卻與邱貴芬重視學舌和雜燴互補，並彰顯出兩種策略其實經常聯合運作，以求實現臺灣的後殖民。

---

[40] 廖朝陽，〈是四不像，還是虎豹獅象？——再與邱貴芬談臺灣文化〉，頁288。

[41] 參見Elaine Showalter, “A Criticism of Our Own: Autonomy and Assimilation in Afro-American and Feminist Literary Theory,” pp. 350-363. Houston A. Baker, Jr., *Blues, Ideology, and Afro-American Literature: A Vernacular Theory* (Chicago: The University of Chicago Press, 1984), pp. 64-112.

1995年至1996年《中外文學》期刊上，陸續有多位學者就國家、族群認同議題激辯，後來演變為廖朝陽與廖咸浩的統獨論戰。時值臺灣首次總統直選期間，中國對台試射飛彈，恫嚇臺獨支持者。在〈中國人的悲情：回應陳昭瑛並論文化建構與民族認同〉一文中，[42]廖朝陽批評陳昭瑛及其他學者的中國文化民族主義奠基於固定的血緣論和絕對的道德命令，相對的，李喬和林濁水等人的獨派認同理論則比較開放，以創造與變化為基調，具有相當的理論性。他接著討論以巴特勒（Judith Butler）和法斯（Diana Fuss）為代表的兩種美國後結構女性主義者的立場，強調在各種文化理論中，女性主義可能是對認同與文化建構之間的關係探討得最透徹的領域。他的立場偏向法斯，認為法斯同時進行建構與解構、比較注重實效；他闡述法斯的說法：「我們必須『論述各種本質性空間，在其中尋找發言位置』。只要不斷對這類空間進行（補救性的）解構，避免發言位置『固著化』，就不會有拘束異質的問題」，[43]藉此他主張文化理論的核心關注「並不是本質與建構的對立，而是變化與拘泥、自由與統制的衝突。」[44]他認為即使最激烈的解構派巴特勒也必須承認，認同之所以產生問題乃是因為不符合實況，[45]文化建構的合理性取決於其能否隨實際狀況變化，因此也受到某種規範。他批評女性主義者顧燕翎標榜進步、反民族、後國家的看法落入了以往視文化建構為假真實、凝固不變的窠臼，質疑她將歷史實況的局部判斷不知不覺地轉入絕對化的整體歸納，因她聲稱既然「女性往往被排除在國家重要的政治決策過程之外」，民族、國家認同不如稱為「男性認同」。[46]廖朝陽對此不以為然，強調文化認同會不斷地創造與界定。他影射即將到來的首次總統直選所意味的臺灣自主性，主張在此歷史時刻臺灣文化或國家認同取代中國認同的正當性，因臺灣認同奠基於新的環境形勢與可能性，符合臺灣的真實狀況。為了瓦解中國民族主義的絕對命令，他援用了紀傑克（Slavoj Žižek）的「空白主體」理論，認為在文化認同的建構過程中，先驗主體乃是沒有實際內容的空白，

---

[42] 廖朝陽，〈中國人的悲情——回應陳昭瑛並論文化建構與民族認同〉，《中外文學》23卷10期（1995），頁102-126。

[43] 廖朝陽，〈中國人的悲情——回應陳昭瑛並論文化建構與民族認同〉，頁113。參見Diana Fuss, *Essentially Speaking* (London: Routledge, 1989), p.118.

[44] 廖朝陽，〈中國人的悲情——回應陳昭瑛並論文化建構與民族認同〉，頁114。

[45] Judith Butler, *Gender Trouble* (New York: Routledge, 1990), pp. 32-33.

[46] 顧燕翎，〈女人和國家認同〉，《島嶼邊緣》第9期（1993），頁28。

不能以「命令」方式規範其理性思考；它超越理性，卻又可作為理性的支撐點。[47]他認為，主體可以接納源源湧入的新的內容，以「調整內部與外部的關係，在具體歷史經驗的開展中維持空白的效力。」[48]他主張此主體必須以移入新內容來驗證其移除舊內容的可能性，並強調此空白在建構新的臺灣國家認同上的效力。相對於陳昭瑛認為臺灣不可能接受蘭嶼、原住民、客家族群獨立的要求，[49]廖朝陽則主張基於空白的效力、建構新認同的可能性，臺灣透過民主程序也能夠接受蘭嶼或其他任何地區獨立。

廖咸浩的〈超越國族：為什麼要談認同？〉[50]一文反駁廖朝陽。他主張認同由「感情」與「利害」交織而成，臺灣國族主義論述對於非福佬族群和團體未必有吸引力或實效。廖咸浩認為宣布臺獨將會引發戰爭，臺獨擁護者有福佬沙文主義傾向，以至於臺灣意識壓迫了非福佬族群。他質疑人們關注二二八，卻不談早期漢人欺凌原住民的歷史，他並以「大家還要生活在一起」為由，反對將國民黨視為殖民者。[51]他批評廖朝陽引用紀傑克「空白主體」論時，隱含將臺灣統一於單一大主體之下，卻沒有引用紀傑克在談主體論時同時論及的「天生的內在衝突（constitutive antagonism）」。[52]他認為臺灣國族主義獨尊特定族群的感覺結構，而將其他族群及性別、階級等議題排除在外，因此我們應超越國族主義，以擁抱多元文化主義的精神。他贊同陳昭瑛提的中華民族主義，堅稱它不但在精神上接近「文化聯邦主義（cultural federalism）」（即「文化中國」），且具有多元文化主義的雛型。

邱貴芬與廖咸浩都強調多元文化主義，但邱貴芬將之連結到後殖民主義，廖咸浩則以之抵制後殖民主義。廖咸浩看似具有進步性（例如強調性別與階級的重要性，指出後殖民論述忽視原住民議題），然而他的某些說法（包括戒嚴時期的國民黨並非殖民者、中華民族主義贊同多元文化主

---

[47] Slavoj Žižek, *The Sublime Object of Ideology* (London: Verso, 1989), p. 175. Slavoj Žižek, *Tarrying with the Negative: Kant, Hegel, and the Critique of Ideology* (Durham: Duke University Press, 1993), pp. 9-44.

[48] 廖朝陽，〈中國人的悲情——回應陳昭瑛並論文化建構與民族認同〉，頁119。

[49] 陳昭瑛，〈論臺灣的本土化運動：一個文化史的考察〉，《中外文學》23卷9期（1995），頁34。

[50] 廖咸浩，〈超越國族——為什麼要談認同？〉，《中外文學》24卷4期（1995），頁61-76。

[51] 廖咸浩，〈超越國族——為什麼要談認同？〉，頁68。

[52] Slavoj Žižek, *The Sublime Object of Ideology*.

義）卻與事實不符。廖咸浩故意漠視國民黨殖民臺灣、尤其殖民原住民的事實，絕口不提原住民文化復振運動所推動的恢復原住民歷史記憶與語言的計畫。正如原住民運動健將孫大川指出，一九五〇至八〇年代國民黨高壓的同化政策重創了原住民的文化和語言，造成原住民社會結構崩解、扭曲，直到1977年黨外運動啟航、八〇年代本土化的歷史形勢下，原住民運動才得以在八〇年代中期乘勢展開，對抗國民黨政權。[53]而廖朝陽支持原住民獨立則推翻了廖咸浩的說法，證明臺灣民族主義者並未忽視早期漢人壓迫原住民的歷史。[54]廖朝陽在〈關於臺灣的族群問題：回應廖咸浩〉[55]中，批評廖咸浩延伸白色恐怖時代的作法，將所有問題歸咎於臺獨；廖朝陽認為廖咸浩所說的排他性的臺灣意識從未成為主流，因為「某種版本的中國文化至今仍是臺灣社會的主導力量」。[56]同時，他也指出「空白主體」其實涉及紀傑克所提出的「親證幻見（going through fantasy）」。[57]廖朝陽認為，「親證幻見」不僅是意識形態分析所著重的破解迷思，更是進一步地打破真幻、「打破固定化的主體內容」、「看出內容歧異背後的主體共通性」，[58]以便在族群之間、個人之間的多元互動中，消解對於族群與民族的偏見。如此一來，「空白主體」貌似後現代流動，實則奠基於臺灣民主、人民對這塊土地的共同利益、以及一種宗教性情操。當「親證幻見」普遍落實於各階層的社會互動之時，也就是我們深化臺灣意識之時；這些多元互動也將有助於族群之間以及族群內部創傷的療癒。

廖咸浩在〈狐狸與白狼：空白與血緣的迷思〉[59]中回應時，批評廖朝陽的「空白主體」論漠視了歷史／感情對主體的影響力。邱貴芬更早在

---

[53] 孫大川，〈活出歷史——原住民的過去現在與未來〉，《久久酒一次》（臺北：張老師，1991），頁116-119；孫大川，〈原住民文學的困境——黃昏或黎明〉，《山海文化》1期（1993），頁101。

[54] 早期漢人所壓迫的原住民絕大多數為平埔族，而被國民黨同化政策壓迫的原住民則為住在山地與蘭嶼的原住民。前者多漢化已久，後者則基於反歧視與文化危機展開原住民運動，由爭取原住民基本權益再轉而推動文化和語言復振。

[55] 廖朝陽，〈關於臺灣的族群問題——回應廖咸浩〉，《中外文學》24卷5期（1995），頁117-127。

[56] 廖朝陽，〈關於臺灣的族群問題——回應廖咸浩〉，頁118。

[57] Slavoj Žižek, *The Sublime Object of Ideology*, p. 127. Slavoj Žižek, *Enjoy Your Symptom!: Jacques Lacan in Hollywood and Out* (London: Routledge, 1992), pp.133-34.

[58] 廖朝陽，〈關於臺灣的族群問題——回應廖咸浩〉，頁122、121。

[59] 廖咸浩，〈狐狸與白狼：空白與血緣的迷思〉，《中外文學》25卷5期（1996），頁154-157。

〈是後殖民，不是後現代——再談臺灣身分／認同政治〉[60]中也有類似看法，但她則認為「空白」的概念太過於後現代，無法完全封死未來變成中國認同的可能，而令人不安。她指出廖朝陽借用白人女性主義者的後現代建構論，但其實更應借鏡黑人女性主義者的後殖民抗爭策略。她認為需要回到後殖民的臺灣身分／認同，強調歷史經驗在臺灣國家身分建構過程中不可否認的重要性。邱貴芬的提醒顯示後殖民畢竟不同於後現代的流動。不過，我認為廖朝陽的「空白主體」論其實是以臺灣主體性為前提，「空白」乃是強調新的內容不斷移入、舊的內容被移出，不可能受制於中國民族主義的絕對命令。反觀廖咸浩一再強調外省人特殊的歷史／感情使其抗拒臺灣民族主義，卻忽視了生於臺灣的外省第二、第三代並無在中國的成長經驗，所謂外省人的感情結構有很大一部分是戒嚴時期國民黨黨國教育所形塑的。此一教育非但獨尊外省第一代的歷史經驗，並且否定、扭曲臺灣的歷史經驗與現實，造成族群之間的偏見與衝突。因此廖朝陽藉由「空白主體」所涉及的「親證幻見」消除族群之間的偏見，則是希望透過族群之間相互的深度瞭解來促成社會的共識及對臺灣土地的認同。揆諸本土化運動自八〇年代發展至今，不少外省人已漸漸認同臺灣，瞭解其他族群的歷史經驗，不再受制於戒嚴時期國民黨灌輸的失真歷史與虛幻感情，而民調中贊成統一的人已降到極少數，都是例證。此外，廖朝陽挪用的白人女性主義者巴特勒與法斯，前者是酷兒理論大師，後者的理論為酷兒或黑人發聲；準此，廖朝陽似乎試圖連結後殖民與酷兒。

廖炳惠在收錄於《書寫臺灣》的〈臺灣：後現代或後殖民？〉[61]一文中，重新思考歷史經驗對臺灣身分認同的影響。他認為臺灣的殖民與後殖民歷史可能比世界其他地區更加複雜，因為相較於印度、非洲、中南美洲（指印地安人）與美國黑人，臺灣一方面在日治時期視中國為文化原鄉，以抗拒日本殖民統治，另一方面臺灣經歷了自十七世紀以來的殖民歷史後，實際上已形塑出曖昧的雙重或多重身分認同。廖炳惠認為，若考量臺灣相對於中國、日本與西方勢力的文化地理邊緣性（例如荷蘭、西班牙皆曾殖民臺灣，而葡萄牙、荷蘭、英國、與法國則都曾把臺灣當作與中國角力的場所），此雙重乃至於多重的身分曖昧性會更加明顯。呼應巴巴的文

[60] 邱貴芬，〈是後殖民，不是後現代——再談臺灣身分／認同政治〉，《中外文學》23卷11期（1995），頁141-147。

[61] 廖炳惠，〈臺灣：後現代或後殖民？〉。

化混雜概念，他發現日治時期的臺灣人擺盪於中國認同與日本認同之間，有時宣稱自己「既是」中國人、「也是」日本人，有時卻發現自己「既非」中國人、「也非」日本人。他引用吳濁流的小說《亞細亞的孤兒》中主角在中日戰爭期間所面臨的身分認同危機，突顯臺灣人既非中國人、也非日本人，被雙重邊緣化的孤兒意識。[62]廖炳惠認為，國民黨對臺灣的內部殖民使臺灣無法在1945年之後進入後殖民，而1987年後臺灣也未能立刻達成後殖民。後殖民的遲來有許多因素，他認為主要障礙是1947年二二八事件和1971年臺灣退出聯合國。廖炳惠為臺灣後殖民論述所增添的是，強調殖民遺緒——尤其日本殖民遺緒——如何形塑出臺灣認同。而他指出臺灣後殖民的遲來，也駁斥了國民黨對臺灣歷史的詮釋。

總結來說，後殖民論述延伸了臺灣本土化運動論述，給予後者一套細緻的理論框架，並加入了「殖民學舌」和殖民遺緒概念。為了對中國中心進行抵殖民，後殖民論述強調臺灣主體性、臺灣民族主義、以及找回臺灣歷史記憶。在標舉臺灣認同的同時，邱貴芬和廖朝陽在不同時期都曾借用後現代理論自我批判，也都曾批判後現代。邱貴芬認為臺灣學者不得不在意歐美學界的後現代風潮，這顯示出臺灣深植於「新殖民」論述結構中的位置。[63]但我以為，臺灣的後殖民論述成功地挪用了後現代反本質主義，藉此加強了各族群及各語言之間的對話。後殖民論述重視的是歷史記憶與身分認同，故顯然有別於崇尚後現代文字遊戲與酷兒身體政治的酷兒論述。

四、酷兒論述

同志論述引進臺灣晚了西方將近二十年，只比酷兒論述早一兩年。此一現象顯示出1949年至1987年戒嚴時期壓抑的社會政治氛圍，連早在1972年就已開始的女性運動都缺乏足夠的社會影響力。一直到民進黨成立、戒嚴令解除之後，女性運動才風起雲湧。礙於出櫃困難，女同志與酷兒運動者起初寄身於女性主義運動，暗地提倡正面的同志意識，並成功地獲得女性主義運動內部的支持。1990年，臺灣第一個女同志團體「我們之間」創

---

62 吳濁流，《亞細亞的孤兒》（臺北：草根，1995）。《亞細亞的孤兒》是吳濁流在二戰末期以日文寫成，書稿版本及書名歷經變遷，直到1956年才在日本出現正式的日文版，1962年才在臺灣出版了較好的中文譯本。

63 邱貴芬，〈「後殖民」的臺灣演繹〉，頁285-286。

立；1994年，紀大偉、洪凌主編《島嶼邊緣》季刊的「酷兒QUEER」專輯，最早打出酷兒運動旗號。然而，酷兒評論早已出現於梁濃剛的《快感與兩性差別》與張小虹的《後現代／女人》。[64]同時，各派女性主義理論（包括精神分析女性主義、激進女性主義、後殖民女性主義以及生態女性主義）紛紛被引進臺灣，其具體結晶即為女書店出版的《女性主義理論與流派》。[65]張小虹寫了其中有關女同志理論的一章，但除了瑞琪（Adrienne Rich）、羅德（Audre Lorde）與維蒂格（Monique Wittig）以外，她也介紹了酷兒女性主義者巴特勒（Judith Butler）。張小虹在九〇年代初率先鼓倡酷兒理論與政治的進步性，迅速風靡了當時的媒體以及她在臺大的學生。她在媒體上成為性別越界與同性情慾等議題的代言人，以一位實際上從事異性戀行為之女性主義者立場散播酷兒理論，因此免於遭受恐同式（homophobic）的身分檢查。張小虹繼而動員她在媒體上累積的聲望，挑戰當時仍十分恐同的學術界。

張小虹的〈同志情人・非常慾望：臺灣同志運動的流行文化出擊〉一文發表於《中外文學》，[66]主要分析「同志空間行動陣線」於1996年所舉辦的「同志票選十大夢中情人」活動，並加以理論化。此一活動刻意討好媒體、訴諸通俗文化，以嘉年華的精神，公布由同志與酷兒族群所票選出的十大夢中情人，其中主要是一般公認為異性戀者的臺灣、中國與美國的偶像歌手與政治名人。雖然張小虹此處的理論模型是柯利克默（Corey Creekmur）和多提（Alexander Doty）所提出的「文化出擊（現身）（out in culture）」——亦即拒絕主流文化霸權中的恐同症與異性戀主義（heterosexism）——她卻同時援用了道利摩爾（Jonathan Dollimore）的「悖離驅力（perverse dynamics）」、以及法斯（Diana Fuss）的「外翻／內轉（inside/out）」概念，強調我們可以將異性戀消費者「酷兒化」。[67]

---

[64] 梁濃剛，《快感與兩性差別》（臺北：遠流，1989）。張小虹，《後現代／女人》（臺北：時報，1993）。

[65] 林芳玫等，顧燕翎編，《女性主義理論與流派》（臺北：女書文化，1996）。

[66] 張小虹，〈同志情人・非常慾望：臺灣同志運動的流行文化出擊〉，《中外文學》25卷1期（1996），頁6-25。

[67] 參見Corey K. Creekmur and Alexander Doty, "Introduction," in Corey K. Creekmar and Alexander Doty, eds., *Out in Culture: Gay, Lesbian, and Queer Essays on Popular Culture* (Durham: Duke University Press, 1996), pp.1-11; Jonathan Dollimore, *Sexual Dissidence: Augustine to Wilde, Freud to Foucault* (New York: Oxford University Press, 1991); Diana Fuss, "Inside/Out," in Diana Fuss , ed., *Inside/Out: Lesbian Theories, Gay Theories* (New York: Routledge, 1991), pp.1-10.

她認為「同志的偶像崇拜『總已（always already）』在異性戀結構之中，而異性戀的結構之中，『總已』有同性戀之『壓抑回返（the return of the repressed）』」。[68]

除了「同志票選十大夢中情人」的活動之外，張小虹也處理「同志空間行動陣線」在一連串抗議臺北市政府活動中所採取的「戴面具集體現身」的策略。這些活動主要抗議臺北市政府在1996年的兩項決策：一是將新公園改名為二二八紀念公園，另一則是在公園周邊興建捷運站的兩道出口。九〇年代初二二八和平紀念碑已設立於新公園內，恢復二二八記憶的計畫也逐漸受到大眾關注；就在二二八事件第四十九週年當天，臺北市政府宣布改名。當時的臺北市長陳水扁之所以選擇新公園，不僅因為它位在臺北市心臟、鄰近總統府，也由於二二八事件時，許多憤怒的民眾衝進新公園內的臺灣廣播電臺、放送他們對國民黨的指控，才使得全國性的起義得以發生。對二二八事件遲來的紀念，其實是為了對抗國家失憶症，然而此舉卻與同志／酷兒運動發生了不幸衝突。由於自從1977年到1979年白先勇的《孽子》在《現代文學》雜誌上連載後，[69]新公園就被視為男同志進行「公共空間性交（public sex）」的地下世界，因此「同志空間行動陣線」認為，改名及將公園納入大眾捷運系統的動線上，無異於驅逐同志族群，抹除同志族群集體記憶與空間。張小虹順勢批評改名只是「政治解嚴」，卻未必代表性慾取向上的「情慾解嚴」。[70]另一方面，她也承認抗議的同志人權鬥士，與在新公園黑暗角落掙扎的「同性戀陰影」之間有著很大斷裂。不同於1969年美國紐約「石牆事件（Stonewall Rebellion）」的參與者，「同志空間行動陣線」抗議者多為女同志，並非在新公園中從事同性戀活動的人士。張小虹承認，「同志空間行動陣線」試圖「重新詮釋」新公園，卻並不想為新公園內「同性戀」與「公共空間性交」的合法性辯白，而是選擇透過舉辦「同志票選十大夢中情人」的活動，來轉換策略。她將「戴面具集體現身」的策略與「同志票選十大夢中情人」的活動結合，認為兩者皆運用了所謂將同性慾望普遍化（universalizing）的概念，為的不僅是要迫使異性戀社會正視此慾望，也要強調同志／酷兒運動

---

[68] 張小虹，〈同志情人・非常慾望：臺灣同志運動的流行文化出擊〉，頁8。

[69] 白先勇，《孽子》（臺北：遠景，1983）。

[70] 張小虹，〈同志情人・非常慾望：臺灣同志運動的流行文化出擊〉，頁10。

作為特殊族群（minoritizing）的地位。[71]張小虹進一步質疑每個人的身分認同，並引用巴特勒的觀點，認為「出櫃」往往會進入另一個暗櫃，藉此肯定「戴面具集體現身」的策略。[72]她並且擁抱資本主義的商品邏輯，相信同志／酷兒運動可以藉由商品消費提升人們對同志的正面意識。

張小虹雄辯滔滔、能言善道，她將上述兩個事件中的酷兒政治加以理論化，讓這些運動者無須親自面對社會中的恐同與異性戀主義，便得以成功地鼓倡正面的同志意識。她的語調輕快調皮且熱鬧繽紛，截然不同於以往同性戀讓人聯想到的悲情氛圍。然而，張小虹的論點仍引發許多問題：在不出櫃的前提下推動同志／酷兒運動，是否有效且具信服力？抗議人士與新公園中的同性戀者之間關係為何？仰賴資本主義的商品邏輯來推動同志／酷兒運動，是合理的嗎？這些運動與臺灣國族主義之間的關係又是什麼？

林賢修和趙彥寧便批評，戴面具的策略反而讓大眾更難接受同志及酷兒族群，因為戴面具似乎讓同志與酷兒屈服於異性戀社會秩序：除非戴上異性戀面具，大眾根本不想看到他們。[73]我則主張，戴面具集體現身的策略可以被視為很成功，只可惜抗議人士無法為新公園內的同性戀者辯護，而產生了「再現／代表性」的問題，且「同志票選十大夢中情人」的活動將焦點轉移，更加削弱了運動的訴求。雖然透過流行文化來傳播同性慾望的策略相當聰明，然而張小虹對資本主義邏輯的擁抱，卻讓她原本堅稱這些抗議人士真心關心公園裡的同性戀者以及其記憶的說法減弱了，畢竟抗議人士都是大學生，他們對於同性戀者在新公園「上班」的知識都來自《孽子》這本小說。[74]趙彥寧在回顧時便批評兩項活動的精英主義：

---

[71] 雖然在文中她並沒有提到賽卓維克（Eve Sedgwick）的名字，但「普遍化」與「殊群化」的概念其實出自於賽卓維克的《暗櫃知識論》（*Epistemology of the Closet*）一書。參見Eve Kosofsky Sedgwick, *Epistemology of the Closet* (New York: Harvester Wheatsheaf, 1991), p. 1。

[72] 張小虹，〈同志情人・非常慾望：臺灣同志運動的流行文化出擊〉，頁13。Judith Butler, "Imitation and Gender Insubordination," *Inside/Out: Lesbian Theories, Gay Theories*, p. 16.張小虹筆誤，將引用的Butler頁碼寫成309。不過我認為巴特勒此處與其說是質疑出櫃，不如說是抗拒、批判當時由女同志女性主義者（lesbian feminist）所主導的對女同志的定義，此定義貶抑、排斥像她一樣的男性化女同性戀（butch，類似臺灣的T）以及類似臺灣T婆（butch-fem）的性別角色配對。附帶一提，臺灣的T來自於「Tomboy」。

[73] 馬嘉蘭（Fran Martin），紀大偉譯，〈衣櫃，面具，膜：當代臺灣論述中同性戀主體的隱／現邏輯〉，《中外文學》26卷12期（1998），頁133。

[74] 同志／酷兒運動者在召喚《孽子》裡新公園裡的男同性戀集體記憶的同時，也批判書中的男同

「〔歐美〕同志運動之始作俑者多為非文化精英的、資本主義發展中期的中下階層（特別為下層階層）、且『頑固地』以身體展演挑戰主流異性戀意識型態（特別如臺灣所謂的『人妖』與『第三性公關』），但臺灣的同志運動於論述與公開儀式的層面上不斷引用這個挑戰的符碼，但參與者中卻幾乎完全不見非文化精英的、下層階級的、或扮裝的人群。」[75]一方面這是同志／酷兒運動者第一次結盟，史無前例地面對大眾、攫取媒體的注目，另一方面這次運動卻也顯露出運動者與社會底層同性戀族群及其歷史之間的鴻溝。直到出現改名爭議之後，才有研究生開始針對公園裡的同性戀者進行田野調查。這令人納悶，若非抵制公園改名背後所隱含的臺灣民族主義，抗議人士是否還會戴著面具現身？這場運動以維護新公園同性戀記憶之名，與「二二八」爆發衝突，讓同志人權成為大眾焦點，卻損及臺灣民族主義，將臺灣民族主義描繪為新的壓迫者，讓人誤以為「二二八」或臺灣民族主義必然與同性戀對立。張小虹是公認的後現代主義者，喜愛時尚、拼貼、後現代式地耍玩文字與身分，對歷史記憶興趣缺缺。固然她將爭議升高，凸顯同志議題，促使臺灣民族主義者反思是否忽視同志人權與記憶，但另一方面，她幾乎不提二二八事件，更遑論新公園對二二八事件的重要性。新公園其實是日治時期由日本政府在1899年所建成，但張小虹採取清朝紀年，顯示她的中國中心立場。

紀大偉追隨張小虹，歌頌商品戀物癖與酷兒運動的嘉年華精神。紀大偉當時是臺大外文所研究生，發明了「酷兒」一詞作為英文queer一字之中譯，並擔任1994年《島嶼邊緣》「酷兒QUEER」專輯的主編之一。1997年，紀大偉編了臺灣第一本酷兒論文集《酷兒啟示錄》，在導論裡他提到「酷兒」已成為廣告中流行的新鮮詞語，即便一般人不解其真義。紀大偉看待「酷兒」有如商品，指出「酷兒」一詞所挾帶的「酷炫」、「時髦」、「搞怪挑釁」之意涵，已剝除queer在原來英文脈絡中罵人的貶義。他推託中文裡大概找不到可以「全然忠實」翻譯queer之同義詞，便將「酷兒」當作暗語、代稱使用，以避開恐同的檢查制度，乃至於「酷兒」在變成文化風尚後，幾乎成了流動的意符。由於此一酷炫的商品其實與酷兒政

性戀者內化了主流社會對同性戀的歧視。然而運動者卻沒有批判《孽子》中對福佬和原住民人物的刻板印象式、甚至輕蔑貶抑之刻畫。這凸顯他們漠視族群平等的議題，也顯露了他們在與臺灣民族主義者衝突時所隱含的族群政治。一直到近年來，才有人批判《孽子》中的族群呈現。

[75] 趙彥寧，〈臺灣同志研究的回顧與展望〉，頁245。

治顛覆挑釁的特質相去甚遠，因此紀大偉也發現，在文學裡比較容易實踐酷兒政治。由於酷兒挑戰了同性戀／異性戀之二分，也關注於無法被「同性戀」一詞所涵蓋的差異性（如雙性戀、變裝癖與變性人），酷兒拒絕被清楚定義，因此透過虛構再現更可以傳遞酷兒性。

紀大偉舉洪凌、邱妙津及他自己的作品為例，認為酷兒文學的特色為「呈現身分的異變與表演」（例如發現某人非女非男、是人類又是妖怪）、「呈現慾望的流動與多樣」以及「性政治的批判」。[76]紀大偉強調酷兒文學在酷兒運動中所扮演的重要角色，但此舉也顯示出酷兒運動正日漸脫離其對社會議題的關注。紀大偉和洪凌都醉心於書寫科幻小說故事，這些故事一方面投射出一個遠離臺灣的、想像中的後現代烏托邦，同性慾望幾乎無所不在，另一方面隱隱地批判了對酷兒族群的各種歧視與迫害。紀大偉和洪凌的戰鬥性，截然不同於邱妙津自傳性女同志小說《鱷魚手記》中極度痛苦、曖昧矛盾的身分認同掙扎。[77]但在1995年邱妙津輕生前，《鱷魚手記》已成為女同志聖經；相對的，紀大偉及洪凌的小說由於遠離臺灣現實且以精英語言書寫，其影響力依然有限。

甯應斌和張小虹、紀大偉一樣，也仰賴資本主義的商品邏輯，來宣揚反本質主義的慾望；不同在於，甯應斌試圖將酷兒運動收編於性解放（sexual liberation）運動之中。他的目標是消除酷兒與性少數（sexual minorities）——亦即他所謂的「色情國族（obscene people）」——之間的界線，以便改變臺灣「否定性慾（sex negative）」的文化，發展出「正面肯定性慾（sex positive）」的文化。在收錄於《酷兒啟示錄》的〈什麼是酷兒〉[78]一文中，甯應斌一開始就指出標題來自於英國左翼酷兒運動者史蜜絲（Cherry Smith）的提問：「什麼是酷兒？」。他認為，由於臺灣的同性戀運動起步不久，大部分的同性戀者仍難以出櫃，所以「或許目前敢公然在臺灣大眾面前出櫃現身的人，就是臺灣的酷兒吧。」[79]他接著宣稱，我們應盡力趕上美國、英國、澳洲所發展出的驚世駭俗、桀驁不馴的酷兒政治，而這不僅必須追隨美國性解放女性主義者魯賓（Gayle Rubin）

---

[76] 紀大偉，〈酷兒論：思考臺灣當代酷兒與酷兒文學〉，紀大偉編，《酷兒啟示錄：當代臺灣QUEER論述讀本》（臺北：元尊文化，1997），頁13-14。

[77] 邱妙津，《鱷魚手記》（臺北：時報文化，1994）。

[78] 甯應斌（卡維波），〈什麼是酷兒〉，《酷兒啟示錄》，頁231-43。

[79] 甯應斌（卡維波），〈什麼是酷兒〉，頁232。

在〈思考『性』〉（"Thinking Sex"）一文所提出的、推翻性體制內的情慾階層（sexual stratification），[80]也必須對情慾的流動與可塑性有更積極、根本的思考。甯應斌堅稱，同性戀與異性戀都有社會建構的性質，酷兒因此要「不斷踰越被固定、被本質化的情慾，所有情慾規範、情慾差異都要被不斷玩弄顛覆諧擬和踰越。」[81]此一說法其實與他先前的主張大相逕庭，因為他原先說，在現今臺灣社會出櫃現身的人即為酷兒，此處卻要求同志族群應先跨越同性戀的規範，才得以成為酷兒。換言之，同性戀者若未能跨越這些規範，便無法達到真正的「解放」。

雖然甯應斌的論調有助於創造「正面肯定性慾」之文化，但他所構想的社會改變卻過於劇烈。甯應斌把人看成慾望機器，認為它可以自動轉換慾望對象。他暗示人可以憑著純粹意志而輕易地轉變性傾向，且慾望總是伴隨著快感發生，但這樣的論點其實過於簡單化。他對同性戀身分認同嗤之以鼻，其實並不利於酷兒運動的發展，也並未正視身分政治在酷兒政治中的重要性。即便巴特勒違抗身分認同的分類，提出對生理性別（sex）／社會性別（gender）／慾望（desire）不連續的後現代觀點，但她卻未曾放棄自己的butch（類似臺灣的T）身分；事實上，我認為她可能透過發展酷兒理論，來處理自己的butch經驗。[82]甯應斌在高唱由反本質主義慾望所激發的酷兒狂歡之同時，卻無法透過他自己所舉出的例子（例如未成年少女與年長男性之間的性交易），來證明性實踐（sexual practice）本身必然是令人愉悅且自我賦權的（self-empowering）。此外，他在獨尊性變態（sexual perversion）的同時，卻也建立了另一套取代其他酷異形式的規範。誰又能說酷兒僅是一種性實踐，而非關乎性慾望或性幻想呢？

甯應斌聲稱酷兒應追求歡樂、壯大自我，擺脫受害者的悲情和對正義的追求，[83]此一論調輕率地抹煞了同志與酷兒對於恐同勢力的抵抗。另一方面，他似乎也暗地批評了有關恢復二二八記憶的計畫。甯應斌認為，

---

[80] Gayle Rubin, "Thinking Sex: Notes for a Radical Theory of the Politics of Sexuality," in Henry Abelove, Michele Aina Barale, and David M. Halperin, eds., *The Lesbian and Gay Studies Reader* (New York: Routledge, 1991), pp.3-44.

[81] 甯應斌（卡維波），〈什麼是酷兒〉，頁235。

[82] 參見Judith Butler, *Gender Trouble*, pp.29-31以及Judith Butler, "Imitation and Gender Insubordination," pp.18-25.

[83] 文中他用的是「自義」，也就是「自以為正義」，參見甯應斌（卡維波），〈什麼是酷兒〉，頁239。這顯示他對於受害者追求正義不以為然。

酷兒可以透過將國族論述酷兒化，來介入臺灣國族政治，但他強調這絕非是要建立一個像臺灣國族主義者那種穩定的身分認同。為了進一步抵制臺灣國族主義，甯應斌宣稱「把臺灣人酷兒化」就是成為「假臺灣人」（「假臺灣人」是當時選舉活動中用來形容外省政客的標籤，指他們佯裝站在臺灣人的立場發聲，實際上卻固守中國中心的觀點，甯應斌此處顯然故意套用）。甯應斌將酷兒與國家對立，以凸顯酷兒沒有人權。但由於臺灣是個缺乏國際承認的國家，因此他或許同時暗指只有「後國家（post-nation）」才能促使酷兒獲得人權，換言之，他並不希望臺灣的國家身分被承認。甯應斌和張小虹、廖咸浩、顧燕翎一樣，皆為外省第二代。他們對臺灣國族主義的抵制，其實是當時某些外省知識分子的典型。這些知識分子的父母在1949年隨國民黨政府遷臺，且他們自身也擁護「文化中國」與外省人霸權，儘管國民黨政府已無法自共產黨手中奪回中國，而且自從1971年中華民國在聯合國的中國席次被中華人民共和國所取代後，也已無法在國際上代表中國。

然而，酷兒運動者並非都反對臺灣國族主義、或想要揚棄其同性戀身分。1995年12月，紀大偉在一場研討會中宣讀論文〈發現鱷魚——建構臺灣女同性戀論述〉，[84]大量挪用了邱貴芬在〈發現臺灣〉中的論點，評論邱妙津1994年出版的女同性戀小說《鱷魚手記》。他在文中宣稱，在臺灣社會裡女男同性戀正「處於被殖民的狀態」，亟需採取「抵殖民的手段」。[85]對紀大偉而言，《鱷魚手記》中的鱷魚其實是個隱喻，用以指涉一個孤寂的、躲在衣櫃中、不斷扮裝的女同性戀者對於男女二分的質疑。因此，紀大偉在文中雖然沒有使用「酷兒」一詞，卻仍舊釐清了鱷魚本身的酷兒特質。異乎張小虹、甯應斌以及他自己在某些時候所炫示的後現代酷兒政治，紀大偉此處認為鱷魚的酷兒政治是奠基於鱷魚本身的T身分。紀大偉注意到，邱妙津使用滑稽幽默、帶有諷刺意味的隱喻來反制窺淫癖（voyeurism）：「『發現鱷魚』就像『發現新大陸』、『發現臺灣』一般可笑，因為所謂被發現的『客體』早就是既存的『主體』，根本可以不假外力而存在；以發現鱷魚者為例，他們發現的並不是鱷魚，而是他們發現

---

[84] 紀大偉，〈發現鱷魚——建構臺灣女同性戀論述〉，《晚安巴比倫——網路世代的性慾、異議、與政治閱讀》（臺北：探索文化，1998），頁137-154。

[85] 紀大偉，〈發現鱷魚——建構臺灣女同性戀論述〉，頁138、139。

自己對於鱷魚的無知。」[86]紀大偉從本土派標舉臺灣主體性中得到靈感，捍衛同性戀主體性：同性戀主體性就和臺灣主體性一樣，不容置疑。

我們當然可以質疑紀大偉將後殖民論述挪用於酷兒論述的作法；畢竟，殖民主義截然不同於恐同和異性戀主義。然而，他顯然試圖勾連後殖民與酷兒論述。另一方面，紀大偉也批判《鱷魚手記》，透露他自身的女性主義立場。他指出，書中主角是個獨自面對恐同社會的孤寂女同性戀，她頻頻召喚像三島由紀夫、賈曼（Derek Jarman）等日本、法國與英國的男性藝文前輩助陣，卻不曾點名女性前輩，更別提女同性戀前輩，在在導致她在自我認同上的挫敗。紀大偉強調同志／酷兒運動的迫切性，呼籲透過共同合作與多元管道來對抗恐同和異性戀主義，才能避免螳臂當車、寡不敵眾的危險。

雖然「酷兒」一詞具有反本質主義的意涵，但同志身分政治仍是酷兒運動的基石。如果個別的同志仍處於孤軍奮戰且絕望的狀態下，那麼酷兒運動也不會成功。當時仍是研究生的鄭美里和黃道明都挪用了安德森的「想像的共同體」概念，分別處理女同性戀及男同性戀族群的建構。[87]1998年《性／別研究》的「酷兒：理論與政治」專號中，張小虹的〈怪胎家庭羅曼史：《河流》中的慾望場景〉及劉人鵬、丁乃非的〈罔兩問景：含蓄美學與酷兒政略〉[88]兩篇論文也都靠向身分政治，並試圖將酷兒理論嵌入臺灣文化脈絡。張小虹認為蔡明亮的電影《河流》中父子亂倫場景的高難度，乃是再現那不可再現者，涉及文化心理的牽絆。繼而她探討希爾曼（Kaja Silverman）如何將佛洛伊德「原初場景」（primal scene）轉化為觀眾或片中角色對性愛場面的偷窺、掌控。然後她借用愛德門

---

86 紀大偉，〈發現鱷魚——建構臺灣女同性戀論述〉，頁142。

87 參見鄭美里，《女兒圈》（臺北：女書文化，1997），頁119；黃道明，〈召喚同性戀主體——渾名、污名與臺灣男同性戀文化的表意〉，何春蕤編，《性／別政治與主體形構》（臺北：麥田，2000），頁111。黃道明和紀大偉一樣，都將酷兒政治奠基於同性戀的身分政治上。他主張在1994年臺灣的文化脈絡裡，queer、homosexual、gay以及lesbian對他而言皆是「同性戀」的同義詞。他認為需要有集體的同性戀身分站出來質疑或挑戰異性戀霸權、集體出櫃不可或缺，社會上如果看不見一群同性戀者，那麼酷兒運動也只是停留在論述層面而已。參見黃楚雄，〈酷兒發妖：酷兒／同性戀與女性情慾「妖言」座談會紀實〉，《性／別研究》3&4期（1998），頁59。

88 張小虹，〈怪胎家庭羅曼史：《河流》中的慾望場景〉，《性／別研究》3&4期（1998），頁156-178。劉人鵬、丁乃非，〈罔兩問景：含蓄美學與酷兒政略〉，《性／別研究》3&4期（1998），頁109-155。

（Lee Edelman）和米樂（D. A. Miller）對電影鏡頭操弄恐同心理下的肛交恐懼的看法，探討《河流》處理同性戀與亂倫的雙重文化禁忌時，「展現想看又不敢看的慾望與恐懼」。[89]最後她援用陳其南對儒家文化的房事情結與絕嗣焦慮的研究，又帶入蔡明亮曾拍過《青少年哪吒》，藉此解讀父子在三溫暖中誤打誤撞做愛的亂倫場景，她總結：「或許儒家文化的怪胎性，正在於『弒父』與『戀父』居然可以是一體兩面，異曲同工的。」[90]然而此一酷兒式的結論似乎跳躍太快，論點薄弱、缺乏清楚的論述邏輯。首先，張小虹似乎不瞭解哪吒神話含有濃厚的道教及民間信仰元素，並非只有儒家文化，蔡明亮的人物顯然並非只受到儒家影響。其次，張小虹對於蔡明亮電影（不論《青少年哪吒》或《河流》）中的男同性戀是否有弒父情結，缺乏實質討論，卻直接跳入哪吒的神話故事。然後單憑絕嗣恐懼，就認定哪吒自殺含有精神分析意義上的弒父情結，似乎過於簡化。[91]第三，張小虹為了反諷絕嗣恐懼，而過度引申精神分析裡弒父情結的意涵，因此她所謂儒家文化下男同性戀「弒父」與「戀父」「一體兩面，異曲同工」的說法，推論薄弱。

---

89 張小虹，〈怪胎家庭羅曼史：《河流》中的慾望場景〉，頁168。並參見Kaja Silverman, *Male Subjectivity at the Margins* (New York: Routledge, 1992); Lee Edelman, "Seeing Things: Representation, the Scene of Surveillance, and the Spectacle of Gay Male Sex," *Inside/Out: Lesbian Theories, Gay Theories*, pp.93-116; D. A. Miller, "Anal Rope," *Inside/Out: Lesbian Theories, Gay Theories*, pp.119-41.

90 張小虹，〈怪胎家庭羅曼史：《河流》中的慾望場景〉，頁176。並參見陳其南，〈中國人的「房」事情結〉，《婚姻、家庭與社會：文化的軌跡（下）》（臺北：允晨，1990），頁83-92。

91 哪吒故事有不同版本。美國人類學家桑高仁（P. Steven Sangren）深入研究明代《封神演義》裡的哪吒故事，認為其含有伊迪帕斯式的弒父情結。桑高仁主要的根據則是哪吒與父親李靖有嚴重的利益與慾望衝突，尤其哪吒自殺後托夢請母親偷偷為他立廟，引來了大批信眾，李靖得知後對哪吒追求自主大為震怒，將廟與神像搗毀，然而哪吒由於受到信眾供奉和太乙真人之助，得以復活，且更具神力，在盛怒下企圖弒父，參見P. Steven Sangren, *Myth, Gender, and Subjectivity* (Hsin Chu: College of Humanities and Social Sciences, National Tsing Hua University, 1997), pp. 13-14. 桑高仁由後回推，認為哪吒從小桀驁不馴，其自殺「明顯是為了廢除孝道義務（explicitly intended to abolish his filial obligations）」，參見P. Steven Sangren, *Chinese Sociologics: An Anthropological Account of the Role of Alienation in Social Reproduction* (London and New Brunswick, NJ: The Athlone Press, 2000), p.198. 不過桑高仁也指出，1993年他在臺灣參加學術研討會提出此論點時，有人反駁，認為哪吒自殺是為了避免李靖被他牽連受罰，仍符合孝道，截然不同於伊迪帕斯弒父，參見P. Steven Sangren, *Chinese Sociologics*, p. 222, p.293 note 300。2015年10月30日，在倫敦大學皇家哈洛威學院舉辦的*Subjectivities and Cultural Fluidity in Chinese Societies: a Symposium on Arts and Cultures in East Asia*國際學術會議裡，倫敦政經學院施芳瓏副研究員在其論文裡，則借用桑高仁有關哪吒追求自主含有弒父情結的說法，類比臺灣對中國的情結，藉以解釋近年來風行的電音三太子展演裡所蘊含的臺灣意識。在此感謝施教授會後與我討論。

劉人鵬和丁乃非以杜修蘭《逆女》[92]為例，探討恐同的含蓄沉默如何具有致人於死的力道，這其實翻譯自賽卓薇克有關異性戀社會以（佯裝）無知將弱勢的同性戀者關入暗櫃的討論。[93]劉人鵬和丁乃非以《莊子》〈齊物論〉裡罔兩（亦即影子微陰）問景（亦即影子）的故事為喻，[94]強調文化上最弱勢的罔兩也敢提出詰問，伸張主體性，以「公共化」來對抗含蓄的恐同壓力。然而文中對於如何公共化卻缺乏進一步討論（罔兩詰問的對象是比他狀況較稍佳的景，似乎也相當有限）。且含蓄沉默只是恐同的一種，《逆女》裡還有赤裸裸的恐同恐慌，兩者是否有所連結，也欠缺探討。

總而言之，臺灣一九九〇年代的酷兒論述，由於缺乏紮實的本土同志論述作為資源，因此運用歐美文化霸權來撬開臺灣公共文化中的同性戀暗櫃。由於出櫃困難，酷兒政治便成了提升正面的同志意識之重要途徑。然而，酷兒政治對商品戀物癖的倚賴，也使其在酷兒褪流行之後，容易被主流文化收編。對於反本質主義慾望的高調鼓吹，確實營造了嘉年華式對同志的友善氛圍，但過度強調此慾望的進步性，卻有削弱同性戀族群之身分認同政治的副作用，讓後者在兩相對照下顯得比較不進步。然而同志及酷兒族群若不將酷兒政治奠基於身分認同政治與本土同志記憶的追溯之上，又怎能爭取他／她們自身的權利呢？因此後來酷兒理論轉而靠向身分認同政治，並試圖貼近臺灣脈絡。

五、結論：理論版本及其適切性

一九九〇年代臺灣後殖民與酷兒論述都從弱勢論述變為主導論述。後殖民論述奠基於臺灣文化民族主義論述。當李登輝總統帶領臺灣邁向後殖民之後，臺灣文化民族主義論述於一九九〇年代中期蓬勃發展，以取代中國文化民族主義。緊跟在後殖民論述之後出現的，則是酷兒論述。酷兒論述在慾望及身分認同的議題處理上，大量援用了後現代反本質主義，因此不僅顯得前衛，也因為趕上歐美學界最新風潮，在文化圈中以最進步、時髦的姿態示人。而在後殖民與酷兒論述的角力中，其實也暗藏著族群緊張

---

92 杜修蘭，《逆女》（臺北：皇冠，1996）。

93 參見Eve Kosofsky Sedgwick, *Epistemology of the Closet*, pp.4-8.

94 參見王叔岷，《莊子校銓》（臺北：中研院史語所專刊，1988）。

關係。後殖民論述強調臺灣國族身分認同、以及對臺灣歷史記憶的追溯，並藉此與後現代主義劃清界線；相對的，酷兒論述則常藉由高調地炫示後現代酷兒慾望及身體政治，以抵制臺灣國族主義。兩種論述皆明瞭彼此的策略，甚至相互挪用。由後殖民幾場論戰的發展路線可以看出，後殖民論述內部的後現代自我批判，為的不僅是要強調對後現代思潮的包容，也是要緩和在臺灣國族主義崛起之下的族群焦慮。而另一方面，在新公園改名事件裡，酷兒論述則挪用了後殖民學者對記憶的關注，策略性地運用社會底層同性戀者之記憶，以抵制恢復二二八事件記憶的計畫。然而，酷兒學者也需要反思他們對反本質主義的過度重視。如果他們希望同志／酷兒運動能持續發展，那麼同志／酷兒族群的記憶與身分認同政治就須受到正視。而事實上，後來酷兒理論也靠向了身分認同政治。歸根結底，身分認同政治對同志／酷兒運動及臺灣身分認同運動皆同等重要。兩種運動也是有可能結盟的。它們並非如某些頭號酷兒學者所稱，處在兩個沒有交集的端點；相反地，後殖民與酷兒論述其實有所交錯。

九〇年代臺灣後殖民與酷兒理論不但引發複雜的文化政治，各自形成了理論版本家族，也涉及理論援用適切性的議題。基本上我認為，援用西方理論以生產有關臺灣人文學的理論，必須要能分析、反思臺灣特殊的歷史脈絡與社會文化現象，而非只是將西方流行的理論去脈絡地援用或照單全收。如果參照後殖民理論大師薩伊德（Edward Said）在《東方主義》（*Orientalism*）和《文化與帝國主義》（*Culture and Imperialism*）兩書中所給予我們的啟示，[95]臺灣後殖民理論勢必須分析、反思臺灣特有的殖民與抵殖民歷史和社會文化，並擺脫過去不同帝國中心對臺灣歷史所經常帶有的偏見與扭曲。同樣的，臺灣酷兒理論也需要能分析、反思臺灣特有的恐同與酷兒歷史與社會文化。而這也是挪用、援用或拼裝西方理論是否適切的一個判準。從這個角度看來，臺灣後殖民理論的適切性遠高於臺灣酷兒理論；因為前者一邊援用西方理論，一邊植根於已經發展十多年的臺灣文化民族主義，而相對的，後者則缺乏足夠的前行本土同志論述作為其憑藉。

以下我總結理論版本及適切性與否的問題。在臺灣後殖民理論方面，廖朝陽和邱貴芬都用過巴巴的「學舌」或「混雜」等概念，但看法不一。

---

[95] Edward Said, *Orientalism* (New York: Vintage, 1979). Edward Said, *Culture and Imperialism* (New York: Vintage, 1994).

廖朝陽強調臺灣文化主體性，認為「學舌」是妥協；邱貴芬也強調臺灣主體性，但她則認為「學舌」或「混雜」可以把北京話臺灣化。邱貴芬把臺灣化的國語連同福佬話、客語、原住民語都視為臺灣的語言，讓多種臺灣語言成為「臺灣命運共同體」概念的基礎。邱貴芬的「臺灣命運共同體」概念隱含多元族群、多元文化的概念，因此與安德森「想像共同體」概念所召喚的同質的時間（homogeneous time）不盡相同。她希望族群之間以和為貴，平等對待、接納彼此之間的文化差異，擺脫殖民／被殖民衝突對立的政治歷史模式。廖朝陽則暗示邱貴芬賦予「學舌」或「混雜」過多的顛覆效力，真正能抵抗殖民者的乃是閩南語等本土語言，因此需要壯大後者，才能打破語言之間、族群之間的不平等。廖朝陽強調小民族作為一個整體（即使內含異質元素），則是接近「想像共同體」概念的臺灣民族主義。廖朝陽後來進一步援用紀傑克的「空白主體」，以此隱喻臺灣文化有其文化主體性，又在跨國文化影響下新的內容不斷移入移出，混雜之中產生化學變化；「空白主體」概念指涉臺灣文化除了有主體性，又具備開放與創新的精神，歷經荷蘭、西班牙、鄭氏、清朝、日本、國民黨等不同的殖民政權，在不同時期受到不同的跨國文化的影響，因此臺灣的文化內容迥異於中國。同時，廖朝陽也藉用「空白主體」所涉及的「親證幻見」概念，強調消除族群與民族偏見、邁向跨族群瞭解的可能性。廖炳惠直接訴諸臺灣歷史上與荷蘭、漢（明清）、日本、國民黨等不同的殖民政權之間與之內的緊張與交涉關係，暗示這些關係可以相互比較參照，藉以重新想像臺灣的定位。廖炳惠並挪用巴巴的「混雜」概念，但特別用在日本殖民統治如何影響臺灣人的身分認同：臺灣人的身分就是誕生於既非中國人也非日本人的認同掙扎，但有時臺灣人也可能偽裝成中國人或日本人（例如在經商時）。廖炳惠指涉的是日本統治乃是臺灣第一次的國語經驗，因此臺灣人的國族認同是在抵抗殖民的過程中逐漸萌芽。廖炳惠又指出臺灣後殖民的遲來，即使解嚴後也未能立刻達到後殖民，則指涉戰後到解嚴期間國民黨統治所帶來的第二次國語經驗、形塑的中國認同亦是殖民主義。

相對的，廖咸浩的理論仍是中國中心，並非後殖民理論。廖咸浩宣稱中國「文化聯邦主義」（即「文化中國」）概念即已具有多元文化主義的雛形，但此一說法卻與事實不符。臺灣文化固然含有中國文化，但以「文化中國」統攝臺灣即已否定原住民文化及日本殖民遺產。揆諸國民黨接收臺灣第二年便廢日語以及五〇至八〇年代對原住民語言、文化的嚴重破壞，對臺語、客語文化的打壓貶抑，「文化中國」概念就是再殖民。

相較於臺灣後殖民理論已有十幾年的本土化運動作為其基礎，臺灣酷兒理論卻是在當時同志運動尚未有足夠累積，整個社會仍恐同、異性戀中心、出櫃困難之下，借用西方理論與／或西方流行文化在臺灣所具有的文化資本，所做的突破。張小虹、紀大偉和甯應斌都強調酷兒所揭示的後現代流動性。張小虹援引多位酷兒學者，天女散花似地把西方酷兒理論的慾望流動轉化為「同志票選十大夢中情人」活動中所涉及的同性慾望流動和性別越界，強調捉迷藏式若隱若現的「集體現身」，慾望和性別永遠含混曖昧、永遠不必個人出櫃。準此，張小虹雖然使用「同志」，並未使用「酷兒」，精神上卻提出了酷兒理論。但也因為強調「集體現身」（或者該說「集體不現身」），她的理論略過個別的同志和酷兒主體（不提他們的差異與生命史），整篇比較是企圖在媒體上鬆動異性戀體制、反污名化「同性戀」。然而個別的同志和酷兒主體果真不重要？如果他／她們不現身，酷兒運動豈不是成了主角缺席的文字遊戲？紀大偉的酷兒理論則涵蓋流動的慾望、性別曖昧、多元性別，乃至對主流社會性政治的批判。張小虹和紀大偉都強調運用資本主義商品邏輯，讓「酷兒」透過消費流行文化進入主流社會，讓「酷兒」帶著戲耍歡樂、新穎時髦的氣息，以告別「同性戀」予人的悲情與負面想像。這固然具有改變社會想像的積極性，卻也可能有跳躍太快的問題。驟然將同性戀的悲情連結到不時髦、不進步，其實無法處理現實中的恐同歧視，因此容易被主流文化收編。甯應斌更是故意去脈絡，他把「酷兒」等同於「性少數」，鼓吹性解放學者魯賓的理論，試圖激進地讓臺灣文化「性化」，以作為接受「酷兒」的基礎。此種論述雖不無其正面意義，但顯然「性少數」未必是「酷兒」。而且甯應斌過於激烈，不但避談性關係權力是否對等、性解放是否可能造成性剝削，甚至要求同性戀必須跨越「同性戀規範」才能變為酷兒，枉顧現實中許多同性戀仍面臨恐同壓力與出櫃困難。然而，酷兒理論都漸漸向身分政治傾斜，探討個別的同性戀主體，並貼近臺灣社會。紀大偉延伸邱妙津在《鱷魚手記》中對主流社會污名化同性戀的諷刺，強化鱷魚具有抵抗、反制主流社會之處，強調個別同志和酷兒不容置疑的主體性。他並凸顯鱷魚的酷兒性來自鱷魚本身的T身分。張小虹探討蔡明亮《河流》中父子亂倫場景，一方面援用艾德門與米樂，分析電影鏡頭如何操弄恐同心理下的肛交恐懼，另方面援引陳其南，從儒家文化絕嗣焦慮的角度看亂倫場景。然而她對絕嗣焦慮的反諷，雖然反制了造成臺灣恐同心理的部分文化因素，她對儒家文化的酷兒式閱讀卻有過度引申、論證薄弱的問題。劉人鵬和丁乃非翻譯賽卓薇克的概念，分析杜修蘭《逆女》裡恐同的含蓄沉默如何致人於死，又以《莊子》裡罔兩問景為喻，強調以「公共化」來對抗含蓄的恐同壓力，然而她們對於如何公共化缺乏進一步討論。

臺灣酷兒理論也涉及其與後殖民理論的複雜關係。張小虹將二二八（或臺灣民族主義）與同性戀對立，其背後乃是她堅稱歐美女性主義總是反國族，因此酷兒必然反國族。但此一看法相當簡化；歐美女性主義派別很多，「反國族」不過是其中一派。女性主義與國族的關係無疑是複雜的，有些議題上批判，有些議題上贊同。有些女性主義者以她們的方式贊同或介入國族，例如，2014年臺灣反核運動中，反核媽媽的訴求其實是贊成國族，希望建立非核家園，讓後代子孫生活在安全的土地上。張小虹的反國族落入了廖朝陽所說的將局部判斷轉入了絕對化的整體歸納。早在新公園事件之前，廖朝陽已挪用巴特勒與法斯的酷兒理論談獨派認同理論，一方面暗示即使最激烈的解構派巴特勒的酷兒理論也必須承認某種真實，另方面試圖連結後殖民與酷兒。而紀大偉則或許振奮於臺灣首度總統直選所具有的實質後殖民意涵，又或許嘗試與後殖民理論協商，已經運用邱貴芬在〈發現臺灣〉一文中的臺灣主體性概念來捍衛酷兒主體性。不同於張小虹，紀大偉連結酷兒與後殖民，一方面訴求酷兒人權，另方面強調酷兒在臺灣後殖民中不可或缺的重要性。

總結來說，九〇年代後殖民與酷兒論述激盪了解嚴後的臺灣文化界，刺激了大量的知識生產。本文探討它們所形成的理論版本家族及其適切性，也是希望透過深度的研究，促進未來的臺灣理論與知識生產。

引用書目

王叔岷，《莊子校銓》（臺北：中研院史語所專刊，1988）。

王禎和，《玫瑰玫瑰我愛你》（臺北：遠景，1984）。

白先勇，《孽子》（臺北：遠景，1983）。

吳濁流，《亞細亞的孤兒》（臺北：草根，1995）。

杜修蘭，《逆女》（臺北：皇冠，1996）。

周婉窈，《臺灣歷史圖說（史前至一九四五年）》（臺北：聯經，1998）。

林芳玫等，顧燕翎編，《女性主義理論與流派》（臺北：女書文化，1996）。

邱妙津，《鱷魚手記》（臺北：時報文化，1994）。

邱貴芬，〈「咱攏是臺灣人」——答廖朝陽有關臺灣後殖民論述的問題〉，陳東榮、陳長房編，《典律與文學教學》（臺北：書林，1995），頁259-276。

———，〈「發現臺灣」——建構臺灣後殖民論述〉，陳東榮、陳長房編，《典律與文學教學》（臺北：書林，1995），頁233-253。

———，〈是後殖民，不是後現代——再談臺灣身分／認同政治〉，《中外文學》23卷11期（1995），頁141-147。

———，〈「後殖民」的臺灣演繹〉，陳光興編，《文化研究在臺灣》（臺北：巨流，2000），頁285-318。

邱懋景紀錄，〈尋找「臺灣理論」的可能性〉，《臺灣大學文學院臺灣研究中心電子報》第一期（2012），http://ts.ntu.edu.tw/e_paper/e_paper.php?sn=1（2015.5.17徵引）。

紀大偉，〈酷兒論：思考臺灣當代酷兒與酷兒文學〉，紀大偉編，《酷兒啟示錄：當代臺灣QUEER論述讀本》（臺北：元尊文化，1997），頁9-16。

———，〈發現鱷魚——建構臺灣女同性戀論述〉，《晚安巴比倫——網路世代的性慾、異議、與政治閱讀》（臺北：探索文化，1998），頁137-154。

凌煙，《失聲畫眉》（臺北：自立晚報，1990）。

孫大川，〈活出歷史——原住民的過去現在與未來〉，《久久酒一次》（臺北：張老師，1991），頁108-26。

———，〈原住民文學的困境——黃昏或黎明〉，《山海文化》1期（1993），頁97-105。

荊子馨，鄭立軒譯，《成為「日本人」：殖民地臺灣與認同政治》，（臺北：麥田，2006）。

馬嘉蘭（Fran Martin），紀大偉譯，〈衣櫃，面具，膜：當代臺灣論述中同性戀主體的隱／現邏輯〉，《中外文學》26卷12期（1998），頁130-149。

張小虹，《後現代／女人》（臺北：時報，1993）。

———，〈同志情人・非常慾望：臺灣同志運動的流行文化出擊〉，《中外文學》25期第1卷（1996），頁6-25。

———，〈怪胎家庭羅曼史：《河流》中的慾望場景〉，《性／別研究》3&4（1998），頁156-178。

張茂桂，《社會運動與政治轉化》（臺北：國家政策研究中心，1989）。

梁濃剛，《快感與兩性差別》（臺北：遠流，1989）。

陳其南，〈中國人的「房」事情結〉，《婚姻、家庭與社會：文化的軌跡（下）》（臺北：允晨，1990），頁83-92。

陳昭瑛，〈論臺灣的本土化運動：一個文化史的考察〉，《中外文學》23.9（1995），頁6-43。

陳培豐，王興安、鳳氣至純平譯，《「同化」の同床異夢：日治時期臺灣的語言政策、近代化與認同》（臺北：麥田，2006）。

陳瑞麟，〈何謂理論？〉，「第一屆『知識/臺灣』學群工作坊」會議論文，臺大文學院臺灣研究中心主辦，2012年9月22日。

甯應斌（卡維波），〈什麼是酷兒〉，《酷兒啟示錄》（臺北：元尊文化，1997），頁231-43。

黃楚雄，〈酷兒發妖：酷兒／同性戀與女性情慾「妖言」座談會紀實〉，《性／別研究》3&4（1998），頁47-87。

黃道明，〈召喚同性戀主體——渾名、污名與臺灣男同性戀文化的表意〉，《性／別政治與主體形構》（臺北：麥田，2000），頁111-29。

葉石濤，〈臺灣鄉土文學史導論〉，尉天驄編，《鄉土文學討論集》（臺北：遠景，1978），頁69-92。

———，《臺灣文學史綱》（高雄：春暉，1987）。

廖咸浩，〈超越國族——為什麼要談認同？〉，《中外文學》24卷4期（1995），頁61-76。

———，〈狐狸與白狼：空白與血緣的迷思〉，《中外文學》25卷5期（1996），頁154-157。

廖炳惠，〈臺灣：後現代或後殖民？〉，周英雄、劉紀蕙編，《書寫臺灣：文學史、後殖民與後現代》（臺北：麥田，2000），頁85-99。

廖朝陽，〈誰給林強騙去啦？——參差發展中的複質文化〉，《自立早報》（1991.12.20-21），副刊。

———，〈中國人的悲情——回應陳昭瑛並論文化建構與民族認同〉，《中外文學》23卷10期（1995），頁102-226。

———，〈是四不像，還是虎豹獅象？——再與邱貴芬談臺灣文化〉，陳東榮、陳長房編，《典律與文學教學》（臺北：書林，1995），頁277-291。

———，〈評論〉，陳東榮、陳長房編，《典律與文學教學》（臺北：書林，1995），頁254-258。

———，〈關於臺灣的族群問題——回應廖咸浩〉，《中外文學》24卷5期（1995），頁117-127。

趙彥寧，〈臺灣同志研究的回顧與展望〉，《文化研究在臺灣》（臺北：巨流文化，2000），頁237-279。

劉人鵬、丁乃非，〈罔兩問景：含蓄美學與酷兒政略〉，《性／別研究》3&4（1998），頁109-155。

劉亮雅，〈後現代與後殖民：論解嚴以來臺灣小說〉，《後現代與後殖民：解嚴以來臺灣小說專論》（臺北：麥田，2006），頁33-122。

鄭美里，《女兒圈》（臺北：女書文化，1997）。

顧燕翎，〈女人和國家認同〉，《島嶼邊緣》第9期（1993），頁23-30。

Anderson, Benedict. *Imagined Communities: Reflections on the Origin and Spread of Nationalism*. London: Verso, 1983.

Ashcroft, Bill, Garreth Griffiths, and Helen Tiffin. *The Empire Writes Back: Theory and Practice in Postcolonial Literature*. London: Routledge, 1989.

Baker, Houston A, Jr. *Blues, Ideology, and Afro-American Literature: A Vernacular Theory*. Chicago: University of Chicago Press, 1984.

Bhabha, Homi K. "Signs Taken for Wonders: Questions of Ambivalence and Authority under a Tree Outside Delhi, May 1817." *"Race," Writing, and Difference*, edited by Henry Louis Gates, Jr., pp. 163-184. Chicago: University of Chicago Press, 1985.

———. *The Location of Culture*. London: Routledge, 1994.

Butler, Judith. *Gender Trouble*. New York: Routledge, 1990.

———. "Imitation and Gender Insubordination." *Inside/Out: Lesbian Theories, Gay Theories*, edited by Diana Fuss, pp.13-31. New York: Routledge, 1991.

Cameron, Debora, ed. *The Feminist Critique of Language: A Reader*. London: Routledge, 1990.

Ching, Leo T. S. *Becoming "Japanese": Colonial Taiwan and the Politics of Identity Formation*. Berkeley: University of California Press, 2001.

Creekmur, Corey K. and Alexander Doty."Introduction." *Out in Culture: Gay, Lesbian, and Queer Essays on Popular Culture*, edited by Corey K. Creekmar and Alexander Doty, pp.1-11. Durham: Duke University Press, 1996.

Dollimore, Jonathan. *Sexual Dissidence: Augustine to Wilde, Freud to Foucault*. New York: Oxford University Press, 1991.

Edelman, Lee. "Seeing Things: Representation, the Scene of Surveillance, and the Spectacle of Gay Male Sex." *Inside/Out: Lesbian Theories, Gay Theories*, edited by Diana Fuss, pp.93-116. New York: Routledge, 1991.

Foster, Hal. "Postmodernism: A Preface." *The Anti-Aesthetic: Essays on Postmodern Culture*, edited by Hal Foster, pp.ix-xvi. Port Townsend, Washington: Bay Press, 1983.

Furman, Nelly. "The Politics of Language: Beyond the Gender Principle."*Making a Difference: Feminist Literary Criticism*, edited by Gayle Greene and Coppélia Kahn, pp.59-79. New York: Methuen, 1985.

Fuss, Diana. *Essentially Speaking*. London: Routledge, 1989.

———."Inside/Out."*Inside/Out: Lesbian Theories, Gay Theories*, edited by Diana Fuss, pp.1-10. New York: Routledge, 1991.

Gates, Henry Louis, Jr. *The Signifying Monkey: A Theory of African-American Literary Criticism*. New York: Oxford University Press, 1988.

———. "Authority, (White) Power, and the (Black) Critic: or, It's all Greek to Me." *The Future of Literary Theory*, edited by Ralph Cohen, pp.324-346. New York: Routledge, 1989.

Liao, Ping-hui. "Postcolonial Studies in Taiwan: Issues in Critical Debates." *Postcolonial Studies* 2.2 (1999): 199-211.

Liou, Liang-ya. "Queer Theory and Politics in Taiwan: The Cultural Translation and (Re)Production of Queerness in and beyond Taiwan Lesbian/Gay/Queer

Activism." *NTU Studies in Language and Literature* 14 (2005): 123-53.

Miller, D. A. "Anal Rope." *Inside/Out: Lesbian Theories, Gay Theories*, edited by Diana Fuss, pp. 119-41. New York: Routledge, 1991.

Rubin, Gayle. "Thinking Sex: Notes for a Radical Theory of the Politics of Sexuality." *The Lesbian and Gay Studies Reader*, edited by Henry Abelove, Michele Aina Barale, and David M. Halperin, pp.3-44. New York: Routledge, 1991.

Said, Edward. *Culture and Imperialism*. New York: Vintage, 1994.

———. *Orientalism*. New York: Vintage, 1979.

Sangren, P. Steven. *Myth, Gender, and Subjectivity*. Hsin Chu: College of Humanities and Social Sciences, National Tsing Hua University, 1997.

———. *Chinese Sociologics: An Anthropological Account of the Role of Alienation in Social Reproduction*. London and New Brunswick, NJ: The Athlone Press, 2000.

Sedgwick, Eve Kosofsky. *Epistemology of the Closet*. New York: Harvester Wheatsheaf, 1991.

Showalter, Elaine. "A Criticism of Our Own: Autonomy and Assimilation in Afro-American and Feminist Literary Theory." *The Future of Literary Theory*, edited by Ralph Cohen, pp.347-369. New York: Routledge, 1989.

Silverman, Kaja. *Male Subjectivity at the Margins*. New York: Routledge, 1992.

Žižek, Slavoj. *The Sublime Object of Ideology*. London: Verso, 1989.

———. *Enjoy Your Symptom! Jacques Lacan in Hollywood and Out*. London: Routledge, 1992.

———. *Tarrying with the Negative: Kant, Hegel, and the Critique of Ideology*. Durham: Duke University Press,1993.

Taiwan Theory and Knowledge Production: A Case Study on Taiwan's Postcolonial and Queer Discourses in the 1990s

Liou, Liang-ya*

Abstract

In Taiwan, western theories such as postmodernism, postcolonial theory, psychoanalysis, queer theory, feminist theory, theory of modernity, and theory of globalization have been rapidly translated and appropriated. But as R. L. Chen points out, we rarely discuss whether stylized application or assemblage of western theories has formed a family or genealogy of theories, and whether such a family has become visible in the international academia. This article argues that, in addition to Chen's concern, we should also pay attention to how theories are translated, appropriated, and reproduced, how they are grafted onto existing discourses (also a kind of theories) in Taiwan, and whether there is misuse or inadequate application of theories in the process of knowledge production. Around the time of the end of martial rule in 1987, theories were often accepted because of their progressiveness in challenging the institutions, offering possibilities of reinterpreting the past, and opening up a new future. Nevertheless, we still need to look into the appropriateness of the application of theories, given the differences in historical context and socio-political and economic conditions. Using Taiwan's postcolonial and queer discourses in the 1990s as a case study, this article examines Taiwan theory in relation to knowledge production. By probing into the internal debates and development of both discourses as well as the tension between them, I dwell on the appropriateness of the application of western theories in the Taiwanese context

* Distinguished Professor with a joint appointment in Foreign Languages and Literatures and Taiwan Literature, National Taiwan University

on the one hand, and how a family of Taiwan's postcolonial and queer theories has emerged on the other.

Keywords: Taiwan theory, knowledge production, Taiwan's postcolonial theories, Taiwan's queer theories

文筆・譯筆・畫筆——鍾梅音在南洋*

衣若芬**

摘要

作家鍾梅音（1922-1984）出生於北平，1948年隨夫婿余伯祺（1917-2013）先生定居臺灣，從事散文、小說、兒童文學寫作，並主編《婦友月刊》、主持電視節目「藝文夜談」。其遊記文學《海天遊蹤》獲「嘉新文藝創作獎」，自1966年出版，至今至少再版17次，以其親身環遊世界的經歷，增廣了讀者對世界風土與人文的視野與知識。

過去關於鍾梅音的研究，主要有幾種傾向，或是「作家群」式的研究，將她與同時代從大陸遷居臺灣的女作家相提並論，推崇為1950年代的優秀女作家。或是強調她的遊記散文和異鄉書寫，探討她的旅行經驗和散文題材。

本文則集中探討她旅居泰國（1969年5月－1971年7月）和新加坡（1971年8月－1977年7月）時的創作、翻譯和繪畫藝術活動，兼及其他有關南洋的書寫，希望提供學界更全面的理解。

研究發現：旅居南洋8年多，是鍾梅音創作生涯的擴充與豐收期。在心靈上尋得宗教信仰，延續以往的生活散文寫作，認同及稱美南洋風土人情，筆者喻之為「吾鄉主義」式的書寫。她積極學習外語，繼而從事翻譯工作，譯筆流暢典麗。幼年時萌生的繪畫興趣，在追隨新加坡畫家陳文希（1906-1991）學畫之後，得到實踐，形塑了個人中西合璧的藝術風格。

關鍵詞：鍾梅音、散文、翻譯、繪畫、東南亞

---

* 文初稿宣讀於「第一屆文化流動與知識傳播國際學術研討會」，修訂後曾刊載《華文文學》期刊2015年第2期（2015年4月），頁50-57。

** 新加坡南洋理工大學中國文學系副教授。

一、前言

> 對我個人來說，這兩年在曼谷的生活，正如蘇澳六年一樣，是我一生之中最好的時光。[1]
>
> 我愛新加坡，正因為這個國家雖然建在都市裡，可是街上有樹蔭，鬧市有野趣。[2]

1969年5月，作家鍾梅音（1922-1984）女士移居泰國。和她1948年隨夫婿余伯祺（1917-2013）先生從大陸遷徙到臺灣一樣，這位以家庭為重的賢妻良母，再次因丈夫工作的異動而轉換起居空間。不同的是，她開始了長達13年的異國生活。

在泰國2年3個月後，1971年8月，鍾梅音再隨夫婿移居新加坡，其間曾經遊歷馬來西亞，直到1977年7月因余伯祺先生退休而移居美國。1982年她返回臺北治療帕金森氏症，年底赴美國，隔年又回臺灣。1984年1月12日病逝於臺北縣林口長庚醫院。

過去對於鍾梅音的研究，[3]主要有幾種傾向，一是「作家群」式的研究，將她與同時代從大陸遷居臺灣的女作家相提並論，例如與林海音（1918-2001）並稱「二音」；與徐鍾珮（1917-2006）的旅遊文學合觀，並稱「兩鍾」。[4]一是強調她的遊記散文和異鄉書寫，[5]探討她的旅行經驗。這些研究成果均富有學術價值。

本文選取的是鍾梅音在南洋期間以及書寫南洋的作品。所謂「南洋」，古來含義和包括範圍不一，本文指的是中南半島、馬來半島、新加

---

1 鍾梅音，〈海闊天空敘離情〉，《蘭苑隨筆》（臺北：三民書局，1971），頁179。

2 鍾梅音，〈在新加坡的日子〉，《這就是春天》（臺北：皇冠出版社，1978），頁206。

3 鐘麗慧，〈《當代作家研究資料彙編》之三：鍾梅音卷〉，《文訊》第32-36期（1987.10-1988.6），頁252-258、237-242、163-168、240-244、231-234。

4 張瑞芬，〈文學兩「鍾」書——徐鍾佩和鍾梅音散文的再評價〉，收錄於李瑞騰主編，《霜後的燦爛——林海音及其同輩女作家學術研討會論文集》（臺南：國立文化資產保存中心，2003），頁385-470；張瑞芬，《五十年來台灣女性散文・評論篇》（臺北：麥田出版社，2006），89。

5 許婉婷，《五〇年代女作家的異鄉書寫：林海音、徐鍾珮、鍾梅音、張漱菡與艾雯》（新竹：清華大學臺灣文學研究所碩士論文，2008）；王彥玲，《鍾梅音散文題材研究》（臺北：淡江大學中國文學系在職專班碩士論文，2008）。

坡等東南亞地區。[6]研究的文本見於《我祇追求一個「圓」》、[7]《蘭苑隨筆》、[8]《啼笑人間》、[9]《春天是你們的》、[10]《昨日在湄江》、[11]《這就是春天》、[12]《天堂歲月》[13]等散文集，以及她所翻譯的兒童文學作品。

早在1952年〈我的寫作生活〉一文裡，鍾梅音便對南洋充滿想像，她嚮往「曼谷、吉隆坡，這些整年開著四時不謝之花的熱帶天堂」。[14]1964年6月至9月的80天環遊世界之旅時，鍾梅音已經到過泰國和馬來西亞、新加坡，在其著名的旅遊文學《海天遊蹤》裡有所著墨，[15]盛讚南洋風土與美景佳餚，並且關心馬來西亞與新加坡的政治情況。1968年1月，她攜女兒余令恬（1955-）前往泰國，探望已經在泰國工作的丈夫，之後將女兒的日記改寫成戰後臺灣第一部少年遊記《我從白象王國來》。[16]1970年，鍾梅音重遊過新加坡，[17]因此，在長住泰國和新加坡之前，她對這兩個國家並不陌生。

對鍾梅音的個人生涯而言，南洋生活期間具有重要的關鍵意義，學者較少關注到。

首先，她充分利用了南洋四季溫暖宜人的氣候，靠游泳鍛練身體，控制幼年以來的哮喘疾病，鞏固健康的基礎，有助於勞心勞力的寫作。並為了日常生活的便利，促進與異國友人的溝通，勤奮學習泰語和英語，於是

[6] 有關「南洋」的界義，詳參衣若芬，〈吸煙與愛國：「五四運動」前後南洋兄弟煙草公司在新加坡《叻報》的廣告〉，《師大學報（語言與文學類）》第54卷第2期（2009），頁65-104。

[7] 鍾梅音，《我祇追求一個「圓」》（臺北：三民書局，1969）。

[8] 鍾梅音，《蘭苑隨筆》（臺北：三民書局，1971）。

[9] 鍾梅音，《啼笑人間》（香港：小草出版社，1972）。後於1977年由臺北皇冠出版社印行。本文根據皇冠出版社版本。本書為舊作新編，唯序言〈內心的聲音〉1972年11月寫於新加坡。

[10] 鍾梅音，《春天是你們的》（臺北：三民書局，1973）。

[11] 鍾梅音，《昨日在湄江》（香港：小草出版社，1975）。後於1977年由臺北皇冠出版社印行。本文根據皇冠出版社版本。

[12] 鍾梅音，《這就是春天》（臺北：皇冠出版社，1978）。

[13] 鍾梅音，《天堂歲月》（臺北：皇冠出版社，1980）。

[14] 鍾梅音，〈我的寫作生活〉，《母親的憶念》（臺北：復興書局，1977），頁150。

[15] 鍾梅音，〈星馬行腳〉、〈泰國的音樂和舞蹈〉、〈水上市場與曼谷寺廟〉、〈幸福樂土・人間天堂〉，《海天遊蹤》（臺北：中華大典編印會，1966），第2集，頁211-248。值得一提的是，鍾梅音1964年初次造訪新加坡時，由當時任教於南洋大學的作家孟瑤（揚宗珍）接機，並在孟瑤的宿舍住了一晚。當時蘇雪林也在南洋大學任教。

[16] 鍾梅音，余令恬合著，《我從白象王國來》（臺北：大中國圖書公司，1968）。

[17] 鍾梅音，〈獅城近事〉，《蘭苑隨筆》，頁84-98。鍾梅音，〈遊虎豹別墅〉，《這就是春天》，頁190。

得以勝任兒童文學的翻譯工作。

其次，她和夫婿於1975年8月18日在新加坡聖公會教堂受洗，[18]成為基督教徒，堅定了她的終身信仰。此後她的作品更常引述《聖經》，禮讚上帝。鍾梅音本來有音樂天賦，在湖北藝專讀書期間便有優異的表現，黃友棣譜寫，膾炙人口的歌曲「遺忘」、「當晚霞滿天」，就是由鍾梅音填詞。在星期日的教堂唱詩班，她更能如魚得水，以歌聲領會神恩。她自道在新加坡有三個家，除了居處的家，另兩個是游泳池和教會。

再者，鍾梅音於1974年拜新加坡畫家陳文希（1906-1991）為師，學習繪畫。早在1953年，她即在臺灣師範大學旁聽孫多慈（1913-1975）的繪畫課，學習技法和藝術理論，增益她寫作藝術評論的功底。[19]孫多慈和陳文希均能兼擅中西畫藝，影響她的創作風格。拜陳文希為師後，鍾梅音更加把繪畫做為表達個人情思的載體，離開新加坡到了美國，仍念茲在茲，作畫不輟，並繼續向周士心（1923-）學畫。[20]

二、「吾鄉主義」式的南洋書寫

不是初來乍到的陌生新奇，也有別於遊覽的走馬觀花，鍾梅音遷居南洋之後，認真融入當地的生活和順應風俗，她無須「離散（diaspora）主義」式的徬徨；也沒有「跨國主義」（Transnationalism）式的游移，她對南洋的熱情擁抱和真誠眷戀，我稱之為「吾鄉主義」式的安然。

蘇軾（1037-1101）〈定風波〉詞云：

> 常羨人間琢玉郎。天應乞與點酥娘。自作清歌傳皓齒。風起。雪飛炎海變清涼。
>
> 萬里歸來年愈少。微笑。笑時猶帶嶺梅香。試問嶺南應不好。卻道。此心安處是吾鄉。

「此心安處，便是吾鄉」，是蘇軾友人王鞏（字定國）家歌妓柔奴答覆蘇軾的話。王鞏因受蘇軾「烏臺詩案」牽連，被貶嶺南，柔奴不辭艱

---

18 鍾梅音，〈往事如夢〉，《昨日在湄江》，頁62。

19 鍾梅音，〈海濱故人〉，《這就是春天》，頁30-39。

20 鍾梅音，〈一清如水的彩筆——訪留餘廬〉，《天堂歲月》，頁106-112。

苦，萬里隨行。王鞏北歸後與蘇軾相見，蘇軾問及柔奴嶺南風土，頗有慰勞之意，柔奴卻表達了隨遇而安的心態，令蘇軾大為感動，於是填詞記之。

鍾梅音婚後定居雲南，後遷廣西，對日抗戰勝利後回上海，大陸內亂之際渡海到基隆，然後住在宜蘭蘇澳，開始寫作。夫唱婦隨的人生旅程，鍾梅音總是勤於持家，相夫教子，安之若素。這樣的情形即使到了國外依然如故。她學習泰語和英語，自尋其樂，她將曼谷居所命名為「蘭苑」，悉心品味泰國的雅緻美感。

在《我從白象王國來》序言裡，鍾梅音重申了自己寫遊記的原則：「我們旅行一個地方，如果只寫景物的表面，除了到處都是大同小異的青山碧水，紅花綠葉，加上吃喝玩樂便一無所有。因此我們必須瞭解那個地方的背景，才能產生獨特的看法，否則那些景物都成了沒有生命的鋪陳，那些故事也成了毫無意義的記錄。」[21]這也是她過去寫作《海天遊蹤》所強調的：遊記文字需重「知識性」。[22]長住某處之後，「知識性」仍不可或缺，鍾梅音的作品大部分發表於臺灣的報紙副刊和雜誌，在出國旅遊尚不方便，海外資訊匱乏的時代，鍾梅音的作品無疑為讀者打開了通往世界的一扇窗口。

延續重視增廣知識，豐富人生的寫作旨趣，鍾梅音除了寫遊歷南洋景點的經驗，還大量介紹當地的歷史文化、神話故事、詩歌文學、宗教藝術，儼然更翔實的《海天遊蹤》。倘若稍加區別，便可見「吾鄉主義」式書寫的情形。

鍾梅音南洋「吾鄉主義」式書寫，表現在幾個方面：

（一）由異鄉與原鄉之文化血緣連繫，回溯宗鄉風土

鍾梅音從南洋回想臺灣，那是她生活20年的第二故鄉，她一方面將東南亞的風景與臺灣比較，比如像蘇花公路的馬來西亞彭亨；[23]新加坡和臺北的差異……，這些發自個人生命經驗的對照是人之常情。東南亞的華人多是中國南方移民，她在馬來西亞檳城看見華僑舊式民居大門上都懸著橫匾，寫著「西河」、「江夏」等等，她發現其中也有童年時在家譜上看到

[21] 鍾梅音，余令恬合著，《我從白象王國來》，頁5。

[22] 鍾梅音，〈逆水行舟〉，《我祇追求一個「圓」》，頁105。

[23] 鍾梅音，〈海龜之淚〉，《昨日在湄江》，頁114。

的「潁川」，想到南方客家人本來自黃河流域，那是中華文化的發源地，特別有感觸。

過去鍾梅音較少提及自己的客家原鄉，只有在回憶外祖母時引述了外祖母說過的客家話。到了南洋，她經由泰國鍾氏宗親會的活動，清楚意識自己的客家人血統。

泰國鍾氏宗親會大多是客家人，她寫道：「每逢春秋祭祠堂時，真是熱烈又親切。那些祭祀的儀式隆重而且動人，好像對我一點也不陌生——我早已從外祖母的敘述裡熟悉了。」[24]她對客家先賢如數家珍，並引以為榮。吉隆坡的攝政旅社（Regent Hotel）的業主，是只會客家話，勇於闖蕩商場的「我們客家人」張國林，讓她嘖嘖稱奇。[25]

在臺灣懷念故國河山和大陸生活，到了南洋則溯及客家原鄉，看似時空距離更遠，在鍾梅音筆下，卻被更緊密地鉤連。有了這種「異國同鄉」的情份，她自然而然減輕了文化的疏離感；再加上語言的溝通無礙，更能如魚得水。

（二）從異鄉的特殊風景反思與自己生命境界之相通

如果說東南亞華人移民宗鄉社群是鍾梅音親之為「吾鄉」的外在條件，她向內探求個人情性與東南亞文化相侔之處，則是深一層的「吾鄉主義」展現。談到飲食和住宅，她毫無保留地誇讚南洋的美味和宜居。她寫泰國的建築：

> 我從心裡喜愛那些「搬家樂」（Bungalow）。它們敞朗活潑，親切近人，而且架在水上，富於生動之趣，當千萬朵花以孤注一擲的姿態披掛下來時，更充滿羅曼蒂克的風情。也許就是這種氣質——一種喜愛古樸、新奇、謙遜、玄想的氣質，構成了我寫作的原動力。[26]

從泰國建築的浪漫風情，聯想到自己所喜愛的氣質，她向內心深處探索，那是合於審美品味和價值觀，直通寫作原動力的本源，她在寫作裡安身立命，從中確立存在的意義。在談寫作的文章，例如〈禮帽下的兔子〉

---

[24] 鍾梅音，〈客家人〉，《昨日在湄江》，頁31-33。

[25] 鍾梅音，〈漫遊散記〉，《昨日在湄江》，頁125。

[26] 鍾梅音，〈神祕的礦藏〉，《我祇追求一個「圓」》，頁4。

中，她談到：散文最要緊的條件是構成動人的完整境界。而如何達成，有賴於駕馭文字的技巧、詩歌的涵養，以及對「美」的感受力量。[27]

在南洋，她全心感受，訴諸筆端，她知道自己被歸入「閨秀派」，但無妨於創作。她剖析自己作品的特色是自然、真實、通俗，這三者也是她寫作的核心。即使是城市國家新加坡，她也著力於發掘新加坡的自然之美，她描寫家居海濱的晨昏，樂此不疲地觀賞蘭花和各種鳥類，倘若不仔細閱讀，讀者會以為那些花鳥就是大自然的一部分，忘了它們是被安置於植物園和鳥園。[28]她甚至用五線譜標記下泰國及新加坡鳥類的鳴叫聲，[29]這種「音樂散文」恐怕少有作家能及。

（三）善於使用當地語言文字，結合於創作表述

把異鄉活成「吾鄉」，植於人生的實際做法，便是說當地人的話，和當地人過一樣的生活。在《我從白象王國來》書中，鍾梅音藉女兒的口吻，介紹了泰國語。在〈從愛美到學舌〉、〈我所知道的泰國人〉、〈學英文甘苦談〉等篇章中，我們得知她學習外語的情形，並且從一些擬聲音譯裡稍知泰語一二，還有泰語的階級、性別區分，泰語和禮節的關係等等。

鍾梅音寫泰國的部分，著重解釋某詞義和其泰語發音，或是音譯泰國物品，例如把「榴槤」寫成「杜蘭」；翻譯泰式酸辣湯Tom Yum為「凍央」，這些語詞多為名詞。寫新加坡的部分，她從起初新奇不解到入境隨俗，繼而直接使用新加坡式的中文用法，包括各種詞類。例如，在〈從「做工」談起〉一文裡，她才明白新加坡人說的「做工」就是「工作」的意思；「紅毛」就是洋人。其他篇章也提到「的士」就是計程車、「拜三」就是星期三、「白費」是buffet、「爬地」是party、「巴仙」是percent、「巴剎」[30]是市場……。後來，這些語詞也進入她的文字中，使得她的作品增添了南洋風味。

值得一提的兩個例子，一是她在〈兩首小詩〉裡，舉了新加坡被英國殖民時代華人的打油詩，其中摻雜了潮州方言和馬來語。第一首〈星洲即

27　鍾梅音，〈禮帽下的兔子〉，《我祇追求一個「圓」》，頁89。

28　鍾梅音，〈鳥國春秋〉，《昨日在湄江》，頁100-110。

29　鍾梅音，〈鳥歌〉，《蘭苑隨筆》，頁1-10。鍾梅音，〈枝頭好鳥〉，《這就是春天》，頁40-47。

30　鍾梅音，〈人間至樂〉，《昨日在湄江》，頁48。

景〉的第一句：「個擺風車出外遊」，「個擺」是指「上次」；「風車」是指「食風車」，「食風」就是旅行、度假的意思。[31]鍾梅音在南洋時仍有前往馬來西亞和美國之旅，她幾次說自己又要去「食風」[32]了。

另一個例子，是〈在莎地亞家「抹乾」〉。作者刻意把馬來語「吃」（makan）置於篇名，造成讀者的困惑，文章寫到三分之一處，才「揭曉」「抹乾」的意思。而且這次「抹乾」非同小可，是鄰居家的僕人莎地亞的兒子娶媳婦，她特地去「躬逢其盛」。和寫泰國婚禮的「點粉」儀式不同，鍾梅音不再只是個側面的旁觀者，她是積極參與者。她觀看的心態不完全是「湊熱鬧」，宛如自己也是新人的親友，在喜宴過程分享結婚的甜蜜溫馨。

可能是居住新加坡的時間比居住泰國長，接觸的人和事比較多，鍾梅音對新加坡特別認同，情感特別深。她盛讚李光耀（1923-）治國有方，新加坡的組屋和公醫制度良善，值得臺灣學習。在新加坡建國十周年，她對新加坡的進步發展寄予殷切祝福，對新加坡的文學繁榮抱著很高的期望。連一向被外人批評的「新加坡式英語」，以及「半調子」文化，她都很欣賞，她說：

> 新加坡人喜歡這種特別的Accent，似乎無意，也不可能，甚至根本不必要改過來—改得像誰呢？英國？美國？為什麼要完全像別人呢？新加坡就是新加坡，這是鄉土的標識。[33]
>
> 說到文化，有人批評不中不西，又中又西，沒有個性。我卻以為這「不中不西，又中又西」，正是新加坡文化的個性，事實上他們還混合著印度和馬來西亞的影響。[34]

對於她對異鄉的認同，她解釋過：

> 但有人說我只寫人家的好處，不寫人家的壞處，以致把我走過的國家都太美化了。

[31] 鍾梅音，〈兩首小詩〉，《昨日在湄江》，頁19。
[32] 鍾梅音，〈精神的寶藏〉，《這就是春天》，頁86。
[33] 鍾梅音，〈兩首小詩〉，《昨日在湄江》，頁19。
[34] 鍾梅音，〈星島近事〉，《昨日在湄江》，頁154。

> 我想這是觀念問題。因為我是出來旅行，並非考察；我寫的是遊記，不是報告。藝術是有剪裁的。如果作品只是事實的再現，那就不是文學。…至於有人喜歡欣賞黑暗面，或拿高度物質文明的水準去一個剛從殖民地的悲慘命運掙脫出來的開發中國家，那又是各人的感情不同，著眼的角度也有差異罷了。我曾在這些地方都過得很快樂，我愛那些人們的單純與樸實。[35]

1976年10月，她寫到她從洛杉磯回新加坡，途經東京及臺北。在東京，駛往過境室的巴士裡，「我看見久違了的新加坡航空公司七四七，昂然翹首停在朝陽下，那機尾上熟悉的標誌，竟使我興起『君自故鄉來』的情懷，只想和它揮手！」[36]過境臺北，因身體健康狀況和行程安排而不能入境臺灣，她感到痛苦，於是「愈想念新加坡那個家」一家人所在的地方便是她的家。在泰國時也是一樣，她曾說：「曼谷與臺北，對我並無分別。因此家在那兒，心就在那兒。」[37]

因此，當她離開南洋轉赴美國，便有萬般不捨：「我一向是笑瞇瞇地送人，沒想到自己被送時是那樣情況，長久不願讓人看見我流淚——別後的淚，還比那時更多。」[38]

（四）流暢典雅的翻譯文風

鍾梅音在南洋期間主要翻譯了17冊兒童文學書籍，包括2冊《亞洲民間故事：給全世界兒童》，[39]以及15冊亞洲民間故事。[40]

《亞洲民間故事：給全世界兒童》是聯合國教科文組織亞洲區聯合出版計畫的成果，由16位來自不同亞洲國家的作家執筆，每冊各8個該國的民間故事。新加坡的故事是謝勳澤（Chia Hearn Chek, 1931-）寫的〈山為什麼是紅色〉。

---

[35] 鍾梅音，〈美的畫像——『昨日在湄江』序〉，《昨日在湄江》，頁6。

[36] 鍾梅音，〈明天〉，《這就是春天》，頁55。

[37] 鍾梅音，〈海闊天空敘離情〉，《蘭苑隨筆》，頁164。

[38] 鍾梅音，〈在新加坡的日子〉，《這就是春天》，頁207。

[39] 1975年新加坡聯邦出版社出版，聯合國亞洲文化中心贊助。

[40] 1976年聯邦出版社出版。又，1977年9月並有翻譯散文〈若你與柯克船長同來〉，該文是瑞典人類學家兼作家但尼遜博士（Dr. Bent E. Danielson）描寫大溪地的作品，內容與鍾梅音一貫知識型遊記的主旨相通，當時她已經離開南洋。見鍾梅音，《這就是春天》，頁230-237。

〈山為什麼是紅色〉講述的是一個新加坡地名「紅山」（Red Hill）的由來。該文的插畫是關山美（1922—2012）[41]女士所繪。繼〈山為什麼是紅色〉之後，謝勳澤英文撰寫，鍾梅音中文翻譯，關山美插畫的組合，聯邦出版社在第二年推出了15本亞洲民間故事，其中有2個新加坡的故事：一是由〈山為什麼是紅色〉改名的《紅山》，一是《皇冠的奇蹟》。

《皇冠的奇蹟》講述新加坡名為「獅城」的由來，連結新加坡旅遊局的商標「魚尾獅」，創造了20世紀的新加坡神話。故事基本上根據《馬來紀年》而稍有變動，[42]概略是：桑尼拉蘇丹[43]為了開拓新的領土而出海探尋，在海上遇到風浪，他捨棄了船上沈重的物品，仍不能遏止洶湧的波濤。船長跪求桑尼拉將王冠拋進大海，桑尼拉毫無眷惜地照著做了，果然立刻風平浪靜。一行人安全登上島嶼，桑尼拉在島上發現了一隻長相奇怪的野獸：「牠的頭很大，長滿了長長的白絨毛。牠的身體是紅色的，長得非常強壯。」沒有人知道那是什麼動物，一位老者說：那可能是傳說中的獅子。於是桑尼拉把這片新的土地命名為Singapure—新加坡，獅子之城。

本書的英文書名“*The Raja's Crown*”，意即「王冠」，Ramli Abdul Hadi翻譯的馬來文書名“*Mahkota Raja*”也是「王冠」，鍾梅音卻抓住了全書裡危急存亡的關鍵一刻，突顯桑尼拉拋去王冠後的不可思議——「奇蹟」，為書名錦上添花。

鍾梅音的翻譯流暢典雅，甚至和她的散文一樣，不知不覺流露文言的句法或語詞。例如，原文作：“Sang Nila welcomed the visitors for in his eyes, they were all brothers”，鍾梅音譯為：「桑尼拉歡迎他們每一個人，因為在他的眼中，四海之內，皆兄弟也。」「四海之內，皆兄弟也」固然應該就是原作者的意思，鍾梅音可以只寫一句「四海之內皆兄弟」，她直

41　關山美本名王芳彥。原籍東北吉林，成長於北京，在上海求學，師承畫家曹涵美（1902-1975）。1949年赴香港，為自由插畫家，並在《星島晚報》發表長篇連載連圖小說，其中一部改編成電影「梅娘」，1956年王鏗導演。1963年赴新加坡，擔任遠東出版公司及教育出版社編輯，畫兒童讀物和教科書插圖。1980至1990年代任教於南洋美專（後改名「南洋藝術學院」）。1999年移居加拿大，仍作畫不輟。2012年病逝於加拿大溫哥華。
又參山翼，〈三十年的花和果－記關山美老師〉，新加坡《聯合早報》（1987.5.25）。

42　在《馬來紀年》裡，王妃是和王子一起出海尋覓新的天地，此書則敘述王子與眾臣出海，留王妃於家鄉，在新島嶼安頓好後接妻子來。許雲樵譯，〈聖尼羅鬱多摩創建獅城〉，《馬來紀年》（新加坡：青年書局，1966），頁85-88。

43　Sang Nila Utama，一般稱他為王子，而非阿拉伯語裡統治者的尊稱sultan（蘇丹）。該書原文稱他raja，是源於印度梵文，馬來語對領袖的尊稱。

接引用《論語》的句子，中間斷開的「四海之內，皆兄弟也」，使得平鋪直敘的白話文產生了文言的曲折感，停頓的效果也使得統治者桑尼拉的話語有了不同凡響的權威感。

本書採用的中文簡體字具有歷史的意義。在1969年之前，新加坡使用的是和臺灣香港一樣的繁體（正體）字。1965年新加坡獨立建國，1969年自行簡化502個漢字，1974年又頒布2248個簡化字，這些簡化字有些和中國大陸相同。到了1976年後，新加坡全面改用中國大陸的簡化字。本書的文字便是「新加坡簡化字」的一個實例。比如「要」字寫成上「又」下「女」；「獅」字寫成左「犭」右「西」，「信」字寫成左「亻」右「文」。

鍾梅音對簡化字不以為然，覺得有「被人剃了光頭」，「彷彿看一臺蒙著臉的人在演戲」的感覺，曾經想在一次專題演講裡談論，結果主持人請她換題目，終而未能發表。[44]

至於本書的影響，雖然與鍾梅音無直接關聯，但仍可以臆探。《皇冠的奇蹟》故事最後是：

> 桑尼拉常想起這隻奇怪的野獸，甚至派獵人找尋，但找不著。有人相信這頭獅子已經走到水裡去了，因為有些漁人在海岸附近捕魚時曾經看見一頭奇怪的動物，牠有著獅子的頭，卻長在魚的身上他們稱這種動物為「魚尾獅」。有些人相信這頭「魚尾獅」仍然活著，牠的家就在新加坡河的河口附近。
>
> 有些水手在經過新加坡時總要禱告謝恩，因為他們知道「魚尾獅」仍在水底為他們守護著航道，使他們得到平安。

包括許多今日的遊客，甚至一些新加坡百姓，都不曉得這個「保平安」的魚尾獅其實是個創造出來的產物。它是在1964年由范克里夫（Van Kleef）水族館館長布侖納（Fraser Brunner, 1906-1986）設計。獅首魚身，象徵獅子城的傳說和此地原為漁港的歷史，取名為merlion，我認為有美人魚（mermaid）和獅子（lion）的意味。1966年，新加坡旅遊局將它註冊為商標。1971年委託著名雕塑家林浪新（Lim Nang Seng, 1907-1987）建造塑像。

---

[44] 鍾梅音，〈自序〉，《這就是春天》，頁5-7。

1972年魚尾獅噴泉塑像完成，9月15日樹立於新加坡河濱。1996年，新加坡的娛樂景點聖陶沙（Sentosa）建大型魚尾獅塔。2002年4月23日，原新加坡河濱的魚尾獅遷至現址濱海灣（Marina Bay）浮爾頓一號大廈前，並開闢魚尾獅公園。魚尾獅的建立、複製和搬遷都是十足的新加坡作風，本文暫且不談。學者已經研究書寫魚尾獅的中英文作品，其中呈現的後殖民意義頗堪深思。一般認為賀蘭寧（原名陳鴻能，1945-）作於1975年的〈魚尾獅〉，是第一篇「魚尾獅文學」，詩中有如下句子：

非魚非獸的變體族類
在海嘯地震環圍內
會隨時間成長

鍾梅音作於1975年8月的〈精神的寶藏〉[45]一文，提到她翻譯謝動澤（文中誤作「謝動杰」）的兒童文學著作，可知《皇冠的奇蹟》和賀蘭寧的詩大約都寫在1975年，假如「魚尾獅文學」可以含括兒童讀物，則《皇冠的奇蹟》當能被納入系譜。再者，兒童讀物的影響力非可等閒視之，謝動澤「活化」了圖案魚尾獅，讓兒童經由從小閱讀培養本地認知和認同，透過英文、中文和馬來文，深入心靈，魚尾獅成為新加坡的新圖騰，甚而讓人產生「新加坡人是魚尾獅創生」的新神話想像。[46]

三、融合中西的繪畫藝

鍾梅音和繪畫很早結緣，10歲的生日禮物，是父親贈送的珂羅版國畫。後來她常和父親去看畫展，尤其偏愛國畫飄逸空靈的情趣。[47]她欣賞的畫家有任伯年 （1840-1895）、豐子愷（1898-1975）、徐悲鴻（1895-1953）等等。她的父親鍾之琪曾任西南長官公署軍法處長，頗富文采，著

---

45 鍾梅音，〈精神的寶藏〉，《這就是春天》，頁86。

46 關於新加坡的「魚尾獅文學」，可參看王潤華，〈魚尾獅與橡膠樹-新加坡後殖民文學解讀〉，《華文後殖民文學：本土多元文化的思考》（臺北：文史哲出版社，2001），頁97-120。朱崇科，〈認同"點染"與本土強化——論新華文學中的魚尾獅意象〉，《華僑華人歷史研究》第3期（2006），頁12-20。伍木（原名張森木），〈以魚尾獅入詩的新華詩歌所展現的國家意識與文化思考〉，新加坡《聯合早報》（2012.8.14），文藝城版。

47 鍾梅音，〈人間有味是清歡〉，《冷泉心影》（臺北：重光文藝出版社，1954），頁103-105。

有《虛園詩存》，收藏有吳昌碩（1844-1927）、任伯年的畫，在進入湖北藝專就讀之前，鍾梅音就臨摹過父親收藏的畫集。

在臺灣，鍾梅音在臺灣師範大學旁聽過孫多慈的課，兩人情同姐妹。她敘述過自己追隨孫多慈學習繪畫創作，並學習分析與評論。[48]在鍾梅音的散文集裡，幾乎每一本都有關於繪畫的篇章，例如〈詩人的畫〉、〈白色的畫〉、〈畫像記〉、〈現代畫的欣賞〉、〈繪畫應往何處去〉[49]等等，可知愛畫之深。她也和畫家交往，例如席德進（1923-1981）、劉國松（1932-）等人，和他們交換對於繪畫創作的看法。

1974年12月，鍾梅音拜新加坡畫家陳文希為師，每個星期去老師的畫室學習，累積了過往的經驗和知識，長年的興趣得以發揮實現，她的畫藝進步得很快，令陳文希稱許。

陳文希為潮州人，畢業於上海新華藝專，1948年到新加坡，任教於南洋美專，是二次大戰後新加坡美術的先驅畫家。[50]1952年6月，他和劉抗（1911-2004）、陳宗瑞（1910-1985）、鍾泗賓（1917-1983）利用學校假期前往傳說中的「畫家天堂」——印尼峇里島。這次旅行寫生歸來，奠定了新加坡美術的南洋風格，也使得幾位畫家的畫藝更受敬重。[51]

陳文希兼擅中西畫技，花鳥人物栩栩如生。1964年榮獲新加坡總統銀星獎。1975年新加坡大學贈予榮譽文學博士。1981年他應邀於臺灣歷史博物館舉行畫展，張大千（1899-1983）出席開幕典禮，對於他的猿畫讚不絕口，譽為宋代畫猿名家易元吉之後第一人。鍾梅音曾經為陳文希70壽慶畫集寫作傳記〈五十年繪畫生活〉，[52]由陳文希口述其創作生涯與藝術理念。在〈天堂歲月—我的老師國畫大家陳文希〉[53]一文裡，鍾梅音側寫陳文希，提到她不能完全聽懂老師的「潮州國語」，她不但錄音，還借回陳文希收藏的許多畫冊和理論書籍，融會貫通於老師的傳記中。

鍾梅音在新加坡參加過兩次國慶美展，也在「大眾美展」賣出10餘

---

48 鍾梅音，〈海濱故人〉，《這就是春天》，頁30-39。

49 鍾梅音，《風樓隨筆》（臺北：三民書局，1969），頁31。

50 Kwok Kian Chow, *Channels & Confluences: A History of Singapore Art* (Singapore: National Heritage Board/Singapore Art Museum, 1996).

51 衣若芬，〈追隨高更去峇里〉，《南洋藝術》33期（2011），頁36-43。

52 陳文希自述，鍾梅音撰，〈五十年繪畫生活〉，《陳文希畫集》（新加坡：古今畫廊，1976）。

53 鍾梅音，《天堂歲月》，頁119-135。

幅作品。[54]1979年她在美國開畫展，賣過5幅畫。[55]她的繪畫作品，根據她的散文，有：「回憶星洲園中小景」、「弄孫」、「吾家有女初長成」、「水燈節」、「寫峇里舞孃」等等[56]，由畫題可知含括人物、風景和花鳥畫，題材相當全面，陳文希畫過峇里島舞孃，鍾梅音後來也遊歷過峇里島，或許是受老師的影響。她移居美國後，不幸罹病，無法寫作，靠繪畫為「裹傷而戰」的「止痛藥」。後來病況加劇，連這「第二生命」也不能顧及了。

鍾梅音的書畫作品罕見流通。2013年7月20日，為紀念《文訊》30週年，舉辦作家書畫拍賣酬款，作家畢璞（原名周素珊，1922-）捐出一幅鍾梅音的草書 （38×64公分），[57]拍得4萬元新臺幣，由臺灣文學館購藏。那幅書法臨摹的是懷素的〈論書帖〉：

> 為其山不高，地亦無靈；為其泉不深，水亦不清；為其書不精，亦無令名，後來足可深戒，藏真自風廢，近來已四歲，近蒙薄減，今所為其顛逸，全勝往年。所顛形詭异，不知從何而來。常自不知耳，昨奉二謝書，問知山中事有也。
>
> 鍾梅音的筆跡娟秀，比懷素的原作還沈穩規矩。

學者作家王潤華（1941-）教授及夫人淡瑩（原名劉寶珍，1943-）女士與鍾梅音在新加坡有所交往，鍾梅音有〈畫境與禪理——談淡瑩的詩〉。[58]承蒙馬來西亞拉曼大學許文榮教授告知王潤華教授收藏有鍾梅音的蘭花圖，並惠寄照片。蘭花圖以墨染石塊，中鋒鉤蘭葉，石青色的蘭花花瓣，花蘂點紅，是鍾梅音心儀的「淡雅空靈」意境。

2014年1月31日，筆者偶得佳緣，與鍾梅音的女公子余令恬女士聯繫。電話那頭的太平洋彼岸，余女士告訴筆者，她記憶中的母親是：「她自小好學不倦，很有毅力，在泰國時學習英文和泰文，非常努力。她看上去很有風度，高貴而謙和。在新加坡時，和鄰居相處融洽，和當地的藝文

54　鍾梅音，〈最美好的時光〉，《天堂歲月》，頁89-99。

55　郭淑敏，〈宗教・生活・理想——鍾梅音二三事〉，《天堂歲月》，頁218-222。

56　鍾梅音，〈啊！生命，美麗的生命——談自己的畫〉，《天堂歲月》，頁113-118。

57　封德屏，曾肅良主編，《文訊30作家珍藏書畫募款拍賣會圖錄》（臺北：臺灣文學發展基金會，2013），頁141。感謝封德屏女士惠贈本書。

58　鍾梅音，《天堂歲月》，頁86-88。

界常有往來，交流活動。」余女士的父親余伯祺先生於2013年12月去世，追思禮拜上，懸掛的是母親畫的「天堂之鳥」（附圖1，余令恬女士提供）。不久，余女士寄來「天堂之鳥」的照片。那是南洋常見的植物天堂鳥，設色鮮明，莖葉如有微風吹拂，充滿靈動活躍的生機，有如鍾梅音形容在南洋為「天堂的生活」[59]的懷想紀念。

四、結語

本文從文學寫作、翻譯和繪畫三方面論述了鍾梅音在南洋的藝術成就。和其名作《海天遊蹤》一樣，鍾梅音在南洋的散文仍然重視知識性與趣味性。不同的是，她關心國際政治，融入當地生活，將南洋視為自己的家。

鍾梅音翻譯的兒童文學穿插一些文言字句，富有古典的文藝氣息。關於新加坡被發現的傳說故事，結合魚尾獅的形象，塑造了新的國家想像。雖然鍾梅音並非此兒童書的創作者，她的譯筆應該也為華文讀者提供了閱覽吸收的管道。

儘管繪畫相較於寫作，是鍾梅音的「餘事」，她仍然兢兢業業，拜名師努力學習，幾次畫展均有佳績。在東西文化交匯的南洋，鍾梅音畫出了她的熱帶天堂。

[59] 鍾梅音，〈裹傷而戰〉，《天堂歲月》，頁3。

引用書目

山翼，〈三十年的花和果—記闕山美老師〉，新加坡《聯合早報》（1987.5.25）。

王彥玲，《鍾梅音散文題材研究》（臺北：淡江大學中國文學系在職專班碩士論文，2008）。

王潤華，〈魚尾獅與橡膠樹——新加坡後殖民文學解讀〉，《華文後殖民文學：本土多元文化的思考》（臺北：文史哲出版社，2001），頁97-120。

衣若芬，〈吸煙與愛國：「五四運動」前後南洋兄弟煙草公司在新加坡《叻報》的廣告〉，《師大學報（語言與文學類）》第54卷第2期（2009），頁65-104。

———，〈追隨高更去峇里〉，《南洋藝術》33期（2011），頁36-43。

朱崇科，〈認同"點染"與本土強化——論新華文學中的魚尾獅意象〉，《華僑華人歷史研究》第3期（2006），頁12-20。

伍木（原名張森林），〈以魚尾獅入詩的新華詩歌所展現的國家意識與文化思考〉，新加坡《聯合早報》（2012.8.4），文藝城版。

封德屏、曾肅良主編，《文訊30作家珍藏書畫募款拍賣會圖錄》（臺北：臺灣文學發展基金會，2013）。

陳文希自述，鍾梅音撰，〈五十年繪畫生活〉，《陳文希畫集》（新加坡：古今畫廊，1976）。

許雲樵譯，〈聖尼羅鬱多摩創建獅城〉，《馬來紀年》（新加坡：青年書局，1966），頁85-88。

許婉婷，《五〇年代女作家的異鄉書寫：林海音、徐鍾珮、鍾梅音、張漱菡與艾雯》（新竹：清華大學臺灣文學研究所碩士論文，2008）。

張瑞芬，〈文學兩「鍾」書——徐鍾佩和鍾梅音散文的再評價〉，李瑞騰主編，《霜後的燦爛——林海音及其同輩女作家學術研討會論文集》（臺南：國立文化資產保存中心，2003），頁385-470。

———，《五十年來臺灣女性散文・評論篇》（臺北：麥田出版社，2006）。

鍾梅音，《冷泉心影》（臺北：重光文藝出版社，1954）。

———，《海天遊蹤》（臺北：中華大典編印會，1966），第二集。

———，《風樓隨筆》（臺北：三民書局，1969）。

———，《我祇追求一個「圓」》（臺北：三民書局，1969）。

———，《蘭苑隨筆》（臺北：三民書局，1971）。

———，《啼笑人間》（香港：小草出版社，1972）。

———，《春天是你們的》（臺北：三民書局，1973）。

———，《昨日在湄江》（香港：小草出版社，1975）。

———，《母親的憶念》（臺北：復興書局，1977）。

———，《這就是春天》（臺北：皇冠出版社，1978）。

———，《天堂歲月》（臺北：皇冠出版社，1980）。

鍾梅音，余令恬合著，《我從白象王國來》（臺北：大中國圖書公司，1968）。

鐘麗慧，〈《當代作家研究資料彙編》之三：鍾梅音卷〉，《文訊》32-36期（1987.10-1988.6），頁252-258。237-242。163-168。240-244。231-234。

Chow, Kwok Kian. *Channels & Confluences: A History of Singapore Art.* Singapore: National Heritage Board/Singapore Art Museum, 1996.

附圖一

鍾梅音天堂之鳥

Writing, Translation, and Painting: Zhong Mei Yin in Southeast Asia

I, Lo-fen*

Abastract

Writer Zhong Mei Yin (1922-1984) was born in Beijing, and has settled down in Taiwan with her husband Yu Bo Qi since 1948. She has been writing novels and children's literature, and she is also the editor of the "Monthly Women Magazine" as well as the host of television program "Yi Wen Ye Tan". Her travel literature "Hai Tian You Zong" that was first published in 1966 and was reprinted at least 17 times, has also received a literary creation award namely "Jia Xin Wen Yi Chuang Zuo Jiang". This travel literature was a record of her personal travel experiences around the world and has broadened the readers' horizons and knowledge.

Existing research on Zhong Mei Yin has been focusing on a few aspects, either categorizing her into a Writers Group that consists of several female writers who relocated from Mainland China to Taiwan during the same period of time and honoring her as an outstanding female writer in the 1950s, or placing emphasis on her travel literature and writing on a foreign land to discuss her travel experiences and essay topics.

On the contrary, this paper focuses on the literary creations, translation and painting activities during the period where she stayed in Thailand (May 1969 - July 1971) and Singapore (August 1971 - July 1977), together with her other writings on Nanyang, to provide a more comprehensive understanding of the writer in the academics.

Research results suggest that the 8 years where Zhong Mei Yin stayed in Nanyang was a period of extension and attainment in her creative career. Not only did she found a religion, she also commended and identified with the local

* Associate Professor, Division of Chinese, Nanyang Technological University, Singapore.

conditions of Nanyang. She actively learned foreign languages and engaged in translation work in which she has excelled in. Her interest in painting that she developed since young, finally got into practice after she followed Singapore painter Chen Wen Xi, shaping her individual art style of combining the East and West forms.

Keywords: Zhong Mei Yin, Novels, Translation, Paintings, Southeast Asia

馬來西亞臺灣中文書籍與臺灣文化知識的傳播——以大眾書局為研究個案（1984-2014）*

廖冰凌**

摘要

書局、出版社作為文學場域和文化傳播的構成要素之一，觀察和分析歷史悠久的書局／出版社之營運模式和出版活動，是協助了解文學場域、文化傳播何以形成、如何變遷的重要視角。本文以目前馬來西亞最大的華文書局兼出版公司—大眾書局為出發，探看其在推介和傳播臺灣文化知識活動中所扮演的「媒介」角色。本文嘗試收集和統計馬來西亞大眾書局自1984年設立以來的每月暢銷書目，進行歸納分析。研究顯示，以大眾書局為考察對象所得出的中文書籍營銷狀況，反映出臺灣文學與大眾文化知識在馬來西亞的傳播廣泛，其中純文藝與言情小說的減少，勵志小品文的突出尤其顯示讀者的文學審美品味和價值選擇，同時亦透露民眾精神自救的普遍需求。

關鍵詞：馬來西亞、大衆書局、華文書籍、臺版書籍、知識傳播

* 本文初稿宣讀於「第一屆文化流動與知識傳播國際學術研討會」，修訂後曾刊載於《臺灣文學研究彙刊》18期（2015年8月），頁23-44。

** 馬來西亞拉曼大學中華研究院副教授。

一、前言

書局、出版社屬於文化傳播的構成要素之一，書局/書店是書籍交易行為發生的場所，是銷售書籍的機構，而出版社是生產書籍的機構，兩者皆是書籍傳播的社會組織，使人類創造的符號得以記錄、保存、複制、流傳，並形成人與社會文化的互動關係。[1] 觀察和分析歷史悠久的書局/出版社之營運模式和出版活動，有助於了解文學場域與文化傳播何以形成、如何變遷。

在東南亞地區，馬來西亞是目前華人公民最多者，約6,500,000華人人口，佔全國人口比例24.6%，也是中國、香港、臺灣、澳門地區以外的一大中文圖書市場。[2] 儘管馬來西亞華人公民因為歷史條件和多源流教育背景等因素，而非全都具備中文閱讀能力，但相較起東南亞各地的中文書籍（特別是臺版書籍）之傳播情況，馬來西亞的中文圖書市場有其一定的參考意義。[3]

書籍的產生具備記錄、保存和傳播的社會功能，而書籍傳播的形式是由媒介、受眾和傳播渠道等因素構成的，具體表現為社會成員的讀書現象，即各類成員通過不同管道得到他們需要的書，如：圖書館、互聯網、

---

1 詳見吉少甫，《中國出版簡史》（上海：學林出版社，1991），頁50、倉理新《書籍傳播與社會發展——出版產業的文化社會學研究》（北京：首都師範大學，2007），頁129。

2 馬來西亞種族人口統計資料來源檢索自馬來西亞國家統計局文獻：檢索自“Population Distribution and Basic Demographic Characteristic Report 2010” https://www.statistics.gov.my/index.php?r=column/ctheme&menu_id=L0pheU43NWJwRW VSZklWdzQ4TlhUUT09&bul_id=MDMxdHZjWTk1SjFzTzNkRXYzcVZjdz09（2015.6.28徵引）。

3 根據統計，1976-1980年出生隊列中，華族就學率達99.2%（見鄭乃平，〈馬來西亞華人人口趨勢與人力資本〉，文平強主編，《馬來西亞華人與國族建構：從獨立前到獨立後五十年（上冊）》（吉隆坡：華社研究中心，2009），頁283）；又據2013年馬來西亞華校教師會總會的統計，全國1288所華小學生人數為578,161人，見〈截至2013年1月31日華小學生人數和班級統計數據〉，http://web.jiaozong.org.my/index.php?option=com_content&task=view&id=1789&Itemid=253（2015.12.12徵引）；全國78所可以選修母語課的國民型中學，根據當中65所回應統計所得的華族學生人數為97,479人，引自《2010年國民型中學華文班概況》，http://web.jiaozong.org.my/doc/2010/rnr/2010smjk_survey.pdf（2015.12.12徵引）；以及全國60間華文獨立中學於2015年的學生人數超過八萬人，可見莊俊隆，〈華文獨中學人數逾八萬　抱持樂觀及謹慎態度〉，《馬來西亞華校董事聯合會總會》，http://www.dongzong.my/detail-declare.php?id=457（2015.12.12徵引），從以上有關馬來西亞華文教育的概況進行年度預測和積累推算，可粗略勾勒當地中文讀者的數量。當然，預估市場將受消費者意願、閱讀興趣和購買能力等綜合因素影響。

書店／書局。[4] 在馬來西亞，華文書局的發展歷史雖久，但卻因種種主客觀的因素而難以伸展，其中幾間老字號書局如商務、上海（前年結束門市營業，併入商務書局）、學林、新欣、友誼、大將、大眾等尤為珍貴。但這當中如：商務上海、學林、友誼等，主要銷售大陸書籍，及代售少量本土出版品。另有出版社如：有人、大將、彩虹、嘉陽、紅蜻蜓、馬來亞文化等，主攻本土作家作品或少兒讀物、教材課本等；而臺灣出版集團城邦在吉隆坡所設的分公司則主要代理臺灣雜誌和書籍。這些出版社除了社址兼作門市書店外，幾乎沒有自己的專屬書店，故相對難以反映臺版書籍在馬來西亞書局的傳播情況。唯設立於1984年的大眾書局是目前連鎖門市最多、分布地區最廣的華資書店，全馬來西亞共有86間門市。[5] 除了設有中文部或中文書籍專櫃銷售中文書籍，大眾書局同時也扮演編輯、發行和出版的角色，擁有自己的編輯團隊和出版機制，長時期發行和出版多元品種的書籍。

如此，本文擬以馬來西亞大眾書局為研究對象，從其1984年成立迄今，探看該書局兼出版社對臺灣書籍和文化知識的傳播情況，及所可能發揮的角色功能。由於大眾集團無法提供1984年以來華文書籍營銷的完整數據，本文將以暢銷書為根據，統計大眾書局近二十年來的港臺版書籍，歸納並分析其內容主題之知識性質。[6]暢銷書指銷量超過一般的圖書或銷售居頭等的書，也即是銷量大、銷售快的書。一般而言，其讀者面較廣，內容也較能吸引人。得以榮昇暢銷書排行榜的港臺版書，在銷量上顯示其擁有廣大受眾，也最直接反映消費者或讀者對臺版書籍的接受度。本文嘗試藉此管窺大眾書局對臺版書籍的銷售與傳播現況。

---

4 倉理新，《書籍傳播與社會發展——出版產業的文化社會學研究》，頁4-13。

5 大眾書局，〈關於大眾〉，《大眾書局》，https://www.popular.com.my/cn/aboutus.php（2015.12.12徵引）。除了四間設於吉隆坡巴生谷、檳城和柔佛新山市的旗艦店外，其餘廣佈東馬和西馬各州市。

6 本文數據乃分別根據《亞洲週刊》每期的熱門文化指標中由馬來西亞大眾書局提供的十大暢銷書目，以及大眾集團內部自編的《大眾資訊Popular News》雙月刊內的暢銷書目進行統計而得。由於《亞洲週刊》的熱門文化指標始於1993年，故統計時限為1993年至2014年。因大眾集團無法提供詳細的臺灣書籍營售數據，而馬來西亞出版業界和國家統計局又未對80年代的中文書籍進行統計，故大眾書局首十年的臺灣書籍之銷售情況，乃取自大眾書局中文部採購部主任周強生先生的訪談內容。這點也是本研究的困難與不足之處。在此特別感謝馬來西亞大眾書局中文採購部主任周強生先生撥冗接受訪問，並提供多項寶貴資料作研究參考。2014年4月24日，上午10:00至下午12:30，地點：馬來西亞星洲日報吉隆坡總辦事處。

二、大眾書局的成立與發展歷程[7]

追溯大眾書局的發展，歷史相當悠久。其前身為正興公司，1924年由周星衢成立於新加坡，1935年併入於1934年成立的世界書局。而第一間的大眾書局（以下為行文簡潔，將視脈絡所需，逕稱「大眾」）則設立於1936年。從戰前到戰後、從冷戰時期到結束，如今成為上市集團的大眾，可說是參與並見證新馬華文出版業的歷史。大眾亦分別於1949年和1950年在香港成立世界出版社和教育出版社，為當時的新加坡、馬來亞和香港市場出版雜誌、華文書籍、教科書。進入90年代，大眾繼續於中、港、臺、澳等地成立辦事處，設置出版社，足見其與亞洲中文書籍出版事業的互動頻密，影響深遠。

1997年，大眾控股有限公司（Popular Holdings Limited）在新加坡證券交易所掛牌上市，成為一區域性綜合型多媒體集團，其主要業務包括零售與分銷、出版與內容創作，以及電子教學三大部分，亦涉獵房地產開發事業。這些業務可說是大眾集團傳播文化知識，建立文化場域的三大管道。

（一）零售和分銷。大眾書局以售賣文具起家，後發展成經營品種多元的書局。目前，大眾集團分別在新、馬、中、港、臺、澳、加拿大及英國等地設有129間大眾書局。[8]大眾書局的零售與分銷業務佔大眾集團總營業額的七成以上，英語和華語圖書所佔比重很大。在華文圖書經銷方面，大眾目前是中國大陸和臺灣最大的華文圖書單一進口機構。近十年來，大眾書局致力於將亞洲地區主要的中文出版市場串連，以買斷版權、獨家代理、簡繁轉換等方式，使書籍分別在五地（新、馬、中、港、臺）同步上市，建立分銷網絡，強化市場優勢。此外，大眾每年在新、馬舉辦大型書展，為兩地年度重要的華文書展。

（二）出版與內容創作。由於大眾集團旗下設有12家出版社／公司，分佈在新加坡、馬來西亞、中國、香港、臺灣、英國和加拿大，出版項目

---

[7] 有關大眾集團的歷史主要綜合整理自以下資料：《大眾集團》網頁www.popularworld.com/en（2014.5.12徵引）、韓三元、王虹、曹蓉編，《詩書滋味長——大眾集團八十五週年特刊》（新加坡：大眾控股有限公司，2009）、王虹編，《歲月如書——大眾集團八十五週年特刊》（新加坡：大眾控股有限公司，2009）、田天，〈大眾控股有限公司〉，http://app.dajianet.com/print.php?contentid=154474&validated=true（2014.5.12徵引）。

[8] 田天，〈大眾控股有限公司〉。

包括小學和幼教教材、英語教材、小學和初中教輔、大眾類圖書（如：食譜、醫療保健及兒童教育類書籍）等等。這些出版社的出版重點各有專攻，例如香港金培企業有限公司（Kam Pui Enterprises Ltd.）旗下三間出版社，世界出版社（World Publishing Co.）主力出版青少年兒童圖書和知識進修類書籍；海濱圖書公司（Seashore Publishing Co.）主力出版食譜、家庭教育及成人消閑圖書；宇宙出版社（Universe Publishing Co.）則主攻星相及命理等書籍。又如：諾文文化事業私人有限公司（Novum）推出自己的出版品牌「童閱坊」和「眾閱堂」，專注於代理和出版少兒讀物及生活休閑書，將繁體版的臺灣書改版後引入新加坡和馬來西亞市場，至今已代理近1,300種圖書。[9] 自1926年正興公司出版《華僑必讀：巫來油通話》始，隨後世界書局/世界出版社的成立，到戰後的聯營出版社、香港的教育出版社、乃至90年代於澳門設立教育社、2000年後在臺灣設立大眾優童，大眾集團持續為亞洲華人圖書市場供應教育書籍，包括教科書、青少年兒童課外讀物、中小學輔佐教材、工具書、教育心理學類等出版品。

除了教育類書籍，大眾旗下的部分書局也出版文學書刊，當中最重要的應屬世界書局。先後於1934年和1949年在新加坡和香港成立的世界書局，不僅出版教科書，同時特別注重現代文學、南洋文學的作品出版。例如：60年代著名的《中國現代文選叢書》（62本，1961）、《南洋文藝》期刊（1961年創刊）、《中國新文學大系續編》（1968），以及馬華文壇著名的民間學者方修主編的一系列文學和史料著作。值得一提的是，香港世界書局於冷戰時期成為華文書籍通往東南亞的重要樞紐，不少新、馬作家的作品是由香港世界書局所出版發行的。[10]

（三）電子教學。大眾集團的第三項業務是多媒體與信息化教學研發，即是將傳統教材演變成互動電子教材，並進行網上遠程教學與在線學習。大眾在過往傳統的紙本教科書和教材制作出版基礎上，結合數碼時代的新科技，提供適應不斷演變的資訊環境。大眾研發的教材在香港最受肯定，不僅獲得政府的認可和採用，同時也與中國廣東省一帶的教育機構合作，在中國大陸推出相關產品。電子教學業務在臺灣亦有所發展。1998

---

[9] 王虹編，《詩書滋味長-大眾集團八十五週年特刊》，頁26。

[10] 例如：溫梓川的《郁達夫南遊記》（香港：世界出版社，1956）、《夫妻夜話》（香港：海濱書屋，1957）、于沫我的《穀種》（香港：世界書局，1960）、曾希邦的《黑白集》（香港：世界書局，1957）、鄭子瑜的《門外文談》（香港：世界書局，1957）等等。

年，大眾書局在臺灣設立採購辦事處。2002年，大眾雨晨實業股份有限公司在臺灣成立，代理各類雜誌，同時也是大眾在東亞地區重要的書籍中轉站。同年，大眾電子教學在臺灣設立分公司。2003年，大眾優童股份有限公司成立，主要業務為出版及分銷教育書籍。2004年3月，大眾電子教學臺灣分公司與數位學習科技股份有限公司合作推出「易學堂教育學苑」補習班加盟系統，將電子教學與傳統教學的優點給合，並配之以大眾本身的圖書資源和教學研發團隊的實際教學經驗。多元化的加盟項目包括：幼童專業語課程、幼童數學課程、電腦課程和安親課程等。另外也引進「九年一貫題庫」、「兒童英檢動畫題庫」、「兒童數學動畫題庫」等線上測驗系統，以完整化電子教學的模式。[11]

以上三項主要業務，同時也是三種輸送管道，相輔相成，維持和開拓大眾集團的營運活動。在以上各項業務活動中，大眾書局對臺灣文化知識的傳播功能是明顯的，而且也是目前的重要特色與趨勢。

接下來，本文將針對馬來西亞大眾書局自開設迄今的營售狀況進行分析，以便勾勒出臺灣出版品在其中的份量，所傾向的知識傳播類型，以及當中所可能反映出來且值得思考的問題。

三、（馬來西亞）大眾書局中文書籍的營銷概況

馬來西亞的首間大眾書局設立於1984年，三十年內，增至87間，分佈於國內各州市。所經營的書籍品種包括中文圖書、英文圖書、教材教輔、文具用品、影像製品、多媒體產品和電子教學產品。中文部售有來自馬來西亞本土、新加坡、中國、臺灣、香港等地的書刊。在八、九十年代，留臺風氣鼎盛，加上港劇、臺劇的影響，港臺版書（不論正版或盜版）的市場相當驚人。然而，到了90年代中期，港版書的輸入和銷量遠不及臺版書，而新、馬出版品和大陸書籍亦逐步爭取本地市場。

大眾書局經銷的中文書類繁多，含科普、教育、經貿、文學、社會文化等等，臺灣出版品一直都佔書局中文書總銷售來源的四成左右。根據中文採購部所提供的近年數據顯示，2011年的臺版書銷售佔總比例的42%，

---

[11] 不著撰人，〈大眾電子教學臺灣分公司〉，《大眾集團八十週年紀念特刊》（新加坡：新加坡大眾控股有限公司，2004），頁11。

而2012年所佔比例為43%。其中，文學類售量佔總中文書比例的11%，童書佔2%，兩者加起來佔營銷的三至四成。在這當中，6%為臺灣出版品或與臺灣有關。

大眾書局中文部採購經理周強生先生曾為文分析臺灣書受讀者歡迎的原因，認為與馬來西亞華人多年來堅持華文教育有關。基礎教育的媒介語運用使一般華人維持一定的中文語文能力，加上坊間報刊雜誌簡、繁體皆有甚至並用，因此華人讀者普遍上都能閱讀簡、繁體字。而臺灣書的制作精美、內容豐富多元，符合大眾的知識需求，故多年來一直擁有穩定的讀者群。[12]

實際上，簡、繁體字在馬來西亞華文書市的問題不大，因為讀者並不需要調整自己的學習來適應之，而是書局本身會自動將繁體出版品轉換成簡體字，以符合當地年輕一代的華文讀者。大眾書局在亞洲地區的中文出版市場，多以買斷版權、獨家代理和簡繁轉換的方式推出。所以絕大部分由臺灣出版社出版的保健類、育兒類、輕小說及勵志小品，皆由大眾書局或其子公司買下版權，再以簡體字橫排重印後推出面市。當然，有小部分嚴肅文學、理論或特殊專業書籍等例外。可能是基於這類書籍的採購者屬於小量，故書局並未作出全面轉換和重印簡體版的投資。因此，大眾書局零售的臺版書中，有很多是經過改版處理，以簡體字方式與馬來西亞讀者見面的。新生代（嚴格說是80後）中少有識得繁體者的情況固然存在，但並不影響他們閱讀簡體版臺灣書。

此外，大眾書局臺版書的消費者年齡群分布甚廣，並不限於30歲以下的讀者。[13] 就近三十年的情況而言，讀者群中有能力或有需要購買保健類、心理勵志性質書籍者，以青、中、老年人為主，這些中文讀者在其中小學階段所接受的教育仍採用繁體字，或處於簡繁並用的文化環境。

誠如周強生所言，臺版書籍之所以受馬來西亞讀者歡迎，更重要的原因是其制作精美、內容豐富、符合大眾的知識需求。

筆者通過《亞洲週刊》每期的熱門文化指標收集並統計由馬來西亞大眾書局提供的十大暢銷書目，以及大眾集團內部自編的《大眾資訊Popular

---

[12] 周強生，〈新馬實體書店經營淺談〉，《大眾資訊》第86期（2013），頁8-11。

[13] 馬來西亞教育部於1980年代開始推行3M制度，在陸續幾年間於全國國民型華文小學實行簡體字與漢語拼音教學，所有課本改用簡體字，後來延伸至國民型中學和華文獨立中學。雖然坊間報紙雜誌多簡繁並用，但80年代出生的年輕一輩，大多比較適應簡體字的閱讀。

News》雙月刊內的暢銷書目，得出以下結果。[14]

表一：港、臺版暢銷書年度登榜數量

年份	港版暢銷書數量	臺版暢銷書數量
1994	27	27
1995	24	33
1996	8	31
1997	5	42
1998	2	51
1999	2	49
2000	3	37
2001	2	31
2002	2	54
2003	5	83
2004	10	87
2005	1	104
2006	2	91
2007	2	79
2008	1	87
2009	1	111
2010	1	95
2011	0	54
2012	3	109
2013	3	118
總數	104	1373

港版書：1996年以前，港版暢銷書平均每年約有25本，佔大眾書局中文暢銷書的4.5成。分類主要含文學（作家如：黃霑、鍾曉陽、廖鳳明、梁鳳儀、亦舒、林燕妮、蔡瀾、李碧華、冷夏等）、財經管理（古鎮煌、董恒宇、梁鳳儀、祖夫、錢可通、邱永漢、黃雲等）、社會（潘綺雯、李英豪、謝家安等）、風水命理（王亭之等）和醫療保健知識（馬駿、嚴浩、陳浩恩、〔馬〕詹瑞蘭等）。1996年始，港版書每年平均以個位數登榜，過去18年間平均開來的年度上榜港版書僅有3本。[15]入榜者多是資深作家如

[14] 表格資料出處皆引自《亞洲週刊》，後文不另作註明。

[15] 港版書登上排行榜的佳績為何自1996始急轉直下，根據筆者參閱香港和臺灣書業史方面的資料，初步的推測可能與臺灣於八十年代解嚴，兩岸對話後，出版業崛起有關。據香港出版界權威人士陳萬雄先生所言，97香港回歸中國及亞洲金融風暴雖然對香港社會帶來重大打擊，但對書業界的影響倒不算嚴重。反而是八十年代後期臺灣書業界的蓬勃發展，以及九十年代中國大陸書籍的民營化熱潮，才是香港書業出版所面臨的真正考驗。見魏曉薇，〈訪陳萬雄：香港書業強在「感覺優勢」〉，檢閱自中國新聞出版網http://www.dajianet.com/world/2009/0303/95124.

亦舒、蔡瀾等人的作品，新進作家只有黃易、深雪等入榜，另外入榜的則是港星傳記。港版財經管理及醫療保健知識類書籍亦為臺灣出版品取代。

表二：1994年10月份暢銷書排行榜

	作者／譯者	書名
1.	[港]錢可通	細價股投資要訣
2.	新加坡《聯合早報》編	李光耀40年政論選
3.	劉墉	離合悲歡總是緣
4.	[港]李英豪	錢幣珍藏
5.	[港]邱永漢	邱永漢生意入門
6.	Michael Michalko著，[臺]羅若蘋譯	創意思考玩具庫
7.	[港]林燕妮	林燕妮開心健美談
8.	劉墉	作個飛翔的美夢
9.	[港]廖鳳明	窗外有藍天
10.	高搊	千年秘咒再公開

表三：1995年4月份暢銷書排行榜

	作者／譯者	書名
1.	林清玄	三心
2.	[港]蔡瀾	給亦舒的信
3.	[港]李碧華	潑墨
4.	張愛玲	對照記——看老照相簿
5.	大島淳一著，蘇俊次譯	心想事成
6.	傑瑞．康倫著，殷于譯	因父之名
7.	[港]陳浩恩	水晶治療
8.	[港]錢可通	個人理財攻防戰
9.	蘇童	十一擊
10.	愛薇	告別青澀

臺版書：在1996年以前，平均每年30本書上榜，平均每月暢銷書排行榜上會出現5至6本臺版書；1996年始銷量持續上揚，2006年迅速倍增，顛峰期更是連週連月稱霸排行榜，平均每年至少72本臺版書上榜。自此臺版書不再與港版書平分席位，而是穩居中文暢銷書之冠。

shtml（2015.3.23徵引）。馬來西亞的進口書商可能是因此而多了書源選擇，加上匯率及價格考量，故在九十年代末減少進口香港書籍。有關香港出版品在馬來西亞的營售情況，詳細論證仍待另作專論。

表四：1999年4月份暢銷書排行榜

	作者／譯者	書名
1.	丹尼爾・高曼著，李瑞玲等譯	EQ II：工作EQ
2.	鄭石岩	隨緣成長
3.	張曼娟	喜歡
4.	鄭石岩	換個想法更好——把握變動調適，開拓成功人生
5.	劉墉	做個快樂的讀書人
6.	歐陽林	少年醫生天少事件簿
7.	理察・卡爾森，朱衣譯	別為小事抓狂(2)——快活人生100招
8.	戴晨志	男女溝通高手
9.	傑克・坎菲爾、馬克・韓森等編著，林千凡譯	心靈雞湯(4)
10.	歐陽林	醫院哈燒站

表五：1998年4月份暢銷書排行榜

	作者／譯者	書名
1.	邁可・卓思寧著，杜默譯	聖經密碼
2.	劉墉、劉軒	創造雙贏的溝通
3.	彼得・杜拉克著，周文祥、慕心等譯	巨變時代的管理
4.	劉墉	攀上心中的巔峰
5.	保羅・科賀，許耀雲譯	我坐在琵卓河畔，哭泣
6.	尚・多明尼克著，邱瑞鑾譯	潛水鐘與蝴蝶
7.	余秋雨	余秋雨臺灣演講
8.	喬斯汀・賈德著，張琰、賴惠辛譯	依麗莎白的祕密
9.	吳淡如	自戀比自卑好
10.	傑克・坎菲爾、馬克・韓森等編著，郭菀玲譯	心靈雞湯：關於工作

表六：1997年8月份暢銷書排行榜

	作者／譯者	書名
1.	索甲仁波切著，黃朝譯	生死無懼
2.	丹尼爾・高曼著，張美慧譯	EQ
3.	戴晨志	你是EQ高手嗎？
4.	劉墉	殺手正傳
5.	張曼娟	火宅之貓
6.	陳安之	55個超級成功秘訣
7.	張小嫻	荷包裡的單人床
8.	喬斯坦・賈德著，劉泗翰譯	喂，有人在嗎
9.	珍・奧斯汀著，陳玥菁譯	傲慢與偏見
10.	春山茂雄著，魏珠恩譯	腦内革命

表七：1996年8月份暢銷書排行榜

	作者／譯者	書名
1.	比爾・蓋茲，王美音譯	擁抱未來
2.	林清玄	柔軟心無掛礙
3.	劉墉	生生世世未了緣
4.	劉墉	抓住心靈的震顫
5.	鄭石岩	人生路這麼走
6.	約翰・奈思比著，林蔭庭譯	亞洲大趨勢
7.	莫里斯著，周旭華譯	造就自己
8.	陳安之	超級成功學
9.	村上春樹著，賴明珠譯	夜之蜘蛛猴
10.	喬斯坦・賈德著，蕭寶森譯	蘇菲的世界

歸納臺版暢銷書的類別，可概括其知識類型，即以下三種：（一）養生、飲食、心靈勵志類；（二）少年兒童讀物、少兒教育理論類；（三）文學作品、翻譯文學類。

（一）養生、飲食、心靈勵志類

以醫療保健、飲食養生、心靈勵志為主題的臺灣出版品，多內容充實、圖文並茂，解說清楚，易於實踐操作，非常符合各階層大眾讀者的普遍需求。藉此，臺灣流行的養生觀、食療法、保健知識、大眾心理學、瘦身美容等通俗文化與知識得以引進馬來西亞，在一定程度上產生文化刺激的作用。近十年來，綠色食品店、有機產品店、靈修課程、勵志課程、輔導講座、教育講座、親子活動、環保活動等等明顯增多，且反應不俗。這都顯示馬來西亞讀者對臺灣文化知識的接受度，也反映出他們對臺灣出版品的認同感與信任感。尤其在人文勵志書方面，戴晨志、吳若權、吳娟瑜、鄭石岩、劉墉、賴淑惠、王國華、林慶昭等著名專家的著作風靡當地。當中不少散文化書寫風格的勵志書籍作者，以輕鬆感性和私語化方式表達他們對各種生活課題（如人生態度、心理人格、工作職場、家庭倫理、婚姻關係、兩性關係等等）的經驗分享或專業分析，深得眾多馬來西亞讀者的認同與接受。

表八：大衆書局中文暢銷書中的臺灣書目（部分）：心靈勵志類

作者	書名
何權峰	優秀，從你忽略的小事開始
何權峰	煩惱從你而起，由你結束
力克・胡哲	永不止步
戴晨志	幽默智慧王
DaiGo	別讓人知道你怎麼想
蔡志忠	漫畫達摩禪：活在當下的生命態度
何權峰	當然可以不生氣
黃桐	做人要像咖啡豆
何權峰	下一步，該怎麼走
戴晨志	勝利總在堅持後
吳娟瑜	想法改變，壓力就消失了
DaiGo	這不是超能力，是終極讀心術
戴晨志	人生有千萬個起跑點
黃桐	人生就像茶葉蛋，有裂痕才入味2
吳若權	寬恕是療癒的開始
吳若權	拉自己一把，這是你的人生
林慶昭	放手
梅樂蒂・碧緹	每一天，都是放手的練習
戴晨志	力量來自渴望
林慶昭	脾氣沒了，福氣來了
黃桐	日子再苦，我還是原來的我
元點	每天大笑三分鐘：幫你的壓力減重
劉墉	你不可不知的人性2
吳九箴	當你接受自己，人生才真正開始
戴晨志	自我挑戰高手
林慶昭	真愛要用心體會
釋證嚴	用愛撫平創傷
鄭石岩	勝任自己
吳淡如	樂觀者座右銘
史蒂芬・柯維著，柯清心譯	與生活有約
鄭石岩	過好每一天
黃桐	苦難教我的七件事
吳淡如	重新看見自己
戴晨志	激勵高手2
吳娟瑜	Touch最真的心靈
安德魯・馬修斯著，張文茜譯	從心再出發
彭懷真	愛情Manager
戴晨志	看好自己——成就一生的激勵故事精選
吳淡如	自戀比自卑好
傑克・坎賽爾、馬克・韓森等編著，郭菀玲譯	心靈雞湯：關於工作
吳淡如	成功是唯一的希望

賴淑惠	選擇放下，就能活在當下
丹尼爾・高曼著，楊大和等譯	心智重塑——自欺人生新解讀
小池龍之介著，嚴可婷譯	不被情緒綁架的平常心
徐竹	一個人的極致幸福：從愛上自己開始
洪雪珍	20幾歲就定位：堅定去做你認為對的工作
何權峰	不是路已走到盡頭，而是該轉彎了
王渡	別為小事折磨自己
嚴長壽	做自己與別人生命中的天使

表九：大眾書局中文暢銷書中的臺灣書目（部分）：醫療、養生、保健類

作者	書名
林孝義	提升免疫力這樣吃才對
康鑒文化編輯部	蔬果汁自然養生法（暢銷升級版）
王明勇	王明勇的瘦身果排行榜
福辻銳記	一周腰瘦10公分的神奇骨盤枕
吳美玲	小小米桶的省時廚房
楊定一	真原醫：21世紀最完整的預防醫學
張曄	13億人都在喝的神奇養生豆漿
Lulu	LuLu's快瘦XS女神操
鄭多蓮	塑身女皇美胸、美腹、美臀Dance
王明勇	這樣吃，最有酵
吳明珠	氣血美活：女人一生的6堂關鍵保健課
楊新玲	喝出瘦S！萬人按讚的手作蔬果汁激瘦養顏法
簡芝妍	彩虹飲食的驚人療癒力
陳彥甫	清腸排毒食物功效速查圖典
Judy吳惠美	肩項療癒解剖書
張曄、左小霞	蔬果汁的療癒力
黃木村	驚人的人體自癒法
養沛文化館	阿嬤的自然養生方
趙慶新	圖解式細說女性醫學

（二）少年兒童讀物、少兒教育理論類

以少年兒童甚至嬰幼兒為內容主題或閱讀群的讀物，以及與教育心理、教育理論相關的書籍，不僅向馬來西亞讀者介紹了臺灣時下盛行的童書形式、閱讀和審美取向，而成熟、有創意且多元化的教育觀、教學法，更是給家長老師很多的啟發。例如：繪本的流行、說故事親子活動、少兒心理輔導、兒童劇場的普及化等等，這些社會活動都影響著馬來西亞華人父母、師長對各年齡層孩子的教育觀、倫理觀。然而，相較起銷量日增的教育類書籍，臺灣少年兒童文學出版品在馬來西亞的市場有限。這很可能是因為臺版少兒讀物價格偏高，即便是備受歡迎的繪本，也面臨中國大陸

日愈改良的低價位繪本之競爭。除非大眾出版集團旗下的諾文或通過自創品牌童悅坊以版權交易、獨家代理方式在新、馬地區另外發行（價格低廉許多），否則一般家長無力採購原裝版。臺譯版哈利波特系列或類似的少年幻想小說之譯著則屬特例。

此外，近十年來馬來西亞本土少兒文學穩健發展，銷售成績幾乎與上榜的臺版書籍分庭抗禮，臺版童書更顯弱勢。在馬來西亞，本土少兒文學創作的歷史雖然不短，但卻是萌芽早，停滯期長。直至少年科幻小說和電影的風行，以及作家許友彬少年小說的應時面市，微妙地扭轉了馬來西亞少兒讀物的蕭條市場。2006年底，紅蜻蜓出版社社長許友彬和總主編鄧秀茵分別推出《七天》和《純純的守護神》，吸引了大批少年讀者，自此本土少年小說在大眾書局的每月暢銷書榜上穩居多席。[16]

表十：大眾書局中文暢銷書中的臺灣書目（部分）：教育類讀物（2003-2014）

作者	書名
陳之華	沒有資優班，珍視每個孩子的芬蘭教育
趙麗榮、孫玉梅	世界媽媽智慧隨身冊——百萬父母想知道的教養100 Q & A
鄭南求等著，曾天富譯	富爸爸，從小學起培養孩子的理財智慧
戴晨志	愛讓孩更優秀
傑克・坎菲爾、馬克・韓森等編著，郭菀玲譯	心靈雞湯：關於青少年
戴晨志	新愛的教育
鄭石岩	發揮創意教孩子
葉勝雄、田馥綿	0-3歲寶寶主副食全調理
黃淑文	媽媽做自己，孩子就能做自己
洪蘭、尹建莉	好孩子：三分天註定，七分靠教育
吳娟瑜	幼兒養育學
史蒂芬・柯維著，姜雪影譯	7個習慣教出優秀的孩子
劉超平	學會怎麼說鼓勵孩子的100句話
蔡穎卿	媽媽是最初的老師

16 相較起新加坡，本土少年兒童讀物在馬來西亞大眾書局的營售情況相當樂觀，自2006年始幾乎每月都榜上有名，有時更達橫掃5至8席的暢銷佳績。這可能與新加坡長期以來佔主流的英文教育政策有關，促成以英語讀者為導向的閱讀環境。此外，缺乏以中文創作少兒文學的寫作人恐怕是另一原因。有趣的是，筆者在收集新、馬兩地的每月暢銷書目時，發現新加坡大眾書局特別設有以英文小說 Fiction為單位的統計書目，足見英語文學作品在該國具有很大的市場魅力。

（三）文學作品、翻譯文學類

臺灣文學作品、譯著和評論類書籍早在80年代始便風行馬來西亞。從整體的中文暢銷書排行榜來看，可以發現1993至2014年間的上榜書都不乏文學著作，每年平均有20本文學書列入暢銷書榜。但近年來，成人文學出版品的購買者有銳減之趨勢，惟馬來西亞本土少年兒童文學書刊銷量節節攀升。當中反映出來的閱讀興趣之改變，發人深思。

成人文學出版品：從90年代對港臺作家作品及文學譯作的普遍支持，在踏入2000年後，開始出現平均每年只有10-16本成人文學書上榜的情況，而這些上榜書又以輕小說和勵志小品文為主。純文學或嚴肅文學成品下降，取之以輕小說和勵志小品，反映了文體形式和文學觀念的變化，傳統狹義定義的小說、散文、詩的文體結構不再單一化，也不刻意強調藝術感，或追求國家社會、思想文化層面的重大題材之發揮，而是趨向結合生活細節和資訊知識，甚至加入娛樂性、圖文音像等元素。儘管目前成人文學的零售情況不比90年代，但成名於80、90年代的港、臺作家，不論是言情文學、評論雜文、性靈小品、散文、小說等等的推出，仍有一定的號召力。如：龍應臺、張曼娟、劉墉、張小嫻、吳淡如、侯文詠、西西等人的作品。而勵志小品文尤其超越80年代流行的言情小說，從二十年前特定的幾位暢銷書作者到近年來集體出現的作者群及大量的出版品，顯示此一散文文體的蓬勃發展，其構成因素還包括了讀者對此類作品的選擇與接受，以及出版者的有意經營和傳播。勵志小品文的文體屬於散文範疇，勉勵意志是內容的中心主旨。此類小品形式篇幅短小，結構上多以連綴方式呈現，題材多從小處著手，寫生活點滴，以輕鬆自在的方式抒發個人感受或體悟，表達個人看法。其私語化的寫作風格，大大拉近與讀者的距離，配合作者個人的情感特質、學識智慧，形成當代散文不可忽視的一個流派。

翻譯品：臺灣的翻譯著作（不僅限於文學類）在馬來西亞素有口碑，但近年來，隨著中國大陸的外文翻譯水平提昇，加上新生代多習慣於閱讀簡體字，大陸書品價格又相較低廉，臺灣譯著在市場上的競爭對手優勢明顯增強。例如：八、九十年代風行的日本作家村上春樹小說譯著，主要採臺灣賴明珠所譯的版本，但後來出現了大陸譯者林少華之譯本，迥異的風

表十一：大衆書局中文暢銷書目：2014年11-12月份[17]（*顯示為臺版書）

作者	書名
九把刀*	等一個人咖啡
（馬）葉劍鋒	天天向上
（馬）紅蜻蜓出版社作者合著	90檔案
（馬）陳圓鳳	郭鶴年
川原礫	刀劍神域13
力克・胡哲	誰都不敢欺負你
楊定一、楊元寧*	靜坐的科學、醫學與心靈之旅
橘子*	你想要的，只是我的後悔嗎？
蔡康永*	蔡康永的說話之道2
（馬）伊卡	你知道嗎？原來他曾經來過

格亦吸引了讀者。[18]

從大眾書局過去三十年來中文書籍營售狀況的變遷可以看出，第一個階段屬於探索期。當時，首兩間大眾書局在馬來西亞的營運仍處於觀察市場、調整方針的起步階段，故未有確切的建檔工作或統計供研究佐證。僅從口述採訪中得知，80年代的港臺版書市場相當大，但因版權法不成熟而須與盜版書商競爭，故盈虧並不穩定。其實，盜版書盛行恰恰證明了馬來西亞讀者對港臺版書的渴求，但礙於購買能力有限，故轉向買盜版書。當時的臺版書主要來自臺灣多間書店/出版社，如：洪範、爾雅、九歌、聯經、滿庭芳、志文、遠景、天下文化、時報文化等等。而港版書則多來自香港博益、天地圖書、世界、海濱、勤＋緣等等出版公司。直到1990年，第三間大眾書局才設於吉隆坡市中心的茨廠街。進入90年代，港臺書籍繼續風行，加上版權法已相對成熟，故前五年港臺書籍平均分佔大眾暢銷書榜，後五年則幾乎由臺版書稱霸排行榜，當中又以文學作品居多，類別排序為小說、散文、傳記，生活類書籍則次之。踏入21世紀，即是近十年的最新發展，食譜、保健及兒童書籍佔有特定的市場地位。雖然臺灣出版品依然佔零售書目的四成以上，但當中的文學出版品以勵志散文最受歡迎，八、九十年代較常出現的小說則明顯減少。

---

[17] 不著撰人，〈大眾書局中文暢銷書目：2014年11月-12月份〉，《大眾資訊》，第94期（2014），頁47。

[18] 除了文學譯著外，勵志類書籍的中譯本也有同樣的發展趨勢。在可以選擇的情況下，大陸譯本已開始受到消費者、讀者的考慮。除非以授權方式發行簡體版，否則繁體版（正體版）臺譯品在馬來西亞的銷路恐怕難以突破。

四、結論：普及文化知識的書籍訴求與傳播

上文有關大眾書局臺版書籍營銷狀況的討論，可以反映出兩點：

（一）臺灣文化知識傳播的類別

由於馬來（西）亞華人赴臺求學的歷史相當悠久，加上留臺人士當中有不少作家和學者，分別在文學創作和學術研究方面有所成就，並享有聲譽。故一般人對於臺、馬之間文化交流的內容易產生一種刻板印象，即是馬來西亞華人對臺灣文化知識的接受，主要在於純文學方面。這裡所謂的純文學，主要指余光中、白先勇、李昂、朱天文等作家的作品之影響。相較之下，臺灣通俗文學如瓊瑤、岑凱倫、張小嫻等作家的言情作品，甚至是廣泛形式的各類臺版生活讀物在馬來西亞的傳播與影響，則鮮少得到嚴肅的看待。

本文從在地華文書店的中文暢銷書出發，檢視臺灣文學與文化知識在馬來西亞的傳播影響，發現臺灣輕文學、勵志小品和生活類書籍擁有大規模的受眾。尤其是私語化的勵志小品，在過往雖有固定擁眾，但近十年卻以數倍增長的速度成為主要市場。當然，暢銷書的發行量不能和文學質量相提並論，雅文化或嚴肅文學的藝術高度和思想深度使它只能擁有小眾可說是一種必然現象。但仍有需要從各種不同的層面綜合審視臺、馬之間文化知識的交流活動，避免限囿於某個權威視角來想像臺灣文化知識在馬來西亞的傳播。特別是注意到傳統的主流知識體系主要由精英知識份子所建構，而佔人口絕大部分的平民大眾，他們一方面受到主流意識型態的制約或牽引，但同時也具有自生自發的特性。如此，他們的知識需求同樣值得關注，他們的知識世界有助於我們把握更完整的文化傳播網絡和豐富的交流內容。

書籍本身兼具文化屬性和商品屬性，它承擔著社會文化傳遞與建構的功能。從傳播受眾的角度而言，臺灣的大眾文學和大眾文化經由書籍媒介與馬來西亞讀者的頻密互動，其所傳播的廣泛性和影響面，值得關注。

從大眾書局近十年臺版書籍的營銷趨勢可見，臺灣文化與知識的傳播現況為：勵志類書籍（特別是勵志散文小品）超越純文學和言情小說類書籍成為市場主流，這意味著大規模的讀者、受眾對心理成長或心靈層面的

知識需求。此外，輕文學成為文學類書籍的新寵，這意味著處於原有的文學場域、生產內容、形式和閱讀品味已產生變革。而勵志小品文則結合這兩者的形式與內容，成功脫穎而出，成為馬來西亞目前最受歡迎的臺灣書類。

大眾書局面對近三十年間逐步變奏的出版、營售與閱讀市場，不僅在簡繁體字的改版複制上作出的調節和取捨，同時在臺版書的內容性質方面更加重視勵志小品、輕文學和保健知識等。這些調節、取捨使生產自臺灣的文化知識符碼，得以繼續在馬來西亞的實體書店廣泛流通。

（二）民眾精神自救的普遍需求

身兼出版與零售業務的大眾集團，是傳播媒介的一員。媒介不僅直接地作用於個人，而且還影響文化、知識的儲存、一個社會的規範和價觀。「媒介提供了一系列概念、思想和評價，受眾成員可以從中選擇自己的行為方向。」[19]大眾書局的服務宗旨強調以市民大眾的文化心態為本位，故當80、90年代的所謂傳統精英文化、嚴肅文學（其實當時流行的港臺文學有一半屬於通俗言情）開始轉向衣食住行、日常生活領域的文化訴求時，曾經在零售港臺文學書刊取得亮麗成績的大眾書局選擇順應市場。

從近十年的營售數量與質量可見，勵志小品、健康保健、經管、人際心理、名人傳記、旅遊、輕小說／輕文學、少兒讀物等領域已成為潛在的社會需求。而大眾書局顯然也掌握此社會需求，積極地通過系列策略性的宣傳配套進行開發運作。除了多媒體廣告宣傳外，以上出版品多通過在報刊上刊載書評、導讀、節選試讀的方式進行推介，而醫療保健、心理勵志類的書籍更輔以收費低廉甚至免費入場的講座、簽書會等形式擴大影響，爭取曝光率，吸引讀者。這些宣傳造勢的促銷手法成功促使出版品加速成為當週或當月的暢銷書。

從統計看來，不論是港版書或臺版書，甚至是大陸書籍，都明顯趨向心靈輔導、心理勵志、人際關係、日常生活和職場等社會人文性質的知識需求。就連盛行的少年小說和校園文學亦偏向勵志教育的題材內容。這反映了讀者的閱讀取向從強調美學元素的嚴肅文學轉向直白實用性強的生活

---

[19] 丹尼斯・麥奎爾、斯文・溫德爾著，《大眾傳播模式論》，祝建華、武偉譯（上海：上海譯文，1997），頁82。

知識和勵志故事。不管雅俗文學／文化的爭論如何，或可將讀者群眾的這種閱讀行為，理解成積極尋求精神自救的普遍現象；而上述的營銷業績，也說明大眾書局發行和零售這類書籍，不僅把握和爭取了讀者市場，提高書局/集團本身的知名度，同時也發揮著協助讀者精神自救的啟蒙意義。

作為大眾傳播媒介的書籍，其所承載和傳遞的信息對民眾群體價值取向的認同、他們的思想觀念、生活方式和文化趣味的發展等方面都起著重要的影響作用。而社會人生勵志類書籍如今成為人們日常文化消費的一部分，在一定程度上會成為某種／多種「參考架構」，去解釋社會現象，表達某種觀點主張。而讀者大眾在不知不覺中，日常生活的行為規範、生活方式、觀念想法等方面，都會受到不同層面、不同程度的指引或引導。重要的是，這種自覺、主動的意識是可貴的。讀者民眾在自覺主動的情況下去接觸或了解新事物、新知識、新觀念，這種自覺的關懷點主要在於反思和調整人與自身之間的關係，是一種人類對自己的管理，也是人類自覺對理性的追求。

隨著國家社會經濟發展，現代社會人的生活水平雖然提高，但日愈緊張的生活步伐和競爭的工作環境，都威脅著人們的生理和心理健康。人們對生活質量的認識開始出現變化。這些生活質量的追求反映了人們對生活的主觀感受，即對工作、生活、婚姻家庭、健康問題的感受。近年來暢銷書題材基本上都圍繞人生、日常生活主題，正說明了一般民眾關心的，乃是他們賴以安身立命的現實日常生活世界。而這種回歸現實生活世界的文化啟蒙，可說是反映人們自覺自發的集體性療救行為。這種借印刷出版品來達到啟蒙和療救作用的現象，早已遠離五四時期為救國保種而生發的情感訴求，而是強調直白、應用性、實用性的利己意識。筆者以為，大眾書局暢銷書目所顯示的讀者需求，和大眾書局為馬來西亞民眾所提供的這類勵志書籍，將有助於促成一般民眾的自覺意識，並可能繼續以大規模的知識影響逐步形成相對自律、自覺的文化精神。

引用書目

大眾書局，〈關於大眾〉，《大眾書局》，http://www.popularworld.com/cn/aboutus.php（2014.5.12徵引）。

不著撰人，《大眾書局》，www.popularworld.com/en（2014.5.12徵引）。

———，〈大眾電子教學臺灣分公司〉，《大眾集團八十週年紀念特刊》（新加坡：新加坡大眾控股有限公司，2004）。

王虹、韓三元、、曹蓉編，《大眾集團八十週年紀念特刊》（新加坡：新加坡大眾控股有限公司，2004）。

王虹編，《詩書滋味長——大眾集團八十五週年特刊》（新加坡：大眾控股有限公司，2009）。

不著撰人，〈大眾書局中文暢銷書目：2014年11-12月份〉，《大眾資訊》，第94期（2014），頁47。

———，〈亞洲週刊・熱門文化指標〉，《亞洲週刊》，1994-2014年。

于沫我，《穀種》（香港：世界書局，1960）。

吉少甫，《中國出版簡史》（上海：學林出版社，1991）。

倉理新，《書籍傳播與社會發展——出版產業的文化社會學研究》（北京：首都師範大學，2007）。。

田天，〈大眾控股有限公司〉，http://app.dajianet.com/print.php?contentid=154474&validated=true（2014.5.12徵引）。

丹尼斯・麥奎爾、斯文・溫德爾著，祝建華、武偉譯，《大眾傳播模式論》（上海：上海譯文，1997）。

周強生，〈新馬實體書店經營淺談〉，《大眾資訊》第86期（2013），頁8-11。

曾希邦，《黑白集》（香港：世界書局，1957）。

溫梓川，《郁達夫南遊記》（香港：世界出版社，1956）。

———，《夫妻夜話》（香港：海濱書屋，1957）。

鄭子瑜，《門外文談》（香港世界書局，1957）。

鄭乃平，〈馬來西亞華人人口趨勢與人力資本〉，文平強主編，《馬來西亞華人與國族建構：從獨立前到獨立後五十年（上冊）》（吉隆坡：華社研究中心，2009）。

魏曉薇，〈訪陳萬雄：香港書業強在「感覺優勢」〉，中國新聞出版網http://www.dajianet.com/world/2009/0303/95124.shtml（2015.3.23徵引）。

馬來西亞華校教師會總會，〈截至2013年1月31日華小學生人數和班級統計數據〉，http://web.jiaozong.org.my/index.php?option=com_content&task=view&id=1789&I

temid=253（2015.12.12徵引）。

———，《2010年國民型中學華文班概況》，http://web.jiaozong.org.my/doc/2010/rnr/2010smjk_survey.pdf（2015.12.12徵引）

莊俊隆，〈華文獨中學人數逾八萬　抱持樂觀及謹慎態度〉，《馬來西亞華校董事聯合會總會》，http://www.dongzong.my/detail-declare.php?id=457（2015.12.12徵引）。

Department of Statistics Malaysia,“Population Distribution and Basic Demographic Characteristic Report2010,”https://www.statistics.gov.my/index.php?r=column/ctheme&menu_id=L0pheU43NWJwRWVSZklWdzQ4TlhUUT09&bul_id=MDMxdHZjWTk1SjFzTzNkRXYzcVZjdz09.（2015.06.28徵引）。

The Dissemination of Taiwan Cultural Knowledge and Taiwan Chinese Books in Malaysia: A Case Study on Popular Bookshop (1984-2014)

Liau, Ping-leng*

Abstract

Bookshops and publishers play an important role in constructing the literary field and cultural dissemination. The observation and analysis of publishing operations and related activities helps to clarify the reasons and the means by which the literature field and culture dissemination are formed. This paper focuses on the largest Chinese bookshop in Malaysia, Popular Bookshop, as an example, attempting to look into its role as a medium through which the literature and culture from Taiwan is disseminated. An examination of the monthly best-seller booklist over the past 30 years reveals that the Taiwan book category of elite literature has diminished in size in recent years, whereas popular literature and books about spirituality or general knowledge have become major best-sellers instead. These findings highlight a different approach when researching the topic of knowledge and cultural dissemination from Taiwan to Malaysia; that is, the observation of changing literary trends, as well as the demand of humanistic enlightenment from the general masses.

Keywords: Malaysia, Popular Bookshop, Chinese Publication, Taiwan Publication, Knowledge Dissemination

* Associate Professor, Institute of Chinese Studies, Universiti Tunku Abdul Rahman, Malaysia.

旅行文學之誕生：試論臺灣現代觀光社會的觀看與表達*

蘇碩斌**

摘要

「旅行文學」在1990年代突然出現在臺灣，經過作家、評論家、學者密集的討論與創作示範，旅行文學被定義為透過辛苦體驗、深刻觀想而來的表達，並且被界定為專屬於當代的「新興文類」。本文主張這個旅行文學，並不是中國源遠流長的遊記文學系譜之餘緒，而是一個具有社會意義的文學現象，因此必須置回臺灣1990年代享樂觀光盛行的社會氣氛來討論。文學並不是社會的單純反映，旅行文學當然也不是觀光社會的單純反映。當代創造的「旅行文學」文類，是一種文學界面對觀光社會而生出「觀光客的不安」、而以「旅行文學」對抗「旅行平庸化」危機的文學鬥爭。這種當代的旅行文學，要求「內在」的獨特凝視，並要求「外在」的寫實描述，亦即，要求旅行者必須承擔「發現風景」的責任，進而在風景之中形塑具有孤絕感的個人性「主體／客體」關係。生於享樂觀光時代的旅行文學，因而具有深切的「艱苦旅行」之意含。

關鍵詞：旅行文學、遊記、觀光客的不安、視線、寫實主義

---

* 本文為科技部專題計畫《旅行文學之歧路：臺灣觀光文化書寫的歷史變遷》（NSC102-2410-H-002-198）部分研究成果，初稿宣讀於「第一屆文化流動與知識傳播國際學術研討會」，修訂後曾刊載於《臺灣文學研究學報》第十九期（2014年10月），頁255-286。此文以文學社會學角度發想，承蒙柯慶明、江寶釵、林淑慧、范宜如等學界先進及匿名審查人給予觀點上的啟迪及資料上的指引，謹此致謝。

** 國立臺灣大學臺灣文學研究所教授。

一、前言：旅行文學何以是苦的？

旅行文學在1990年代的臺灣，突然誕生為一個專有名詞。這個文學名詞，並非只是過去中國文學林林總總的遊記文學的新稱號，這個名詞在臺灣1990年代的特定時空之中，對抗了社會的旅行現況、甚至規範了社會的旅行價值。因此，這不只是一個文學現象，更是一個社會現象，集結了旅行文學與觀光社會隱微互動的時代軌跡。

稱之為誕生，是因為旅行文學一詞在1990年代以前的臺灣文學界幾乎不曾出現。[1]文獻可及的記錄，最早是1987年宋冬陽用於為散文集《島嶼之夢》作序的標題〈精神版圖的擴張與再擴張——論林文義的旅行文學〉[2]，但內文並無旅行文學之定義，亦無涉文類之建立。旅行文學一詞在1990年代中期才真的啟動熱潮，屢屢以主題形式表現在各式文學活動場合：1996年《幼獅文藝》83卷11、12期及84卷5期分別刊載胡錦媛〈繞著地球跑：當代臺灣旅遊文學〉的三篇系列文章，1997年9月《中外文學》推出規畫的「離與返的辯證：旅行文學與評論專輯」，刊登宋美璍、陳長房、賴維菁、李鴻瓊四篇西方旅行文學史的論文，由外文學界率先引發理論性議題。其後，則是更具話題性的兩大本國籍航空公司接連舉辦旅行文學獎，分別是1997年起連三屆的《華航旅行文學獎》及三本文集、1998年《長榮旅行文學獎》及文集。至此旅行文學的熱潮已然成形，學術引介活動接二連三，1998年12月中國青年寫作協會及聯合報副刊合辦《旅行文學研討會》，1999年5月《中外文學》再推專題「離與返的辯證（2）女性與旅行」專輯，2000年東海大學中文系舉辦的《旅遊文學研討會》並出版論文集，2004年孟樊主編《臺灣旅行文學讀本》，2004年胡錦媛主編《臺灣當代旅行文選》、2006年臺中技術學院應用中文系舉辦《臺灣旅遊文學研討會》並出版論文集，2009年羅秀美主編《看風景：旅行文學讀本》，2010年及2011年高雄縣自然史教育館舉辦《臺灣旅遊文學／文化旅遊學術研討

---

[1] 例如鄭明娳1988年《現代散文類型論》一書列舉的散文類型，僅指出「遊記」為「次文類」，並未使用「旅行文學」一詞。參考鄭明娳，《現代散文類型論》（臺北：大安出版社，1987.02），頁220。

[2] 該篇序言與旅行相關內容僅有「〔林文義〕可能是唯一從旅行中找尋題材的創作者」。參見宋冬陽〔陳芳明〕，〈精神版圖的擴張與再擴張——論林文義的旅行文學〉，收入林文義，《島嶼之夢》（臺北：林白出版社，1987），頁13。

會》並出版論文集……。若再加上各種單篇文學創作與研究論文，稱之誕生，應不為過。

這個由文學評論、評審意見、學術著作共同促成的旅行文學誕生過程中，其實還包含二條歧異的茁生路徑。第一條路徑致力於旅行文學作為新文類的定義，亦即大量討論「旅行／旅行文學是什麼、不是什麼」的規範性判準，並由西方學術思潮引進各種定義，將旅行文學框定為現代文學的一環。這些定義建構，除了發生在華航及長榮旅行文學獎的評審說明，文學學者也幾乎同時發表了相呼應的論點，並透顯出旅行的艱苦內涵。第二條路徑則致力於連結臺灣旅行文學的歷史系譜：主要是有關旅行文學置於古典遊記傳統的線性史，架接臺灣旅行文學與中國文學傳統的關聯與變化，多見於臺灣的中國古典文學研究者，他們細膩考察了不同時代出遊的臺灣文人書寫，並梳理、分類出文人如何在旅行中表達思想。

這二條旅行文學的促生路徑，一則認定為全新的現代文類，一則連結到古典的遙遠傳統，看似矛盾而不相容，應該如何理解？或可先舉出兩個值得關注的觀察點，以作為分析的起步。

第一個觀察點是，旅行文學一方面搭著享樂觀光時代的風潮而起，但卻普遍訴求不輕鬆、甚至艱苦的旅行內涵。旅行文學誕生後的大約十年期間，臺灣市面早已充斥海外旅遊的導覽手冊，一般對觀光旅行印象也都是難得的假期、歡樂的時光，即使數本具文學性而廣受注目的暢銷作家旅遊書，刻畫的也是愉悅的生活圖像。如1997年黃威融《旅行就是一種SHOPPING》[3]結合旅行與購物的享樂、2001年桑曄《倫敦嗑樂地圖》[4]結合旅行與音樂的享樂、2002年葉怡蘭《享樂，旅行的完成式》[5]結合旅行與美食的享樂。這些旅行指南指引20世紀末的臺灣一般大眾，「省吃儉用存了一筆錢，就為了享受一晚臺幣幾萬元的度假村。不是富有的人，卻能有極樂的旅行體驗」，都在為所有人謀求享樂旅行的可能。[6]然而，「旅行文學」並不提供「旅行即享樂」的常識性圖像，反而一直強調「旅行的艱苦」。舉凡孟樊編著《旅遊文學讀本》評述讀本文章指出的「不是觀光的

[3] 黃威融，《旅行就是一種SHOPPING》（臺北：新新聞文化事業公司，1997.04）。

[4] 桑曄，《倫敦嗑樂地圖》（臺北：青新出版社，2001.02）。

[5] 葉怡蘭，《享樂，旅行的完成式》（臺北：麥田出版社，2002.08）。

[6] 同上註，頁1。

文學，是內在心靈的省思、是心智的考驗」[7]，郝譽翔分析旅行文學熱潮主張「當旅行是在追尋一場心靈的放逐、反省與思考，而不只是拿著相機，囫圇饕餮異國風景的時候，『旅行』方才有進入『文學』的可能性」[8]，又或詹宏志稱頌「硬派」及「軟派」旅行家的理由是因為「他們的旅行都不輕鬆，都不是休閒或尋歡的觀光客之旅」，[9]都呈顯出1990年代的旅行文學具有訴求艱苦、拒斥享樂的特質。這不應視為文學界內部文體變化的問題，也不應視為觀光客心理的感受變化的問題，這個生於享樂觀光盛行的年代、卻強在文學上訴諸艱苦表達的矛盾特質，是有待深入解答的社會現象。

第二個觀察點是，「旅行文學」一方面被表達為時代獨有的新文類，卻也被連繫到中國古典遊記文學的系譜裡。1990年代突然崛起的旅行文學，大量的辯詰重心都放在胡錦媛設定的「臺灣當代的『時代文學』」[10]、鍾怡雯設定的「新興的次文類」[11]、或郝譽翔設定的〈旅行文學是新興文類〉[12]等方向相似的問題之上。然而臺灣文史學界其實在1990年代也開始探討文學史散落的各種宦遊記錄、文人遊歷、海外遊蹤等文學及文獻，並串連成線性的「旅行文學系譜」。這條線性系譜，如李瑞騰在評述郝譽翔〈旅行文學是新興文類〉一文的相反主張：「『旅行文學』源遠流長，而在最近幾年有比較令人驚豔的發展現象」[13]。李瑞騰說的源遠流長，不久後在兩岸旅行文學（中國大陸習稱旅游文學）研究史中逐漸落實下來。先有中國學者章尚正指稱「旅游文學是起源最早的文學品種之一」，就精神面，可溯至夸父追日、黃帝戰蚩尤等神話，就文學史，可溯

7　孟樊，〈旅行文學作為一種文類〉，收入孟樊編，《旅行文學讀本》（臺北：揚智文化公司，2004.04），頁9。

8　郝譽翔，〈「旅行」？或是「文學」？〉，收入東海大學中文系編，《旅遊文學論文集》（臺北：文津出版社，2000.01），頁289。

9　詹宏志，〈硬派旅行文學〉，收入舒國治等，《縱橫天下：長榮環宇文學獎》（臺北：聯合文學出版社，1998.12），頁9。

10　胡錦媛，〈臺灣當代旅行文學〉，收入陳大為、鍾怡雯編，《二十世紀臺灣文學專題II：創作類型與主題》（臺北：萬卷樓圖書公司，2006.09），頁8-9。

11　鍾怡雯，〈旅行中的書寫：一個次文類的成立〉，《臺北大學中文學報》第4期（2008.03），頁35-52。

12　同註8，頁279-302。

13　李瑞騰，〈「旅行」？或是「文學」？——論當代旅行文學的書寫困境講評〉，收入東海大學中文系編，《旅遊文學論文集》（臺北：文津出版社，2000.01），頁348。

至南朝蕭統《文選》中的畋獵賦、紀行賦、游覽賦、游仙賦、游覽詩、行旅詩等十多類。[14]臺灣則接續有楊正寬蒐羅龐大歷史文獻的《臺灣旅遊文學與文獻研究》[15]、陳室如以1840年以來遠赴域外的豐沛文學史著解析接受異國他者衝擊思想轉變的《近代域外遊記》[16]、林淑慧以日治報刊深探顏國年、林獻堂、雞籠生等作品的《旅人心境：臺灣日治時期漢文旅遊書寫》等，[17]其他運用旅行文學、旅遊文學、旅行文化等概念於臺灣遊記文學的諸多論著，也都在1998年後相繼提出，為臺灣古典文學史開出「旅行文學」的支脈。[18]旅行文學是新興出現的文類？抑或源遠流長的典型？這兩種對旅行文學的相反認知，之所以同時發生臺灣的1990年代中期，原因無非也是「旅行者置身觀光時代」的社會脈絡之故。

從這兩個觀察點出發，結合「文學外部」與「文學內部」[19]二條方法取徑，應可分析1990年代臺灣社會為何出現寓含多種矛盾的旅行文學。

所謂「文學外部」取徑，意指考察旅行文學現象與外部時空的關係。在旅行條件愈來愈不痛苦、並誘引常民大眾皆可為之的「大眾觀光」時

---

14 章尚正，《旅游文學》（福州：福建人民出版社，2006.10），頁1。

15 楊正寬，《明清時期臺灣旅遊文學與文獻研究》（臺北：國立編譯館，2007.05）。

16 陳室如，《近代域外遊記研究（1840-1945）》（臺北：文津出版社，2008.01）。

17 林淑慧，《旅人心境：臺灣日治時期漢文旅遊書寫》（臺北：萬卷樓圖書公司，2014.02）；林淑慧，〈臺灣清治時期遊記的異地記憶與文化意涵〉，《空大人文學報》13期（2004.12）；林淑慧，〈臺灣清治前期旅遊書寫的文化義蘊〉，《中國學術年刊》（春）27期（2005.03）。

18 運用「旅行文學」、「旅遊文學」、「旅行文化」等概念於臺灣古典遊記文學之相關論著甚多，例舉若干如下：洪銘水〈梁啟超與林獻堂的美國遊記〉，收入東海大學中文系編，《旅遊文學論文集》（臺北：文津，2000），頁133-164；羅秀美〈流動的風景與凝視的文本－談單士釐（1856-1943）的旅行散文以及她對女性文學的傳播與接受〉，《淡江中文學報》15期（2006.12），頁41-94。陳室如，〈對鏡隱喻——日治時期臺灣遊記的重層觀照〉，《臺灣文獻》58卷4期（2007），頁237-268；朱雙一，〈從旅行文學看日據時期臺灣文人的民族認同——以彰化文人的日本和中國大陸旅遊經驗為中心〉，《臺灣研究集刊》（2008），頁1-9；顧敏耀（2011）〈摹狀奇山異水‧呈顯樂園鏡像－臺灣清領時期古典詩文中的日月潭〉，《臺灣觀光學報》8期，頁75-108；程玉凰，《洪棄生的旅遊文學：《八州遊記》研究》（臺北：文津，2011）。

19 文學「外部／內部」之分，是，RenéWellek and Austin Warren在*Theory of literature*一書提出的二分取徑，文學外部取徑，指研究社會政治等影響文學寫作或閱讀環境的通則性，文學內部取徑，指研究文學文本自成一格的獨特性。這個二分曾被視為不可跨越的兩難，但文學社會學者無不致力突破二者的界限，例如Pierre Bourdieu在《藝術的法則》序言的宣示。可參考René Wellek and Austin Warren. *Theory of Literature* 3rd Edition. (New York: Harcourt, Brace & World. 1956)，及Pierre Bourdieu, translated by Susan Emanuel. *The Rules of Art : Genesis and Structure of the Literary Field*. (Stanford, Calif.: Stanford University Press. 1995)。

代，「旅行的艱苦」理應不再存在，但是何以反而滋長了「旅行文學」？藉由觀光理論中的「觀光客的不安」概念，或可說明：1990年代的旅行文學熱潮，是用以對抗當時社會「旅行平庸化」的鬥爭。

至於「文學內部」取徑，則意指探究旅行文學內部呈現的對於風景的觀看方式及表達方式。當代旅行文學的視線與表達的形式，其實與過去有著重大的斷裂，若借用柄谷行人的「現代風景」概念作為理論觀點，可洞察臺灣當代旅行文學對於旅行者要求了「以獨特視線發現風景」的責任；也正是這種獨特的視線，具現了旅行者成為孤獨而自由的個別主體，也具現了新的文體。

二、旅行文學與觀光時代的矛盾

旅行文學誕生前的臺灣社會氣氛，已然是個大眾觀光的時代。1979年臺灣政府開放國民海外觀光，出國人數快速成長，至1995年的短短十六年間，已有開放之初的十倍出國人口、帶著大幅攀升的國民所得去到世界各地遊歷（請參考附表「戰後臺灣出入境人數及國民所得概況表」）；加上1988年解嚴後社會氣氛開始自由化後，意外迅速推動的隔周休二日政策，也促動了臺灣觀光旅行出版市場的明顯蠢動。

1990年代前後，臺灣出版市場開始風行國外旅遊書，然而其內容多是提供資訊指南的導覽書。先是《民生報》聯載「國外自助旅行系列」專欄於1988年由聯經出版公司出版為《歐洲自助旅行須知》等套書十三冊，[20]叢書首冊就清楚表示「這本書沒有廢話，每一個要點都是經驗的淬煉、資料的精選」[21]。這樣的訴求，與旅行文學的是截然不同的二道方向；即使聯經出版公司1989年推出的「好好玩系列」[22]有廖和敏等後來的旅行文學作家執筆，但這些作家在這個時期的旅遊書作品，仍是資訊提供、按圖索驥的導覽手冊性質。

---

[20] 各冊主題包括《歐洲駕車旅遊指南》、《歐洲自助旅行指南》系列《實務篇》、《義大利篇》、《瑞士、奧地利篇》、《德國篇》、《北歐四國篇》、《荷、比、盧篇》、《法國篇》、《英國篇》等。

[21] 黃安勝，《歐洲自助旅行須知》（臺北：聯經出版公司，1988.07）。

[22] 包括泰世日報編寫的《泰國旅遊指南》，之後陸續出版陳佩周《乾杯西班牙陽光》、鄭麗園《英國女王有請》、廖和敏《跟紐約戀愛》等十餘冊。

臺灣的海外旅遊情報雜誌也在1990年代大舉出現。1990年《BLANCA博覽家雜誌》創刊、1997年《TO'GO》雜誌創刊、1998年《MOOK》創刊，這些雜誌挾著旅遊熱潮，「不只有一定的讀者群，更重要的是保證有旅行社的廣告預算，所以氣勢頗旺」[23]。國外翻譯引進的旅遊書，也都在1990年代開始進入市場，遠流於1995年開始引譯英國「DK全視野世界旅行圖鑑」系列及自製「Moving概念旅人系列」[24]，城邦集團在1997年成立馬可孛羅出版社以推廣「旅行及旅行文學專門書」[25]，之後再有精英出版社在1999年出版「個人旅行系列」指南，並代理日本《JTB世界自由行》旅遊指南[26]，另外，太雅、華成、閱讀地球等新興的觀光書籍出版社成立[27]。

這個時期的旅遊書爆發，幾乎就是旅行文學的暖身。但是，暖身是否意謂著正向的延續，恐怕就不盡如此了。這個時期，華航與長榮兩大本國籍航空公司，分別與中國時報社、聯合報社等大眾媒體及出版機構合作，以高額獎金、優厚機票、曝光機會為餌，推出「旅行文學」這個臺灣文學史最華麗文學獎的活動事件。

舒國治在2006年撰寫的〈十年目睹之怪現狀〉說「『旅行』，成為出版的一種門類。報紙及電視談到旅行，如同是一時尚」[28]，講的正是這個年代。儼然成為門類的導覽旅遊書，畢竟還不被文學界認可是旅行文學。那麼，導覽旅遊書與旅行文學誕生的關係又是如何？一般而言，論者大致提出了兩種歸因。

第一種歸因是「大量旅行行為激發了旅行文學的書寫欲望」，例如焦桐認為1998年臺灣充滿「旅行文學」的敘述欲望，造成書市旅遊類書籍百花齊放；[29]胡錦媛也歸因於經濟力提升、全球化願景、異國想像與緊張生活壓力等因素，主張「旅行所激發出來的敘述欲望與全民書寫能量在旅行

[23] 楊照，〈臺灣雜誌發展小史〉，收入楊照，《在閱讀的密林中》（臺北：印刻出版公司，2003.06），頁232。

[24] 莊麗薇，《自助旅行、觀光與文化想像：以臺灣的自助旅行論述為例》（臺中：東海大學社會學研究所碩士論文，2006.10），頁65。

[25] 徐開塵，〈旅行文學隨作家翅膀翱翔〉，《民生報》，1997.12.25，第34版。。

[26] 莊麗薇，《自助旅行、觀光與文化想像：以臺灣的自助旅行論述為例》，頁63。

[27] 陳室如，《出發與回歸的辯證——臺灣現代旅行書寫研究（1949－2002）》（彰化：彰化師範大學國文研究所碩士論文，2003.06），頁282。

[28] 舒國治，《流浪集》（臺北：大塊出版社，2006.10），頁112。

[29] 江中明，〈旅行文學定義莫衷一是〉，《聯合報》（1998.12.14），第14版。

寫作中找到了最鍾情的消耗空間」[30]。第二種歸因是「商業模式的文學獎炒作出旅行文學」，尤指1997年起的三屆華航旅行文學獎、1998年長榮環宇文學獎使臺灣的旅行文學非自然產生，例如陳室如稱之「在文學獎和商業模式炒作下，達到前所未有的高峰」[31]，鍾怡雯指媒體曝光和超高獎金引發了競爭，「出奇制勝的心理改變了傳統遊記的體質，旅行散文不再是單純的旅遊心情與風景之紀錄」[32]。

這二種歸因的基本邏輯，正是全民大量觀光、累積旅行書寫欲望、開始寫作、遭媒體利用炒作成旅行文學的盛況；亦即，二種歸因都設定了「大量的旅行文學」源自「大量的觀光欲望」。然而，旅行文學與大眾觀光的關係是這種簡單的「正相關」嗎？由「觀光客的不安」理論，應可探究其間的複雜成因。

旅行文學所強調艱苦的意涵，與大眾享樂觀光時代是何關係？此處有必要先釐清旅行、觀光二個詞的字義。旅行（travel）和觀光（tour）在理論上是完全不同的兩個概念，但日常生活屢見二詞混用（例如說旅行社招攬觀光客參加旅行團到觀光景點），文學界似亦無嚴格區分，1997年起三屆的華航旅行文學獎、1998年長榮環宇文學獎，乃至2002年政府提供的《觀光文學藝術作品獎勵辦法》，都蘊含旅行、觀光的複合意涵，再加上傳統習用的「旅遊文學」，幾個名詞在日常生活並無太大歧異。

然而根據字源演變來區辨，旅行（travel）源自中世紀英文“travelen”，與現代法文的”travail”同源，意指因身分需要而移動各地的勞動，拉丁文字源“trepalium”（三塊木板three-staked instrument）即寓含酷刑之義。相對的，觀光（tour）源自希臘文字根“tornus”，與現今英文“turn, circle”同意，指前去一個地方而復返；所以觀光在現代英文的衍義，意謂暫時離開工作出發再返回工作。[33]

旅行自有人類歷史就已存在，旅行者多是非自願地踏上旅程（商人、軍人、流寓），難免苦痛折磨，有去不保證有回；而觀光則是現代社會獨

---

30 胡錦媛，〈臺灣當代旅行文學〉，收入陳大為、鍾怡雯編，《二十世紀臺灣文學專題II：創作類型與主題》（臺北：萬卷樓圖書公司，2006.09），頁171。

31 同註27，頁282。

32 鍾怡雯，〈序〉，收入鍾怡雯、陳大為主編，《天下散文選I》（臺北：天下遠見出版公司，2001.10），頁IV。

33 Boorstin, Daniel. *The Image: A Guide to Pseudo-Events in America.* (New York: Atheneum. 1961), p. 85; Ayto, John. *Dictionary of Word Origins* (New York : Arcade, 1991).

有，帶著歡愉享樂的意涵，預設終將回家。也因此，「觀光」的社會史研究幾乎都同意是1845年Thomas Cook利用1824年完工的英格蘭橫貫鐵路完而首創旅行代理制度（travel agency），以及推出套裝行程（package）招攬一般民眾到歐洲各地旅行，才真正終結苦痛旅行的時代、開啟大眾享樂觀光的時代。[34]二十世紀後「旅行自由」（freedom to travel）更是普遍被認可的基本人權保障概念。[35]

大眾快樂出遊在戰後的蓬勃發展，在1960年代引來學界的攻訐。1961年美國人文主義者、文化史學家Daniel Boorstin提出假事件（pseudo event）論點，首度對於「集體性質的大眾觀光」發出沈重批判。Boorstin斥責大眾觀光客的膚淺，在強調個人主義的美國社會中，這些人應該稱為個別化的大眾（individualized mass），在什麼都不知情的情況被帶去帶回，借集體的標準化行程而獲得個人的虛偽快感。[36]

反過來看，現代大眾觀光既然會被Boorstin批判為是「非本真性（inauthenticity）」的庸俗行動，也蘊含了一般人對於「追求本真性」（pursuit of authenticity）的渴求。DeanMacCannell即指出，人類的觀光行動，本就是因為想要逃離工業資本主義帶來之無趣的標準化日常生活，這種心理需求相當強烈，即使知悉觀光的大眾性格，卻無法放棄藉由觀光來追求本真性。MacCannell因而修正Boorstin對觀光客的無情指責，而提出「被演出的本真性」（staged authenticity）理論，主張大眾之所以想親臨該去的景點、吸收該懂的知識、看透別人的真正後臺生活，其實根底原因是現代人的不安。MacCannell將這種不安心理稱為觀光客的恥感（touristic shame），「不是因為成為觀光客而恥，而是因為不夠觀光客而恥（not being tourist enough）」[37]；既然大眾觀光客都努力想超越一般觀光客，也就互相憎惡並發展出「別人是觀光客，但我是旅行者」（They are tourists, I am not）的自傲公式。[38]

---

[34] Feifer, Maxine. *Going Places: The Ways of the Tourist from Imperial Rome to the Present Day.* (Lodon: Mcmillan. 1985).

[35] 1948年聯合國制定的《世界人權宣言》（Universal Declaration of Human Rights）第十三條規定「任何人都擁有移動與居住的自由」，是最具象徵意義的宣示。

[36] Boorstin. *The Image: A Guide to Pseudo-Events in America.*Pp.115-117.

[37] MacCannell, Dean. *The Tourist: A New Theory of the Leisure Class.* (Berkeley: University of California Press, 1976). p. 10.

[38] 同上註，p. 107。另參見John Urry. *The Tourist Gaze* (London: Sage, 1990）。

Donald L. Redfoot依此概念將觀光客分為不同的階序，第一階觀光客／純真型觀光客（true tourist），指的是對自身享用觀光資源甚為滿意的觀光客；具有「觀光客之恥」的則是第二階觀光客／不安型觀光客（angst-ridden tourist），他們不接受自己是觀光客，因此想方設法欲與第一階觀光客做出區隔。[39]

MacCannel及Redfood的解讀，吊詭地指出，正是在「大眾觀光」的現象底下才會擠壓出「反觀光」的感受。這種感受，可視為當代旅行文學的基本底蘊。Paul Fussell著名的*Abroad: British Literature Travelling Between Wars*，考察了二十世紀兩次大戰期間文學中的旅行書寫，指出旅行文學並不是社會的觀光現象之反映，二者的內涵甚至會相互悖反。Fussell曾擔心二次大戰期間「因為旅行已經幾乎不再可能，追尋旅行的本質或旅行的書寫，將只像是在寫輓歌」[40]但這期間反而出現英國文學史罕見大量的旅行文學，而且具有前所未見的歡悅感。Fussell隨之感嘆戰後便利觀光條件造成的文學氣氛，因為任何人都無法逃避自身是觀光客的現實，因此中產階級、知識分子反而獨特地發展出一種「觀光客的不安」（tourist angst），亦即反對自我定義為觀光客的論述形式，這種不安傾向宣稱己身是旅行者而非觀光客。[41]

雖然一般人的日常生活中，旅行與觀光幾乎是含混的同義詞，但在理論上仍有必要區辨，方能解讀旅行文學的書寫動能。由前述「旅行／觀光」相對立的字源史來看，二者的對立就在於「回家」的差異。而當代學者胡錦媛則以文學角色界定旅行、也界定旅行文學：「旅行的觀念得以成立，是因為『家』先驗性存在。家的存在使得旅行者得以踏上旅途，衡量他／她的旅程遠近；家等待旅行者結束行程歸來，使旅行有別於『流浪』（wanderings）、『流放』（exile）、『流離』（diaspora）與『移居遷徙』（migration）」。[42]胡錦媛交織旅行與觀光的定義，在臺灣諸多旅行

---

[39] Donald L. Redfoot."Touristic Authenticity, Touristic Angst, Arid Modern Reality," *Qualitative Sociology*. 7(4) (1984), Pp. 293-303. 文中Redfoot另提出第三階觀光客／人類學型觀光客（anthropologist tourist）及第四階觀光客／心靈型觀光客（spiritualtourist）二個概念，本文暫不討論。

[40] Paul Fussell. *Abroad British Literary Traveling between the Wars*. (New York: Oxford University Press, 1980). p. 43.

[41] 同上註，p. 49.

[42] 胡錦媛，〈返鄉敘事缺席：臺灣當代旅行文學〉，《文化越界》1卷9期（2013.03），頁47。

文學作品的深層底蘊，也經常可見。將原本現代、觀光內含的「回家」意義貼附在古老、辛痛的旅行者之上，看似豁免了旅行者的艱苦本質，但實則加諸了其艱苦的責任。也就是說，原本旅行者放浪生死的悲涼宿命，如今已獲得回家的安全保障，因此旅程經驗是庸俗或非凡，就是因人而異的道德責任了。

以此觀點來檢視臺灣社會1990年代，當任何人都不可避免必須享用觀光的便利設施（航空公司接駁系統、旅館預約系統、旅行社及導遊系統……），第二階觀光客必然順勢誕生。因此，當代的旅行者，是置身觀光社會而將古老旅人轉化的新產物，當代的旅行文學，也是面對大眾觀光而將遊記轉化的新類型。「旅行文學」因而是「追尋本真性」以及「拒絕觀光客」的雙重動機之產物。是以旅行文學雖然誕生於大眾觀光，但其內含卻是「反大眾觀光」。

臺灣旅行文學熱潮形成之初的1996年末，市場正是導覽書當紅的時候，文學界作家、評論、學者們，卻共同形塑出一股相反的論調與作品。作家張讓發表於1996年11月《中華日報》副刊的〈旅人的眼睛〉，雖然是不起眼的一篇散文，但卻是「反觀光」情緒的隱微起點。張讓遊歷歐美多年後，突然有了以下感覺：

> 我不喜歡一般所謂的觀光，然而還不到痛恨的程度。六年前到法國旅行，在巴黎街上奔走找尋名勝，好像被誰逼著一站一站向前趕，突然醒悟這樣觀光庸俗而又荒謬。……我不要看大家都看，「非看不可」的東西。[43]

反觀光的旅行文學，到了1997年以後更加明確揭露開來，尤其是兩大旅行文學獎。透過評審主張及作品選擇所進行的「旅行文學的定義建構」，展現了諸多前述的「觀光客的不安」。

先就旅行文學獎的各方評審來考察，可見到對於旅行文學應該「反觀光」的一致期許。第一屆華航旅行文學獎的評審楊澤，在文集序言表達了「深刻的旅行文學讓我們不致為導覽手冊、風景明信片所左右」，[44]南方

---

[43] 張讓，〈旅人的眼睛〉，收入鍾怡雯、陳大為主編《天下散文選II》（臺北：天下遠見出版公司，2001.10），頁164。原刊於《中華日報》1996.11.14，副刊。

[44] 楊澤，〈在文明的邊緣流浪〉，收入舒國治等，《國境在遠方：第一屆華航旅行文學獎精選作

朔在「第二屆華航旅行文學獎」的文集前言，更指出「現代儘管觀光事業發，但緊跟著導遊旗而栖栖惶惶的蜻蜓點水，它除了具有『到此一遊』的印象外，無論留存的記憶或體會到的經驗都並不太多」[45]。

這些評述，都呈現了寄望以旅行文學來反抗觀光的「觀光客的不安」。由此，雖然由歷史發展的實然面向來看，原本是「旅行演進到觀光」，但臺灣旅行文學論述，則將之翻轉成為具有規範意義的「觀光演進到旅行」。南方朔寫道：

> 觀光是一種低度的旅行。……，旅行是觀光的升級。觀光是對某個景點慕名已久的到此一遊。……觀光難以出現好的文字。但旅行則否，旅行裡含有更多旅行者意志、興趣和體會，因而當旅程結束，總有許多話要說。它可能是有趣生動的旅行過程，可能是別人難有卻值得分享的感悟和經驗，於是遂有了『旅行文學』這個文類的興起。[46]

第二屆華航旅行文學獎的評審羅智成，也在同一文集的前言指摘第一屆華航旅行文學獎「文學性高、旅行難度低、廣度不夠、深度不夠」[47]的缺點，這種批判，也是隱含旅行文學要求一種更高、更難、更艱辛的「反觀光客」標準。

長榮環宇文學獎也同樣表達出反觀光的調性。詹宏志在文集的序言提出「硬派／軟派」的理想旅行文學論點：硬派如Wilfred Thesiger或Jon Krakauer是以高難度探險、九死一生經歷而寫出的旅行文學，軟派如Jan Morris或Bill Bryson是在一般觀光本身之外見人所未見的旅行文學。[48]在這樣的標準下當然也就會貶視一般的觀光團客：

> 當我讀著這些決審作品時，委實吃了一驚，因為臺灣的旅行文學還不是這種面貌，作品中還有很大的比例是來自參加旅行團的觀光

品文集》（臺北：元尊文化，1997.12）。

45 南方朔，〈旅行有如閱讀〉，收入湯世鑄等，《魔鬼・上帝・印地安：第二屆華航旅行文學獎精選作品文集》（臺北：元尊文化公司，1998.12），頁11。

46 同上註，頁11-14。

47 羅智成，〈旅行文學是旅行的再出發〉，收入湯世鑄等，《魔鬼・上帝・印地安：第二屆華航旅行文學獎精選作品文集》（臺北：元尊文化公司，1998），頁16。

48 同註9，頁9。

客，就算中間有若干自助旅行者，他們對於旅行了解和體會顯然也才起步。[49]

詹宏志的說法，顯示1990年代參加旅行文學熱潮的作者中，並非沒有觀光客，但隨著旅行文學被賦予艱苦的意涵，必定漸漸拒絕與觀光客同行。依詹宏志所說參選作品有很大比例來自「參加旅行團的觀光客」，但是對比評審篩選的結果，長榮環宇文學獎的首獎、評審獎的作品，都不是觀光客，十篇佳作也只有二篇隱約透露團體旅遊的訊息。而三屆華航旅行文學獎得獎作品文集之中，情況也相同，幾乎完全沒有任何觀光團客的作品，可見評審「貶觀光、褒旅行」的意識，也貫徹在得獎作品之間。

第一屆華航旅行文學獎中，首獎舒國治〈香港獨遊〉表達了個人漫遊而避開旅遊書經常點名的觀光景點之心境，刻意不去陸羽飲茶樓，不看匯豐銀行、中國銀行、力寶大廈等新建築，不看文武廟、洪聖古廟等舊建築。[50]同屆蔡文芳的作品〈心靈的地圖〉也譴責自己的「觀光客凝視」行為：

我如同一般的旅行者，先閱讀有關的背景資料，關於歷史、地理、文化、環境、交通……，抵達之後，逗留在博物館，讚嘆大師們的藝術心血，仰望那些偉大的建築、頹圮的神殿、市民聚集的廣場、部分開放的皇宮、精緻的庭園，不忘留下多采多姿的照片，品嘗異國食物，學兩句招呼用語。……但是對於這一切而言，我只是個過客，注定除了照片和購自商店裡的紀念品之外，無法在我的心靈上留下更深刻的印象……。[51]

這種對於自己「只是個過客」的察覺，無疑也是觀光客的不安。更明確的批判，顯露在第二屆華航旅行文學者首獎湯世鑄的〈魔鬼・上帝・印第安〉，他不僅流露對觀光客的不屑，甚至對「時下年青年所流行自助旅行」也有不屑：

---

[49] 同註9，頁8。

[50] 舒國治，〈香港獨遊〉，收入舒國治等，《國境在遠方：第一屆華航旅行文學獎精選作品文集》（臺北：元尊文化，1997.12），頁28-29。

[51] 蔡文芳，〈心靈的地圖〉，收入舒國治等，《國境在遠方：第一屆華航旅行文學獎精選作品文集》（臺北：元尊文化，1997.12），頁245-246。

> 背包旅行絕不是那種享受的、休閒的、觀光的旅遊，它是「身遊四方，心求一理」的旅行。……正因當年當曾有過背包旅行的經歷，因此每每見到時下年輕人所流行的自助旅行，便毫不留情嗤之以鼻。飯店四五星、出門大小車，只是缺個導遊而已，這算哪門子的「自助」！[52]

第三屆華航旅行文學獎中，首獎林志豪〈異地眾生〉對印度的一般景點高度失望，「不時詰問自己這趟旅行究竟想尋求什麼，對旅遊指南的作者和攝影師滿是怨懟」[53]。優等獎紀大偉〈美國的盡頭〉一文，書寫他置身墨西哥最著名的觀光城市笛花納，卻無法忍耐廉價虛假的觀光街景，所以攔下計程車，要求司機「不要去『葛林果』去的地方。要去墨西哥人真正愛去的地方。要去年輕人喜歡的地方。」[54]都一再表達了這種帶有不安的反觀光心境。

這種反觀光的情緒是一種文學現象，並不必然真的造成苦痛的行動或體驗，而是折射了旅行者對於艱辛、痛苦的「追求」。這種追求艱苦的內涵，在沒有大量觀光客的前現代社會，當然就不甚重要。唯有置身大眾享樂觀光的時代，方促使知識分子產生「觀光客的不安」的社會心理。因此臺灣在1990年代界定出旅行文學的定義，才有以文學獎、讀本作為示範，拒絕了旅行團觀光客，並提出看待「風景」的現代感受模式——強調「個人主體」的觀看視線、「內面自省」的文學表達。次一節將以「風景的觀看」為主要的分析概念，指出旅行文學在1990年代觀看風景的特有視線。

三、旅行文學的風景框架與文體轉折

文學不是社會的單純反映，旅行文學當然也不是觀光社會的單純反映。否則，1990年代的臺灣旅行文學豈不應是歡悅逸樂的氣息？文學其實

---

52 湯世鑄，〈魔鬼・上帝・印地安——記伊瓜蘇瀑布之旅〉，收入湯世鑄等，《魔鬼・上帝・印地安：第二屆華航旅行文學獎精選作品文集》（臺北：元尊文化，1998.12），頁23。

53 林志豪，〈異地眾生〉，收入林志豪等，《在夢想的地圖上：第三屆華航旅行文學獎得獎作品集》（臺北：天培文化，2000.11）。頁19。

54 紀大偉，〈美國的盡頭——邊境城市苗花納〉，收入林志豪等，《在夢想的地圖上：第三屆華航旅行文學獎得獎作品集》（臺北：天培文化，2000.11）。作者解釋格林果是拉丁美洲人蔑稱美國人的詞彙；但意外的是，他被載到美式購物中心而驚呆到不願下車。

也在規範如何觀看世界。旅行文學在逆著文學「外部」的觀光社會風勢，拉開了一張獨特的風箏，還必須在「文學內部」規範其觀看風景、表達風景的特殊文體形式。1990年代觀光條件大大優於過去的環境下，旅行文學卻具有艱苦意涵的原因，除了抗衡外在的社會，也與文體內在大有相關。

1990年代出國旅遊已經遠較幾十年前交通便利，所有的旅行文學作者，也都享受了搭乘飛機、鐵路船運、電車巴士就能快速到達目的地。旅程勞頓造成的肉體苦痛，絕對比不上過去的前輩，也比不上底層流寓被迫遷徙的無奈。因此，旅行文學要求的苦痛，並不是來自觀看風景的肉體經驗，而是來自於觀看風景的「內在自省」模式，以及隨之而來的孤獨感。楊澤在第一屆華航旅行文學獎的序，提示了一個相當切合文體特質的主張：

> 這份莫名的嚮往清楚說明了旅行經驗的內在張力：一方面，旅行中人感受著、享受著空前未有的自由與孤獨感，一方面又盼望接觸、認識他人，重返「人海」。……深刻的旅行文學……讓我們的旅行經驗能呈現更孤獨自由，卻也更寬廣豐富的面貌。[55]

楊澤所說的「孤獨自由」，正是當代臺灣旅行文學最主要的特質。但是，這種「孤獨自由」，並非旅行（或旅行文學）不證自明的本質。訴諸孤獨自由的旅行文學，並不是清末遊記或八景詩的特質、不是日治時代仕紳出國雜記的特質、也不是戰後初期海外遊蹤散文的特質。

1990年代臺灣旅行文學的研究，頗多以議題開創者宋美瑋[56]的論文為參考基礎，強調旅行文學「自我主體」的內涵。雖然這有不可否認的重要性，但仍應注意，「自我主體」在西方旅行文學歷史發展中，也不是超越時空的本質。若以英國史學家Charles Batten Jr.所著的*Pleasurable instruction: form and convention in eighteenth-century travel literature*一書為論據，Daniel Defoe等人創於十八世紀的旅行文學在歷史上的重要性，是因為提出一種「知識與樂趣兼備」（utile dulci）的全新文學認識論[57]，也就

---

[55] 同註44，頁18。

[56] 宋美瑋，〈自我主體、階級認同與國族建構：論狄福、菲爾定和包士威爾的旅行書〉，《中外文學》26卷4期（1997.09），頁1-28。

[57] Charles Batten Jr. *Pleasurable Instruction : Form and Convention in Eighteenth-Century Travel Literature.* p. 25. 其中DanielDefoe的著作主要是指*Tourthro' the Whole Island of Great Britain*一書。

是，以科學（Science）的實地探訪資訊，加上事件（Events）豐富的異地風格敘事[58]。

Batten Jr.主張「旅行文學」在西方文學史的重要意義，也恰與Ian Watt主張Daniel Defoe是現代小說創造人之一的關鍵，具有一致的看法。Ian Watt論證的重點不在於Defoe小說表現的內容情節、而是主張Defoe提出了現代小說的「表現方式」，亦即以一種前所未有的「客觀、科學」態度來審視人生百態的方式（儘管絕不可能真的達成）。[59]

1900年代的臺灣旅行文學，也具有一種「客觀、科學」的表現方式。但問題是，客觀的文體表現，何以會展露出深切艱苦、孤獨自由的特質？以下借助日本思想家柄谷行人「現代風景的發現」作為考察論點。

風景，並不只是單純的存在於大自然的客體對象。現代風景，是觀者觀看自然對象的主體感受；既是一種感受，就需要主體的感受力。因此是否看到風景，責任在於觀察者這位主體，不在風景物自身（landscape itself）。柄谷行人借用Edmund Burke及康德（Immanual Kant）對於美學經驗的兩種基本類型：美（beauty）及崇高（sublime）之對比來論證。「美」是人透過想像力在對象之中發現合目的性而獲得的愉快感，反之，崇高則是在面對超出想像力界限的對象之外、透過主體能動性而發現合目的性的快感。[60]簡扼言之，「美」指涉的是作為客體存在意義的傳統風景，「崇高」則近似作為主體觀察意義的現代風景。

柄谷行人主張「風景作為一種方法」，並不是將風景作為對象來討論，也不是研究文學家記錄了哪些風景、說了什麼；而是將風景作為「認識的框架（認識の布置）」來分析，研究文學家如何看風景、如何描寫觀察對象。柄谷行人主張，日本文學作品在歷經明治20年代「寫實主義」洗

---

[58] Charles Batten Jr. *Pleasurable Instruction : Form and Convention in Eighteenth-Century Travel Literature.* p. 46.

[59] IanWatt著，魯燕萍譯，《小說的興起》（臺北：桂冠出版公司，1994.10），頁3、頁21。

[60] 康德在《判斷力批判》一書界定「對於自然之美，我們必須在我們自身之外去尋求其存在的根據，對於崇高則要在我們自身的內部，即我們的心靈中去尋找，是我們的心靈把崇高性帶進了自然之表象中的」。「崇高」或說「主體」這種美學經驗，必須透過可觀察的特定對象所引發的感覺與知覺才能完成，卻也在人類的歷史愈來愈重要，也凌駕了傳統以感覺主義立場的均衡、協調、清明作為美的古典主義美學。柄谷行人借用此區分，指稱現代文學根源的「風景」是作者主體將自己的心靈帶入自然的表現。參考柄谷行人，《日本現代文學的起源》（北京：生活・讀書・新知三聯書店，2006.08），頁1-6。

禮後才出現「現代風景」的觀看方式。[61]意思是說，現代風景這個認識性框架，使自由的作者主體可以直接面對風景，並且直接觀察風景，再根據自由的心靈記述風景。寫實主義的文學運動，擺脫傳統文學橫亙在作者與他所看到對象之間的「文學格套」，而使現代風景的兩個必備條件得以成立：一是作者可直接觀察客體，二是作者可自由表達主觀感受。

柄谷行人以日本古文學的「山水畫」或「山水詩」來對比，在山水畫的世界中，畫家並不是透過「可觀察的對象」來看風景，他並不「觀察事物」，而是利用某種先驗的概念來「比對事物」。對古文學家而言，風景只是「過去的文學」之折射，都是在與傳統文人世界中的「過去的文學」對話。[62]這種格套也是中國傳統文學的認識框架，鄭毓瑜即主張，古典詩文就是將事物放入高度比喻性的「類物（類應）」關係網所建立的文學世界，因此中國傳統文人看待「物」，不可能當作客觀外在的「對象」單獨思考，而必須回應過去文人認識世界的象徵體系。[63]

上述的文學理論討論，旨在說明現代文學的寫實主義式「客觀」描述，其實賦予了「主體」重要的觀察責任。

臺灣在1990年代界定旅行文學必須是硬派的困難經歷或軟派的深思體會（而不能是上車睡覺、下車尿尿的觀光團客），都是在建構「現代風景」作為旅行者的「認識框架」。這樣的認識框架，提升了「主體的態度之觀看」，而貶抑「作為自然存在之名勝」，結果就如本文前一節所討論的，旅行文學否定觀光團尋訪的「名勝景點」，也否定一般導覽書人云亦云的資料觀察。旅行文學，要求作者自由探尋的特殊風景，以及別出一格的特殊描寫。臺灣現代旅行文學，因而是一種新的文體（或說新的文類）。這個新的「文體」，借柄谷行人之用語，既是內在主體的創生、同時也是客觀對象的創出，並由此產生了自我表現及寫實等[64]。

臺灣的旅行文學研究者亦曾提出相似的論點。鍾怡雯曾指出，「一篇成功遊記的首要條件是獨特的視角，俾以提供旅人靈視的觀物角度；其二

---

[61] 柄谷行人，《日本近代文學の起源》（東京：講談社，1980.08），頁11-12。

[62] 例如柳田國男指摘的松尾芭蕉著名俳句《奧之細道》「其中沒有任何一行『描寫』」，全部都是與古文對話的美文傳統。同上註，頁11-12。

[63] 鄭毓瑜，《引譬連類：文學研究的關鍵詞》（臺北：聯經出版公司，2012.09），頁24-26。

[64] 引自柄谷行人，《日本現代文學的起源》的英文版序。柄谷行人原意在於闡釋「言文一致」並不是完全放棄任何文體約束，而是形成新的文體約束，這種約束以給予作者自由為其特色。同註61，頁10。

是如何透過有效的文字重新去掌握時間，經營空間」[65]；孟樊也提示，閱讀一篇遊記不應滿足於純粹的風格和景物的敘述，「而是期待作者提供他觀看世界的方式，以及的他的思考」。[66]

這些「觀看」及「表達」的文體特性，以及伴隨而生的主體之孤獨自由，可透過柄谷行人「風景」理論來分析指出：1990年代臺灣現代旅行文學的作家與作品，起於「作者可直接觀察客體對象、作者可自由表達主觀感受」的風景認識框架。這種風景認識框架，在1990年代以前的旅行書寫並不明確見到，而是1990年代旅行文學的獨特意義。本文將以戰後到1970年代的旅外作家（如陳之藩、鍾梅音、余光中、何凡等）作品的特質來作為文體歷史發展的對照，尤其是1960年代的鍾梅音與1990年代的舒國治為中心，分析二人各自一篇主題近似的造訪香港作品之「風景認識」及「表達方式」。

如前所述，1990年代的旅行文學蘊藏著「觀光客的不安」的反觀光心理，但這種心理狀況並不見諸戰後初期的時代遊記之中。以鍾梅音1966年的《海天遊蹤》兩冊為中心，可看到她對於前述討論的「旅行／觀光」二詞的概念。

鍾梅音不僅不避談「觀光」這兩個字，在許多篇章之中，她也會大方撰寫自己的身分就是個觀光客，並且時時惦記著臺灣的觀光業。一篇名為〈漫談觀光〉[67]的雜文中，她甚至記載了東京旅程的觀光行程，稱許觀光旅行社的一路接待。

> 觀光事業的發達，已使歐美城市每一個旅館都可代為接洽觀光旅行，有「夜晚觀光」「半日觀光」「全日觀光」……對於人地生疏、舉目無雙的旅客，這是最簡捷穩妥的辦法。付錢之後，自有車來接你，嚮導人員會一路照顧你，甚至為你安排午晚餐，邊走邊談，也決丟不了你。[68]

[65] 鍾怡雯，〈風景裡的中國——余光中遊記的一種讀法〉，收入鍾怡雯，《無盡的追尋：當代散文的詮釋與批評》（臺北：聯合文學出版公司，2004.09），頁41。

[66] 孟樊，〈旅行文學作為一種文類〉，收入孟樊編，《旅行文學讀本》，頁11。

[67] 鍾梅音，《海天遊蹤》（臺北：大中國圖書公司，1966.04），頁17。

[68] 同上註，頁17。

這種對「觀光」不僅不加拒斥、甚至有所歡迎的一階觀光客，大量出現在「禁絕出國觀光」的時期，當然也不會出現「反觀光客」的文學訴求。即使後來十年的1975年，臺灣的旅行書寫也都有類似的視線，例如身兼記者身分的何凡在美國採訪之後考察夏威夷，也自動陷入對臺灣觀光的國族期待：

> 臺灣的條件不弱於夏威夷，治安良好情形更在亞洲任何國家之上。看了夏威夷以七十餘萬人口而年得四億餘元觀光收入，我們為什麼不急起直追，創造臺灣為遊客太平洋土的第二天堂呢？[69]

這個時期的陳之藩、鍾梅音、余光中、何凡，都並不置身在戰後臺灣的戰鬥文學或反共文學的隊伍裡，他們的旅遊雜記也看似與民族無關，但是卻都隱匿著一個父祖之國的框架。因此只要談到日本，鍾梅音便成為典型的民族主義者。例如參觀德意志博物館的科學設計，鍾梅音仔細介細了各式新發明，但來到了染織機前，鍾梅音卻一反之前的喟嘆，並暫時失去原有的優雅，批判：

> 唯一令我不滿的，是染織方面竟把最早的織布者讓日本人去掠美，一位和服女子的蠟像，端坐在一具織布織前，地上是榻榻米，四周是木窗、紙門。其實自漢代以來，各種生產技術都由中國相繼傳入日本……。[70]

背負著中國民族情感的鍾梅音，在周遊亞美歐各國的《海天遊蹤》之中，只要談到日本，就透露出她自己都無法解釋的「預鑄情感」。鍾梅音這裡的主觀感受，顯然不是來自客觀觀察，而是受到民族情感的重大干擾。作為一個中國人，鍾梅音的視線在觀察日本之前，應該已經預鑄了中國人對日本（如八年血戰）的敵仇記憶：

> 我並不十分喜歡日本這個民族。我對他們的不滿，以後在別的文章

---

[69] 何凡，《何凡遊記》（臺北：純文學月刊社，1975.07），頁95。

[70] 鍾梅音，《海天遊蹤第二集》（臺北：大中國圖書，1966.04），頁62。

> 裏會提到。……日本曾是一個以出賣色情馳名的國家，北投伴浴、酒家陪飲，都是日本人在臺灣留下的劣跡……。[71]

1960年代旅行文學的另一名代表作家余光中，1968年《望鄉的牧神》更是背負父祖之國的集體框架之典型視線。陳室如如此評述這一本旅行散文：「沒有旅人慣有的瀟灑態度，余光中的旅行書寫中，蘊含了大量對於父祖之國的想望，以至於當旅行到風景類型各異的景點時，卻仍然以同樣的態度，在旅途中不斷與中國古典山水相遇」。[72]這個預設的父祖之國情感，使得他們的主體感受無法經由客觀的觀察而衍生，而是如「美文傳統」一般被預先支配。

《海天遊蹤》旅途中所見的外在人事物的敘事與描寫，明白顯示她是「觀察」得來，亦即，她已能在自我主體與寫實客體之間，進行一種「現代風景」式的觀察。但是，鍾梅音在此的觀察視線，卻不是一個「個體性主體」的姿態，而是背負責任的「集體性主體」的觀察，承載著「為國人觀景、為國人論景」的框架。換言之，鍾梅音並不是一個「孤獨」的觀察者，她是身處在禁絕觀光時代的「觀光團員代理人」。既然鍾梅音對待她遊歷的國家，不是就事論事的客觀態度，當然也就不會展現1990年代那種「孤獨自由」的旅行者之主體感受。

1960年代與1990年代的旅行書寫，若由鍾梅音與舒國治同樣看與寫的香港來做一比較，更可看出二個時代「看風景、寫文章」的差異。鍾梅音〈香江屐痕〉與舒國治〈香港獨遊〉兩則篇幅相若（均約五千字）的香港遊記，有極為相似的動機。鍾梅音說她「發現由日本返臺途中繞一下香港，只須多花九元美金的旅費……這回索性多留幾日，好好地看看香港」[73]，舒國治亦是「特意要自歐洲返臺前一停的香港。哪怕是一兩天也好」。[74]而兩人看的香港景點，卻是天差地遠。鍾梅音是一般集體觀光客的代表，她的景點就是觀光客景點。鍾梅音在香港幾天，前面二天都在和朋友聊、採購，第三天開始遊香港：

---

[71] 同註67，頁20。

[72] 同註27，頁36。

[73] 同註67，頁25。

[74] 同註50，頁26。

> 香港也真小，只大半天工夫就遊遍了清水灣、扯旗山、香港大會堂、卡爾登花園飯店，晚上又去香港仔。[75]

接下來鍾梅音展現她優異的文筆，以頗大的篇幅介紹每一個景點的特色：

> 淺水灣是海水浴場，……附近的麗都飯店門前，種滿了各色的鳳仙花，……山頂公寓地如其名，正在扯旗山頂……香港大會堂對著皇后碼頭，該堂一百年前便已落成，至今壁上還留著巨幅繪畫……。[76]

而1997年華航第一屆旅行文學獎首獎得主，後來成為臺灣最具知名度旅行文學作家的舒國治，在〈香港獨遊〉的那一趟不知何故過境的香港之遊則沒有行程，但也這麼留了八天。文章裡的去處，與鍾梅音相反，他的觀看由「不去」開始：

> 我不想一下子就進入任何情景的專注之中：不想去「茶具文物館」，不想去「牛奶公司」舊址的「藝穗會」，不想去都爹利街的老樓梯及煤氣路燈，不想獨坐「陸羽」飲茶吃點心，而去蘭桂坊喝一杯也嫌太早，不想逛「神州」舊書店，不想逛荷李活道古董店，不想看匯豐銀行、中國銀行、力寶大廈的新建築，也不想看文武廟、洪聖古廟等舊建築。[77]

舒國治完成現當代典型旅行文學家的責任：拒絕一般觀光景點。也不必須到什麼多特殊的怪異場所，舒國治在文章中，沒有任何目的，跳上往堅尼地城的電車到香港島西南端，然後再上了170路巴士通過幾個隧道來到26公里外的沙田，再上了81路回到旺角，在花園街富記吃了白斬配飯、在生力冰廳喝了鴛鴦，回到了尖沙咀。[78]

---

[75] 同註67，頁27-28。

[76] 同註67，頁28-29。

[77] 同註50，頁28-29。

[78] 同註50，頁29-33

鍾梅音的旅行文學，彷彿是作為中華民國代表的集體身分在凝觀、表達香港，而舒國治的旅行文學，卻是必須擺脫集體觀光客的獨特個人。1998年《聯合報》記者為華航旅行文學獎頒獎報導提了以下問題：「同樣去旅行，甚至舒國治首獎〈香港獨遊〉的香港有人去了八百次」，憑什麼是舒國治得獎？記者解釋：「旅行文學並或許不是作家的專利，但是記錄感受及看見發生，懂得如何書寫，仍然是作家一項先天優勢」。[79]

老練的作家得獎，一方面是「觀光客的不安」發生作用，另一方面，也代表文學所全新定義的旅行者，必須不落入任何非「非玩不可」、「名勝景點」的集體視線之中。他必須別出心裁、走一般導覽書不走的行程，或者，走一般的行程但卻看到一般人看不到的風景。第二屆華航旅行文學獎首獎得主湯世鑄，一趟阿根廷伊瓜蘇瀑布的自助旅行，不僅描寫號稱「魔鬼咽喉」的壯麗瀑布，更看人所不能看地去觀察了路上萍水相逢的印第安人便車司機，並將之烙印在心中。

> 晚上，我們就在該處紮營，我在睡袋中翻來覆去，心中盤迴不去的仍是魔鬼咽喉和印第安人，……這個印第安中不過是從「魔鬼」中看到了「上帝」，卻讓一個臺灣去的年輕人失眠一夜。[80]

走觀光客所不走、看觀光客所不看，不斷強化著1990年代旅行文學的獨特內涵。第三屆華航旅行文學獎首獎林志豪〈異地眾生〉，再一次展露這種觀看：

> 著名的風景或古蹟早就經由文字、影像在腦海中建築出完整的模型，等實地一見，不過是印證存在的事物果然存在而已。真正造成文化衝擊的，卻是隨處可見的乞者。[81]

1990年代末的兩大旅行文學獎之後，臺灣的旅行文學大致已展現其專屬於現代社會之文體特質。新的觀看視線、表達方式形成的文體，促使文學式的旅行者不停深省內在、持續檢視自我。原本1990年初期寫過導覽

---

[79] 蘇林，〈旅行就是一個大獎〉，《聯合報》48版（1988.5.11）。

[80] 同註52，頁38-40。

[81] 同註53，頁19。

書的廖和敏，在前述《跟紐約戀愛》一書中，仍是旅遊資料與自助指南的形式，但到旅行文學已然樹立的1999年，她已經改換一種觀看和表達的方式：

> 不知為何，後巷對我有種莫名的吸引力，直到那次布拉格行的小巷行。在頓悟的剎那竟是種泫然淚下的震動。認識自己某一層面時有一種感動，而更深入瞭解自己為什麼會有這樣的感受，則是一種靈動。這個經驗讓我更認定旅行是瞭解自己的最佳介面。……旅行變成一種內在檢索的過程，外在眼睛看風景，內在眼睛觀自己。[82]

被選入胡錦媛《臺灣當代旅行文選》之一篇的張復〈在西安〉，描述他第一次到中國大陸西安的探親之旅，也展露了這種拒斥一般行程、卻放縱自我主體去隨意觀看：

> 我們去看兵馬俑。說老實話，我對於歷史上的事情並沒有太大的興趣。……我繼續走下去，背後又出現疑似罵人的陝西話，我走了一會兒，高亢的聲音也緊隨在我身後。我故意拖慢腳步，看到一個中年男人從我身邊經過，跟隨他亦步亦趨的則是一個小男孩，個頭挺高的，長長的脖子露在衣領外——常遭大人責罵的小孩似乎都長著那樣的長脖子。[83]

張復花費諸多心力在觀察、描寫導覽書上不會有的不起眼路人（卻是主體自由意識無法忘懷的對象），對於這個觀看，張復也自承「我渴望多看看這裡的人和物。這變成我的需要，而不只是好奇」[84]。

「現代風景」的個人主義式視線中，同時展現「作者可直接觀察的客體、作者可自由表達主觀感受」兩個重要的結構元素，作為個人主體的旅行文學家，才能夠在客觀對象上消磨他的感受，並漸漸配合1990年誕生的旅行文學「新文類」。他們以一種實證的客觀方式、合理的科學態度去描寫每一個場景，但是，他們的眼睛卻被限定不應該去看普通的對象，因

---

[82] 廖和敏，《在旅行中發現自己》（臺北：麥田出版社，1999.03），頁108-109。

[83] 張復，〈在西安〉，收入胡錦媛編，《臺灣當代旅行文選》（臺北：二魚，2004），頁56。

[84] 同上註，頁56。

而，也就形塑出柄谷行人所稱的「風景」——不是以客觀的美而存在的風景、而是必須由主體感受以表現的風景。

臺灣旅行文學的「文學內部」的變革至此也已然形成。不論是舒國治、湯世鑄、張復，或是更多旅行文學獎的作品，已完全找不到父母之國的集體視線；甚至陳室如的分析也指出，余光中九〇年代兩本散文《隔水呼渡》與《日不落家》中的遊記，已退下前期六〇年代「在異地尋鄉」的沈重祖國愁緒，轉而展現知性與感性結合的文人風格。[85]

如此的文體，既是觀看方式的變化、也是表達方式的變化，更培養出完全不同於前幾個世代的「孤獨自由」的旅行者。1990年代旅行文學並不是過去的官宦遊記、八景詩等等的古典文學史延續，而是面對特定時代而規約形成的新的文學觀看與表達方式。[86]

四、結論

Alain de Botton接受廠商邀請到倫敦希斯洛機場第五航站成為「駐站作家」，觀察報告書《機場的小旅行》一書提到邀約者的心態：「不同於文學作品，宣傳文字在一般人心目中經常被認定為只是一堆狗屎」[87]。文學作品，顯然不是一般的文字，而是一種力量，展現在旅行與機場。

《臺灣大百科辭典》「旅行文學」條目中，執筆者吳明益2009年下的定義已指認了「旅行文學」的獨特位階，至少必須不同於遊記、也必須不同於旅行書寫：「傳統文學透過旅行經驗寫下的記遊文章稱為『遊記』，內容通常是作者遊歷陌生地域的主觀記敘。現代旅行書寫（Travel Writing）或旅行文學（Travel Literature）通常指因工業革命和城市興起，旅行經驗普羅化、專業化、多元化後，所興起的一種書風潮。旅行文學的

---

[85] 同註27，頁177-178。

[86] 這裡絕非主張中國古典文學作品從不曾出現過客觀描寫、自覺內省的寫作文體。遠者如六朝鮑照〈登大雷岸與妹書〉、宋柳宗元〈石澗記〉，近者如郁達夫的遊記等，都是客觀描寫之案例。但一如前引鄭毓瑜所稱中國文學對於「物」之處理乃寓於固有類應的認識框架，遊記文學的客觀描述，都在以抒情方式回應舊有文學的象徵體系。至於將親身的經歷、客觀的描述導致個人內在感受之探索，則為當代寫景文學的特質。參考鄭毓瑜，《引譬連類：文學研究的關鍵詞》。

[87] 狄波頓（Alain de Botton）著，陳信宏譯，《機場裡的小旅行——狄波頓第五航站日記》（臺北：先覺，2010.02），頁16。

定義相對嚴格，意指具有文學價值的旅行書寫」。[88]這則百科條目簡略指出旅行文學的「其然」，這篇論文則以「現代風景」理論及臺灣作家文本論證旅行文學的「其所以然」：不僅是文學價值的強化與提升，更是觀看方式與表達方式的轉換。

旅行是人類歷史長遠的生命經驗，因旅行而作的書寫當然亦有長遠的文學傳統，臺灣文學及其承繼的中國文學當然也是如此。但是，每一種類的文學都在面對時代，臺灣書寫旅行經驗的文學史，從來沒有一個時代像1990年代這樣，面對如此大量的觀光大眾。

余光中曾品評「山水遊記的成就，清人不如明人，民國初年的作家更不如清。……在觀光成為『事業』的現代，照理遊記應該眼界一寬，佳作更多才對」，並從而感慨「實際卻不然」，並指為「今人就更懶得寫什麼遊記」[89]。若由文學價值的角度來看，余光中或許有其品評立場，但「懶得寫遊記」的歸因，卻與當代現象大大不符。今人並非不寫遊記，只是不再用呼應中國傳統文學審美世界的方式在寫遊記。因為，臺灣當今文學界鼓動了大量的旅行書寫，並規約了以旅行文學為名的現代審美。這個告別古典、面對現代的旅行文學，訴求獨特的自由、孤絕的內緒。而這唯有在享樂觀光（tourism）的時代才能成立。臺灣1990年代的旅行文學，恰好見證「旅行與觀光」在理論上對立、在社會中混合。

觀光社會的邏輯，逼使一些人成為不滿足於集體觀光客的「二階觀光客」。這一批二階觀光客，在視線上必須個別地「發現風景」，且須在風景中表達出他如何以孤獨個體的姿態「面對風景」，亦即旅行文學成立的社會基礎。強調享樂的大眾觀光，與苦其心智、提升人性的旅行文學，在歷史其實是相互關連、辯證發生的現象。生於「享樂觀光」時代的旅行文學，因而具有如此深切的「艱苦旅行」之意含。

不可否認，旅行文學是一種屬於現代社會的新文類。旅行文學，容許在明明已經很輕快的享樂觀光行程中，還可以書寫為略帶痛苦的心情，或者說，容許在明明已經很痛苦的心情中，卻還是愉快而甘願再三旅行。這個時代根本就是集體性地鼓勵個人主體的自由奔放。以觀光社會學的理路解讀的旅行文學，看到這個時代身為觀光客帶有「不安」、並轉化為旅行

---

88 吳明益，〈旅行文學〉，收入《臺灣大百科全書》（文化建設委員會網站。取用位址：http://taiwanpedia.culture.tw/web/content?ID=4658，2009.10.28修訂）。

89 余光中，《從徐霞客到梵谷》（臺北：九歌，1994.02），頁17。

者以追求「艱苦」而甘之如飴，正是現代社會特殊的文學歷程。生於「享樂觀光」時代的旅行文學，因而具有深切的「艱苦旅行」之意含，甚至規範了一個時代的旅行活動。

引用書目

交通部觀光局，《中華民國觀光統計年報》（臺北：交通部觀光局，2013.09）。

朱雙一，〈從旅行文學看日據時期臺灣文人的民族認同——以彰化文人的日本和中國大陸經驗為中〉，《臺灣研究集刊》2008年第2期（2008.06），頁1-9。

江中明，〈旅行文學定義莫衷一是〉，《聯合報》，1998.12.14，14版。

行政院主計處，《中華民國臺灣地區國民所得統計摘要》（臺北：行政院主計處，2013.09）。

何凡，《何凡遊記》（臺北：純文學月刊社，1975.07）。

余光中，《從徐霞客到梵谷》（臺北：九歌出版社，1994.02）。

———，《望鄉的牧神》（臺北：純文學月刊社，1968.07）。

吳明益，〈旅行文學〉，收入《臺灣大百科全書》（文化建設委員會網站。取用位址：http://taiwanpedia.culture.tw/web/content?ID=4658

宋美璍，〈自我主體、階級認crossover與國族建構：論狄福、菲爾定和包士威爾的旅行書〉，《中外文學》26卷4期（1997.09），頁1-28。

狄波頓（Alain de Botton）著，陳信宏譯，《機場裡的小旅行——狄波頓第五航站日記》（臺北：先覺出版社，2010.02）。

孟樊編，《旅行文學讀本》（臺北：揚智文化公司，2004.04）。

東海大學中文系編，《旅遊文學論文集》（臺北：文津出版社，2000.01）。

林文義，《島嶼之夢》（臺北：林白出版社，1987.06）。

林志豪等，《在夢想的地圖上：第三屆華航旅行文學獎得獎作品集》（臺北：天培文化公司，2000.11）。

林淑慧，〈臺灣清治前期旅遊書寫的文化義蘊〉，《中國學術年刊》（春）第27期（2005.03），頁245-279+292。

———，〈臺灣清治時期遊記的異地記憶與文化意涵〉，《空大人文學報》13期（2004.12），頁53-81。

———，《旅人心境：臺灣日治時期漢文旅遊書寫》（臺北：萬卷樓圖書公司，2014.02）。

柄谷行人，《日本近代文學の起源》（東京：講談社，1980.08）。

———，《日本現代文學的起源》（北京：生活・讀書・新知三聯書店，2006.08）。

胡錦媛，〈返鄉敘事缺席：臺灣當代旅行文學〉，《文化越界》1卷9期（2013.03），頁43-74。

———，〈繞著地球跑（上）——當代臺灣旅遊文學〉，《幼獅文藝》第83卷第11期／515期（1996.11），頁24-28。

———，〈繞著地球跑（下）——當代臺灣旅遊文學〉，《幼獅文藝》第83卷第12期／516期（1996.12），頁51-59。

胡錦媛編，《臺灣當代旅行文學文選》（臺北：二魚文化公司，2004.06）。

徐開塵，〈旅行文學隨作家翅膀翱翔〉，《民生報》，1997.12.25，34版。

桑曄，《倫敦嗑樂地圖》（臺北：青新出版社，2001.02）。

章尚正，《旅游文學》（福州：福建人民出版社，2006.10）。

莊麗薇，《自助旅行、觀光與文化想像：以臺灣的自助旅行論述為例》（臺中：東海大學社會學研究所碩士論文，2006.10）。

陳大為、鍾怡雯編《二十世紀臺灣文學專題II：創作類型與主題》（臺北：萬卷樓圖書公司，2006.09）。

陳之藩，《旅美小簡》（臺北：文星出版社，1962.09）。

陳長房，〈建構東方與追尋主體：論當代英美旅行文學〉，《中外文學》26卷4期（1997.09），頁29-69。

———，〈疆域越界：論後現代英美旅行文學〉，《中外文學》27卷5期（1998.10），頁6-39。

陳室如，〈對鏡隱喻——日治時期臺臺灣遊記的重層觀照〉，《臺灣文獻》58卷4期（2007.12），頁237-268。

———，〈誰的風景？——《漢文臺灣日日新報》旅行書寫研究〉，《國文學報（高雄師大國文系）》10期（2009.06），頁25－48。

———，《出發與回歸的辯證——臺灣現代旅行書寫研究（1949－2002）》（彰化：彰化師範大學國文研究所碩士論文，2003.06）。

湯世鑄等，《魔鬼・上帝・印地安：第二屆華航旅行文學獎精選作品文集》（臺北：元尊文化公司，1998.12）。

程玉凰，《洪棄生的旅遊文學：《八州遊記》研究》（臺北：文津出版社，2011.09）。

舒國治，《流浪集》（臺北：大塊出版社，2006.10）。

舒國治等，《國境在遠方：第一屆華航旅行文學獎精選作品文集》（臺北：元尊文化公司，1997.12）。

舒國治等，《縱橫天下：長榮環宇文學獎》（臺北：聯合文學出版社，1998.12）。

黃安勝，《歐洲自助旅行須知》（臺北：聯經出版公司，1988.07）。

黃威融，《旅行就是一種SHOPPING》（臺北：新新聞文化事業公司，1997.04）。

楊正寬，《臺灣旅遊文學與文獻研究》（臺北：國立編譯館，2007.05）。

楊照，《在閱讀的密林中》，（臺北：印刻出版公司，2003.06）。

葉怡蘭，《享樂，旅行的完成式》（臺北：麥田出版社，2002.08）。

廖和敏，《在旅行中發現自己》（臺北：麥田出版社，1999.03）。

鄭明娳，《現代散文類型論》（臺北：大安出版社，1987.02）。

鄭毓瑜，《引譬連類：文學研究的關鍵詞》（臺北：聯經出版公司，2012.09）。

鍾怡雯，〈旅行中的書寫：一個次文類的成立〉，《臺北大學中文學報》第4期（2008.03），頁35-52。

———，《無盡的追尋：當代散文的詮釋與批評》（臺北：聯合文學出版公司，2004.09）。

鍾怡雯、陳大為主編《天下散文選I》（臺北：天下遠見出版公司，2001.10）。

鍾梅音，《海天遊蹤》（臺北：大中國圖書公司，1966.04）。

———，《海天遊蹤第二集》（臺北：大中國圖書公司，1966.04）。

羅秀美，《看風景：旅行文學讀本》（臺北：秀威資訊科技公司，2009.01）。

蘇林，〈旅行就是一個大獎〉，《聯合報》，1988.5.11，48版。

顧敏耀，〈摹狀奇山異水・呈顯樂園鏡像——臺灣清領時期古典詩文中的日月潭〉，《臺灣觀光學報》8期（2011.07），頁75-108。

Ayto, John. *Dictionary of Word Origins.* (New York: Arcade. 1991).

Batten Jr., Charles. *Pleasurable Instruction: Form And Convention In Eighteenth-Century Travel Literature.* (Berkeley: University of California Press. 1978).

Boorstin, Daniel. *The Image: A Guide To Pseudo-Events In America.* (New York: Atheneum. 1961).

Bourdieu, Pierre. translated by Susan *Emanuel. The Rules Of Art: Genesis and Structure Of The Literary Field.* (Stanford, Calif.: Stanford University Press. 1995).

Feifer, Maxine. *Going Places: The Ways of the Tourist from Imperial Rome to the Present Day.* (London: McMillan. 1985).

Fussell, Paul. *Abroad British Literary Traveling Between The Wars.* (New York:

Oxford University Press. 1980).

MacCannell, Dean. *The Tourist: A New Theory Of The Leisure Class.* (Berkeley: University of California Press . 1976).

Redfoot, Donald L. ”Touristic Authenticity, Touristic Angst and Modern Reality.” *Qualitative Sociology.* 7(4) (1984.12). Pp, 291-309.

Urry, John. *The Tourist Gaze.* (London: Sage. 1990).

Watt, Ian著，魯燕萍譯，《小說的興起》（臺北：桂冠出版公司，1994.10）。

Wellek, René and Austin Warren. *Theory of Literature.* (New York: Harcourt, Brace & World. 1956).

附表　戰後臺灣出入境人數及國民所得概況表

年	臺灣居民出國人數（人次）	五年成長率	外國訪客入境人數（人次）	五年成長率	平均每人國民所得（美元）	五年成長率
1960	--	--	23,636	--	155	--
1965	--	--	133,666	466%	216	39%
1970	--	--	472,452	253%	369	71%
1975	--	--	853,140	81%	882	139%
1980	484,901	--	1,393,254	63%	2,150	144%
1985	846,789	75%	1,451,659	4%	3,045	42%
1990	2,942,316	147%	1,934,084	33%	7,628	151%
1995	5,188,658	76%	2,331,934	21%	11,882	56%
2000	7,328,784	41%	2,624,037	13%	13,299	12%

資料來源：行政院主計處，《中華民國臺灣地區國民所得統計摘要》（臺北：行政院主計處，2013.09）、交通部觀光局《中華民國觀光統計年報》（臺北：交通部觀光局，2013.09）。表格由筆者製作整理。

TheEmergence of Travel Literature: The Gaze and Expression of Modern Tourist Society in Taiwan.

Su, Shuo-bin*

Abstract

In the 1990's, Taiwan saw the sudden appearance of "Travel literature". After intensive discussion among writers, critics, and scholars drawing from textual examples, travel literature is defined as a text which aims to express a profound concept by way of narrating a challenging personal experience, and is defined exclusively as a "contemporary emerging genre." This article argues that this form of travel literature did not stem from the travel memoir genre that had already possessed a long history in China, but rather was a literary phenomenon of social significance, and thus the growing trend of pleasure tourism in Taiwan during the 1990s makes for a more suitable context within which to discuss the prevailing social atmosphere. Just as literature is not a simple reflection of society, travel literature, likewise, cannot be deemed as a mere depiction of the tourist community. This paper argues that because literary circles tried to incite "tourist angst" in the tourist community, contemporary "travel literature"works were used as literary tools of resistance to struggle against the crisis of "travel mediocrity". Contemporary travel literature, which requires a unique "internal" gaze, also requires a certain kind of "external" description (realistic description); that is, travelers are responsible for "discovering the present", and then amidst the scenery constructing a "subject/object" relationship which is not devoid of an individualistic sense of solitude. Although born out of the pleasure tourism era of travel literature, this genre thus contains a deeper meaning: that of the "difficult journey"

Keywords: Travel literature ,Travel memoir , Tourist angst , Gaze , Realism

---

* Professor, Graduate Institute of Taiwan Literature, National Taiwan University

日本人作家丸谷才一如何描寫臺灣「獨立」？——試論《用假聲唱！君之代》*

垂水千惠** 林姿瑩*** 譯

摘要

作為現代日本文學代表作家之一的丸谷才一，1982年8月出版了《用假聲唱！君之代》，這是一本以「臺灣共和國準備政府」、「第三代總統」、「洪圭樹」為主要登場人物的長篇小說。本文將介紹《用假聲唱！君之代》的內容，並以臺灣獨立運動的相關敘述為中心，考察丸谷使用哪些參考文獻，又如何將那些文獻應用於作品中。除了指出丸谷創作的努力被同時代日本的批評家忽略之外，亦推測丸谷在執筆該作品時，邱永漢應該提供了情報或相關的協助。最後，作為預見解嚴後臺灣民主進程的作品，欲探討《用假聲唱！君之代》重新評價的可能性。

關鍵字：丸谷才一、日本現代文學、臺灣共和國臨時政府、邱永漢、民主臺灣

* 本文初稿宣讀於「第一屆文化流動與知識傳播國際學術研討會」，並以修訂後之論文〈丸谷才一の顔を避けて－『裏声で歌へ君が代』試論〉（刊載於《新潮》101卷11號，2014年10月，頁175-185）為基礎，再度修訂改稿。感謝國際學術研討會講評人王惠珍教授賜教，以及《新潮》編集部松村正樹等相關人員的幫忙。此外，本文於2015年6月提出，譯文未來得及參考吳佩珍譯《假聲低唱君之代》（聯合出版，2015年11月），謹此說明。

** 日本橫濱國立大學國際戰略推進機構教授。

*** 日本大阪大學文學院研究生。

一、前言

日本最具代表性的出版社之一新潮社，於1982年8月出版了《用假聲唱！君之代》，這是一本以「臺灣民主共和國準備政府」、「第三代總統」、「洪圭樹」為主要登場人物的長篇小說。[1]作者丸谷才一（1925-2012）不僅是《尤利西斯》的譯者，也在1968年以短篇小說〈年の残り〉獲得第59屆芥川賞、1972年以長篇小說《たった一人の反乱》獲得第8屆谷崎潤一郎賞、1974年則是以評論《後鳥羽院》獲得第25屆讀賣文學賞，是一位實力派的作家。[2]

《用假聲唱！君之代》不僅以臺灣為主題，更被評價為「現代日本文學代表作家之一的丸谷才一賭上面子出版之作。上市不到一個月，幾乎每家報章雜誌都刊登書評，無一例外地大肆誇讚。該書銷售量旋即突破10萬冊，是一部千張稿紙的大作」[3]。然而可惜的是，迄今為止在臺灣幾乎不受矚目。[4]

---

1 丸谷才一，《裏声で歌へ君が代》（東京：新潮社，1982）。本論文使用的文本是1983年2月10日第14刷版，引用文的頁碼也依據該版本。

2 而且丸谷才一自1978年起擔任芥川賞、谷崎賞的評審委員，並自1982年起擔任讀賣文學賞的評審委員，在文壇的發言越來越有份量。之後他還以評論《忠臣蔵とは何か》（1984）於1985年獲得第三回野間文藝賞、以短篇小說〈樹影譚〉（1987）獲得88年第十五回川端賞，而2003年長篇小說《輝く日の宮》獲得泉鏡花賞、2010年新譯《若い藝術家の肖像》獲得第六十一回讀賣文學賞。參照〈丸谷才一略年譜〉，《文藝別冊　追悼特集丸谷才一》（東京：河出書房新社，2014）。

3 向井敏，〈丸谷才一「裏声で歌へ君が代」——「裏声」風リアリズム離れ〉，《文藝春秋》60卷13期（1982），頁270-273。

4 以關鍵字「丸谷才一」、「裏声で歌へ君が代」，檢索「國家圖書館期刊文獻資訊網臺灣期刊論文索引系統」（http://readopac.ncl.edu.tw/nclJournal/），在2014年3月14日的時間點上沒有符合條件的論文，而2015年6月27日現在也沒有。臺灣報紙上偶有提到丸谷才一，例如《中國時報》的「開卷」書評電子版有吳佳璇「發掘村上春樹的文學大將　丸谷才一辭世」（2012年12月8日）一文，但卻沒論及《用假聲唱！君之代》。就筆者所知，黃富三的〈戰後初期在日臺灣人的政治活動—林獻堂與廖文毅之比較—〉（《2004年度　財團法人交流協會日臺交流センター歷史研究者交流事業報告書》（臺北：交流協會，2005））於註腳272與參考文獻裡中註明出處「丸谷才一『裏声で歌へ君が代』（東京：新潮文庫，1982）」。不受矚目之情形不只是在臺灣，連日本「幾乎所有的報章雜誌都刊登書評」的時期，也只有在1982年及83年之間而已，之後突然就乏人問津。

在日本「国立国會図書館蔵書検索・申込システム」（https://ndlopac.ndl.go.jp/）期刊雜誌類別下，檢索「裏声で歌へ君が代」，2014年3月14日的時間點只有8筆資料。當中的4筆資料分別是《用假聲唱！君之代》發行後1982年11月、1982年12月及1983年1月，剩下一筆則是在1983年12月，都集中於出版後一兩年內。丸谷一直到晚年仍是相當活躍的作家，即便如此，卻不見《用即使在日本，也是同樣不受矚目。2012年10月13日丸谷才一結束了他87年的生涯，隔天《朝日新聞》以一版的版面報導丸谷的訃聞，文末還附上一段山崎正和的談話：「丸谷的見識涵蓋歷史、文明等所有的知識，不僅評論歌舞伎，還創作俳句，也針砭社會時事，是最後一位具有知識分子廣度的作家。」（山崎正和）

各個文藝雜誌也不約而同地策劃了追悼特輯。2012年12月出版的雜誌中，如《新潮》有唐納德・基恩（Donald Keene）、池澤夏樹，《文學界》有山崎正和、三浦雅士，《すばる》有池澤夏樹、岡野弘彥，《群像》有瀨戶內寂聽、筒井康隆等文藝界的人士們發表追悼文。而《文藝》則是於2014年2月發行了《文藝別冊　追悼總特輯　丸谷才一》。該雜誌的「編輯後記」中還有這麼一段評價：「若用一個詞形容丸谷才一，那應該是『巨人』或是『怪物』——不是異形怪獸的意思，而是指令人敬畏的古代神獸。」[5]該追悼總特輯如此口口聲聲地讚揚丸谷，然而他的作品中卻只有長篇小說《用假聲唱！君之代》沒被提及，實在令人匪夷所思。

在丸谷才一之存在都鮮為人知的臺灣，本稿將介紹《用假聲唱！君之代》的故事背景，並以臺灣獨立運動的相關敘述為中心，考察丸谷使用了哪些參考文獻，又如何將那些文獻應用於作品中。此外，在指出日本評論家忽略的丸谷在創作上下的功夫之外，也推測丸谷執筆該作品之際，邱永漢或許也提供了不少情報及相關協助。在論文的最後，希望討論將《用假聲唱！君之代》重新評價為一部預測解嚴以降民主臺灣之路的作品的可能性。

二、《用假聲唱！君之代》故事梗概

《用假聲唱！君之代》裡主要的登場人物是日本畫商梨田雄吉，以及他的友人臺灣民主共和國準備政府第三代總統洪圭樹。大約10年前左右，

假聲唱！君之代》之相關評論，某方面來說是個很奇怪的現象。此外，90年代後日本的臺灣文學研究興盛，但這個時期也未見《用假聲唱！君之代》相關論文，實在令人不可思議。即便是2015年6月9日現在，除了上述拙論〈丸谷才一の顏を避けて一一『裏声で歌へ君が代』試論〉之外，就沒有其他相關論文。不過，湯川豊〈丸谷才一を読む（#2）反乱・カーニヴァル・国家：「日本の状態」小說〉（《小說tripper》，2014秋季號，頁296-311）一文中，針對「裏声で歌へ君が代」有些論述，但沒提及本稿所要討論的臺灣共和國臨時政府與廖文毅。

5 不著撰稿人，〈編集後記〉，《文藝別冊　追悼総特集　丸谷才一》（東京：河出書房新社，2014），頁240。

梨田因酒館裡的一場意外事件和洪圭樹相識，洪圭樹是「超市與幽會旅館的經營者」[6]，同時也進行臺灣獨立運動，兩人從此之後就維持著相當密切的往來。梨田在前往洪圭樹總統就職宴會的途中，巧遇剛認識不久的三村朝子，便邀她一同出席宴會。「蔣介石政府，現在是他的兒子蔣經國接手，這個政府在日本戰敗後，從中國本土來到臺灣。洪圭樹他們反對這個政府統治臺灣，於是策劃臺灣獨立」，「目標是讓臺灣由臺灣人統治，這個運動很早以前就開始進行了。」[7]聽了梨田的這番說明，朝子問道：「所以他是一個不存在的國家的總統吧？」梨田回說：「要說不存在，確實是不存在」，然而這個國家「是摯熱地存在於內心的」[8]。

宴會上洪總統發表臺灣獨立就職演說「讓臺灣成為由臺灣人統治的臺灣人的臺灣」，接著合唱國歌。宴會後，朝子問：「臺灣獨立有希望嗎？」梨田回答：「沒有吧，大概不可能吧。」[9]然而同時也舉朝鮮獨立、俄羅斯革命的例子：「因為不曉得黎明什麼時候會出其不意來臨」、「說不定哪天美國突然說臺灣歸屬用公投決定，那麼洪圭樹或許就會成為總統。」[10]梨田沒有全面否定臺灣獨立的可能性。兩人也談及國歌，提到「君之代」的成立背景，梨田則表示「本來就不是近代國家的日本，為了快點作出國歌，就拿鄉村歌謠急就章」[11]、「所謂的國歌是近代市民國家的產物」，然而「沒有市民」、「至今仍非近代國家」[12]的日本，應該是無法擁有「像樣的」國歌。

宴會的隔天，洪圭樹拜託梨田幫忙介紹文部省文化廳的熟人，因為有一位名為朱伊正，「從年輕以來一直從事特務活動」的人，是「國府軍」的「退休中將」[13]，聽說為了「採購日本刀」最近來到了日本，因此需要和文化廳的人商量對策。正當梨田四處尋找門路時，朱伊正以採購畫作為由接近梨田，梨田雖然覺得很可疑，但還是和朱伊正見面。朱伊正表明少

---

6 丸谷才一，《裏声で歌へ君が代》，頁14。

7 丸谷才一，《裏声で歌へ君が代》，頁12。

8 丸谷才一，《裏声で歌へ君が代》，頁13。

9 丸谷才一，《裏声で歌へ君が代》，頁57。

10 丸谷才一，《裏声で歌へ君が代》，頁59。

11 丸谷才一，《裏声で歌へ君が代》，頁71。

12 原文為「国歌といふものは近代市民国家のものである」「市民がゐない」「今でも近代国家でない」。中文裡比較少用「近代市民國家」這個詞，但該詞彙是在討論丸谷思想時是無法避而不談的一個概念，因此依照原文直接翻譯。

13 丸谷才一，《裏声で歌へ君が代》，頁192。

年時期兩人曾碰過面，以此一面之緣請他介紹洪圭樹。[14]

洪圭樹不顧梨田的疑慮，和朱伊正見面後整個人變得很奇怪，突然跑去香港。根據未辦結婚登記的妻子賴子之說法，洪圭樹和朱伊正會面那晚，聽了一卷上面寫著「臺中」的錄音帶，但錄音帶的聲音早已被洗掉，內容無從得知。不久洪圭樹回到日本，解釋道：「為了在香港發展新事業，於是把超市賣了」[15]，關於錄音帶則堅持表示是一位年輕情婦錄的「色情錄音帶」[16]。在梨田窮追不捨的逼問下，他才坦白姪女淑英涉嫌反政府運動被捕一事。梨田察覺到洪圭樹該不會因為朱伊正的特務活動而打算投降，便繼續追問，但洪圭樹只回說：「我沒打算退出（政治）。不管事情演變如何，請不要認為我退出了。為了臺灣我必須有所行動。就算別人跟我說了什麼，我只能忍耐……」[17]。然而隔天，洪圭樹連妻子都沒知會，就從羽田飛回臺灣了。

之後梨田偶然在機場，碰到臺灣民主共和國準備政府的成員之一吳連宗，吳連宗說明錄音帶的聲音不是洪圭樹母親的聲音，推測「來者並非蔣家的人，而是利用蔣家的外省人」，企圖策動「名義上維持中華民國，實質內涵改革為臺灣國之政變」、「未來政變之時，保證一定會擁立洪圭樹為中華民國第四代總統，因此他才會決定要表面投降而歸國吧。」[18]梨田問道：「洪圭樹是那麼有實力的大人物嗎？」對此吳連宗答道：「是個相當有魅力的人，從你和我都很喜歡他的這點來看不就知道了嗎？」[19]

過了不久梨田和林重逢，林是之前洪圭樹經營的超市的店長，是臺灣人第二代，但卻「討厭政治」、「討厭國家」。兩人討論到洪圭樹投降的理由，林說洪圭樹「再也無法滿足於臺灣民主共和國這個架空的自我，於是前往中華民國這個實存的自我」。[20]對此梨田表達了希望國家能逐漸

---

[14] 這之間的人物關係與故事情節非常錯綜複雜。小說設定梨田以前曾在培養職業軍人的陸軍幼童學校就讀，後來因為討厭當軍人而退學。當時他媽媽很擔心他的將來，於是帶他去拜訪一位遠親大田黒周道，一個「右翼思想家（或者不如說是革命家）」。就在此時，負責滿州特務活動的朱伊正來拜訪大田黒，人剛好也在現場。大田黒讓人聯想到大川周明，而朱伊正的原型也令人好奇。本文未及考察，將留作今後的課題。

[15] 丸谷才一，《裏声で歌へ君が代》，頁356。

[16] 丸谷才一，《裏声で歌へ君が代》，頁382。

[17] 丸谷才一，《裏声で歌へ君が代》，頁394。

[18] 丸谷才一，《裏声で歌へ君が代》，頁473。

[19] 丸谷才一，《裏声で歌へ君が代》，頁475。

[20] 丸谷才一，《裏声で歌へ君が代》，頁493。

改頭換面之期望，「從暴君統治的國家，變成一個能夠容納反對意見的國家」。但同時他也闡述了自己的國家理論：如果「寬容的國家突然有一天變成了暴君的國家」，那麼「比起實際的國家，還不如自己夢想的理想國家」、「我是站在我心目中的國家那邊的」[21]。

三、參考文獻如何反映於《用假聲唱！君之代》

上一章簡單介紹了《用假聲唱！君之代》的故事大綱，該作品異於一般的小說，很罕見地在最後附上〈後記〉，還特地聲明「1、本故事純屬虛構，登場人物和實際人物毫無關係」。但是不可否認的，「臺灣民主共和國準備政府」讓人聯想到1956年成立於東京的臺灣共和國臨時政府；此外，因國民黨的特務活動歸臺的第三代總統「洪圭樹」，則讓人聯想到1965年投降國民黨政府而歸臺的臺灣共和國臨時政府首任總統廖文毅。[22]

接著「2、參考文獻為數眾多，主要的文獻如下所示」，並分為6大項：「a.臺灣及臺灣獨立運動」、「b.特別是臺灣棒球和少棒聯盟相關」、「c.施蒂納」、「d.君之代」、「e.日本刀」、「f.聖赫勒拿島」，合計24筆參考資料。其中以「a.臺灣及臺灣獨立運動」列出的文獻最多，包含王育德的《臺灣》等13筆資料。[23]之後會提到，其實丸谷是非常仔細地運用這些參考文獻在自己的作品之中。然而就筆者之見所及，幾乎沒有書評、論文指出這項特色。

像丸谷這樣性格狷介的作家，為何會說「這是虛構的故事」，又為何要補上這段不言自明的聲明？日本的評論家應該要察覺這個矛盾。或許丸谷以為這段聲明會引起讀者對於作品的原型有一番討論，所以才特意加上的吧。但評論家們非但沒注意到作品的原型，還深信臺灣獨立運動本身為虛構，丸谷的這份「用心」可說完全徒勞無功。

儘管相當遺憾，限於筆者能力，無法將這些被列出的以及潛藏的參考

[21] 丸谷才一，《裏声で歌へ君が代》，頁496。

[22] 上述黃富三〈戰後初期在日臺灣人的政治活動─林獻堂與廖文毅之比較─〉一文，在評價廖文毅的段落裡寫道：「他的行事風格與投降固然有缺失，但在當時惡劣的環境中，以一介書生堅持理想，挑戰威權，誠難能可貴，而其學識與紳士作風，亦是臺人（原文如此）典範。272」文後標上註腳272，注明「參丸谷才一，《裏声で歌へ君が代》（東京，新潮文庫，1982）」，由此可推測黃富三的解讀也是洪圭樹＝廖文毅。

[23] 上述丸谷才一，《裏声で歌へ君が代》，頁516-517。

文獻，與《用假聲唱！君之代》一一比對，究明其虛實；然而以下欲著眼於作品中臺灣獨立運動的相關記述，試著進行探討。

例如洪圭樹在第三代總統就職演說中，有如下內容。

> 亦即臺灣人不是中國人。雖然一般人似乎籠統地認為中國大陸中南部的人、尤其是現在住在福建省的漢民族，他們來臺的子孫就是臺灣人，但這只不過是個誤解。住在中國中南部的不是漢民族而是越人，對漢民族來說，他們是異民族，讓漢人嘗盡了苦頭。（中略）和臺語相近的語言反而是越南語，把越南語辭典當作臺語辭典使用是能充分發揮功用，這是我們的同志郭政府委員的一貫主張。[24]

這段話語參考文獻一覽表：林景明《知られざる台湾》（1970），〈1　台湾人の祖先とその言語〉裡的描述非常相似。[25]林景明表示：「『臺灣人』的祖先從哪來呢？前面提過，是從中國大陸渡海而來，但他們的「故鄉」很多是在廣東、福建地方，這裡自古以來是被稱為『越』的地區」[26]，「（為對付秦始皇）越人澈底地進行了『伏屍流血數十萬』之游擊反抗」[27]、「中國中南部的越人之所以會演變成深信自己為漢人後裔，是因為漢民族不斷地壓迫才被迫屈服，不得不以漢民族的一份子生存」[28]。林景明採用了「臺灣人」＝「越人」說，也提到「越南語辭典當作臺語辭典似乎也能通用」[29]，並附上越南語和臺語的對照表。

另外，同樣也是在《用假聲唱！君之代》的演說中出現的描述：「我們的首任總統王銘傳是一位極有語言天份的人，經常說臺語和中文的差異

---

[24] 丸谷才一，《裏声で歌へ君が代》，頁21-22。

[25] 林景明，《知られざる臺湾——臺湾独立運動家の叫び》（東京：三省堂，1970），頁38-46。此外，針對洪圭樹這段演說，江藤淳批評：「一看就清楚明瞭，洪總統完全沒有演講的必要」，「《用假聲唱！君之代》裡的真實感，即結像力非常薄弱」。然而，這段演說是揭示臺灣獨立運動的理論根據時非常必要的部分，因此不得不說江藤淳的批判偏離主題。江藤淳，〈裏声文學と地声文學〉，《自由と禁忌》（東京：河出書房新社，1991），頁7-39。（初稿於《文藝》1983年1月號，單行本《自由と禁忌》（東京：河出書房新社，1984年），本論文使用文庫版作為引用。）

[26] 林景明，《知られざる臺湾——臺湾独立運動家の叫び》，頁39。

[27] 林景明，《知られざる臺湾——臺湾独立運動家の叫び》，頁40。

[28] 林景明，《知られざる臺湾——臺湾独立運動家の叫び》，頁41。

[29] 林景明，《知られざる臺湾——臺湾独立運動家の叫び》，頁43。

就像法語和德語之間的差異」[30]。這段話和文獻一覽表：林台元《台湾独立を訴える》（1968）收錄的第一篇〈台湾は必ず独立する！〉中，「臺語和中文的差異，可比法語和德語的差異」（頁4）之敘述一致。[31]

丸谷才一從林台元《台湾独立を訴える》一書中獲得許多刺激應是毋庸置疑。由該書卷頭照片以及底頁的作者簡歷可知，林台元（本名林順三）本人正是1965年7月15日就任臺灣共和國臨時政府第二代副總統，之後成為第三代總統之人物。[32]

《用假聲唱！君之代》還附上「臺灣民主共和國」的「國旗」圖（圖1），是為「青地上白色太陽與兩個黃色新月」，而這也酷似《台湾独立を訴える》〈附錄〉裡的「臺灣共和國國旗」（圖2）。[33]

圖1　　圖2

此外，《用假聲唱！君之代》裡有一個幕是合唱「臺灣民主共和國國歌」，「歌詞當然是臺語」，但聽起來「像〈荒城の月〉又像〈雪の降る町を〉，或好似〈明治一代女〉，同時也像蘇格蘭民謠那般陰鬱的曲調」[34]。這段敘述可說也是受到《台湾独立を訴える》所收錄的〈臺灣共和國國歌〉的刺激書寫而成。國歌和書名《用假聲唱！君之代》形成強烈呼應，由此可推斷林台元的《台湾独立を訴える》，在丸谷構思《用假聲唱！君之代》時，起了關鍵性的影響。

---

30 丸谷才一，《裏声で歌へ君が代》，頁22。

31 林臺元，《臺湾独立を訴える》（東京：臺湾新聞社，1968.2.28），頁2-5。

32 林臺元，《臺湾独立を訴える》之卷頭照片。

33 圖1為上述《用假聲唱！君之代》頁19插入的黑白圖片，雖然不是彩色圖片，但作品中說明是為「青地上白色太陽與兩個黃色新月」的國旗；圖2則是掃描自林臺元《臺湾独立を訴える》付錄（頁221和頁223之間插入的彩色照片頁）。此外，在《用假聲唱！君之代》的版權頁上標示了「裝幀與國旗設計／和田誠」。

34 丸谷才一，《裏声で歌へ君が代》，頁42。

另外一點值得注意的是，洪圭樹在第三代總統就職演說中，針對二二八事件有如下之發言：

> 演說一開始時提到的二・二八悲劇，即一九四七年二月二十八日台北一位偷賣菸草的老婦被警察毆打，此事成了引爆全國性暴動的導火線，結果導致臺灣人有八萬人被虐殺。當然我不應該過低評價該事件的意義，這個大規模蜂起事件，正是展現了臺灣人的意志。然而這個事件還需要以更周詳的計畫作為基礎，進行更有持續性、包涵層面更廣泛、更具有自覺性的反抗。而我們就是要發動這樣的反抗運動，且我認為我們充分具備發動反抗的基礎。[35]

像這段二二八事件相關論述出現在日本文學作品中、而且還是出現在1982年這個時間點，是相當值得注意。林台元《台湾独立を訴える》一書也收錄了〈二・二八の英霊を弔いつつ在日台湾人に一言する〉、〈二・二八の英霊をしのびつつ民族独立に邁進せよ〉、〈二・二八記念講演〉等的評論。不過比較詳細觸及二二八事件的是參考文獻一覽表：王育德《台湾》（1964／1970）、楊逸舟《台湾と蒋介石》（1970）、及George H. Kerr "FORMOSA BETRAYED"（1965）。[36]

王育德是臺灣獨立運動據點「臺灣青年社」（1960年2月28日成立，1965年改名為臺灣青年獨立聯盟）的首任代表，也是臺語的研究者。前述《用假聲唱！君之代》的引文中描寫到：「我們的首任總統王銘傳是位富有語言天份的人」[37]，兩相對照，很難說王育德的身影沒有反映在「首任總統王銘傳」這位角色的塑造上。另外，王育德也是下一章會談到的邱永漢的友人，而且被認為是邱永漢作品〈密入国者の手記〉（1954）的創作原型。這麼一說，"FORMOSA BETRAYED"的作者和邱永漢也有交集。George H. Kerr是邱永漢的恩師，也是邱永漢作品〈濁水溪〉（1954）裡登場的「羅威特」。丸谷才一以博學多識著名，若要創作以臺灣為主題的作

[35] 丸谷才一，《裏声で歌へ君が代》，頁29。

[36] 王育德，《臺湾》（東京：弘文堂，1964年）、《臺湾　增補改訂版》（東京：弘文堂，1970）；楊逸舟《臺湾と蒋介石》（東京：三一書房，1970）；George H. Kerr, "FORMOSA BETRAYED," Boston: Houghton Mifflin, 1965.丸谷所使用的是London: Eyre &Spottiswoode, [1966,c1965]的版本。

[37] 丸谷才一，《裏声で歌へ君が代》，頁22。

品，應不可能沒讀過邱永漢的作品。然而參考文獻一覽表裡卻沒有邱永漢的名字，關於這點將於第五章深入探討。

楊逸舟的《台湾と蒋介石》在參考文獻一覽表上沒被標示完整，其實該書的副標題為「台湾と蒋介石——二・二八民変を中心に」，非常詳細論及二二八事件。有一點值得注意的是，楊逸舟除了在1956年2月28日臺灣共和國臨時政府成立之際，「被任命為文化情報省長」外，早在1955年9月1日就擔任「臺灣臨時國民會議成立典禮」的司儀。《台湾と蒋介石》中有個段落是敘述當時民眾妨礙典禮進行的情形。

> 就在那時，混進了一位蔣介石派出的特務，來擾亂會場。他用福建省汕頭腔的臺語說：
>
> 「我們反對臺灣獨立。」
>
> 沒被點名卻逕自從座位上站起來發言反對。特務的老婆是臺灣人，一個懷胎五月的孕婦。這時負責場內警備的簡文介秘書長、鮑議員等四五位黨員，立刻衝向這位特務，把他從二樓抓了出去。
>
> 「你這傢伙，是中國人對吧，給我滾出去！」
>
> 警備把他拉到外面樓梯後，開始一番拳打腳踢，形成一陣騷動。特務的老婆又慘叫、又哭號。這位臺灣女子旋即被送到醫院，差一點就要流產了。[38]

而《用假聲唱！君之代》針對這個情節則是這樣再現：「就在此時，洪總統的演講被打斷了。在梨田遠遠的後方，出現了尖銳的叫聲——不是日語——」、「大家回頭一看，只見一位穿著水藍色洋裝——或者說是孕婦裝，氣色極差的女子。另外還有兩位男子正向她撲了上去，一個對她的臉猛打，一個將她的一隻手拉起」[39]。故事安排這位孕婦作為典禮的妨礙者其實是相當唐突的。為何妨礙洪總統演講的人必須為孕婦？如果只讀《用假聲唱！君之代》是無法理解這一安排的必然性。然而透過對照楊逸舟在《台湾と蒋介石》中的記敘，即可發現丸谷是非常仔細閱讀參考文獻的內容，並致力將之運用於創作《用假聲唱！君之代》當中。

---

[38] 楊逸舟，《台湾と蒋介石》（東京：三一書房，1970），頁237。

[39] 丸谷才一，《裏声で歌へ君が代》，頁30。

四、從同時代的評論看《用假聲唱！君之代》之不幸

如上一章所論，丸谷相當仔細閱讀並有效運用〈後記〉中所列出的參考文獻。雖說「上市不到一個月，幾乎每家報章雜誌都刊登書評」，[40] 然而這些日本的書評卻沒有一篇指出這一點，書評的評論重點反而都放在「偏離現實」方面。例如向井敏在書評的題目上〈丸谷才一《裏声で歌へ君が代》——「裏声」風リアリズム離れ〉就一語點出重點，他引用了其他書評論證，表示《用假聲唱！君之代》作為「藉由『偏離現實』而『獨立於現實之上的小說』」，是個成功的例子。他還表示：「臺灣民主共和國實際上並不存在」、「與該小說同時出版的鈴木明的非虛構小說《愛国》（文藝春秋發行），便是以現實的臺灣為主題。書中描述臺灣＝中華民國，從這個實際的政治狀態來判斷的話，在這樣的文脈上即便出現了臺灣民主共和國，一點也不會不可思議」。從這樣的發言記述來看，向井敏或許不知道日本曾存在著以「臺灣共和國」的形式從事獨立運動的事實吧，對之全然無視。

磯田光一在〈政治小說と風俗—丸谷才一《裏声で歌へ君が代》をめぐって—〉一文中，雖然提及「劇本《流亡者》的作者喬伊斯在創造《尤利西斯》裡的利奧波德・布盧姆時，借用了愛爾蘭政治家奧謝的形象。而本雜誌八月號刊載丸谷的喬伊斯論當中，也同樣指出了這一點」。然而磯田接著卻說：「臺灣民主共和國準備政府這個名稱虛構的政治團體」，明確論斷該團體是「虛構」的，完全沒提到「臺灣共和國」、廖文毅等等，只說：「在作者設定臺灣獨立運動的背後，我看到了喬伊斯的愛爾蘭運動之形象」，接著立刻將焦點轉移到喬伊斯身上。[41]

既然知道「愛爾蘭政治家奧謝」，為何不知道1950年到65年之間，滯留於日本的廖文毅呢？若不知道「臺灣共和國」和廖文毅，那麼應該無法理解《用假聲唱！君之代》虛實交雜的趣味。日本評論家在這方面無知的模樣甚至不禁令人懷疑，說不定向井和磯田其實知道「臺灣共和國」，只是顧忌國民黨政府，所以才特意避開不談吧。

40　上述向井敏，〈丸谷才一「裏声で歌へ君が代」——「裏声」風リアリズム離れ〉。

41　磯田光一，〈政治小說と風俗—丸谷才一『裏声で歌へ君が代』をめぐって〉，《すばる》4-11（1982.11），頁248-254。

事實上在1965年5月16日《朝日新聞》的第三版就有這麼一則報導。

> **「廖文毅回臺灣放棄獨立運動」**
>
> 台灣共和國臨時政府總統廖文毅（別名士康）於十四日下午六點半，搭乘羽田出發的CAT班機飛往臺灣。廖文毅是臺灣獨立運動的重要推手，他以「台灣人的獨立必須由台灣人親手來幹」為宗旨，在東京成立台灣民主獨立黨，一九五六年二月成為該共和國臨時政府總統。

此外，該報紙也於7月16日第三版刊登標題為「臺灣獨立運動新幹部定案」之報導。

> 「臺灣共和國臨時政府」的國民議會於十五日假東京永田町的新日本飯店舉行。前總統廖文毅放棄臺灣獨立運動，於今年五月十四日返回臺灣。繼任的新總統由臺灣民主獨立黨總裁郭泰成氏當選，副總統則是林台元氏（臺灣建國會總裁）及國民議會議長廖明耀氏（臺灣自由獨立黨總裁）當選。

從兩則新聞可知當時報紙報導過「臺灣共和國」。即便如此，經過了17年的歲月1982年《用假聲唱！君之代》出版時，「臺灣共和國」的存在卻早已從日本人的記憶中消失。當然，同時代的評論家們會認定「臺灣民主共和國準備政府」完全是個虛構政府的原因之一，很有可能是因為《用假聲唱！君之代》出版的前一年1981年，井上廈的大作《吉里吉里人》出版的緣故。《吉里吉里人》是描述「東北某一個村落，被戰後宣稱以經濟立國、工業立國，實則是亂搞一通的農業政策的日本耍得團團轉，於是宣布要從日本國獨立。他們提出金本位制、農業立國、醫學立國、好色立國等令人意想不到的烏托邦方針，並努力使之實現。然而僅僅一天半的時間，就演變成以無意中捲入這場獨立戲碼被扼殺的風波之中、一文不名、反英雄腳色的五十歲男子古橋健二為中心的一齣鬧劇。」[42]因此，就像評

---

[42] 由良君美，〈解說〉，《吉里吉里人（下）》（東京：新潮社（新潮文庫），1985），頁514-520。

論家們都認定吉里吉里國是「虛構」一般，他們也深信臺灣民主共和國準備政府同樣也完全是「虛構」的。

追根究柢還是日本人（文藝評論家）對臺灣的無知、漠視，沒有調查丸谷所列的文獻一覽表，只憑著報導文學作家鈴木明《愛国》[43]一書，就自以為清楚臺灣的現狀，這種不用功的行為，應該要好好反省。當然，〈書評〉這種形式的評論，必須在受限的時間內，讀完超過500頁的《用假聲唱！君之代》，本身就有其難度。然而書評刊登後時至今日，依然沒有人正式發表《用假聲唱！君之代》論，而丸谷才一就這樣於2012年逝世了。丸谷直到去世前仍然持續著文學創作活動，更於2011年榮獲文化勳章，作為「市民」可以說是相當成功。但自己的作品沒受到更深入討論的「不幸」，不知他會有何感想。

五、與邱永漢之關連

第三章探討了丸谷才一所列的參考文獻一覽表與《用假聲唱！君之代》的關係，第四章則是指出了同時代批評完全無視於這些參考文獻之問題。然而，無法相信狡猾聞名的丸谷會將自己手上的牌全數攤開，因此這一章必須考察參考文獻一覽表中未被標示的真正的「參考文獻」。

本次重讀《用假聲唱！君之代》，最令人在意的橋段是洪圭樹下定決心歸臺的契機，是朱伊正交給他的一卷「錄音帶」。根據洪圭樹的日本妻子賴子的說明，錄音帶的內容是：「我開了門，他用一張可怕的臉說『到一邊去！』好像是一位年紀大的人，唧唧咕咕說著話的錄音帶呢。臺語吧，肯定是。」[44]

事實上，面對國民黨頻繁的特務活動，廖文毅都沒有投降；而1965年投降的契機，就是一卷錄了廖文毅母親聲音的錄音帶。當時負責廖文毅招降任務的是內政部調查局第一處第一科科長李世傑，在他的著書《臺灣共和國臨時政府大統領廖文毅投降始末》（1988，以下簡稱《投降始末》）中便有詳細記載，引用如下。

---

[43] 鈴木明，《愛国》（東京：文藝春秋，1982）。

[44] 丸谷才一，《裏声で歌へ君が代》，頁297。

第四步　這時候毛鐘新已經找到一個西螺人姓廖的，一個大學畢業不久的廖文毅近親。這個人的名字，沈之岳、毛鐘新始終嚴格保密，守口如瓶，連第三處承命擬辦本案公文稿的科員，都不知道。這個神祕人物銜命攜帶幾項東西和條件，悄悄前往東京找廖文毅，初步談判條件。他帶去的東西及諾言是：

一、廖文毅母親廖陳明鏡的一捲錄音帶：據黃紀男第三次出獄後所說的，廖陳明鏡的錄音內容如下：「阿志啊，你是我的乖兒子，我撫養你到這麼大，你離開阿母這麼久了，我今天活到這麼老了，你應該早早回來，讓阿母看看你。若是你不肯回來，阿母會死不瞑目的。你現在就聽阿母的話，快快回來罷⋯⋯」調查局並沒有告訴廖陳明鏡：她的孫兒史豪判了死刑，長媳判了十五年徒刑。[45]

不過《投降始末》出版於解嚴後1988年，《用假聲唱！君之代》則是在解嚴前1982年出版，因此丸谷不可能讀過這本書。而且丸谷列出的參考文獻中很多是1965年廖文毅投降前的資料，幾乎沒有觸及投降的經過。其中林台元的《台湾独立を訴える》（1968）雖然收錄了〈廖の裏切りと蒋の攻勢〉（1965.7）一文，但卻沒有投降相關的詳細記述。[46]王育德的《台湾　增補改訂版》（1970）雖然寫到「廖文毅之所以投降，是因為『臨時政府』被留學生和台胞們拋棄。就在他深感挫折之時特務趁虛而入，用盡各種手段，終於招降成功」，但也僅止於此。[47]參考文獻一覽表中，最詳細描述投降過程的資料就屬George H. Kerr 的“FORMOSA BETRAYED”。[48]Kerr提到國民黨「設計了殘酷的陷阱對付廖博士」、「一九六五年二月，廖文毅的弟妹以涉及陰謀之罪，被判十五年有期徒刑，而

---

[45] 李世傑，《臺灣共和國臨時政府大統領廖文毅投降始末》（臺北：自由時代，1988），頁282-283。本書頁247-257中記載特務活動不僅針對廖文毅，也針對丸谷參考文獻中提到的楊逸舟（楊逸民），但都是以失敗告終。在《投降始末》出版之前是否有資料談到這卷錄音帶，尚無法確認。可以知道的是上述黃富三〈戰後初期在日臺灣人的政治活動—林獻堂與廖文毅之比較—〉的論文中，有許多描述都得力於這本書。李世傑為內政部調查局第一處第一科科長，從他的身分可以推斷《投降始末》應該是這個事件文字化的濫觴吧。在此欲徵詢各位研究先進的意見。

[46] 上述林臺元，《臺湾独立を訴える》，頁185-186。

[47] 上述王育德，《臺湾　増補改訂版》，頁199。

[48] 上述George H. Kerr, “FORMOSA BETRAYED,” Boston: Houghton Mifflin, 1965. 但丸谷所使用的是London: Eyre &Spottiswoode, [1966,c1965]的版本。

廖文毅最疼愛的外甥，則以『反亂罪』宣告死刑。當時人在東京的廖文毅收到通告，若回臺灣支持蔣介石的話，不僅姪子可免除死刑，刑期也能減輕。」[49]丸谷在《用假聲唱！君之代》中將這個情節改為姪女淑英被逮捕。可是Kerr的這段敘述中卻沒出現「錄音帶」的描述。

那麼在1982年這個時間點上，丸谷究竟透過什麼方式知悉「錄音帶」這個橋段呢？於是發現丸谷所列的參考文獻一覽表中，應該要出現邱永漢的名字卻沒看見。若要日本文學中描寫臺灣、而且是以臺灣獨立為主題的小說，是不可能不讀邱永漢的著作，因此推測很有可能丸谷本身就認識邱永漢。[50]

尤其是邱永漢〈客死〉一作，內容就是描寫國民黨規勸「三年前開始亡命於東京」的「元老級政客」「謝万伝」回臺的經過。作品中一位名叫「劉文成」的人物，讓人聯想到廖文毅；[51]而「謝万伝」在日本統治時代，「曾代表臺灣民間，前往帝國議會進行臺灣議會設置之請願」，顯然地是以林獻堂為原型。事實上就如黃富三所論，1955年9月1日「臺灣臨時國民議會」創立以來，國民黨為了規勸林獻堂回臺，特務活動頻頻。[52]但林獻堂皆不予回應，1956年1月就在日本過世。

〈客死〉一文中，雖然受了傷變得怯懦的謝万伝，和國民黨的「K將軍」進行了會談，但歸臺一事卻沒有結論。很諷刺地最後「客死」他鄉的是一直反對謝万伝歸臺、「年輕的獨立運動鬥士」「蔡志民」。謝万伝在蔡志民的葬禮上對著他的遺像說：「蔡君，如果還有來生，千萬不要出生在殖民地。即使再怎麼貧窮微小的國家都行，一定要出生在擁有自己政府的國家。」[53]作品最後以這段話作結。

而「劉文成」是和蔡志民一同參與臺灣獨立運動的人士，並擔任葬儀委員長。「獨立聯盟和來自香港的劉文成一派『再解放同盟』合併，統整為臺灣獨立黨，劉文成即擔任該黨主席」，而且他還是「在美國留學，英

---

[49] 引用文為蕭成美譯，《裏切られた臺湾》（東京：同時代社，2006），頁550。

[50] 邱永漢，《食は広州に在り》（東京：中央公論社，1975），中公文庫版的〈解說〉頁184-189，為丸谷才一執筆。

[51] 邱永漢，〈客死〉，《邱永漢　短篇小說傑作選　見えない国境線》（東京：新潮社，1994），頁79-122。此外，根據該書「初出・初収一覽」，〈客死〉的初稿不詳，只標示《密入国者の手記》東京：現代社刊，1956年收錄。

[52] 上述黃富三，〈戰後初期在日臺灣人的政治活動—林獻堂與廖文毅之比較—〉。

[53] 邱永漢，〈客死〉，頁122。

文流利的劉文成博士」。從這些人物設定來看，不得不讓人覺得劉文成＝廖文毅。只是〈客死〉所描繪的劉文成人物形象卻是極為負面：

> 最慘的是劉博士，生為台南大地主的兒子，在還沒過著亡命生涯前，不知勞苦為何。如今家鄉的財產因三七五減租、土地改革等政策，變得所剩無幾，連家裡的經濟援助最近也中斷了。劉博士沒有經商才能，掛著黨主席的頭銜，徹底墮落到從事黑市交易，也當不了上班族。（中略）他生來就好勝心很強又愛慕虛榮，一句洩氣的話都沒說過，然而他的一生中沒有比現在還要窮困潦倒的了。他認為這全是那可惡的國民黨幹的好事，對國民黨是恨入骨髓。[54]

〈客死〉描寫面對國民黨各式各樣的招降手段，獨立運動分子們惶惶不安的心情，所以實在難以想像丸谷才一沒讀過這篇作品。而且不要忘記，邱永漢本身就是和調查局「接觸」後，才會於1972年4月睽違24年「歸臺」。關於這件事的經過，邱永漢有如下敘述：

> 我的第六感直覺如果他們（垂水注：國民黨）願意讓步，傾聽我的想法，那麼不久或許會對我有所行動。果不其然，將近年底時，國民黨本部派人前來，在帝國飯店和我共進晚餐，邀請我回臺灣。新年過了，這次換成現任部長，一位東大時代的前輩，約我在赤坂的東急飯店碰面，具體勸我一定要回臺灣一次看看。那位前輩回去後，負責治安取締的調查局，就是和那惡名昭彰的KCIA差不多組織的局長，派來的人立即出現，有更具體的接觸。[55]

如果邱永漢和廖文毅一樣，都受到國民黨調查局的特務活動而歸臺（投降）的話，那麼他可能清楚廖文毅的投降內情。眾所周知，丸谷創作的小說不多，《用假聲唱！君之代》（1982）更是小說《只有一個人的叛亂》（1972）出版10年後才又問世的長篇小說。[56]雖不清楚丸谷和邱永漢

---

[54] 邱永漢，〈客死〉，頁107。

[55] 邱永漢，〈臺湾へ帰るの記〉，《PHP文庫　私の金儲け自伝》（東京：PHP研究所，1986），頁200-232。（初稿為《私の金儲け自伝》，東京：日本経済新聞社，1982）。

[56] 短編集則有《彼方へ》（1973年）、《横しぐれ》（1975年）出版。

的交誼何時開始，但至少可以確定1975年邱永漢出版的《食は広州に在り》中公文庫版，是由丸谷擔任〈解說〉。因此可以肯定在這個時間點前後，兩位已有所交誼。而且甚至還能大膽猜想，1972年邱永漢歸臺一事，成為丸谷對臺灣獨立運動感興趣的一個契機，進而丸谷便透過邱永漢得到了許多相關情報和意見。

即便如此，丸谷卻沒有把邱永漢的名字列在參考文獻一覽表中，而如今丸谷和邱永漢都先後過世了。雖然沒有辦法確認他們兩人之間的交友情形，但從他們之間的認識情況可斗膽推論，邱永漢是沒被標示出來的真正的「參考文獻」。

六、結語

以上主要論述丸谷才一將許多臺灣共和國臨時政府相關的資料，以及當中可能透過邱永漢而得知的廖文毅投降過程，反映在《用假聲唱！君之代》當中。前面也提過，這部作品在臺灣幾乎沒被討論；而日本也只有在小說剛出版不久，短暫地出現一些報章性的評論，除了接下來會提到的江藤淳的評論之外，是看不到正式的作品論。筆者雖然在該書一出版後就讀過，但之後有30年以上沒再翻閱，實在令人懊悔。

透過這次執筆本論文，讓筆者更加堅信這本小說是一部在各個方面都很值得被討論的作品，因此在本文的最後簡單整理如下：

首先值得矚目的是，這個作品是在1982年預見了1987年解嚴後臺灣的狀態。如第二章所介紹，作品透過臺灣民主共和國準備政府的成員吳連宗的發言，猜測洪圭樹是否企圖策動「名義上維持中華民國，實質內涵改革為臺灣國之政變」。吳連宗更接著說：「這個政變的結果，外省人不會失去中華民國這個國名，但代價就是總統必須要是本省人」[57]。且不說丸谷才一是憑著什麼根據如此推測，光是這個推測所展現的先見之明與正確性，就值得給予相當高的評價不是嗎？

丸谷不僅以深厚的情感描繪對國家充滿信念的洪圭樹，即使那個國家「要說不存在，確實是不存在」，但是「是摯熱地存在於內心的」。[58]

---

[57] 丸谷才一，《裏声で歌へ君が代》，頁427。

[58] 丸谷才一，《裏声で歌へ君が代》，頁13。

同時丸谷在作品最後讓梨田說出了自己的決心：「比起實際的國家，還不如自己夢想的理想國家」、「我是站在我心目中的國家那邊的」。[59]丸谷一方面批評「沒有市民」、「至今仍非近代國家」[60]的日本，而另一方面是對於慢慢地卻踏實地走在民主化道路上的臺灣，懷抱以無限的愛情與共鳴。而正是這樣的一個心情，孕育了《用假聲唱！君之代》這個作品。

此外，從作家丸谷才一論的研究面向來看，在描繪逃避徵兵的《笹枕》（1969）之後出版的作品群，可窺見國家論為丸谷創作的課題。因此作為全面論及國家論之作品，《用假聲唱！君之代》應該要更受到矚目才是。

《用假聲唱！君之代》出版後不久，江藤淳便在《自由與禁忌》（1984）一書中強烈批判丸谷，認為日本不是像丸谷作品中借林之口所說的「沒有所謂的存在目的，只是空有的國家」。他認為是「美國代表的佔領軍當局，讓日本成為像現在這般『存在著』」的國家，「丸谷的目光之所以迴避美國，無非是因為美國本身就是一個禁忌」。[61]然而，這個議論卻沒有下文。前面已提到，隨著報章上的評論熱潮冷卻，《用假聲唱！君之代》也逐漸被遺忘。然而今日，在日本與東亞的國際情勢中重讀此書，想必又能看到不同於江藤淳所提出的「自由與禁忌」吧。

丸谷在《用假聲唱！君之代》中描寫的臺灣民主共和國，被當時的評論家評為「只是個存在於腦中的國家」、「偏離現實」、「虛構」、「現實性亦即結像力薄弱」。然而，民主化確實在臺灣扎了根，並由年輕的世代承繼下來，可以說丸谷的確預見了臺灣的未來。這不僅是出自於丸谷的先見之明，還是丸谷理想結像之結果，因為他透過主角梨田之口吐露自己的決心，說出：「比起實際的國家，還不如自己夢想的理想國家」、「我是站在我心目中的國家那邊的」。同時，一直相信雖然臺灣「要說不存在，確實是不存在」，然而「是摯熱地存在於內心的」，正是擁有這種信念的臺灣人給了丸谷力量。小說開頭的第一幕非常經典，即搭著手扶梯上樓的梨田「逆向搭乘」，逆向跑下手扶梯追趕正搭著手扶梯下樓的朝子。

---

[59] 丸谷才一，《裏声で歌へ君が代》，頁496。

[60] 丸谷才一，《裏声で歌へ君が代》，頁71。

[61] 上述江藤淳，〈裏声文學と地声文學〉，《自由と禁忌》。此外，在這篇論文裡江藤還批評丸谷另一點，即指出《用假聲唱！君之代》大獲好評的背後，是因為在「文壇政治」裡存在著丸谷「多數派的活動」。丸谷在生前自己的作品沒得到更深入批評，其「不幸」的原因可以說很諷刺地就是因為那文壇的政治力吧。

丸谷彷彿就像梨田一樣，「逆向搭乘」歷史的洪流，把快要被遺忘的臺灣共和國的身影緊緊抓住，刻劃在日本文學當中。

深深期待本文能作為一個引子，讓《用假聲唱！君之代》能重新被閱讀。

引用書目

丸谷才一，《裏声で歌へ君が代》（東京：新潮社，1982）。

王育德，《台湾》（東京：弘文堂，1964）。

———，《台湾　増補改訂版》（東京：弘文堂，1970）。

江藤淳，《自由と禁忌》（東京：河出書房新社，1991）。

李世傑，《臺灣共和國臨時政府大統領廖文毅投降始末》（臺北：自由時代，1988）。

林台元，《台湾独立を訴える》（東京：台湾新聞社，1968年2月28日）。

林景明，《知られざる台湾——台湾独立運動家の叫び》（東京：三省堂，1970）。

邱永漢，《PHP文庫　私の金儲け自伝》（東京：PHP研究所，1986）。

———，《邱永漢　短篇小說傑作選　見えない国境線》（東京：新潮社，1994）。

黃富三，〈戰後初期在日臺灣人的政治活動—林獻堂與廖文毅之比較—〉，《2004年度　財團法人交流協會日台交流センター歷史研究者交流事業報告書》（臺北：交流協會，2005）。

楊逸舟，《台湾と蒋介石》（東京：三一書房，1970）。

鈴木明，《愛国》（東京：文藝春秋，1982）。

George H. Kerr著，蕭成美譯，《裏切られた台湾》（東京：同時代社，2006）。

A Japanese Author's Depiction of Taiwan's Independence Movement ——An essay on Maruya Saiichi

Tarumi, Chie* (Translated by Lin, Tzu-ying**)

Abstract

Maruya Saiichi is a representative writer of Japanese contemporary literature. He published a novel entitled "Uragoe de Utae! Kimigayo" (Sing the national anthem in falsetto!) in 1982, whose protagonist is the third President of the "Republic of Taiwan Provisional Government". This paper is intended to introduce the contents of the novel and description of the Taiwan independence movement, while also analyzing the references Maruya read and how he used them in the novel. In addition, it will analyze the reason why contemporary critics of Japan have ignored that novel and points out the relationship between Maruya and Qiu Yonghan, who might be the real information provider. Through these analyses, this paper proposes a new evaluation of this work which foresaw the future democratization of Taiwan.

Keywords: Maruya Saiichi , Japanese contemporary literature, Republic of Taiwan Provisional Government, Qiu Yonghan, democratization of Taiwan

---

* Professor, International Sutudent Center, Yokohama National University, Japan.

** Ph. D Student, Graduate School of Letters, Osaka University, Japan.

再見日本：黃春明小說中的臺灣歷史與武士道精神敘事*

張文薰**

摘要

戰後以美援為基礎的經濟成長，與1970年代初開始的連串外交危機，使1970年代成為臺灣社會「中國」與「臺灣」意識形態更替的關鍵時期；保釣運動後興起回歸現實熱潮的世代，發現長久以來被國府教育掩蔽的日本統治下臺灣歷史與文化活動，具備聯繫抗日史觀與現實臺灣的敘事動能。在50年代流亡文學、60年代現代主義文學之後，70年代臺灣鄉土文學與小說中「日本」敘述同時興盛，脈絡多在於戰前歷史經驗，情節多涉於自我身分的界定。70年代的日本，同樣也在美國軍事經濟體制之下快速復興，以跨國投資方式重返舊殖民地、並憑藉電影藝術等文化實力重登世界舞臺，擺脫戰敗國陰影。美蘇冷戰秩序下保證了日本與臺灣的經濟發展，同時限鎖了與「鐵幕」後共產中國的聯結，直到1970年代美中、中日建交、中國取代臺灣獲得聯合國席次，美日臺三地的穩定架聯關係才被鬆動。在前殖民地／同盟國以國際秩序的重整為契機，試圖藉著與舊帝國／軸心國的重遇建立自我的時刻，是否能產生歷史債務的追還與協商共存的可能性？本稿以臺灣小說家黃春明的〈莎喲娜啦，再見〉為對象，自歷史敘事與翻譯的角度分析其中「日本」敘述與相關情節，分別指向1970年代臺灣社會個人身分建構的複雜與艱難。本稿將指出，因為世代差異的作用與跨越困境，1970年代小說中歷史敘事的破碎顯示了現代主義與追求西

* 本文初稿宣讀於「第一屆文化流動與知識傳播國際學術研討會」，修訂稿經本書編輯委員會匿名送審後，通過刊登。

** 國立臺灣大學臺灣文學研究所副教授。

化陰影的強大效度。而被擺弄於美、中二大強權間的臺灣，僅能將容身在「翻譯者」身分的怨懟，以奇觀化情欲想像、集體主義行為模式的僵化為手段，拋向對臺灣歷史責任失憶的日本。

關鍵字：保釣運動、鄉土文學、冷戰（cold war）、殖民記憶、歷史敘事、黃春明

一、前言[1]

在當代臺灣族群意識形態與文學文化的本土符號系統形成過程中，發生保釣運動的1970年代具有關鍵性的意義，這是包括日本殖民時期在內的臺灣主體歷史敘事起步，逐漸形成清晰可辨的脈絡，直到解嚴大舉開放歷史敘事的時代。1945年戰爭結束後，臺灣歷經20餘年的戰後歲月，中華民國在臺灣由國民黨專擅主政，以炎黃子孫、五族共和的空間版圖，從先秦至清的朝代更迭，辛亥革命推翻內憂外患交織下的晚清、孫文領導的國民黨創立了中華民國的歷史時間，「中國」的地理與歷史收束並規制了臺灣島內的自我認知方式，以學校教育與文化活動對內塑造臺灣版本的中國民族主義。在中國中心的歷史觀之中，自19世紀末至1945年為止的日本殖民臺灣期間，除了強化國民黨「抗日」歷史解救臺灣、以合理化對臺灣的統治之外，缺乏其他詮釋觀點。然而，隨著戰後保障國府在臺統治正當性的冷戰體制，因為美軍在越戰中節節失利，從之在確保對蘇優勢不致失墜的美國外交政策要求下，文化大革命中的中國，成為美國調整東亞秩序之際的首要爭取夥伴。1960年代末與1970年代初開始的連串外交危機，使原本在戰爭經濟、軍事協防中快速經濟成長的臺灣，面臨對內對外的自我定位需求，1970年代成為臺灣社會「中國」與「臺灣」意識形態更替的關鍵時期。

而在此歷史敘事與意識形態結構快速變動重組的時刻，在臺灣與中國之間劃出灰色地帶的前軸心國、前殖民國日本，明明與臺灣同樣處在美國軍事經濟體制支配下，卻從1956年「『戰後』已然結束！」成為年度流行語現象所示，呈現快速復興、一片蓬勃景象。到1970年代日本開始大舉以跨國投資方式重返東亞舊殖民地、並憑藉電影、藝術等文化生產重登世界舞臺，擺脫戰敗國的記憶陰影，「戰爭」與「戰後」這二項具有時間性的事件與概念，彷彿都不在1970年代後的日本烙印痕跡。

---

[1] 本論文為103-104年度臺灣大學文學院邁向頂尖大學計畫「文化流動：亞太人文景觀的多樣性」執行成果。部分內容曾先後宣讀於（1）臺灣大學臺文所主辦「文化流動與知識傳播國際學術研討會」（2014年6月）（2）日本大學文理學部、臺灣大學文學院主辦「文學與影像媒體——臺日共同工作坊」（2013年12月）。會議之初與改寫投稿後皆經評論人、審查人惠予建議與意見，謹此致謝。

粗略的對比或有去複雜脈絡之嫌，但1970年代日本與臺灣在國際地位的強烈落差，卻可以是醞釀點燃保釣運動中反日民族主義情緒的星苗。直接涉及臺灣與日本、中國領土主權認定與民族問題的保釣運動，從1969年底臺灣與日本之間開始產生爭議，1970年9月日本外務省正式宣稱釣魚臺列嶼領有權屬於琉球，此時琉球為美國領有，但即將歸還日本。其間國民黨政府的消極態度引起臺灣社會不分族群、世代的普遍不滿；抗議日本的大規模示威首先由臺灣留學生在美國大城市發動，但風火之勢未能持續延燒，1971年6月美國與日本簽署移轉琉球管轄權文件，海外與島內保釣皆無可著力，部分保釣人士於是隨著中國加入聯合國與開放而傾向中國。同年10月臺灣在聯合國的席次被中國所取代，1972年2月尼克森訪問中國並簽署美中上海聯合公報，年底日本與臺灣斷交。在這些接踵到來的外交衝擊與挫敗之間，戰後以「復興基地」自我標榜，對外依附於美國以鞏固冷戰秩序為目的的東亞軍事配置，對內則以反攻大陸、接續被中共暫時性切斷的文化歷史傳統為使命的，僅擁有過渡性基地身分的臺灣，被迫思考當下時間中的位置與關係。保釣後覺醒的戰後世代，發現長久以來被國府教育掩蔽的本土歷史與文化活動，儲存著聯繫抗日史觀與現實臺灣的敘事動能，而成為掀起回歸現實熱潮的實存世代。[2]文學創作活動則在「回歸現實」世代挖掘臺灣日治歷史與殖民記憶的成果中，擷取記述臺灣的題材與歷史參照架構。在50年代流亡文學、60年代現代主義文學之後，70年代的文學表現在臺灣文學史上以鄉土文學之名被賦予崇高地位。值得注意的是，文學中「日本」相關敘述也同時興盛，脈絡多在於戰前歷史經驗，情節多涉於臺灣人自我身分的界定。

日本無疑是臺灣不分本省、外省人族群在敘述1945年以前歷史的主要「他者」，與日本相關的事件成為歷史架構的重要座標。然而在戰爭發動者、殖民臺灣者的過去身分之外，日本在1970年代也同時具備冷戰下美國在亞太佈局的重要盟邦，以強大金融與製造業實力在東亞各地投資與輸出的經濟大國身分。美蘇冷戰秩序保證了日本與臺灣的經濟發展，同時限鎖了與「鐵幕」後共產中國的聯結，直到1970年代美中、中日建交、中國取代臺灣獲得聯合國席次，美日臺三地的穩定架聯關係被鬆動。

---

2 此為蕭阿勤在《回歸現實：臺灣1970年代的戰後世代與文化政治變遷》（2008）的分析與卓見。蕭阿勤，《回歸現實：臺灣1970年代的戰後世代與文化政治變遷》（臺北：中央研究院社會所，2008），頁142-143。

涉及美國、日本、臺灣、中國的釣魚臺列嶼主權爭議，一擊使臺灣的中華民國意識形態出現裂縫，華夏文明覆蓋下的臺灣文化開始產生連結至在地認同的可能性。然而影響臺灣島內、海外青年意識形態與認同結構甚巨的保釣事件，並不單只是發生在東亞區域的海洋資源、外交問題。華勒斯坦（Immanuel Wallerstein）所提出的「世界體系論」中，主張1956年蘇聯發生反史達林批判後的1968年，思想層面新左翼崛起，社會層面不分資本主義國家或第三世界都發生大規模學生運動等，1968年是體系與思想轉換的關鍵時代，定義了1970年代至今的世界秩序、現代與後現代的混亂交織、傳統與現代的對立等涉及個人主體性與社會制度的思維。日本評論家絓秀實認同「相對於舊有的文化、思想規範，嶄新反抗文化的奪權」之1968年體系說[3]，但更以此觀察1968年爆發的日本「全共鬥」運動與1970年的「華青鬥」事件，提出從反越戰而起的「新左翼」所標榜的反抗文化內部，仍沿襲著戰前帝國主義的歧視構造；其反抗力量的消退並不只是被國家機器的暴力壓迫所致，更是保守於「一國和平主義」的思維所致[4]；也因此，1970年代後日本出現的並不是體制的摧毀或反轉，而是加速邁向市民生活成熟的消費時代。本研究探討1970年代臺灣小說中歷史敘事與「日本」情節，在保釣後、以及世界、日本的「1968體系」之經濟與思想體系變動下，臺灣文學文本能在何種層面取得世界同時性之詮釋向度？前殖民地／同盟國以越戰末期、保釣運動等冷戰秩序的重整為契機，試圖藉著與舊帝國／軸心國的重遇建立自我，是否能產生歷史債務的追還與協商共存的可能性？

本稿將以黃春明涉及臺灣歷史敘事的小說——主要為〈莎喲娜啦，再見〉為對象，分析其中直接指涉「日本」殖民與戰爭記憶、旁及與日本文化相關敘述的情節，觀察1970年代臺灣社會個人身分與國族身分建構的複雜與艱難。本稿將指出，因為世代差異的作用與跨越困境，1970年代小說中歷史敘事的破碎顯示了現代主義與西化追求陰影的強大效度。而被擺弄於美、中二大強權間的臺灣，僅能將容身在「翻譯者」身分的怨懟，以奇觀化情欲想像、集體主義行為模式的武士道精神為敘事策略，將歷史敘事的失能憤懣，拋向對臺灣歷史責任失憶的日本。

---

[3] 絓秀實，《1968年》（日本：ちくま新書，2006），頁9。

[4] 絓秀實，《1968年》，頁167。

二、歷史敘事與疊影

> 這時候，車子正好沿著坪林溪谷的山脊走，我很自然地俯覽山谷，我看到千仞下面的谷底，看到細長的坪林溪潺潺地流著。奇怪的是，深谷底下纖細的溪流景象，竟然叫我一時模模糊糊地想到歷史；歷史的什麼、什麼的歷史，我自己也不確知。（〈莎喲娜啦・再見〉，1973）

黃春明（1939-）的〈莎喲娜啦・再見〉於臺日斷交翌年的1973年問世。小說敘述者是第一人稱「我」——「一向是非常非常仇視日本人」的臺北貿易公司黃姓職員，回溯自己在上司要求之下帶領七名日本客戶到故鄉礁溪買春，又在隔天返北火車上與計劃前往日本留學的大學生對話，「幹了兩件罪惡勾當」而自誇「沾沾自喜」的故事。在往返臺北與礁溪的二日之間，「我」藉語言與地緣優勢，不僅扮演了臺灣產業（臺北公司、礁溪旅社）與日本客戶間的口譯、說明地域文化差異的導遊，更在日臺殖民、日中抗戰的記憶之間，以及1945年戰後國際政治秩序重整所帶來的中臺空間隔絕之間穿梭，是語言、文化、歷史時間等三重互為交織意義上的「翻譯者」。「我」迫於生計而擔任日本客的買春導遊，協助滿足征服發展中國家女性身體的慾望；卻又利用買春客在語言能力與文化認識層面的弱勢，一方面索取超出標準定價的買春費用，另一方面以刻意的誤譯見縫插針，意圖喚起日本客的歷史罪惡感。

黃春明文學、鄉土文學相關之前行研究多在肯定〈莎喲娜拉・再見〉中「我」成功地譴責日本買春客，視為中華民族情操的勝利；流傳至廣的《黃春明作品集3 莎喲娜拉・再見》的書後介紹文中，正強調其文學「蘊含著鮮明的民族意識」，黃君因為帶領買春任務而內心「衝突與掙扎」，但最後「終於得到宣洩的出口」[5]。本文肯定小說中黃君以一敵眾，小職員對大客戶追索日本歷史負債的精神；然而更欲探討這悲劇英雄式「反侵略」過程的敘事策略：第一人稱敘述者「我」（而非旁觀的「黃君」）在

---

[5] 黃春明，《黃春明作品集3莎喲娜拉・再見》（臺北：聯合文學出版，2009）。本文引用〈莎喲娜拉・再見〉皆來自此書，不另加頁數。

敘事起點所強調回想起來仍「沾沾自喜」的心態，其實是為了掩飾敷衍旅途中自我認同的危機時刻。事實上「我」的形象建立包含了長篇的、反覆的、缺乏解決的自我內心問答。雖然短短兩天的旅程結束後回臺北，「我」又返回小說開始時因為戲弄了日本人，為「中國」在歷史與現在面對日本的劣勢爭到公道而自我誇飾的小職員位置。但在旁觀買春交易的過程中，「我」漸漸發現買春客與妓女之間的關係可以不靠語言翻譯而成立，其和諧甚至逸脫出「我」預設的道德操守；而「我」對於日本買春客之間的敵意漸次消減，甚至在性慾層面趨向合致。在小說的最後，日本客與臺灣大學生，在揮別之際無需譯介即以對方母語先後道出「莎喲娜拉！」與「再見！」，結束了這一趟歷史與性交纏的買春之旅。此一畫面是小說題目由來，也同時顯現了因為翻譯功能而存在的「我」的意義，在歷史負債與臺灣倚賴外貿現實情境夾縫中被取消的尷尬。

〈莎喲娜啦・再見〉從篇名即以二種「告別」的同義詞彙之並立，顯示出日本之於臺灣、中國分別因為殖民統治、中日戰爭的歷史負債，在國府來臺後匯聚於臺灣，在國語政策層面所造成的歷史記憶、文化政治與翻譯問題的複雜性。而或許因為題材涉及日本人海外集體買春的社會問題，在1979年即已由經濟學者田中宏、福田桂二翻譯為日文出版，並成為至今臺灣文學日譯本中最為暢銷的一部。素來被視為臺灣鄉土文學作家代表的黃春明，正如其本人並不雅愛被「鄉土文學」界定一事所示[6]，其創作開始時期與小說技法，毋寧與現代主義文學距離更近。創作於之前的小說中雖也不乏對於日治時代的描述如〈青番公的故事〉（1967）、〈甘庚伯的黃昏〉（1971），但多作為人物背景而存在，甚且是與民間傳說並陳。〈莎喲娜啦・再見〉的主角在敘事初始即以「居於個人與一個中國人對中國近代史的體認的理由，我一向是非常非常仇視日本人的」而開啟自我描述、「日本」關聯性的序幕。「我」仇日的原因是「據說我最喜歡聽他說故事的祖父，他的右腿在年輕時，被日本人硬把它折斷。還有，在初中的時候，有一位令我們同學尊敬與懷念的歷史老師，他曾經在課堂上和著眼淚，告訴我們抗戰的歷史。（中略）當時這位南京人的歷史老師，拿出外國雜誌上的圖片，讓我們看到南京大屠殺中的鏡頭」所引發的情緒。而當

6 如2009年聯合文學所出版的《黃春明作品集》之〈總序〉中，黃春明仍語帶揶揄地講述自己的小說如〈莎喲娜啦，再見〉等篇是「被人歸類為鄉土小說的那一些」。

七位曾經參與戰爭的初老日本人以買春為目的來到臺灣，並不時顯示「還是我們日本話最好聽」般的本質性美化論，更激發出「縱使有個自知之明的日本人，來到曾經是他們的殖民地的臺灣，而想時時刻刻抑制本身的優越感外露，恐怕也很難。何況馬場他們這等之輩，來到這裡，為所欲為，用錢達到目的，嫖我們的女同胞，還講話損我們的語言」的自卑與憤怒。

自封「千人斬俱樂部」的日本買春客形象，是以身型矮胖、禿頭、粗俗漢字名（馬場）、武士道、好色等刻板印象的符號所建構而成。小說中賦予他們極為明確且一致的出生年——大正6年（1917，但文中錯植為1916），強調其前兵士、為帝國戰爭歷史當事人的身分。值得注意的是，「我」以「侵略」動作解釋日本戰前、戰後在東亞的軍事與經濟強權，一方面合於1970年代在新左翼思潮影響下，重審後殖民階段舊帝國的經濟權力結構複製問題，多以「文化侵略」、「經濟侵略」批判之趨勢；另一方面，三十幾歲的「我」對於戰前歷史的認識來源充滿不確定，來自血親祖父的非直接傳述，以及外國雜誌上的南京大屠殺圖片，顯示了戰後世代的「我」的歷史認知參照架構的混亂，殖民記憶透過轉介的口述，而戰爭經驗則依靠外國雜誌的圖片媒介、老師出身地才能確保其創傷強度與真實性。歷史認知的證據性稀薄與情緒性強烈，導致了「我」與歷史當事者的七個日本客相遇時，態度隨之浮動而易變。

在人物的歷史敘事來源可疑，其架構中並存著殖民與戰爭的雙重疊影的情境下，〈莎喲娜啦・再見〉並以日本電影名稱《人間的條件》、《七武士》、《用心棒》、《日本最長的一日》作為分節小題。第一部《人間的條件》（原名《人間の条件》）。由五味川純平原著小說改編，小林正樹導演，分六部於1959—1961年上映，是全長9小時31分鐘的電影，以戰前日本帝國的滿州墾拓與戰後日本農民在極限狀態中逃離滿洲的故事為題材，於臺灣上映時改名為《日本人》。第二部《七武士》（原名《七人の侍》）。由黑澤明導演，以16世紀末為背景的時代劇電影。獲得1954年威尼斯影展銀獅獎，描寫在戰國時代的戰爭中失去主公與集團使命的落難流浪武士群，受僱於農民並協力擊退盜賊的故事。第三部的《用心棒》（原文《用心棒》）也是由黑澤明導演，以流浪武士的求生之道為題材的時代劇，1961年上映。「用心棒」在日文裡是「護衛」的意思，在臺灣上映其實改名為《大鏢客》，但黃春明卻沿用了原來的日文片名。第四部《日本最長的一日》（原文《日本のいちばん長い日》）。岡本喜八導演電影。

以日本政府決定、並由天皇「玉音放送」宣佈投降的1945年8月15日的一日間為主題。

作為文本分節小題的四部電影之實質內容與小說情節之間，引用與疊合的意義連結值得推敲。《人間的條件》與《日本最長的一日》分別對應於小說開頭「我」無奈地接下買春導遊任務、以及藉「誤譯」與假造兩方身分而批判日本客與臺灣青年的小說結尾部分。「人間的條件」或以為求養家活口，必須順應公司命令的「我」的處境，對應為求生存，必須在中國東北嚴苛環境中掙扎的日本農民；然而一則此片長達九小時，臺灣觀眾未必能及時觀影並認識內容的意義，再則黃春明不用臺灣中譯片名「日本人」，而是沿用日文「人間の條件」，更可以提醒我們，這兩部時間設定在當代的電影與小說之間的互文性，其實是建立在中文「人間」與日文「人間」的漢字意義微差與近似，以及「日本最長的一日」的詞句字面意義上。以日文漢字與中文之間的意義落差，導引讀者進入日本帝國主義擴張與發動戰爭所遺留的巨大創傷情境中，為其實沒有實際被殖民與戰場經驗的「我」的反日情緒進行歷史背書。小說讀者在電影題名的提醒下，將發現這以工商強國之姿在戰後重現東亞的舊殖民者，不僅尚未清償戰爭責任，甚至再度以其「武器」——武士的「劍」＝陽具遂行其在本國內難以發洩完全的慾望。武士的帶刀形象、與其精神「武士道」中不惜犧牲個人生命以求集體目的達成之堅貞情操，因此成為〈莎喲娜拉・再見〉中對比出眼前日本買春客之不堪的重要設定。

如果前兩部以日本敗戰為主題的電影題名，是在催促日本承認並清償戰爭責任；《七武士》與《用心棒》兩部設定在戰國時代，以落入民間的武士處境為主角的時代劇（Jidaigeki）電影，卻意外揭示了小說中歷史被害者意識的脆弱與一廂情願。「武士」是包括映像、文學在內的日本時代劇文本的最主要題材，也是至今全球化中的通俗文本裡，最常用來表象日本的符號。[7]「武士道」精神與意識型態，常在思考日本近代國體與文化

7　包括近年好萊塢電影「末代武士」、「忠犬小八」、「浪人47」皆為代表。最能夠體現「武士」堅忍、忠誠、禁慾精神的「忠臣藏」（chujingura）故事，改編自歷史「赤穗事件」，但更強調其中堅忍不拔以達目的的集體精神。「忠臣藏」從1920年代日本電影產業興起後，光是本傳部分，至今已有80部以上的作品。數字參見維基百科日文版「赤穗事件を題材として作品」條目，https://ja.wikipedia.org/wiki/%E8%B5%A4%E7%A9%82%E4%BA%8B%E4%BB%B6%E3%82%92%E9%A1%8C%E6%9D%90%E3%81%A8%E3%81%97%E3%81%9F%E4%BD%9C%E5%93%81（2016.04.26徵引）。

問題時，被視為帝國主義背後的思想核心。然而必須注意的是，以武士集團為重心的德川幕府士農工商階級社會，已在明治維新之際解體。走向君主立憲制，以求與西方帝國並駕齊驅的明治政府，甚至施行各種抹去「武士道」文化的策略。1930年代的昭和日本往軍國主義國家狂奔的過程中，再度搬用「武士道」的堅忍、服從、集體性作為動員國民的情操。第二次世界大戰結束後，GHQ（駐日盟軍總司令）在文化出版政策中，有意識地壓制具備提高日本傳統民族意識的武士道題材。直到1960年代安保條約簽訂，美軍實質統治的時代結束後，以武士為主題的時代劇電影才大量出現，其中佼佼者即是在影展中大放異彩的黑澤明作品。但出現在冷戰秩序下美日關係確立後的「武士」，誇張滑稽丑化有之，更有「七武士」般從共同體的凝聚與解散、武術技藝或精神層次的偏重、個人英雄或順從主命的執行者、與農民之間時為保護者時為掠奪者的關係等層面，探討日本傳統社會的深刻作品。也就是說，「武士」作為一種社會階層身份，內蘊實為欠缺一貫性與本質性的抽象概念，正因此更能成為被資本主義市場所運用的日本符號。出現在具現代性的眾多電影與小說文本中，「武士」唯一的共同點可能是象徵著一個「不再」的過去時代。黑澤明「七武士」中的武士集團構成極為複雜，與其雇主農民、敵人盜匪之間的界線並非截然分明，「七武士」也因此成為黑澤明時代劇電影中，質疑「武士」本質的作品。

以此回思〈莎喲娜拉・再見〉對武士道與日本人本質化的執著，更顯出「我」道德感堅持中的矛盾。「千人斬」在「武士道」中原為武士道修行的手段之一，但在〈莎喲娜拉・再見〉中卻被解釋為武士的終極目標，指向無端嗜血殺戮的殘酷。日本買春客共有七人，在「七武士」一節中正式登場，然而日本人等同於具備武士精神（Samurai Spirit）的聯想卻是來自小說敘述與「我」的提示。對這七位買春客而言，「千人斬俱樂部」的自況其實更接近自嘲，以性高潮作為決戰生死高潮的替代，這樣具有強烈自我貶謫性的轉換，不待被殖民者年輕世代「我」明言暗諷，即已是對於以公平、忠誠、禁慾為理念的「武士」精神的解構。他們的陽剛氣概必須借由「印度神油」藥物來支撐，完事在手冊中收集體毛的滑稽、奇觀儀式，不時以「怪聲怪調」唱著「「劍道乃是人道，劍在人乃在，劍亡人乃亡」的自娛娛人行為，更是解嘲了從斬死一千人武士道情操到與一千人性交的理想變形與淪落。

小說中的「我」其實比日本客更執著於「武士精神」，在參與買春客充滿性聯想的狎昵對話中，「我」漸次忘記了原先對於日本的敵意，甚至也產生了召妓的欲望。「我」從一開始就與應該是長者、公司客戶的日本人之間互稱「馬場君」、「黃君」，「君」這只能用於親暱平輩的互稱，暗示了「我」與日本買春客之間的共同體可能性。然而這些來自「男性連帶社會性欲望」（homo-social desire）[8]的反應，卻馬上被「我」警覺地以「同胞意識」、「人道主義」合理化，召妓慾望也在故鄉人流言耳語的恐懼中沒有付諸實踐。「我」藉由將「七武士」變換為「千人斬俱樂部」、「印度神油」、「體毛收集」、「白虎傳說」等縱慾奇觀與強迫性的集體意志，標榜出自我的禁慾自節，試圖區分出自己與日本買春客的差異，與對於「武士道」精神的崇敬。然而這強調「他者」與「我」之間差異化的需求，同時暗示了翻譯者「我」在語言與語言的縫隙間戲耍穿梭的同時，也是自我定位動搖的開始。俱有雙重語言優勢的「我」看似在翻譯過程中左右逢源，並欲藉此進行戰爭傷害的追討，然而卻也是在語言系統的鬆動中，顯露建立在國民黨政府以「中國」覆蓋並取代「臺灣」的近現代歷史建構，雖透過教育與語言體系強力施行，但未能奠基於真相與並容異質的意識形態歷史認識，其實脆弱而不堪一擊。

三、文化翻譯與世代差異

〈莎喲娜啦・再見〉中「我」在開頭處以「在這七個日本人和一位中國的年輕人之間，搭了一座偽橋，也就是說撒了天大了謊」的成就而「沾沾自喜」的表現，其實顯現了「我」身為準知識精英、西化夢想追求者在1970年代的現實挫敗，只能以語言惡搞方式釋放的尷尬處境。「我」在對公司同事解釋帶日本顧客至故鄉買春的理由，先是因為可以拯救為「環境所迫，為整個家庭犧牲」的娼妓——「我去幹拉皮條，教她們怎麼向日本

8 關於黃春明小說中買春情節，朱惠足留意到中介者與嫖客之間建立的男性同盟（Male Sociality）問題，朱惠足並論述了此一同盟的形成元素「陽剛氣概」（masculinity）在文本中被解構的可能性與侷限。本稿使用的「Homo-social Desire」則更欲強調此一結盟關係中的單向性，以解釋臺灣出於自我認同建構欲望的日本敘事，在冷戰與全球資本主義體制的限定下，只能是有去無回的單方面作用力。出自朱惠足〈臺灣與沖繩小說中的越戰美軍與在地性工作者：以黃春明〈小寡婦〉與目取真俊〈紅褐色的椰子樹葉〉為例〉，《「跨國的殖民記憶與冷戰經驗：臺灣文學的比較文學」國際學術研討會》論文集（新竹：清華大學臺灣文學研究所，2011），頁241-271。

人敲竹槓」。但對於娼妓們與自己為團體組織（公司、家庭）犧牲美德之詠嘆，隨即在「我們在日本人的心目中，也是一個落後地區，事實上我們已經進步很多。……他媽的，看他們來到臺灣的那一副優越感，心裡就氣憤……。」的話語裏，突然轉為對日本戰後經濟復甦與侵略前殖民地的忌妒，加上因為「事實上我們已經進步很多」卻不被了解，以及苦追不上前帝國的困悶。此處「我」邏輯上的矛盾，顯現其相對於其他無感的公司同事之間，身為具思辨能力與民族意識之自負的破產徵兆。不被前殖民者所接納記住的哀怨心態，在全球資本主義體制下與日本的較勁，亦出現在〈小琪的那頂帽子〉（1975）中業務員主角對於武田快鍋的高層工程師所做使用說明：「這是日本人發明的。人家日本已經用了一、二十年了。我們是現在才要用這種東西啊！」的情緒反應——「他的話裡面的弦外之音，帶有一點為我們晚了一、二十年的落後而覺得羞恥」的敏感。〈莎喲娜啦・再見〉的「我」面對的是計劃赴日留學的臺大中文系學生，其對於前往日本攻讀漢學，並無「我」一般抱有「到異邦去學中國文學，本末顛倒！」等因知識體系方面的無知而來的拒絕反應。在中華文化中心主義的視野中，日本文化皆起於遣唐使與漢文化東傳，日本的精緻文化永遠是唐代文明影響或複製品的起源優先論述，至今仍在中國民族主義的日本認知中占有權威地位。然而日本漢學絕不僅止於版本，中國文學研究的本行也絕非僅止於「我」所認定的是「思想與社會」的研究。正如前述電影《人間の条件》的「人間」，使用同樣的漢字，在當代日本卻已發展出與中文「人世間」相異的「人生存」之意涵。「我」在此處使用的是與日本買春客日語至上論同樣的本質美化邏輯，在試圖教訓「我們的小老弟」中使用的理由從研究目的、研究對象、享受國外生活等猜測而變換不定，甚且批評其沒有去過故宮。小說中二次提到住臺北或到臺灣觀光，必須參觀故宮博物院的重要，凸顯的正是將中華王朝文物遷至臺北的中華民國政府的文化代表性，對於1970年代外交危機中的臺灣社會有多重要。其實「我」思緒的跳躍顯見其對於次世代大學生的陌生，以及對於中華文化核心的「中國文學」之現代知識體系的無知，其中顯現的是與「臺灣大學生」之間的世代位置與文化資本的差異，「我」所能進行的翻譯因此無法進入文明與文化層次，而只在技術性的字面之間平行跳躍，其暗諷教訓的目的只在情緒上獲得滿足，卻同時暴露了自己的知識位置的尷尬。

和〈小琪的那頂帽子〉的業務員（將日本生活科技用品仲介到臺灣鄉

間的「翻譯者」）一樣，〈莎喲娜啦・再見〉的「我」明顯地屬於對現實生活無能反抗的中間社會階層，以及因體制化教育、中國中心歷史敘事的支撐薄弱而對於現狀消極沉默的1960年代現代主義世代。「我」對於臺北1960年代著名的現代主義文藝活動據點「野人」、「文藝沙龍」等場所如數家珍，對照當下則是「在商業社會的工作場所，染上了自己一向看不起的習氣」。精神與教養的西化追求，並未帶來成為在貿易公司中出人頭地的資本。19世紀西歐對於現代主義的追求，原包含對於利益集中於專權政府與貴族的反動；然而在臺灣，「我」所象徵的是現代主義的活動形式樣態（聚集於文化據點談議），其反政府社會的意識形態被中國民族主義所包裹融化。據以自我界定的「抗日」中國民族主義意識缺乏歷史一貫性，僅以儒家倫理強力維繫社會秩序，文化歷史間的矛盾與1970年代中華意識的脆弱互為表裏。在缺乏具體歷史認識為其支援的中華文化倫理意識形態下，個人認同在美援與冷戰體制中，因此寄託於現代主義的表面形式，而未能深化其思維與感覺結構。

施淑先生形容生活在1960年代的臺灣是在日治時期的臺灣文化、中國大陸五四傳統被戒嚴體制隔絕的「歇斯底里的時代」，其中的知識與文學青年只能在這「思想圍城」中，成為外在世界現實與思潮的「窺視者」，對於臺灣現況與發生於近在咫尺的越戰、中國文化大革命皆只能窺見斷簡殘編，「從進出基隆臺北高雄酒吧的美軍，看越戰正在進行。在咖啡屋聽披頭四、鮑伯・迪倫等找不到答案的音樂」，而1960年代成長的文學青年在「來不及認識現代及現代性的基礎上，沒有異議地接受」現代主義、存在主義、心理分析，「都是這歇斯底里的處境的條件反應」。[9] 這些對於1960年代臺灣的觀察，為分析「我」的心理提供了十分精準的背景依據。被現實世界隔絕的狀態造成對於「他者」歇斯底里般的反動，而對於能真正前往遠方、進入世界的「我群」者抱有妒意並傾向否定。「我」對於臺大中文學生近乎胡言亂語的指責，在另一向對買春客的「翻譯」與「教訓」的需求中，凸顯了的只剩自我在回想時還「沾沾自喜」的滑稽。

中華文化意識的論理話語「朋友妻，不可戲」成為娼妓與日本客之間的調情催化劑，唯有「我」自慰式地認定「她雖是妓女，這群日本人和她比起某種文明來，實在不如。大概日本人被中國人譏笑做狗，也有這個

---

[9] 施淑，《兩岸文學論集》（臺北：新地出版，1997），頁140-141。

因素吧。」「我」以文明起源論來開解自我在買春行為中介身分中的受辱感，因為不欲充當色情買賣的中介者，「我」開始教導日本人與臺灣娼妓之間溝通必須的簡單會話，卻從而發現即使不透過翻譯，買春客與賣春者之間的調情與交易仍能順利進行而失落。從買春交易中暫時脫身的「我」並未安於沉默，反倒落入放棄故鄉小學教師身分前往臺北謀職過程中的理想褪色與自我厭惡。當「我」卸下「翻譯者」身分的同時，作為追討歷史負債之「債權者」特權同時被解除，這始料未及的後果逼使「我」面對個人在都市與故鄉、為人師表與獲利至上商社小職員的矛盾，一個現代主義式的個人存在命題。躲在「債權者」面具後的是因缺乏歷史認知與解釋能力，而無法在1970年代後以全球資本主義為盾改裝換藥的美國新秩序中定位的臺灣。

「我」其實已在自我質問中察覺「他們並沒有強迫我做目前的事」、「我到底被甚麼牽制著不能不幹？」。而當「我」正欲批評日本客人從日語發音而來的得意之際，所說出口的卻成為外來語削減鄙俗意涵的言語系統之偽裝性，「我突然發現拿這一段的比喻，來批評日本話是不當的。這是拿來批評知識分子的自我陶醉，和虛情假意的話」而自覺矛盾。但同時，日本客與娼妓們卻都「只聽到我的話的粗俗與幽默的一面，所以他們笑得更厲害」而形成了連帶，隔絕了執著於同情娼妓、批判日本人優越感的「我」。事實上，無意中吐露的對「知識分子自我陶醉與虛情假意」的不滿，正同時顯示「我」在知識菁英與下層服務業之間的曖昧定位。無法捨棄的準知識精英（小學教員、文藝青年）氣質，與為五斗米折腰的現實困境，顯露出從現代主義的1960年代移行至保釣後回歸現實的1970年代，無法如70年代青年般理所當然地因年輕而俱有實踐力與行動力，即使追問日本客到了其幾近啞口無言的時刻卻只能倏然縮手，以「怎麼了？是你們認真？還是我在認真？」的玩笑打混。在貿易公司任職，家有妻兒待哺的「我」，絕無得罪日本客戶的本錢。對青年的不滿最後被「我」以「外國的東西一定比較好？」，解釋成青年的崇洋，卻反而顯示出1960年代的「我」相對於70年代的知識精英圈之外緣位置，以及其自卑與尷尬。青年來自「臺大中文系」——中華文化意識形態下的詩文傳統殿堂，卻也與更有出國正當性的外文系畢業生一樣，視「我」所在的島內為缺乏未來可能性的封閉處所：而這正是導致「我」那破碎歷史認識的核心。而具有自主性追求、充滿行動能量的臺灣大學生是「回歸現實」世代在〈莎喲娜啦·

再見〉中的具現，映照的是「消極的自在世代」[10]中，不俱有「來臺大、去美國」條件的「我」。

當青年下車後，日本客稱讚「真是中國的有為青年啊」之際，「我」迫不及待地接上「我也是吧」，這不僅是場面上的玩笑話，其價值觀與認同危機在此一質問中清晰現形：對於已被剝除了「成為中國有為青年」可能性的商業體制下小職員，出國與高等知識、思辨能力的追求已遙遠而非現實，甚至必須透過那被他蔑視捉弄的日本客之口來確認。矛盾的是，在西化夢想中挫折的「我」，終究只將個人在都會臺北中的理想消失、群眾缺乏國族認同與公共關懷的挫折感，歸因在「中日經濟合作」「中日技術合作」的不對等與利益不均，並將臺灣社會的所有問題留制於「受到日本的經濟所控制的部分吧。我想。就因為如此，日本人到這兒來就顯得優越」的仇日情緒中。當「我」坐困在與日本買春客同時召妓的欲望之際，映入眼中的是礁溪旅社牆上的白人裸女圖。欲望形式與想像模式都已在美式風格中被定義，「我」卻無法洞悉穿透在日本海外買春行為背後，同時主宰日本與臺灣經濟連鎖、知識體系結構的美國。誠然，在黃春明的早期小說如〈蘋果的滋味〉、〈我愛瑪莉〉中都出現了來到臺灣的美國軍人與經商者，並能因為他們的軍官與外商主管地位而對於臺灣人施行權力。然而那卻都只侷限於個人層次，這些小說中批判的對象主要仍是臺灣社會內部的男性中心主義。〈蘋果的滋味〉中美國軍官的用車撞傷臺灣工人，而面對即將陷入生活困境的工人一家，顯示冷漠不耐的是軍官的臺灣人副手，而軍官在聽取說明時只能一再重複著「OH My God！」不僅賠償工人巨額醫藥費，還願意送工人的聾啞女兒到美國接受治療與教育，扶助殘障已使象徵美國軍事武力佈局的軍人，從金錢賠償損害的資本主義先鋒，轉而散發宗教犧牲救贖的光彩。而工人一家意外地在這場現代性（肇事手段是汽車）所帶來的傷害中獲得了幸福，正如當時急需美援以保障安定與統治的合法性之國民黨政府，視線所及之處只有美國軍官滑稽誇張的「OH My God」，卻絕對不會有批判。

---

[10] 蕭阿勤，《回歸現實：臺灣1970年代的戰後世代與文化政治變遷》，頁71。

四、1968年後的不可能

〈莎喲娜啦・再見〉中「我」在初見日本買春客時，以「他媽的！真像野獸！一下子殺死那麼多無辜的」的「特拉維夫恐懼症」，藉機指責日本從戰前到1970年代的戰爭暴力性。發生於1972年5月的「特拉維夫事件」，是為了支援以色列建國後的巴勒斯坦解放聯盟，由日本赤軍發動的自殺攻擊事件。邱彥彬以「特拉維夫突襲事件其實是日本赤軍對美國反戰運動與中國文化大革命的一次回應，也是日本左翼一項聯合亞洲弱小民族的反帝行動。」認為誤解特拉維夫事件的黃君，其中國民族主義情緒阻礙了「亞洲連帶論」的可能[11]。然而必須指出的是，前殖民地、弱小民族戰後「亞洲連帶」的理想，與前帝國、現冷戰強權之間的距離可能遠大於同床異夢。以日本赤軍的武力攻擊行為聞名的1970年代初社會革命運動，是在1968年左右，由市民團體「越平連」、學生團體「全共鬥」二個主要的結盟所組成，即使後來因為對於手段方法的認知差異，而分出以暴力進行攻擊敵手、內部清算的路線，但其思想結構仍延續自1960年代初期的「安保鬥爭」，是以在美國保護傘下宣稱「一國和平主義」，自我陶醉於已告別第二次世界大戰，並以一己之力重新站起的「自戀民族主義」的產物。從安保鬥爭到1970年代之間更為高速、飛躍性的經濟成長，更使不見具體改革成效的「全共鬥」被譏為「承平時代的鬥爭」。從日本國內的淺間山莊、到前往中東、北非的「新左翼」青年攻擊，即使標榜著對於以色列——美國的反動，但這仍是在美蘇對立的情境下才促生的思維。正如七位買春客其實是戰後透過日本電視播出的紀錄片，才認知到年輕時的出征正是侵略戰爭，但這紀錄片的製作與公共播送，是GHQ用以塑造「占領軍擁有日本國民所不知道的真相」以確立統治權威的手段。[12]必須對於戰爭與殖民責任的主要對象亞洲，1970年代日本僅在「經濟結構上依存」，在論述言說層面連知識份子都「對亞洲視而不見」[13]。而〈莎喲娜啦・再見〉「我」使用日本赤軍特拉維夫自殺攻擊、南京大屠殺等欠缺脈絡化的事件

---

[11] 邱彥彬，〈花鼠仔的民族主義：一些有關保釣運動的思考〉，《藝術觀點ACT》51期（2012），頁29-37。

[12] 鶴見俊輔，《戰後日本の大眾文化史　1945～1970年》（日本：岩波現代文庫，2001），頁18。

[13] 柄谷行人，〈1970年＝昭和45年〉，《終焉をめぐって》（日本：講談社，1995），頁20-21。

提醒，意圖使七位買春客為日本戰爭暴行、殖民歷史認錯贖罪的行為，在「對美從屬體制」下的日本1970年代，幾乎毫無效用可言。

1945年以後戰敗、離開包括臺灣在內殖民地的日本帝國，在GHQ佔領統治下展開以「戰後民主體制」為名，棄軍備、接受美軍駐防並在基地享有治外法權、購買核能設備的「對美從屬體制」為代價，脫離了舊帝國、舊軸心國的戰敗貧困危機。拜韓戰的戰爭特需與冷戰體制之利，日本在戰後十年就已經幾乎擺脫了廢墟狀態而重新站起，進入以維持經濟發展成果為優先目標的保守時代。以「自由」、「民主」為名的美國資本主義價值體系，不止在日本，也強力施行於依存中美共同防禦條約、美援的臺灣社會。可以說從1950年代起，臺灣與日本同在美國庇護、控制的冷戰體制中，條件上理應具備了相互凝視的平等高度，繼而在具一定穩定程度的社會秩序中，檢討戰前的殖民統治與中日戰爭的歷史負債。然而，無論思想背景、政治立場為何的日本學者都指出：「正如韓戰給人留下印象的記憶點只有朝鮮特需，東亞區域的冷戰，製造出的反而是將戰爭責任、殖民地責任付諸流水的結構。在冷峻的冷戰體制與情境中，對於置身冷戰缺乏意識，只執著在生活維持、也就是經濟方面的生活提升的目的。」1960年代初的「安保鬥爭」是在「日美共同安全保障條約」換約之際，爭取美軍撤離與自主權的大規模社會運動，結果卻是政府以「所得倍增計劃」的經濟成長承諾，犧牲了沖繩等美軍基地人民的權利。殖民地歷史清算部分，以1965年日韓基本條約訂定為契機，殖民、戰爭責任在冷戰體制中被拖延敷衍。即使是視美國為敵的日本新左翼，也因為對中國戰爭的歉疚感與對蔣介石政府的敵意，而認為「臺灣問題」是中國「領土」問題，使臺灣復歸中國即是日本對於中國的債務償還表現[14]。

〈莎喲娜啦・再見〉中「我」終究只能容身在「翻譯」的技術者身分，在世代與歷史敘述之間輾轉跳躍，扮演著美日全球資本主義體系中政治經濟低層仲介者的角色。這不僅是日本在中國、臺灣以武力、現代化、資本主義所帶來的複雜軌跡；小說文本呈現出對釣魚臺主權、美國在冷戰時期出於戰略需要而在東亞地域的攪動的漠視，同時指向1970年代臺灣建立以中國民族為中心的主體性形成之艱辛與不可能。「我」對於日本客的敵意之減弱，與其對於日本戰爭責任、殖民歷史、當前臺灣社會崇洋的

[14] 森宣雄，《台湾／日本　連鎖するコロニアリズム》（東京：インパクト出版會，2001），頁35。

批判往往詞不達意、中途輟止的挫折是平行的。不具殖民與戰爭經驗的「我」之日本認識，來自長輩記憶的轉述與官方歷史教育，帶有強烈的情緒卻並非形成於自我經驗層次。相對於擁有實際體驗的上一輩，「我」與小說讀者都只能在口述、電影與文學的再現中形成這對於當代臺灣、中國都有關鍵性影響的日本理解。「我」同時是捨棄故鄉教職，在臺北奮鬥十年卻不見成果的的前嬉皮、文青，嗷嗷待哺的妻兒是他接下買春團任務的原因；但當急於以「幫助女性同胞」為由開解時，卻發現公司裡的年輕同事對於自己視為「恥辱」的工作全不在意。一個直接繼承了戰爭與殖民創痛記憶，卻發現這只構築於轉述方式、成分複雜的情緒性結構極為脆弱，且不具再傳承動能的世代。其在資本主義社會構造下的尷尬中年位置，使「我」在面對因臺日斷交而必須再次揮別的前殖民者之際，所欲發出的索求補償批判，都只能是一種哀怨的回聲。

引用書目

朱惠足，〈臺灣與沖繩小說中的越戰美軍與在地性工作者：以黃春明〈小寡婦〉與目取真俊〈紅褐色的椰子樹葉〉為例〉，清華大學臺灣文學研究所編《「跨國的殖民記憶與冷戰經驗：臺灣文學的比較文學」國際學術研討會》論文集（新竹：清華大學臺灣文學研究所，2011），頁241-271。

邱彥彬，〈花鼠仔的民族主義——一些有關保釣運動的思考〉，《藝術觀點ACT》51期（2012）。

黃春明，《黃春明作品集2 兒子的大玩偶》、《黃春明作品集3 莎喲娜拉・再見》、（臺北：聯合文學，2009）。

絓秀實，《1968年》（日本：ちくま新書，2006）。

施淑，《兩岸文學論集》（臺北：新地出版，1997）。

柄谷行人，《終焉をめぐって》（日本：講談社學術文庫，1995年）。

蕭阿勤，《回歸現實：臺灣1970年代的戰後世代與文化政治變遷》（臺北：中央研究院社會所，2008），頁142-143。

森宣雄，《台湾／日本　連鎖するコロニアリズム》（日本：インパクト出版會，2001）

鶴見俊輔，《戰後日本の大眾文化史　1945～1970年》（日本：岩波現代文庫，2001）

維基百科日文版，《赤穗事件を題材として作品》，https://ja.wikipedia.org/wiki/%E8%B5%A4%E7%A9%82%E4%BA%8B%E4%BB%B6%E3%82%92%E9%A1%8C%E6%9D%90%E3%81%A8%E3%81%97%E3%81%9F%E4%BD%9C%E5%93%81（2016.04.26 徵引）。

"SAYONARA", Goodbye Japan: The Narratives of History and Samurai Spirit in Huang, Chun-Ming's Novel

Chang, Wen-hsun*

Abstract

"SAYONARA, Zai-Jian!" was written by Taiwanese novelist Huang, Chun-Ming in 1973. The title of this novel uses the word "goodbye" in both Japanese and Chinese, which arguably shows the historical and cultural displacement among Japan, China, and Taiwan caused by China-Japan war and the consequent colonial sovereignty of Japan in Taiwan. It also, to a large extent, reveals the complexity of translation. In particular, the narratives of this novel demonstrate the problems of citation and translation between the different texts of film adaptation and original novel. The original novel is composed of chapters entitled with several Japanese films, such as The Seven Samurai,were granted big prizes in Western film festivals during the 1950s and 1960s. Interestingly, it was also the time when Japan eagerly restored its long-lost national confidence since World War II, and started to make enormous profit in the Asian region with capital investment. Choosing "SAYONARA, Zai-Jian!" as a case of inquiry, this paper applies cultural translation theories to conduct an empirical study on the communication process of East Asia during the post-war era. The main focus of this paper is to analysis how the imagination toward Japan's SAMURAI belief became the essential basis for criticizing Japanese imperialism in post-colonial Taiwanese novels.

Keywords: Baodiao Movement, Defend The Diaoyu Islands Movement, Country Literature, Colonial Memory ,Historical Narrative, Huang Chun-Ming

---

* Associate Professor,Graduate Institute of Taiwan Literature, National Taiwan University.

帝國殖民與文學科的建立：臺北帝國大學文政學部「東洋文學講座」初探*

蔡祝青**

摘要

臺北帝國大學設立於昭和3年（1928）4月30日，這是日本據臺34年以來，在殖民地臺灣設立的第一所高等教育機構，也是日本在國內外設立的第7所帝國大學，其中文政學部的東洋文學講座開始於昭和4年（1929），主要講授中國文學，堪稱國立臺灣大學中國文學系的前身。本文擬透過臺北帝國大學文政學部東洋文學講座的設立，思索在日本帝國主義的殖民統治下，文學科教育如何在臺北帝國大學中施行？而在帝國視野下展開的文學研究，又如何有別於中國大學的發展，使得臺灣的文學科建置有了嶄新的起點，並展現出獨特帝國殖民視域下的殖民現代性。本文將從東洋文學講座的設立、師資的安排、講座的設計、學術活動的規劃、以及畢業生的實績等方面進行梳理，嘗試探索臺北帝國大學文政學部「東洋文學講座」設立的意義。***

* 本文初稿宣讀於「第一屆文化流動與知識傳播國際學術研討會」，修訂稿經本書編輯委員會匿名送審後，通過刊登。

** 國立臺灣大學中國文學系助理教授。

*** 2014年11月15日係臺大中文系七十週年系慶（不計臺北帝國大學東洋文學講座時期），筆者曾在2012年8月至2014年11月期間擔任敝系系史稿編輯委員，與伍振勳先生共同負責課程部分的撰述工作，同時藉由執行103-104年邁頂計畫「文化流動：亞太人文景觀的多樣性」之子計畫「帝國主義與文學學科的建構：臺北帝國大學文政學部──文學科研究」，使相關史料獲得全面性的蒐羅並彙整，以為系史稿與本論文之編撰基礎。感謝邁頂計畫主持人洪淑苓、黃美娥教授及研究團隊之支持，助理林雅琪悉心整理相關史料尤其是本研究得以展開的重要助力。撰稿期間另有陳偉智先生、會議評論人廖肇亨、柯慶明等教授及兩位論文審查人惠賜高見，在此一併致謝。

關鍵詞：臺北帝國大學、東洋文學講座、久保得二、神田喜一郎、原田季清、黃得時、吳守禮

一、前言：臺北帝國大學——殖民地大學的成立

臺北帝國大學設立於昭和3年（1928）4月30日，這是日本自明治28年（1895）據臺34年以來，在殖民地臺灣設立的第一所高等教育機構；也是日本從1886年頒佈「帝國大學令」以來，在自己國土與殖民地韓國[1]設立6所帝國大學後[2]，於臺北設立了第7所帝國大學。據學者研究指出，這是日本政府為因應自1910年起殖民地遠赴日本內地留學的學生人數不斷增加，加上1920年代朝鮮已蓬勃發起私立大學設置運動，因此，在1921年底及1922年初，審議通過了「朝鮮教育令」與「臺灣教育令」，希望透過在殖民地設置大學，以抑制殖民地學生出國留學或設立私學的情況發生。[3]

在臺北帝國大學的籌備階段，雖有贊成人士主張可利用臺灣在地理上的優勢，既可以臺灣為中心，發展東洋、南洋及熱帶諸研究的特色，又可作為日本南進的跳板；另一方面，則有反對人士提醒臺灣畢竟隸屬漢民族，施行高等教育反將助長臺灣民族意識之萌生，將不利於殖民統治；更有臺灣知識份子（如蔣渭水）於《臺灣民報》上疾呼：臺灣更需要初等和中等教育做為國民教育之基礎，而非只容許少數菁英份子就學的大學教育，臺灣大學的急設，「無非是徒使臺人增加負擔而已」[4]。就在這樣的輿論氛圍下，臺北帝國大學終究服膺於更高的統治機構——臺灣總督府，並在「樹立帝國學術上的權威於新領土上，確保統治之威信為方針」[5]的條件下，獲得日本文部省同意，於昭和3年（1928）3月17日，由上山滿之進總督發佈勅令第30號，正式公布臺北帝國大學將依帝國大學令，由臺灣總督施行之。同日，並以勅令32號公布臺北帝國設置「文政學部」與「理農

1　1905年日俄戰爭結束後，日本成為韓國的保護國。1910年日本正式佔領朝鮮半島，並開始了殖民統治。

2　六所帝國大學依序為：東京帝國大學、京都帝國大學、東北帝國大學（位於仙臺）、九州帝國大學、北海道帝國大學，以及位於韓國漢城（今首爾）的京城帝國大學（1924）。

3　詳吳密察，〈從日本殖民地教育學制看臺北帝國大學的設立〉，《臺灣近代史研究》（臺北：稻鄉出版社，1994年），頁164-167。

4　此為民國十五年一月十日刊登於《臺灣民報》（八十七號）的一段文字。轉引自黃得時，〈從臺北帝國大學設立到國立臺灣大學現況——光復以來三十年間本省高等教育發達之一例證〉，收錄於黃得時作，江寶釵編，《黃得時全集8・論述卷二》（臺南：國立臺灣文學館，2012），頁49。

5　松本巍撰，蒯通林譯，《臺北帝大沿革史》（臺北：蒯通林，1960序），頁6。

學部」。[6]其中，「文政學部」（圖1）又分為哲學科、史學科、文學科、政學科四學科，共開設24個講座[7]。「文政學部」的設置已在東京帝國大學自明治37年（1904）所確立的現代分科基礎上，將哲學、史學、文學三科進行分立。[8]「文學科」又可細分為國語學、國文學、東洋文學、西洋文學、言語學五個講座，時因開設經費與人員師資等考量，各講座在昭和2到5年度間依次成立，而「東洋文學講座」便是成立於昭和4年度（1929）（詳表1）。

圖1：臺北帝國大學文政學部[9]（今臺灣大學文學院）

---

[6] 本段相關論述主要摘自黃得時，〈從臺北帝國大學設立到國立臺灣大學現況——光復以來三十年間本省高等教育發達之一例證〉，頁42-52。

[7] 所謂講座制（academic chair），是指大學的學部所組成的單位，主要由一位教授、助教授、講師、助手等配屬所組成。這是日本仿效歐美諸大學的講座制度，決議在帝國大學中設置講座制。

[8] 明治19年（1886）3月1日，根據〈帝國大學令〉，東京大學改制為帝國大學。東京大學文學部也改為帝國大學文科大學，下設哲學科、和文學科、博言學科、漢文學科。至明治22年（1889）6月，增設國史科，和文學科和漢文學科分別改稱國文學科和漢學科。至明治37年（1904）文科大學變成由哲學、史學、文學三個學科所構成的新體制，原漢學科則分解為支那哲學和支那文學兩個專業，分別隸屬哲學科和文學科，到大正8年（1919），又各自成為支那哲學科和支那文學科。昭和7年（1932）文學部進行改組，上述兩個學科合併為支那哲學支那文學科。此外，京都帝國大學文科大學設立於明治39年（1906）9月，首先設置哲學科，40年9月設置史學科，41年9月設置文學科。此後的東北帝國大學於大正11年（1922）、九州帝國大學於大正13年（1924）亦先後設置「支那哲學」、「東洋史學」、「支那文學」三學科，可見從明治37年起文科大學下設哲學、史學、文學三科已成為帝國大學的定制。詳高津孝，〈京都帝國大學的中國文學研究〉，《政大中文學報》第16期（2011.12），頁91-93；黃得時，〈日本明治維新以來之漢學研究——一百年來日本漢學研究之科學化〉，收錄於黃得時作，江寶釵編，《黃得時全集10・論述卷四》，頁517-518。

[9] 轉引自曹永和總編輯，《臺北帝大的生活》（臺北：國立臺灣大學，1999），圖片頁。

表1：文學部講座開始年度表[10]

講座名稱	講座開設數				講座數
	昭和2年度（1927）	昭和3年度（1928）	昭和4年度（1929）	昭和5年度（1930）	
國語學國文學	╳	—	╳	—	2
東洋文學			—		1
言語學			╳	—	1
西洋文學		—		（—）	1
計	╳：1	—：2	╳：2；—：1	—：2	5

備考：（一）「╳」指授業開始前一年度準備的講座，其期間在年度末以前四、五個月成立。
（二）無「╳」記號者（即一），係該年度開始授業時成立。

本文擬透過臺北帝國大學文政學部東洋文學講座的設立，思索在日本帝國主義的殖民統治下，現代意義下的文學科如何在臺北帝國大學中建立？相較於中國大學近年來豐碩的學術探索，[11]臺灣大學的學科體制發展則顯然仍有深度探索的空間，[12]而國立臺灣大學的前身——臺北帝國大學尤其是臺灣現代高等教育制度學科體制發展的起點，尤具指標性意義。自1895年臺灣因甲午戰敗成為日本殖民地以來，臺灣高等教育的發展便與中國（從晚清到民國）的學制變革無涉[13]，經過百年校慶的回顧，北京大學作為1919年五四運動的發源地，在蔡元培校長引進的德國大學模式及其兼容並包的精神，再有蔣夢麟推崇美國大學模式，推動教授治校的理想受到標舉；1928年國立中央大學（南京大學前身）作為國民政府北伐成功

---

[10] 本表乃依「文政學部講座開始年度表」，並抽取文學部講座予以畫製。詳松本巍撰，《臺北帝大沿革史》，蒯通林譯，頁10。

[11] 舉其要者，如〔加拿大〕許美德著，《中國大學1895-1995：一個文化衝突的世紀》（北京：教育科學出版社，1999），許潔英主譯；陳以愛，《中國現代學術研究機構的興起：以北京大學研究所國學門為中心的探討（1922-1927）》（臺北：國立政治大學歷史學系，1999）；陳平原，《中國大學十講》（上海：復旦大學出版社，2002）；陳國球，〈「文學」立科與「中國文學史」——由京師大學堂章程到林傳甲《中國文學史》〉，收錄於東華中文系主編，《文學研究的新進路——傳播與接受》（臺北：洪業文化，2004），頁23-101；左玉河，《中國近代學術體制之創建》（成都，四川人民出版社，2008）；陳平原，《大學有精神》（北京：北京大學出版社，2009）等。

[12] 舉其要者，如劉龍心，《學術與制度：學科體制與現代中國史學的建立》（臺北：遠流，2002）；楊儒賓、鄭毓瑜，〈古典精神的傳燈者：百年來中文學門的發展〉，收錄於楊儒賓等主編，《人文百年化成天下：中華民國百年人文傳承大展》（新竹：國立清華大學，2011），頁45-56。

[13] 如自晚清1902年起透過吳汝倫、張百熙參照日本學制而先後制訂的「欽定」與「奏定」京師大學堂章程，1905年廢除科舉制度，到民國1912年10月教育部頒發《大學令》，透過取消經學科，慢慢確立教授在大學的主導地位等。

後「民國最高學府」的身分獲得確立；而在對日抗戰期間，由北大、清華、南開三校組成，退居昆明的西南聯合大學於1938年成立，尤有戰時中國最高學府的意義。[14]相對而言，於1928年設立，作為日本帝國大學系統的臺北帝國大學，則因殖民地大學的身分與戰後政治認同的斷裂與轉移，其與1945年後由國民政府教育部接收並更名的國立臺灣大學之間，似乎也留下了或連續或中斷的傳承與裂痕。而筆者所關懷的現代學科體制如何在臺灣建置分科？尤其在文學科方面，學科體制如何在臺灣成立？學科研究的主體、理念及方法又如何確立與施行等問題，相信都可在臺北帝國大學的「東洋文學講座」找到源頭，堪稱在臺設立第一個研究中國文學的現代學術單位，雖說相關研究成果對於帝大體制、個別學者（如久保天隨、神田喜一郎）已多有論述，但仍未能呈現「東洋文學講座」之整體樣貌。而筆者於2012年至2014年間，曾參與撰修臺灣大學中國文學系系史稿課程部分，故協同助理全面彙整臺北帝國大學校內發行的《臺北帝國大學一覽》、《學內通報》、《臺大文學》等報刊資料，嘗試以一手史料重構東洋文學講座的具體樣貌，從東洋文學講座的設立、師資的安排、課程的設計、學術活動的規劃、以及畢業生的實績等方面進行梳理，期能探究臺北帝國大學文政學部「東洋文學講座」設立的意義。

二、文政學部文學科下的「東洋文學講座」

「東洋文學講座」隸屬帝國大學文政學部中的文學科，與國語學、國文學（以上兩科專研日本語言與文學）、西洋文學、言語學共同組成文學科5個講座的範疇，同時也區分出彼此的專業領域，使得臺灣本土最早的大學體制化文學課程得以孕育發展。以下試從文政學部／理農學部的分立、東洋／西洋的對舉、以及東洋文學講座的實質等面向，探討「東洋文學講座」的內涵。

日本自1895年據臺始，便以消極謹慎的態度來處理殖民地的教育問題，對於臺灣高等教育之發展尤其刻意抑制，避免為教育注入文明之流。緣此，臺北帝國大學設立理農學部，自然滿足其發展實業教育的考量，可以「臺灣

[14] 陳平原，〈大學歷史與大學精神——四幅中國大學“剪影”〉，《大學有精神》，頁54-85；另可參見氏作，《中國大學十講》。

為中心，熱帶、亞熱帶做為對象進行研究，取其特有的動物、植物生產作為資料，在內容上有顯著特徵」[15]；至於「文政學部」的設置，則難免在文學、政治的議題上碰觸到敏感的議論，反引起殖民母國與殖民地之間的對立。對此質疑，主要有第十任總督伊澤多喜男（Izawa Takio, 1869-1949）力排眾議，並委任其好友幣原坦（Sidehara Tan, 1870-1953，第一任臺北帝國大學總長）負責籌備，認為在臺灣設立大學，在實業大學外，應以真正成為發展臺灣文化中心為創設目標，故須包括人文科學部門，設法學部、文學部與理農學部，使臺灣大學成為具備文科系統與自然科學系統兩者之綜合大學。[16]伊澤不僅認為「文學部與理學部為學問之基本」，同時強調要成立法科並非要養成律師，而是要培養「有儒學道義的政治為根幹的人物」。雖然後來「文法學部」改設為「文政學部」，但伊澤總督所提出的設置方針與看重東洋文化之理想，已為「文政學部」的未來發展奠定了方向。[17]在《臺北帝大沿革史》中，便點出了臺北帝國大學不同於其他大學的特色：

> 在文政學部設有南洋史學、土俗人種學；心理學設有民族心理學；言語學教材取東洋及南洋語言；倫理學破除從來偏於西洋倫理學，配以東洋倫理學，又其他大學有稱「中國哲學」，又有「中國文學」則改稱為「東洋哲學」與「東洋文學」，期以目光注視東洋一般。至於政治學、經濟學、法學等亦如此，教材取自西洋，毋寧著眼東洋之事例，東洋倫理學成政治科之一學科。至於理農學部方面則悉以臺灣為中心，以研究熱帶、亞熱帶為對象，其內容與其他大學不同，自無待言。[18]

在此，我們可看到由伊澤總督與幣原坦聯手擬定的臺北帝國大學計畫，其特色有二：其一，創設新學科，如文政學部中的南洋史學、土俗人種學、民族心理學等；理農學部則悉以臺灣為中心，研究熱帶、亞熱帶為對象；其二，將文政學部中的相關學問標注出「東洋」、「西洋」、「南洋」等地域之區別，堂而皇之表明「西洋」、「東洋」不偏廢，尤其著眼

---

[15] 松本巍撰，蒯通林譯，《臺北帝大沿革史》，頁8。

[16] 詳《伊澤多喜男》傳記，同前註，頁2。

[17] 同前註，頁3。

[18] 同前註，頁3-4。

於「東洋」之事例；而在其他大學原稱為「中國哲學」、中國文學」等課程，在臺北帝大則以帝國的視野，刻意抹滅殖民地臺灣之文化母國--中國的知識體系命名，[19]將「中國哲學」、「中國文學」改稱「東洋哲學」、「東洋文學」，並標舉「用『東洋』二字的含意，不局限於中國，廣泛地，注目於東洋一般，發揮此一特色。」[20]

我們若進一步探究「東洋」的內涵，從地理上來看，這是相對於「西洋」的稱呼，所指為歐亞大陸的東部地域——亞洲地方。特別指亞洲的東部及南部，即所謂中國、朝鮮、日本、印度、緬甸、泰國、印尼等地區。[21]據日本學者津田左右吉研究指出，「東洋」之名雖源於支那，但幕末以來（19世紀初期），「日本未採納支那以東洋西洋區分經由南海來貢的蕃人之國、域外之國作法，而將世界之文化國大別為二，分別以東洋和西洋為之命名。……在這個意義下的東洋，也包括日本，這是因為日本為了要受納發源於支那的儒教，或說儒家之學；而視西洋的文化為技藝，並採取與之對立的立場，認為日本與支那擁有同樣的道德。」[22]近代以後，由於東亞政治局勢的變遷，轉使日本對於中國社會產生歧視，並對中國文化萌生懷疑，於是進而改易「東洋」的意涵，以達消弭以中國文化、儒家思想為文化根源的意識，同時推行日本思想中早已孕育東方思想本源，日本才真正能繼承東亞傳統的觀點。[23]日本藉由論述重構文化根源的方式，正可與當時中國教育制度中「去日本」的姿態相呼應，[24]一方面反映出該

---

[19] 吳守禮認為這是「為避免以中國為名，裁定此一名稱」。詳氏作，〈我與臺灣語研究〉，收錄於陳奇祿等著，《從帝大到臺大》（臺北：國立臺灣大學，2002），頁13。

[20] 松本巍撰，蒯通林譯，《臺北帝大沿革史》，頁9。

[21] 相關詞彙定義來自「スーパー大辭林3.0」，收於SHARP電子辭書（Papyrus PW-LT220）

[22] 津田左右吉，〈東洋文化とは何あか〉，《シナ思想と日本》（東京：岩波書店，1938）頁109-110。

[23] 陳瑋芬，〈自我客體化與普遍化——近代日本的「東洋」論及隱匿其中的「西洋」與「支那」〉，《中國文哲研究集刊》第18期（2001），頁380。

[24] 在晚清1904年所發佈的《奏定學堂章程》中，文學科包含中國史學門、萬國史學門、中外地理學門、中國文學門、以及英國、法國、俄國、德國與日本等國文學，共九門，仍有日本文學。但到了1913年由中華民國教育部所頒發的《大學規程》，則將文科分為哲學、文學、歷史、地理等四門。其中文學門下涵括國文學、梵文學、英文學、法文學、德文學、俄文學、意大利文學、言語學等八門，很明顯已將日本文學剔除。王智明對於《大學規程》提出四種特色：一、明白語文教學與文學不同，故分科設置；二、文學雖然有民族差異，必須分而專修，但分治而共濟，形成世界文學的總體；三、日本文學的剔除突出了外國文學的「西方性」，梵文學的納入則為文學門拓增了一條重要的文化和知識系譜；四、課程的設計突出歷史的重要性及「以史入文」的研究與教學路徑。其中，日本文學的剔除固然凸顯了外國文學的「西方性」，但既然具有

時代中日敵對的政治現實[25]；二方面則可見帝國視野下以日本為中心的「東洋」觀念，相對於「西洋」文化強權，已逐漸形成。

在1928年4月30日臺北帝大的開學儀式暨首屆入學典禮中，上山滿之進（Kamiyama Mannoshin, 1869-1938）總督所發表的宣明書裡，除了以大學令第一條所定，「以攻究國家進展必要之學理及有關應用之縕奧為目的，以陶冶學徒之人格，涵養國家思想為使命。」為臺北帝大經營之第一義，也針對臺灣本島的情況提示出兩大重點：其一，「以一面指導，一面攻究，一面琢磨學徒之人格，玉成忠良之國民為當前之急務。」其次，除了一般科學外，「亦要發揮關於東洋以及南洋之特色。因此進而研究臺灣之地位及沿革，人文科學特以東洋道德為骨髓，努力於文明之顯微闡幽，而自然科學應以研究熱帶亞熱帶之特異事象為其使命。」[26]這是在服膺於殖民母國的前提下，欲琢磨臺灣學徒使成「忠良之國民」，同時提示出帝國視野下的人文（東洋道德）與自然（西洋技藝）的分科特色，希望把臺北帝國大學發展成具有殖民地特色的帝國大學。

除了官方堂皇的宣示文字外，《臺灣民報》於學校開辦前的3月11日曾刊登一篇題為〈行將產生的臺灣大學之本體〉的社論，文中已就臺灣當局預備設立臺北帝國大學一事進行評論，除了指出「在日本人和臺灣人共學的美名之下，臺灣人在名義上得到機會均等的待遇，而在實質上大部分失去了由自己所繳納的稅金所支持的教育機關之利用機會。」這次臺灣大學設立文政學科，其目的「並不在於促進臺灣人本位的教育（，）而是在於提高在臺的日本人本位的教育」；此外，也批評臺灣當局的謬論，所謂「假使不設置文政科，想要學習文政科的青年，大部分會進入美國人所經營的大學，學習反抗日本的教育。」[27]由此可略探民間的反對聲浪。

「東方性」的梵文學已納入了文學門的體系，日本文學實在沒有理由在這樣的條件下遭到剔除。筆者以為更重要的原因，應在於中日敵對的政治考量。王智明的討論詳氏作，〈文化邊界上的知識生產：「外文學門」歷史化初探〉，《中外文學》第41卷第4期（2012.12)，頁184-185。

[25] 自1895年中日甲午戰爭結束，中國慘敗，只得對日割地（包含臺灣）賠款以來，中日關係先後經歷了八國聯軍、日俄戰爭、二十一條條約、九一八事變、七七事變，可說一直處於政治敵對的緊張局勢，直到1945年二次大戰結束為止。

[26] 轉引自黃得時所譯〈上山總督宣明書〉，詳氏作，〈從臺北帝國大學設立到國立臺灣大學現況——光復以來三十年間本省高等教育發達之一例證〉，頁56。

[27] 黃得時，〈從臺北帝國大學設立到國立臺灣大學現況——光復以來三十年間本省高等教育發達之一例證〉，頁52-55。

另在黃得時先生日後的口述歷史裡，則針對各種命名來說明臺北帝大所受到的殖民對待，譬如校名原先要取「臺灣帝國大學」，但顧及敏感的民族因素，後與位於韓國漢城的「朝鮮帝國大學」一樣，都將國名改為所在地的城市命名，成為「京城帝國大學」（朝鮮）與「臺北帝國大學」（臺灣）；其次，「日本人在其他帝大都是設立『法文學部（院）』，只有臺北帝大稱為『文政學部』，其意圖就是要臺北帝大中文學要比政學更重要，不要臺灣人著重於法律、政治等類科。」除此，黃先生也指出「日本人也不設立『中國文學』而設立『東洋文學』。」其實臺北帝大文政學部的「東洋文學」，「只有『支那文學』為主的內容而已，欠缺印度文學及其他亞洲文學的內容。又，臺北帝大沒有『民族學』，他們在臺灣使用『土俗』而非『民族』的名稱，設立『土俗及人種學研究室』。」[28]諸種命名上的考量，無非是要抹除臺灣人民的民族認同情緒，各種科目的設立看似齊備，實則蘊含有各式細膩的抑制措施。

臺北帝國大學決議設立文政學部與理農學部，這種作法究竟是標舉出人文與自然並重的精神，以發揮東洋的特色為理想？還是有助於啟發殖民地學生民族精神與政治能力的發展，反使殖民施政困難？下文將藉由「東洋文學講座」實際發展的狀況進行考察，希望能為「東洋文學講座」找到合宜的歷史定位。

三、東洋文學講座師資

雖說日本視域下所指稱的「東洋」，是與「西洋」相對的地理名詞與文化指涉，但實際查考「東洋文學講座」所講授的內涵，礙於師資，主要仍以中國文學為範疇，而未涉及其他地區的文學。透過《臺北帝國大學一覽》的整理（詳附件一），我們可看到從昭和3年（1928）起，「臺北帝國大學文政學部規程」已羅列有「東洋文學專攻者必修科目」的名稱，但要到昭和4年（1929）東洋文學講座設立，講座教師們到位，課程才正式開始；直到1945年8月15日日本戰敗，帝國大學由國民政府接收，改名為「國立臺灣大學」，期間共經歷了16年多，主要由3位教師主持，分別是久保得二、神田喜一郎與原田季清，以下將分列說明。

---

[28] 陳俐甫整理，〈黃得時先生談：臺北帝大、臺灣文學與二二八事件〉，《淡水牛津文藝》第6期（2000），頁186-187。

久保得二（Kubo Tokuji, 1875-1934）先生，明治8年（1875）生於日本東京市，14、5歲時閱讀《莊子》時，即取「神動而天隨」句之天隨為號，以號行。於明治29年（1896）7月進入東京帝國大學就讀，明治32年（1899）自東京帝國大學文科大學漢學科畢業，同年進入該校大學院就讀，於昭和2年（1927）11月以元曲研究獲頒東京帝國大學文學博士學位。[29]久保先生自早年便開始漢詩創作，帝大入學後主要在《帝國文學》發表中國文學研究、評論與漢詩、美文，久以文筆馳名。自明治31年（1898）起曾三度擔任《帝國文學》的編輯委員，1901年更自辦《新文藝》雜誌，[30]是「赤門文士」中漢學科出身的代表人物之一。[31]在以科學方法改造傳統漢學的氛圍下，久保先生所撰寫的《支那文學史》（1903年人文社版，1907年早稻田大學版）[32]（圖2）不僅傳承了先行者（從藤田豐八、古城貞吉、到笹川種郎）的文學史觀——認為南北風土的差異對國民性與思想、文學產生極大的影響，也能立足於批判先行文學史的立場，考慮時代性、說明文學的發展過程；[33]對於歷來受到輕視的戲曲小說，尤能從時代與文類的廣泛例證中，揭示其文學史的意義；[34]相較於先行的文學

29 摘自久保舜一，〈久保天隨〉，收入久松潛一編，《鹽井雨江武島羽一大町桂月久保天隨笹川臨風樋口龍峽集》，《明治文學全集41》（東京：筑摩書房，1977），頁381-384。張寶三撰述，〈久保得二先生傳〉，收錄於國立臺灣大學中國文學系編：《國立臺灣大學中國文學系系史稿1929-2002》（臺北：國立臺灣大學中文系，2002），頁185。

30 芳村弘道，〈久保天隨とその著書『支那文學史』〉，收錄於川合康三編，《中國の文學史觀》（東京：創文社，2002），頁63。

31 「大約在1901年前後，日本輿論界出現了『赤門文士』的稱呼。「赤門」是東京帝國大學本鄉校園西側的標誌性建築，這一稱呼不無揶揄意味，指出身於最高學府卻從事文藝或批評的人士。」當時主要以藤田豐八、小柳司氣太、田岡嶺雲、白河次郎、久保天隨五人為代表。詳陸胤，〈明治日本的漢學論與近代「中國文學」學科之發端〉，《中華文史論叢》總第102期（201.12），頁106-115。

32 久保先生的《支那文學史》有兩種版本，第一部是由東京的人文社於明治36年（1903）11月15日發行，內容從漢民族的發生與易、書、詩的三代文學談起，到清末的文學狀況為止；第二部則在執筆早稻田大學的講義錄《支那文學史》的基礎下，將前書進行修訂增補而成，全書共分上下冊，由東京的早稻田出版社於明治40年（1907）發行。主要增加從六朝到唐代的佛典翻譯與影響、支那文獻的九大散亡、印刷術的發明、元雜劇、明清小說的研究。而中國文學史中戲曲小說獲得重視實與久保先生的研究姿態密切相關，在明治時期諸家所治的《支那文學史》中，久保先生的《支那文學史》是將戲曲小說的分野進行詳論，內容最為完備者。詳芳村弘道，〈久保天隨とその著書『支那文學史』〉，頁63-79。

33 同前註，頁69。

34 同前註，頁69-70。相關論點另見黃得時，《久保天隨博士小傳》，《中國中世文學研究》卷2（廣島：中國中世文學研究會，1962），頁51-52；李慶，《日本漢學史（貳）：成熟和迷途》

史撰述，此書幾乎以評論寫成，是適合中高級讀者閱讀的文學史，因而備受推崇。[35]大正年間，久保先生因工作之便，得以大量閱覽內閣文庫及宮內省圖書寮的圖書，後累積大量《西廂記》及戲曲相關資料，撰成了「西廂記の研究」（1925）獲得博士學位，後又在此基礎修編而成《支那戲曲研究》（1928），由弘道館發行。[36]至昭和4年（1929）4月，因時任臺北帝大文政學部長藤田豐八（1869—1929）的推薦，受聘為臺北帝國大學文政學部東洋文學講座第一位講座教授，於是偕同妻子與三子赴任。並曾於1930年創設「南雅詩社」，為日人在臺最後一個漢詩社，與臺灣漢詩壇互動密切。[37]未料先生於昭和9年（1934）6月1日因腦溢血過世，在臺北帝大任職五年有餘，享年60歲。

圖2：左：〔日〕久保天隨像[38]；右：〔日〕久保天隨著，《支那文學史》封面（東京：人文社，1903）

（上海：上海外語教育出版社，2004），頁436。

35 黃得時先生論及，「一般人撰寫文學史，都事先把作者生平介紹之後，引用作者的作品，作為說明或評價之依據，因此較容易受讀者之瞭解。可是久保氏這部文學史，對於作者生平，約略提一提之後，也沒有引用作品，馬上單刀直入評論作者在文學史上之地位及其作品之價值。」比起古城貞吉、笹川臨風的《支那文學史》引例很多，適合初學者之閱讀，久保天隨的文學史，水準較高，全書充滿議論，適合內行人參考。這是本書最大特色。此書也受到日本著名漢學家青木正兒博士在所著《支那文學概說》的推崇。詳黃得時，〈百年來日人研究漢學名著提要彙編〉，收錄黃得時作，江寶釵編，《黃得時全集11・論述卷五》，頁411-415。

36 仝婉澄，〈久保天隨與中國戲曲研究〉，《文化遺產》2010年第4期，頁54-59。芳村弘道，〈久保天隨とその著書『支那文學史』〉，頁65。

37 可參見黃美娥，〈久保天隨與臺灣漢詩壇〉，《臺灣學研究》第7期（2009.6），頁1-28。

38 轉引自周延燕編，《臺灣大學久保文庫漢籍分類目錄》（臺北：臺灣大學圖書館，2012），圖片頁。

在專長方面，久保先生早期以儒學史、文學史為研究範疇，中晚期則著力於元曲研究，所著《支那戲曲研究》有極高評價。另有漢詩創作與評釋、西歐作品翻譯集140部。其中《支那文學史》不僅在日本的人文社（1903）、平民書房（1907）、早稻田大學（1907）先後出版，該書也在同年的臺灣重要官報《漢文臺灣日日新報》上連載，從1907年7月18開始，到次年3月19日止，共連載150回，尤其這是以「文學士久保天隨述，雪漁謝汝詮譯」的漢譯形式（圖3）進入臺灣的文化場域，雖說此次連載只有「前編」百五十回，因編輯考量而缺漏了「後編」近百回，但這部帶著實證史觀的文學史論，已然透過報刊連載譯介的形式使臺灣士子有機會透過閱讀，學習文學史的研究方法與建構模式。待得1929年久保天隨成為臺北帝國大學東洋文學講座教授，更以學科體制的必修課「東洋文學普通講義」來親授「東洋文學史」。久保先生的文學史書寫橫向可連結起甲午戰後帝國大學出身的少壯學者（如古城貞吉、笹川臨風、藤田豐八、田岡嶺雲等人），嘗試以西歐文學史的研究方法，踴躍撰寫《支那文學史》，同時也將小說、戲曲等文類納入中國文學史的範圍；另一方面則向下啟發臺灣學子如黃得時等人展開「臺灣文學史」的思考與撰寫，可見意義非凡。

（第三種郵便物認可）　明治四十年七月十八日　漢文臺灣日日新報　第三千七百六十一號　（三）

譯叢

支那文學史

文學士　久保天隨述
雪漁　謝　汝詮譯

序論

（一）研究之必要及方法

現今坤輿之文化。其初自三處而發達者。曰支那。曰印度。曰歐羅巴。此三者於世界人文史上。爲鼎峙之勢。自無待言。或於相互之間。爲個個之比較。以支那之文化爲最下。殆度外視之。而不復顧者。誠哉支那之文化。源流極遠。而成乏水量之一支流。然世界人口之三分一。四億餘萬之生靈。受其餘澤。至今繼續生活。則就其人種所特有文化發展之跡。討究詳䌁。亦非爲無益也。

光明自東方而生。日出暘谷。而人類文化之發源地。亦倚在於東方。現時最誇其盛之歐羅巴文化。資承之……

圖3：〔日〕久保天隨述，謝汝詮譯：《支那文學史》在《漢文臺灣日日新報》第三版連載，明治40年7月18日。

神田喜一郎（Kanda Kiichirō，1897-1984）先生（圖4），號鬯盦，明治30年（1897）10月16日生於日本京都市。神田家世代務商，為京都著名之商家。祖父神田香巖，曾任京都博物館學藝委員，藏書甚豐，與中國的羅振玉、王國維、董康等皆有往來。於大正6年（1917）進入京都大學文科大學史學科就讀，10年（1920）3月自史學科畢業，四月進入同校大學院，並在大谷大學任教。神田先生曾受教於狩野直喜與內藤虎次郎（為東洋史學京都學派的創始人之一），為內藤先生的入室弟子，其學風傳承自清代乾嘉樸學。[39]昭和1年（1926）3月辭去大谷大學教職，應日本宮內省圖書寮之聘，編纂《漢籍目錄解題》，歷時3年完成。[40]昭和4年（1929）因藤田豐八先生之推舉，赴任臺北帝國大學文政學部東洋文學講座助教授。至9年6月，久保先生過世，11月，神田氏升任為教授，並在12月以臺灣總督府在外研究員之身分赴法、英兩國研究，11年8月返回臺北帝國大學任教，「曾先後兼任京都帝國大學文學部的特約講師，與東方文化研究所的特約研究員」[41]。至昭和20年（1945）因日本宣布投降，二戰結束，於是束裝返日，在臺灣任教近16年，[42]是神田氏一生中任職最久的單位，至晚年還懷念不已。[43]

在帝大的教研工作方面，神田喜一郎先生則清楚展現「京都中國學派」學風，舉凡考證學、為古文書進行考釋、乃至於敦煌學研究、戲曲研究等方面皆可見其特色。另在指導帝大學生畢業論文方面，計有東洋史專攻的何設偕一人，及東洋文學專攻的黃得時、吳守禮、稻田尹、藤原登喜夫等人，論題涉及詩經語法、詞學與古典小說研究（詳第六節討論）；在研究方面，據學者考察，神田先生在帝大任教期間（1929-1945）共出版專著《支那學說林》（1934）一種，編輯《佚存書目》、《敦煌秘籍留真》等專書二種，另有發表於臺日刊物單篇論文、雜記共56篇，其中刊登於《臺大文學》者共有論文14篇，主要為〈本邦填詞史話〉系列文章，另

---

39 鄭樑生，〈日本漢學者——神田喜一郎的著述生活〉，收錄於梁容若、王天昌主編，《書和人》第305期（1977.1.22），頁2。

40 同上註，頁1。

41 同上註。

42 摘自張寶三撰述，〈神田喜一郎先生傳〉，收錄於國立臺灣大學中國文學系編，《國立臺灣大學中國文學系系史稿1929-2002》，頁189。

43 張寶三，〈任教臺北帝國大學時期的神田喜一郎之研究〉，收錄於張寶三、楊儒賓編，《日本漢學研究初探》（臺北：臺灣大學出版中心，2004），頁323。

圖4：神田喜一郎先生（右二）與吳守禮（右一）在文政學部前[44]

與島田謹二合著〈南菜園の詩人籾山衣洲〉共3篇（詳附錄3），前者梳理日本十九世紀詞學之復興與發展，後者評介籾山衣洲（1855-1919，曾任《臺灣日日新報》漢文主筆，神田與島田共推其為文壇祭酒）於總督別邸「南菜園」的結社活動與創作，可見神田先生研究成果豐碩與著書之勤。

在帝大的教研工作方面，神田喜一郎先生則清楚展現「京都中國學派」學風，舉凡考證學、為古文書進行考釋、乃至於敦煌學研究、戲曲研究等方面皆可見其特色。另在指導帝大學生畢業論文方面，計有東洋史專攻的何設偕一人，及東洋文學專攻的黃得時、吳守禮、稻田尹、藤原登喜夫等人，論題涉及詩經語法、詞學與古典小說研究（詳第六節討論）；在研究方面，據學者考察，神田先生在帝大任教期間（1929-1945）共出版專著《支那學說林》（1934）一種，編輯《佚存書目》、《敦煌秘籍留真》等專書二種，另有發表於臺日刊物單篇論文、雜記共56篇，其中刊登於《臺大文學》者共有論文14篇，主要為〈本邦填詞史話〉系列文章，另與島田謹二合著〈南菜園の詩人籾山衣洲〉共3篇（詳附錄3），前者梳理

[44] 轉引自陳奇祿等著，《從帝大到臺大》（臺北：國立臺灣大學，2003），頁28。

日本十九世紀詞學之復興與發展，後者評介籾山衣洲（1855-1919，曾任《臺灣日日新報》漢文主筆，神田與島田共推其為文壇祭酒）於總督別邸「南菜園」的結社活動與創作，可見神田先生研究成果豐碩與著書之勤。

久保先生在臺北寓所溘然長逝後，神田先生又出國研究兩年，導致有畢業生修課單位不足的情況，校方曾於昭和11年（1936）10月聘請東京帝國大學鹽谷溫（Shionoya on, 1878-1962）先生以特聘教授的身分前來短期講學一個單位，[45]以補足畢業生的修課學分。[46]鹽谷溫先生乃東京帝大出身，曾前往德國、中國留學，頗受業師葉德輝與王國維先生影響，後以元曲研究獲得博士學位（1920），自大正7年（1918）起便分擔東京帝大支那哲學支那文學第一講座的助教授，大正九年（1920）起擔任支那哲學支那文學第二講座助教授，並於大正13年（1924）升任教授。[47]著有《支那文學概論講話》（1919）、《支那戲曲の沿革》（1921）、《支那小說史》（1930），也曾譯註《琵琶記》（1923）、《桃花扇》（1924）等書。代表作《支那文學概論講話》尤在笹川種郎《支那文學史》的基礎上，認同通俗文學的「正統」文學地位，主要敘述戲曲小說之發展，隨著相關論著之中譯本出版，對日後中國學者自撰中國文學史／小說史皆有深刻影響。[48]而鹽谷先生前來帝大之講學，主要集中在昭和11年12月7日至22日的兩週期間，以每天至少二小時密集授課的方式依序講授中國戲曲與小說史，聽課學生則有東洋文學專攻二名，國文、英文等學生四、五人。課餘又安排校內外演講活動，夜間除有各式歡迎會與帝大師生、臺灣詩壇交流，也曾前往臺北放送局講演「楠公與頼山陽」。[49]透過鹽谷先生的親授課程，也使中國戲曲、小說等通俗文學在東洋文學講座中獲得了系統的介紹。

原田季清（Harada Suekiyo）先生，文學士，兵庫縣人，其餘生平資

---

[45] 黃得時，〈《清代文學評論史》序文〉，收於黃得時作，江寶釵編，《黃得時全集1・創作卷一》，頁648-649。人事聘任詳「敘任及辭令」：昭和11年10月22日特聘東京帝國大學教授塩谷溫為講師，詳《學內通報》第百六十一號，昭和11年10月31日。

[46] 詳節山（鹽谷溫），〈臺灣遊記〉，《斯文》第19編第2號（昭和12年1月27日），頁1。

[47] 東京帝國大學編，《東京帝國大學五十年史》（東京：東京帝國大學，1932），頁917。

[48] 關於鹽谷溫的學術成就與在近代日本中文學界的地位，可參考陳瑋芬，〈大日本主義風潮下的日本漢學者——鹽谷溫晚年的儒學觀與其〈臺灣遊記〉〉，收錄於宋鼎宗總編輯，國立成功大學中國文學系編，《第一屆臺灣儒學研究國際學術研討會》（臺南：臺南市文化中心，1997），頁137-166。

[49] 節山（鹽谷溫），〈臺灣遊記〉，《斯文》第19編第3號（昭和12年2月27日），頁7-12；《斯文》第19編第5號（昭和12年4月27日），頁13-20。

料不詳。久保先生過世後，校方於昭和10年（1935）另聘外國東洋文學講師原田季清正式遞補東洋文學講座的職缺。當昭和10、11年神田教授在外研究兩年之際，原田先生曾獨力承擔東洋文學講座課程。至昭和14年（1939）原田季清由外國講師轉為助教授，17年（1942）3月27日因戰爭事起，原田氏從東洋文學講座退任返日，在臺灣任教七年之久，[50]返日後可能在京都立命館大學任教。[51]相關著作有《話本小說論》（1938）及《臺大文學》刊載之10篇論文，主要涉及小說研究、古詩平仄、小說與駢文關係、戰爭文學、俗文學等議題。（詳附錄3）昭和18年（1943）4月間日本東方文化學院所員豐田穰氏曾以臨時講師的身分來臺講學1個月，講義題目為：東洋文學特殊講義「唐詩概說」，此間亦曾參與東洋文學會例會，主講「舊唐書と新唐書」[52]，可知在原田助教授離臺後，校方亦曾安排臨時講師以充實課程。

此外，久保、神田兩位先生對於今日臺灣大學圖書館的善本圖書收藏亦極有貢獻。久保先生過世後，所藏圖書由校方購入，名為「久保文庫」，內容主要為中國文學古籍，尤多戲曲善本資料，現存790餘種，6900多冊；而神田先生任職臺北帝大期間，則致力於各種文獻資料之收藏，曾參與「烏石山房文庫」及「久保文庫」的購入工作。「烏石山房文庫」原藏者為清末福州烏石山房主人龔易圖（1836—1893），乃咸豐九年進士，曾任山東濟南府知府、廣東布政使。龔氏藏書主要購自海甯陳氏遺書，加上歷年所積，至其子孫售書總計已達2099部，34803冊，此中涵括中國經、史、子、集各方面書籍，有不少明版善本。此批藏書乃1929年（臺北帝大甫成立第二年）由神田先生帶領助手前嶋信次同往福州選購，後以約1萬6800元美金購回。[53]鹽谷溫先生曾盛讚久保、神田兩套文庫以大學藏書而言，其戲曲類實足以誇稱天下！[54]可知兩套藏書之珍貴。

50　退職紀錄見《學內通報》第285號，昭和17年4月15日，頁12。

51　此為馬幼垣先生的推論，因《立命館大學論叢》十五期（1943年8月）有刊登原田季清〈隋唐興亡稗史考〉一文。詳氏作，〈原田季清對中國小說研究的貢獻〉，收於《中國小說史集稿》（臺北：時報文化，1987年二版），頁314。原田季清之生平資料仍須進一步考察。

52　詳臺大文學會編，《臺大文學》第八卷第1號（1943.6.5），頁73。

53　神田本欲購買觀古堂主葉德輝的「觀古堂藏書」，因未能如願，後轉向福州的烏石山房主龔易圖的後人恰購「烏石山房藏書」。關於購書過程，可參考張寶三，〈任教臺北帝國大學時期的神田喜一郎之研究〉，頁341-345；鄭樑生，〈日本漢學者——神田喜一郎的著述生活〉，頁1。「久保文庫」的詳細書目可見臺大圖書館網站，網址為：http://web.lib.ntu.edu.tw/speccoll/node/7。

54　節山（鹽谷溫），〈臺灣遊記〉，《斯文》第19編第5號（昭和12年4月27日），頁16。

四、課程設計

在課程設計方面，自昭和3年（1928）起，「臺北帝國大學文政學部規程」[55]便有相關規定，除了文政學部設置哲學科、史學科、文學科、政學科四學科外，也規定修業年限：「文政學部學生的在學期間，最短三年，最長六年，但休學期間不計入。」在文學科的必修科目與單位項目下，便列有「東洋文學專攻者必修科目（單位數）」（參考附錄1），內容是「東洋文學概論」（一）、「東洋文學史」（二）、「東洋文學講讀及演習」（三），除此，還有「國語學、國文學」（三）、「英文學概論」（一）、「言語學」（一）、「哲學科、史學科、文學科及政學科所屬科目之選修」（七），共七科必修科目，合計十八個單位。可見東洋文學專攻者除了自己的東洋文學專業外，也要對文學科的其他4個講座科目、文政學部的其他3科課程進行一定比例的選修，使學子能對人文學科產生全面性的理解。類似的安排，我們也可在「國語學、國文學專攻者必修科目」、「英文學專攻者必修科目」中看到同樣的精神。然而，我們若以單位數（即學分數）的比例來看，東洋文學專攻科目與總學分數的單位比是6:18，佔1/3，專業學科的比重並非太高。相較而言，國語學、國文學科目與總學分數的單位比卻是9:18，即1/2；英文學專攻科目與總學分數的單位比也是9:18，即1/2，可見同在文學科中，東洋文學講座的專業課程確實有被壓縮、減低比例的狀況。

「東洋文學」講座是從昭和4年（1929）開始正式上課，新聘教師為久保得二教授與神田喜一郎助教授。自昭和6年（1931）起，文政學部對於各科課程進行調整，除了各講座的必修科目，各學科又另列「共通必修科目」，如文學科設立有：「文學概論」（一）（島田謹二）、「哲學概論」（一）（務臺理作、岡也留次郎）、「言語學」（一）（小川尚義、淺井惠倫）三門課，各占一單位；同時，「東洋文學專攻者必修科目」也調整為「東洋文學普通講義」、「東洋文學特殊講義」、「東洋文學講讀及演習」（七）、「國語學，國文學」（二）、「東洋史」（一）、「哲學科、史學科、文學科及政學科所屬科目之選修」（七），共6科。此時

---

[55] 收錄於《臺北帝國大學一覽》（昭和3年）（臺北：臺北帝國大學，昭和3年），頁46。

共同必修與專攻必修科目提高為20個單位，東洋文學專攻科目與總學分的單位比成為7:20，大致維持1/3強的局面，國語學，國文學專攻或英文學專攻與總學分的單位比則調整成10:20，依舊是1/2的比例。此制沿用至帝大結束為止。

我們可在講義題目的資料中（詳附錄2）進一步瞭解各科目下的授課內容。其一，所謂「東洋文學普通講義」指一般性之基礎課程，[56]主要傳授的是「東洋文學史」（久保得二、原田季清、神田喜一郎）（以下為行文簡省，僅標注姓氏），另有漢詩概說（神田）。如前文所述，久保先生所撰《支那文學史》在同輩明治少壯學者中，既有傳承，又能開新，尤其能為歷來被輕視的戲曲小說立章言說，是一部以評論為尚的文學史；神田先生則在京都帝大的學風下，能對戲曲小說等中國俗文學標舉出實證研究的方向。

其二，「東洋文學特殊講義」為就某專門之範圍進行講授，類似專題的課程，曾開設有：「清朝ニ於ケル古典研究ノ發達」（中譯：清朝古典研究之發展）（神田）、小說概說（原田）、韻文通俗文學序說（原田）、清朝隨筆・小說研究（原田）、唐代の古文（神田）、「唐詩概說」（豐田穰）等課程。神田先生於東洋文學講座開設的第一門課「清朝ニ於ケル古典研究ノ發達」（1933），便清楚展現出京都帝大對於清朝考證學的重視，[57]而原田先生則在韻文、通俗文學與小說研究上耕耘著力。

其三，另設有「東洋文學講讀及演習」課程，「講讀」指由教師講解某部書籍，「演習」乃就某書訓練學生仔細閱讀、譯成日文並查閱典故及相關資料的課程。「東洋文學講讀及演習」曾開設有：支那戲曲「琵琶記」、甌北詩話、詩品（久保）、尚書正義（神田）；「東洋文學講讀」的課程除有詩選、戲曲講讀，也兼及詩論、文論、書論等文藝批評的範疇，曾開設有：藝舟雙楫、昭昧詹言、古詩源、六朝麗指、元雜劇、

---

56 張寶三曾對東洋文學講座之課程性質進行訓解，關於「普通講義」、「特殊講義」、「演習」、「講讀」之意涵本文從之，下文不另作註。詳氏作，〈任教臺北帝國大學時期的神田喜一郎之研究〉，收錄於張寶三、楊儒賓編，《日本漢學研究初探》，頁332，註24。

57 京都帝大學者除了以敦煌文書對戲曲小說等中國俗文學的初期歷史進行實證研究，以義和團賠款於京都設立的東方文化研究院京都研究所，則由狩野直喜博士主持，曾於昭和4年（1929）成立初期，從天津著名的藏書家陶湘（1871-1940）處購入書籍17939冊，奠定了研究所藏書與中國學研究的良好基礎，並在此基礎上，蒐集清朝考證學研究成果的方針亦得以確立，代表學者為倉石武四郎（1897-1970）。詳高津孝，〈京都帝國大學的中國文學研究〉，頁93-106。

清人詩話、毛詩注疏、支那戲曲、元曲、畫禪室隨筆（神田）、唐詩別裁集、李太白全集、杜少陵集詳註、杜少陵全集、白話註釋唐詩三百首讀本（原田）等課程；「東洋文學演習」曾開設有文心雕龍、尚書正義、畫禪室隨筆、奈良朝時代の漢文（神田）等。以上課程除了久保先生乃是在翻譯《琵琶行の戲曲》（東京：弘道館，1927）的基礎上開設「支那戲曲『琵琶記』」（1933）；神田先生主授的「元曲」講讀課（1940、1943）尤其是京都大學的狩野直喜（1868—1947）自明治43年（1910）起每年開設的重要課程，至今元曲研究在京都大學仍然興盛；[58]神田先生對於中國詩文書畫所展現的文藝批評趣味，又與同時間京都大學文科大學的青木正兒（1887-1964）頗有呼應；[59]原田先生則從「唐詩別裁集」、「唐詩三百首」讀本的選讀，慢慢進入專家詩「李太白全集」、「杜少陵集詳註」的講讀。

由此可見，東洋文學講座的課程已涵括文學史、經學、詩選、專家詩、戲曲、小說、通俗文學、文藝批評、學術史、日本漢文等豐富的面向。課程安排不僅帶出了東京與京都兩所帝國大學的學風，也清楚反映出明治漢學研究者對於俗文學小說、戲曲的重視。

另在課程教材方面，久保得二除自撰《支那文學史》外，也曾使用〔明〕臧晉叔《元曲選》、〔清〕趙翼的《甌北詩話》、吳梅《中國戲曲概論》[60]做教材；神田喜一郎曾使用〔清〕陳奐的《詩毛氏學傳疏》（1935）、〔清〕胡克家刊本《昭明文選》[61]、〔清〕沈德潛編《古詩源》做教材；原田季清曾使用沈德潛編《唐詩別裁集》、〔清〕仇兆鰲註：《杜少陵集詳註》、譚正璧《中國小說發達史》、「李太白全集」中央書店國學基本文庫本、以及（白話註釋）唐詩三百首讀本做教材，可見教材來源有來自中國明清至民國的學者所出版的圖書，也有日本學者自著

---

[58] 同前註，頁99。

[59] 青木正兒，京都帝國大學文科大學文學科畢業，師事狩野直喜和鈴木虎雄。曾成立畫會「考槃社」，進行南畫鑑賞和創作。於1938-1947任職京都帝大文科大學。所著《金冬心之藝術》（京都：匯文堂，1920）即囊括詩文書畫及音樂等所有藝術領域，對中國文學藝術進行研究；《支那近世戲曲史》（東京：弘文堂，1930）則填補王國維《宋元戲曲考》關於明清戲曲史的空白；《支那文學思想史》（東京：岩波書店，1943）則承繼鈴木虎雄的文學理論研究。詳高津孝，〈京都帝國大學的中國文學研究〉，頁103。

[60] 從宜生（吳守禮），〈「臺北帝國大學」與「東洋文學講座」〉，《臺大校友雙月刊》18期（2001）。

[61] 林秀美，〈為學問而學問的吳守禮教授〉，《臺大校友季刊》第6期（1998），頁6。

的國學基本文庫本。此中，值得注意的是，原田季清在1937年第一次開設「小說概說」時，主要參考了出版於1935年由譚正璧編的《中國小說發達史》，等到第二年（1938年）再上「小說概說（續）」時，他已出版了自己撰寫的《話本小說論》（日文）（臺北：臺北帝國大學，1938年3月），此書列為臺北帝大的「文學科研究年報（言語ト文學）」系列叢書的第二輯（詳附錄3），可見其教學研究之勤。此書應是最早的話本小說專論，內容探討宋至清初的短篇白話小說，美國漢學家馬幼垣曾為文力讚作者功力之深，「能在三十年代，話本研究才甫開始的時候，寫出這樣一部紮實的書，把話本小說發展的過程考述得清楚簡明，並談到這種短篇小說的特質和各種重要本子的情形」，可說考證與評論兼備，[62] 可惜乏人問津，埋藏在臺大總圖的特藏室中，至1975年臺北的古亭書屋曾經重印出版，似乎也沒有引起太大的迴響，僅有美國漢學家韓南（Patrick Hanan）、馬幼垣以及樂蘅軍為文提及。[63]

若要論及東洋文學講座的師生互動與上課情形，吳守禮先生的經驗或可讓我們領略一二，吳先生提到自己雖有小時候私塾念詩歌的經驗，高校透過日本的漢字音來讀論、孟的基礎，[64]但讀起中國古籍來還是根基薄弱，因此，神田教授由基礎開始訓練：

> 神田喜一郎教授相當年輕，只大我一紀年（12歲），當時東洋文學的講座教授是久保天隨，他是日本一流詩人，研究戲曲。神田喜一郎則是助教授。但是在我畢業那一年久保教授過世，神田先生升為講座教授，至法國留學兩年才回來。……我主修的東洋文學科，經常是我和神田教授一對一上課。有時即使和國文科（按：日本語

[62] 馬幼垣，〈原田季清對中國小說研究的貢獻〉，《中國小說史集稿》（臺北：時報文化，1987），頁312。

[63] 同前註，頁311-315。樂蘅軍，《意志與命運——中國古典小說世界觀綜論》（臺北：大安出版社，2003），頁163，註73。感謝陳翠英教授提醒。

[64] 將中國古文標注日本漢字音與和音，再進行閱讀的方法，稱為「訓讀」。這是自日本江戶時代從武士階級到社會慢慢普及的基礎訓練，透過訓讀方法學習中國四書五經等古籍，並將之內化為教養的訓練。至京都帝大的青木正兒提出「漢文直讀論」（1920），認為在學習中國古文時，應當用現代漢語發音，不應依賴訓讀，明顯展現京都中國學因取法歐洲中國學，故而將中國古典視為外國文化進行客觀的實證研究角度。詳高津孝，〈京都帝國大學的中國文學研究〉，頁104-105。

> 文）的學生一起上課，但是人數依然很少。[65]

可知當年東洋文學講座的師生神田喜一郎先生與吳守禮，不僅年齡差距小，師生比也高，常是一對一上課的情形，文學科學生的人數確實極少。

此外，在吳先生就讀的過程中，也打破了過去學習中文的經驗，他提及：

> 要讀政治法律也和我的個性不合，讀中文的話，至少這是咱自己的語言，較易研究。但是，沒想到入學東洋文學科後，學習經驗完全不同。我自小學、中學、高校對中文的印象，漢文是讀四書五經，是科舉考試的世界，進去這個領域後才瞭解，中國的學問不只是四書五經，不只是吟風弄月，還有其他的，所謂文科的科學，就是現在所謂的漢學，日本當時叫支那學。也就是說，漢文除了吟詩作文科舉之外，還有一個學問方面的領域可以發展。[66]

由此可知，東洋文學講座的課程已跳脫中國傳統以科舉考試引導四書五經的學習模式，並進入「文科的科學」、「漢學」或「支那學」的範疇，不再吟詩作文考科舉，開始要發展學問了。

據黃得時先生研究指出，日本漢學研究自明治維新以來為了朝向文科的科學化，曾經過幾個階段的發展，從第一期的衰落時期（明治元年至20年，1869—1887）專注於「文明開化」運動，完全排斥漢學研究；到第二期的復活時期（明治21年至40年，1888—1907），尤其在日清戰爭（中日甲午戰爭）、日俄戰爭大獲全勝之後，重新反省盲目的歐化主義，重新估量孕育日本文化的漢學價值，開始在東京與京都兩所帝國大學及相關學校設置漢學科以研究中國哲學、史學與文學；至第三期則進入漢學研究的科學化時期（明治41年至大正7年，1908—1918），在大學執教的教授或學生開始透過外語訓練與歐美文學的視野，不再墨守成規，開始展開科學化的漢學研究。此時清末兩位碩儒王國維與羅振玉長久避居京都，民國時期的新文學革命，皆使日本學者開始關注戲曲與小說的研究；第四期則進入

---

65 吳守禮，〈我與臺灣語研究〉，收錄於陳奇祿等著，《從帝大到臺大》，頁13-14。

66 同前註，頁13。

了漢學研究的「支那學」化時期（大正8年至昭和20年，1919—1945），此時期漢學研究採取法式的支那學Sinology的研究方法，最早由京都大學提倡，終於風靡全國而成「京都學派」。京都學者不僅組織「支那學會」，發行《支那學》雜誌，也在東北、九州、京城、臺北等地陸續設立帝國大學並創置漢學科，以「支那學」的視野研究中國學問。[67]在此脈絡中，臺北帝國大學的設置與發展正處於日本漢學研究的「支那學」化時期，並由久保與神田兩位先生現身說法，直接傳承東京與京都兩所帝國大學的研究視野。比起晚清官員透過赴日考察並模仿日本學制，在接受的程度上自有被動與主動，直接與間接的差異效果。

另在黃得時先生的經驗中則談及：

> 考進了日本的帝國大學以後，我專攻中國文學。其時，有位日本教授叫神田喜一郎老師講授「清代考證學的發達」。我為了要知道整個清代的學術情形，就讀了梁任公的名著《清代學術概論》和《中國近三百年學術史》。這兩部書，給予我的影響實在太大了。[68]

黃先生透過課堂上的學習，課後也能尋書積極自修，圖書來源除有中國近代重要思想家梁啟超的重要著作，也同時關注日本方面的最新出版，如黃先生也曾留意當時東京弘文堂書店出版的一套「支那學入門叢書」，執筆者皆是京都帝國大學出身的著名教授，黃先生尤其專注閱讀青木正兒博士的著作，並得到極大的啟發。[69]事實上，我們只要翻閱昭和時期的日本報刊，如鹽谷溫先生所主編的《斯文》月刊，便可看見「彙報」欄目中所羅列的「東亞學術思想界」，其內容即是日本與民國的新刊圖書與雜誌的出版訊息，除有書目外，更有「新刊紹介」的書評文字，可讓讀者同步掌握日本與民國的最新學術發展。[70]可知臺北帝國大學透過日本帝國大學一脈的學術研究與教學傳承，所傳遞的是帝國視野下跨越地域、語言、政治疆

---

[67] 摘自黃得時，〈日本明治維新以來之漢學研究——一百年來日本漢學研究之科學化〉，收錄於黃得時作，江寶釵編，《黃得時全集10‧論述卷四》，頁396-398。

[68] 黃得時，〈梁任公遊臺考〉序文，收錄於黃得時作，江寶釵編，《黃得時全集9‧論述卷三》，頁296。

[69] 黃得時，〈《清代文學評論史》序文〉，收錄於黃得時作，江寶釵編，《黃得時全集1‧創作卷一》，頁647-648。

[70] 「東亞學術思想界」，收錄於《斯文》第19編第6號（昭和12年），頁62-70。

界的恢弘知識版圖，在中日臺之間，帝國／殖民詭譎對立的政治氣氛下，能樹立起這樣的論學氛圍，無疑是展現殖民現代性的最佳實例，使得中國文學研究在臺灣有了很不一樣的起點。然而，這畢竟是極少數菁英才能享有的受教特權。

五、相關學術活動

除了課堂上例行的正規教學，平時文學科也藉由各種學會舉辦學術演講活動，以下僅就《學內通報》、《臺大文學》等報刊資料整理與東洋文學講座相關演講，表列如下：

表2：東洋文學講座相關學術活動

活動名稱	時間	講者	題目	地點	出處
漢文學會	昭和6年11月13日	アランデル・デル・レ	文藝批評の原理と其の適用	教育會館	《學內通報》46號
國文談話會	昭和7年11月21日	工藤好美	現代文學の一展開	臺日社三階	《學內通報》70號
國文談話會	昭和8年11月20日	藤谷芳太郎	文學と思想問題	本學親交會俱樂部	《學內通報》92號
演講	昭和11年9月28日	神田喜一郎	英佛二國に存在する敦煌古書の話	臺北鐵道ホテル	《學內通報》160號
演講	昭和11年12月18日	一、西晉一郎 二、鹽谷溫	一、歷史の性質 二、日本精神と世界平和	附屬圖書館內式場	《學內通報》164號
東洋文學會	昭和12年1月23日	一、鹽谷溫 二、原田季清	一、國文と漢文との交涉 二、情史について	南方土俗特別教室	《學內通報》165號
東洋文學會	昭和12年5月1日	一、吳守禮 二、神田喜一郎	一、王靜安先生逝去十週年紀念講演 －王靜安先生の學問とその影響 －王靜安先生を憶ふ 二、王靜安先生遺著遺墨並びに關係資料展覽	土俗學人種特別教室	《學內通報》173號；《臺大文學》第2卷第3號

			三、神田喜一郎教授が巴里よぃ齎せる巴里國民圖書館所藏敦煌古寫本寫真公開		
金曜會	昭和13年3月11日	工藤好美	文學史の成立と發展	親交會俱樂部	《學内通報》193號
臺北比較法學會	昭和13年5月15日	神田喜一郎	經學の研究と比較法治史學	公會堂集會室	《學内通報》196號
夏期講習會	昭和13年7月13-23日	原田季清	漢字音ト振假名法	本學	《學内通報》198號
夏期講習會	昭和13年7月13-23日	原田季清	支那戲曲小說講讀	本學	《學内通報》198號
東洋文學會第七回例會	昭和13年10月29日	一、黃得時 二、原田季清	一、廣東出身の二大學者——康有為と梁啓超 二、中國歷代戰爭文學雜觀	土俗學人種特別教室	《臺大文學》第4卷第1號
東洋文學會第八回例會	昭和14年2月18日	一、稻田尹 二、中村忠行	一、「紅樓夢研究」以後 二、帝舜傳說の一展開——主としてその民間傳說的一面について ◎當日會場亦有「紅樓夢」相關文獻的展覽：一、テキスト；二、紅樓夢に取材せる戲曲；三、翻譯；四、圖詠；五、評論。	土俗學人種特別教室	《臺大文學》第4卷第1號
東洋文學會第九回例會	昭和14年4月2日	一、稻田尹 二、神田喜一郎 三、原田季清 四、中村忠行	一、遊仙窟研究以後 二、遊仙窟の作者と傳本 三、駢文と小說との關係 四、「遊仙窟」と「ふじのいはや」	土俗學人種特別教室	《臺大文學》第4卷第2號

			◎當日，會場亦展出與遊仙窟相關文獻： 第一部 一、テキスト； 二、名家手澤本； 三、その他。 第二部研究論文 一、一般；ロ、日本文學との交涉；ハ、國語學的研究及び注の研究； 二、諸本解說及び校勘記；ホ、作者；ヘ、雜；ト、支那に於ける研究。 第三部雜（資料）		
夏期講習會	昭和15年7月15-24日	原田季清	支那俗文學雜話	本學	《學內通報》244號
東洋文學會第十二回例會	昭和15年10月26日	一、稻田尹 二、來賓李騰獄博士	一、臺灣歌謠について 二、南管と北管について	土俗學人種特別教室	《臺大文學》第5卷第5號
南方土俗學會	昭和16年6月12日	助手稻田尹	臺灣歌謠の採集について	土俗學人種學研究室	《學內通報》268號
國民精神文化講習會	昭和16年9月15日	神田喜一郎	日本精神に關する漢詩文の講讀	地點不詳。（按：此活動由臺灣總督府主辦）	《臺大文學》第6卷第4號
東洋文學會	昭和18年4月15日	豐田穰（東方文化學院所員）	舊唐書と新唐書	土俗學人種特別教室	《臺大文學》第8卷第1號

透過《學內通報》與《臺大文學》的資料，我們可看到與東洋文學講座師生最為密切相關的幾場學術活動。首先，是神田喜一郎在昭和11年（1936）9月28日假校外臺北鐵道ホテル（臺北鐵道飯店）（圖5）所舉辦的演講，講題為「英佛二國に存在する敦煌古書の話」（英法兩國所存敦煌古書之演說）。神田喜一郎在昭和9年（1934）11月，由助教授升任教授，擔任東洋文學講座，同年12月，則以臺灣總督府在外研究員的身分赴法、英兩國留學兩年，至昭和11年8月才返抵臺北帝國大學繼續任教。臺北帝國大學在籌畫之初，本有「教授候補者在開講前赴歐美留學，對有關專門方面加以研究或視察之必要，其留學年限為二年」[71]的規定，因此這是神田喜一郎升任教授後，極為重要的學術任務，而神田氏所選擇的研究議題便是前往法、英兩國探究敦煌古籍。眾所皆知，自1907、08年間英國探險家斯坦因（A. Stein, 1862-1943）與法國考古家伯希和（P. Pelliot, 1878-1945）先後前往敦煌莫高窟搜羅大批敦煌文物返國後，舉世譁然！敦煌眾多珍貴佛教文物從此流落世界各地，尤以英法兩國為甚。而在伯希和返國前，曾取道北京，認識了羅振玉，羅氏為這批奇寶驚嘆之餘，也曾留下攝影十餘種，並積極促成敦煌劫餘文物運往北京學部保存，於是羅振玉與王國維諸友人也成為中國最早接觸敦煌文物的學者。稍後，於1910年更有由日本京都大學文科學者所組成的團隊——狩野直喜、內藤虎次郎（兩人與羅氏本是舊識）、小川琢治、富岡謙藏、濱田耕作等人聞訊趕來北京調查敦煌古籍，連帶地也引發了日本學界，尤以京都帝大的漢學家為主的敦煌學熱潮。[72]京都帝大出身的神田喜一郎便是在母校的學術氛圍影響下，[73]決定前往英法兩國進行兩年的研究調查。等到昭和11年8月返臺，隨即在9月28日由臺北帝大所舉辦的職員懇親會上，假臺北鐵道ホテル舉行公開演說，題名「英佛二國に存在する敦煌古書の話」，會中不僅詳述

71　松本巍撰，蒯通林譯，《臺北帝大沿革史》，頁7。

72　詳張曉生，〈王國維留日時期的學術與生活〉，《新埔學報》第19期（2002），頁213。另神田喜一郎著，《敦煌學五十年》，高野雪、初曉波、高野哲次譯，（北京：北京大學出版社，2004），一書中載有敦煌學緣起的各種細節，有興趣者可參看。

73　神田喜一郎在〈敦煌學五十年〉一文中便提及，大正元年（1912）京都大學的狩野先生出差赴歐洲，調查巴黎、倫敦等地的敦煌古書；同時東京大學的瀧精一博士也前往歐洲專門調查繪畫；內籐虎次郎、石濱純太郎於大正13年（1924）前往歐洲，帶回許多貴重材料；在韓國的京城帝國大學的大谷胜真教授及九州帝國大學的重松俊章教授等人也紛紛專程赴巴黎和倫敦參觀敦煌古書。詳氏作，〈敦煌學五十年〉，收於神田喜一郎著，《敦煌學五十年》，高野雪、初曉波、高野哲次譯，頁22-23。

敦煌學的由來，英法兩國所存敦煌古書近一萬五千卷的樣貌，也從歐洲帶回千枚寫真，期待早日出版以供學界研究云云。[74]後來完成了《敦煌秘籍留真》（京都：小林寫真製版所，昭和13年；京都：臨川書店，昭和48年）及《敦煌秘籍留真新編》（臺北：國立臺灣大學，1947）兩本書。[75]而選擇在臺北鐵道ホテル舉行，尤有盛大舉辦、隆重歡迎之意。蓋「臺北鐵道ホテル」乃臺灣第一家西式大飯店，由總督府鐵道部直營，位於今臺北車站的斜對面「表町二丁目」的位置（今新光三越站前店），飯店於1908年11月1日落成，「總面積共三層樓三千餘坪，共有27間客房，每一層樓還有讀書室、集會室」，「一樓則有容納三百人的大餐廳，可以舉辦各種集會和宴會，鐵道部還特別聘請法國廚師主廚」[76]，其英國式典雅的建築風格與內部氣派講究的裝潢，加上昂貴的價格，很快便成為皇親國戚與政商名流（如林獻堂）宴會、議事、演講與交流的重要場合。[77]而神田氏既以臺灣總督府在外研究員的身分出國，這次職員懇親會的與會聽眾應以總督府官員及臺北帝大的專家學者為主，由此可略探帝國知識與政治權力結構如何緊密連結。

圖5：臺北鐵道ホテル[78]

---

[74] 當天所舉辦的講演共有兩個講題，除神田喜一郎外，還有前往南洋出差的農林專門部教授深谷留三氏講演「南洋に於ける邦人栽培事業の現狀」。相關報導詳見《學內通報》第百六十號（昭和11年10月15日），頁3。

[75] 神田信夫曾言及，《敦煌秘籍留真》乃先考神田喜一郎於昭和10年到11年約1年半的時間，前往法國國立圖書館調查所留下的資料。此書最早於昭和13年由京都的小林寫真製版刊行，至昭和48年則由京都的臨川書店複印出版；所記〉，收錄於神田喜一郎，〈敦煌學五十年〉，收於神田喜一郎著，《敦煌學五十年》，高野雪、初曉波、高野哲次譯，頁23。

[76] 呂紹理，《展示臺灣：權力、空間與殖民統治的形象表述》（臺北：麥田出版，2011），頁352。

[77] 同前註。另可參考陳柔縉，《臺灣西方文明初體驗》（臺北：麥田出版，2005），頁98-105。

[78] 轉引自Jon:「不朽經典，經典不朽——臺灣鐵道ホテル（上）」，影像提供：FormosaSavage。網址：http://jonyao1978.pixnet.net/blog/post/23855274——不朽經典，經典不朽——-臺灣鐵道ホ

除了這場極具象徵意義的演講，在校內主要有「東洋文學會」與「夏季講習會」所舉辦的學術活動。就目前資料顯示，「東洋文學會」的例會似乎都安排二至四位講者演講，如昭和12年（1937）1月23日邀請鹽谷溫講論「國（日）文與漢文的關係」，原田季清則講論「關於情史」。《情史》為〔明〕詹詹外史（馮夢龍）所評輯，收有歷來筆記、小說、史籍等豐富的情史資料，可作為小說研究之參考，原田季清以《情史》作為講題發表演說，隨即於校內刊物《臺大文學》二卷一期（1937年3月）刊行〈情史に就て〉（頁53-60）一文，三個月後另有一文〈增廣智囊補に就て〉在《臺大文學》2卷3期（1937年6月）（頁48—53）出版（詳附錄3），將馮夢龍的《情史》與《智囊補》進行專論研究，正可與當年他所講授課程「小說概說」與稍晚的專書《話本小說論》出版相互參照，藉此也可見到原田季清用功之勤與不凡的眼光。[79]

另一值得注意的活動，是在昭和12年（1937）5月1日由「東洋文學會」在土俗學人種學特別教室舉辦的兩場演講，分別由吳守禮（時擔任副手）主講「王國維的學問及其影響」，神田喜一郎先生主講「追憶王國維」兩個題目，同時並有王靜安（國維）先生遺墨與巴黎國民圖書館所藏的敦煌古寫本寫真的展覽。[80]我們若略加考察神田氏與王國維的關係，可知神田家族為京都著名商家，祖父神田香巖喜愛收藏中日古籍，曾與羅振玉、王國維等人交往；[81]加上神田喜一郎所屬的京都大學，在羅、王避居日本期間（1911-1916年），因羅振玉透過藤田豐八的名義，在淨土寺町購地建造宅邸「永慕園」與書庫「大雲書庫」（號稱有五十萬卷豐富藏書），因此在敦煌學的前緣基礎上，再次聚集了京都大學的東洋學者在此

テル（上）

[79] 馬幼垣稱，在原田季清之後過了四十年，討論《情史》和《智囊補》的專論，仍然只有原田氏的著作，韓南先生雖稍有引用兩書，卻未有專論研究。直到胡萬川先生〈從智囊、智囊補看馮夢龍〉一文，收於氏編，《中國古典小說研究專集》1期（1979.8），才有新的考察。詳馬幼垣，〈原田季清對中國小說研究的貢獻〉，頁313-315。

[80] 關於這場講演與展覽的內容，詳見《學內通報》第百七十三號（昭和12年5月15日），頁6。

[81] 神田喜一郎與王國維第一次見面是在大正4年（1915），王國維當時為避武昌革命，與羅振玉一家在日本京都暫居（1911-1916年間），而神田氏還是高等學校的學生，主要為祖父傳遞古籍。神田喜一郎：〈憶王靜安師〉，收錄於陳平原、王風編，《追憶王國維》（增訂本）（北京：生活・讀書・新知三聯書店，2009），頁319。另參張寶三，〈任教臺北帝國大學時期的神田喜一郎之研究〉，頁324。

雲集論學，[82]此時神田雖仍是高校學生，但他在大正3年（1917）進入京都大學文科大學史學科就讀後，便是受業於這批東洋學者如小川琢治等人，可知神田師門與王國維的友好關係；待得神田氏於大正11年（1922）12月前往上海遊學時，則受到王國維熱誠的招待與長時間的論學暢談，從此結下親密的關係，至王氏死前都保持密切的音信往返，堪稱王國維晚年交往最深的日本友人。[83]神田氏既與靜安先生有如此深厚因緣，因此在1927年6月2日聽聞靜安先生遺書自沈的消息後，便於當年6月21日與京都大學師長狩野直喜、內藤虎次郎、鈴木虎雄共同發表「追悼會小啟」，召集學界同人於6月25日午後1時，邀請法隆寺法師於「京都東山線五條坂袋中庵」為王靜安舉行追悼會，[84]同年8月，又在京都帝國大學文學部的機關雜誌《藝文》上發行王國維之紀念專刊，此刊便有神田氏所著的〈觀堂先生著作目錄〉（上）一文，可見京都大學學者與神田氏對於王國維的景仰與懷念。[85]至1937年5月已是王國維逝世十週年紀念，日本漢學界，尤其是京都大學新生代的漢學家再度為王國維發行十週年的「王國維紀念特輯」，刊行於《中國文學月報》第26號，其意義自是非凡。[86]而神田喜一郎的〈王靜安先生を憶ふ〉一方面已成文章的形式刊登於京都大學的特輯，另一方面則成為臺北帝國大學的演講題目，神田透過東洋文學會為王國維舉辦紀念演講，與學生吳守禮聯手，向臺北帝大的師生們介紹靜安先生的學問及影響，活動除了傳承京都漢學家對於靜安先生的追悼與懷念，同時也將靜安先生的著述與敦煌史料寫真並置展出，可說別具意義。

再者，東洋文學會第八回例會由稻田尹主講「紅樓夢研究」以後，當日會場亦有《紅樓夢》相關文獻的展覽，從原本、紅樓戲曲、翻譯、圖詠到評論，展現出紅樓夢研究的多重面向；第九回例會則由稻田尹、神田喜一郎、原田季清、中村忠行四人聯合主講《遊仙窟》，當日會展亦展出與《遊仙窟》相關文獻，舉凡各種原本、名家手澤本、研究論文及相關資料等等，對於《遊仙窟》也進行群組分工的深度探討。

此外，還有「夏季講習會」的舉辦，主要是在暑假期間舉辦的講習活

82　詳張曉生，〈王國維留日時期的學術與生活〉，《新埔學報》第19期（2002），頁213-215。

83　神田喜一郎，〈憶王靜安師〉，收錄於陳平原、王風編，《追憶王國維》（增訂本），頁319-321。

84　〈追悼會小啟〉，收錄於陳平原、王風編，《追憶王國維》（增訂本），頁284。

85　何培齊，〈王國維辭世在日本京都之迴響〉，收於《書目季刊》34：2（2000），頁81-87。

86　同前註，頁89-94。

動，目前找到三筆記錄，都是由原田季清主講，分別為昭和13年（1938）7月13-23日的兩場活動：「漢字音ト振假名法」（漢字音與注音假名法）、「支那戲曲小說講讀」；以及昭和15年（1940）7月15-24日「支那俗文學雜話」，原田氏不僅傳授語音學知識，夏日講習活動也涉及中國小說、戲曲、俗文學等方面的學識，實可與學期中的課程相呼應。

在「東洋文學會」與「夏季講習會」之外，文學部還有漢文學會、國文談話會、英文學會、金曜會等活動，堪稱學術風氣鼎盛，相信提供給文學部師生課堂之外極豐富的學術交流。

隨著1937年中日蘆溝橋事變爆發，為配合日本國內的「國民精神總動員」而有皇民化運動，在帝大的學術活動中亦可見於昭和16年（1941）9月15日舉辦的「國民精神文化講習會」，此活動由臺灣總督府主辦，邀請神田喜一郎主講「日本精神に關する漢詩文の講讀」（關於日本精神的漢詩文講讀），可見政治宣傳與動員也已涉入學院內的文學活動。

六、畢業生的實績

在本段落中，我們要透過從東洋文學講座畢業的畢業生來檢視東洋文學講座開辦十六年多的實績。臺北帝大初辦之時，《臺灣民報》的社論已提出文政學部的設立，其目的「並不在於促進臺灣人本位的教育（，）而是在於提高在臺的日本人本位的教育」[87]，我們若從《臺北帝國大學一覽》的「大學學生志願者與入學者狀況」進行統計，從昭和3年到18年間，共有148名志願者申請入請，實際入學人數則是85人，錄取比例約為57%，可知其難易程度。另從在學學生的籍貫進行統計，則文學科的學生中臺籍人數有10人次，日籍學生則有78人次，臺籍學生中黃得時先生又有三次入學記錄，所以實際上只有八人入學，佔文學科學生數的9%，而日籍學生則佔91%，可見臺日學生比例之懸殊，《臺灣民報》當年的批判不無道理。再從昭和6年到20年的畢業生觀察，文學科共有68人畢業，臺籍生僅佔8人，僅佔一成多；[88]但若從東洋文學講座的畢業生觀察，則有田大

---

[87] 黃得時，〈從臺北帝國大學設立到國立臺灣大學現況——光復以來30年間本省高等教育發達之一例證〉，頁54。

[88] 林秀美，〈臺北帝國大學之創設〉，收於曹永和總編輯，《臺北帝大的生活》，頁64。文中提及「臺籍生有七人，分別為陳欽錩、吳守禮、田大熊、魏根宣、林啟東、林龍標及杜純子；其

熊、吳守禮（圖6）、黃得時三位臺籍學生，以及稻田尹、鈴木武文、藤原登喜夫三位日籍學生，人數不多，比例上恰好臺日籍參半，在講座的選擇上，日籍學生更多選擇了「國語文‧國文學」講座亦無可諱言。

東洋文學講座六位畢業生的學籍資料與畢業論文、畢業後的工作場所如下：

表3：東洋文學講座畢業生資料[89]

入學年度	學生姓名	籍貫	畢業年度（屆數）；畢業論文題目	工作場所
昭和4年（1929）4月	田大熊	臺中	昭和8年3月（第3屆）《唐宋以前ノ評論界》	臺灣總督府圖書館／臺灣總督府外事部[90]
昭和5年（1930）4月	吳守禮	臺南	昭和8年3月（第3屆）《詩經の文法的研究：主と-て虛詞について》	臺北帝國大學文政學部副手；日本京都大學東方文化研究所；臺北帝國大學南方文化研究所囑託；臺北帝大講師；臺灣大學中文系
昭和9年（1934）4月	黃得時	臺北	昭和12年3月（第7屆）《詞の研究》	臺灣新民報社；臺灣大學中文系
昭和11年（1936）4月	稻田尹	茨城	昭和14年3月（第9屆）《紅樓夢研究》	昭和16年成為臺北帝國大學文政學部助手
昭和15年（1940）4月	鈴木武文	靜岡	昭和17年9月（第12屆）《琵琶記の研究》	不詳
昭和16年（1941）4月	藤原登喜夫	鳥取	昭和18年9月（第13屆）《聊齋誌異の研究》	臺北第四高等女學校[91]

在畢業論文研究方面，主要以文學評論、文法、古典文學作為選題的方向，古典文學方面尤其累積了詞、小說與戲曲的研究，比例上佔了2/3，使得傳統文學觀念中被視為小道的小說與戲曲，藉由現代文學體制化的研究方法而成為受到關注的文本，可說是本講座最為具體的教學成果。

除此，我們也可在文學科相關出版品看到學生的創作與研究（詳附

中吳守禮及田大熊專攻東洋文學，其餘主修英文。」此文臺籍生中明顯遺漏了黃得時先生，故補入成為8人。

89 本圖表係由《臺北帝國大學一覽》（昭和3-18年）「大學學生生徒」與「大學卒業生氏名」欄、《臺北帝國大學文政學部卒業生名簿》（昭和6-14年）、《學內通報》（昭和6-19年）、《臺大文學》「彙報」（記有畢業論文題目、畢業動向）整理而成。

90 異動資料詳臺大文學會編，《臺大文學》第5卷第4號（1940.10.11），頁81。

91 臺大文學會編，《臺大文學》第8卷第3號（1943.11），頁220。

錄3），如《文學科研究年報》第3輯（昭和12年4月）有擔任副手的吳守禮所著〈陳恭甫先生父子年譜坿著述考略〉，另在《臺大文學》中也有不少東洋文學講座師生的作品，除黃得時的七絕、七律創作外，主要為研究論文，如稻田尹的《搜神記》、〈石頭記の制作に關する覺書〉（關於石頭記創作紀要）、〈李長吉の生涯〉，《臺灣歌謠研究》（一）（二）（三）（四）；吳守禮的〈王靜安先生の學問とその影響〉（王靜安先生的學問及其影響）、〈「雷賣りの董仙人」の翻譯について〉（關於「賣雷的董仙人」的翻譯）；田大熊的〈聯に就て〉（關於聯）；黃得時的〈臺灣語の「仔」に就て〉（關於臺灣語的「仔」），研究方法則涉及年譜及著述的考訂、小說研究、作家生平察考、歌謠研究、翻譯研究、律詩中的對句研究、臺灣語研究等等。

值得注意的是，稻田尹的《臺灣歌謠研究》與黃得時的臺灣語研究已經跳脫中國古典文學的研究範疇，而展開了臺灣在地的歌謠與語言的採集與研究，事實上早在1936年，黃得時便曾以〈牛津大學所藏臺灣歌謠書〉一文，刊登在臺灣文藝協會所出版的《第一線》上，相關資料可能是神田喜一郎從歐洲攜回的研究資料。[92]而在昭和17年（1942）出版的《臺灣歌謠集》中，神田喜一郎的序便言及：「我開始到北京訪問大約是在大正十一年（1922）的秋天，當時在北京大學研究所國學門剛設立了『歌謠研究會』，並在拼命蒐集中國各地通行的歌謠，等到一回來，馬上就從研究會收到了發行雜誌『歌謠週刊』，我也轉手送出了數冊。」文中並言及中國現代歌謠的蒐集與研究已成為學者間逐漸盛行的活動，因此讚許臺北帝大東洋文學科出身的新銳秀才稻田尹，能在短短兩三年間便蒐集到臺灣本島民間所通行的現代歌謠，並陸續發表在各種雜誌上，其專精研究的程度，即使在中國也是史無前例，最後鼓勵稻田尹精益求精，連同臺灣一衣帶水之隔的福建、廣東等地，也逐步展開研究，如此也能對中國歌謠之研究做出一大貢獻。[93]可見神田喜一郎不僅認同中國本土「歌謠研究會」的研究觀點，同時鼓勵學生進入中國繼續探查，以參與中國方興未艾的歌謠研究，由此讓我們再一次領會到京都派學者兼容並蓄，不斷拓展研究領域的精神樣貌！

92　張文薰，〈一九四〇年代臺灣日語小說之成立與臺北帝國大學〉，《臺灣文學學報》第19期（2011），頁119。

93　神田喜一郎，〈序文〉（昭和17年9月20日），收於稻田尹著，《臺灣歌謠集》（臺北：臺灣藝術社，昭和18年）。

圖6：臺北帝大文政及理農學部第一屆畢業生與學弟合影紀念，後排立者右一為吳守禮，右二為田大熊[94]

另就畢業出路來看，臺籍的田大熊因為畢業時機恰當，於是馬上進入臺灣總督府圖書館工作，得到有佔缺的職務。黃得時也是一畢業就進入了臺人唯一的日刊報紙《臺灣新民報》學藝部服務，主要負責文化部門的工作，為延續發展學術興趣，也會在每週一到兩次，回到母校研究。[95]自畢業的1934年起，也是黃得時開始在臺灣新文學運動裡嶄露頭角的時刻，不僅與臺北的文藝青年共組「臺灣文藝協會」，先後發行《先發部隊》、《第一線》等雜誌，也在1940年與西川滿號召成立「臺灣文藝家聯盟」，並創設《文藝臺灣》，開啟了40年代臺灣文壇的序幕；黃得時更成功挪用並轉化「地方文化」的概念，使得臺灣文學史的書寫有了主體發聲的位置；[96]至

94　轉引自曹永和總編輯，《臺北帝大的生活》，圖片頁。

95　黃得時，〈從臺北帝國大學設立到國立臺灣大學現況——光復以來三十年間本省高等教育發達之一例證〉，收於黃得時作，江寶釵編：《黃得時全集8‧論述卷二》，頁41。

96　張文薰，〈一九四〇年代臺灣日語小說之成立與臺北帝國大學〉，頁114-122。關於黃得時先生的臺灣文學史書寫，已有多位學者提出論述，肯定其理論指導者的定位。如陳芳明，〈黃得時的臺灣文學史書寫及其意義〉，收入氏作，《殖民地摩登：現代性與臺灣史觀》（臺北：麥田，2011），頁161-188。陳萬益，〈黃得時的臺灣文學史觀析論〉、〈論臺灣文學的「特殊性」與「自主性」——以黃得時、楊逵和葉石濤的論述為主〉，收入氏作，《臺灣文學論說與記憶》（臺南：臺南縣政府，2010），頁55-72、73-880。吳叡人，〈重層土著化下的歷史意

民國36年11月15日國立臺灣大學正式成立，黃得時先生也在12月1日受聘為中國文學系教授，透過學術研究與教學傳承繼續深化東洋學研究。

相對而言，吳守禮先生畢業後尋找工作的歷程似乎就不是如此順遂了。吳先生提及：大學畢業後，想要教書，卻沒有機會。於是由神田教授安排擔任副手，留校繼續研究。當時的助手制度有兩種，一種是助手，一種是副手，助手是有正式任官的，副手是沒有任官的助手，[97]是「職員以外的名額」，專為大學畢業後繼續在校研究而製定的制度，俸給或不支薪或由各教室經常費中支給之，[98]因此工作與經濟兩方面都極不穩定。同時，此制度也限制了臺灣人的發展，使副手無法升等為助教授。吳先生提及：

> 我在25歲大學畢業，一直到30歲這段期間都當副手。第一位主任教授是久保天隨，主任教授死時正好是我大學畢業那一年，助教授神田升上主任教授，不就需要一個助教授嗎？但是副手卻升不上去。不知是自己憨慢，還是咱是臺灣人條件不合，這就不用說了。總之，我升不上去，他們從日本找人來，其實資歷也和我是前後期或早我一點點。也許如果我當副手的成績好，應該可以往上升遷，因為我的成績不好，所以才升不上去，只能自己這樣想。[99]

等到1938年因為沒有出路，又由神田教授介紹去了京都，經過8年，直到1943年4月才返回臺灣。「我在京都的工作名義上是任職東方文化研究所囑託（しょくたく，按：非正式的職員，特約人員），還是沒有任官的職員。」等到臺北帝國大學成立南方人文研究所（按：1943年），「我向神田教授『討頭路』回到臺灣。回到臺大的工作還是沒有任官的囑託。不過在神田教授審慎考慮下，資格、待遇比照助手待遇，日本人當助手月薪九十圓，還有六成加給。雖然職務與薪水一樣，但是不能任官，如果要說歧視的話，也許就是這一種吧。不過我一直傻讀書，不懂得計較。」[100]由此可見吳先生在人生大好的15年都是擔任沒有任官的職務，可說是在殖

識：日治後期黃得時與島田謹二的文學史論述之初步比較分析〉，收入《臺灣史研究》第16卷第3期（2009.9），頁133-163。

97 吳守禮，〈我與臺灣語研究〉，收於陳奇祿等著，《從帝大到臺大》，頁15。

98 松本巍撰，蒯通林譯，《臺北帝大沿革史》，頁18。

99 吳守禮，〈我與臺灣語研究〉，收於陳奇祿等著，《從帝大到臺大》，頁16。

100 吳守禮，〈我與臺灣語研究〉，收於陳奇祿等著，《從帝大到臺大》，頁17。

民制度下臺籍畢業生工作受到壓抑的實例。待得二次大戰終戰，國民政府接收帝大以後，吳先生因為研究閩南語，在臺大中文系也長期處於被邊緣化的學術位置，在教研工作上備受壓抑，常自嘲以教國語賺生活費，以維持母語的研究，直到2001年獲得首屆總統文化獎的百合獎，一生辛勤的學術工作終於獲得肯定。[101]由此亦可瞥見在臺日政權輪替轉移的夾縫中，不隨時代價值變化浮沈，努力奮發的知識份子身影。

而日籍畢業生，因為相關資料不足，只能確定稻田尹畢業後兩年（昭和16年）便留任臺北帝國大學文政學部擔任助手，並且不斷有臺灣歌謠的新研究產出，與恩師神田喜一郎也保持良好的互動關係。藤田登喜夫則前往臺北第四高等女學校任教，也是順利獲得正式教職。臺日畢業生的出路，或已可比較得出。

小結

筆者在先行研究的基礎上，透過梳理臺北帝國大學內部的報刊資料，嘗試還原「東洋文學講座」設置與發展的過程，並在師資、課程、相關活動以及畢業生的探討中，使得臺北帝大的「東洋文學講座」清楚展現其帝國／殖民脈絡、帝國大學傳承、以及朝向科學化的漢學研究對象及方法。臺北帝國大學「東洋文學講座」的設立，是在「大學令」的堂皇旗幟下，主要藉由重文輕政的設想、以「東洋」重新調整論述文化根源、巧妙利用各種命名重新定義知識體系的範圍及限制、再以專業課程單位數的限縮，建構起殖民地大學「東洋文學講座」的基本原則。在實際進入講座教授的派定時，一方面兼顧足以令臺灣人信服，具有漢學學養與漢詩創作的學者入主講座；二方面則挑選具有東京帝國大學出身的久保得二，與京都帝國大學出身的神田喜一郎，無形之中為臺北帝國大學的「東洋文學講座」匯入東京帝大與京都帝大的學風與研究精神；另在日本帝國的視域中，既能涵攝中國的當代研究（從上課使用的中國教材、羅振玉與王國維的敦煌學、乃至五四運動以來的歌謠研究等），使得通俗文學獲得重視，在與西洋帝國對峙後，又能保有東方文明之自信，與英法等國競相投入敦煌學的

[101] 吳昭新，〈臺大中文系畢業生不認識的臺大中文系教授〉，收錄於《臺灣文學評論》第6卷第2期「吳守禮先生紀念專輯」（2006），頁52-60。

研究熱潮，日後並逐步形成「大東亞共榮圈」的輿論勢力。相對而言，於中日甲午戰爭嚴重失利的中國，在屢戰屢敗的國恥中卻逐步喪失民族自信與傳統，至五四新文化運動已朝向追求全盤的西化，兩相映照，更可看出中日兩國在追求現代化之路的頓挫崎嶇與扶搖順遂！此間，中國大學在戰亂紛擾中藉由踵步日本、德國與美國學制，終使現代大學逐步建立規模；而臺北帝國大學的「東洋文學講座」課程與相關學術活動則是在帝國／殖民兩股彼此牽制又相激而成的勢力下展開，使得傳統的經史子集之學，以科舉考試追求功名的向學之路，透過帝國大學以「東洋」代替「中國」的知識重構，直接進入由日本明治學者所開創的文史哲三科分立，在帝國大學講座制下講授的「支那學」，即今日所謂「漢學」、「文學的科學」的研究領域。文學科的設置與新型態的中國文學研究與教學確實已伴隨著殖民地大學的設立而在臺灣本土誕生。

雖說十六年來的東洋文學講座僅培養出六位畢業生，在文學科的領域中相對冷門。從數字來看，臺日學生均半，暫呈均衡之勢；但畢業出路的困難，卻可在吳守禮先生的辛苦歷程中，看到臺籍學生受到帝大制度與人事安排的壓抑，政權轉移後，吳先生的閩南語專業再度受到國語運動的排擠，在時代變遷的夾縫中，艱難地自處；然而，令人振奮的是，黃得時先生不僅在畢業後加入了《臺灣新民報》的隊伍，這是推動臺灣真正新文學的肇始之地，也是鼓吹民族自決運動，培植抗日歸宗的民族思想，呼籲臺灣新國民的報紙；[102]同時，黃先生也透過東洋文學學科的訓練，熟諳了文學史的書寫，開始要寫下屬於臺灣人的文學運動史與臺灣文學史，[103]這將是殖民的現代性在脫去政治殖民的包袱後，最終要發展出來的主體發聲位置。

---

[102] 黃得時，〈臺灣光復前後的文藝活動與民族性〉，收於黃得時作，江寶釵編，《黃得時全集4‧創作卷四》，頁339-346。

[103] 相關著作如〈輓近臺灣文學運動史〉（1942）、〈臺灣文學史序說〉（1943）等。

引用書目

（一）報刊史料

臺北帝大短歌會編，《臺大文學》（臺北：臺北帝國大學，昭和11-19年）。（自昭和12年起，出版者改為臺大文學會）。

臺北帝國大學編，《臺北帝國大學一覽》（臺北：臺北帝國大學，昭和3-19年）。

臺北帝國大學編，《學內通報》（臺北：臺北帝國大學，昭和4-19年）。按：臺大館藏不齊，僅能就以下號數查閱：32(1931)-53,55-61,63-71(1932),72-95(1933),96(1934)-328, 330-332（1944）。

臺北帝國大學文政學部編，《臺北帝國大學文政學部卒業生名簿》（臺北：臺北帝國大學文政學部，昭和14）。

（二）近人著作

久保舜一，〈久保天隨〉，收錄於久松潛一編，《鹽井雨江武島羽一大町桂月久保天隨笹川臨風樋口龍峽集》，《明治文學全集41》（東京：筑摩書房，1977）。

王智明，〈文化邊界上的知識生產：「外文學門」歷史化初探〉，《中外文學》第41卷第4期（2012），頁184-185。

仝婉澄，〈久保天隨與中國戲曲研究〉，《文化遺產》第4期（2010），頁54-59。

町田三郎著，〈《東閣唱和集》試論〉，陳瑋芬譯，《第二屆臺灣儒學研究國際學術研討會論文集》（臺南：成功大學中文系主辦，1999），頁559-573。

呂紹理，《展示臺灣：權力、空間與殖民統治的形象表述》（臺北：麥田出版，2011）。

何培齊，〈王國維辭世在日本京都之迴響〉，《書目季刊》第34卷第2期（2000），頁81-94。

李慶，《日本漢學史（貳）：成熟和迷途》（上海：上海外語教育出版社，2004）。

吳守禮，〈我與臺灣語研究〉，收錄於陳奇祿等著，《從帝大到臺大》（臺北：國立臺灣大學，2002）。

吳昭新，〈臺大中文系畢業生不認識的臺大中文系教授〉，收錄於《臺灣文學評論》第6卷第2期「吳守禮先生紀念專輯」（2006），頁52-60。
吳密察，〈從日本殖民地教育學制看臺北帝國大學的設立〉，《臺灣近代史研究》（臺北：稻鄉出版社，1994）。
松本巍撰，蒯通林譯，《臺北帝大沿革史》（臺北：蒯通林，1960序）。
林秀美，〈為學問而學問的吳守禮教授〉，《臺大校友季刊》第6期（1998），頁5-10。
東京帝國大學編，《東京帝國大學五十年史》（東京：東京帝國大學，1932）。
芳村弘道，〈久保天隨とその著書『支那文學史』〉，收錄於川合康三編，《中國の文學史觀》（東京：創文社，2002）。
周延燕編，《臺灣大學久保文庫漢籍分類目錄》（臺北：臺灣大學圖書館，2012）
神田喜一郎，〈序文〉（昭和十七年九月二十日），收錄於稻田尹著，《臺灣歌謠集》（臺北：臺灣藝術社，1943）。
———，《敦煌學五十年》，《神田喜一郎全集》第九卷（京都：同朋舍，1986）。
———，《神田喜一郎全集》（京都：同朋舍，1983-1986）。
———，高野雪、初曉波、高野哲次譯，《敦煌學五十年》（北京：北京大學出版社，2004）。
———，〈憶王靜安師〉，收錄於陳平原、王風編，《追憶王國維》（增訂本）（北京：生活・讀書・新知三聯書店，2009）。
柯喬文，〈文學成史：殖民視域中的久保天隨與其支那文學史〉，《中極學刊》第6期（2007），頁45-66。
馬幼垣，〈原田季清對中國小說研究的貢獻〉，《中國小說史集稿》（臺北：時報文化，1987）。
高津孝，〈京都帝國大學的中國文學研究〉，《政大中文學報》第16期（2011），頁87-110。
曹永和總編輯，《臺北帝大的生活》（臺北：國立臺灣大學，1999）。
從宜生（吳守禮），〈「臺北帝國大學」與「東洋文學講座」〉，《臺大校友雙月刊》第18期（2001），頁16-17。
陳平原，〈大學歷史與大學精神——四幅中國大學「剪影」〉，《大學有精神》（北京：北京大學出版社，2009），頁54-85。

———，《中國大學十講》（上海：復旦大學出版社，2002）。

陳奇錄等著，《從帝大到臺大》（臺北：國立臺灣大學，2003）

陳俐甫整理，〈黃得時先生談：臺北帝大、臺灣文學與二二八事件〉，《淡水牛津文藝》第6期（2000），頁185-191。

陳柔縉，《臺灣西方文明初體驗》（臺北：麥田出版，2005）。

陳瑋芬，〈自我客體化與普遍化——近代日本的「東洋」論及隱匿其中的「西洋」與「支那」〉，《中國文哲研究集刊》第18期（2001），頁367-420。

———，〈大日本主義風潮下的日本漢學者——鹽谷溫晚年的儒學觀與其〈臺灣遊記〉〉，收錄於宋鼎宗總編輯，國立成功大學中國文學系編，《第一屆臺灣儒學研究國際學術研討會》（臺南：臺南市文化中心，1997），頁137-166。

陸胤，〈明治日本的漢學論與近代“中國文學”學科之發端〉，《中華文史論叢》第102期（2011），頁94-140。

張文薰，〈一九四〇年代臺灣日語小說之成立與臺北帝國大學〉，《臺灣文學學報》第19期（2011），頁101-133。

張曉生，〈王國維留日時期的學術與生活〉，《新埔學報》第19期（2002），頁209-228。

張寶三，〈久保得二先生傳〉，收錄於國立臺灣大學中國文學系編：《國立臺灣大學中國文學系系史稿1929-2002》（臺北：國立臺灣大學中文系，2002）。

———，〈神田喜一郎先生傳〉，收錄於國立臺灣大學中國文學系編：《國立臺灣大學中國文學系系史稿1929-2002》（臺北：國立臺灣大學中文系，2002）。

———，〈任教臺北帝國大學時期的神田喜一郎之研究〉，收錄於張寶三、楊儒賓編，《日本漢學研究初探》（臺北：臺灣大學出版中心，2004）。

黃美娥，〈久保天隨與臺灣漢詩壇〉，《臺灣學研究》第7期（2009），頁1-28。

黃得時，《久保天隨博士小傳》，《中國中世文學研究》第2期（1962），頁48-53。

———，〈《清代文學評論史》序文〉，收錄於黃得時作，江寶釵編，《黃得時全集》第一冊（臺南：國立臺灣文學館，2012）。

———，〈臺灣光復前後的文藝活動與民族性〉，收錄於黃得時作，江寶釵編，《黃得時全集》第四冊（臺南：國立臺灣文學館，2012）。

———，〈從臺北帝國大學設立到國立臺灣大學現況——光復以來三十年間本省高等教育發達之一例證〉，收錄於黃得時作，江寶釵編，《黃得時全集》第八冊（臺南：國立臺灣文學館，2012）。

———，〈梁任公遊臺考〉序文，收錄於黃得時作，江寶釵編，《黃得時全集》第九冊（臺南：國立臺灣文學館，2012）。

———，〈日本明治維新以來之漢學研究——一百年來日本漢學研究之科學化〉，收錄於黃得時作，江寶釵編，《黃得時全集》第十冊（臺南：國立臺灣文學館，2012）。

———，〈百年來日人研究漢學名著提要彙編〉，收錄於黃得時作，江寶釵編，《黃得時全集》第十一冊（臺南：國立臺灣文學館，2012）。

節山（鹽谷溫），〈臺灣遊記〉，《斯文》第19編第2號（昭和12年1月27日），頁1-9。

楊儒賓、鄭毓瑜，〈古典精神的傳燈者：百年來中文學門的發展〉，收錄於楊儒賓等主編，《人文百年化成天下：中華民國百年人文傳承大展》（新竹：國立清華大學，2011），頁45-56。

鄭樑生，〈日本漢學者——神田喜一郎的著述生活〉，《書和人》第305期（1977），頁1-8（總2433-2440）。

樂蘅軍，《意志與命運——中國古典小說世界觀綜論》（臺北：大安出版社，2003）

附錄1　臺北帝國大學文政學部規程

說明：1.資料來源：臺北帝國大學，《臺北帝國大學一覽》，臺北：臺北帝國大學，昭和3-19年（1928-1944）。

2.本表僅整理文政學部中的哲學科、史學科與文學科科目，政學科與本文關係不大，故略去。

3.本規程在昭和六年有重大調整，除了各學科增設「共通必修科目」，也調整各專科的必修科目內容，故表列分出左右兩大欄，以明其變化。

昭和三～五年（1928~1930）				昭和六～十八年（1931~1943）修訂			
學科	專攻	必修科目	單位	學科	專攻	必修科目	單位
哲學科	東洋哲學	哲學概論	一	哲學科	共通必修科目	東洋哲學史概說	一
		東洋哲學史概論	一			哲學概論	一
		東洋倫理學概論	一			倫理學概論	一
		東洋哲學及東洋哲學史特殊講義	三			心理學概論	一
		東洋哲學、東洋倫理學講義及演習	三			教育學概論	一
		西洋哲學史概說	二		東洋哲學	東洋倫理學概論	一
		哲學科、史學科、文學科及政學科ニ屬スル科目ノ中	七			東洋哲學特殊講義	二
	西洋哲學	哲學概論	一			東洋哲學講義及演習	三
		西洋哲學史概說	二			西洋哲學史概說	一
		東洋哲學史概說	一			哲學科、史學科、文學科及政學科ニ屬スル科目ノ中選擇履修スエキモノ	八
		西洋哲學特殊講義	二		西洋哲學	西洋哲學史概說	二
		西洋哲學講讀及演習	三			西洋哲學特殊講義	二

學科	專攻	必修科目	單位
哲學科		論理學及認識論	一
		社會學概論	一
		哲學科、史學科、文學科及政學科ニ屬スル科目ノ中	六
	倫理學	東洋倫理學概論	一
		西洋倫理學概論	一
		倫理學史	二
		倫理學特殊講義	二
		倫理學講讀及演習	二
		哲學概論	一
		東洋哲學史	二
		西洋哲學史概說	二
		哲學科、史學科、文學科及政學科ニ屬スル科目ノ中	五
	心理學	心理學概論	一
		心理學特殊講義	二
		心理學講讀及演習	三
		心理學實驗	一
		哲學概論	一
		論理學及認識論	一
		倫理學史	二
		生理學及生物學ノ中	一

學科	專攻	必修科目	單位
哲學科		論理學及認識論	一
		哲學科、史學科、文學科及政學科ニ屬スル科目ノ中選擇履修スエキモノ	七
	倫理學	東洋倫理學概論	一
		倫理學史（東洋及西洋）	三
		倫理學特殊講義	二
		倫理學講讀及演習	二
		西洋哲學史概說	一
		社會學概論	一
		哲學科、史學科、文學科及政學科ニ屬スル科目ノ中選擇履修スエキモノ	五
	心理學	心理學特殊講義	二
		心理學講讀及演習	三
		心理學實驗	一
		論理學及認識論	一
		西洋哲學史概說	一
		哲學科、史學科、文學科及政學科ニ屬スル科目ノ中選擇履修スエキモノ	七
	教育學	教育史	一
		各科教授論	一
		教育行政	一
		教育學特殊講義	一
		教育學講讀及演習	二

學科	專攻	必修科目	單位
哲學科	心理學	哲學科、史學科、文學科及政學科二屬スル科目ノ中	六
	教育學	教育學概論	一
		教育史概說	二
		各科教授論	一
		教育行政	一
		教育學特殊講義	一
		教育學講讀及演習	二
		東洋倫理學概論	一
		西洋倫理學概論	一
		哲學科、史學科、文學科及政學科二屬スル科目ノ中	五
史學科	國史學	國史學概說	七
		國史學特殊講義	
		國史學講讀及演習	
		土俗學、人種學	一
		東洋史學	三
		西洋史學、史學地理學	二
		南洋史學	一
		哲學科、史學科、文學科及政學科二屬スル科目ノ中	四
	東洋史學	東洋史概說	六
		東洋史特殊講義	

學科	專攻	必修科目	單位
哲學科	教育學	東洋倫理學史	一
		社會學概論	一
		哲學科、史學科、文學科及政學科二屬スル科目ノ中選擇履修スエキモノ	七
史學科	共通必修科目	史學概論	一
		國史概說	一
		東洋史概說	一
		南洋史概說	一
		西洋史	一
		地理學	一
		土俗學、人種學	一
	國史學	國史特殊講義	六
		國史講讀及演習	
		東洋史	二
		哲學科、史學科、文學科及政學科二屬スル科目ノ中選擇履修スエキモノ	五
	東洋史學	東洋史特殊講義	六
		東洋史講讀及演習	
		國史	二
		哲學科、史學科、文學科及政學科二屬スル科目ノ中選擇履修スエキモノ	五
	南洋史學	南洋史特殊講義	四
		南洋史講讀及演習	

學科	專攻	必修科目	單位
史學科	東洋史學	東洋史講讀及演習	六
		土俗學、人種學	一
		國史學	三
		西洋史學、史學地理學	二
		南洋史學	一
		哲學科、史學科、文學科及政學科ニ屬スル科目ノ中	五
	南洋史學	南洋史概說	五
		南洋史特殊講義	
		南洋史講讀及演習	
		土俗學、人種學	一
		國史學	三
		東洋史學	三
		西洋史學、史學地理學	二
		哲學科、史學科、文學科及政學科ニ屬スル科目ノ中	四
文學科	國語學、國文學	國語學概論	九
		國語學特殊講義	
		國語學講讀及演習	
		國文學概論	
		國文學史	
		國文學特殊講義	
史學科	南洋史學	國史	二
		東洋史	二
		哲學科、史學科、文學科及政學科ニ屬スル科目ノ中選擇履修スエキモノ	五
文學科	共通必修科目	文學概論	一
		哲學概論	一
		言語學	一
	國語學、國文學	國語學普通講義	一〇
		國語學特殊講義	
		國語學演習	
		國文學普通講義	
		國文學特殊講義	
		國文學講讀及演習	
		東洋文學	二
		國史	一
		哲學科、史學科、文學科及政學科ニ屬スル科目ノ中選擇履修スエキモノ	四
	東洋文學	東洋文學普通講義	七
		東洋文學特殊講義	
		東洋文學講讀及演習	
		國語學、國文學	二
		東洋史	一

學科	專攻	必修科目	單位	學科	專攻	必修科目	單位
文學科	國語學、國文學	國文學講讀及演習	九	文學科	東洋文學	哲學科、史學科、文學科及政學科二屬スル科目ノ中選擇履修スエキモノ	七
		東洋文學	二		英文學	英語學普通講義	一〇
		英文學概論	一			英文學普通講義	
		言語學	一			英文學特殊講義	
		哲學科、史學科、文學科及政學科二屬スル科目ノ中	五			英文學講讀及演習	
	東洋文學	東洋文學概論	一			國語學、國文學	一
		東洋文學史	二			西洋史	一
		東洋文學講讀及演習	三			哲學科、史學科、文學科及政學科二屬スル科目ノ中選擇履修スエキモノ	五
		國語學、國文學	三				
		英文學概論	一				
		言語學	一				
		哲學科、史學科、文學科及政學科二屬スル科目ノ中	七				
	英文學	英語學（英語發達史、文法、音聲學等）	九				
		英文學概論					
		英文學史					
		英文學講讀及演習					
		國文學概論	一				
		言語學	一				
		哲學科、史學科、文學科及政學科二屬スル科目ノ中	七				

附錄2 東洋文學專攻者必修科目與講義題目

資料來源：1.臺北帝國大學編，《學內通報》，臺北：臺北帝國大學，昭和4-19年。（臺大圖書館館藏不齊，僅能就以下號數查閱：32(1931)-53,55-61,63-71(1932),72-95(1933), 96(1934)-328,330-332(1944)）

2.臺北帝大短歌會編，《臺大文學》，臺北：臺北帝國大學，昭和11-19年。（自昭和12年起，出版者改為臺大文學會）

年度	科目	講義題目	用書	教官	每週時數	單位	學修學年
昭和8年	東洋文學普通講義	東洋文學史		久保得二（教授）	二	一	
1933	東洋文學特殊講義	清朝ニ於ケル古典研究ノ發達		神田喜一郎（助教授）	二	一	
	東洋文學講讀及演習	支那戲曲「琵琶記」		久保得二（教授）	二	一	
	東洋文學講讀	藝舟雙楫、昭昧詹言		神田喜一郎（助教授）	二	一	
昭和9年	文學概論	文學論		島田謹二（講師）	二	一	一、二
1934	言語學概論	言語學概論		小川尚義（教授）	二	一	一、二
	東洋文學普通講義	東洋文學史		久保得二（教授）	二	一	
	東洋文學講讀及演習	甌北詩話、詩品		久保得二（教授）	二	一	
	東洋文學講讀（一）	古詩源		神田喜一郎（助教授）	二	一	
	東洋文學講讀（二）	六朝麗指		神田喜一郎（助教授）	二	一	
昭和10年	言語學	言語學概論		小川尚義（教授）	二	一	一
1935	東洋文學普通講義	東洋文學史		原田季清（講師）	二	一	一、二
	東洋文學講義		沈德潛編唐詩別裁集	原田季清（講師）	二	一	一、二

年度	科目	講義題目	用書	教官	每週時數	單位	學修學年
昭和11年	文學概論	文學研究法		島田謹二（講師）	二	一	一、二
1936	言語學概論	未定			二	一	
	東洋文學普通講義	東洋文學史		原田季清（講師）	二	一	
	東洋文學講讀	唐詩別裁集		原田季清（講師）	二	一	一
昭和12年	東洋文學普通講義	東洋文學史		神田喜一郎（教授）	二	一	一
1937	東洋文學講讀	元雜劇、清人詩話		神田喜一郎（教授）	二	一	一、二、三
	東洋文學特殊講義	小說概說	參考書「中國小說發達史」	原田季清（講師）	二	一	二
	東洋文學講讀		「李太白全集」中央書店國學基本文庫本	原田季清（講師）			一、二、三
昭和13年	言語學概論	言語學概論		淺井惠倫（教授）	二	一	
1938	文學概論	文藝批評の研究		島田謹二（講師）	二	一	一、二
	東洋文學普通講義	漢詩概說		神田喜一郎（教授）	二	一	一
	東洋文學演習	文心雕龍		神田喜一郎（教授）	二	一	三
	東洋文學特殊講義	小說概說（續）		原田季清（講師）	二	一	二
	東洋文學講讀	李太白集		原田季清（講師）	二	一	一、二、三
昭和14年	東洋文學普通講義	東洋文學史		神田喜一郎（教授）	二	一	一
1939	東洋文學講讀	1.毛詩注疏 2.支那戲曲		神田喜一郎（教授）	二	一	一、二、三
	東洋文學特殊講義	韻文通俗文學序說		原田季清（助教授）	二	一	二
	東洋文學講讀	杜少陵集詳註		原田季清（助教授）	二	一	一、二
昭和15年	言語學概論	言語學概論		淺井惠倫（教授）	二	一	

年度	科目	講義題目	用書	教官	每週時數	單位	學修學年
1940	東洋文學普通講義	東洋文學史		神田喜一郎（教授）	二	一	一、二
	東洋文學講讀	毛詩註疏、元曲		神田喜一郎（教授）	二	一	一、二、三
	東洋文學特殊講義	韻文通俗文學序說		原田季清（助教授）	二	一	二
	東洋文學講讀	杜少陵全集		原田季清（助教授）	二	一	一、二
	文學概論	文學研究の諸方法		島田謹二（講師）	二	一	一、二、三
昭和16年	東洋文學普通講義	東洋文學史		神田喜一郎（教授）	二	一	一
1941	東洋文學講讀及演習	尚書正義		神田喜一郎（教授）	二	一	二、三
	東洋文學特殊講義	清朝隨筆・小說研究		原田季清（助教授）	二	一	二
	東洋文學講讀	白話註釋 唐詩三百首讀本		原田季清（助教授）	二	一	一、二
昭和17年	東洋文學普通講義	東洋文學史		神田喜一郎（教授）			
1942	東洋文學講讀	畫禪室隨筆		神田喜一郎（教授）			
	東洋文學演習	尚書正義		神田喜一郎（教授）	二	一	
	言語學概論			淺井惠倫（教授）			
	文學概論	文學概論		島田謹二（講師）	二	一	不詳
昭和17年10月起	東洋文學普通講義	東洋文學史		神田喜一郎（教授）	二	一	一
1942/10	東洋文學特殊講義	唐代の古文		神田喜一郎（教授）			
	東洋文學演習	畫禪室隨筆		神田喜一郎（教授）			
	文學概論	セルバンテス「ドンキホオテ」		島田謹二（講師）	二	一	不詳

年度	科目	講義題目	用書	教官	每週時數	單位	學修學年
		モンテ-ニュ「エッセ-」シエイクスピア「戲曲集」[104]					
昭和18年	東洋文學普通講義	東洋文學史		神田喜一郎（教授）	二	一	一
1943	東洋文學講讀	元曲		神田喜一郎（教授）			
	東洋文學演習	奈良朝時代の漢文		神田喜一郎（教授）			
	東洋文學特殊講義	唐詩概說		豐田穰（臨時講師，東方文化學院所員來臺講學一個月）			

[104] 即西班牙作家塞萬提斯（Miguel de Cervantes Saavedra）所著《唐吉訶德》（*Don Quijote de la Mancha*）、法國作家蒙田（Michel de Montaigne）的《隨想錄》（*Essais*），以及英國作家蘭姆姐弟（Charles and Mary Lamb）編的《莎士比亞戲劇故事集》（*Tales from Shakespeare*）。

附錄3　文學科出版品中東洋文學講座師生著作目錄

（一）文學科研究年報

卷期	篇目	作者	備註
第1輯（昭和9年[1934]5月）	翦燈新話と東洋近代文學に及ぼせる影響	教授文學博士文學士 久保得二	
第3輯（昭和11年[1936]4月）	陳恭甫先生父子年譜坿著述考略	副手文學士 吳守禮	以中文寫成

（二）文學科研究年報（言語ト文學）

卷期	篇目	作者	備註
第二輯（昭和13年[1938]3月）	話本小說論	助教授文學士 原田季清	

（三）臺大文學

說明一：《臺大文學》自第1卷第1號（昭和11年1月）至第8卷第5號（昭和19年11月）止，雙月刊，共計有47冊。第1卷由「臺北帝大短歌會」出版，主要編輯者為新垣宏一、秋月豐文、服部正義、中村成器以及新田淳。第2卷第1號之後由「臺北帝大文學會」出版，主要編輯者為服部正義、秦一令、新田淳、秋月豐文、萬波教、喜久元八郎、稻田尹。

說明二：以下僅羅列東洋文學講座師生作品

時間	卷期	篇目	作者	備註
1936年1月16日	第1卷第1號	料峭	黃得時	七絕六首
1936年3月22日	第1卷第2號	詠史	黃得時	七律二首（屈原、沈文開）
1936年12月10日	第1卷第6號	詠史	黃得時	七律二首（張良、岳飛）
1936年12月10日	第1卷第6號	搜神記	稻田尹	論文
1937年3月8日	第2卷第1號	情史に就て	原田季清	論文
1937年6月13日	第2卷第3號	增廣智囊補に就て	原田季清	論文
1937年6月13日	第2卷第3號	王靜安先生の學問とその影響	吳守禮	論文

時間	卷期	篇目	作者	備註
1937年12月28日	第2卷第6號	宇治橋碑銘考釋	神田喜一郎	論文
1938年6月5日	第3卷第2號	古詩平仄考（上）	原田季清	論文
1938年7月24日	第3卷第3號	古詩平仄考（下）	原田季清	論文
1938年12月9日	第3卷第5號	支那歷代戰爭文學雜觀	原田季清	論文
1939年6月20日	第4卷第2號	駢文と小說との關係	原田季清	論文
1939年6月20日	第4卷第2號	畫禪室隨筆の譯註本	神田喜一郎	論文
1939年9月30日	第4卷第4號	鍾字訓義考	神田喜一郎	論文
1939年9月30日	第4卷第4號	臺灣語の「仔」に就て	黃得時	論文
1939年9月30日	第4卷第4號	石頭記の制作に關する覺書	稻田尹	論文
1939年9月30日	第4卷第4號	新東亞文學の將來	原田季清	論文
1940年5月28日	第5卷第2號	本邦填詞史話（一）	神田喜一郎	論文
1940年5月28日	第5卷第2號	聯に就て	田大熊	論文
1940年5月28日	第5卷第2號	李長吉の生涯	稻田尹	論文
1940年5月28日	第5卷第2號	中北支俗文學資料調查報告摘要	原田季清	論文
1940年7月30日	第5卷第3號	本邦填詞史話（二）	神田喜一郎	論文
1940年7月30日	第5卷第3號	明代笑話評選	原田季清	論文
1940年10月11日	第5卷第4號	南菜園の詩人籾山衣洲（上）	神田喜一郎島田謹二	論文
1940年10月11日	第5卷第4號	吳守禮譯「雷賣りの董仙人」	稻田尹	新刊紹介
1940年11月16日	第5卷第5號	本邦填詞史話（三）	神田喜一郎	論文
1940年11月16日	第5卷第5號	「雷賣りの董仙人」の翻譯について	吳守禮	論文
1940年12月29日	第5卷第6號	南菜園の詩人籾山衣洲（中）	神田喜一郎島田謹二	論文
1940年12月29日	第5卷第6號	支那に於ける新詩・舊詩の問題に就て	原田季清	論文
1941年3月1日	第6卷第1號	本邦填詞史話（四）	神田喜一郎	論文
1941年3月1日	第6卷第1號	臺灣歌謠研究（一）	稻田尹	論文
1941年5月2日	第6卷第2號	南菜園の詩人籾山衣洲（下）	神田喜一郎島田謹二	論文
1941年5月2日	第6卷第2號	臺灣歌謠研究（二）	稻田尹	論文
1941年7月30日	第6卷第3號	本邦填詞史話（五）	神田喜一郎	論文
1941年7月30日	第6卷第3號	臺灣歌謠研究（三）	稻田尹	論文
1941年9月15日	第6卷第4號	臺灣歌謠研究（四）	稻田尹	論文
1941年11月2日	第6卷第5號	本邦填詞史話（六）	神田喜一郎	論文
1942年7月4日	第7卷第2號	臺灣歌謠考說（一）——監獄對面是學校の歌に就て	稻田尹	論文
1942年7月4日	第7卷第2號	本邦填詞史話（七）	神田喜一郎	論文
1942年9月17日	第7卷第3號	本邦填詞史話（八）	神田喜一郎	論文

時間	卷期	篇目	作者	備註
1942年9月17日	第7卷第3號	臺灣歌謠考說（二）——歌謠に於ける形式句に就て	稻田尹	論文
1943年3月2日	第7卷第5號	本邦填詞史話（九）	神田喜一郎	論文
1943年4月20日	第7卷第6號	本邦填詞史話（十）	神田喜一郎	論文
1943年6月5日	第8卷第1期	舊唐書と新唐書	豐田穰	論文
1943年11月4日	第8卷第3號	本邦填詞史話（十一）	神田喜一郎	論文

Imperialism and the Establishment of Literary Discipline: A Study on the Lecture Course on East-Asian Literature at Faculty of Literature and Politics, Taihoku Imperial University

Tsai, Chu-ching*

Abstract

Taihoku (Taipei) Imperial University, established in 1928, is the first higher education institute founded in Taiwan under Japan's colonial rule of 34 years. It is also Japan's seventh imperial university. The following year, 1929, the Faculty of Literature and Politics initiated a lecture course on East-Asian Literature. Its main subject was Chinese literature. This is thought of as the precursor of the Chinese Literature Department at National Taiwan University. In this paper, I study how the literary discipline established in Taihoku Imperial University under Japan's colonial rule to put literary education into practice. Also, how the literary research under the imperial vision is different from Universities in modern China to present its unique colonial modernity. The study will discuss the foundation of the lectures, the arrangement of faculty, the design of subjects, the plan of academic activities and the achievements of graduates in exploring the established meanings of the Lecture course on East-Asian Literature at Faculty of Literature and Politics, Taihoku Imperial University.

Keywords: Taihoku Imperial University, Lecture course on East-Asian Literature, kubo Tokuji, Kanda Kiichirō, Harada Suekiyo, Huang De-shi, Wu Shou-li

---

* Assistant Professor, Department of Chinese Literature, National Taiwan University.

勤勞成貧：臺北城殤小說中的臺灣博覽會批判*

柳書琴**

摘要

前清臺北城建築群早在日治初期即被移作他用或廢棄遷徙，何以事隔30年後，它們才成為新文學作品的主題？城殤小說出現於1935年「始政40周年記念臺灣博覽會」舉行前後並非巧合，本文將聚焦郭秋生、朱點人的城殤小說〈王都鄉〉、〈秋信〉，探討這種文類出現的社會文化意義。透過臺北城內空間整治、博覽會南進宣傳、城殤小說勞動批判敘事三者的關聯性分析，筆者發現在南進政策下高調舉辦的臺灣博覽會，不僅成為一系列都市整治工程成果的集中展示，更預告了臺灣產業政策的轉型，而此一轉型背後掩藏了許多白熱化的勞農階級困境，同時暗藏了民族產業與階級利益的激烈衝突。城殤小說以寓言體裁，正對「躍進臺灣」、「文明島都」等政治神話而發，揭露被遮蔽的本土社會困境和強大的殖民主義勞動教化宣傳，傳達「勞動成貧」的嚴苛現況。透過弔城情節和勞動議題構成的雙重敘事，宣洩割臺之慟，也諷喻殖民地產業政策及勞動體制的不義。

關鍵詞：城殤小說、朱點人、郭秋生、博覽會、臺北、殖民都市、勞動論述

---

* 初稿宣讀於「第一屆文化流動與知識傳播國際學術研討會」，修訂後曾刊載於《現代中文文學學報》12卷2期（2015年5月），頁72-87。

** 國立清華大學臺灣文學所教授。

一、前言

1935年10月「始政40周年記念臺灣博覽會」（時稱臺博或臺灣博）在臺北市盛大舉行，從1934年6月預算編列起就成為媒體報導的焦點。事實上，1935年4月剛發生新竹——臺中大地震，死傷慘重，工商業及交通蒙受重大損害，但總督府仍堅持舉辦，不僅在全臺高懸活動看板，更在日本、樺太、朝鮮、滿洲國、華南、南洋等地大肆宣傳。會期50天內吸引了2,738,895人次到臺北市的主展覽場參觀，裝飾性霓虹燈及臨時電燈使臺北市成為最明耀的都市，然而臺北市果真如宣傳所言是「文化燦然」的「文明都市」嗎？

1930年代臺灣島內失業問題隨著世界性的經濟大恐慌惡化，這些問題卻在著眼於日本失業或國際失業議題的大範圍報導下被淡化，公開戳破官方話語和《臺灣日日新報》等主流媒體中的「躍進臺灣」和「文明島都」意象的是一些臺北作家。1934年10月郭秋生寫下〈王都鄉〉，1936年1月朱點人寫下〈秋信〉，兩人不約而同在博覽會慶典前後任其主人公在島都心臟地帶哭城。臺北廳新庄郡出生的郭秋生（1904-80）憑弔1904年臺北廳市區改正（都市整治）後倖存的北門；艋舺街出生的朱點人（1903-51）哀輓1932年因公會堂起建被遷至臺北植物園的欽差行臺。他們哀惋前清殘跡的話語和姿態與殖民主義意識形態針鋒相對，對被遮蔽的失業報導和充滿假象的博覽會意識形態教化提出尖銳反論。

隨著現代國家與都市計畫的出現，以城垣圍繞行政衙署的中國式都城建築逐漸被淘汰，拆城的歷史在東亞普遍可見，在殖民地尤其突兀和激烈。以臺北城而言，「城」的實體與機能在日本據臺後快速遭到破壞，淪為一種政治象徵和文化圖騰，憑弔臺北城的小說就出現在這種背景下。筆者將出現在1930年代，以議題連結（issue linkage）為手段，透過臺北城內的勞動議題揭露軍國主義南進宣傳，同時反擊殖民主義都市論述的作品，稱為「城殤小說」。本文將透過兩篇具有互文性的城殤小說，探討其出現與臺灣博覽會的舉辦及臺北城區的都市整治有何關聯？它如何成為這場世紀性博覽會撩起的民族情結與民怨宣洩的一個管道，又如何駁斥「勞動神聖論」、「勞動組合主義」與「躍進臺灣論」，揭露本土都市瀕臨爆炸的失業問題及勞動困境？

二、弔北門：郭秋生〈王都鄉〉中的「勞動神聖論述」批判

1895年4月臺灣依據《馬關條約》割讓給日本，自議定割臺到臺灣民主國覆亡的半年間，經歷激烈社會震盪和政治轉換。在為期50年的殖民統治結束前，臺灣新文學作家鮮少對物換星移最劇烈的臺北城公開憶述或抒發，被壓抑的民族創傷與社會記憶卻何以在臺灣博覽會召開前後的城殤小說中乍洩？本節將透過短篇小說〈王都鄉〉[1]，對城殤小說的敘事特徵與議題內涵進行討論。

〈王都鄉〉，是臺灣新文學中最早出現的城殤小說。作者郭秋生曾以「攝影手」、「街頭寫真師」、「SM生」等筆名，在《臺灣新民報》週刊和《臺灣新文學》雜誌上撰寫臺北社會議題的專欄[2]，〈王都鄉〉堪稱其都市書寫中的翹楚。[3]小說以郭氏擅長的臺灣話文為基調，透過帶有小知識份子聲腔的主人公「王都鄉」之視點展開敘述。自幼害病廢了兩足的青年王都鄉，從一個原本深居簡出的小康家庭之子，踏進社會、讚美勞動、深入街頭，卻發現牛馬不如的勞動現場，理解到「現代的社會不是人的社會了」之真相，最後決定鼓動三寸不爛之舌，奉獻於街頭運動。小說撰寫的1934年底正值博覽會籌備事務全面啟動之際，此時郭秋生讓其主人公蠕行至北門城下，渺小的殘疾者與巨大的朽物，廢人與廢城，形成一幅驚人的破敗圖像。王都鄉一見北門倒影，觸景傷情，內心便不由得萬端齊發：

> 噢！北門，我又來見你了，傾斜的落日，又照得你一身的不遂，暴露在這十字路中示眾了，你是甏傷的獅子，還是缺了口的銃器，或是腐爛的破袠，你都總是一件的廢物了，噢！廢物，你別要再作我的傷心的對象了吧……（中略）北門哟！世間之大，除了我，也許沒有第二個人能夠理解你的心情吧！[4]

---

1 芥舟（郭秋生），〈王都鄉〉，完稿於1934年10月16日，《第一線》創刊號（1935.1），頁128-140。引文全面保留作者臺灣話文特殊用字。

2 郭秋生曾就讀過漢文私塾，公學校畢業後內渡廈門集美中學讀書，後為臺灣文藝協會的幹事長，身兼機關誌《先發部隊》、《第一線》執行編輯，為臺北作家中的靈魂人物。

3 〈王都鄉〉這篇小說目前尚未獲得注意，現有的郭秋生研究主要關注他有關臺灣話文運動的主張、書寫實踐及民俗書寫，例如黃怡婷、劉孟宜、陳韻如、李雅敏等人的學位論文。

4 郭秋生，〈王都鄉〉，《第一線》創刊號（1935.1），頁131-132。

直到北門行乞這一天之前，王都鄉送去了二十多年太平歲月，父母死後才嚐到苦境。郭秋生以一面鏡子使主人公看見殘疾之相，看見自己對社會的拖累，他決心自立更生，開始以行乞為勞動的生活。

前清遺物北門讓王都鄉升起同病相憐之感，故選定在其腳下開始行乞。王都鄉極具諷刺感和誇張性的「行乞勞動」和「北門三看」，是小說中的重要伏線。第一看，在行乞第一日，斜陽之下，他看到北門的「不遂、古董、當街示眾、了無生機、廢物、拖屍、殘喘」，聯想到「斃傷的獅子、缺了口的銃器、腐爛的破裘」，感受北門被「鞭屍、暴屍」，承受「莫大恥辱、莫大苦痛」。北門第一看觸發的情感直接而強烈，一連串的詠歎調，不可遏抑的殘、廢、斃、死修辭，迸發為對北門至深的哀悼，一個令他「傷心的對象」。然而，高亢情緒轉瞬即收，王都鄉旋即轉移目光，刻意以現代性之眼評估，將描寫停在表面層次，以主人公對工作的渴望及其對「無勞不食」的思辨取代敏感的「弔北門」情節，將敘事重點聚焦在勞動議題上。

接著，主人公二看這故國之城，北門隨即從殘疾者、廢人、廢物之自我寫照，變為欠缺生產性、不進步、不健全的自我批判象徵，一個令他戰兢惕勵的龐然廢品，令人不屑一顧的落伍之物了。王都鄉不願自己被進化的車輪拋下，因此自覺非盡上一分勞動，擺脫無用之恥。他在北門城邊開始乞討，看著勞動者川流而過，眼前尊嚴、健康的社會令他熱血沸騰。很顯然，王都鄉受到勞動進步論述影響，形成「勞動尊貴」、「勞動的社會是健康的」、「努力勞動就能得到光榮分配」等觀念，並以行乞勞動對此加以實踐，然而很快他便發現了理論和現實的脫節。日間他被「杏仁茶小販」譏笑時，仍不信「社會不保障你最低生活以上的生活」，也不相信這是「社會的缺陷」，甚至認為反對勞動神聖的論調是一種頹廢思想，須加予「啟蒙」，以免「毒害社會的健康」；直到夜裡他夢見自己腳疾痊癒，熱切求職卻四處碰壁，最後被一群待業者視為敵手圍剿之後，才幡然夢醒，明瞭臺灣社會中勞而無食、勤勞成貧的狀況。小說中作者沒有交代何以王都鄉照鏡後便痛感今是昨非，嚴拒社會事業團體的救濟，決心自食其力，但是很顯然鏡子和夢境都是主人公具體思想啟蒙情節的縮寫。

行乞第二日，重返北門，喧囂依舊，但光景丕變。王都鄉的「北門第三看」，看見的是「不能保障生命安全的社會」，一個失業殺人、過度勞動、勞動成奴、貧者相食的社會。最後，他不禁感歎，北門啊！北門！汝是「地獄的縮圖」：

> 只得有無數的囚人，在一柄看守的馬鞭下勞役，只得有穿著淺綠囚衣的罪人，一群一群經過，只得有人面的牛馬，人面的駱駝拖著，負緊的慢慢著走路，一切都已不是往日的流汗了。是流著淚，是流著血，是從頂門上噴出來的了。[5]

在北門第三看裡，他關注的是日本統治已屆四十載，充斥眼前的失業問題及勞動不公現象，如何被勞動進步論述掩蓋，以此馴化勞工，剝奪臺灣人的勞動獲益與生存資源。歷經兩天的勞動冒險，王都鄉重訪杏仁茶小販，同意他「健康的不具者（殘疾者），比不具者更慘苦」之說法；在向小販傳播「奪回生存資源」、「恢復我們給侵害的生存權」的理念之後，便向其他街頭挺進，小說也在他背影隱沒的「街頭」一景中饒富意味地結束了。

這是一篇以冒險寓言（fable）為體裁，在短淺的故事時間（duration）中，處理深沈的歷史議題，靈活運用隱喻（metaphor）和換喻（metonymy）手法，透過語帶雙關的敘述和意象，使富有暗示意義的主題和深沉的批判在簡單的故事裡體現。小說以靈悟式（epiphany）手法，用「鏡」與「夢」的交叉敘事，辨證殖民地都市的幻與真，殖民主義論述下的夢與醒，揭破勞動進步主義的權力話語，披露臺北市都心觸目可及的失業問題和勞動不義等困境。

透過「王都鄉照鏡」與「王都鄉之夢」兩段寓言，郭秋生將北門符號化，成為一個喻體，也使這個喻體的所指（signified），從對故國、廢都、遺民、殘疾者的民族主義憑弔或自我厭棄，轉化為對官方及右翼勞動論述、病態都市、不健全殖民體制、非人國家的批判。北門，分別被隱喻為「清朝」、「本島人社會」、「人間煉獄」，隨著此一隱喻的擴大，北門的象徵意象也層層深入。主人公第一看以亡國棄民心情哀慟北門曝屍街頭的奇恥大辱；第二次以勞動神聖論厭棄北門的落伍無用；第三次以勞動成奴的觀點終於覺察了北門在整個殖民地非人社會中，如冥都般的存在。透過臺北城隱喻的轉移，郭秋生再現舊城意象在不同統治政權與勞動論述下的變異，成功刻劃本土知識階層對臺北城意象變化的心理反應，也展示了他們從中思辨空間政治及殖民主義勞動論述的軌跡與資源。

5　郭秋生，〈王都鄉〉，頁139。

〈王都鄉〉的主旨之一在於辨證「勞動神聖論」與「勞動組合主義」，那麼何謂「勞動神聖論」、「勞動組合主義」呢？石田傳吉自明治時期起即大力宣揚「勞動神聖／進步／幸福」、「勞動者剛直／忠孝／愛國」等帶有皇道主義色彩的勞動神聖運動，1922年更出版《勞動神聖論》一書，如善書般廣贈全國各地。在這種運動影響下，勞動神聖成為臺灣公學校教育的部分內容；1925年當時日警自學臺語的唯一刊物《語苑》雜誌上，也刊出〈勞動之神聖〉一文。勞動神聖論更是社會教育、職業訓練和勞動講習會的重點。1938年總力戰體制啟動後，戰時勞務問題受到高度重視，官方進一步藉此鼓吹「勞動奉仕運動」。[6]除了在官方政策和國民教育場合之外，勞動神聖論在日本勞動運動中也產生重要影響。日本工會運動先驅、「友愛會」的創始人鈴木文治，即提出「勞動為神聖，團結真有力」的口號，主張以「勞動組合主義」[7]追求「健全的勞資關係」和「產業和平」。[8]總之，勞動神聖論在日本變成了國家主義勞動論述的理論基礎，而在此基礎上形成的鈴木文治工會路線不只在日本遭受左派挑戰，導致勞運陣營多次分裂，在臺灣更因無法解決勞動現場存在的嚴重民族差別問題，而遭到臺灣左翼工運人士撻伐。

透過北門三看與覓職風波的鋪陳，郭秋生巧妙區辨勞動神聖與勞動正義，舉重若輕回應了當時流布於日本內地及臺灣的國家勞動教化宣傳；也反對了右翼勞動運動領導者鈴木文治自1912年創設「友愛會」到1930年擔任「日本勞動總同盟」會長期間，致力提倡的勞動組合主義。郭秋生推出哭、嘆、弔、罵匯聚之「失業者的博覽會」，指出這是一個勞動條件惡化、工作機會流失、民族位階下滑的不健全社會。北門的今與昔、存與廢、健與殘、有用無用，各種隱喻與意象互為表裡，構成豐富的象徵。城破之慟，非人社會的降臨，激起王都鄉滿腔熱血、滿腹愁腸。在棄民情結下他不能回首、不堪回首，在殖民統治下欲設法融入，卻發現勞動神聖論述愚民、殖民體制吃人的真相。

6　參見，石田傳吉，《勞働神聖論》（東京：地方改良協會，1922）；渡邊墩山，〈勞働之神聖〉，《語苑》18期6號（1925.6），頁35-36；許佩賢，《太陽旗下的魔法學校：日治臺灣新式教育的誕生》（臺北：東村，2012），頁110-111；二荒芳德〈勞働は神聖な人生なり〉，《まこと》第323號（1938.9.10），頁7。

7　勞動組合主義（trade-unionism），即工會，日語又譯為「組合主義」，意指在認同資本主義制度的範圍內，為了改善勞動者的經濟性條件而成立的工會。

8　參見，間宮悠紀雄，〈友愛勞働歷史館資料から読み解く：鈴木文治・松岡駒吉のメッセージ〉，《青淵》第720號（2009.3），頁24-26。

三、弔府衙：朱點人〈秋信〉中的「躍進臺灣論述」批判

〈秋信〉[9]，同樣是一篇以舊臺北城為舞臺、地方感強烈，對博覽會中的文明都市宣傳和勞動論述多所諷刺的小說。1935年臺博熱烈召開的秋天，朱點人讓其主人公，一位臺灣淪日後便蟄居西部農村、拒仕不出的前清秀才，搭乘六小時火車北上參觀了半日博覽會。斗文先生出生於1869年左右，是一位19歲中秀才，任職臺灣巡撫衙門八年，27歲準備進省應試，卻因臺灣異主而斷了青雲路的傳統文人。朱點人用這位象徵民族氣節「斃而不死」的人物，與郭秋生「殘而不廢」的主人公王都鄉形成互文。

〈秋信〉以白話文為基調、夾雜臺灣話文和日文漢字，烘托這位古色蒼茫的老秀才。小說以曾被總督府禁止發賣的中國報紙和〈桃花源〉、〈正氣歌〉等古典名篇當典故，刻劃老秀才堅定的遺民氣節，塑造一位拒絕進入殖民統治時間的「現代性乖離者」，並透過其心念變化突顯民族創傷被擾動的因素，以及臺博的舉辦為何與這些擾動有關？

小說沿著主人公不屑前往、半信半疑出發、抵達後大受震驚、最後孤身弔府衙的主軸，以一疑、三辱、三驚對刺激臺灣人集體記憶、擾動民族心理的因素進行鋪陳：

斗文先生的第一疑，起因於「好比遊月宮回來還要歡喜，大讚而特讚著」的村民口中傳述的臺北市街，何以大多已非昔日地名？

斗文先生的第一辱，則在臺語流利的日籍老巡查遊說他繳交博覽會協贊會員費時激起：

> 老秀才！你去臺北看看好啦，看看日本的文化和你們的，不，和清朝的文化怎樣咧？
>
> 「清朝！」他聽見清朝二字，身體好像觸著電般的，起了個寒顫，呆呆地看著天窗出神。[10]

---

[9] 該小說於1936年3月《臺灣新文學》1卷2號雜誌中完成編輯，印刷前遭警務局削除。參見，〈編輯後記〉，《臺灣新文學》1：3（1936.4），頁101。戰後才獲得發表，首次收錄於鍾肇政、葉石濤編《薄命》（臺北：遠景，1979），頁109-122。文末自注，寫於1936年1月31日。

[10] 朱點人，鍾肇政、葉石濤編，〈秋信〉，《薄命》（臺北：遠景，1979），頁113。

臺北、你們、清朝文化、日本文化，一長串隱含文化歧視的修辭，戳破他精心布置的遺民時空，觸痛不願與時俱進的遺臣心理。他不便反駁，不能苟同，極度震顫，不願進城，唯恐看見一個不認識的臺北，但也期盼看見一個真正進步的臺北，終於悄悄北行。

數十年未搭乘火車，斗文先生在車廂裡遭遇第二辱。他的打扮在和服、臺灣衫、洋服的身影中引起側目和鬨笑。他不斷髮、不易服，活在自身安立的認同與傳統中，吸吮遙遠祖國動態，一身傲骨，八風不動，度過四十載。在車上，他對愚夫愚婦的嘲笑全不在意，一逕展讀古冊。然而，斗文先生接下來的旅程越發不如意。

斗文先生的第一驚，出現在他正快活耽想昔日任職的府前街、府中街、府後街一幕幕舊景，而火車恰巧通過「萬華駅」時。他忍不住驚呼「艋舺艋舺！」、「一府二鹿三艋舺的艋舺！」繼國族符號「清朝」帶來的震顫之後，臺灣開發史上的重鎮、臺北府玄關，又一個強烈的記憶刺激著他！然而，定睛一看，艋舺改稱了萬華，臺北城被拆除，弭成三線路，舊衙煙消雲散，舊址上聳立一棟棟展館！猝不及防目睹了臺北的變化，迎受強烈異樣景觀，老秀才登時癱倒。

第二驚，出現在他隨著混雜人潮從「臺北駅」被擠出之際，令他刺目的這座門樓，刻著「始政40周年記念」幾個昭告帝國權力和殖民時間的文字和數字。斗文先生從猛然一見、驚心駭魂，到忍受其獰笑、悲不可遏，起了一連串快速的挫敗身心反應。

他麻木地被人潮從臺北站推向臺北博物館，進入第一文化施設館，關心教育的他細細瀏覽學校分布圖，之後駐足一幅畫前端詳，卻在這裡遭到第三辱。畫上三個學生並排立於校園，手執鶴嘴鋤、算盤，煞有介事。不懂日語的他，挽住一人詢問，對方回答：

>「『產業臺灣的躍進，是始自我們』啦。」那個人解釋給他，還把他看了一下，哈哈的笑著。
>
>「哈哈……」
>
>「哈哈……」
>
>和著笑聲，忽地在他背後又爆出二個笑聲，他急的回頭一看，二個日本人學生，兩腕叉在胸口，嘴裡還不知在說著什麼，對他投著卑視的眼光。他受了這麼侮辱，真正有說不出的悲哀，他想，假

使自己若懂得日本話，便要和他辯論個到底。[11]

大和子弟的嘲笑深深羞辱了這位前清知識人：

「倭寇！東洋鬼子！」他終於不管得他們聽得懂與不懂，不禁的衝口而出了：「國運的興衰雖說有定數，清朝雖然滅亡了，但中國的民族未必……說什麼博覽會，這不過是誇示你們的……罷了，什麼『產業臺灣的躍進……』，這也不過是你們東洋鬼子才能躍進，若是臺灣人的子弟，恐怕連寸進都不能呢，還說什麼教育來！」[12]

終於他吼出多少年來從未鬆口的壓抑，他意識到博覽會是統治成果的誇耀，「產業臺灣的躍進」是產業轉型的預告，然而在日人主導下的這一切變革，只有使臺灣人更劣勢。

斗文先生的第三驚，出現在欲拜謁撫臺衙尋求慰藉，卻意外發現其已蕩然無存、被遷出城外之際。（參見附圖一）「老先生！看來你不是本地人，也無怪你不知，若說撫臺衙的故址，現在已經起了臺北公會堂了。」西風斜陽下，他被人力車夫拉往植物園（參見附圖二）。博覽會平地起高樓，盤踞在殖民政府強勢鏟除的前朝遺跡上，會場揭示種種成果與未來，共享者卻未必是臺灣人。目睹被夷平的臺北城，被移除到舊城之外的清衙，以及從政治象徵、地名符號到官方語言教育的遞變，他不禁對民族認同連根拔除的危機膽顫心驚。小說結尾，老秀才從懷裡摸出那封信，兩眼落到箋末「蓬萊面影」的四字印刷上，備感淒涼。

〈秋信〉的前半部，敘事節奏平緩沉靜，與避秦不出的時間感與人物心志相襯。在此作者以小人物的諧謔對話，暴露博覽會從都會到偏鄉誇大宣傳、巡警強逼與會等現象。〈秋信〉後半部，深入島都心臟，情節跌宕，步步驚心，主人公迸發批判，慷慨激昂，一瀉而出。值得注意的是，將敘事推向高峰的這一怒，與他進入舊臺北城區後受到的一連串刺激有關。

一場宣洩後，67歲的老秀才佇立撫臺衙殘跡前黯然神傷，無語老叟和無用殘衙再度對話，老、朽、殘、敗、晚、秋，交織出又一幅城殤圖像。

[11] 朱點人，〈秋信〉，頁119。

[12] 朱點人，〈秋信〉，頁119。

斗文先生從一早坐上象徵無法停止的現代化進程之火車開始，就進入了殖民統治的現代時間。斗文先生小遊一個會場、看了半間展室，便在以文明都市為標榜的島都，博覽了一場今昔之變，一齣現代史上的滅城行徑。他不禁自問，這難道就是臺灣意象、蓬萊姿影嗎？不，這是誇耀暴力、沉迷巨變的博覽會，是帝國製作的一個文本。

臺灣總督府擬定的博覽會舉辦趣旨不斷宣稱：「為使帝國國威顯揚，本島作為國防據點且為國力南進之礎石，其重要性愈須為舉國各層加深認識。故於今秋官民戮力，為促島民之自覺，資明日臺灣之躍進，開設博覽會」。[13]臺博舉辦理由中全然不見本島人立場之考量，官方著眼的是臺灣在日本帝國世界體系佈局中的價值和角色。博覽會主辦單位曾向全日本徵募宣傳歌詞及海報標語，入選之一的〈躍進臺灣〉[14]被譜成進行曲，與各種宣傳品相互襯托，成為宣傳的主旋律。在這首進行曲中，臺灣意象被黑潮、南海、高砂島、皇恩披覆、民族融合、創世天神、新天地等修辭重新編碼，納入日本史地與國族神話中，並以「南進」是興隆日本之臺灣使命作結。綜合〈趣意書〉和宣傳文宣可見，臺博在產經層面祭出的「躍進」，實為充滿軍政行動的「南進」。

綜上所述，博覽會是一種由實體展示和媒體宣傳組成的帝國文本，朱點人動用各種意象進行反駁，最後以「倭寇」一語怒斥了這則帝國神話。斗文先生在火車上展讀的志怪小說集《海外十洲記》實為《海內十洲記》，即臺灣異稱「蓬萊島」典故出處。朱點人以內／外一字之改傳達對臺灣改隸的耿耿於懷，以及對博覽會挪用「蓬萊面影」使臺灣從政經到文化層面無一不納入日本帝國體系之強烈不滿。斗文先生驚見博覽會門樓時湧現的詩句，語出杜甫〈秋興八首・其四〉，〈秋信〉表面上為秋日寄來的一封博覽會請箋，實則暗取〈秋興〉寓意。朱點人透過「斗文先生」的打造，從集體記憶中挖掘被壓抑的本土意象，製造一套針對性論述，以前清、遺臣、避秦、典章詩賦、艋舺、臺北城、府衙，抵抗從黑潮、南海、高砂島到創世天神、產業臺灣、鶴嘴鋤等一系列日本意象與殖民者命名。透過對博覽會文本的批判性閱讀，朱點人指出帝國主義如何藉著神話和意

---

[13] 參見，〈博覽會開催の趣旨〉，鹿又光雄編，《始政四十周年記念臺灣博覽協贊會誌》（臺北：始政四十周年記念臺灣博覽會，1939；東京：國書刊行會復刻，2012），頁2。原文為日文，筆者譯。

[14] 參見，鹿又光雄編，《始政四十周年記念臺灣博覽協贊會誌》，頁82-84。原文為日文，筆者譯。

象使自己合法化，以軍／官／財團利益為中心推動施政，同時把被迫為此付出代價的殖民地苦難掩蓋起來。〈秋信〉揭破了博覽會的政治企圖，意旨深藏地指出總督府以「躍進」、「包裝」、「南進」，實則臺灣人從教育到勞動層面全面劣勢、寸進亦難的現實。

四、從臺北城到島都：都市整治、南進論述與本土勞動困境

〈王都鄉〉、〈秋信〉執筆的1934至1936年正是臺北城空間整治高峰，整治成果因逢博覽會舉辦又與文明島都、躍進臺灣之論述連成一體。小說中激動抗議之處，也正是臺灣人被壓抑的記憶發露之時，因此我們可以視城殤話語的傾瀉為集體潛意識症候的乍現。兩位作家從遺民和殘疾者的民間、邊緣角度，對博覽會中的宏大敘事反唇相譏。城殤小說讓讀者看見漢族意識不若城樓容易抹除，臺灣人集體潛意識在日本統治40年後的浮露並非偶然。它與總督府罔顧臺灣產業危機與勞動困境，在舊城區誇耀殖民治績、預告南進政策，所引發的反感與恐慌密不可分。

1884年竣工的臺北城，受中法戰爭法軍侵臺刺激而修築，為洋務運動和1885年臺灣建省背景下，光緒十年代起建的一系列衙署建築群之屏障。廣義的臺北城建築群除了北門、西門、小南門、南門、東門等五城門組構的城廓建築之外，還包含城內欽差行臺、臺灣巡撫衙門、臺灣布政使司衙門、臺北府衙門、淡水縣衙門、其他文教機構和信仰中心。占地面積約1.4平方公里的臺北城區，舊稱「城內」，與艋舺、大稻埕鼎足而立，為臺北市三大市街。日本據臺後城內區域依然是軍事、政經、文教的重心，而有「島都的心臟」或「島都的中心地」之稱。[15]

諷刺的是，1884年嶄新落成的北門，亦是1895年北白川宮率領日軍進占之門。割臺時龐大的臺北城建築群尚未全部完工，卻在新政權成立後快速遭到挪用或毀棄。早在1900年到1910年之間，城內建築除了布政使司衙門、善後局、欽差行臺等官署之外皆已遭拆遷。臺北城也在1905年市區改正時被大規模破壞，西門和半數城牆遭拆除，牆基沿線闢為林蔭大道，此後臺北市每年僅提撥400圓支應四城門的維護，因而日趨殘破。

[15] 〈菊正宗アデカ石鹼，かくし立のない，藤田氏の信條，やがて營業の本據も，島都の心臟部へ進出〉，《臺灣日日新報》（1936年4月29日），第7版。

在城內的衙署建築方面，毋庸贅言其最大變化發生於割讓之際。1895年6月初，第一任總督已進駐位於被焚毀的最高省署撫臺衙南側的欽差行臺，在此成立「臺灣總督府」。緊鄰在旁、行政位階居次的布政使司衙門，也被北白川能久親王督率的近衛師團挪作司令部。此後直到1919年總督府正式廳舍（今總統府）落成前，曾為清代臺灣省、府、廳、縣各級衙門和臺灣民主國首府所在地的臺北城，悲劇性地成為殖民政治中樞而面目全非。

臺北市在日本統治期經歷六次市區改正（都市整治），[16]1932年屬於第三階段的整治對臺北城區影響尤大，1936年期間整治焦點已抵達城心之「大和町」[17]。北門街、西門街交會點之大和町，為前清衙署密集之地，布政使司衙門、善後局、欽差巡臺皆分布於此。1931年欽差行臺所在地為記念昭和天皇登基被選定為臺北公會堂（今中山堂）興建地點。公會堂工事從1932年12月啟動，到1936年12月竣工，為了興建這個臺灣第一個公會堂建築，欽差行臺在1932年被移遷三地。（參見附圖一）[18]總體而言，從1929到1936年的大和町都市整治工程，可謂臺北城建築群繼日治初期後最大的一次破壞。臺北公會堂與南警察署、公設當鋪、商業區毗鄰而立，博覽會展區也以此一繁華地為中心。

1935年6、7月之間，博覽會一、二會場陸續在公會堂及臺北市公園（今二二八公園）兩處搭設起來（參見附圖一）。儘管總督府僅以變裝換身的臨時設施使用既有街區，[19]但是對都心景觀和都市意象帶來的變化仍不容小覷。這是因為兩大會場及附屬館舍搭建在歷史感和政治象徵濃厚的城內，在在與1895、1905、1929、1932年幾次的整治工程產生聯想，而不斷突顯臺灣政權轉讓、臺北城意象轉移的事實。

在1935年的博覽會舉辦中，島都形象獲得了一次充滿殖民都市意象的新詮釋。博覽會核心的第一會場、揭幕大典的舉行地公會堂，基址與前清

---

[16] 蘇碩斌，《看不見與看得見的臺北》（臺北：群學，2010），頁176-177。

[17] 今延平南路、中華路、開封街一段、漢口街一段、武昌街一段、西陽街、永綏街附近。

[18] 現存於臺北植物園園區內的「布政使司文物館」，一般認為是清末布政使司衙門搬遷後所遺留的建築。然而，李瑞宗發現「布政使司文物館」應是清欽差巡臺的衙署建物，清末臺灣行政地位調整頻仍，日治時期欽差巡臺和布政使司衙又多次移交，導致後人將兩者混淆。參見，李瑞宗，《臺北植物園與清代欽差行臺的新透視》（臺北：南天，2007），頁132-142。

[19] 呂紹理，《展示臺灣：權力、空間與殖民統治的形象表述》（臺北：麥田，2005），頁277-280。

衙署高度重疊，卻以公共會堂現代建築取代封建衙署，成為都心新地標。第一會場外圍展館沿著三線道路，向南延伸到小南門附近，雄踞於縱貫鐵道東側。民眾抵達「臺北駅」之前，迎面而來的一座座現代展館，首先便帶給觀者全新的視覺刺激和都市印象。

臺博非僅為展示治理成果、促進觀光，更在於鼓吹南進，促進華南、南洋與臺灣的產業連結。[20]關於此點，有幾項事實可以證明：第一，總督府於1935年10月博覽會舉辦之際，由中川健藏親自主持「熱帶產業調查會」會議，旨在達成「工業臺灣、農業華南」之目標。[21]第二，武官總督制重新復活，1936年9月小林躋造上臺，宣布皇民化、工業化、南進基地化為治臺三原則，11月總督府成立「臺灣拓殖株式會社」。第三，南進政策在博覽會舉辦次年正式列入國策，由日本中樞及軍部主導南進政策，並有必要時訴諸武力之準備。至此日本海軍、臺灣總督府、臺拓會社正式結成軍／官／財三位一體的新體制。整體而言，臺灣博覽會對南進思想的鼓吹可謂其先聲。[22]

臺北市從城區空間改造到作為島都門戶盛大妝點，民眾的現代性認知和政治認同不斷被規訓；與此相對，臺灣人、特別是有識階級的歷史記憶和民族情感也受到密集擾動。始政則國殤，城殤即民殤。王都鄉和斗文秀才，以內心獨白宣洩的殘都廢城修辭、以夢境揭示的哀哀百姓景觀、以屈辱和訾罵帶出的躍進悖論，都不是偶然情緒，而是對殖民者經年累月毀損舊城，並於博覽會期間大肆宣導南進政策一事的反彈。各種臺灣人不容公開論述的被賤斥經驗，在長期的體制壓抑下形成集體潛意識，卻在臺北作家的文字編碼過程中獲得釋放，並透過符號的再現系統獲得可視性，對讀者形成暗示性。作家啟動了集體潛意識中積藏的強大意義動能，以城市寓言的針尖刺向政治神話的氣球，因此找到了與博覽會宏大論述相抗衡的支點。

「王都鄉」是「臺灣人」的隱喻，也是「殖民都市臺北」的換喻。透過主人公的實踐與思辨，作者指出在無法主宰生產資源、保障工作機會及

---

[20] 呂紹理，《展示臺灣：權力、空間與殖民統治的形象表述》，頁401-402。

[21] 林繼文，《日本據臺末期（1930-1945）戰爭動員體系之研究》（臺北：稻鄉，1996），頁41-44、109-110。

[22] 參見，梁華璜，《臺灣總督府南進政策導論》（臺北：稻鄉，2003），頁48-49、63-64、94-95。涂照彥也曾指出，臺拓的活躍過程亦即日本帝國將臺灣經濟納入其「東亞共榮圈」一環的過程，此一國策會社的蓬勃發展完全根據日本資本主義需要，絕對不是為了臺灣本地人民。參見，涂照彥，《日本帝國主義下的臺灣》（臺北：人間，1992），頁347-348。

合理報酬的殖民地，打著啟蒙主義大旗的帝國論述如何交互建構形成強大的奴役論述。他諷刺勞動神聖論，暗示只有正視社會問題，糾集同志，才能爭取勞動正義。朱點人則進一步將老城賦予民族的隱喻，以半世紀之悠遠眼光暗諷這些變遷，揭露帝國產業政策從教育到勞動層面無所不在的民族差別的現實。兩篇小說都企圖指出「勞動神聖」論述和「臺灣人自我賤斥」意識，為殖民主義勞動論述之一體兩面；而「勞動神聖」又與「躍進臺灣」之南進論述形成一整套的帝國主義勞動進步論述。

自1929年臺灣工運抬頭開始，郭秋生、朱點人就站在反對勞動組合主義的左翼激進派立場，透過評論或創作呼籲都市勞動者及依附都市體系的鄉間農工階層覺醒。郭秋生的散文〈農村的回顧〉（1929）描述認真的農民在「勞動神聖化」、「勞動快樂化」等口號教化下，窮盡心血耕作，結果暴雨成災收成化為烏有的慘況。[23]小說〈可憐的老車夫〉（1931），描寫一位老車夫在酷熱的臺北街頭流連張望，憂慮租車成本無法打平，好不容易盼到兩位顧客，卻是準備往酒樓揮霍而狠心削價的摩登青年，和憑恃官威苛扣公定車資的日籍官吏，毫無招架之力的他只能含淚接受剝削。[24]小說〈屠場一瞥〉（1935），則將鏡頭轉換至豬隻產銷現場，報導豬農被強制加入農會和市場的管理體系，扣除原料費、仲介費、農會入會費、市場規費後，利潤無幾的窘況。[25]

朱點人也在小說〈打倒優先權〉（1932）中，批判帶有民族差別待遇的勞動惡法，並明確反對勞動組合主義。這篇戰前未能發表的作品，[26]描述臺北市一群臺灣人車夫從黃昏到深夜繞遍臺北都心，始終無客可拉，瑟縮在榮町停車場避寒討論，才終於發現日本人車夫壟斷P車站（臺北車站）優先載客權一事的嚴重性。他們原本認為既已依法繳納鑑札稅（營業許可稅），理應公平競爭，因此拒納優先稅，孰料拒絕二層剝削的結果，竟致完全無法競爭。透過組合協調和抗爭不得其果的他們，最後決議聯合南北組合（同業工會）成員，以暴力手段驅離日本人車夫，捍衛工作權。小說結尾處，密集出現「團結」、「鬥爭」、「打」、「打倒」、「反

23　參見，秋生，〈農村的回顧〉，《臺灣新民報》第265號（1929.6.16），頁9。

24　參見，SM生（郭秋生），〈可憐的老車夫〉，《臺灣新民報》第370號（1931.6.27），頁11。

25　參見，攝影手（郭秋生），〈屠場一瞥〉，《臺灣新文學》創刊號（1935.12），頁96-97。

26　〈打倒優先權〉完稿時間為1932年1月20日，手稿影像參見「賴和數位博物館」，文字整理稿參見林銘章《〈朱點人小說及其文學活動研究〉（佛光大學文學系碩士論文，2009），頁127-130。

對」等抗爭標語和驚嘆號，運動者沿途散發的傳單上也寫著：「我們斷然的：打倒優先權！反對組合無能！南北同盟！」[27]郭秋生利用〈農村的回顧〉、〈王都鄉〉駁斥勞動神聖論，宣揚反工會主義之思想；朱點人則透過〈秋信〉、〈打倒優先權〉揭露殖民地勞動體制和工會組織中的民族差別與壓迫。

1930年代後臺北市現代形貌漸趨成熟，但都市裡的勞動環境日益惡化，臺灣整體的教育與產業體制也有嚴重的民族差別問題。對臺灣工運抱持近似立場的兩位臺北作家，敏銳注意到博覽會躍進論述中風雨欲來的南進政策，以及它可能對本土勞動問題加深的衝擊。他們不約而同戳破博覽會謊言，揭示勞動成貧的體制，呼籲人們注意殖民地勞動體制中的民族差別和階級分化問題。他們以小說敘事營造一股與官方相違的論述，傳達出主流媒體中聽不見的地方聲音。前清臺北城建築群的符號化、意象的轉移，攸關他們小說敘事的成敗。他們的成功，得力於巧妙連結空間整治和躍進論述，體現了臺灣被帝國主義全球化體系吸納的過程。城殤小說，關心日益加劇的都市勞動問題，也注意殖民主義勞動論述、帝國產經政策、乃至博覽會教化宣傳對本土農工大眾及其思想的威脅，並將之與社會運動的馴化、臺北市的軍事基地化結合起來觀察。它展現臺北作家對博覽會活動隱含的南進論述之反擊，反映臺北市逐漸成為南進節點後，在本土社會激起的反響和隱憂。

五、結論

臺北城建築群的破壞於日治初期已大肆展開，何以事隔30多年後，它們才引發新文學作家們浩然長嘆？本文聚焦兩位作家的城殤小說，將博覽會活動視為總督府南進政策宣導機制的一環，以博覽會南進宣傳探討民族心理受到的刺激，特別是舊城遷棄作業與博覽會南進藍圖之對照引發的不滿。透過臺北城內空間整治、博覽會會館建置、南進論述宣導、城殤小說勞動批判敘事的層層分析，筆者指出在南進政策下高調舉辦的臺灣博覽會，不僅是一連串都市整治工程成果的集中展示，更預告了臺灣產業政策

---

27 解昆樺，〈左翼的疼痛：朱點人〈打倒優先權〉、〈島都〉、〈秋信〉中的身體經驗〉，《臺南大學中文系第一屆「思維與創作學術研討會」論文集》（臺南：臺南大學中文系，2007），頁29-49。

的轉型，而此一轉型背後掩藏了許多白熱化的勞農階級困境與民族利益。因此，我們不得視城殤小說在博覽會前後的出現為一種單純巧合。

1930年代流行起來的「島都」一詞，隨著「躍進臺灣」、「伸展的臺灣」等博覽會口號，與南進意象相連，臺北城區的改造也成為島都文明化的鐵證。然而，臺北節點化、臺灣基地化帶給本土產業和勞動者的威脅，殖民經濟轉型之暗雲，卻不容臺灣人置喙。城殤寓言銜著島都神話而來，企圖揭破金玉其外的殖民都市論述如何遮蔽本土社會困境，資本主義勞動論述中的偽啟蒙觀點如何使大眾被血汗體制馴化；也意圖指出本地人民在失去舊城空間的同時，如何一併被迫喪失自己的文化、認同和歷史記憶。

〈王都鄉〉、〈秋信〉，是不折不扣的都市末日寓言。兩位作家以臺北市底層勞動者，描寫在全球經濟危機和日本脫離國聯等多重衝擊下出現的凋敝世局，如何加深了殖民地勞動體制的不合理。無論是臺灣總督府的產業與勞工政策，抑或中央本位的帝國財經政策對殖民地產業的犧牲，作家在在撕裂其假面，傳達「勞動成貧」的嚴苛現況。

在極為懸殊的帝國論述面前，朱點人以孤臣之心呼應郭秋生殘民之夢。兩人先後以充滿國族隱痛的廢都之旅，以弱者的哭罵、弔殤的哀曲，發出刺破博覽會幸福曲調的不祥之音。郭秋生以身殘心不殘的青年戳穿勞動進步論述的虛妄，傳達遺民不廢，殖民體制才是萬惡之源的道理。朱點人則釋放40年本土歷史中的壓抑，以教育和勞動問題為爆破點，動員孤堡狀態的臺灣人民族情緒，怒斥軍國主義的蓬萊妄影。兩人都透過政權變遷下帶有時空錯亂症候的的零餘者，以弔城情節和勞動困境構成雙重敘事，宣洩割臺之慟，同時諷喻殖民地產業與勞動體制的不義。

引用書目

〈博覽會開催の趣旨〉，鹿又光雄編，《始政四十周年記念臺灣博覽協贊會誌》（臺北：始政四十周年記念臺灣博覽會，1939；東京：國書刊行會復刻，2012）

〈菊正宗アデカ石鹼，かくし立のない，藤田氏の信條，やがて營業の本據も，島都の心臟部へ進出〉，《臺灣日日新報》（1936.4.29），第7版。

〈編輯後記〉，《臺灣新文學》1：3（1936.4），頁101。

二荒芳德，〈勞働は神聖な人生なり〉，《まこと》第323號（1938.9.10），頁7。

石田傳吉，《勞働神聖論》（東京：地方改良協會，1922）。

呂紹理，《展示臺灣：權力、空間與殖民統治的形象表述》（臺北：麥田，2005）。

李瑞宗，《臺北植物園與清代欽差行臺的新透視》（臺北：南天，2007）。

林銘章《〈朱點人小說及其文學活動研究〉（宜蘭：佛光大學文學系碩士論文，2009）。

林繼文，《日本據臺末期（1930-1945）戰爭動員體系之研究》（臺北：稻鄉，1996）。

涂照彥，《日本帝國主義下的臺灣》（臺北：人間，1992）。

梁華璜，《臺灣總督府南進政策導論》（臺北：稻鄉，2003）。

許佩賢，《太陽旗下的魔法學校：日治臺灣新式教育的誕生》（臺北：東村，2012）。

郭秋生，〈農村的回顧〉，《臺灣新民報》第265號（1929.6.16），頁9。

———，〈可憐的老車夫〉，《臺灣新民報》第370號（1931.6.27），頁11。

———，〈王都鄉〉，《第一線》創刊號（1935.1），頁128-140。

———，〈屠場一瞥〉，《臺灣新文學》創刊號（1935.12），頁96-97。

陳韻如，《郭秋生文學歷程研究（1929~1937）》（臺北：東吳大學中國文學系碩士論文，1998）。

李雅敏，《日治時期臺灣小說中的臺灣話文與民俗書寫研究——以〈媒婆〉、〈王爺豬〉、〈鬼〉為例》（臺中：中興大學臺灣文學與跨國文化研究所碩士論文，2008）。

渡邊墩山，〈勞働之神聖〉，《語苑》18期6號（1925.6），頁35-36。

間宮悠紀雄，〈友愛勞働歷史館資料から読み解く：鈴木文治・松岡駒吉のメッセージ〉，《青淵》第720號（2009.3），頁24-26。

黃怡婷，《語言的回聲：語文改革運動與日治時期新文學白話文小說之關係研究》（國立臺灣大學臺灣文學研究所碩士論文，2011）。

解昆樺，〈左翼的疼痛：朱點人〈打倒優先權〉、〈島都〉、〈秋信〉中的身體經驗〉，《臺南大學中文系第一屆「思維與創作學術研討會」論文集》（臺南：臺南大學中文系，2007），頁29-49。

劉孟宜，《日治時期臺灣小說中的主題意識與臺灣話文書寫——以賴和、蔡秋桐、郭秋生之作品為例》（臺中：中興大學臺灣文學與跨國文化研究所碩士論文，2008）。

朱點人，鍾肇政、葉石濤編，〈秋信〉，《薄命》（臺北：遠景，1979），頁109-122。

蘇碩斌，《看不見與看得見的臺北》（臺北：群學，2010）。

附圖一　1935年臺博第一會場中心地與前清衙署舊址之重疊關係圖

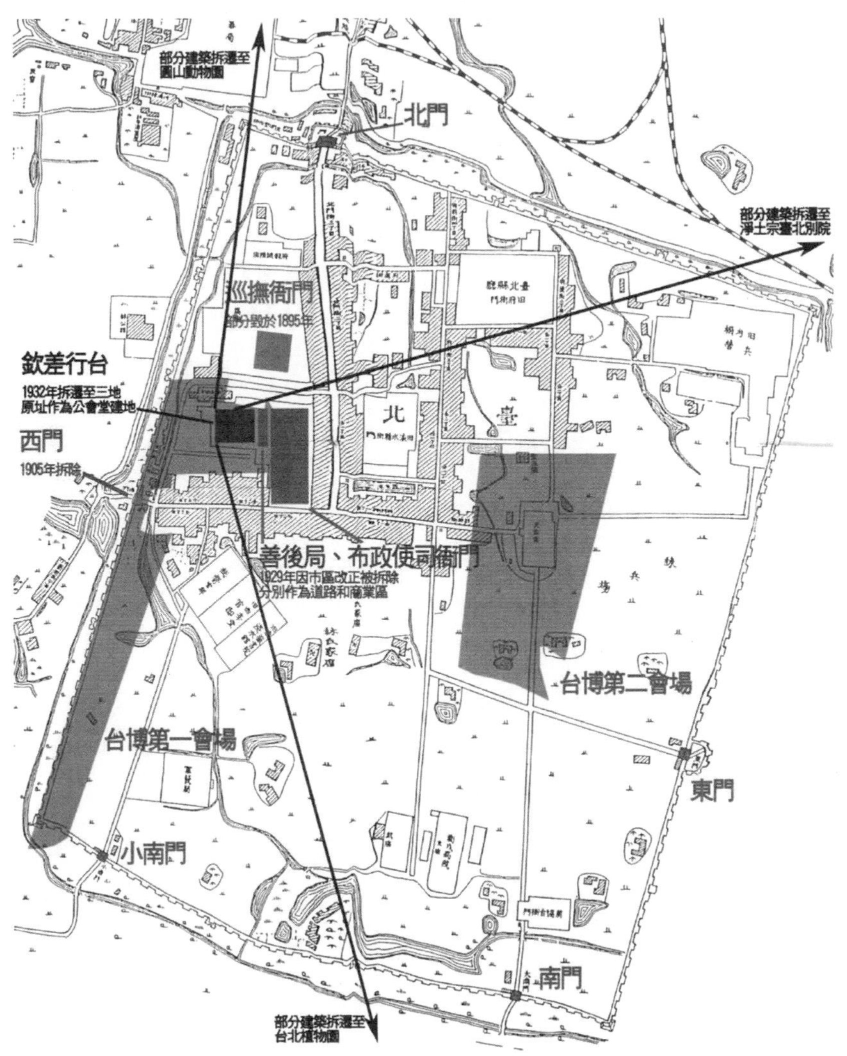

附圖二　臺北植物園位置圖（清代欽差行臺遷置所）

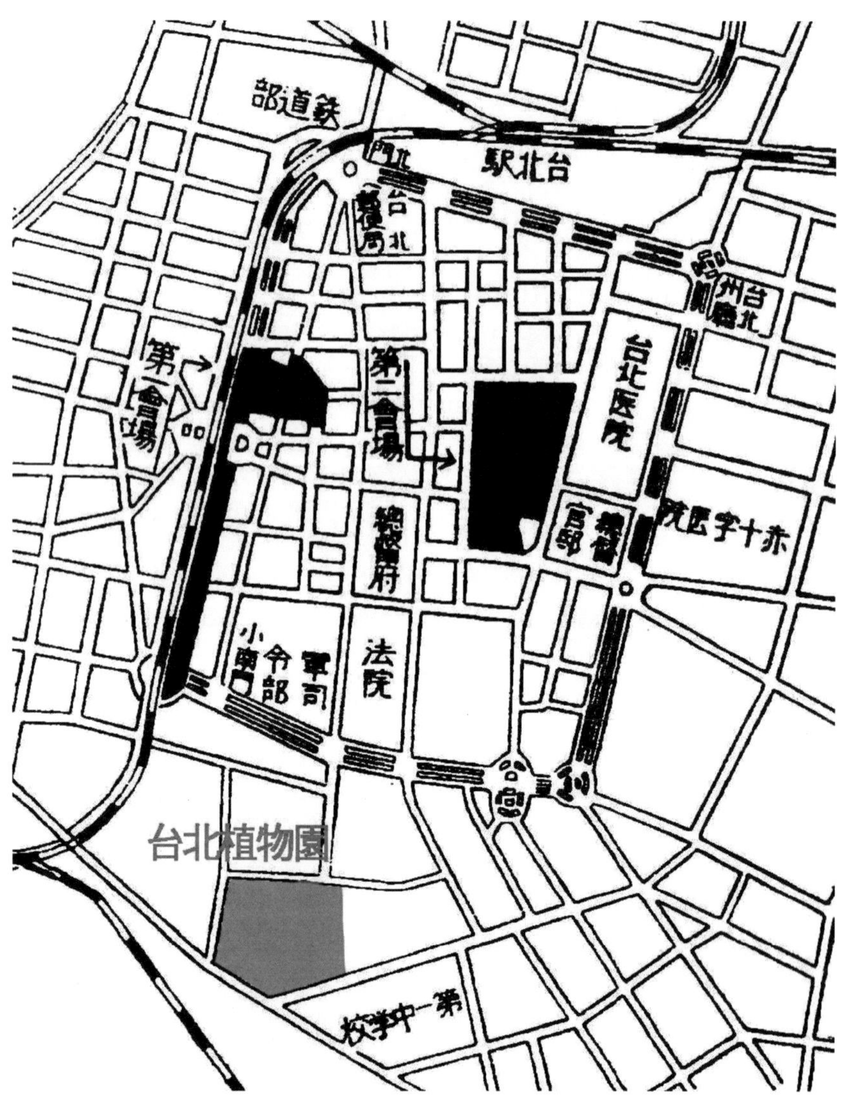

Diligence Leads to Poverty: The Critique of Taiwan Exhibition in Taipei Urban Fiction

Liu, Shu-qin*

Abstract

Buildings in Taipei City in Qing Dynasty had been converted into buildings for other purposes or been deserted and moved. Yet why did they become the topic of new literature after thirty years? It is not coincident that urban fiction emerged during 「Taiwan Exhibition in Memory of Fortieth Anniversary of Inauguration」 in 1935. This paper focuses on the urban fiction by Guo Qiu-sheng and Zhu Dian-ren 「Township of Royal Capital」 and 「A Letter in Autumn,」 exploring the social and cultural significance of this genre. Through the study on the connection between the spatial renovation in Taipei City, the exhibition's southward civilization, and the labor narrative of criticism in urban fiction, this paper notes that the Taiwan exhibition taking place under the southward policy not only displayed together a series of urban renovation engineering, but presented the transformation of Taiwan industrial policy in advance. In fact, the predicament of the labor and peasant class and fierce conflicts between national industries and class profits were hidden behind such transformation. Written in an allegorical style, urban fiction, affected by political myths such as 「improved Taiwan」 and 「civilized island,」 reveals hidden predicament of indigenous society and dominant colonial civilization discourse and expresses the harsh current condition of 「labor leading to poverty.」 In terms of double narratives of city mourning plot and labor issue, the grief of

* Professor, Department of Taiwan Literature, National Tsing Hua University

being colonized is catharsized and the injustice of colonial industrial policy and labor system is criticized ironically.

Keywords: Urban fiction, Guo Qiu-sheng, Zhu Dian-ren, exhibition, Taipei, colonial city, labor discourse

創傷記憶——論鍾理和日記*

計璧瑞**

摘要

本文嘗試以「新版鍾理和日記」為分析中心，從所記錄的事件、風物、生活細節和情感經驗去探究鍾理和的記憶軌跡和精神狀態，借用「創傷記憶」論述說明鍾理和日記其實是作者人生創傷記憶的記錄，兼論日記與書簡的不同功能。

本文綜合鍾理和日記的寫作時間、地點和寫作時的生活狀態，將其劃分為四個時段，說明不同時段日記的書寫內容和關注點也各有不同；「創傷記憶」是貫穿鍾理和日記後三個時段的中心內容，它們不斷疊加、難以擺脫、重複再現；鍾理和正是以書寫的方式宣洩和紓解創傷記憶導致的精神痛苦，寫作和記錄就是一種精神的療傷。鍾理和個人的「創傷記憶」在後人的持續論述中成為隱喻，成為臺灣文學的集體記憶。

關鍵字：新版鍾理和日記、創傷記憶

---

* 本文初稿宣讀於「第一屆文化流動與知識傳播國際學術研討會」，修訂後曾刊載於《華文文學》2015年第3期（2015.6），頁66-74。

** 北京大學中國語文學系教授。

《新版鍾理和全集卷6‧鍾理和日記》（2009年高雄縣政府版）[1]相較1976年遠行版在篇幅上多有增補；兩者相隔的三十餘年中，臺灣文學發生了劇烈演變，對文學史資源的重新解讀所在多見。在此之前的全集1997年高雄縣立文化中心版和2003年行政院客家委員會版，就日記部分已經做了增補，增補篇幅為遠行版日記的五分之一；2009年版又再次增補了1942年的4篇日記，成為迄今為止收錄日記最完整的版本。其實早在1976年版《鍾理和日記》出版之際，今天的絕大部分增補也已為人所知，在一些研究論述中已經可以零星見到它們的身影，只是顧及當時臺灣的社會禁忌才為編者所割捨；所以增補部分大多並非新近出土，它們與先前輯錄的部分一起匯成了鍾理和日記較為完整的面貌。當然，新版全集並非絕對的增補，個別地方也存在刪改的痕跡，從刪改內容上看應該也與世事變化相關。[2]儘管如此，從現有日記的寫作頻率看，增補後的日記肯定也只是鍾理和日記的一部分而絕非全部。現存最早的日記始於1942年，至1959年日記終了，期間有多個整年和長時間的空白，現存日記恐不能展現日記主人所記錄的全部生活；通過它們呈現鍾理和的日常思考和記錄的脈絡，肯定也會有一些環節的缺失。因此，本文僅就現存日記所作的說明很可能與歷史現場存在距離，這也是研究者無可回避的宿命。不過增補後的日記仍然為讀者提供了相較以往更豐富的內容，填補了原有的部分認識空間，例如二二八事件發生前後的日記就顯示了當時鍾理和的所見所聞所感，可為後人對事件的感知提供個體經驗。

日記作為作者對自身日常生活與思考所作的點滴記錄，內容零散繁雜，大至歷史事件、社會風雲，小至日常瑣事、情感波動，不一而足；時間因循自然進程，日積月累，逐漸描繪出作者的人生之旅。更重要的是，日記沒有預設讀者，其個人性、私密性遠勝於任何其他文體，它是作者對自己人生記憶的真切複製，虛構、矯飾、說謊的可能性大大降低。對作家日記的研究實為在文學文本之外探尋其生活和精神世界的重要途徑，最終會有助於對其文學世界的理解。此外，作為臺灣文學的一面旗幟，鍾理和已經被持續講述了半個多世紀，研究成果不可勝數，完成了經典化過程。

1　「新版鍾理和日記」為鍾怡彥編，《新版鍾理和全集卷6》（高雄：高雄縣政府文化局，2009）。以下涉及日記的內容和引文的部分，除標注日期外，不再一一注明出處和頁碼。

2　遠行版全集日記1945年10月31日所記「蔣主席的誕辰！願主席與祖國同老同光榮。」一句在新版中被刪去。見張良澤編，《鍾理和全集6‧鍾理和日記》（臺北：遠行出版社，1976），頁43。

他的小說世界的方方面面都有眾多研究者做出精彩闡釋；而日記文本的探討似還有餘地。如果說小說文本呈現的是作者希望呈現給讀者的、經過藝術加工後的文學想像，那麼日記則是作者本人真實、赤裸的精神記錄。鑒於此，本文嘗試以新版鍾理和日記為分析中心，從所記錄的事件、風物、生活細節和情感經驗去探究鍾理和的記憶軌跡和精神狀態。

一

新版鍾理和日記始自1942年10月16日，終於1959年12月1日，共計272篇；其中寫於大陸時期的有65篇，其餘為返台後所寫；現存寫作篇目較多的年份有1945年52篇、1950年59篇、1956年21篇、1957年57篇、1959年20篇。從寫作時間和地點來看，這些日記可大致分為大陸時段和返臺時段，後者又可分為臺大醫院、松山療養院時段（1947—1950）和美濃尖山時段（1950—1959）。最後一個時段由於時間跨度較大以及作者生活和精神狀態的改變，又可再分為前期（1950—1956）和後期（1956—1959）。綜合寫作時間、地點和生活狀態可以發現，在不同的寫作時段，書寫內容和關注點也各有不同。

大陸時段最集中的寫作是在戰後的1945年秋冬至1946年初，此前的現存日記只有1942年10月的4篇，記述了鍾理和前往北平房山的良鄉和周口店的所見所聞。當時的大陸正值抗戰的艱苦時期，破敗的鄉村和蕭瑟的秋風展現了鍾理和眼中的北方風情，正所謂「飛沙撲面」、「秋色淒淒」、「荒涼萬狀」，此時的鍾理和應任職于「華北經濟調查所」，除記錄鄉野景色、村民舉動，發思古之幽情外，沒有關於個人心境的說明。大陸時段的其餘日記寫於1945年9月至1946年1月，共61篇，記述了大量光復後北平的社會現象、世態人心，也抒發了個人在時代轉折期的感慨，不僅涉及在平臺灣同鄉會的活動、因戰爭而失散的人們的相互尋找、一些投機分子的見風使舵、戰後中國人與日本人的衝突，還有國際時事、個人社會活動和日常生活。

對戰後時局和人心的憂慮感慨是鍾理和本時段的心境，他感慨「自唱政治革新，官吏肅清以來很久了。但似乎『官場現形記』尚有重寫的必要。也許在中國是寫不完的一部小說。」（1945.10.13）「搖身一變的時代與搖身一變的人們。什麼都是搖身一變，都在搖身一變。只差變得像與不像而已。」（1945.10.3）而他在世事劇烈變化前的迷惘、不打算從事投機的意識也有清晰的表達：「戰勝與戰敗而今已鬧了一個多月，然吾尚未由此獲得清楚、而且實在的意義、感覺與態度，是不是吾於『誠』字尚欠程度，即是否自己未曾完全把自己推進洶洶的現實裡面，抑或因為時局變得太快，並且太過超越了想像而使自己追隨不上。」（1945.9.23）朋友勸他加入「新中華日報」（應為《新中華週報》——筆者注），「但我意未決。我想此項事業對我不甚適合。其最大目的與其說在求真正奉任或貢獻社會，無寧說是在爭名逐利。」（1945.9.15）從中可見鍾理和在光復初期從最初的興奮瞬間轉為迷惘困惑的心理變化，他意識到在時代遽變的表像下許多事物並未改變，甚至更令人不安：「亦只有『平』『京』二個字的改換而已。上至紫禁城之大，下至街頭乞丐之微，以及跳舞場、麻將、香檳、戲子、妹妹我愛你、高德旺在廣播電臺說相聲、各個院子的穢水和髒土使主婦們皺起了眉頭……這些這些，一點兒不改舊樣。所異乎從前者，只覺得夜裡有需把門窗關得要比以往嚴些，和在無線電與報紙上多發現些前此不很常見的『告××書』之類，如此而已。」（1945.10.29）一邊覺得在變化的社會面前自己不能適應，一邊又深感光復沒有帶來真正的社會進步，因此他感到失望，決定回到自己的文學寫作生活中去：「本來我是打著不干涉任何公事與政治活動的旗幟的。然則我現在正可本著自己的內心的要求做點自己的事。來日方長，且此後只有實力充足的人才可能站住腳，否則過眼雲煙非遭到時代的淘汰不可。」（1945.9.13）「而今我只能在藝術裡，在創作裡找到我的工作與出路、人生與價值、平和與慰安。我的一切的不滿與滿足、悲哀與歡喜、怨恨與寬恕、愛與憎……一切的一切在我都是驅使我走進它的刺激與動機。」（1945.10.25）鍾理和在大陸開啟了他的文學旅程，也是在這裡確立了他未來的理想。

不過，雖然有諸多不如意，鍾理和的北平生涯仍然是他一生中難得的輕鬆與自由的時段，不但完全看不到後來造成他後半生貧病顛躓、抑鬱困頓的創傷記憶，就連曾經的「同姓之婚」的痛苦也在北平的相聚相守中被隱去——奔赴大陸本是為了擺脫這一痛苦；從日記上看，他做到了。在光復後的北平，鍾理和有著相對豐富的文化生活，觀劇、讀報、看電影和展覽、去桌球室、到太廟和中山公園遊玩、與臺灣同鄉頻繁往來、接待來客和訪問友人、表達對五四運動和魯迅的理解、臧否各種社會現象等等，構成了他短短幾個月中的日常生活。他敏於觀察外部世界，不愉快的感受並不來自自身，思考也有外向和開放的特點；對未來，毋寧說他是懷抱希望的。

1946年返台後，鍾理和身染肺疾，這一時段的日記正是從他1947年入住臺大醫院開始的。這一時間點不但是鍾理和個人生活的轉捩點，也是臺灣重大事件發生的時刻，疾病與事件雙重影響下的生活，構成了自入院到出院3年間鍾理和日記的基本內容。現存返台後的第一篇日記就寫作於1947年2月28日，這一年的全部3篇日記均圍繞這一時刻，他從病院內觀察著外部的動盪，記錄了衝突的場面、本省民眾的憤怒和外省民眾的委屈，基本沒有主觀評價，只是通過景物描繪和人物對話，流露出對事件的傾向性認識：「街道靜悄悄地沒有多少行人，望出去全街死氣沉沉，有如死市。公園的樹木在沒有星月的黑昏月光裡聳立著，有如一叢叢的黑椎，地下全是這些樹木所投下的黑漆漆的影子。這些黑影一個個都像藏著無窮的恐怖。」（1947.2.28）「我由此想起了枝水對我說的：就是沒有二二七的事情，過幾天也免不了要發生某種事情的。」（1947.3.2）聯繫到此後鐘和鳴和表兄邱連球因事件系獄，以及多年後鍾理和對鐘和鳴的思念，可以判斷二二八事件不可能不在鍾理和內心留下慘痛記憶。不過二二八事件對他個人的影響並不直接。

跳過1948年的空缺，1949-1950年在松山療養院的日記記載了鍾理和人生的又一重大創傷。此時，疾病已迫使鍾理和喪失了工作能力，被隔絕在充滿死亡氣息的療養院中。日記記錄的天地僅限於病院窗外的風景和病室中的人與物。他心如止水卻時有漣漪，窗前的茶杯彷彿鼓滿風帆的船，「誰敢說它是沒有意志的？我守望著這只滿孕著西北風的小小的帆船；洞開的窗臺，對它是無限廣闊的大海呢！它是會完成他的航程的！」（1949.5.10）他以這樣的聯想傳達內心的希望。然而希望之門依然漸漸關閉，疾病日漸沉重，而且「肺病的悲劇，肺病人的苦惱，在疾病自身者少，在患病之故而引起的心理的和環境的變化者多。有大決心，大勇氣的人庶幾能安然渡過，但病好之日，也許只剩兩袖清風，孑然一身；反之者，則就可悲了！」（1950.4.16）他感到被世界遺棄，這是以往未曾體驗的；他用詩意的、充滿渴望的文字訴說著心中對健康生活的期盼：

> 不是嗎？看吧！油加里樹的那向，人類的生活展開著它的內容；在田壟間工作著的、在唱歌的、在想吃東西的、還有小販們神氣而調

諧的吆呼；那條瀝青路上，汽車由兩邊開過來，點點頭像吃驚的，慌張的又開過去了，周圍的工廠的煙突，向空吐著拖著尾巴的黑煙，這不正說明了外面正在進行著和經營著人類的生活麼？到了夜間，便是這些地方，燈火輝煌，明滅地，組成地上的星座——人間是這樣美麗的！

但是這些都與我們無份了！

據說我們是有了病的人，已經是和社會斷絕情緣了，於是在我們周圍築起了一道圍牆，隔開來。牆內與牆外是分成兩個世界了；這裡有著不同的生活、感情、思維。而牆前圍植的如帶的一環油加里樹林，則不但加深了兩個世界的距離，而且是愈見其幽邃和隱約了。

我們由掩映的樹縫間望出去，人間即在咫尺；由那種我們失去了的生活、人情、恩愛、太陽、事業，不斷向我們招手。

——1950年4月28日

這個時段的鍾理和時常夜不能寐，他時而靈魂出竅般地從外部審視自己的軀體，時而痛苦地咀嚼著內心的糾結，在家庭責任、義務和對親人的內疚中掙扎。妻貧子病、現實的死亡威脅、肉體禁錮和經濟窘迫，使他無暇顧及其他，他的文學理想已經遠去。每日在冰冷機械的治療、近在眼前的死亡、病友的慘狀、失望和絕望間不停穿梭，鍾理和的精神陷入困頓。如果沒有讀過這段病院中的日記，是很難體會疾病帶給鍾理和的絕望和恐懼的。他仍然向外部世界張望，但自己卻不在其中；他遠離親人，孤立無援，只有靠自我訴說來戰勝恐懼。不少日記篇幅較長，不但記事，更記錄情感與心境。臨近手術之際，疾病導致的痛苦、生死未卜的巨大心理壓力喚醒了塵封的創傷記憶，匯聚為最為動人的給妻子的遺書。這是鍾理和日記中少見的向他人傾訴的部分，這篇長達數千字的日記回顧了曾經決定他人生軌跡的愛情婚姻，他在生死存亡之際希望借助曾經的果敢和力量戰勝病魔，絕處逢生；也以對創傷記憶的回顧與傾訴抒發壓抑已久的激情：

我們的愛是世人所不許的，由我們相愛之日起，我們就被詛咒著了。我們雖然不服氣，抗拒向我加來的壓迫和阻難，堅持了九年沒有被打倒、分開，可是當我們贏得了所謂勝利攜手遠颺時，我們還剩下什麼呢？沒有！除開愛以外！我們的肉體是已經倦疲不堪，

> 靈魂則在汩汩滴血，如果這也算得是勝利，則這勝利是淒慘的，代價是昂貴的。……你，我，灰沉天氣，霏霏細雨，和一隻漂泊的船……這些，便是當日參加我們的'結合'典禮的一切。別人的蜜月旅行，卻變成我們的逃奔了。逃到遠遠的地方，沒有仇視和迫害的地方去。
>
> ——1950年5月10日

這是鍾理和日記中第一次出現對刻骨銘心的同姓之婚的訴說，以往的苦痛此時湧上心頭，過去抗爭宿命的悲壯，化為今日再度抗爭的體驗。

重獲新生的鍾理和於1950年底回到家鄉，至1956年，他在疾病、困苦、寂寞中度過了閉塞孤獨的歲月。鄉人的生活、家居的困窘、次子的病亡、風俗、氣候、農事、典故、傳說、諺語等等組成了本時段日記的內容，這是一段平凡庸常的日子：「越來越是覺得一切都是如此的簡單無聊，就是生活也是如此，而且平凡。沒有驚奇，更沒有思索的內容，好像凡有的事物都是向人毫無掩飾的翻開了底裡，告訴人那裡面並沒有什麼東西。所以毋庸思想，不，或者它已早變成了多餘的東西了。然而果然如此麼？那不是意味著心靈的遲鈍和空白麼？遲暮的又一例證——也許有需給自己唱挽詩了呢！」（1953.7.25）雖然如此，故鄉的自然美景為他灰色的心境帶來一抹亮色：「一仰首，瞥見了被夕照染成金黃色而透明的竹子，幾令我疑為火燒。夕陽由山坳外，像手電筒似的照在東山上，山變成了一匹黃緞。向陰外，則幽暗而溟濛，有深深的靜謐。崇美而莊肅的黃昏！我很少見到如此美麗的夕景。」（1950.12.22）儘管鍾理和感受到故鄉的封閉與沉悶，但卻毫不遲疑地表達他對故鄉的愛：

> 尖山到龍肚這一段路，已有十多年不走了。從前，我在這條路上走過多少，就問問路旁的那些小草，人家的檳榔樹和石塊，該還記得的吧！我還清楚記得那些，沉默的橋、曲折的流水，隱在山坳，或在樹陰深處，隱約可見的和平的、明淨的、瀟灑的人家，橫斜交錯的阡陌，路的起伏，給行人歇息的涼亭，綠的山，古樸的村子……這一切，不拘在什麼時候走起來，或者走了多少次，是總叫人高興的！愉快的！多少幽情為他呼喚！多少惦念為他懸掛啊！
>
> ——1953年8月6日

如果沒有這樣的深情，他也不可能在病痛中寫下本時期的《同姓之婚》、《笠山農場》和《大武山之歌》，或許正是這種故鄉情和對寫作的執著，支撐著鍾理和度過了這段平凡沉靜的時光。中國現代小說，包括左翼作家作品的閱讀也被記載於日記中，可由此窺見鍾理和寫作的一部分文學資源。他的生活範圍和人際交往相對固定，也促使他進一步走向內心。

之所以將美濃尖山時段的日記以1956年為界分為兩個階段，是因為1956年是鍾理和開始尋求重返文壇的時刻，同年3月2日、4日、5日、7日、15日、24日、4月2日的日記中都記載了他嘗試，雖然寫作恢復的時間要更早；這一年也是《笠山農場》獲得中華文藝獎金委員會長篇小說獎的年份。接下來的1957年，由於與文友的交往和參與《文友通訊》的活動，鍾理和的生活發生了顯著的變化，如果結合與友人的書簡來看，此時的鍾理和開始重燃對生活和文學的激情，時時表達文學意見；文學交流也帶給他莫大的振奮，他的文思、精神又開始匯入社會，實現寫作理想的希望被再度點燃。還是在1956年，關於疾病的記錄在中斷幾年後又再度出現，說明疾病又開始攫住他，成為他生命最後幾年的夢魘。

本時期的日記除了繼續對風土民情、家居生活、自然風光的記錄外，還有對因謀生而影響寫作的焦慮，比如曾多次表達對代書工作的不耐和質疑，並引用李榮春的話當做自己生活的寫照：「我的一生為了寫作什麼都廢了，至今還沒有一個自主的基礎，生活一直依賴於人……為了三餐，將寶貴的時間幾乎都費在微賤的工作上。」（1957.5.9）雖然也為自己追求理想而犧牲家人的幸福而產生罪惡感；更多的是對文學生活的嚮往、期待和參與，一些文學評價在日記中得以表述：「廖清秀著《恩仇血淚記》完。刻劃生動，性格創造亦頗成功。惟以省籍人而初習寫作，造句遣詞，稍嫌牽強生硬。」（1957.3.13）「杜斯妥也夫斯基，是我所不喜歡的作家。他作品的誇張、矯情、不健全、不真實，令人不生好感，他寫的東西和我們的生活很少關係。他不關心地上的生活。……他所全心關注的是天上的存在者——神。」（1957.12.4）現存的最後一篇日記是閱讀海明威的《戰地春夢》和關於寫作風格的理解：「表示一個作家的獨特的風格，可說是那些必不可少的文字之外的鋪張，敷衍，繁複等文字，如把一篇作品刪到或壓縮到只剩下必不可少文字比方像新聞紙上的報導，那就沒有風格了，也不會再有風格了。」（1959.12.1）類似的內容佔據了本時期日記相當多的篇幅，說明文學是鍾理和生命晚期思考的重心。他對自己獲得的承認也感到欣慰，在1957年4月25日的日記中就抄錄了當時《文壇》雜誌對他的評價「作者的語言文字雖然略有生硬之處，但描寫優美深刻，人物均有極顯明的個性，文字中洋溢著一種崇高的思想與感情，處處都見出作者對文字有精湛的修養」；「《竹頭莊》在各文友間獲得如此好評，是我意料之外的事。」（1957.10.11）也可見文友的鼓勵讓他喜出望外。

這一時期的鍾理和一方面拓展了他的文學天地，無論是寫作成就還是文學活動的參與，都達到了他一生中的高潮；另一方面，他的內心感悟和糾結也更加深入，理想的實現已經看到了曙光，而病痛對生命力的削減也與日俱增，兩者間的衝突比以往任何時候都更加激烈。他試圖以佛家思想參悟生死（1957.5.23），他甚至感覺到死亡距離他如此之近（1959.5.21）。「鐘擺是永遠沒有停止的，因為更合理、更安全、更舒適的生活總是在現在的後邊。人類的靈魂便這樣永遠追求下去。等到他已捨棄了追求的欲望或者終止了他的追求，他便死去。於是鐘擺停擺。」（1957.5.7）他以這樣的沉思為生命與理想的關聯做了說明。

二

從鍾理和各個時段的日記中可以發現，他自始至終滿懷文學理想，卻因疾病和貧困而幾經蹉跎；大陸時段和美濃尖山時段的後期，是他思維活躍、社會參與較強的時期；後者更是他的文學創作最為活躍的時期。日記較為詳盡地記載了鍾理和所經受的艱難困苦，相比小說文本的折射和加工，這些苦難更直觀，更真切，令讀者更直接地發現真正影響他的生活、心理、精神和寫作狀態的因素。本文將這些因素稱之為創傷記憶，它們可能存在不同的形態，有的雖然發生在過去，但記憶仍然延續，例如曾經的同姓之婚帶來的巨大的心理創傷；有的發生在當下並一直持續，如病痛、貧困和寫作得不到承認的苦惱。同樣，有的來自外部，如文化傳統給予同姓之婚的壓力和1950年代本省籍作家被壓抑的現實；有的來自自身因素所致的貧困和疾病。創傷記憶的不斷持續又會使當事人將不同的記憶疊加，形成因果鏈條，並加重其面對新的創傷時的痛苦。在鍾理和日記中，我們就可以看到這種情形：同姓之婚→顛沛流離→疾病→貧困→難以實現文學理想。

創傷（trauma）與創傷記憶（traumatic memory），前者指的是「災

難性事件、暴力、嚴重傷害事件對受害人所產生的長遠而深入的傷害和影響。」「受害人所受到的傷害往往不僅是身體上的，而且最終會侵入精神，並在精神深處對受害人產生巨大影響，所以，創傷其實就是心靈上、精神上的創傷。」[3]如果說創傷是某個傷害性事件作用於某個時段的某個人或群體的話，那麼創傷記憶就是創傷導致的精神影響。「精神創傷是由某一事件所引發的一種不斷重複的痛苦，同時又體現為從這一事件現場的一種不斷別離……要傾聽產生此創傷的危機，並非只傾聽這一事件的本身，而是如何靜聽別離。」[4]這裡的「別離」「是指人試圖在精神上或者情感上擺脫某種困擾而不能。這種『別離』可能充滿著某一難忘事件給人留下的強烈印象、思想和情感，這種『別離』還可能成為一種無法證實，但又似是而非地『讓人想起一件尚未被完整地經歷過的往事』，但主體卻要擺脫它，正處於試圖『別離』卻又不能的狀態，所以，才給人帶來了精神的無法選擇，這種無法選擇也就成為心靈的創傷。精神創傷是人在受到傷害後，留給主體的記憶。他試圖擺脫這種記憶，卻又處於不斷記憶和不斷擺脫之中，精神創傷成為主體的一種心理狀態。」[5]「當一個人面臨一種困擾自己的傷害時，或者說當一個人綿連他或者她難以承受的思想和情感時，由於無法整合太多或太過強烈的刺激，他或者她就會選擇逃避傷害，轉到與傷害無關的思想和情感上去。於是，與傷害有關的概念就會被撇開，或與正常的意識相脫離，成為『固著的觀念』。這些『固著的觀念』，其實就是創傷記憶，雖然越出了意識，但是仍存留在受創傷者的觀念範圍中，並以某種再現傷害片段的方式（諸如視覺意象、情緒條件、行為重演）繼續對他或她的思想、心境和行為施加影響。……儘管對於受害人來說，他或她試圖擺脫創傷記憶，卻又以一種更加內在化的方式記憶著創傷，這是創傷記憶進入了人的潛意識中，繼續對人發生著潛在的作用。」[6]對創傷記憶的描繪存在這樣一些關鍵字：「刺激、固著、重複、再現」。[7]就是說，人所經歷的傷害事件一定會在後來的人生中形成某種難以擺脫的記憶，或

---

[3] 衛嶺，《奧尼爾的創傷記憶與悲劇創作》（北京：中國人民大學出版社，2009），頁25-26。

[4] Cathy Caruth. *Trauma: Explorations in Memory* (Baltimore: the Jones Hopkins University Press,1995). p.153. 轉引自上書，頁26。

[5] 同註4。

[6] Pierre Janet, *L' Automatismepsychologique*, (Felix Alcan. 1973, Paris, Societe). 轉引自衛嶺，《奧尼爾的創傷記憶與悲劇創作》，頁27。

[7] 同註6。

不隨時間的推移而削減其影響、並不時再現的某種症候，這種記憶和症候會被稱之為創傷記憶。

和上述關於創傷記憶的論述相對照可以發現，鍾理和日記其實就是他大半生創傷記憶的記錄；同姓之婚導致的傷害是他人生所遭遇的第一次重大精神創傷，「被壓迫的苦悶和悲憤幾乎把我壓毀。」[8]雖然曾經被試圖忘記，卻終於成為「固著的觀念」，不斷在他的生命中重現。這一精神創傷之刻骨銘心，除在北平的一段相對放鬆的歲月外，這一記憶從未遠離過他；當他因疾病而陷入焦慮、恐懼和窘境之際，這一記憶更是死死地纏住他。他在文學書寫中的不斷重複，如小說《同姓之婚》、《貧賤夫妻》、《笠山農場》；他在面臨生死關頭的回想，如手術前寫給妻子的信；他在遇到人生挫折時的感歎，如日記中記錄的遭遇生活磨難、不幸事件時產生的被詛咒感；他在與友人對話時的訴說，如書簡中對個人境遇的描述，都閃現著這一巨大創傷的陰影。更有甚者，鍾理和的創傷遠不止如此，致命的疾病和經年的治療，不但摧毀了他的健康，也摧毀了他的信心和家人的幸福；抱病寫作的艱辛和無數次被退稿的沮喪等等，都在原有的創傷記憶之上不斷疊加。這些疊加的精神和肉體的創傷甚至還未來得及轉化成記憶，而是時刻面對的體驗，當他通過日記或其他方式將之記錄下來的時候，體驗才轉化為記憶，這種從體驗到記憶的周而復始，直到他的生命走向盡頭才告終結。

很多時候，創傷記憶往往被視作國家、民族或群體的記憶。在中國大陸，「人的『創傷記憶』其實是人的『國家觀念』的『創傷記憶』，與人終隔著『道德之性』，記憶的創傷化未化到個人的生存論根底。」[9]即便是一些個人化經驗，也一定與國家、民族的大敘述相關，否則，這種創傷似乎是缺少意義和價值的。這種認識在強調文學社會功能的時代是十分普遍的，它忽略了相對單純的個體經驗對作家精神心理的巨大影響。在鍾理和這裡，他的創傷記憶最直接的來源是非常個人化的，並非可以複製於同時代的其他人。由於疾病的制約，也由於性格因素，鍾理和並不擅長書寫社會重大矛盾和問題，他的寫作也曾經被認為與時代精神結合不夠緊密，[10]這顯然是以經典寫實主義的社會使命感和道德要求來評價鍾

[8] 〈鍾理和自我介紹〉，《新版鍾理和全集卷8‧特別收錄》（高雄：高雄縣政府，2009），頁277。

[9] 張志揚，《創傷記憶》（上海：上海三聯書店，1999），頁41。

[10] 葉石濤曾有這樣的評價：「在《笠山農場》裡，他本來有很好的機會發抒他對時代的反映，可是

理和，今天看來存在著癥結不明的問題（不僅是認同或立場的問題）；如果從創傷記憶的角度看，鍾理和所經受的創傷是如此強烈，以至於直接剝奪了他關注時局、關懷社會的可能，反過來增強了書寫創傷、反抗宿命的執著，因此他的文學寫作集中于曾帶給他刻骨銘心記憶的愛情婚姻主題實在是自然不過的。在他未生病時的大陸時段日記中，短短幾個月就記載了國共之爭（1946.1.4）、政治協商會議（1946.1.11）；思考了政治與國家的關係（1945.10.25），借媒體報導評論社會問題，比如教育問題等（1946.1.5），甚至談及香港的歸屬（1945.10.5），不時臧否時事，雖有他者眼光，卻也有參與精神。這對於既沒有機會投身日據臺灣的社會運動，又與大陸的全民抗戰沒有直接關聯的鍾理和來說，他的社會關懷其實並不弱。即便在返鄉後深受疾病困擾、與外部世界交流相對困難的日子裡，鍾理和也在關注如臺灣託管問題（1950.3.21）、原住民問題（1950.3.27）、地方選舉（1957.4.18；4.21）、劉自然事件（1957.6.15）等等，還在旁聽演講、參與鄉里活動等等。可見鍾理和已經盡其可能表達著對外部世界的關注。

那麼，鍾理和的文學寫作執著於愛情婚姻主題就有了特別的意義。首先，寫作是他的人生理想，他必須用寫作證明自己的生命價值，他不可能採取其他的方式繼續生活；第二，疾病和貧困限制了他的活動空間與時間，在維持生計都十分艱難的情況下，他沒有充足的精力參與社會，日記和書簡中曾多次記錄了交通不便、資訊閉塞、閱讀不易，不得不想盡各種辦法以謀生的日常生活；第三，也是最重要的，是個人的創傷記憶在鍾理和心中具有壓倒一切、無可回避的重要位置，因為「創傷記憶在某種條件也是一種受創個體的個人思維形式，它會不由自主地面對諸多日常事物與日常事件表現為對過去某種創傷性經歷的回憶，所以，這種記憶從思維層

他好像企圖在逃避什麼，而把重心放在他本身的戀愛故事上，再加上山光水色就完了，我們看不出什麼時代意識來，甚至文學作品中最起碼的背景也交待不清，這實在是很可惜的事。」見葉石濤、張良澤對談，彭瑞金記錄，〈秉燭談理和〉，原刊《臺灣文藝》第54期（1977年3月）；轉引自應鳳凰，〈鍾理和研究綜述〉，應鳳凰編選，《臺灣現當代作家研究資料彙編・鍾理和》（台南：臺灣文學館，2011），頁70。又唐文標曾論及「在當時日本欺淩中國人，以及偉大的民族抗日戰爭，他沒有採取更積極的立場，沒有參與更建設的行動，更很少看他提及，這一點不能不說他的世界觀太狹隘，只能在個人的愛情生活轉迷宮之故了。」史君美（唐文標），〈來喜愛鍾理和〉，原刊《文季》第2期（1973年11月）；轉引自應鳳凰編著，《鍾理和論述》（高雄：春暉出版社，2004），頁74。上述論者的評價當與1970年代的文學功能觀有關。

面上來看，是絕對個人的、孤獨的、非社會性的。」「這種精神的創傷必將尋求表達的方式，在表達時，或者是受體無法適應生活，或者是受體經過巨大的努力能夠有所擺脫，但再現卻成為一種必然。」[11]鍾理和的表達方式就是通過書寫宣洩和紓解創傷記憶導致的精神痛苦，寫作和記錄就是一種精神的療傷。而鄉土，不但是他的實際生活空間和生活內容，也是他療傷的良藥，無論是日記中的自然美景還是《笠山農場》裡世外桃源般的故鄉風情，都是他為治癒創傷所設定的場景，他在這美好的場景中謳歌愛情、淨化心靈，以此獲得對創傷記憶的超越。日記中頻繁出現的鄉野間的各種飛鳥，似乎也在暗示著作者將自由飛翔的欲望寄託在它們身上。

在鍾理和被重新發現的年代，人們大都會把他的個人創傷與社會問題相聯繫，這不但出於當時的文學功能觀和為臺灣文學尋找本土資源的動機，也存在著客觀的緣由，畢竟鍾理和的顛沛流離、歷經磨難不能脫離大時代的左右，而他「倒在血泊中的筆耕者」形象也象徵著同時代本省籍文學人的艱辛處境。因此鍾理和的創傷記憶不僅僅屬於本人，在他生前及身後，這種創傷的隱喻性隨著他的人生和文學為越來越多的人所認知，以及對他的研究的不斷強化和綿延而持續維繫，創傷記憶始終沒有淡去。逐漸地，它成為臺灣文學乃至臺灣社會的集體記憶。1970年代，《鍾理和文集》（1976年遠行版）的出版與鄉土文學運動幾乎同步，鍾理和的被重新發現實在是自然而然、水到渠成，甚至與鄉土文學運動相得益彰；它也讓鍾理和個人的悲情匯入了本土臺灣的悲情命運之中，成為一個巨大的隱喻。倒是鍾理和逝世之初王鼎鈞的紀念短文提到了疾病與鍾理和寫作風格的關係，認為這是他「在觀察人生時，他的眼珠是灰白的」和「筆調蒼涼、低啞，字裡行間有不盡的悲憫之情」[12]的原因，將理解側重在鍾理和個人的創傷記憶上，這一點也被今天的研究者所注意。[13]

說鍾理和的創傷記憶是一個社會隱喻，正如將結核病和貧困相聯繫的隱喻一樣，其實也是一個通常的自然聯想，「結核病被想像成一種貧困的、匱乏的病——單薄的衣衫，消瘦的身體，冷颼颼的房間，惡劣的衛生

---

[11] 衛嶺：《奧尼爾的創傷記憶與悲劇創作》，頁28。

[12] 方以直（王鼎鈞），〈悼鍾理和〉，原刊《征信新聞報》（1960年8月11日），轉引自《臺灣現當代作家研究資料彙編・鍾理和》，頁95。

[13] 應鳳凰的〈鍾理和研究綜述〉曾論及〈悼鍾理和〉一文，認為「文評家亦如預言家，把40年後鍾理和研究的新面向預先呈現出來。」見《臺灣現當代作家研究資料彙編・鍾理和》，頁65。

條件，糟糕的食物。」[14]更何況在鍾理和的生活中，結核病和貧困是真實的存在，完全不需要聯想和引申；這種事實加上他的弱勢、他的被壓抑、他的孤苦和抗爭都非常適切地與臺灣在地爭取權利的意願相吻合，人們能夠從鍾理和的創傷記憶中移情而感同身受，將他的創傷當作自己的創傷，乃至社會的創傷。實際上，鍾理和日記在隱喻與真實之間作了殘酷的劃分，真實與隱喻互為因果。這裡的疾病隱喻並非將社會現象以疾病意象來隱喻，而是將真實的疾病狀態挪移為現實社會的隱喻，不是以疾病的隱喻義來隱喻社會，而是以個人真實的疾病來喚起社會聯想，以改善病人的處境、提起對某個時期或某個群體的注意，它不是一個形容詞、一個意象，而是一個名詞、一個存在。

有研究者提出了「苦難如何經過創傷記憶向文字轉換」[15]的問題，雖然論者從語言哲學的角度嘗試探討這一問題，與本文的論述中心不盡吻合，但或許可以由此引發對鍾理和創傷記憶表述的不同層次的認識，鍾理和日記應為原初的、本真的記憶表達；書簡為第二層面的、面向小眾的表達；小說則是第三層面的、面向大眾的表達。三者間除有無讀者或讀者群之大小之區別外，還有紀實與虛構、作者情感投入多寡之差異；日記中情感最強烈的「遺書」恰恰是預設妻子為讀者的，歸根結底還是文體功能的不同。人們會看到，當存在傾訴對象或讀者的時候，情感或意願的表述會更加豐滿。從創作心理來說，作者當然期待將情感或意願傳達給他人，喚起他人的共鳴。這裡不妨再就紀實文本創傷記憶的不同層面做出思考，即對日記與書簡的不同功能作進一步說明。

「新版鍾理和書簡」[16]的起始時間與日記美濃尖山時段後期的開始大體接近，即他與《文友通訊》諸位本省文友相識的1957年。與日記相比，鍾理和現存書簡在時間上更集中，也更接近他生命的終點，[17]從最初致廖清秀信的1957年3月8日起，至1960年7月21日致鍾肇政信止，總計只有3年多的時間，共121封；最後的書簡距他的離世不到半個月。它們與日記一起營造了鍾理和人生晚期的社會活動場域，補充了日記對本時期生活和思

---

14 SusanSontag著，程巍譯，《疾病的隱喻》（上海：上海譯文出版社，2003），頁15。

15 張志揚，《創傷記憶》，頁277。

16 「新版鍾理和書簡」為鍾怡彥編，《新版鍾理和全集卷7》（高雄：高雄縣政府文化局，2009）。以下涉及書簡的內容和引文的部分，除標注日期外，不再一一注明出處和頁碼。

17 現存的日記止於1959年12月1日；現存的書簡最晚的是1960年7月21日給鍾肇政的信。

考的描述，且更集中於文學活動。書簡的絕大部分是給文友鍾肇政和廖清秀的，合計103封；其餘不到20封分別給其他文友和家人。對照書簡和日記可以發現，書簡的意願表達要強烈得多，在1957年9月6日給廖清秀的信中有這樣的表述：「我們若有刊物，當會有更廣大、更深入、更確定的發展，因為我們可以打進社會裡去。屆時，我們的文藝活動已不再是私人間的事了。只作為發表作品的園地的看法，我認為將不是我們全部的目的，那後面應該還有更遠大的視野——臺灣文學！」類似的表述在日記中很少見到。書簡中常見的急切的訴說和請求，也表達了鍾理和在長期的孤寂之後與同道相遇，並期待理想實現的迫切心情。

或許是給文友的信佔據絕對數量，鍾理和書簡的基本內容也主要圍繞文學問題展開，如關於方言文學的討論、本省作家的生存狀態、文友交流、閱讀心得、投稿事宜、參與徵文等等，同時抒發因貧病導致的困頓、沮喪和絕望之情緒。一些話題多次出現，如《笠山農場》書稿的命運、疾病的反反復複、要不要投稿和怎樣投稿的猶豫困惑等。總體上，書簡仍然是創傷記憶的再現和補充，那些文學活動導致的痛苦和屈辱——一次次的退稿、艱苦的寫作條件、因病痛而中斷寫作和改變計畫等等——時時製造著新的創傷記憶；但與日記相比又呈現出一些新的特徵，這些新的特徵與書簡的功能相關。

首先是對話性質和資訊交流的特點。書簡寫作必定存在對話的需要，是小範圍內一對一的交流，寫作者和接收者是訴說與傾聽的關係，甚至能夠從一方的訴說中大致推測到另一方的資訊回饋，因此書簡不是「獨語體」，它存在的前提是對話關係和交流需要。這決定了內容的相對集中，即圍繞某個主題展開，有特定的目的。就鍾理和書簡而言，讀者也可從中看到他的社會活動軌跡和交往記錄，以及他與文友的文學理想。這方面的內容相比日記有所拓展。

第二，由於書簡的上述性質，它成為鍾理和向他人訴說其創傷記憶及抒發情感的重要方式，也是他尋求精神寄託和實際幫助的基本途徑。他在書簡中訴說自己的遭遇並提出許多請求；大量的傾訴式話語和請求不但是情緒宣洩的表達，也有尋求文學活動支持的考慮。書簡是他文學生命的生存需要，是他將創傷記憶與友人分享以紓解痛苦的需要；是一個生活困頓者寄希望于以文學拯救人生所發出的求救信號。這也是日記文體所不具備的功能。試舉例如下：

> 我的情形很壞。我不知道今後和兄等共同奮鬥的日子尚有多少？……我很寂寞，請兄多多來信以慰病懷，暫時我恐怕不能多寫信了。
>
> ——1958年1月12日給鍾肇政的信

> 我時時這樣麻煩你，心中著實不安，……但我又沒有辦法不麻煩你，而且此後還有一段長時間必然要繼續麻煩你呢。
>
> ——1959年12月27日給鍾肇政的信

> 由我開始學習寫作起，一直至今，既無師長，也無同道，得不到理解同情，也得不到鼓勵和慰勉，一個人冷冷清清，孤孤單單，盲目地摸索前進，這種寂寞淒清的味道，非身歷其境者是很難想像的。現在，忽然發現身邊原來還是有這許多同道，自己並不是孤軍奮鬥，這對精神上的鼓舞是很大的，高興尤其大。
>
> ——1957年3月22日給廖清秀的信

這些書簡衝破了日記面對內心的獨語形態，開始將創傷向外部投射；與小說相比其讀者十分有限，但在非虛構意義上它們與日記一起構成了創傷記憶的前兩個層面，共同承擔了創傷記憶的實錄。至於書簡的文字表述與日記相比來得典雅和書面化，倒不是特別值得關注的；不過這也從一個側面顯示出書簡的寫作考慮到了特定讀者的存在。

上述簡略的分析從創傷記憶的角度考察鍾理和日記並兼及書簡，嘗試以未加想像和虛構的日記文體探討鍾理和的精神世界，尚未充分討論紀實文本與虛構文本之間的直接或間接的對應關係，以及它們各自對創傷記憶的不同表現。創傷記憶對鍾理和來說不但是他精神生活的重要內容，也是他文學寫作熱情的來源，是成就他作為重要小說家的基本底色；這些記憶可以從日記和書簡中找到真實的印證。

引用書目

張志揚，《創傷記憶》（上海：上海三聯書店，1999）。

張良澤編，《鍾理和全集6・鍾理和日記》（臺北：遠行出版社，1976）。

鍾怡彥編，《新版鍾理和全集卷6》（高雄：高雄縣政府文化局，2009）。

———，《新版鍾理和全集卷7》（高雄：高雄縣政府文化局，2009）。

———，《新版鍾理和全集卷8》（高雄：高雄縣政府，2009）。

衛嶺，《奧尼爾的創傷記憶與悲劇創作》（北京：中國人民大學出版社，2009）。

應鳳凰編著，《鍾理和論述》（高雄：春暉出版社，2004）。

———，《臺灣現當代作家研究資料彙編・鍾理和》（台南：臺灣文學館，2011）。

蘇珊・桑塔格（SusanSontag）著，程巍譯，《疾病的隱喻》（上海：上海譯文出版社，2003）。

The Traumatic Memory: A Reading of *the Diary of Chung Li-ho*

Ji, Bi-rui*

Abstract

Based on analyses of the new version of *the Diary of Chung Li-ho*, this paper attempts to explore Chung Li-ho's spiritual status and the trajectory of his memories, and to use the concept of "traumatic memory" to demonstrate that Chung Li-ho's diary is a record of traumatic memories in his life.

This paper synthesizes the times, the places and the living conditions when Chung Li-ho wrote his diaries, divides them into four periods, and illustrates that the content and focus of the diary varies from different periods. "The traumatic memory" are the common thread running through the last three periods of the diary. This kind of memories continuously overlapped, difficult to avoid, and constantly reemerged. It is through writing that Chung Li-ho gave vent to and relieve his spiritual sufferings resulted from traumatic memories, and thus writing and recording became his spiritual therapy to the traumas. The individual "traumatic memory" of Chung Li-ho has become a metaphor through constant discussions and narratives of later Taiwanese writers, and has been turned into a collective memory of Taiwan literature.

Keywords: the new version of *the Diary of Chung Li-ho*, traumatic memory

---

* Professor, Department of Chinese Language and Literature, Peking University

Preliminary Thoughts on *Feixu Taiwan (Wasteland Taiwan)* and *Kuroi Ame (Black Rain)*[*]

Bert Scruggs[**]

The novels *Black Rain* (1966) by Ibuse Masuji (1898-1993) and *Wasteland Taiwan* (1985) by Song Zelai (1952-) largely belong to the sub-genre of the diary novel. *Black Rain* is for the most part comprised of journal entries written by Shizuma Shigematsu and others that describe the destruction of lives in and around Hiroshima during the minutes, hours, days, months, and years following the atomic bombing. *Wasteland Taiwan* is primarily the journal left behind by Li Xinfu who commits suicide in a dystopian Taiwan of the future; a Taiwan undone by atomic accidents including leaks from nuclear power plants and mis-management of radioactive waste as well as other forms of social, political, and environmental decay. Among the many motifs found in both texts, trauma seems to offer a discursive link. This discourse in turn may provide for deeper analyses of formalistic and thematic similarities shared by other authors and texts in the region, and provide a meaningful means of culturally assembling or arranging them into a constellation of antinuclear movements and engaging intellectuals in East Asia. In this preliminary and exploratory essay I discuss briefly the authors and the novels, offer a reflection on diary fiction, and introduce post-traumatic stress disorder and assemblage theory. Much in keeping with Hayden White's comments on discourse as a "mediative enterprise", the final aspect of this essay, assemblage, both defines the interpretive

---

* 本文初稿宣讀於「第一屆文化流動與知識傳播國際學術研討會」，修訂稿經本書編輯委員會匿名送審後，通過刊登。

** Associate Professor, Department of East Asian Languages and Literature, University of California at Irvine, USA.

mode and is the object of interpretation (White 4). In a nutshell, this essay should raise more questions than it answers because I want to draw as much attention to the tenability of the assemblage comprised of these novels, the psychiatric disorder, and interpretive metaphor as much as I hope to force a consideration of each in the Taiwanese and Japanese literary and scholarly establishments.

Ibuse Masuji and Song Zelai

Ibuse Masuji was born in 1898 in Hiroshima Prefecture, where he grew up in a household that had been part of the region for centuries; under the guidance of his grandfather, Ibuse developed an ear for traditional storytelling and local dialects. Ibuse eventually made his way to Tokyo and Waseda University where he studied French literature among other subjects, but failed to graduate. His first published work was the short story "Yūhei" ("Confinement"), which appeared in the July 1923 edition of *Seiki*, but "Koi" ("Carp"), which appeared first in the September 1926 issue of *Kagetsu* and in revised form in the February 1928 issue of the Keio University literary magazine *Mita Bungaku*, is the better known of his earliest works. It garnered him the acquaintance and help of the literary luminary who once visited Taiwan, Satō Haruo (Treat 44-45). Ibuse began publishing in the 1920s and, according to J. Thomas Rimer, was recognized as a highly respected author in the 1930s. Rimer also claims that Ibuse was an important mentor to Dazai Osamu, which Jay Treat confirms in detail by including Ibuse's feelings of guilt following Dazai's suicide in 1948 (Rimer 151; Treat 141-145). During the Second World War, Ibuse was drafted into the army, and served as a war correspondent in Thailand and Singapore. Following the war he wrote narratives of post-traumatic stress disorder including "*Yōhai taichō*" ("Lieutenant Lookeast"), a short story that describes the plight of an officer repatriated from Malaysia following the war. Treat asserts that "Lieutenant Lookeast", among other longer works of Ibuse in the years following the war, "subsume[s] the theme of death and its attendant guilt within the greater context of Ibuse's transcendental theory of continuity and change" (Treat 150).

In 1951 Ibuse published his first text explicitly confronting the horrors of the atomic bomb, "Kakitsubata" ("Crazy Iris"), which appeared in the June 1951 issue of *Chūō kōron*. The story is set in Fukuyama, the town in which Ibuse grew up, and begins when the narrator notices a single iris "blooming out of season", "blooming crazily". Similar tales of botanic mutation also are found in literature from Chernobyl, and perhaps will arise in the aftermath of Fukushima. In fact, Ibuse was in Fukuyama the day that Paul Tibbets and eleven other men dropped the atomic bomb over Hiroshima: August 6, 1945. Reading Ibuse's journals alongside his fiction, much as the *Black Rain* reader reads journals alongside the narrator's putatively true account of events, Treat demonstrates that Ibuse's own description of the day closely parallels the narrator's memory of the day in "Crazy Iris". After learning of an impending bombing from pamphlets dropped from United States aircraft, Ibuse rode his bicycle into town from the family estate to which he and his family had been relocated, and he found nothing but boarded up shops (Treat 202). In "Crazy Iris" the narrator arrives in town to find all the inhabitants busily preparing to get out of town, but manages to visit three friends. Treat writes:

> "The Iris" explains that refugees from Hiroshima have begun returning to their home villages only to die of a strange illness, dubbed "the volunteer soldier's disease" (*giyūhei no byōki*, literally "the brave soldier's disease"), since the first to manifest its symptoms was in fact such a person. Ibuse, upon hearing details of the bomb from these refugees, realizes with horror that while he was idly engaging the Fukuyama druggist in small talk, this man's son, some miles to the west in Hiroshima, was incinerated. This object of Ibuse's survival guilt is another example of mediation between directly experiencing the event (the dead son) and experiencing knowledge of the event (Ibuse), a process similar to learning that Fukuyama is burning through observation of far hills silhouetted by its fires. (Treat 203)

Ibuse's diary-novel *Black Rain* takes the next step and moves from the silhouettes outlined by the flames to those whose silhouettes were burned into the pavement and those who survived, the *hibakusha* (victims of the bomb). *Black Rain* was serialized in *Shinchō* between January 1965 and September 1966, and later released in book form in that year, which is also the year it received the Noma Literary Award. Also in 1966 Ibuse was honored with the Japanese Congressional Order of Cultural Merit. Initially the text was titled *The Niece's Marriage*, but it was changed to *Black Rain* after twenty installments. According to Reiko Tachibana, Ibuse's growing indignation at the use of such a monstrous weapon on innocent people led him to change the series title (Tachibana 166). *Black Rain* is an indictment of the use of the atomic bomb, but it is also a labyrinth of multiple levels of narration, inscription, and reinscription, the majority of which is comprised of journal or diary entries.

Song Zelai is the penname of Liao Weijun, who was born in Yunlin County, Taiwan in 1952. In 1976 he graduated with a degree in History from National Taiwan Normal University, and began teaching at Fuxing Middle School in Changhua County where he continued to teach until retiring in 2007. He rose to prominence with his 1978 collection of short stories *Daniunan cun* (*Daniunan Village*), which resonated with the locative (*xiangchou)* rather than temporal nostalgia (*huaijiu*) for the countryside felt by many newly urbanized Taiwanese at the time. In 1980 he continued to gain a reputation with another anthology, *Penglai zhiyi* (*Strange Stories from Penglai*), which followed in a similar vein to *Daniunan Village*. It is worth noting that the publication of *Daniunan Village* and *Strange Stories from Penglai* coincidentally bracket the January 1979 establishment of US-PRC relations and the December 1979 Kaohsiung Incident (*Meilidao shijian*), both of which are seen as significant events leading to an increasingly open and popular recognition of a Taiwanese consciousness or identity.

David Wang discusses Song Zelai as a latecomer to the Taiwanese *xiangtu* movement of the 1970s (Wang 309). Placing Song Zelai in the footsteps or standing on the shoulders of giants of the *xiangtu* movement such as Wang Zhenhe or Huang Chunming, Wang asks if it was possible for Song Zelai to come up with anything "new and provocative while maintaining the charm of an established discourse? Seeing that radical peers had turned the Taiwanese native soil movement into a political campaign, should Song Zelai keep describing impoverished country life, decorated with quaint customs and good-natured rustic figures, or should he propagate activism at the expense of writing itself (Wang 310)? Wang reads Song Zelai's stories in the context of his theorization of imagined nostalgia, which he proposes is the mechanism or driving force behind the work of the early twentieth century Chinese author Shen Congwen, and decides in the end that stories like those contained in *Strange Stories from Penglai* and *Daniunan Village* fail because they obtain "a story of stories about a legendary past, nostalgia over the original (imaginary) nostalgia" (Wang 311-312). Wang in particular finds Song Zelai's narrative device of a story within a story, which he uses repeatedly in *Strange Stories from Penglai* "clumsy and obsolete". Wang may find the device ineffective; however, perhaps it is exactly such a mechanism, a diary discovered by visitors to a site of destruction, yet another story within a story, that obtains a degree of temporal indeterminacy in *Wasteland Taiwan*.

Sometimes referred to as a third wave Taiwanese *xiangtu* writer, Song Zelai was praised by Ye Shitao, and compared to Wang Zhenhe, Huang Chunming, and Wang Tuo among others by other critics and scholars. According to most biographers, Song Zelai became very interested in Zen Buddhism in 1980 and it was not until the 1985 publication of *Wasteland Taiwan* that he returned to fiction. Chen Jianzhong refers to Song Zelai's early 1970s works as modernism, late 1970s narratives as nativism, and his 1980s texts as political fiction (13). With regard to Song Zelai's 1970s and 1980s writing, Chen's periodization tends to focus on formal experiments in the former and themes in the latter. *Wasteland Taiwan*, which was first published in 1985, is unquestionably a political novel. In 1987 "Kangbao de damaoshi" was published first in Taiwanese and then in Mandarin. Following its publication Song Zelai did not publish anything until 1994. In 2013 Song Zelai was awarded the 17th National Award for Arts. Unlike Ibuse's *Black Rain*, Song Zelai's *Wasteland Taiwan* contains only one diary; however, the diary is introduced by two short passages that bracket the diary. In other words, the novel is assembled of two bracketing narrations (obtained with a third person omniscient narrator) and a central, temporally indeterminate narration (obtained with a diary).

Assemblages, Diary Novels, and Single Consciousness Narrations

Both Ibuse's *Black Rain* and *Wasteland Taiwan* are assemblages on two levels as per the idea of assemblage developed by Gilles Deleuze and Felix Guattari in *Rhizome Introduction.* Dan Clinton neatly introduces the notion of the rhizome metaphor and by extension starts the process of introducing their understanding of an assemblage:

> Rhizome principally constructs a model (a new map) for apprehending the constitution and reception of a book. As Deleuze writes, 'the book is not an image of the world. It forms a rhizome with the world, there is an aparallel evolution of the book and the world'. (11) …
> As such, "Rhizome" rapidly seeks to extinguish every last trace of Hegelianism, particularly from the object of the book: "There is no longer a tripartite division between a field of reality (the world) and a field of representation (the book) and a field of subjectivity (the author). Rather, an assemblage establishes connections between certain multiplicities drawn from each of these orders, so that a book has no sequel nor the world as its object nor one or several authors as its subject." (Clinton)

As such, introducing *Black Rain* and *Wasteland Taiwan* in terms of (1), contextualization of the text within the text, and (2), how the novels function in connection with other things and how they do or do not transmit intensities; exploring these novels thus provides a way to think about how the texts themselves are multiplicities that can be inserted and metamorphosed in and by the discourse of trauma (Sakaki 8; Deleuze and Guattari 4-5). Song Zelai's first order of assemblage is simpler to trace, because the novel is comprised of a diary kept by a videographer between the months of February and November 2010, discovered in March 2015 by a political scientist and geographer with foreign names (Paul and Albert) who visited Taiwan some time following a nuclear catastrophe. The discovery of the diary is narrated by a third person omniscient narrator, as is their departure after they have read the videographer's diary. Ibuse's novel on the other hand is a more complex assemblage, because the third person disembodied narrator, instead of disclosing a discovery of the text within the text, describes initially Shizuma Shigematsu's re-writing of his niece Yasuko's diary and his own diary, and later moves on to include his wife Shigeko's memoir on food in the days leading up to the Hiroshima bombing, her redaction of Yasuko's diary, and the diary of Iwatake Hiroshi, a doctor caught in the bombing who survives both the initial blast and radiation poisoning. Given the multiple layers of writers and editors and their readers, or narrators and narratees, which these narrative assemblages, or novels, obtain, I wish to first consider on a basic level both the diary-novel and single consciousness narrations.

In *The Diary Novel,* Lorna Martens writes:

> Let us define the diary novel more precisely in terms of form: It is a fictional prose narrative written from day to day by a single first-person narrator who does not address himself to a fictive addressee or recipient. This definition is based on the accepted distinction between first- and third-person narration. Within first-person narration, certain types of works purport to be written by the narrator. There are three main types of such works: memoir novels, epistolary novels, and diary novels. It is possible to describe the differences between these types in terms of a "narrative triangle" based on the communicative triangle of sender, receiver, and message. The poles [vertices] represent the fictive narrator, the fictive reader, and the narrator's subject matter, or what one might call the narrated world.
>
> The diary novel is distinguished from the memoir novel by the narrator's relation to the subject matter. The memoirist or autobiographer is at pains to give an account of past events. The present moment, the time of writing, is itself of little or no interest. The memoirist rolls out the past like a rug, the cohesiveness the chronological march of events projects,

> the unfolding of a "life," provides the novel with its ordering principles. The diary novel, in contrast, emphasizes the time of writing rather than the time that is written about. The progressive sequence of dates on which the diarist writes gives the narrative its temporal continuity. This present-tense progression tends to dominate the subject matter, so that the diarist usually writes about events of the immediate past – events that occur between one entry and the next – or records his momentary ideas, reflections, or emotions.
>
> In its temporal structure the diary novel thus resembles the epistolary novel. As in the diary novel, the time of writing in the epistolary novel, represented by the sequence of letters, establishes the dominant temporal order; and what a correspondent writes in his letter is generally limited to what has happened to him since he wrote the last letter, or to his sentiments, ideas, thoughts, and recollections that reflect his present temper. But unlike the epistolary novel, the diary novel does not presuppose a fictive reader. Letters are by definition addressed to recipient; diaries are normally private. (Martens 4-5)

Considering Song Zelai's *Wasteland Taiwan* and Ibuse Masuji's *Black Rain* against Marten's theorization reveals among other things the strange twists that time seems to take in nuclear narrations. Li Xinfu's diary in *Wasteland Taiwan* does in fact progress in what appears to be a temporal continuity. Albeit his entries are limited to months, the dates are left blank. In addition to recording moments of the immediate past and reflections on those moments, however, he also indulges in perhaps nostalgic ruminations of the past such as the story of how he meets and falls in love with Xiaohui. (Song Zelai 42-53) Fu Dawei in fact focuses on nostalgia in his unpacking of the novel (Fu, in Song Zelai 5-18). Yet perhaps more significant in his record of disaster is the repeated disclosure of ecological accidents such as leaks from nuclear waste disposal sites or the establishment of monthly "incineration weeks", a prescribed week each month for industry to burn its trash. Revealed in the diary is not only the existence of these weeks of garbage burning, but also the fact that during these times the Taiwanese need special equipment to drive their cars through clouds of smoke and must wear ventilator masks in order to breathe (Song Zelai 67-68). In addition to establishing a narrative of events punctuated by entry dates, temporal events like trash burning, and traditional moments such as the Mid-Autumn Moon Festival and Tomb Sweeping Day, Li's journal self-referentially develops the context for the journal and the more acute moments he records such as militaristic repression of human rights; in other words, the diary contains the moment and the years leading up to the moment of the diary suggesting that the text shifts between immediate diary and memoir or local history.

Labeling Ibuse's *Black Rain* a true diary novel in the strictest sense is also problematic not only because it contains more than one journal, but also due to redaction and readership. In the aftermath of the Hiroshima atomic bombing Takamaru Yasuko's diary is copied by Shizuma Shigematsu to account for her whereabouts in the days immediately following the bombing, in order to prove to a prospective husband and his parents that she is free from radiation sickness. At the same time, Shizuma recopies his own journal both to contextualize his niece's diary and to present to a local school as part of their efforts to document the suffering from radiation sickness and the original horrors of and following the bombing. Consequently the present moment is indeed the overriding interest of Shigematsu and Takamaru in the first inscription or enunciation of their experiences of the atomic bombing, but at least in the case of Shizuma the second inscription of the journal although formalistically remains punctuated by a progressive sequence of dates, thematically it is re-inscribed in an effort more akin to the motivations of the memoirist as outlined by Martens.

Song Zelai's diarist seems to write only for himself motivated by a sense of unease. In the first entry of the journal dated simply February, Li Xinfu writes,

> I don't know why, but I find I want to jot down these miscellanies (*zaji*). And it seems I must tell some people (*mouxie'ren*) about what's about to happen. Of course this might have something to do with how much I value my own life and experiences. Of course I'm no one important – only a reporter – maybe it's because I'm a reporter, it's

> become a professional habit that I naturally want to report on everything, and so I write this disjointed journal, maybe, but I can't be sure. (41)

Although Song Zelai's opening line ends with *zaji*, a recognized genre of Chinese literature dating back at least to the Eastern Jin Dynasty and Ge Hong's Western Capital Miscellanies, suggesting Song Zelai is maintaining his practice of composing a larger story with vignettes as he did with *Penglai*, more important are the readers for both *Black Rain* and *Wasteland Taiwan*. Shizuma Shigematsu is recopying his and his niece's journals for a particular reader, Yasuko's potential in-laws and future historians. Li Xinfu's diary is being written for some people. Contrary to diary narratives like Lu Xun's "Diary of a Madman", Nicholas Gogol's "Diary of a Madman", or even Helen Fielding's *Bridget Jones's Diary*, there is an intended reader beyond the writer. Gerald Prince has written of the diary novel "What about the narattee in a diary novel? Presumably, the writer of a journal intime writes for himself only or, at the very least, he does not write with a specific reader in mind, a reader whom he would regularly show his diary, for whose benefit he would mention or suppress certain details, whose questions he would answer, whose suggestions he would follow." (Prince 478) This last item does not hold true with Ibuse's novel, because Shigematsu and his wife Shigeko hold at least one editorial conference on what should and should not be included in the redacted version of Yasuko's diary.

Since the theme of the diary novel seems tied to answering the questions asked above concerning its assemblage into an anti-nuclear discourse and how or whether these works function as books, asking the question why write a diary of *hibakusha* suffering or a diary of ecological destruction and ideological corruption seems akin to the themes and motifs of the diary novel itself. I am not peaking of such topics as loneliness, authenticity, loss of self, quest for self or affirmation of self, which are so prominent in many fictive (and non-fictive) diaries but are also found in many other works. I am speaking of the theme of the diary, the theme of writing a diary and its concomitant themes and motifs. Why does the narrator begin keeping a diary? (Prince 479)Perhaps Li Xinfu begins to answer the question why even keep a diary with his compulsion to write about something that is about to happen, or, as Treat and others argue, keeping a journal is extremely commonplace in Japan, but what about the themes of authenticity or a self, which Prince so quickly dismisses? Perhaps they are alter-egos of the authors, but how do the assembled diarists lead to a better understanding of the potential these texts offer; in other words, how to they help define the critical or theoretical shift from contextualizing the diarists and diaries within the texts to situating diarists as well as their authors in contemporary ecological discourse, especially the ethics of establishing or even maintaining nuclear power plants in Taiwan and Japan?

The *watkushi shōsetsu* or more commonly *shishōsetsu*, is a well known genre or metanarrative from modern Japanese literature, which often hinges on among other things a game of cat and mouse between the reader and author as to how close in fact the events in the text parallel or link with the life of the author. As Edward Fowler suggests, it is the author's life that is the definitive text. (Fowler, xviii). A famous example is the affairs among Tanizaki Jun'ichirō, Chiyo Ishikawa, and Satō Haruo as encapsulated and implied in Tanizaki's novel *Tade kuu mushi* (*Some Prefer Nettles*). *Black Rain* or *Wasteland Taiwan* cannot be read as *shishōsetsu*, but the subject of a single consciousness narration lies inherent in the sub-genre. A diary novel seems to suggest a stable philosophical subject, one who describes several different narrative occasions and various sequences of events, and appears to suggest a regular passage of time which occasions several different sittings and a stable diarist who writes at these sittings.

In fact, Ibuse's novel is comprised of redacted versions of actual diaries kept by survivors of the atomic bomb and much of the novel is based on thousands of records "such as diaries, newspaper excerpts, notes, medical documents, and interviews with *hibakusha* and their families." (Tachibana 165) It is this assembly of a multitude of voices into a few that drew e Kenzaburo in a statement of mourning following Ibuse's death to note that "the excellence of *Black Rain* lies in Ibuse's ability to transform actual documents into his own style without rewriting their original meanings, and to describe the birth of new life in contrast to the misery of the *hibakusha*." (Tachibana 166) However, it is this same process of assembly that has drawn criticism of the novel. With the original publication of the novel there was no mention of the actual journal that inspired and upon which the text is composed, the diary kept by a man named Shigematsu Shizuma, it was only at an award ceremony that Ibuse remarked that he himself "should be called the editor of the novel" (Tachibana 175).

The diarist in Song Zelai's novel on the other hand seems to simply be the work of the author; however, one curiosity of the text is that very rarely does the diarist's name, Li Xinfu, appear in recorded dialogue. More curious is that Xiaohui a woman from his past who decides to divorce her husband and marry Li during the time span of the narrative usually refers to him as photographer (*sheyingjia*), because he wrote a book on photography and now is a state employed videographer. Moreover as a ranking party member, it is his profession and his political affiliation that give him access to sites and sights often beyond the purview of the general population, which in turn lead to his sense of unease and desire to write the journal. Li Xinfu creates an ironic underscoring of the validity of the written word; a protagonist with access to what can be presumed to be the most effective means of documenting reality chooses instead to put pen to paper. The power of the written word and traditional methods of inscription is also highlighted in *Black Rain*, concerned that the ink of a Western pen will fade, Shizuma takes pains to use traditional ink and a brush pen to record the events stemming from the ultra-modern atomic bomb (40-44). These validations of paper and pen be they traditional over modern or simply pen and paper over videography aside, considering the creation of a diarist by the collapsing of a thousand voices into six, or the melodramatic blurring of the individual into a profession suggest that as with the texts themselves, scholarly concern may be not with who wrote the diaries but how the diaries function or what can be done with the diaries and more largely the texts comprised of the diaries.

The diary is a very personal text; blank diaries are often sold with locks on them. And recalling Marten's discussion the narrative triangle is collapsed with a diary, because the reader is the writer. Perhaps such a personal narrative approach suggests a more engaged writer and reader. How then do these journals narrate nuclear disasters?

Narrating Atomic and Nuclear Catastrophe: Symptoms of Trauma

Written in 1984, *Wasteland Taiwan* certainly resonates with George Orwell's eponymous work not only because it includes a doomed love affair, television monitors that gently but insistently educate the population, and a political party known as the Beyond Freedom Party that could easily be construed as Big Brother, but also because of the dystopian atmosphere that permeates the novel, and the ghosts of trauma who haunt both texts. From the very beginning of *Wasteland Taiwan*, the importance of television and videography are foregrounded. As already noted Xiaohui usually calls Li Xinfu photographer instead of using his name or another term of endearment, and he spends a great deal of time driving among locations in Taiwan recording events ranging from the elimination of a perceived foe by killing everyone in the building to nude dancing. The writing of a journal may or may not be subversive, but the power of videography and broadcast media, especially closed systems, is repeatedly underscored by the narrator's occupation, and still more significantly by the public education television that citizens are required to watch daily. In the closing months of the diary the number of hours of required viewing is repeatedly increased. It is shortly after the daily dose is increased to five hours per day on entry 21 (September 2015) that Xiaohui disappears. In entry 22 and 23 Li learns of confusion on the coast and that fishing boats have already taken to the sea to net (*lao*) bodies. Thereafter Xiaohui and Xiaowei, a boy the couple were caring for, disappear, presumably drowning in the ocean. It is unclear if her body or ashes are in the tomb that he erects in her memory.

The fragmented diary suggests the fragmentary flashbacks or hallucinations that are symptoms of post-traumatic stress disorder. Thematic evidence of this psychiatric disorder unsurprisingly abound in *Black Rain*, but the disorder in Ibuse's novel demonstrate symptoms both in the assemblage of the text and in various diegetic registers. Edward Gunn uses the definition of trauma advanced by the American Psychiatric Associaion to consider representations of trauma in both theory and practice. Such a practice seems to help deconstruct Ibuse's and Song Zelai's novels. Gunn writes:

> Among the various ways to discuss trauma there is the most narrow and specific definition of it as post-traumatic stress disorder (PTSD; Chinese 創傷后應激障碍 or 創傷後壓力症候群). The discourse of medicine does not necessarily match those of literature and cultural criticism, nor need they conform to each other, and the focus here is on the strategies that literature and cultural criticism adopt to represent trauma in comparison to a current medical definition. The definition includes a collection of symptoms, any one of which might not have anything to do with traumatic experience, but multiple symptoms point with increasing intensity to a psychological syndrome caused by traumatic shock. The symptoms include "persistent re-experiencing the traumatic event [through intrusive memories or flashbacks, hallucinations or nightmares], persistent avoidance of stimuli associated with the trauma and numbing of general responsiveness [such as detachment from other people], and persistent symptoms of increased arousal [insomnia, acute and unpredictable episodes of anger, and hypervigilance]." (APA 424, 463-64) Although this is historically a recently defined syndrome (1980), which may or may not endure or be modified, its features had long before attracted attention and been recorded under other terms and diagnoses. And although Chinese literature is only occasionally given to psychological realism, still we do find occasional descriptions that strongly suggest aspects of the syndrome. (Gunn 2)

In the first week following the explosion, Shizuma's repeated trips to the city in an attempt to find coal is a literal re-experience of the site of the traumatic memory, but instead of flashbacks of being thrown from a train platform, he revisits the moment in encounters with incinerated and maimed human beings, the flashbacks are the reality that will become the flashbacks, and it might be suggested that each act of writing in a journal is a yet another persistent revisiting of the moment. Moreover, with each return to the city in an attempt to get coal Shizuma encounters a pedantic bureaucrat-soldier who refuses to help him; it seems reasonable to suggest that this hypervigilance is both the hypervigilance symptomatic of the syndrome and a procedure in order to avoid the unbelievable horror which he sees before him: the parade of broken, ruined human beings and an invisible city that disappeared in a bright, white, intense flash of light, heat, and sound. However, Shizuma is all too aware of the impossibility of filling in the vacuum the traumatic experience has created. One evening as Yasuko is helping Shigeko with dinner he walks into the kitchen and says, "I got through a lot today. I've copied all out up to the place where the West Parade Ground is jammed with people taking refuge from the mushroom cloud. Even so, I haven't got down on paper one-thousandth part of all the things I actually saw. It's no easy thing to put something down in writing." (Ibuse, translated by Bester, 59-60) Also worth noting is that although the text drifts from journal to journal visiting topics like a common meal in Hiroshima days before the bomb, to Iwatake's miraculous survival, in the final entry Shizuma reflects on the absurdity of a military uniform manufacturer now that the war is over and the hope that fresh water eels swimming in clear water offer (300). However, though the journal ends on such a note the novel ends with Shizuma's futile hope for Yasuko's recovery. His musing, "Let a rainbow appear – not a white one, but one of many hues – and Yasuko will be cured," grimly resonates with Gunn's assertion that "traumatic memory can always predict the future: it is the same as the past." (Ibuse, translated by Bester 300; Gunn 7)

If the narration of the aftermath of Hiroshima describes an ethos of repeatedly reliving the moment but never quite grasping the enormity of the inhumanity of the atomic bombings as in Shizuma's case, or avoiding the incomprehensible by hypervigilance towards clerical procedure with the young soldier, Song Zelai's *Wasteland Taiwan* seems characterized by the vacuum of the traumatic moment as in the disappearance of Xiaohui and Xiaowei into the ocean. There is no description of their demise only the notification that bodies are being pulled from the ocean and the suggestion that a mass panic or suicide has perhaps been instigated or triggered by five hours of public-education television a day. However, "a sense of "numbness"' and emotional blunting, detachment from other people, unresponsiveness to surroundings" also pervades the text. Nuclear accidents have become a common occurrence, or so it seems; people are blasé, there is little anxiety about radiation leaks from three nuclear power stations in 2000 killing 200,000 people and lowering life expectancy in Taiwan to 50. Li comments that it is not that people were not upset it is just that these things turn into political disputes and in the end dissidents end up in jail and nothing really gets done (Song Zelai, 39-40). But in another instance the potential trauma that the nuclear power plant near his home represents strikes him as a "monster" a "frightening temple where people pray for demons and evil" (56). In entry nine (April) Li seems detached as he reflects on the reputation Taiwan has attained among foreign contractors that build nuclear power plants as the "Kingdom of Nuclear Power"; the assumed risk that the Taiwanese seem willing to take on; and a reiteration of the 2000 accident that cost 200,000 lives as he and other party members and officials meet concerning another accident in a plant only fifty kilometers from his dormitory. As they walk home after the meeting, lost in his own thoughts he wonders if he and Xiaohui have contracted radiation poisoning until Xiaohui breaks down in tears and tells Li that before she dies she wants to marry him (123). Beyond the sense of numbness that seems to pervade Li, or the sublimation of the nuclear power plant into a monster or evil temple, Xiaohui seeks to avoid the trauma by turning to marriage. As with *Black Rain* the diarist repeatedly visits sites of trauma physically, and with each diary entry both texts revisit moments of human suffering, trauma, and atomic energy or weapons. The diary novel, with its repetitive nature seems suited to narrations of nuclear disasters because it is self-reflexive and self-contextualizing, the vacuum caused by a traumatic rupture comes into focus in part by repetition, and in part by the repetition of absence, because it is always just happening, or almost happening, and so both the vacuum and the absence are always immanent. Xiaohui's disappearance or death is lost, missing from the videographer's conscious memory, following or in entry twenty-two she disappears from Li's world, but not the diary.

Conclusion

Only three years after the Fukushima Nuclear Power Plant disaster and in the wake of recent protests in Taipei that led to the use of water cannons by riot police and a seven day hunger strike by the well-known political activist Lin Yixiong, the dangers of radiation loom large in both Japan and Taiwan in 2014. In her review of Egoyan Zheng's *Lingdidian* (*Ground Zero*), a thriller which in large part hinges on the post-traumatic stress disorder experienced by a nuclear power plant engineer, Fan Mingru playfully approaches the danger of radiation by suggesting a Taiwanese mentality with regard to modernization, ethnic pride, economics, and nuclear power among other things that argues "Japan can, why can't we?" before turning this mentality inside out with Taiwanese government officials who replied to the reality of the Fukushima Nuclear Power Plant disaster in March 2011 with "It can happen in Japan, but it won't happen here" (Fan 124). The political forces that installed and maintained the Fukushima Daiichi Nuclear Power Plant in Japan were not evil and totalitarian as were those that installed so many nuclear power plants in Taiwan in Song Zelai's novel, and I hope that an accident at any of the three nuclear power plants in operation in Taiwan would not lead to the horrors contained in *Black Rain*; however, the trauma and ecological degradation that Japan and the Japanese are confronting in the aftermath of March 11 haunts the Taiwanese too. It is impossible to know how in years from now stories from Fukushima will compare to stories from Chernobyl, but it may be possible to examine more fiction and perhaps film from Taiwan and Japan that confront the threat of potential nuclear disaster now. The repetitive nature of traumatic memory suits the repetitive nature of the diary novel in these two texts, but it seems reasonable that the symptoms of post-traumatic stress disorder will also appear in fiction, and fiction and documentary film both thematically and in the assemblages of the texts into cultural discourses. Perhaps the discursive space surrounding radiation and trauma offers a field in which to understand these two diary-novels in connection with each other, and novels such as *Ground Zero* and Ye Chunzhi's *Minghe* (*Acheron*) or stories such as "Futari no bohyō" ("Two Grave Markers") by Hayashi Kyōko, and how they do or do not transmit intensities, and how within the text itself other multiplicities are inserted and metamorphosed. The vacuum caused by traumas only atomic science can yield seems to loom in the shadows and sustain texts and writers such as these in the Japanese and Taiwanese literary establishment, perhaps seeking out and exploring these shadows may in turn lead to deeper analyses of formalistic and thematic similarities shared by authors and texts in the region with regard to cultural concerns such as antinuclear movements, engaged intellectuals, and the organic relations and assemblages among scholars and writers in Japan and Taiwan.

Works Cited

American Psychiatric Association, Diagnostic and Statistical Manual of Mental Disorders: DSM-IV. (Washington, DC: American Psychiatric Association, 1994), p. 424. Similar wording appears in DSM-IV-TR criteria, page 463-464. See also World Health Organization, International Statistical Classification of Diseases and Related Health Problems 10th Revision (2010) <http://apps.who.int/classifications/icd10/browse/2010/en#/F43.1>

Chen, Jianzhong. *Zouxiang jijinzhiai: Song Zelai xiaoshuo yanjiu*. Taizhong: Chenxing, 2007.

Clinton, Dan. "Annotation to Rhizome." *Theories of Media* (Winter 2003). Accessed June 9, 2016. http://csmt.uchicago.edu/annotations/deleuzerhizome.htm. Deleuze, Gilles and Felix Guattari. *A Thousand Plateaus*. Translated by Brian Massumi. Minneapolis: University of Minnesota Press, 1987.

Fowler, Edward. *The Rhetoric of Confession: Shishōsetsu in Early Twentieth Century Japanese Fiction*. Berkeley: University of California Press, 1988.

Fan Mingru. "Daoshu, huochufa, jishi: ping Lingdidian." *Lianhewenxue* 350 (2014): 124-129.

Fu Dawei. "Cong feixushijie lai de tiaozhan yu xiangchou: tan Feixu Taiwan de yizhong dufa." In Song Zelai, *Feixu Taiwan*, 5-18 Taipei: Caogen, 1995.

Gunn, Edward M. "Duanlie de qiangpo: Lun chuangshang de biaoshu celüe [Compulsive Repetition of Rupture: Strategies of Representing Truama]." in *Chuangshang jiyi yu wenhua biaozheng: Wenxue ruhe shuxie lishi, guoji xueshu yantaohui lunwenji* [Traumatic Memories and Cultural Representations: How Does Literature Write History?" An International Conference, Conference Proceedings], 1-7. Beijing: Shoudu shifan daxue wenxueyuan, 2013.

Ibuse Masuji. *Kuroiame*. Tokyo: Shinchō, 1970.

Ibuse Masuji. *Black Rain*. Trans. John Bester. Tokyo: Kodansha, 1969.

Martens, Lorna. *The Diary Novel*. New York: Cambridge University Press, 1985.

Prince, Gerald. "The Diary Novel: Notes for the Definition of a Sub-genre." *Neophilogus* 59.4 (October 1975): 477-481.

Rimer, J. Thomas. *A Reader's Guide to Japanese Literature*. Tokyo: Kodansha, 1998.

Sakaki, Atsuko. *Recontextualizing Texts: Narrative Performance in Modern Japanese Fiction*. Cambridge, MA: Harvard University Press, 1999.

Song Zelai. *Feixu Taiwan*. Taipei: Caogen, 1995.

Tachibana, Reiko. *Narrative as Counter-Memory: A Half-Century of Postwar Writing in Germany and Japan*. Albany, NY: State University of New York Press, 1998.

Treat, John Whittier. *Pools of Water, Pillars of Fire*. Seattle: University of Washington Press, 1988.

Wang, David Der-Wei. *Fictional Realism in 20th Century China: Mao Dun, Lao She, Shen Congwen*. New York: Columbia University Press, 1992.

White, Hayden. *Tropics of Discourse: Essays in Cultural Criticism*. Baltimore, MD: The Johns Hopkins University Press, 1978.

1940-60年代上海與香港都市傳奇小說跨區域傳播現象論[*]——以易金的小說創作與企劃編輯為例

須文蔚[**] 翁智琦[***] 顏訥[****]

摘要

1940年代上海就開始有一批創作者以現代化都市作為創作場景，書寫人情、階級、感覺結構在都市中發生的改變，以海派、新感覺派與張愛玲的先後湧現，呈現一種上海式的「都市傳奇」。易金在上海出版《上海傳奇》，在香港被翻印為香港傳奇，顯示易金在上海時期的小說創作，曾受到香港讀者的歡迎。隨著1949年後到上海文人南遷到香港，也有大量以現代化都市作為書寫對象的作品，可與上海都市傳奇對照觀之。易金編輯《香港時報》副刊時，以「香港傳奇」為欄目，廣徵各方作者投稿，掀起1950到1960年間，香港都市傳奇小說寫作的風潮。本研究以易金的都市傳奇小說書寫與企劃編輯作為分析對象，討論他在上海與香港時期的都市傳奇書寫，分析易金的都市傳奇特色與限制。

關鍵詞：都市傳奇、易金、香港時報、文學傳播、新感覺派

[*] 本文初稿宣讀於「第一屆文化流動與知識傳播國際學術研討會」，修訂後曾刊載於《臺灣文學研究雧刊》16期（2014年10月），頁255-286。

[**] 國立東華大學華文文學系教授。

[***] 國立政治大學臺灣文學研究所博士生。

[****] 國立清華大學中國語文學系博士生。

一、都市傳奇小說跨區域傳播現象

1940年到1960年代，香港文學的發展與上海有著千絲萬縷的關係。李歐梵直接稱呼香港作為上海的「她者」，兩者同時具有殖民地的特質，上海的文學與流行文化深深影響著香港。戴望舒、徐遲、蕭紅、葉靈鳳、張愛玲等人的赴港，加上國共內戰時期大量的資金與移民湧進香港，使香港經歷了「上海化」的過程。[1]上海的文學與文化注入了香港，和在地作家的創意交互輝映，形成了紛繁的文學風貌。

對日戰爭期間，1938年上海暢銷小型報《立報》在香港復刊，擔有建立「新文化中心」的使命。[2]1938年8月，胡政之把影響力巨大的《大公報》從上海遷到香江，設立香港分社，與漢口同步發行，成為國際認識中國抗戰的窗口。[3]及至1949年，國民黨派上海《國民日報》董事長許孝炎和李秋生到香港，於該年8月4日創辦《香港時報》（Hong Kong Times）。許孝炎接收了香港前《國民日報》、天津《民國日報》及上海《中央日報》之部分設備，加以利用、重組與結合而成，同年11月11日正式註冊為「香港時報有限公司」[4]。《香港時報》的創立，在1950-60年間，安頓了上海到香港的一批文人，也建立了臺灣政治、文化、文學圈與香港互動的一個據點。[5]作家南郭就曾生動地描述上海文人在1950年代於香港活動的身影：

> 這時京滬一帶的作家，相繼在港九兩地的大咖啡座出現，這是我對香港文學的印象之一。以前，上海作家常去新雅茶樓相聚，香港是很少喝中國茶的地方，於是大家都以咖啡取代；別人的下午茶，是談生意或娛樂消遣，文人作家飲下午茶，卻是會晤朋友與談論時局，我在每天下午都去「聰明人」或「半島」，先後發現過徐訏、易文、南宮搏、李輝英、劉以鬯、黃思騁這些人，在「淺水灣」（時報副刊）上面，又讀到過胡秋原、易君左、馬五、黃震遐、易

[1] 李歐梵，《上海摩登——一種新都市文化在中國1930-1945》（北京：北京大學，2001），頁340-343。

[2] 了了（薩空了），〈建立新文化中心〉，香港《立報・小茶館》（1938.4.2）。

[3] 周雨，《大公報史》（南京：江蘇古籍出版社，1993）。

[4] 李谷城，《香港中文報業發展史》（上海：上海古籍出版社，2005），頁312。

[5] 中國國民黨中央委員會文化工業會，《香港時報》（臺北：中國國民黨，1972）。

金、丁淼諸先生的文章，我的看法是春雷動了，播種的工作開始冒出了嫩芽。[6]

有關劉以鬯、易文、徐訏等人的研究，[7]先後湧現，次第豐富了香港文學史，但是關於易金的研究卻一直付之闕如。

易金在對日抗戰勝利後於上海編《中央日報》副刊，1949年後遷居香港，是數個副刊重要的編輯與主編。在文學創作上，西茜凰指出：「易金是都市傳奇小說的始創者，出版《上海傳奇》，畫三毛的張樂平從不為人作封面，卻為他的傳奇畫封面，背景是國際飯店，中間環繞一條魚鏈，表示大魚吃小魚。此書出了三版，在香港有人翻印為香港傳奇，將書中地名改在香港。」[8]作品遭盜印顯示易金在上海時期的小說創作，曾一度受到香港讀者的歡迎。他主編《香港時報》時，也以「香港傳奇」為欄目，廣徵各方作者投稿，掀起1950到1960年代間，香港都市傳奇小說寫作的風潮。

事實上，1940年代上海就開始有一批創作者以現代化都市作為創作場景，書寫人情、階級、感覺結構在都市中發生的改變，以海派、新感覺派與張愛玲的先後湧現，呈現一種上海式的「都市傳奇」。隨著1949年後到上海文人南遷到香港，面對全新的都市經驗，也有大量以現代化都市作為書寫對象的作品，可與上海都市傳奇對照觀之。本研究以易金的書寫與企劃編輯作為分析對象，討論他在上海與香港時期的都市傳奇書寫，分析易金的都市傳奇的特色與限制。

---

6 南郭，〈香港的難民文學〉，《文訊》第20期（1985），頁32-37。

7 劉以鬯研究除了有多單篇論文、學位論文之外，2009年嶺南大學人文社會學科研究中心與公開大學創意寫作與電影藝術榮譽文學士課程合辦了「劉以鬯與香港現代主義國際學術研討會」，2010年7月香港大學出版社出版《劉以鬯與現代主義》，為首部劉以鬯作品（梁秉鈞、譚國根、黃勁輝、黃淑嫻編）。2013年商務印書館發行《劉以鬯作品評論集》（梁秉鈞、黃勁輝編著，香港文學評論出版社有限公司出版）。易文相關研究較重要的則有黃淑嫻：〈易文的五〇年代都市小說：言情、心理與形式〉，《真實的謊話：易文的都市小故事》，（香港：中華書局，2013），頁2-23。黃淑嫻：〈重繪五十年代南來文人的塑像：易文的文學與電影初探〉，《香港文學》總第295期（2009），頁86-91。蘇偉貞：〈不安、厭世與自我退隱：南來文人的香港書寫——以一九五〇年代為考察現場《中國現代文學》第十九期，（2011），頁25-54。以徐訏作為對象的單篇論文數量非常多，專書則有寒山碧編著：《徐訏作品評論集》（香港：香港文學研究出版社，2009）。

8 西茜凰，〈畢生從事文化工作：易金永不言倦〉，《民報》（1987.9.29），第21版。

二、都市傳奇小說的定義與時代意義

易金於1940年代創作《上海傳奇》前後，正是海派文學、新感覺派乃至張愛玲[9]崛起的年代。何以上海作家筆下的「都市傳奇」會成為一種特殊的文學主題？無非在1930到1940年代的中國，面對西方工業文明的衝擊，以上海為中心的沿海城市加速了都市化與現代化進程，其他尚處於農村經濟的區域，是遠遠瞠乎其後的。[10]上海作家的感觸與書寫，無論「作意好奇」或「世俗化」書寫，對於處於廣大內地農村的讀者而言，無論是家族關係、婚姻制度或是生活方式的衝擊，都有著無形的動搖力道。

上海的「傳奇」小說可說繼受了中國古典「傳奇」的傳統，也吸納了西方「傳奇」（romance）的特質。

在中國古典文學中，「傳奇」本有紀錄、傳述奇聞異事的特質，承接了魏晉以來小說「志怪」的傳統。魯迅在《中國小說史略》就說過，傳奇小說是在傳統文學、特別是志怪小說的基礎上發展演進而成的，「尚不離於搜奇記逸」。[11]陳平原則指出：「唐人的傳奇與志怪，往往無法截然分開，尤其是各種小說專集，更是你中有我、我中有你。」[12]因此傳奇第一個特質，就是重視情節的「新異」，以「作意好奇」的寫作目的，「使小說真正開始了生活化、世俗化甚至言情化的過程，尤其是在以普通人、小人物為描寫對象的所謂「世情傳奇」的層面上。[13]。傳奇的第二個特質，就是刻意呈現敘事者的角色與位置，受到史傳文學的影響，敘事上喜歡把故事

---

[9] 將張愛玲置入將張愛玲擺入「都市傳奇」系譜，可能需要更多闡釋。不是不行，但是張愛玲的創作十分複雜，與同樣被擺入此一系譜者如張資平，差異不可謂不大。根據頁39所作的定義，張愛玲的〈第一爐香〉、〈第二爐香〉、〈心經〉之類也許符合，但是像〈留情〉、〈桂花蒸阿小悲秋〉、〈等〉等作品，並不具備什麼「奇異色彩的敘事」。如頁38談到傳奇的第一個特質就是「情節的新異」，張愛玲小說不一定以情節取勝，如〈等〉這樣的小說，更是幾乎可以說沒什麼情節的流動，而完全以擷取都市斷片、彰顯群眾中的隔膜為主。由於張愛玲並非本文的焦點，或可借由註釋，補充張愛玲放在此一系譜的複雜性。

[10] 錢理群、溫儒敏、吳福輝，《中國現代文學三十年》（北京：北京大學出版社，1996），頁160。

[11] 魯迅，《中國小說史略》，收錄於《魯迅全集：第九卷》（北京：人民文學出版社，1996）。

[12] 陳平原，《中國散文小說史》（上海：上海人民出版社，2004），頁250。

[13] 張文東、王東著，《浪漫傳統與現實想像：中國現代小說中的傳奇敘事》（北京：中國社會科學出版社，2007），頁19。

始末說清楚，更不乏以故事講述者第一人稱觀點，說明作品的創作緣由。[14]傳奇的第三個特質，就是在奇聞中安插了紀實的觀點，許麗芳就直指：

> 唐傳奇之藝術成就，主要在於其史筆之基礎外另有增飾之用心，即紀實之要求外亦有增飾敷衍等藝術講究。無論所述之事件是否真實有據，作品之篇末或開頭往往標明材料來源或發生時間，以塑造真實之情境，其間對於場景器物等描繪，亦多強調其間之可信度與真實性。[15]

正點出了虛構的傳奇中，總雜揉著紀實的文筆。

和唐傳奇一樣具有悠久的歷史，西方中世紀的「傳奇」總是與旅程、任務和騎士密不可分。傳奇主要目的在於刻畫出真實世界中殘酷的真相，但同時也給於讀者一個美好並且可達到的遠景。[16]不過，傳奇基本上是敘事題材的結構，和故事與歷史的意義很接近，十分難以定義。Beer認為，在古法語裡傳奇（roman）的字面意思是俗語書，或者「通俗書」，但實際上是指「詩體宮廷浪漫傳奇」。[17]也有工具書簡單地界定，傳奇是中世紀主要的娛樂性世俗文學。[18]亦有認為，中世紀傳奇是中世紀中、後期受到基督教思想和宗教文學傳統深刻影響，最重要的世俗敘事文學體裁，它主題豐富，題材廣泛，形式不定，但它最重要的敘事內容是騎士冒險經歷、宮廷愛情。[19]在17世紀以後，小說出現，傳奇引退，但到今天有演變為兩個分支，一種成為流行的言情小說，仍然以羅曼史（romance）稱呼；另一種演變成奇幻小說（fantasy），舉凡科幻小說、異域奇幻小說均屬之。[20]可見愛情與英雄歷險的傳奇依舊受到讀者的青睞，不斷出現在小說與電影當中。

---

14 李劍國，〈唐稗思考錄〉，收入《唐五代志怪傳奇敘錄》（天津：南開大學出版社，1998），頁98-99。

15 許麗芳，《古典短篇小說之韻文》（臺北：里仁書局，2001），頁63。

16 Barron, W. R. J.,*English Medieval Romance*(New York: Longman, 1987).p.4.

17 Beer, G., *The Romance*(London: Methuen, 1970). p.4.

18 Field, R., “Romance in England: 1066-1400”, in Wallace D. (ed.) *The Cambridge History of Medieval English Literature*(Cambridge: Cambridge University Press, 1999). p.152.

19 肖明翰，〈中世紀浪漫傳奇的性質與中古英語亞瑟王傳奇之發展〉，《四川師範大學學報（社會科學版）》，第35卷第1期（2008），頁77。

20 蘇其康，《歐洲傳奇文學風貌：中古時期的騎士歷險與愛情謳歌》（臺北：書林，2005），頁15。

在1930年代以降，上海的都市傳奇小說交融了中西文學史上「傳奇」的特色，也就是以想像性的情節營造為核心，故事背景與主題表達都市生活經驗，以「作意好奇」的文筆，世俗化的書寫，來講述具有虛構色彩的都市故事，或者說是富於奇異色彩的敘事。[21]特別是受到現代派美學的影響，都市傳奇小說對直覺、經驗與潛意識較為重視，嘗試對表現形式的創新，包括多元敘述及拼貼、象徵、隱喻等小說技巧運用。[22]事實上，易金所處的上海，在近代迅速發展成現代化都市，本身就是一個「傳奇」：

> 在這個「傳奇」的發生過程當中以及其後，上海所特有的「海派」文化背景，便成為一個從物質到文化、從文學到市場、從作家到讀者都被融入其中的巨大的「傳奇」性空間。由此出發，我們也可以簡單地說，上海這一獨特的「都市文化背景」，實際上就是一片不斷製造並宣洩著現代都市生活「新感覺」、「新浪漫」的「傳奇的天空」。[23]

都市傳奇小說因應而起的一個背景，莫過於上海都市化後，龐大市民階層出現，大眾讀者的消費市場出現，海派應運而生。無論是張資平、葉靈鳳等人，以新文學作家的身分在1920年代末「下海」從事通俗小說書寫。在傳統語言已經無法滿足作家對都市生活的體驗，都市現代化又鋪天蓋地而來的情況下，日本新感覺派與法國作家保羅穆杭對寫作的看法與實踐，應和了當時作家的創作心理，因此，1930年代「新感覺派小說」於是應運而生，[24]以傳奇風格寫作的穆時英，用現代人的眼光來打量上海，用一種新異的現代的形

---

[21] 張文東、王東著，《浪漫傳統與現實想像：中國現代小說中的傳奇敘事》，頁23-27。張文東，〈在「異構同質」的傳統與現代之間——傳奇傳統與中國現代小說敘事發端〉，《江漢論壇》10期（2008），頁94。

[22] 黃靜，〈一九五〇至一九七〇香港都市小說研究〉（香港：嶺南大學中國文學所碩士論文，2002），頁1。

[23] 張文東、王東著，《浪漫傳統與現實想像：中國現代小說中的傳奇敘事》，頁195。

[24] 1925~1926年日本新感覺派興盛之時，劉吶鷗正在東京留學，大量閱讀包括橫光利一、川端康成的日本新感覺派作品。1926年3月劉吶鷗從青山學院畢業後前往上海，結識施蟄存、戴望舒、杜衡等人，根據施蟄存的回憶，劉吶鷗是將日本新感覺派思潮介紹給上海文壇的重要人物。穆時英在〈被當做消遣品的男子〉裡，將對橫光利一、保羅穆杭與劉吶鷗的閱讀置入上海男女對話中。參許秦蓁，《摩登，上海，新感覺：劉吶鷗》（臺北：秀威資訊，2008），頁56。此外，日本新感覺派的創作概念與技法來自新感覺派創始者保羅・穆杭，特別是「摩登女郎」與「浪蕩子」的書寫，影響了上海新感覺派創作。參彭小妍，〈浪蕩子美學與越界——新感覺派作品中的性別、語言與漫遊〉，《中國文哲研究期刊》第二十八期（2006），頁121-148。

式來表達這個東方大都會的城與人的神韻，一時風靡上海灘。[25]直至1940年代寫出《鬼戀》的徐訏，以奇幻的故事抒發浪漫愛情，開創了新浪漫派。或是以張愛玲為代表的滬港市民傳奇，在在都可以發現，海派作家擅長以書寫都市傳奇，在「啟蒙」的重責大任下，同時奮力爭取大眾文學市場。[26]

因此，隨著上海向現代工業化、國際性大都市轉變的過程中，現代生活已經悄然淹沒了作家的耳目，誠如施蟄存的描述：

> 所謂現代生活，這裏麵包括著各式各樣獨特的形態：匯集著大船舶的港灣，轟響著噪音的工廠，深入地下的礦坑，奏著Jazz樂的舞場，摩天樓的百貨店，飛機的空中戰，廣大的競馬場……甚至連自然景物也和前代的不同了。這種生活所給予我們的詩人的感情，難道會與上代詩人們從他們的生活中所得到的感情相同的嗎？[27]

海派小說通過描述新的文化現象、新的階層、新的行為方式和思維方式，隱隱約約地透露出一種文化向另一種文化、一種價值觀向另一種價值觀轉變的意識和信息。[28]如更具體的描述在上海都市文明衝擊下的都市傳奇小說敘事，大體上包含了下列特徵：（一）都市傳奇小說企圖讓讀者看到了現代繁華都市的真面目，看到了都市中人的「都市」心態，都市傳奇書寫正是一種審美態度與世界觀的轉變，強調現代化的「新鮮」，更企圖透過敘事轉成新奇與生動。（二）都市傳奇小說追求大眾閱讀背景下的「傳奇化」的故事，尤其是愛情觀念的新奇與革命，新感覺派小說大受歡迎的原因，和作家縱情於都市男女的快速相遇與別離，其中欲望與情感的故事，向來富有傳奇性，待後期浪漫派的言情敘述接棒下，都會中聚散的不可思議，更在「新異」的渲染中被發揮到了極致。[29]（三）都市傳奇小說不乏

---

[25] 彭小妍認為，新感覺派書寫特徵之一是語言創新，並以「混語書寫」來指稱新感覺派小說語言中跨文化混種現象，正是現代性精神所在，包括外來／本土、國家／地方、古典／白話、菁英／通俗語言符碼之間創造性的轉化。以新感覺派為代表的都市小說，在小說語言形式上的試驗，也打造了上海都市傳奇的一種特殊風貌。彭小妍，《浪蕩子美學與跨文化現代性：一九三〇年代上海、東京及巴黎的浪蕩子、漫遊者與譯者》（臺北：聯經，2012）。

[26] 張文東、王東著，《浪漫傳統與現實想像：中國現代小說中的傳奇敘事》，頁94。

[27] 施蟄存，〈又關於本刊中的詩〉，《現代》第4卷第1期（1933），頁6-7。

[28] 李今，《海派小說與現代都市文化》（合肥：安徽教育出版社，2000），頁6。

[29] 張文東、王東著，《浪漫傳統與現實想像：中國現代小說中的傳奇敘事》，頁220-222。

消費場傳奇敘事與家庭傳奇敘事，交錯在虛實之間，雜揉了鋪張和探秘，既有市井趣味與舊小說、舊筆記筆意，又兼得散漫的紀實筆法。[30]（四）都市傳奇小說的新意不僅「冒險」與「奇遇」，更重要主角必須面對文本生活、作家生活與社會生活的二重背離的產物，其中最為突出的，往往是其所呈現的對社會政治局勢的疏離，以及這種疏離之外的自我感覺。[31]

易金提倡的都市傳奇小說，無論在上海或是香港，都正逢兩個城市進入都市化的時刻，經濟環境逐漸邁向繁榮，大都會的人際關係疏離，精神文明成為新世代讀者追求的目標。在易金之前的新感覺派都市小說，把文學中的「都市」地位提高了。小說裡不僅有都市中的人，還有人心目中的都市，並運用現代派文學的視野，反思社會面臨現代化的衝擊，因此能夠獲得上海的大學生和寫字間職員讀者群的青睞，進而把現代話語傳播市民階層當中去。[32]而易金進一步將戰爭中的冒險經驗，把英雄頌歌帶進過於強調消費傳奇的海派小說中，讓驚魂未定的市民思索在都市重建的過程中，如何消化戰火的夢魘，並進一步思索中產階級要面對的婚姻、家庭與工作問題。

易金的香港都市傳奇書寫，則可以放在反共的戰鬥文藝風潮下觀之，但由於他將背景設定在香港的上流社會中，透過諜報與奇幻題材的書寫，描寫都市上層與中產階層的生活方式，為大眾讀者提供了一種階層翻轉的想像空間，極大地滿足著大眾讀者窺視上層或中產階層的慾望。這種都市傳奇書寫的方式，無疑將海派把小說背景設置在舞廳、公園、電影院、咖啡館等都市消費文明的載體上的手法，遷移到了1950年代的香港。誠如張文東、王東所說：

> 尤其為大眾讀者勾勒出一種中國人不常經驗、卻異常嚮往的都市生活。在這些描寫中頻頻閃現的奢華的生活場景，其意義並不僅僅是

---

[30] 吳福輝的觀點頗值得參考，他認為海派的敘事趣味大體溶解在兩種傳奇形式之中。異軍突起的是消費場的傳奇，專寫舞場、影院，可看作是對近代狎邪小說以妓院為公共社交中心的反撥和繼承。這種敘事後來還是敵不過傳統更深的家庭傳奇，張愛玲等人的家庭故事遂佔據了主位。歷史傳奇也有，但已消褪了「英雄」本色，不是白頭宮女說玄宗，或寄託「舊時王謝榭堂前燕，飛入尋常百姓家」的興亡之感，反是像施蟄存的歷史心理小說，拐著彎子來述說今人今事了。吳福輝，《都市旋流中的海派小說》（上海：復旦大學，2009）。

[31] 張文東、王東著，《浪漫傳統與現實想像：中國現代小說中的傳奇敘事》，頁226-227。

[32] 錢理群、溫儒敏、吳福輝，《中國現代文學三十年》，頁254。

> 故事發生的地點性說明，實際上更多的是這些生活場景所附載的生活模式，它們在大眾讀者心目中將成為一種具有理想意味的生活想像，從而使小說有了一種特殊的閱讀吸引。[33]

無論是新感覺派告別意識型態的欲望敘說，還是後期浪漫派引人入勝的新奇敘述，乃至於易金在香港時期強調的都市傳奇小說，都是在依據大眾閱讀趣味的基礎上，強調小說故事性、現代性與不尋常的特質，加上經常以紀實的背景書寫現代都市，於是在世俗與消費的大眾文學市場上，與傳統的「傳奇」本質相互呼應。

三、易金的小說家與編輯生涯開端

易金，本名陳錫禎，尚有筆名圓慧、祝子、雪雪明。原籍江蘇，1913年1月28日出生於浙江寧波，抗戰軍興，從事新聞工作於上海。當第三戰區1938年在安徽屯溪創辦《前線日報》，就加入編輯陣容，與總編輯馬樹禮合作密切。1942年《前線日報》撤遷到福建建陽，途經崇安時遭到敵機轟炸，兒子罹難。根據馬樹禮的追憶：

> 易金兄之夫人于陵女士，亦中彈傷及骨髓，致半身不遂，以建陽醫療設備不足，特移往南平醫院治療，易金兄隨伴在側。于女士為人賢慧異常，因不忍易金兄長久陪侍，亦不願見易金兄之久假不歸，乃暗中集存醫院之安眠藥，偷服自殺。[34]

於是易金孑然一身，以迄謝世。這一段感情上沈重的打擊，就不斷出現在易金這段時間傳奇書寫的題材中。

易金於1945年回到上海，擔任《中央日報》副刊編輯。之後於上海出版了《夢外集》[35]、《太太專車》[36]、《上海傳奇》[37]等書。易金約於1946

---

[33] 張文東、王東著，《浪漫傳統與現實想像：中國現代小說中的傳奇敘事》，頁203-204。

[34] 馬樹禮，〈總統府資政馬樹禮先生來函〉，《香港時報》（1992.2.22），第21版。

[35] 易金，《夢外集》是回憶的散文，紀念他的成家與毀家歷程（北京：中國民報社印，1945）。

[36] 易金，《太太專車》（北京：復興出版社，1945）。

[37] 易金•《上海傳奇》（北京：中央日報社，1949）。

年起將作品發表於各報刊，在《前線日報》、《京報》、《春秋》、《幸福世界》、《宇宙》、《大偵探》等報刊雜誌中，都能見到易金的作品。小說集《上海傳奇》更曾於1950年在香港遭盜印，改動內容，標題甚至改為《香港傳奇》，作者易名為陳易經，由香江出版社出版。

易金的《上海傳奇》目前不易取得，就網路上所得的目錄，與期刊資料庫中可比對與找到的篇章，〈春天的秏子〉是該書中的一個短篇。此外，以下就目前蒐集到易金在上海時期的作品〈八年的頭尾〉[38]、〈抗戰夫人〉[39]、〈常州城外的故事〉[40]等，一併分析他都市傳奇小說的嘗試。

在〈八年的頭尾〉（1946）中，易金以上海影壇為背景，書寫青年愛侶的聚散。他以書信形式，展開一對男女的過往情事。女明星趙歸某日在上海周出版社收到署明為莊佩明的來信，莊佩明是趙歸學生時期的情人，兩人曾從家鄉周鎮一起到蘇州念書，後來因父母幫兩人各自安排婚事，趙歸與莊佩明便決定私奔到上海，投宿在一家旅館裡。當時正逢蘆溝橋事變，世事紛亂，日子過去，兩人盤纏告罄，莊佩明表示要向親戚借錢，竟然遇到母親來尋，一去不返，讓趙歸陷入困境。趙歸只得離開旅館，住到莊佩明朋友郭景柔家中，也因此得知莊佩明已回家鄉結婚。命運弄人，日軍轟炸上海，大世界一地死亡幾百人，郭景柔也殞命，更讓趙歸孤立無援。在一次機緣下，趙歸進入匯眾影片公司，成了小演員，也因夜夜上舞廳上了小報。八年後，莊佩明因在報上看到趙歸的消息，因此重新寄信與她連絡，但趙歸以為兩人情感已經十分淡薄，卻又舊情難忘，連夜搭火車到南京，兩人再見。莊佩明已有三個孩子，但他對趙歸既愧疚又舊情難了，便要求趙歸當他的情婦。文末，趙歸雖然提出再會面的誘惑，但面對全無自由的佩明，也只能夠把邀約吞進肚裡。

〈八年的頭尾〉的題材與問題小說的傳統很接近，但故事的「傳奇」性卻建立在與魯迅或左翼小說觀點迥異的書寫上。魯迅在《傷逝》中，青年男女涓生與子君衝破封建禮教，追求戀愛自由和個性解放，最後卻以悲劇告終，觸目驚心地提出了一個尖銳的問題：「人必生活著，愛才有所附麗。」和魯迅一樣，對五四時期知識份子，特別是女青年奮鬥出路的回答，左翼小說家幾乎是一面倒的以悲劇回應。而易金卻讓趙歸脫離傳統家

---

38 易金，〈八年的頭尾〉，《春秋》第3卷第2期（1946），頁100-108。

39 易金，〈抗戰夫人〉，《春秋》第4卷第1期（1947），91-98。

40 易金，〈常州城外的故事〉，《宇宙》第3期（1946），頁11-16。

庭後，無懼於家人辱罵「生活不檢點」。而且歷經抗戰與上海媒體的壓力，她竟然能不以小報的攻擊無忤，認為：

> 既然她的名字已在一種可說意外的殊遇中獲致了報紙上的露面，她自要異樣小心地培養這份珍貴的收穫了。[41]

於是力爭上游，在八年的努力中，在影壇掙出一片天。甚至在佩明祈求原諒之際，竟然是趙歸主動搭了火車赴南京探望，甚至說出：「要是你也肯趁兩夜的火車，那天你有空也可以到上海去看看我。」的挑逗言語，更顯現時代女性趙歸是充分獨立、自由且個性解放的，反倒是知識青年佩明受到家族的約束後，顯得蒼老、徬徨與怯懦。顯然易金以抗戰八年間上海影星的成長與變化，別開生面地以一則都市傳奇，解答娜拉出走後如何生存的設想。

易金在〈抗戰夫人〉（1947）中，則透過一位官夫人的角度，道出女主角的人生與情感選擇，從多情到絕情，一切訴諸於權力與金錢，是一篇語言較為詩化，並充滿警語的都市傳奇。小說以第一人稱寫成，閱讀者是「你」。女主角是已婚婦女，有一個富有的、發國難財的投機家在追求她。投機家已有一個才會走路的孩子，妻子半個月前過世了。女主角為此夜不成眠，之後決定要跟投機家交往，並從他那想辦法獲得錢財，同時要讓丈夫知道她有做這些事的膽量。女主角從投機家那獲得許多錢財，她把錢送到難民收容所；也因為丈夫得知女主角另有他人追求，對她呵護有加，更加百依百順。逃難時，女主角在難民的罵聲中坐上汽車逃難，她說，因為丈夫是官，她是官夫人、投機商的老闆娘，這樣的身分本來就是該坐著汽車逃難的。她本來也不願意當一個官夫人，她的汽車座位上「全是針刺」，但她最後還是選擇當一個「缺少一點靈魂的女人」。逃難到了第二個地方後，傳來投機家破產了，投機家後來因為事業，不得已找上女主角丈夫幫忙，讓女主角十分尷尬，深怕「不清白」的歷史曝光。但兩個男人結合在「利」之前，完全無視於她的存在。於是夫人說：「有一根鐵鍊，一把鎖，不知什麼時候吞下肚去，現在它穿過我的心，就不客氣的鎖住了。」從此她決定當一個沒有「心」的官夫人，舒舒服服地過日子。

---

[41] 易金，〈八年的頭尾〉，頁107。

〈抗戰夫人〉是易金批判時局的作品，他依舊沒有選擇左翼的寫實觀點，描寫官商勾結的黑幕，也沒有以諷刺的口吻，書寫官員在後方利用公共資源逃難與躲空襲，反而以充滿艱澀意象的詩化語言，緩緩道出：

> 大家在「喊」逃難，在「準備」逃難，在「怕」逃難的時候，我們就這樣的離開了那個地方，自然是最早的一批。坐的公家汽車，支的公家旅費，那裝我家具的卡車，堆得高高，連老媽子乾女兒的未婚夫的一個同學也擠上了。不知被多少人罵，我的心被搗爛，被示眾，被那些率直又可愛的父兄姊妹們「命題」過。總之不會是紅色的，不會是有熱氣的。如果我有一分抗議的話，那連你也是「罵者之一」，我求一個人寬恕，我就永遠「坐在汽車裡」低頭。[42]

從這裡明顯可以看出易金受到新感覺派語言結構的影響，將官員逃難過程進行創造性的轉化，企圖以此翻轉、衝撞時局與體制的無奈。值得注意的是，這篇紀實之作，採取「傳奇」常用的模式，由講述者第一人稱觀點，說明作品的創作緣由，主人公的證言：「信是我罪過的紀錄。」讓讀者得以窺視上位者的生活、情慾與權力的運作。

〈常州城外的故事〉（1946）則以戰爭為背景，使用框架敘事策略，由主角擔任說書人講述關於徐克夫的故事，具有傳奇敘事的模式。說故事的地方分別在作者的故鄉、上海、醫院裡和皖南。主角也在不同的時間，面對不同的對象，包括偽警、偽警局長、妻子、失眠患者以及文書官，次第描寫了徐克夫闖進常州城，在電影院裡打算生擒日本憲兵隊長，但功虧一簣，在擊斃憲兵隊長後，揚長而去的遭遇。主角在民國二十八年去皖南沿江前線時再次遇到徐克夫，徐克夫已是營長，在殷家滙剛打贏了一場仗，但他始終沒把故事寫成。後來遇到兩個文筆很好的朋友，他便把徐克夫的故事講給朋友聽，相信朋友會把徐克夫的故事呈現出來的。後來主角搬到山上的和尚廟住，因緣際會下又講起徐克夫的故事，解開了徐克夫為何要生擒日本憲兵隊長的動機。

易金寫〈常州城外的故事〉將抗戰時期的英雄歷險，放到上海都市傳奇中，擴充了原本消費意味濃厚的海派小說。對照西方的傳奇故事的傳

---

[42] 易金，〈抗戰夫人〉，頁94。

統，表面是民族在抵抗外侮時，人們的英雄崇拜或愛情嚮往，但究其深層，往往是那個時代與社會需要一種統合的力量，透過如此奇幻、不可思議的故事，凝聚民心而發酵情緒促進團結，也因為有遊唱詩人不停歇的創意，傳奇才能流傳在封建時代的歐洲，反映了大眾的文藝品味。[43]易金在戰爭結束後，上海風起雲湧打漢奸的時刻，寫游擊隊的英雄傳說，自然有其提高民族認同的潛在意涵，至於順帶為偽警局長暗助英雄，是否為在戰爭期間替偽政府服務者緩頰，在當時氣氛詭譎的上海，這篇傳奇更添上了翻案的意味。

《上海傳奇》則為小說結集，故事多具異想性質。當中一篇〈春天的耗子〉（1948）頗具代表性。主角「我」為一文藝人士，因妻子去世而情緒低落。在一個失眠的夜晚，主角又遇家中鼠患，思及過去滅鼠，是為了取悅妻子，而今同情與放縱鼠輩，是因為雙方同感孤寂，也因而寫下對老鼠的對話，直至天亮。

〈春天的耗子〉表面上是人鼠的對峙，實則是作者顯現都市生活的疏離與孤寂，加深了他的喪偶之痛。在〈春天的耗子〉中，作者對老鼠說：「可是現在你們的『仇人』已走完上帝給她所走的路。還去了，而我？竟違背了她的囑咐，現在有和你們妥協了？」看似平淡，但如對照〈常州城外的故事〉中，易金又將妻子命危的故事說了一次，更為細緻地寫道：

> 妻躺在醫院裡了，有六個月六天之久，最後一個月，那日曆握在死神手裡，我一天天去撕的時候，臉上抹著笑，心裡刀在割，一個故事兩個笑話，這樣打發日子，有時還得一本正經地騙她，說些病必然好的理由，我自己忘了拉住一個沒有希望的人在這個世界裡受痛苦，是最大的殘酷。[44]

於是主角對妻子完整而精彩地說了徐克夫刺殺日本憲兵的故事，安慰了傷重的妻子。何以這樣一個故事，要反覆敘說？易金十分深情地說，雖然妻子死去了，但每說一次徐克夫的傳奇故事時，妻子的身影便會閃現。誠如王德威的解釋，敘事，或是寫作，是把記憶轉化成為藝術，是用確定的形

[43] 蘇其康，《歐洲傳奇文學風貌：中古時期的騎士歷險與愛情謳歌》，頁15。
[44] 易金，〈常州城外的故事〉，頁13。

式把過去的殘片整合起來的努力，對作家而言，寫作不僅是趕跑鬼怪的驅魔儀式，也是一種施魔形式，一次次把人們引入記憶的深穴，照亮了那些沉入黑暗的通道。[45]在這種探索性的寫作藝術中，復原過去不僅帶來宣洩與放逐，也會帶來新的痛苦和快樂。易金在他的上海傳奇中，把戰爭英雄傳奇與喪妻之痛綑綁在記憶中，告訴讀者像他這樣一個說故事者，不僅要傳述一個英雄的勇敢，更要激起國仇家恨。他的重複乃是一種要把被抑制的原型情節（master-plot）講述出來的持續努力，以傳奇感時憂國，以傳奇消解心頭的憂傷，甚至將文字化身為奧菲斯（Orpheus）去探訪妻子，更增添了他的上海傳奇的抒情意涵。

四、易金在香港時期的創作與都市傳奇小說的推廣

1948年上海淪陷，易金赴香港。正逢沈秋彥於1949年3月15日創刊《上海日報》，擔任副刊主編，該報副刊主要作者為還珠樓主、陳蝶衣、徐卓呆、鳳三。同年8月4日，《香港時報》創刊，被社長許孝炎聘為副刊編輯。1953年6月易文（楊彥歧）離開《香港時報》後，易金接任副刊主編。

1967年9月22日查良鏞創刊《華人夜報》，易金一度轉任編輯，及至兩年後報紙改名為《明報晚報》，返回《香港時報》專職副刊編務，分別負責「文與藝」與「東西南北」兩個副刊，作家羅小雅、小思、小不點、陸離、小鳥、李默、張樂樂、柴娃娃、蘇守忠等，都活躍於易金主編時期的副刊上。1978年轉任《香港時報》副總編輯，1981年升任總編輯，退休後受聘為編輯顧問。[46]直至1992年2月15日過世，易金一生幾乎都在編輯台工作，同時孜孜不倦投身小說、專欄與劇本的寫作。

值得注意的是，易金自1949年赴港任《香港時報》副刊編輯後，便與易文於副刊開啟「香港傳奇」專欄，持續三年。與易金同為《香港時報》副刊編輯的易文，書寫了大量的都市小說，[47]也忠實扮演國民黨的文藝政

---

[45] 王德威，《茅盾，老舍，沈從文：寫實主義與現代中國小說》（臺北：麥田，2009），頁308-310。

[46] 張俊青，〈哀痛至深悼易金兄〉，《香港時報》（1992.2.23），第8版。

[47] 黃淑嫻指出，當易文走進上海這個花花都市。以他的背景，他能夠盡情體驗都市的好處，少了一種五四文人對城市的批評。在年記中，他寫到「我初次搬遷，自北京到上海，第一個印象是：住所狹隘，而百貨商店奇大。」易文的說充滿物質，例如衣服、汽車、房屋等等。小說訴說都市人如何希望得到物質而來的種種困擾。易文並不依戀鄉土的淳樸人情，他樂於理解都市人的喜怒哀

策在港推動者的角色。在五十年代初期，中共不但在香港設立有機關報《文匯報》，為了加強文宣攻勢，又在香港辦了一份《新晚報》。[48]《香港時報》創刊未久，《中央日報》、《新生報》兩報的香港航空版銷路極少，臺灣支持《香港時報》為了與中共宣傳競爭，[49]但編輯部門很快就發現，要在香港的報刊市場生存，「在地化」的內容十分重要。

在地化的香港傳奇與都市現代化進程有著密切關係。和上海過去的都市歷史與文學發展一樣，由於生活日漸現代化，消遣方式也日漸現代化起來，因此跳舞、賽馬、賽狗、賭博、園遊、看電影、夜總會等娛樂盛極一時，都成為香港傳奇不可或缺的場景。同時文學生產模式也跟著轉變，由於將銷量作為發行的主要考慮因素。為了市場，創作也變得市場導向，由讀者品味和需要決定作品的模式。越能以讀者喜愛的方式寫作的作品，銷路越好，越能為出版社或報社獲利[50]，也就成為報端或書報攤上受歡迎的內容。

有趣的是，當香港都市的現代化日漸超越上海時，在經濟的瘋狂增長之中，我們也看到一個奇怪的文化景觀：當香港遠遠地把上海抛在後面時，這個新的大都會並沒有忘記老上海。香港對老上海懷著越來越強烈的鄉愁，並在很大程度上由大眾傳媒使之鞏固，透過文學、娛樂、影視媒體使之留存在香港的文化中。[51]在數量統計上，易金與易文企劃的「香港傳奇」專欄內容為一日小說，作者眾多，自1950年至1952年共計約280篇作品。「香港傳奇」專欄著重於描寫香港都市空間中的奇人異事、偶遇情節，目的在於勾起讀者的好奇心態。

作為「香港傳奇」的幕後推手，易金在1940-1960年代也辛勤筆耕，大量發表小說與雜文於香港的《香港時報》、《星島日報》、《星島晚報》等，以及臺灣的《中央日報》、《聯合報》等報刊上。其中不乏「都市傳奇」的小說類型。從〈告羅士打的鐘〉、〈幻想街十號〉、〈乾涸的海峽〉、〈墮

樂，往後他要比其他南來文化人更能融入香港都市，可能是源於他的成長背景。黃淑嫻，〈易文的五〇年代都市小說：言情、心理與形式〉，《真實的謊話：易文的都市小故事》。

48 南郭，〈香港的難民文學〉，頁35-36。

49 雷震，《最後十年》（臺北：桂冠，1990），頁2-3。

50 白雲開，〈都市文學的市場及媒體元素——以李碧華及穆時英小說為例〉，《都市蜃樓：香港文學論集》（香港：牛津大學，2011），頁232-233。

51 李歐梵，《上海摩登——一種新都市文化在中國1930-1945》，頁344。

馬人〉、〈演戲的人〉[52]等作品中，都能見到他在反共文藝的風潮中，以香港都市文化作為背景，以情報員的祕密任務為核心，以咖啡廳、飯店與賽馬場的繁華背景，書寫比「上海傳奇」更具現代性的都市傳奇。

由於五、六十年代的香港文人需要大量發表作品於報刊來維持生活，一次接好幾份專欄者大有人在。因此，易金來到香港後，創作類型也從短篇轉變到長篇連載。長篇連載的小說創作雖趨向大眾性，但也間接傷害到傳奇的質地。這是作家的難處，也是香港文壇的悲哀。

易金小說多連載於報紙副刊，每一回的開始與結束，大多以新、舊角色的出場或者離開來延續「連載」。易金小說多具有懸疑性特質，主角通常即為第一敘述者。透過主角的自白或者與其他角色的對話推展情節，故事得以前進。主角的心事總是顯得源源不絕，他們時常是文人雅士、不明職業的紳士、賽馬人、精神病患或者身屬神祕組織的革命情報員等等。無論職業身分為何，性格則多為浪漫感性、情感豐富，具幻想力的男性，偶爾則為具強烈自我意識並依附男性生存的美麗女性。易金的小說常使用框架敘事去進行主角的跳換，透過轉述第三者說的事情來取代作者的全知觀點，且有時會揭露提供故事來源的第三者正是主角「我」。易金也時常透過物件進行故事主題的象徵，在易金小說中，反覆看到鐘錶、香煙等所暗示的故事時間流逝或者主角之間的情感糾葛。

《告羅士打的鐘》[53]是一部長篇小說，於1950年10月23日到1951年2月14日，連載於《香港時報・淺水灣》，全文共106回。告羅士打的鐘標示出香港重要的城市地標，是香港1926年建成告羅士打行的鐘樓，位於香

[52] 《演戲的人》，連載於《香港時報・淺水灣》（1951.2.16-1951.4.6），共50回。小說連載至第四章，但全文未完。小說以一名女子與男子在餐館的碰面開啟。女子在意外貌的美麗能持續多久，男子則問道寫作生命能維持多久。女子離開餐館時刻意遺留一個要給男子的皮包。之後她去信要求男子寫一篇六萬字中篇小說，稿費有六千元，而讀者僅能是她一人。不久女子又取消邀稿，僅希望能與男子成為好友。後來他思索許久，終在一個雨天下午動筆寫那六萬字的小說。男子的小說名為「演戲的人」。故事發生在中日戰爭時期的中國浙江雲和。副刊編輯與劇團成員張輝、胡敏彼此一起瑣碎地談論生活、感情與話劇，並盼望著抗戰結束能早日一起回到上海。《演戲的人》連載時，會以一則標題來說明或者喻示當天的故事內容。這些標題有的是小說語句的複製，有些則是作者直接指出故事的含意（然而有時的標題其實是意味不明的）。比方說：化裝得像都市裡的寄生草、提防太陽上的黑點猖獗、私生子的聰明・混血種的漂亮、矮胖的人聲音也重濁……等。由於小說未繼續連載，目前內容也過於瑣碎，若能見其全貌，也許對小說本身的故事能有更多理解。

[53] 易金，《告羅士打的鐘》，《香港時報・淺水灣》（1950.10.23-1951.2.14），共106回。

港島中環德輔道中與畢打街交界處，是中環地區的地標，已經於1976年拆卸。《告羅士打的鐘》的故事描述一群中產階級以上的青年男女，在告羅士打大廈的鐘樓底下相識並聚首，以告羅士打鐘的時間為彼此的約定暗號。他們彼此戀愛，但也互相猜忌著。每一回的聚會皆在進行互相坦白，私下卻也各懷鬼胎。這群青年男女的其中幾位來自某個神祕政治組織，他們要偵查男子保羅與其妻——來自上海的散文家——火雪的底細與在港的行動。青青是這群男女競相爭取拉攏的一名女子，故事發展至後期，才知道青青的父親原有三個小名「瑜瑜」的女兒，青青、火雪以及神祕女子小珠。故事結尾是眾人聚首，宣讀青青父親的遺囑，並讓青青與姊姊火雪相認，而小珠卻因故已不知去向。

《告羅士打的鐘》大致而言，是以對話推展情節的小說。《告羅士打的鐘》較少描述性的段落，而是以主角之間的對話使讀者理解故事。每一回的開始與結束，大多以新、舊角色的出場或者離開來延續「連載」。值得注意的是，《告羅士打的鐘》有兩個重複出現的象徵，一是捲菸，一是時間。每一位小說主角都抽捲煙。他們待客之道是遞上捲菸、延續下一步行動是點燃新的一根捲菸、計算時間的方式是點燃捲菸的時間。男女之間的關係也以抽捲菸來比喻，抽到一半時極想拋離，待到快抽到底時卻又心生不捨。抽捲菸的矛盾即是小說中人際關係之間的矛盾，也製造了懸疑與迷濛的氣氛。易金把諜報的情節，一個上海來的散文家身上的祕密任務，加入了香港都市傳奇中，在《香港時報》高舉反共文學陣地中，既回應了黨國的政治作戰，也以英雄歷險的敘事書寫香港城市傳奇。同時為了彰顯香港，易金讓中環的地標「告羅士打鐘樓」成為重要的象徵，既是主角們重要的約定暗號，也指出時間是小說的重要主題。易金機敏的點出了都市傳奇中中產階級主角們都很在意時間，他們到哪裡都在看錶、注意時間。青青曾經在聚會時，以錶面上的時針與分針比喻男女間的性格與攻守關係。錶面的時時變化，其實也象徵了這群年輕男女在時間推進中的變化，命運使他們聚少離多的滄桑，增添了都市化中市民的疏離心態。

小說《愛的摸索》則是於1952年4月1日到7月15日間，於《香港時報・淺水灣》連載，本篇共106回。[54]《愛的摸索》更貼入了香港市民生活中，也顯示了香港中產階級複製上海娛樂與休閒生活的諸多場景，例如舞

[54] 易金，《愛的摸索》，載於《香港時報・淺水灣》（1952.4.1-1952.7.15）。

廳與夜總會。這則都市傳奇走的是奇情的描寫，主角秦邦在雜誌公司出版社擔任編輯，秦邦與結婚八年的太太因故吵架，太太離家兩週，秦邦留連舞廳，因此結識舞女鄖如，並與之發展一段地下情，直到秦邦與太太和好如初後結束。秦邦也向太太坦承外遇，並保證不再犯。另一方面，秦邦在上司張經理的介紹下認識計畫出版小說的莫先生，張經理與莫先生是多年好友，秦邦因此跟莫先生開始來往。過了不久莫先生結婚，秦邦後來發現莫先生的結婚對象是鄖如，而兩人蜜月歸來後，莫先生因與新婚妻子感情不睦自殺。張經理幫忙後事，因而認識鄖如，之後與和鄖如在同舞廳工作的舞女荷珠結婚。

《愛的摸索》和《告羅士打的鐘》中一樣，依舊有著「戰鬥」的意識，易金照樣設定了一個祕密的情報任務。因此，故事除了圍繞著秦邦、太太、鄖如、荷珠、張經理彼此之間錯綜複雜的感情糾葛外，轉折處是太太在與鄖如會面後失蹤，同時新婚的張經理也失去消息，在秦邦和荷珠、鄖如等人的抽絲剝繭下，發現原來張經理的另一身分是從事政治活動，鄖如、荷珠、莫先生等人都和張經理一樣有祕密身分，只是彼此所屬不同單位，故不知對方的祕密任務，莫先生和秦邦的太太更是情人，莫先生在任務失敗後自殺，太太和張經理也因任務遠走他方。易金在這則都市傳奇中，也依舊有著新感覺派式的寫作風格，選定了菸作為象徵，秦邦太太以幫他點菸以示服侍之意，秦邦認為這是太太對他的「控制」，鄖如送給秦邦的菸盒是他身邊必備之物，暗示兩人分手後仍斷不了糾葛。

易金筆下的主角是熱愛都市的，然而都市空間所帶來的人際關係副作用，也就是疏離感，也是作家的關注範圍。〈幻想街十號〉描述一名具有精神疾病的男子鎮日生活穿梭於現實與夢境之中。主角自認唯一的親人是看護，直到某天一名自稱是自己太太的女人來到面前，主角才漸次了解自己發病前的生活。在醫院以及門排號碼十號的住處之間來回，主角困惑於自己對家庭的需要以及對女人的渴求。主角除了妻子外，另有一孿生弟弟、半身不遂的弟媳、母親與具有名氣的作家父親。主角與家人的關係十分疏離，完全倚賴妻子的敘述來建立主角對家庭成員的認識。小說最後才揭露故事內容全都是一名抱持作家夢的男子所幻想出來的夢境。透過小說中的主角獨白，作者企圖傳達社會中疏離的人際關係與感情隔閡。

相較於在香港發表作品比較著重傳奇，少了「反共」的明確指涉，易金1955年7月1日到11月6日於《聯合報・聯合副刊》連載的小說《狗牽著的人》，[55]就相對明朗的多。這則都市傳奇以香港為背景，主角於太平山山頂餐室突然憶起死去的友人李肇基，李的身分是中共委派的幕後代表之一，其任務是出席亞非會議和美國派往印尼活動的龐大記者團搭線，不幸竟在航程中發生空難。李生前的女友葉麗娟意外前來，告訴主角關於李的死亡背後之政治陰謀。篇名「狗」指的是中共，狗牽著的人即是被中共指派任務的人。葉曾是中共特務，在上海與中共重要幹部陳天運，以及中共地下黨員和平日報記者麥少楣有了交集。故事最終結束於陳天運的情婦李明，因醉酒在餐廳與麥少楣起了爭執，不顧上海戒嚴令的限制衝出大街，又未遵守衛兵警戒聲，而遭槍殺。易金將共產黨描述為男女關係混亂、不具人性、特務組織散漫的盜賊。由於刻意控訴，使得這篇都市傳奇小說的人物面目顯得十分單薄，小說中還出現一名來自臺灣的女性角色江梅，江梅來到香港從事舞女行業，只因為當時的臺灣無法匯款至中國，因此不得不到香港工作，再匯款至上海，此一支線也沒有發揮多大的作用。

易金眾多的香港傳奇都市小說，因受限於反共文藝的框限，小說主角多從事諜報工作，他們的相聚是為了情資蒐集，情感上不算貼近香港的市民生活。然而他置入許多香港地誌書寫，如中環與太平山的景色，或是以香港的夜總會與舞廳為場景，為當時的香港都市空間留下珍貴的文學再現。易金在香港時期，比較大的突破應當是在〈墮馬人〉中，展現了他在志怪與奇幻主題的能耐。《墮馬人》[56]於1960年2月15日到4月30日，連載於《香港時報》，共76回。騎師端木開在比賽時，因馬匹出現失誤而不幸葬身馬場，之後，端木成為鬼魂徘徊馬場不去。在馬季中，鬼魂端木意外發現一名仰慕自己的女性，進而揭發賽馬內幕。端木在馬場遇到五個印象深刻的人：一對感情不睦，相敬如賓的紳士夫婦、莎莎舞廳的舞女黎明鶯、紳士夫人的情人周西方、紳士先生妹妹的情人唐和順。端木跟蹤他們的生活，才發現他們操弄賽馬局勢以獲暴利。這群賽馬狂各懷鬼胎，專下大筆賭注於冷門馬匹上，再耍手段使熱門馬匹出師不利。端木一邊感嘆自己的犧牲，一邊卻也掙扎於自己鎮日困在馬場無法離開這庸俗之地。

〈墮馬人〉是易金香港都市傳奇中，較為晚期的作品，英國人將賽馬文化帶進上海與香港後，便在兩地引發熱潮，易金挑選賽馬作為香港傳奇

---

[55] 易金，《狗牽著的人》，載於《聯合報・聯合副刊》（1955.7.1-1955.11.6）。

[56] 易金，《墮馬人》，載於《香港時報・淺水灣》（1960.2.15-1960.4.30）。

的主題，也可顯現出他的創作已經從在港初期的疏離，轉變為越來越貼近香港市民生活的眼光。

易金的香港傳奇系列，要比上海時期的作品規模宏大，類型與主題也比較多樣，但內容更靠近大眾與通俗小說。在評價上，南郭直指：

> 易金小說具有戰鬥而正確的主題，它的最成功處乃在每個人物的心理與感情上的捕捉，刻劃深入，雕塑正確；作者的勾勒剖析，在此極見功力。那許多纖細的「形容」與描寫，不只是烘托了每個人，每件事，加在一道，使這小說出現……一種傷國憂時的時代感情，萬流歸宗地因此而勾劃得更加深邃。[57]

可謂清楚地點出了易金在戰鬥文藝風潮下，以傳奇寫時事，以「搜奇記逸」吸引香港讀者，是相當有特色的一位小說家。然而，易金的香港傳奇也受限生活經驗的不足，或是不能放言政治與國情，剝除了「祕密任務」的背景與因果，使得小說的角色顯得平板，名曰「傳奇」，但角色的刻畫、情愛的深度、對白的個性上，都有極大的侷限和不足。[58]

五、結語

作為編輯人與小說家的易金，離散於上海與香港兩座繁華都市，他在1940年代的短篇小說集《上海傳奇》能夠在香港遭到盜版，翻印為《香港傳奇》，可見他的傳奇書寫，一度受到香港大眾的喜愛。

他主編《香港時報》時，也以「香港傳奇」為欄目，廣徵各方作者投稿，掀起1950到1960年代間，香港都市傳奇小說寫作的風潮，則是研究者

---

[57] 南郭，〈我讀「勾臉的人」〉，《聯合報》（1955.5.20），聯合副刊。

[58] 馬怡紅（1956）在評價易金的《愛的摸索》時，就指出：「這幾個男女的生活，在作者的筆下表現得『神出鬼沒』，因為他們大都是幹間諜的，大概是間諜工作幹得不耐煩，於是，談起愛了，但又不是真愛；說他們是為掩護間諜而談愛吧，又絲毫看不出工作的表現，只是把他們拉到一起，你愛我，我愛他地鋪陳出一些對白，那幾個人的對白，像是同一機器製造出來的銀元，不在秤上秤一下，就看不出它們的公差；那幾個人的圓滑得油腔滑調的語言，就像是一個人說出來的，也就是說，作者寫這部小說時，根本就沒有把握住人物的個性。不但對白如此，就連人物的描寫也是如此。」馬怡紅最終認為，這部「自敘式」底「純客觀」的小說，比「黃色」要高一層，內容貧乏，不值讀者費神。馬怡紅，〈一部曲線似地作品：評易金的小說「愛的摸索」〉，《聯合報》（1956.12.16），聯合副刊。

在耙梳《香港時報》45年來的副刊資料，一一考掘出來的文學傳播現象，或許能夠進一步地說明臺港文學之間，事實上有更錯綜複雜的關係。

易金在1940年代的「上海傳奇」，均為短篇，作品語言艱澀與前衛，好用譬喻與象徵，相當有詩化小說的傾向，顯然受到了新感覺派小說的影響，而較大的突破是把「英雄」傳奇的主題放進了上海的傳奇空間中，加上凸顯上海女性的獨立與自主，在在可以作為市民在對日抗戰後進一步反思時局與生活的態度。

作為初到香港的上海人，易金將上海的文化記憶帶到了香港，也與他的同代人一起注目香港的都市空間，且逐漸融入其中。易金抵達香港後，大部分作品都以香港為故事發生背景。他在香港報刊所推動的都市傳奇大體上有兩個特質：（一）為書寫香港都市發展中的人情的「奇」，與張愛玲揉雜唐傳奇、新感覺派創造出的「傳奇」類同；（二）香港傳奇的系列書寫回應都市現代化過程中的經濟發展，有文學商業化、通俗化的傾向。對於香港文學歷史的書寫上，能像易金一樣融入當地，書寫香港市民生活的省外作家並不多見。在易金的文學實踐裡，可以看到他十分關注都市文化中的中產階級生活，也敏感地捕捉到現代性中的異國情調。易金透過作品為香港讀者展現了都市文化形象，也刺激了讀者的現代性想像。

或許易金都市傳奇小說的文學成就並不高，但是他在反共文藝潮流下特異獨行的身影，以及他編輯企劃的能量與成績，卻不應忽略。特別是可以為上海與香港的雙城故事，再添上一頁值得紀念的篇章。記得張愛玲曾說：「香港是一個華美的但悲哀的城。」小思也曾在《香港的憂鬱——文人筆下的香港》序言中提及：

> 許多人要寫香港，總忘不了稱許她華麗的都市面貌，但同時也不忘挖她的瘡疤，這真是香港的憂鬱。[59]

事實上，香港的憂鬱又何止是作家書寫了她的瘡疤？更大的憂鬱是文學史來不及記錄下香港的傳奇，就如同易金筆下的「告羅士打鐘樓」，在城市快速的拆毀與重建中，在時間中遺忘遺忘佔據了香港文學史最大的記憶體。

---

[59] 小思，《香港的憂鬱——文人筆下的香港》（香港：華風書局，1983），頁293。

引用書目

了了（薩空了），〈建立新文化中心〉，香港《立報・小茶館》（1938.4.2）。
小思，《香港的憂鬱——文人筆下的香港》（香港：華風書局，1983）。
中國國民黨中央委員會文化工業會，《黨營文化事業專輯之四——香港時報》（臺北：中國國民黨，1972）。
王德威，《茅盾，老舍，沈從文：寫實主義與現代中國小說》（臺北：麥田，2009）。
白雲開，〈都市文學的市場及媒體元素——以李碧華及穆時英小說為例〉，《都市蜃樓：香港文學論文集》（香港：牛津大學，2011），頁231-252。
西茜凰，〈畢生從事文化工作：易金永不言倦〉，《民報》（1987.9.29），第21版。
李劍國，〈唐稗思考錄〉，收入《唐五代志怪傳奇敘錄》（天津：南開大學出版社，1998年），頁98-99。
李今，《海派小說與現代都市文化》（合肥：安徽教育出版社，2000）。
李歐梵，《上海摩登——一種新都市文化在中國1930-1945》（北京：北京大學，2001）。
李立明，〈名編輯陳錫楨〉，《香港作家懷舊（第二集）》（香港：科華圖書，2004）。
李谷城，《香港中文報業發展史》（上海：上海古籍出版社出版，2005）。
肖明翰，〈中世紀浪漫傳奇的性質與中古英語亞瑟王傳奇之發展〉，《四川師範大學學報（社會科學版）》，第35卷第1期（2008.1）：75-81。
周雨，《大公報史》（南京：江蘇古籍出版社，1993年）。
易金，〈《文學》十二月號〉，《每月文藝》，第1卷第2期（1936）：50-51。
———，〈常州城外的故事〉，《宇宙》，第3期（1946）：11-16。
———，〈八年的頭尾〉，《春秋》第3卷第2期（1946），頁100-108。
———，〈抗戰夫人〉，《春秋》第4卷第1期（1947），頁91-98。
———，《夢外集》（北京：中國民報社印，1945）。
———，《太太專車》（北京：復興出版社，1945）。
———，《上海傳奇》（北京：中央日報社，1949）。
———，《演戲的人》，連載於《香港時報・淺水灣》（1951.2.16.-4.6），共

50回。
———，《告羅士打的鐘》，連載於《香港時報・淺水灣》（1950.10.23-1951.2.14），共106回。
———，《愛的摸索》，連載於《香港時報・淺水灣》（1952.4.1-7.15）間，共106回。
———，《狗牽著的人》，連載於《聯合報》（1955.7.1-11.6），聯合副刊。
———，《墮馬人》，連載於《香港時報》（1960.2.15-4.30），共76回。
施蟄存，〈又關於本刊中的詩〉，《現代》第4卷第1期（1933）：頁碼6-7。
南郭，〈我讀「勾臉的人」〉，《聯合報》（1955.5.20），聯合副刊。
———，〈香港的難民文學〉，《文訊》第20期（1985），頁35-36。
馬樹禮，〈總統府資政馬樹禮先生來函〉，《香港時報》（1992.2.22），第21版。
馬怡紅，〈一部曲線似地作品：評易金的小說「愛的摸索」〉，《聯合報》（1956.12.16），聯合副刊。
張文東、王東，《浪漫傳統與現實想像：中國現代小說中的傳奇敘事》（北京：中國社會科學出版社，2007）。
張文東，〈在「異構同質」的傳統與現代之間——傳奇傳統與中國現代小說敘事發端〉，《江漢論壇》2008年第10期（2008）。
張俊青，〈哀痛至深悼易金兄〉，《香港時報》（1992.2.23），第8版。
許麗芳，《古典短篇小說之韻文》（臺北：里仁書局，2001）。
許蓁蓁，《摩登，上海，新感覺：劉吶鷗》（臺北：秀威資訊，2008）。
陳平原，《中國散文小說史》（上海：上海人民出版社，2004）。
梁秉鈞、譚國根、黃勁輝、黃淑嫻編，《劉以鬯與現代主義》（香港：香港大學出版社出版，2010）。
梁秉鈞、黃勁輝編著，《劉以鬯作品評論集》（香港：商務印書館，2013）。
寒山碧編著，《徐訏作品評論集》（香港：香港文學研究出版社，2009）。
黃淑嫻，〈重繪五十年代南來文人的塑像：易文的文學與電影初探〉，《香港文學》總第295期（2009）：86-91。
———，〈易文的五〇年代都市小說：言情、心理與形式〉，《真實的謊話：易文的都市小故事》（香港：中華書局，2013），頁2-23。
黃靜，〈一九五〇至一九七〇香港都市小說研究〉，（香港：嶺南大學中國文學所碩士論文，2002）。

彭小妍，《浪蕩子美學與跨文化現代性：一九三〇年代上海、東京及巴黎的浪蕩子、漫遊者與譯者》（臺北：聯經，2012）。

雷震，《最後十年》（臺北：桂冠，1990）。

蘇其康，《歐洲傳奇文學風貌：中古時期的騎士歷險與愛情謳歌》（臺北：書林出版，2005）。

魯迅，《中國小說史略》，收錄於《魯迅全集：第九卷》（北京：人民文學出版社，1999）。

錢理群、溫儒敏、吳福輝，《中國現代文學三十年》（北京：北京大學出版社，1996）。

蘇偉貞，〈不安、厭世與自我退隱：南來文人的香港書寫——以一九五〇年代為考察現場〉，《中國現代文學》第十九期（2011.6）：25-54。

Barron, W. R. J., *English Medieval Romance*(New York: Longman, 1987).

Beer, G., *The Romance* (London: Methuen, 1970).

Field, R.,"Romance in England: 1066-1400", in Wallace D. (ed.) *The Cambridge History of Medieval English Literature* (Cambridge: Cambridge University Press, 1999).

附錄　易金年表

陳錫禎（筆名易金、祝子、圓慧、雪雪明。易金用於小說，散文或其他文章使用祝子、圓慧）	
年代	大事紀
1913	・1月28日，出生於浙江省寧波市。
1937	・4月，發表〈覆云卿女士的一封信〉於《青年》。
1938	・10月1日《前線日報》創立，易金任編輯（至1948年）。
1945	・任《中央日報》副刊編輯 ・出版《太太專車》（上海：復興出版社）
1946	・發表小說〈八年的頭尾〉於《春秋》。 ・發表小說〈常州城外的故事〉於《宇宙》。 ・發表新詩〈望月小集〉於《宇宙》。
1947	・發表〈女人畢竟是女人〉於《幸福世界》。 ・發表小說〈抗戰夫人〉於《春秋》。 ・發表小說〈鐵鉤大盜〉於《大偵探》（14-15期）。
1948	・發表小說〈春天的耗子〉於《春秋》。
1949	・由中國赴港，擔任於3月15日創刊的《上海日報》的編輯。（該報的主要作者為還珠樓主、陳蝶衣、徐卓呆、鳳三）。 ・8月4日，《香港時報》創刊，被社長陳孝炎聘為副刊總編。
1950	・6月19日～7月28日，連載小說《心理變態者》於《星島日報》。 ・10月23日～1951年2月，連載小說《告羅士打的鐘》於《香港時報・淺水灣》。
1951	・2月16日～4月6日，連載小說《演戲的人》於《香港時報・淺水灣》。
1952	・1月，出版《勾臉的人》（亞洲出版社）。 ・4月1日～7月15日，連載小說《愛的摸索》於《香港時報・淺水灣》。
1953	・2月4日～2月15日，連載小說《風情書》於《星島晚報》。 ・5月16日，發表〈霧〉於《人人文學》第10期。 ・6月16日，發表〈子夜〉於《人人文學》第12期。 ・7月1日，發表〈海濱〉於《人人文學》第13期。 ・9月16日，發表〈擦鞋童〉於《人人文學》第18期。 ・9月16日，發表〈輸了女人與贏著風度〉於《熱風》第一期。
1954	・2月，發表〈風情書〉於《文藝新地》第6期。
1955	・6月6日～8月31日，連載小說《百戲看》於《中央日報》。 ・7月1日～11月6日，連載小說《狗牽著的人》於《聯合報・聯合副刊》。 ・出版《風情書》（香港出版社）。
1956	・4月27日，發表〈人生〉於《中國學生周報》第197期。 ・出版《百戲圖》（香港：東南印務）。 ・出版《愛的摸索》（臺北：中國文學》。

1958	・9月2日～1964年9月28日，於《聯合報》2版開設時事評論專欄「幕前冷語」（1963年10月30日～1964年1月1日專欄停擺）。 ・9月23日～1959年4月24日，連載小說《含羞的墓草》於《香港時報・淺水灣》。 ・10月24日，發表〈「論深與淺」讀後〉，《青年樂園》第133期。
1959	・4月25日～1960年2月14日，連載小說《乾涸的海峽》於《香港時報》。
1960	・2月15日～4月30日，連載小說《隨馬人》於《香港時報》。 ・2月22日，發表詩作〈賣一開二〉於《香港時報・淺水灣》。 ・2月24日，發表詩作〈支解感情〉於《香港時報・淺水灣》。 ・5月1日～8月8日，連載小說《幻想街十號》於《香港時報・淺水灣》。 ・8月9日～12月31日，連載小說《留住了的夕陽》於《香港時報・淺水灣》。
1961	・1月1日～2月14日，連載小說《三口之家》於《香港時報・淺水灣》。 ・11月6日～1962年5月25日，連載小說《馬與人》於《星島晚報》。
1963	・出版《遺失的人》（海濱圖書公司）。 ・3月1日，《快報》創刊，被負責人胡仙聘為編輯。 ・6月30日～10月31日，連載小說《老鼠寫給貓的信》於《星島晚報》。 ・11月1日～1964年6月12日，連載小說《第二種愛》於《星島晚報》。
1964	・6月13日～1965年2月24日，連載小說《水向低流》於《星島晚報》。
1965	・9月3日，發表散文〈門窗之見〉於《新生晚報・新趣》。 ・9月15日，發表散文〈賣老與賣少〉於《新生晚報・新趣》。 ・9月23日，發表散文〈李宗仁與記者們〉於《新生晚報・新趣》。 ・10月5日，發表散文〈重陽書〉於《新生晚報・新趣》。
1966	・1月1日～5月31日，連載小說《十六歲女囚》於《新生晚報》。 ・1月2日～8月6日，連載小說《黑雲》於《星島晚報》。 ・6月1日～1967年12月30日，連載小說《三家村》於《香港時報・淺水灣》。
1967	・9月22日，明報辦《華人夜報》後，曾一度任總編輯。 ・8月14日～1968年6月2日，連載小說《三重天》於《星島晚報》。
1968	・1月4日～7月15日，連載小說《中南海的定時彈》於《香港時報・淺水灣》。 ・6月3日～1969年7月28日，連載小說《大千世界》於《星島晚報》。
1969	・7月29日～1970年6月5日，連載小說《陰陽俠》於《星島晚報》。 ・12月1日，明報將《華人夜報》改名為《明報晚報》，易金旋又返回《香港時報》編副刊，負責「文與藝」、「東西南北」兩版。
1976	・出版《龍之躍：電影創作文學劇本》（純一出版社）
1978	・任《香港時報》副總編輯
1981	・任《香港時報》總編輯 ・退休後受聘為《香港時報》編輯顧問
1991	・2月15日逝世

參考資料：
・李立明，〈名編輯陳錫禎〉，《香港作家懷舊（第二集）》（香港：科華圖書，2004）。
・聯合知識庫
・香港文學資料庫
・中央日報全文影像資料庫
・大成老舊刊全文資料庫
・讀秀學術搜索

The Study of the Literary Supplements of Shanghai and Hong Kong Urban Legend Novelsin Cross Area Literary Communication in 1940-60s: The Novels and Strategic Editing of Yi Ching

Shiu, Wen-wei* Weng, Chih-chi** Yen, Na***

Abstract

In the 1940s, a group of authors emerged in Shanghai who chose the modern cityas the backdrop for theirliteraryworks.writing about the changes inhuman interactions, social class, the structure of feeling as they occurred within the metropolis. Yi Chingreleased*Shanghai Legend* in Shanghai, with three editions of the book being published. After that, the book was reprinted in Hong Kong under the title*Hong Kong Legend* which attests to the fact that the novelswritten by Yi Ching during his time in Shanghai time were also well-received by readers in Hong Kong.In addition, following the migration of writers from Shanghai to Hong Kong after 1949,a large number of written works were produced which, comparable to *Shanghai Legend*, also featured the metropolis as its subject.

During his times as editor of the lteraray supplement of the*Hong Kong Times*, Yi Ching solicited submissionsfor a special column, "Hong Kong Legend", and which set off a major trendin 'urban legend'novel writing in 1950-60's Hong Kong. This essay willanalyze the novels and strategic editing of Yi

* Professor, Department of Sinophone Literature, National Dong Hwa University.

** Doctoral Candidate, Graduate Institute of Taiwanese Literature, National Cheng Chi University.

*** Doctoral Candidate, Department of Chinese Language and Literature, National Tsing Hua University.

Ching by comparing his writingsfrom Shanghai and Hong Kong, as well as highlighting the characteristics andlimitations of Yi Ching's urban legend.

Keywords: urban legend, Yi Ching, Hong Kong Times, literary communication, Neo-Sensationists

越華現代詩中的戰爭書寫與離散敘述——兼與臺灣詩人洛夫「西貢詩抄」的對照*

洪淑苓**

摘要

本文探討越南華文詩人的作品，並以越戰為時代記憶，探討越南華文現代詩中有關戰爭的敘事，以及因此而衍生的離散敘述。越南華文現代詩深受臺灣現代詩的影響，臺灣詩人吳望堯、洛夫、瘂弦的引介及幼獅文藝等雜誌的流傳，促使當地詩人放下格律詩的形式，改向現代主義的手法邁進，而在1960-1975年，塑造了越華現代詩的興盛時期。然而歷時多年的越戰，也使得越華詩人遭逢時代的悲劇與苦痛，越戰成為他們共同的記憶，透過詩歌，越華詩人述說了烽火下的心境與獨特的戰爭經驗。本文以越南的風笛詩社、《十二人詩輯》詩人群、刀飛、藥河、古弦、尹玲、方明等人的詩作，以及相關的選集為範圍，從中選取與戰爭有關的現代詩作品進行深度探討，最後並與臺灣詩人洛夫的「西貢詩鈔」加以對照，以俾提供越戰敘事的亞洲經驗，凸顯華文現代詩的獨特藝術與豐富多元的意涵。

關鍵字：華文、現代詩、戰爭、離散、越南

---

* 本文為103年度國立臺灣大學文學院邁頂研究計畫「文化流動——亞太人文景觀的多樣性」之研究成果，初稿曾宣讀於「第一屆文化流動與知識傳播國際學術研討會」，修訂後曾刊載於《中國現代文學》27期（2015年6月），頁91-137。

** 國立臺灣大學中國文學系教授。

一、前言

越南位處東南亞中南半島東端，北與中國接壤，西南與寮國、柬埔寨交界，東面和南面瀕臨南海。使越南成為國際焦點的重大事件是越共、南越政府、美國以及多國勢力纏鬥多年的越戰；因越戰而產生的音樂、文學、電影等作品，也為世人留下時代的見證。

在文學方面，學界對於越南華文文學的研究剛剛起步，有關越華現代詩中越戰書寫的研究，更是少見。越南華文詩歌由白話浪漫轉向現代主義風格的發展，在時間上恰恰和越戰發生的時間相疊，而今（2015）越戰結束已逾40年，當年在西貢等地集會結社，談詩論文的越華詩人或是因戰亂而散居世界各地，或仍棲居家鄉；有的忙碌於工作不再書寫，有的又重拾詩筆，繼續發表作品；更鮮明的是成立相關網站（如「風笛詩社」），張貼昔日作品與新近作品，在網路上闢建嶄新的詩歌園地。有鑒於越華詩人對詩歌如此的熱愛與執著，那烽火中的記憶與書寫，以及戰後的種種，實應給予更多關愛的眼神。

然而，目前除了幾篇單篇論文外[1]，整體性的研究，僅見方明的碩士論文《越南華文現代詩的發展（兼談越華戰爭詩作1960-1975）》[2]，研究數量仍然太少，亟待更多的研究。是故，本文將嘗試勾勒越華現代詩人的越戰書寫，解讀其中的情感與思想，並及戰後的離散敘述。最後，則以臺灣現代詩人洛夫的「西貢詩抄」來對照，凸顯越戰敘述的亞洲觀點。

1　單篇論文大多是針對個別詩人的作品進行討論，如瘂弦，<戰火紋身——尹玲的戰爭詩>，《現代詩》18期（1992），頁152-164；姚時晴，〈乾嚼生命的風景——讀方明的戰爭詩〉，《創世紀》2011冬季號；林明賢，〈民族意識與文化堅守——從越戰時期的越華文學作品看越南華人的身分認同〉，《新大陸詩刊》130期（2012.6），頁29-32。

2　方明，《越南華文現代詩的發展（兼談越華戰爭詩作1960-1975）》（臺北：淡江大學中文所碩士在職專班論文，2011）；後由臺北：唐山出版社，2014年12月出版，以下引述該論文以唐山出版社之版本為準。該書整理、評述越南華文教育、詩社與詩刊等資料，為越華現代詩發展建立初步的論述；文末兼收詩人訪談錄、作品原文，可提供研究者繼續探討。

二、越戰及越南華文現代詩發展背景

（一）越戰及其效應

越南在二次世界大戰前是法屬殖民地，在戰爭中則被日軍占領。1945年二次大戰結束前後，胡志明領導的「越盟」在越南北方的河內建立「越南民主共和國」，世稱「北越」。北越在中國共產黨援助下，1954年在奠邊府戰役中大敗法軍，法國撤出越南北部，但此後取而代之的是美國的勢力。

1955年10月，在西方國家支持下，吳廷琰成立南越政府，但這又引起越南南方人民的不滿，於1960年12月宣告成立「越南南方民族解放戰線」，並於次年起，掀起武裝游擊戰，和美國及南越軍隊展開衝突戰爭。

這場戰爭從1961年至1975年，世稱越戰；北越領導人胡志明支持南方的游擊隊「民族解放陣線」，美國則出兵幫助南越，雙方戰事激烈，越南的土地與人民深受戰爭之苦。直到1975年，南越總統阮文紹辭職以換取與北越的和談。同年4月21日，北越進攻西貢，阮文紹棄逃；1975年4月30日，北越軍和南越共軍攻佔西貢，南越政權淪陷，越戰宣告結束，由北越統一全國，定國名為越南社會主義共和國。[3]

美國在越戰中投入大批軍力與資源，據估除了超出2000億美元的沈重負擔之外，更是死傷慘重，大約逾5萬人陣亡，逾30萬人受傷，約1200人至今下落不明，而南、北越至少300萬軍民喪生。1979年，由曾在越南服役的史克魯格斯、杜員克和惠勒成立了越戰將士紀念碑基金會，並對外徵求紀念碑設計稿，於1982年3月，在華盛頓建立了「越戰紀念碑」。[4]

越戰不僅對美國社會產生重大影響，也影響全世界的局勢。因為反戰而興盛的搖滾樂、嬉皮文化，成為六〇年代風行全世界的流行文化；但越戰的成敗、得失，卻成為世人不斷批判的議題。譬如參與戰爭而傷亡或榮退的美國軍人，受到反戰者將之邊緣化、歧視的命運；而電影《越戰獵鹿人》、《前進高棉》[5]等，都引發反思。無可否認的，這些議題都聚焦在美

---

[3] 參考熊杰主編，王利德等譯，「越戰」，《簡明大英百科全書》18冊（臺北：臺灣中華書局，1990），頁633-634；王捷、楊玉文主編，「越戰」，《第二次世界大戰大詞典》（北京：華夏出版社，2004），頁696。

[4] 單德興，〈創傷、回憶、和解：試論林瓔的越戰將士紀念碑〉，《思想》5期，頁96-127。

[5] 《越戰獵鹿人》（The Deer Hunter），由麥可・西米洛導演以及與路易斯・加芬克爾等人共同

國，至於戰爭的空間與當地的軍民——越南及越南軍民，在戰時、戰後的經驗與心靈感受，則較少受到注意，[6]因此希望透過越華詩人的作品，我們將可了解越戰及其戰後的另一個面向。

（二）越戰中的越華現代詩壇

越戰橫跨了一九六〇、七〇年代，而這段期間恰恰也是越南華文現代詩發展的興盛期。根據方明《越南華文現代詩的發展（兼談越華戰爭詩作1960-1975）》的研究：

> 一九六五年前，雖然越華現代詩社壇的詩人不少，但都各自默默耕耘，將作品投遞到華文報章的副刊，偶爾有一些集慶聚會，也只限於報社舉辦，而詩人之間除了三兩彼此認識而相互往返外，當時並無明顯的組社活動。直到一九六五年前後，因臺灣現代詩的火焰，強烈熾燒到越華詩壇，一些詩風蛻變的越華詩人，除了興奮投入「新」的寫作技巧與言意之創新外，他們更組成詩社以結聚同好，對內相互切磋，對外更能強大自我主張增加號召力。[7]

可見臺灣現代詩的輸入，對於越華現代詩人的影響，促使他們由零散的、個人的創作與發表，進展為結聚同好，以詩社來進行團體發聲。此外，藉由當地詩人刀飛的回憶文章——〈風笛詩社的燃燒歲月〉[8]，除了可看到其所屬的風笛詩社的發展外，也可略窺越南華文現代詩的整體輪廓。

刀飛（本名李志成，1947-）為風笛詩社的創始社員，他指出1960-1972年間，越南華文詩壇有古典詩、白話詩與現代詩三大主流，而所謂白話詩是指宗法五四新詩風格，如徐志摩等的創作技法，而現代詩則有「前

編劇，1978年出品，獲第51屆奧斯卡金像獎最佳電影等獎項；《前進高棉》（Platoon），由奧利佛斯通擔任編劇和導演，1986年出品，亦獲當年奧斯卡金像獎最佳電影等獎項。

[6] 在越南成長的何金蘭教授（筆名尹玲）曾推薦另一部電影《戀戀三季》，該片敘述美國勢力介入越南後，對越南社會的衝擊，較能觀照越南民眾的心理。該片為越南導演Tony Bui（裴東尼）作品，1999年出品。

[7] 方明，《越南華文現代詩的發展（兼談越華戰爭詩作1960-1975）》，頁20。有關當時越華詩社的成員、詩刊與發展歷史，亦可參見該書第二章第一至三節，頁20-32。

[8] 刀飛，〈風笛詩社的燃燒歲月〉，《新大陸詩刊》125期（2011.8）。參見「風笛詩社」網站，網址：http://www.fengtipoeticclub.com/phidao/ch401.html（2014.6.1徵引）。

衛現代詩」和「開明現代詩」兩類，這兩類都是受到臺灣現代詩的啟發，擺脫五四時期的鬆散的白話風格，轉向更為深刻的內容與思想。刀飛特別強調，在當時申請、審查仍是非常嚴格的情況下，至少有十五至二十多個詩文社先後成立：當時最早成立文學社團的是1962年5月1日成立的「海韻文社」，發行《序幕》；其後則有「文藝社」，發行《文藝》；「濤聲文社」，發行《水之湄》；「存在詩社」，發行《像岩谷》……等等；而風笛詩社成立較晚，在1973年2月11日成立，並開始借報紙副刊推出專輯詩展，直到1975年越戰結束，南越政府改換旗幟，風笛詩社諸君四散流離，在20世紀末才又重逢聚首，藉由網站重新出發。

越華現代詩受到臺灣現代詩的影響，尹玲〈戰火紋身後之再生〉也曾提到：

> 1966年，《十二人詩輯》的出版標誌了越華文學現代詩發展轉變的重要里程碑，是第一本受到臺灣「現代詩」影響之後摸索學習才出現的成果。十二人為：尹玲、古弦、仲秋、李志成、我門、徐卓英、陳恆行、荷野、銀髮、余弦、影子、藥河；其中尹玲是唯一的女性，其餘十一人都是男性。
>
> 從這時候開始，邁向新方向、學習新技巧、追求新風貌的現代詩寫作成為一股熱潮，帶動一系列各詩社、文社的成立和詩刊、文刊的出版。[9]

根據尹玲的說法，直到1975年越戰結束，這些詩人星散四野，有的留在越南，有的流散他方，往事不堪回首。戰前越南幾家華文報刊也因戰亂而停刊，嗣後又因越南政府對華人政策的限制，就算想要繼續寫詩，也沒有適當的園地可以發表。直到1990年6月之後，越南官辦唯一華文報紙「解放日報」才不定期闢出半頁版面，由陳國正主編「越華文學藝術」，供華文作家發表作品。[10]

---

[9] 尹玲，〈戰火紋身後之再生〉，收入《慶祝風笛詩社四十週年現代詩輯》電子書，參見「風笛詩社」網站，風笛e書，http://www.fengtipoeticclub.com/book/book39/index.html)，頁17。該網站主要由旅居世界各地的越南詩人組成，「風笛」詩社由荷野、秋夢、藍兮、藍斯、黎啟鏗等人於1973年組成。http://www.fengticlub.com/（2014.6.14徵引）。

[10] 尹玲接受訪問時述及，參見洪淑苓，〈越南、臺灣、法國——尹玲的人生行旅、文學創作與主體追尋〉，《臺灣文學研究彙刊》8期（2010），頁153-196。

尹玲所屬的《十二人詩輯》的版型取法於《創世紀》詩刊，封面採莊喆的畫，扉頁甚至錄有創世紀詩人辛鬱的語錄[11]，可見這本詩選集與臺灣現代詩壇的關係。而藉由尹玲〈自《十二人詩輯》至今〉，也可了解瘂弦、洛夫、張默、余光中、辛鬱、吳望堯、鄭愁予、林泠、敻虹、蓉子、羅門、葉珊等等，許多臺灣詩人對南越華文現代詩寫作者都有啟發和影響。[12]

此外，臺灣現代詩人與越華詩壇的關係，瘂弦〈新詩一甲子運動導言〉即已敘述吳望堯、洛夫及他本人與越華現代詩人的往來情形。吳望堯在臺灣的淡江英專畢業後，前往越南經商，也將臺灣現代詩帶往越華詩壇，甚至引起白話詩和現代主義詩的論戰；瘂弦曾在1974年訪越，對於當時的「存在詩社」、《十二人詩輯》的十二位詩人，都已非常熟悉；而洛夫則是在1966-1967調駐越南西貢，與越華詩壇有所互動；這些都促使臺灣現代詩人與越華詩壇有不少的接觸，因此也會推介他們的作品刊登在《創世紀》詩刊，而瘂弦自己也收藏越華詩刊，期待來日編選一本完整的越華現代詩選[13]。

方明同樣是來自越南，其《越南華文現代詩的發展（兼談越華戰爭詩作1960-1975）》更提到吳望堯以及創世紀詩社諸君對越華現代詩人的啟發，可說是相當深遠的：

> 越華的詩刊、詩社以至整個詩壇的發展軌跡、可以說幾乎是籠罩在臺灣詩壇的影響下進行，尤其是詩人吳望堯，在旅越經商期間，鼎力推展越華詩壇運動，在宣揚現代詩的觀念以及將臺灣詩壇現象披染越華詩壇，貢獻良多。詩人洛夫亦曾一度被派遣到越南從事軍事顧問的工作，不僅與越南詩人建立深厚友誼外，也將臺灣詩壇的盛

---

[11] 辛鬱：「寫詩是我生命的一部分，已與我無法分割。用生命寫詩，是一件苦事……於是，竟這樣地幹了下去。」轉引自方明，《越南華文現代詩的發展（兼談越華戰爭詩作1960-1975）》，頁46。

[12] 尹玲，〈自《十二人詩輯》至今〉：「一九六五年之前，在越南出現的大陸和香港的書刊雜誌較多，直到一九六五年，我們才在西貢唐人區堤岸傘陀的書局找到臺灣詩人的現代詩作品，當時的瘋狂閱讀和迷戀終於讓我們這一群慢慢改變自己現代詩創作的技巧、風格和樣貌；瘂弦、洛夫、張默、余光中、辛鬱、吳望堯、鄭愁予、林泠、敻虹、蓉子、羅門、葉珊和許多臺灣詩人對南越華文現代詩寫作者開啟了另一道全新的路。」見《創世紀》155期（2008.6），頁189-193；引文見頁190。

[13] 收入瘂弦編選，《當代中國新文學大系(8)詩》（臺北：天視出版公司，1980年），頁29-30。

> 況向當地詩壇講述。……其外，詩人瘂弦也曾踏訪越南，與當時的越華詩人亦有接觸，後來因主編聯副，更以書信與越華詩人互動頻繁，進而對越華詩壇認識與影響匪淺。[14]

方明所說的洛夫到當地詩壇講述，指的是1966年5月，洛夫應邀到西貢大學演講「中國現代詩在臺灣」[15]。而吳望堯、洛夫與當地越華詩人的互動，方明找到《像岩谷》詩刊上的一篇報導，文中記述越華詩人仲秋、銀髮、古弦等人前往拜訪吳望堯，適逢洛夫也在其處，因此吳望堯以臺灣茘枝酒、花生米款待來客，並佐以現代音樂，在此氣氛中，眾人熱烈討論現代詩、詩人與各種創作問題，盡興而歸[16]。透過方明的整理，在其書第三章第一節「臺灣現代詩壇對越華現代詩人之影響」更詳細介紹了創世紀詩社、藍星詩社、笠詩社、秋水詩社、龍族詩社曾經刊載過的越華詩人專輯與作品，可見兩地詩人的關係甚為密切。[17]即使像藍星詩社較少刊登越華詩人的作品，但余光中的《蓮的聯想》、《在冷戰的年代》、《五陵少年》等，也在越華詩壇引起很大的騷動[18]。

臺越兩地詩人的交流，還包括越華詩人向讀者推銷臺灣詩刊與雜誌，例如存在詩社的《像岩谷》詩刊就曾刊登這樣的啟事：

> 因有感於此間現代文藝書籍之缺乏，……銀髮、我門與荷野正努力於與有關方面接觸，下列各書如創世紀詩刊，笠詩刊，藍星詩刊，葡萄園詩刊，現代文學，這一代，前衛，劇場以及幼獅文藝等……。均已在來越途中，讀者如欲訂購可去函存在詩社與銀髮連絡。[19]

整體來看，越戰期間的越華現代詩壇不因戰爭而停頓，反而在吸收臺灣現代詩的創作藝術後，更加突飛猛進，尤其是帶給年輕詩人的衝擊和啟發，

---

14 方明，《越南華文現代詩的發展（兼談越華戰爭詩作1960-1975）》，頁84。

15 據2010年6月30日，方明訪談洛夫。見其《越南華文現代詩的發展（兼談越華戰爭詩作1960-1975）》，頁86-87。

16 《像岩谷》，1967年6月出版；參見方明，前揭書，頁84及其注10。

17 方明，前揭書，頁72-83。

18 方明，前揭書頁80。

19 轉引自方明，前揭書，頁45。

使他們快速地擺脫白話詩的影子，在形式與內容上大幅度創新，確實讓越華詩人們感到鼓舞、興奮。在那樣烽火連天的時日裡，詩歌寫作與發表，無疑是一種解慰苦悶，躲避砲火，也是提供人生另一個視窗的媒介。因此可以看到當時的越華詩人集會結社，努力尋找發表園地。如同尹玲所回憶的，「一九六八年一月三十日春節年初一，深夜二時，整個越南墜入戰火裡，最慘烈的戊申之役爆發，延續了好幾個月。然而濤聲文社還是在一九六八年五月出版第二卷的刊物《湄風》，距離第一卷《水之湄》已有近一年的時間，從這一點可以看出當時要出版刊物是非常不容易的事，尤其是在烽煙四起之際。」、「六〇年代末七〇年代初還有其他詩社文社……以當時戰火從未停息的動亂年代來看，熱愛文藝創作者能夠如此不斷學習、寫作、組社、出版刊物是非常難得的努力和成果。」[20]

再者，以1973年2月成立的風笛詩社來看，除了向當地華文報紙借用副刊版面，也透過連絡，把稿子發表到臺灣的各個詩刊。這一股熱情，如同刀飛說：

> 風笛詩社笛人都很年輕（輕），有充沛的韌度，有衝刺的精神。他們就是要在這戰爭殘酷的年代裡，借重戰火的燃燒，把自我蛻變成一隻涅槃鳳凰，浴火重生，讓激情的歲月發光發亮，照耀整個越華詩壇，讓現代詩必成為正統詩，永遠長存於世，所以他們不再理會烽火連天的時局，不再懼怕生死一髮的險境，他們要寫詩，他們要把詩的薪火傳遞下去，熊熊的烽煙戰火，紅紅的滿腔熱血，他們要寫詩，他們要繼續寫詩！[21]

然而，砲火終究無情，就在越華詩人努力尋求國內外發表園地時，戰爭結束了，也終結他們的創作之路。刀飛提到，1975年3月下旬在成功日報「學生」版已順利展出「風笛詩社二週年紀念特輯」，但4月30日，因越戰宣告結束，越共政府宣告解放，局勢驟變，人人自危，當時已籌備好的《風笛詩展》「長詩」專號，也因此而胎死腹中。此後詩社詩人四散，短時間內難以恢復往日風光。但這一股知其不可為而為的熱情，卻永遠在

---

[20] 尹玲，〈自《十二人詩輯》至今〉，頁190-191。

[21] 同注8。

詩人心中震盪不已，因此日後才會有風笛詩社網站出現，除了召喚昔日的「笛人」，更有多元的發展，專欄、貼文、電子書、電子期刊等，應有盡有。

三、越華現代詩中的越戰記憶與戰爭書寫

在越戰的年代（1961-1975），越華現代詩壇卻正蓬勃興盛，而且從事創作者多是年輕人，一顆顆青春躍動的心除了對創作躍躍欲試外，更必須面對炙熱的烽火，砲火煙硝成為家常便飯，對戰爭、死亡的思索，遂成為常見的題材。此處將先簡介當時詩壇的創作，而後選擇當時發表的相關作品，以便觀察越華詩人在戰火中的所思所感。

首先看風笛詩社[22]的作品。風笛詩人的作品類型與風格不一，但統合來看，有的充滿古典幽情，套用或轉化中國文化的意象與意境；有的表現浪漫情懷，訴說青春與愛情的渴望；而描寫戰爭陰影的，則以或隱或顯的手法展現。

譬如林松風（1944-），曾發表十一首的〈蘆葦詩抄〉，第一首副題為「給佩子」，通篇所用的意象與典故，和西施、李後主有關。試看詩的第二、三段：「泛江而去吧／乘一千片春天落葉／以綠水為佳釀／以蒼雲為美肴／喚西子去國芳魂／唉 今夕伊竟衣不勝寒」、「唱唱後庭花／商女　爾青妝已老／霜雪之外／李煜呵　於殘月樓欄／汝已乾掉幾盞故國淚」[23]此詩為贈詩，揣摩其意，應是以西子去國的憂戚，商女「隔江猶

---

[22] 風笛詩社原創立於1973越南西貢，由六位愛好現代詩的年輕文友所組成：荷野、心水、異軍、李志成、藍斯、黎啟鏗。在1973年4月3日借成功日報副刊推出「風笛詩展」創刊號，由荷野主編，除前述六人外，又加入秋夢、林松風、陳耀祖、西牧、鄭華海、劉保安等六人參展，總共十二人，「號稱笛郎12人零缺席」。其後凡推出21期作品展，笛郎也增至20名之多；唯1975年4月的「長詩」專輯因時局變動，未及刊登。隨後詩社也宣告解散。直到2000年8月，經尹玲說動在芝加哥的荷野（榮惠倫），始聯繫昔日同仁，於2001年4月《新大陸詩刊》第63期推出《越南風笛詩社紀念輯》，其後也設置風笛網站，並擴大為海外華文文學的網站，又名「風笛零疆界詩社」，http://www.fengtipoeticclub.com。風笛詩社沿革，參考荷野（榮惠倫），〈原越南革沿手札——謹向『笠詩刊』眾詩家虛心取經並懇請指謬〉，引自網站，http://www.fengtipoeticclub.com/wvinh/wvinh-j006.html（2014.6.15徵引）。

[23] 林松風，〈蘆葦詩抄之壹・給佩子〉，詩末附注「一九七三・二・廿三・寫於西貢」，發表於「風笛詩展一」，成功日報（1973.4.3）。引自風笛網站，報紙圖檔見「前塵回顧」，文字輸入檔見「笛在天涯」，http://www.fengtipoeticclub.com/ltfeng/ltfeng-a001.html（2014.6.15徵引）。

唱後庭花」的淒楚情境來襯托當時離別的氣氛，傳達詩人和這位佩子女士的深厚情誼，而且是共同擁有故國之思的情懷。又如秋夢（本名陳友權，1943-）〈魚的心事——YY手箚之三〉，此詩發表於「風笛詩展」第十期《情詩專號》，詩分三段：「無月的海我獨自泅泳／水藻無火／珊瑚無燈」、「多情的浮萍絆住我／今夜你不會再來」、「隔著天空只能對你說聲Farewell／唉／雲」[24]詩中以魚自比，洋溢著對於雲的羨慕，而情感終究是落空了，文字輕盈而情思無限。

除了風笛詩人，其他越華詩人也有類似的古典風格或抒情作品，譬如存在詩社的藥河（陳本銘，1946-2000）的〈秋歌〉（原題訊息）：「幾時涉江回去?香花草纏緊我的足踝」、「這裡沒有茱萸／怎能自卜歸期呢?／故鄉當少去一個我了／在祖先的塋塚前／撫斷碑蒼冷的臉，拭淚……許多流血的故事被原野述說」、「幾時涉江回去?／沒有茱萸／怎能自卜歸期」[25]詩中化用幾首古詩的句子與主題，包含「涉江采芙蓉，蘭澤多芳草」（東漢《古詩十九首・涉江采芙蓉》）、「遙知兄弟登高處，遍插茱萸少一人」（王維〈九月九日憶山東兄弟〉）以及「君問歸期未有期」（李商隱〈夜雨寄北〉），顯現溫柔婉約的氣質。

若論及具有現代主義風格與實驗性的作品，風笛詩社藍斯（本名邱建南，1947-）曾借紀弦的句子作為詩題，發表詩作〈一種過癮〉[26]；異軍曾嘗試做散文詩〈十二時黑十二時亮的夜〉、二行詩〈二行詩〉以及齊尾詩〈婚期〉[27]；《十二人詩輯》中古弦（陳英沐，1945-）的〈K〉，在內容思想上更顯現了現代主義的特色，全篇共9行：「他是礁石上的一聲哭泣／他是唱悲歌的鳥／他是蛇／他是凝視太陽的男人／他是築牆的漢子／他是撕碎別人面具的傢伙／他是上升的黑／他是午夜的濤聲／他是坟

---

[24] 秋夢，〈魚的心事〉，詩末附注寫作日期，但字跡模糊無法辨析；發表於光華日報（1975.3.19）。引自風笛網站，報紙圖檔見「前塵回顧」，文字輸入檔見「笛在天涯」，http://www.fengtipoeticclub.com/kimaco/kimaco-a246.htm（2014.6.15徵引）。

[25] 藥河，〈秋歌〉（原題訊息），詩末附注「一九六五。西貢」，收入藥河，《溶入時間的滄海》（臺北：秀威科技資訊公司，2012），頁47-48。

[26] 藍斯，〈一種過癮〉，見「風笛詩展一」，成功日報（1973.4.3）。引自風笛網站，報紙圖檔與文字輸入檔皆見「前塵回顧」，http://www.fengtipoeticclub.com/knkhuu/knkhuu-a026.html。2014/6/15查詢。

[27] 異軍，〈十二時黑十二時亮的夜〉等，見「風笛詩展五」，人人日報（1973.9.4），因版面模糊，無法細讀其內容，僅能辨其題目與排列形式。引自風笛網站，報紙圖檔見「前塵回顧」，http://www.fengticlub.com/#!197394/zoom/c2t8/i0v3g（2014.6.15徵引）。

墓裡躍出的一個名字」[28]以英文字母「K」來代稱詩中的主角，復以「一聲哭泣」、「上升的黑」、「唱悲歌的鳥」等抽象或具象的譬喻來刻畫「K」，具有深刻的思想與高度的藝術手法。

（一）風笛詩社詩人的戰爭書寫

在以越戰為題材的作品方面，可以風笛詩社詩人、藥河、古弦等為例。[29]以下先討論風笛詩社詩人作品，就表現的手法，可分為五類來看。

第一類作品，對於戰事頻仍，表現了無可奈何的心境。藉由平緩的語氣，詩人的內心其實相當沉鬱不安。例如藍斯〈一些天空〉[30]：

炊煙獨釣遲來的秋色
暮意飛揚的天空
　　望著那塊不肯歸去的雲
　　屋斜斜
　　樹斜斜
一張木葉闖過黃昏的瘦
訝然的飄落
　　一片風
　　比黃昏輕

　一些天空
　　飛過當年飛著的雁
　　都向南

---

[28] 古弦，〈K〉，詩末附注「一九七四年三月于越南頭頓」，見「風笛詩展五」，人人日報（1974.4.8）引自風笛網站，報紙圖檔與文字輸入檔皆見「前塵回顧」，http://www.fengticlub.com/#!197448/zoom/c2t8/i0ez7（2014.6.15徵引）。

[29] 由於越華現代詩作品蒐集不易，因此筆者採取幾種方式，一是查詢圖書出版資料，就紙本詩集、選集加以閱讀；二是上網搜尋，這方面因風笛詩社網站保存作品較多，取材較為方便，所以參閱甚多。也因網站圖檔大多是保全上鎖，無法下載，筆者只好一字一字鍵入；三是由研究生助理協助，整理、影印《創世紀》詩刊所刊登之越華現代詩人作品；四是參考方明前揭書所編之「戰爭詩摘錄」，頁198-222。

[30] 藍斯，〈一些天空〉，見「風笛詩展二」，成功日報（1973.6.8）。引自風笛網站，報紙圖檔與文字輸入檔皆見「前塵回顧」，http://www.fengtipoeticclub.com/knkhuu/knkhuu-a028.html（2014.6.15徵引）。

呼叫著一張睡熟的臉
而戰爭還在
無族譜無名字的碑石還在
寂寞時候
槍聲升起四野

詩的第一段描寫秋色蕭然，一片輕飄的落葉，彷彿在哀悼著什麼；而第二段的氣氛也是凝滯的，昔日的雁陣掠過天空，一切如昔，時間不斷循環，但熟睡的臉、碑石，正是指死亡者與墓碑；四野寂寂，槍聲又再度響起，代表戰爭並未因此而停息。

第二類為對於具體事件或人物的深刻記憶，則可以刀飛和林松風的作品為例。刀飛〈我曾聽見哭聲，孩子〉[31]一開始就描寫了瀰漫白霧的叢林中，已經歷經一陣攻擊的砲火，「誰的靴印踏過／那雜生的野草／誰凱旋歸來／靜靜放下槍枝／靜靜地安眠」，但在這安靜的氛圍中，詩人敏銳地耳朵卻聽見深夜砲戰聲中的嬰兒哭聲，試看詩的第二段和第三段：

不曉得誰先燃起火光把半邊天際染亮
　　然後，你醒來
　　在一個窒息的早晨
　　殘墟礫瓦中的一個婦人
　　遺下一雙未瞑的眼瞳
圓張的嘴似欲呼喚
　　一個未滿週歲的嬰孩的
　　去向

　　我曾聽見哭聲，孩子
　　每一滴淚都如許苦澀
　　都珍藏著
　　那沒有揮手道別人的影子

[31] 刀飛，〈我聽見哭聲，孩子〉，詩末附注1969；見其詩集《歲月》，風笛e書，頁5，見風笛詩社網站，http://www.fengtipoeticclub.com/book/years/ch005.html（2014.6.15徵引）。

在無知的荒野上
曾親手豎起一座木碑
碑上，你的名字是一個多麼可憐的
靶子

這裡，因戰火而死亡的不只是一名死不瞑目（「未瞑的眼瞳」）的婦人，她在臨死之際，還在呼喚著她的嬰兒；那不知去向的嬰兒，砲火隆隆，又豈能存活？而林松風的〈活在戰火時節——給一位死去的戰友〉[32]則是這樣描寫死亡者：「你的呼吸如一股起於北漠的寒流／你的哀嘆揉作朵朵發霉的雲／你的屈怒化為旱日暴雨打在／滿山野菊　打在／破園的梧桐」，「旱日暴雨」呼應寫作時的情境[33]，與暴雨狂打野菊、梧桐，何其淒厲、悲憤。而詩接下來就以四季循環，說明逝者如斯，而亡者有如被釘住的標本，只能悲戚自嘗：

你若給釘在蕭瑟廣場一角的一座標本
彫以歲月剝削的名字
彫以蒼茫於霧藹底風裏
　　任由綠楊拂動千絲於你髮底
　　悲感

對於戰友的死亡，詩人只能「且寄魂澎湃浪濤／咀嚼伊孤燈下悠悠傷鬱／乾盡一壺烈酒／之後沙啞的朗讀一面朽腐的逆風帆於／亙古方舟」。

第三類是對於關鍵事件的描寫，例如1968年北越發動「春節攻勢」突襲南越，這個歷史性、關鍵性的事件，在詩人記憶中也留下不可抹滅的印象。刀飛〈TET〉即是以這個事件為主題[34]，詩首先描寫了當時的景象與

---

[32] 林松風，〈活在戰火時節——給一位死去的戰友〉，詩末注明「1973年7月5日完稿於古芝暴雨夜」，見「風笛詩展五」，人人日報（1973.9.4），風笛網站，報紙圖檔見「前塵回顧」，http://www.fengticlub.com/#!197394/zoom/c2t8/i0v3g；文字輸入檔見「林松風作品」，http://www.fengtipoeticclub.com/ltfeng/ltfeng-a007.html（2014.6.15徵引）。

[33] 林松風於詩末注明「1973年7月5日完稿於古芝暴雨夜」。

[34] 刀飛，〈TET〉，詩末附注1969；並自注「TET是越南人的新年假期，亦即中國人的新春。此詩為著名的戊申年（一九六八）新春戰役而作。」見其詩集《歲月》，風笛e書，頁6，見風笛詩社網站，http://www.fengtipoeticclub.com/book/years/ch006.html（2014.6.16徵引）。

氣氛，對於戰火中的死傷者，以及戰爭帶來的種種慘烈景況，有著強而有力的描寫，煙硝、砲火、蕈狀雲輪番上陣，砲聲、哭聲交互喧嘩，第五段單獨一段一行的「生存勢必像玻璃杯的驟然迸裂」更指出此間生命的脆弱與無常。原作如下：

一種煙硝味掠過
一枚枚呼嘯的
子彈

玩具屋的倒塌
整街空洞
槍聲送走孕婦的嬰孩
白髮哭著黑髮

戰爭仍喧嘩著
血映著眼
獸映著人
火映著夜

照明彈吊著燒焦的尸屍
坦克車上猩紅點點
B四十綻放咆哮的花
流彈四處亂竄

生存勢必像玻璃杯的驟然迸裂

而TET
一個淒而且美的節目
轟隆聲過後
天空有蕈雲朵朵煙花不再
嚎哭匯成最後的川流

註：TET是越南人的新年假期，亦即中國人的新春。此詩為著名的戊申年（一九六八）新春戰役而作。

如前文所述，北越發動的「春節攻勢」嚴重挫傷美軍的士氣，對於南越人民，特別是喜愛歡渡春節的華人，更造成心理的影響。越華詩人心水的〈年〉[35]就以睡眠中的西貢來比喻受挫的西貢，而且此後的農曆新年就像死城一樣沉寂：「站在你面前／有鑼有鼓沒有鞭炮／戊申年之後／西貢就靜靜的催眠／謠言是這樣的傳著／什麼時候你聽到鞭炮的聲音／西貢一定睡醒」，詩的最後有這樣的希望：「西貢有一天會睡醒／你就可以掛上兩串鞭炮／迎接年／年也會熱熱烈烈的／迎接你」這真是當地居民最沉痛也最誠摯的期許。

第四類，有關西貢的印象。在戰雲密佈的戰爭時期，南越首都西貢，也成為詩人關注的焦點。鄭華海有〈西貢五行〉[36]：

清晨是一塊麵包
　　　　剖開的麵包
　　　是一張　油漬未乾的早報

　　　唯一的消息　乃係
　　　死亡

短短的五行，簡潔有力的控訴。刀飛也有〈西貢〉詩[37]，詩的一開始就把焦點放在當時為生計而出賣靈魂的少女，形容她們在街上閒晃，穿越斑馬線時眼睛仍如饞貓四處搜尋魚的蹤影，而後又是：

[35] 心水，〈年〉，詩末附注「一九七三・元月・西貢」，發表於「風笛詩展一」，成功日報（1973.4.3）。引自風笛網站，報紙圖檔及文字輸入檔皆見「前塵回顧」，http://www.fengtipoeticclub.com/ndwong/ndwong-a000.htm（2014.6.15徵引）。

[36] 鄭華海，〈西貢五行〉，未註明寫作年代，但因屬於荷野組稿之「越南風笛詩社紀念輯」，應是1970年代的舊作，見《新大陸詩刊》63期（2001.4），http://www.fengtipoeticclub.com/hhtrinh/hhtrinh-a002.html（2014.6.15徵引）。

[37] 刀飛，〈西貢〉，詩末附注「1972/6/30」，見其詩集《歲月》，風笛e書，頁7，見風笛詩社網站，http://www.fengtipoeticclub.com/book/years/ch007.html（2014.6.15徵引）。

讓異國攝影師拍攝你的裸照
　　　風騷的女人
髮上插著謝了半瓣的玫瑰
欲斜還挺的，不顧矜持的
　　　訕笑自己醜陋的腳
　　　以及邊疆那男人的編號

然而西貢的氛圍仍是充斥著戰火煙硝，死氣沉沉，詩人這樣形容：「西貢的黑雲／就像鞦韆的盪來盪去／不為什麼的，季候風總提不起／整街的盆景」。因此詩的後半寫著，當少女們看著紅綠燈號誌變換，穿過馬路時，整個西貢也就像海上的城市，一次又一次的沉與浮，宛如在生與死的國界遊走：

因此每次走入燈之乍滅
而又從燈之乍亮走出
整座城市便作一次又一次的
海上的浮沉
這算什麼？當一排子彈
在戒嚴時刻交換眼色
一對路客正沿斷垣走過

最後的「一對路客」，不知是否是少女偕同某個買春男子，那麼就具有戰火與愛欲的強烈對比。就算是一般的人民走過馬路，子彈在耳邊呼嘯而過，死亡如此逼近，真是令人不寒而慄。

第五類，對戰爭具有抽象式的思考，指出戰爭殘酷的本質。越華詩人夕夜（本名謝海裘，1954-）〈放〉詩[38]

趕快卸下鋼盔汲取一泥的沼水

[38] 夕夜，〈放〉，詩末附注「一九七四年六月潼毛」，發表於「風笛詩展二周年特輯」，成功日報（1975.3.?）。引自風笛網站，報紙圖檔見「前塵回顧」，http://www.fengticlub.com/#!19753/zoom/c2t8/i019wd，文字輸入檔見「夕夜作品」，http://www.fengtipoeticclub.com/chehoikhau/chehoikhau-a012.html（2014.6.20徵引）。

我渴
俯首看見自己是隻帶血的麋鹿淹入盔中
怎忍喝下
始終仍是喝下　一個
生存於沒有生命的生存　是我們

——無意的食指□深了千戶晚燈的心臟病

換了另外方向腳步的型式
山對著山的恐懼之神祕
我跪過童話的方城而今跪在落落的殘堡
槍管的眼睛偷窺鋼盔打開的天空
浩瀚的青藍色哎只惠予人類的口渴來

這首詩題目叫「放」，似指放下鋼盔後的所見所思。詩中的我應是一名軍人，因口渴而卸下頭盔取水，但他能取的，也只是泥沼的水，可見情況危亂。而這取水、喝水的動作，也使得「我」驚覺自己像一隻帶血的麋鹿，在戰場中倉皇求生，遠離了童話城堡，逃逸到殘破的城堡，暫時苟延殘喘，卻有無限的驚懼、惶惑。中間的詩句「是我們／無意的手指□深了千戶晚燈的心臟病」，說的正是軍人用食指摳動扳機，挑動的是千門萬戶的神經，也可能造成重大的傷亡；而這一切很可能來自「無意」!對戰爭的諷刺甚深。

（二）古弦

有關越戰期間軍人的角色與體會，屬於《十二詩人專輯》的古弦的作品有著十分獨到的表現。古弦自己設有部落格，收錄從前與現在的詩文創作，也有圖片與雜文，因此使人可以了解他的一些過往。[39]古弦投身軍旅，是西貢軍需學校畢業，他在散文〈無詩的日子〉與詩〈告示〉中提

---

39 古弦的部落格有幾個，如「ntqcd古弦的新浪博客」，http://blog.sina.com.cn/s/articlelist_2542414544_0_1.html；「古弦的博客」，http://blog.sina.com.cn/s/blog_be21cb920101i6s2.html；「非詩人（凝視太陽的男人）古弦作品」，http://ntqcd.blog.163.com/blog/static/2807606220122208121285/（2014.6.20徵引）。

到，他是志願軍，但卻引起華人的鄙夷，瞧不起軍職身分的他。而他在休假時間，經常在堤岸（都市名）遊蕩，流連於酒吧、電影院，他自陳當時和很多女人交往，包括妓女在內。直到他遇見一個令他動心的女孩婉儀，才真正收心，開始認真追求。但婉儀的家人也看不起他，認為軍人都是壞人，百般阻撓。幸而，婉儀十分支持他，最後兩人得以結婚，建立自己的家庭。[40]古弦的詩具有存在主義色彩，經常反覆思索我是誰的問題，在前引〈K〉詩，K這個字母成為他的代號，K的冷酷、率真、悲劇性，都是他性格的投射。而〈自寫像〉一詩[41]，更是對自我的刻畫：

他是悲劇與淒美的構成
　　是不被了解的憂鬱的也是悲憤的鳥
　他也是一只孤獨的狼
　　一顆被放逐的星
　他 Chung than bat man（終生不滿）
　　然而他有時也這麼的想
　海上的月的確很美
　　美得令人不得不去遐思喲
　　他會想到哪兒靜靜的躺喲
　聽潮退去
　而後靜靜的夢

詩中的他彷彿有兩種性格，一個是憤世嫉俗，如悲憤的鳥、獨來獨往的狼；一個是喜好詩歌、追求美與夢想的詩人氣質，這兩面構成了他「悲劇與淒美」結合的特質。他一九七〇年代的作品，無論是對自我感到迷惘，對愛情的追求與失落，對慾望的反思以及對死亡的思考等，都可視為是越戰時期一個時值青春年華、軍籍詩人內心深處的表白。試看〈流浪人——

[40] 古弦，〈無詩的日子〉、〈告示〉，見其部落格「非詩人（凝視太陽的男人）古弦作品」，http://ntqcd.blog.163.com/blog/static/28076062200771293357893/，以及http://ntqcd.blog.163.com/blog/static/28076062200753093147884/（2014.6.20徵引）。

[41] 古弦，〈自寫像〉，詩末附注「於越南頭頓，一九七二年十二月」，發表於「風笛詩展十」（情詩專號），《光華日報》（1975.3.19）。見風笛網站，報紙圖檔，http://www.fengticlub.com/#!1975319/zoom/c2t8/i0150n，文字輸入檔，見「古弦作品」，http://www.fengtipoeticclub.com/ttran/ttran-a001.html（2014.6.20徵引）。

給自己的二十歲生日〉[42]，本詩共6段36行，寫一群軍校生的迷惘，又因其中有一個人自殺，引發古弦更深的感觸：「那個人否認了自己／擊酒瓶而歌／我則反叛了自己／自繪反叛者自繪像」，詩的最後兩段以這一群人的迷惘和自己的冷漠對照：

救救他們（他們在校衣及卡其褲的謊言裡陌生自己
他們不懂尼采，也不認識孔夫子）
只有我思慮及明日
也許我是一座化石
　　一座冷漠的。在廣場看人們用匕首刺死本性的
化石

　　揮手。然後說再見我的黃昏
　　乃未感知短髭的憂鬱究竟有多長
黑花又開了，於記憶的蒼白
　　遠處有人高喊我的名字
我又哭，於焚詩之前
帶走一些故事

黑花代表死亡與憂鬱，和蒼白的記憶成對比。最後的「我又哭」等句，表述自己既愛寫詩，又必須面對現實的殘酷，因此希望在有一天必須焚燒詩稿之前，帶走一些故事；這應是指屬於青春年華的故事。又如〈旅人〉[43]，以即將啟航的海上旅人為視角，在充滿離情的港口，「甲板上的中午開始蠶食故事／最美的部分／你開始誤會自己／是來自遠方的水手／你說：明天我要告別這市鎮了／且誤會停泊在港口的船／桅杆上懸掛的旗幟／就是她送別揮動的手帕」把桅杆上的旗幟誤解是情人惜別揮舞的手

[42] 古弦，〈流浪人——給自己的二十歲生日〉，詩末附注「一九六五年四月廿七日於越南堤岸一號港」，見其部落格「ntqcd古弦的新浪博客」，報紙圖檔，http://ntqcd.blog.163.com/blog/static/28076062201421004531135/?latestBlog，文字輸入檔，http://ntqcd.blog.163.com/blog/static/28076062200931505644763/（2014.6.20徵引）。

[43] 古弦，〈旅人〉，詩末附注「古弦於越南堤岸一九六七年」，見其部落格「非詩人（凝視太陽的男人）古弦作品」，http://ntqcd.blog.163.com/blog/static/2807606220078131337128/（2014.6.20徵引）。

帕，其實反映出詩中主角的憂慮與思念，因此詩的最後說「以後，思念的心爬滿苔蘚／送訊的人不來／你守候到什麼時候?」結合當時的背景，此詩透露了身處戰時，軍人不定時移動駐防所面臨的分離焦慮。另一個組詩〈黑色的羽毛〉之〈N0=1〉[44]，說的也是類似的心情：

K：現在你的眼淚是什麼色呢?
西貢的雨後炮聲清響自遠方
　　你獨守著夜看你那顆喜愛的星星是否失蹤
　　屬於夏季的傳說破碎了
　　明日你應該去流浪
　　伴著你是一份思念
　　　　寄給PT

透過古弦的詩，可略窺見身處戰火陰影下的苦悶心靈。這種來去無法自主，唯恐被人遺忘的焦慮，一再於古弦的詩中顯現，如同〈未題〉[45]詩所述：「總是把憤怒揑成那不完整的形象／在漁港在海岸／甚至在這已經被陌生了的城市／喲！明日我回去時／這裡有沒有留下我的自語」。

古弦的戰爭書寫，著力最多的是有關愛與慾的糾纏和批判。組詩〈蛇及其他〉共三首，第一首題為〈蛇〉[46]、第二首又題〈夢〉[47]、第三首又題〈失落〉[48]；〈蛇〉詩一開始就寫出「昏眩在你蒼白的震顫／夜便伸開雙手把我的饑渴擁抱」，點出這是男女歡愛的場面，接著再繼續幾行描寫，但進入第二段便是揭穿這性愛下的假面：

---

[44] 古弦，〈黑色的羽毛〉，共四首，都以「No=」的形式命題，見其部落格「非詩人（凝視太陽的男人）古弦作品」，http://ntqcd.blog.163.com/blog/static/28076062200804950477/（2014.6.20徵引）。

[45] 古弦，〈未題〉，詩末自注「一九六八年於越南堤岸」，見其部落格「非詩人（凝視太陽的男人）古弦作品」，http://ntqcd.blog.163.com/blog/static/2807606220078293116890/（2014.6.20徵引）。

[46] 這個組詩圖檔，參見http://ntqcd.blog.163.com/blog/static/28076062201421004531135/。而文字輸入檔，見古弦，〈蛇〉，詩末自注「一九六七年於越南堤岸」，見其部落格「非詩人（凝視太陽的男人）古弦作品」，http://ntqcd.blog.163.com/blog/#m=0&t=3&c=原創（2014.6.20徵引）。

[47] 古弦，〈夢〉，詩末自注「一九六七年於越南堤岸」，見其部落格「非詩人（凝視太陽的男人）古弦作品」，http://ntqcd.blog.163.com/blog/#m=0&t=3&c=原創（2014.6.20徵引）查詢。

[48] 古弦，〈失落〉，詩末自注「一九六七年於越南堤岸」，見其部落格「非詩人（凝視太陽的男人）古弦作品」，http://ntqcd.blog.163.com/blog/#m=0&t=3&c=原創（2014.6.20徵引）。

我在那斷了的拉鍊想到
一個霉爛的春天
　　　在你乳頭髮出臭味
　　　而你捨不得拋棄它
　　　像拋棄任何一件不再時髦的首飾
你也沒有發現
昨夜偷偷吻你的
只是一尾飢渴的
蛇

這裡嘲弄了賣春者的愚蠢與虛情假意，但也批判「我」的虛偽。但「我」的心境，在第二首〈夢〉有較為鮮明的表白，因為係有不得已而痛苦，所以必須買春消愁，全文如下：

夢只是一襲未洗的睡袍
棄置在你的床
你的床洋溢著令我不悅的香味

來自孕婦悲慘的求救
與嬰孩垂死的啼哭
我的眼睛仍印有昨日的血景

在暴風雨中
請把懺悔交還那個私生子
金屬十字架不能幫我想像
耶穌被釘死的苦狀

我只是把太陽引誘入臥室的
傢伙

古弦在〈K〉詩中自稱「凝視太陽的男人」[49]，強調的是自己率真、反抗黑暗現實的一面；因此在這裡也自詡是「把太陽引誘入臥室的傢伙」，企圖在戰火頻仍的氛圍下，以自然、赤裸裸的情慾之火來照亮茶室暗間。從第二段「我的眼睛仍印有昨日血景」來看，不難了解這種心情。而連帶的，也質疑了耶穌的存在。而第三首〈失落〉中，則增加對賣春者「你」的同情，因「你在那個變態的／咬痛你的男人的體膚嗅到戰爭」，但「我失落了許多不該失落的手勢／在鏡中濃黑的短髭已爬到我的唇／覆蓋著每一次欲吻的衝動／和每一句誠懇的話」，「我」同樣質疑聖主的存在，不想和一般人一樣做一隻馴順的羔羊，詩這樣說著：

我想我該不是一隻在主面前馴順的羊
當他們拼命抱著
且不時的去吻那雙雙骯髒的腳

我看見他們的血液泳著一群跳蚤
他們的臉上貼著一張告示
他們的手腕有一付鐐銬

這裡的「他們」，似指世俗大眾，也可以泛指參戰的軍人，他們在死亡陰影下喘息，所以緊抱著聖主，以自我安慰。但是舉世皆醉唯我獨醒的「我」卻透視他們生命中的不安，他們臉上的告示是死亡的預告，因他們的手已戴上手銬，隨時會被死神帶走、行刑。但這些戰場上的軍人，也是令人同情的。他們以買春享受一時的快感，暫時忘卻死亡的威脅，可是也會有遭到妓女冷落、鄙棄的時候。古弦〈往事〉[50]寫著：「他遺失了他的槍／在幹完那件事以後／那個赤裸的女人／叫他以後不要再來了／她說他身上的彈痕／使她窒息」，表現了戰爭陰影下畸形的愛慾，而在愛與慾的糾纏當中，在槍砲聲與猥褻聲當中，戰爭、愛、慾與死，是如此的靠近、交混。也因此可看到古弦在〈未題〉詩中，對戰爭的提問：「不應該是每

[49] 他的部落格也命名為「非詩人（凝視太陽的男人）古弦作品」。

[50] 古弦，〈往事〉，詩末自注「一九六七年於越南堤岸」，見其部落格「非詩人（凝視太陽的男人）古弦作品」，http://ntqcd.blog.163.com/blog/static/2807606220071087519471/（2014.6.20徵引）。

一手勢皆象徵死亡／不應該是每一凝視皆象徵愛」手勢，意味揮手說再見的姿勢， 詩人認為不應該一舉手揮別，就是永別；也不應該每一次專注凝視，就必須傾注所有的愛，因為知道明日又天涯，也可能天人永隔。換言之，這也是對死亡的提問，但烽火連天，詩人無法究竟答案，他在詩末反過來說：

是不是每一手勢皆象徵死亡
是不是每一凝視皆象徵愛
這是當戰事在我視野以內發生後
方能尋出答案的問題
屬於血的

這些「屬於血的問題」，是戰爭教給他的。詩人從一開始的堅定主張「不應該」，最後卻質疑「是不是」，可見其中情感的跌宕與思緒的衝撞，詩人面對戰爭與死亡這巨大的陰影雖然憤怒（前文曾引詩句云「總是把憤怒捏成不完整的形象」），卻是萬分無奈的。

越戰帶來的痛苦和傷害，古弦的〈死亡曲〉[51]有極深刻的表達。詩的開頭和結尾都說「很虛無　這些日子」，開頭是「我們不敢再繪遠景／不敢再戀愛」，而後很歇斯底里地想著，若我死了，那個女孩有沒有流淚；中間幾段，用呼告的方式，直白的語言，吶喊沒有明天的痛苦，詩中呼叫的「孩子」，也就是自己的化身。試引幾句詩：

孩子　你是不幸的
人家已經強姦了你的明日強姦了你的言語
明日你死時　你將飲很多悲哀
你的愛人呢?
你沒有愛人　所以明日你的墓很孤獨
很荒涼

[51] 古弦，〈死亡曲〉，詩末自注「一九六五年五月於越南堤岸一號港」，見風笛詩社，「古弦作品」，http://www.fengtipoeticclub.com/ttran/ttran-a012.html（2014.6.20徵引）。

又如：

現在我們都是沒有明日的
關於明日的許多圖案皆自縊而死
孩子　你相信嗎？這兒的太陽很黑
在白晝我們都是目盲者
我們摸索
以後我們的屍體被拋棄在黑森林
以後我們割自己的肉
喝自己的血止渴

因為沒有明天，對人生絕望，所以結尾說：「很虛無　這些日子／我們沒有依靠我們是孤魂」，越戰給人們帶來的傷害，不只是讓人成為孤兒，死後還是孤魂野鬼，生時苦痛，死後孤獨，何其哀哉。

（三）藥河

相對於古弦詩風的熱燥激切，同屬《十二詩人專輯》的藥河就傾向於溫潤抒情。藥河於2000年過世，親友為他整理出版《溶入時間的滄海——陳本銘紀念詩集》[52]，涵括其1960年代至2000年的詩作，其中有不少與越戰相關者，但筆法以抒情為主，縱使有千般的痛楚，也化作溫厚、感嘆的文字，少見諷刺或直斥的語言。譬如〈說書的樹〉[53]，以一個因戰爭失去一條胳臂的老人引起話題，兼以懷念戰亡的亡友，但沒有血淚的控訴，只聽見老人焚葉而歌。雨中的樹顯得有點兒淒涼，宛如一個說書人，將要為回返的幽靈說些甚麼故事。詩中形容亡友和那些為國捐軀的亡魂：「所有的幽靈喜愛在雨天回來／穿著不同的軍服／更遠處是青山，青山後是戰場／他們自那一役中轉回來／沒有槍枝，沒有膚色」，筆觸淡淡，卻隱藏深深的哀傷。

事實上，面對戰爭的威脅，藥河總是淡然處之，無論作品主題是懷人、愁思或遐想，都是盡量把戰爭用遠景來處理，只剩下模糊的、淡淡的

[52] 陳本銘，《溶入時間的滄海——陳本銘紀念詩集》（臺北：秀威，2012）。書前有秋原作序。

[53] 陳本銘，〈說書的樹〉，詩末附注「一九六九年初十二月。西貢」，《溶入時間的滄海——陳本銘紀念詩集》，頁65-66。

影子，他甚至很少寫到槍砲聲，至多是雨聲、風聲；他筆下的戰時生活，彷彿是黑白的畫片，帶有古典水墨的氣息。例如〈幾時我們是雨——給D〉[54]，是一首題贈詩，第二段提到戰爭：

風起自宇宙最高寒處，雲生自最遠
　　那方的海湄。我們幾時是雨
　　走過戰爭，絆腳蒺藜
　　讓我們匯成一海，同一名字的海
　　澎湃時淹卻了我們整個溫柔的夏季

詩人希望自己和D變成雨，可以超越戰爭，衝過封鎖的蒺藜，這是對自由的渴望。而匯聚成海，則希望兩人可以水乳交融，共同度過美好時光。海洋在藥河筆下，也是自由的象徵。又如〈如斯〉[55]，想像擁有一雙飛翅，可以到處遨遊，詩的最後一段：「以風拭翼，有人在岩石後傾聽那種聲音／且待振翼的一刻／把山移向額／風景成為經竄的蛇／森林，城市移給好戰的部落／海洋撲入你的眼瞳」連接當時的時代背景，「好戰的部落」應不是虛寫，而就是想要飛越現實，把戰爭拋到腦後，享受御風而行的自由與快樂。

藥河的詩風古典抒情，即使詩中背景是砲擊之夜，仍然一派淡定。試看〈髮樣的白著的十二月〉[56]：

離你三月整，十二月
髮一樣的白著
眉一樣挑著
寫你的小像，用畫眉細筆
　　　　　　　　在一個砲擊之夜完成

[54] 陳本銘，〈幾時我們是雨——給D〉，詩末附注「一九六九年陰曆七七夜」，《溶入時間的滄海——陳本銘紀念詩集》，頁72-74。

[55] 藥河，〈如斯〉，詩末附注「一九六九年十二月下旬。西貢」，《溶入時間的滄海——陳本銘紀念詩集》，頁76-77。

[56] 藥河，〈髮樣地白著的十二月〉，詩末附注「一九六九年十二月下旬。西貢」，《溶入時間的滄海——陳本銘紀念詩集》，頁78-79。

擬古典的柳，灞堤竹在哪兒
（那年傷別又在哪兒？）
窗外是片風景畫的天
潑了許多寫意的雲
晚來以後寧靜，而且多照明彈的眼睛
哪，不單只是星子
是我們的見證

離你三月整，十二月
西貢城整個醒睡起來
眉一樣挑著
斥堠兵的寂寞
唉！眉一樣的挑著
……………………

詩中用灞橋折柳，烘托古典的離別情境，用畫眉細筆勾勒「你的小像」，也極富有詩意，但卻是「在一個砲擊之夜完成」，寧靜與動亂的對比。入夜以後，天空增多的照明彈，本是暗示著戰況吃緊，卻幽默地說「哪，不單只是星子／是我們的見證」，而末段所說西貢城的甦醒，彷彿不因戰況而是因為你我的離別相思；結尾的刪節號，更襯托一切盡在不言中。

這當然不是說藥河的詩不具有戰爭書寫的意義，相反的，是呈現另一種戰爭文學的美學，在平靜醇厚的文字下，蘊藏的是更深的悲痛與同情。我們更應該想到，在當時書寫戰爭必然也是禁忌的話題，過於激烈或哀傷的作品，都可被視為「反戰」，或是異議的思想，恐怕是會受到當局的注意。[57]以下再看兩首詩，可以了解藥河在與戰爭題材正面接觸時，他的選擇與節制。

藥河善於運用日常題材反襯戰爭的可怕，表達對未來與和平的希望，例如〈地理課〉[58]，詩的場景設定在教室，「地理課」既是課名，也是隱

[57] 筆者曾與尹玲討論本文，尹玲說「哪裡是不寫戰爭，是不敢寫啊」，可見抒情筆法是一種障眼法，受限於現實禁制，只好把對戰爭的指控、無奈都隱藏起來。

[58] 藥河，〈地理課〉，詩末附注「一九七二年八月十日」，《溶入時間的滄海——陳本銘紀念詩集》，頁93-94。

喻，因為詩的開頭：「我們講解市鎮的位置／市鎮，在最近／一次的戰役裡失去名字／而且將怎樣解釋所謂鄉愁／面對那些眸子／　皆流過流離的河」，這樣的地理課必然使人憂傷，因此敘事者發呆了半晌，才聽到學生問：「我們要不要集隊，老師／帶著地圖，到音樂教室外？」於是敘事者暗想：

等雨降成霜雪
那時或許
試著講解
花
和戰爭
雪
及和平

這是詩的結尾，原作是直行書寫，末五行用齊尾式的排列，形成韻律感，抒情意味濃厚，但傳達了詩人的深厚寄望。

其次，看〈西貢印象（April 1975）〉[59]：

旗幟在計程車下
計程車在無措的街上
軍靴　背囊　鋼盔
M16和手榴彈
官員和妓女在
美
式
撤
退
走
廊

[59] 藥河，〈西貢（April 1975）〉，詩末附注「一九七五年八月。西貢」，《溶入時間的滄海——陳本銘紀念詩集》，頁95-96。

之
上

我們進入廢墟
廢墟曾是昔日煙花的城市
而胎生　卵生　溼生
所有的
必須進入輪迴

詩本來是直行書寫，所以第三行起的齊尾式排列，是為了製造視覺效果——倉皇落地，一片雜亂，「美式撤退走廊之上」連成橫式的一線，更形成長廊的意象，一個一個撤離，只留下廢墟般的西貢，昔日的熱鬧情景成反比。而既已進入廢墟，就必須輪迴，才能重生。這首詩戰爭蹂躪土地，造成死傷無數並無直接的指控，只是點出撤退的情形，對於現狀與未來只有認命接受。

（四）尹玲

尹玲（本名何金蘭，1945-）生長於越南，1969年到臺灣留學，就讀臺大中文系，並一路升學，取得博士學位。求學期間正值越戰，而後越戰結束，導致她家破人亡，帶給尹玲很大的刺激。其後，尹玲又轉往法國巴黎攻讀博士學位，之後回到臺灣擔任教職。尹玲少年時在越南，即已加入當地的詩文社，成為《十二人詩輯》中的一員。但她對越戰的書寫，則在八〇、九〇年代大量迸發，並結集為《當夜綻放如花》等詩集。據洪淑苓〈越南、臺灣、法國——尹玲的人生行旅、文學創作與主體追尋〉[60]，指出尹玲戰爭詩有三個特點：

第一，對於特定事件，如1968年的「春節攻勢」、美軍施放「橙劑」等，都有相關作品，而且從中顯現尹玲對於戰爭的沉痛記憶，以及對於美國勢力的介入，有所批判。

譬如對於1968年的「春節攻勢」，尹玲有四首詩：〈講古〉[61]、〈巴

[60] 洪淑苓，〈越南・臺灣・法國——尹玲的人生行旅、文學創作與主體追尋〉，《臺灣文學研究集刊》第8期（2010），頁153-196。

[61] 尹玲，〈講古〉，詩末附注「寫於一九八八年七月一日」，見尹玲，《當夜綻放如花》（臺北：自印本，1991），頁24-26。

比倫淒迷的星空下〉[62] 、〈他們終於要那朵雲開花〉[63]、〈彈花盛放彷若嘉年華〉[64]，都是圍繞這個事件書寫。尹玲在這些作品中，尹玲以嘲諷的語氣，華麗的修辭，描寫砲彈襲擊下的家鄉，但其實內在的情感是脆弱、沉痛的。譬如〈講古・之一〉：「咻咻飛過／子彈穿越心膛／屋外　槍炮同時歡呼／慶賀另一世界的誕生」歡呼、慶賀、誕生這些用詞，恰恰反襯屋毀人傷亡的悲慘結果。

引發尹玲寫作這些作品，波斯灣戰爭是一大因素。波斯灣戰爭發生於1990年8月2日至1991年2月28日，而〈他們終於要那朵雲開花〉、〈彈花盛放彷若嘉年華〉分別寫於1991年1月21與28日，〈巴比倫淒迷的星空下〉則作於3月7日；這三首詩的內文也都顯示了波斯灣戰爭的訊息，而以波斯灣戰爭來和越戰對照，互相呼應，也使得尹玲的這些作品更具有層次與深度。〈彈花盛放彷若嘉年華〉的（二）至（四），著重敘述波斯灣戰況帶給世人的震驚，但透過電視新聞播報，讓人有「節目週全精彩／我們時而驚嘆時而掩面」的反應，最後還是靜下心來收看「這齣榮獲／本世紀最佳編劇的荒謬大戲」。在（二）詩中，尹玲趁勢導出這樣的話：

演出者固眉飛色舞
　播報員笑逐顏開
畢竟啊　最新電子武器已被
　引頸企盼了二十年
——越戰早已睡成歷史

這裡，一方面諷刺了波斯灣戰爭，一方面又試圖勾起世人對越戰的記憶。波斯灣戰爭是繼越戰之後一次震驚全世界的戰爭，對於因戰爭而慘遭亡國滅家之命運的尹玲來說，更是加倍的驚與痛。因此，同年3月7日，尹玲又再寫了另一首詩〈巴比倫淒迷的星空下〉，仍是以波斯灣戰爭和越戰並觀，並一再對戰爭的殘酷以及越南人民的苦痛反覆述說。詩的第二段以

[62] 尹玲，〈巴比倫淒迷的星空下，詩末附注「寫於一九九一年三月七日」，見尹玲，《當夜綻放如花》，頁45-46。

[63] 尹玲，〈他們終於要那朵雲開花〉，詩末附注「寫於一九九一年一月廿一日」，見尹玲，《當夜綻放如花》，頁47-48。

[64] 尹玲，〈彈花盛放彷若嘉年華〉，詩末附注「寫於一九九一年一月廿一日」，見尹玲，《當夜綻放如花》，頁49-52。

「戰火紋身」來形容描述那永遠無法抹卻的傷痛和疤痕，確實令人動容。

又如「橙劑」事件。美軍在越戰期間經常性的轟炸，以及使用「橙劑」——名為落葉劑，實則撒下有毒化學物質，造成往後越南婦女生下的嬰幼兒都是畸型殘障，這也是尹玲為越南人民深感痛心的事，因此她寫下〈橙縣種的那一棵樹〉[65]、〈橙色的雨仍自高空飄落〉[66]、〈面貌〉[67]，為時代留下見證。「橙劑」和越戰帶來的傷痛，如〈橙色的雨仍自高空飄落〉所控訴的：「我們的孩子／二十五年後的血／仍流著當時的天賜／生下一張張扭曲的臉　嵌在一具具／無手無腳／彎如鐵絲網的軀體上／恣意刺穿我們的眼睛／教人流著紅雨一樣的淚／隨那湄南河蜿蜒到底」，也像〈面貌〉所寫的：「都市成為平平的廢墟／森林頓化為無綠的荒野／橙色的雨深入廣的土地／留下二十年無數畸形兒／誰能慶祝勝利／贏的就是數不清的屍骨」。

第二，對於越戰電影，尹玲有若干觀影之後的作品，表達她對好萊塢電影的敘事模式是質疑的。例如〈講古〉的「之二」[68]，寫觀賞電影《越戰獵鹿人》、《前進高棉》、《金甲部隊》等，前兩部電影分別獲得1978、1986的奧斯卡最佳影片，後一部則獲1987年奧斯卡最佳電影改編劇本提名；但尹玲認為好萊塢只是不斷掠取越戰當題材，並非真正關注越南人民，其詩云：「獵鹿人／前進高棉／金甲部隊／希爾頓／西貢／天時地利人和／這朵票房最美的香花／好萊塢總也不膩的接枝繁殖／一九六八戊申　南越」

又，〈觀「前進高棉」之後〉[69]，也是寫觀賞越戰電影《前進高棉》的感懷，對電影的回應更為詳細，詩最後說：「你穿越瘋雨／奏響了奧斯卡樂章／而我們／雨在我們體內／早已熬成與時空並存的／風／溼」《前進高棉》獲得當年度奧斯卡最佳影片、最佳導演、最佳剪輯和最佳混音獎，可說備受讚譽。但尹玲對電影中的美軍（也極可能是越戰中的美軍）

---

[65] 尹玲，〈橙縣種的那一棵樹〉，詩末附注「寫於1990年9月9日」，見尹玲，《當夜綻放如花》（臺北：自印本，1991），頁34-35。

[66] 尹玲，〈橙色的雨仍自高空飄落〉，詩末附注「寫於1990年10月16日」，見尹玲，《當夜綻放如花》，頁41-44。

[67] 尹玲，〈面貌〉，見尹玲，《髮或背叛之河》（臺北：唐山出版社，2007），頁93。

[68] 尹玲，〈講古〉，同注59。

[69] 尹玲，〈觀「前進高棉」之後〉，詩末附注「寫於1987年5月17日」，見尹玲，《當夜綻放如花》，頁39-40。

的自以為是的心態卻嗤之以鼻，而且告訴世人，電影拍得很好，獲得奧斯卡金像獎，實際上的越南人在越戰中受的苦，已經淪肌浹髓，成為風溼痛一樣無可救藥的宿命。

第三，顯現女性獨特的觀察角度。

有關戰爭中的愛情，大多數詩人都會關注，無論是生離死別的哀傷，或是戰火下糾葛的愛慾，都是詩人書寫的題材。而尹玲注意到的是當時青年男女不能自由自在談戀愛的命運，而且提供給讀者一個很清楚的時代背景，可以〈血仍未凝〉[70]為代表。本詩得到瘂弦的讚賞，認為這首詩「等於為在戰爭中犧牲的男女愛情，立了一座碑，見證一段血淚斑斑的歷史」[71]這首詩的後記說：「六〇年代，越戰方酣，多少年輕男子，不是充當砲灰、戰死沙場，就是被迫戒掉陽光、不見天日、禁足小樓，夜以繼日躲避鷹犬們的搜捕。女子可以隨時新寡，猶不知情郎已在某個不知名的叢林或沼澤、死在某個不知名的人手上或某顆砲彈下；否則便須揮別所愛，化為流浪域外的婉約的雲，咀嚼整一世的鄉愁。在那個照明彈夜夜以天燈姿態君臨空中的年月裡，愛情只是血的代名詞。」、「好萊塢每年都拍有越戰影片，大多囊括奧斯卡或金球的幾項大獎；為何我們以自身真實的悲歡與血淚寫就的歷史，卻只贏得千古恨的劫灰？」[72]因此，尹玲以回憶的角度書寫，拈出一段小樓中的愛情故事。

可注意的是詩中對這段愛情的刻畫。在前述的時代背景下，男子與「我」的約會，往往是「一次見面是一次生死的輪迴」，實不知下一次有無可能再見面，甚至可能就此訣別。那時的氣氛是這麼緊張：「半秒鐘的遲疑／瓦礫上／死亡躺在高速砲的射程內／一翻身就抉去你我的凝眸」而男子的處境更如「被囚的鷹」，儘管小心翼翼，草木皆兵，但仍然無法躲過抓伕的命運，兩人終於分離。這段往事至今歷歷如昨，令人哀傷不已，要解開這個憂傷，或許只能像末段說的：「幾時我們是雨／沁入彼此／沁入你血中的淚／我淚中的血」。

這首詩跳開對戰爭的直接指控，而以個人抒情的方式記下越戰中陰暗的一面，而且以女性的角度述說，和時代背景又有密切相合之處，可說在戰爭敘事上，凸顯女性敘述的特點，以偏重個人、私密、生活化場景的小

---

[70] 尹玲，〈血仍未凝〉，詩末附注「寫於1990年2月3日」，見尹玲，《當夜綻放如花》，頁27-30。

[71] 瘂弦，〈序〉，見尹玲，《當夜綻放如花》，頁4。

[72] 同注68，頁30。

敘述補充大歷史著重集體、公開、戰爭場面的敘事。

必須指出的是，這些戰爭詩都寫於越戰結束之後的數十年，對過往的烽火歲月有追憶的意味，但其中的苦痛與創傷卻是反覆訴說，好像不曾撫平或淡忘。但也因為時間距離遠了，尹玲本身的人生歷練、文筆才思更嫻熟，所以無論在選材、構思、形式與內涵的表達上，都有頗為完善的表現，形成其個人獨特的風格。

（五）方明

方明（1954-）在越南生長，少年時代開始創作，1970年代中期到臺灣求學，就讀臺大經濟系，當時還與廖咸浩、羅智成、楊澤等人創辦臺大現代詩社。學成後，方明到巴黎求學、創業，嗣後經常往返於臺北、巴黎之間。比起風笛詩社詩人、藥河、古弦、尹玲等，方明年紀較輕，2003年8月出版詩集《生命是悲歡相連的鐵軌》[73]，輯有「戰爭篇」，收錄詩八組，可供討論。

首先看〈感覺〉，同題三首，都是以越戰為題材；每首又各有若干小節，第一首附註是「一九七〇年 十六歲時作品」[74]。第一首〈感覺〉（之一），以簡練的文字刻畫戰爭，「那夜，炮火的紅焰／使太陽頻頻失眠」，「臥下。很多睡屍瞪目／鬻一瓢血液濯洗山河。」等詩句，頗為有力。

〈感覺〉（之二）[75]的副標題是「給越戰」，第1節以「黃昏的戰鼓撕著荒涼的雲塊」拉開序幕，以充滿古典風格的語彙敘述越戰帶來的殘破景象，老翁思兒、白髮婦人為兒哭皺額頭等人物加深讀者的印象；第2節寫為國捐軀者的葬禮，但諷刺而可悲的是「沒有掌聲便落幕／一齣真正打動觀眾的悲劇／柩車的送行者／仍是柩車」，可見殤亡者眾多，戰況慘烈；第3節敘述的重心放在軍人和戰場，詩中「光著臉的軍鞋」指出裝備的破舊，「纍纍的戰歌已成熟」代表戰事頻仍，「而兀鷹和鐵鳥隨著生硬的扳機盤旋／越過死亡邊緣／又是狩獵一次月蝕的側影」則暗示死傷是常見的，所以兀鷹才會在頂空盤旋，等待搶食死屍；整個是充塞死亡的氣氛的，因此第4節以兩段三行收尾：

---

[73] 方明，《生命是悲歡相連的鐵軌》（臺北：創世紀詩雜誌社，2003），頁85-86。

[74] 方明，〈感覺〉（之一），見方明，《生命是悲歡相連的鐵軌》，頁85-86。

[75] 方明，〈感覺〉（之二），見方明，《生命是悲歡相連的鐵軌》，頁87-91。

西貢正憩睡

角落的一隻貓兒眨動雙眼
想著：明天將有一頓豐盛的宴酺。

這是暫時的憩睡，不知何時會有突發的戰火。眨動雙眼的貓，也在等待明會有一頓豐盛的酒席——這裡所暗示的仍是明天可能會有傷亡，因此野貓窺伺、等候，準備掠奪食物和可食的一切。

〈感覺〉（之三）[76]採散文詩形式，共有三首，有不少鮮明的意象和警句。例如〈其一：苦幕〉：

鄰家老婦煎熬過十八個冬天中也送走嚴霜中
唯一的兒子，出門時頸項懸掛星光若迷失叢
林裡就與敵人共照吧。

比藍天還年輕的男孩，伊斷臂是荒野下垂的
枯枝，狂飆時便摺成一支悅耳的輓歌

昨夜的鞋印是變奏之逃亡，乾癟的臉孔驚惶
了背上的嬰孩，瘦瘦的哭聲瘦瘦的禱語

第一例中的男孩終必出征，而他很可能就陷入叢林野戰，遭遇敵軍，生死未可卜。第二例中的男孩無比年輕，但已喪失一臂，再來更可能喪命。第三例寫逃亡，用「鞋印」來代稱其人，這應是個婦女，她還背著嬰孩，而嬰孩也受到驚嚇而哭泣，但那哭聲細瘦，若不是營養不良所致，就是被嚇壞了！這三例都具有深意。在這組詩中，方明也透露了較為個人的經驗與情緒，在〈其二：懷異域的雙親以及往昔〉方明訴說了對父母的懷念，也吐露了年少輕狂的往事；這些往事都因戰爭的陰影而顯得氣氛緊張，但方明常用機趣的話來反襯，格外啟人深思。如：

---

[76] 方明，〈感覺〉（之三），見方明，《生命是悲歡相連的鐵軌》，頁92-97。

戰爭頂過癮的
不然萬人湧去不返

預言所有孩童必須學會辨別榴彈與馬鈴薯那
樣撻給敵人那樣留下乾嚼。

第一例之「萬人湧去不返」看似追隨熱潮，其實是說千萬人未戰爭而犧牲；第二例把手榴彈和馬鈴薯並列，兩者形似，但擺在一起是很滑稽的，因此也產稱諷刺的效果。

方明的散文詩形成寫作的一大特色，另兩首散文詩也很值得探討。〈毀約以後〉[77]應是指簽訂巴黎和約之後，越戰仍然持續開火，終至結束了南越政權，讓南越人民面臨家破人亡的結果。因此方明首先就寫到了母親：

毀約以後。樹影搖醒鳥夢，纍熟的果實墜地
抗議，今年的冬怎麼特別白。白到
母親的頭髮，白到火爐的焰有點抖
擻，白到襤褸的街衢整齊起來。

越南屬熱帶性季風氣候，但因國土狹長，南越四季不明顯，年平均溫度27度；北越才有冬、夏之分，最冷的一月平均氣溫17度，因此這裡的「白」、「火爐」應是想像和譬喻，以白、冷來譬喻母親的年老和環境氣氛的冷肅，也烘托詩人的孺慕之情。而遠離家鄉的「我」，除了思念親人朋友外，「我更愛獨坐」，「想百年後，我們都朝向無國界的后土，無須失眠，無須抱月思家，就且忍住崎嶇的阻隔，忍住夜話的啜泣。」心情甚為無奈。

又如〈訣〉[78]，詩末「附言」：「昔日越戰，我曾目睹無數情侶訣別的悲慟，這種淒美絕非一般人能體會到的，雖已時隔多年，仍久久震撼於心，故成此詩。」方明在詩中對這種戰地愛情的描述，請看第三、五段及結尾的第六段：

---

[77] 方明，〈毀約以後〉，見方明，《生命是悲歡相連的鐵軌》，頁73-75。

[78] 方明，〈訣〉，見方明，《生命是悲歡相連的鐵軌》，頁78-79。

………………青春只是昇平時的夢曲，那鳥
聲情話只能玩弄一刻，今卻廉售給獰笑的流
　彈。女孩，你不會強泣一段突去的愛情，一
個斷絕的思念吧。

　　戰歌煮沸我的血液，列隊麻木我的思想，卻
　　麻木不了家的憧憬，以及摯情的呼喚。

　　未完成的愛情最悲壯，無怪我忍不住去偷嚐
妳唇邊最後的餘溫。

這裡的愛情，已經是在死亡邊緣的拉鋸戰了，但「未完成的愛情最悲壯，無怪我忍不住去偷嚐／妳唇邊最後的餘溫。」詩中的「我」可說是無數青年男／女的化身，在熾熱的烽火下仍然要在死神身邊摘取愛戀的花朵。

可注意的是，方明的越戰書寫，除〈感覺〉（之一）寫於越戰後期的1970年，其餘都是晚近的作品。也就是說經過三、四十年之後，青少年時期的慘澹記憶迫使他重拾詩筆，以文字再現當時情景。這追憶之作，固然有藝術上的剪裁，但就如同前文引述其言「雖已時隔多年，仍久久震撼於心，故成此詩。」正是這種「不得不」的心情，使他重新建構記憶中的越戰經驗。

四、越華現代詩中的離散敘述

越戰結束，這一群越華現代詩人的命運也大不相同。有的詩人留在原地；有的想辦法出國留學，並移民他國；有的逃亡到國外，尋求政治庇護，而後定居下來；後二項所涉之地包括美國、加拿大、澳洲、香港和臺灣等。九〇年代越南對外開放，有不少詩人返鄉探親，昔日詩社同仁也開始相互聯絡，展開新的一頁。這些歷程與心境反映在詩歌中，形成了不同的表述。約可分為三類：

第一類，移居國外，逐漸習慣異國生活；待與詩社同仁重新接觸後，又開始寫稿投稿，亦尋求機會與老友通信通電，或者也返越訪友，近期更有較多的文友活動可以參與。大多數的詩人都屬於這一類，畢竟，往事不堪回首，而大多數詩人出生於1940年代，年歲逐漸老大，不少人升格祖字輩，希望享受人生，為文自娛。

譬如心水（本名黃玉液，1944-），1978年攜家帶眷從越南逃亡，或澳洲人到收容定居墨爾本至今[79]。心水在〈往事〉[80]「後誌」云，對著眼前的（澳洲）雅拉河竟恍惚聽到湄公河畔的風雨聲，因此寫作此詩。詩中歷數南越亡後的二十多年歲月，整理複雜的情緒，就好像「成為灰燼前／故事的篇章，必經／烘烘烈火焚燒」，因此詩中也坦承寫下對越共的觀感：「他們時而同志時而兄弟的親熱／卻寒著五官用冷如刀鋒的眼色／劃分階級。那年西貢的空氣／遂散出屍味／鑼鼓全扔進被稱為／歷史的四月裡」，四月，指的是南越滅亡的1975年4月30日。

心水對於澳洲生活是滿足愜意的，尤其兒女各自成家，又生養下一代，含飴弄孫，也有幾首寫給孫兒孫女的作品。而在異國，節日來臨往往也是鄉愁湧現之時，〈故園秋月〉[81]因中秋節而寫，引發感觸的是唐人街所賣的中秋月餅，雖然澳洲此時是初春三月，但為了應景，詩人於是「且抱壺龍井捧出月餅／在春夜裡對兒孫／細說廣寒宮故事，舉杯／呷口澀澀而溢著鄉思的中國茶」，這首詩流露對中國文化的鄉愁，節日的氣氛、故事和吃食成為異國生活的慰藉。

但異國生活真的就此平靜下來嗎？1999年3月，北約戰機襲擊南斯拉夫，心水寫下了〈科索沃危機〉[82]，在描述其地戰情之外，末段的情景：「破鞋隊伍越嶺穿山／難民們扶老將雛，默默趕路／逃向前方，拋鄉棄園／國仇家恨串成淚珠滾滾……」這雖是寫從螢光幕、新聞報導所見，但必然觸動了詩人內心深處的記憶，句尾的「……」如淚珠滾滾，也是言有盡意無窮的意思，則一切都在不言中。亡國之痛、逃難時的驚恐、移民路程的艱辛，安居立業的滿足、兒女成家的欣慰以及含飴弄孫的喜樂，在在都是人生的滋味，無法選擇，也因此豐富了詩人的生命。看詩人幾首關於秋天的詩[83]，其中的坦然颯爽，也可略窺他步入老年的怡然自得。[84]

---

[79] 心水，扉頁作者簡介，見其詩集《三月騷動》（臺北：秀威公司，2011）。

[80] 心水，〈往事〉，見其詩集《三月騷動》，頁211-212。

[81] 心水，〈故園秋月〉，見其詩集《三月騷動》，頁90。

[82] 心水，〈科索沃危機〉，見其詩集《三月騷動》，頁181-182。

[83] 例如〈秋之舞〉、〈秋之聲〉、〈秋景〉，見其詩集《三月騷動》，頁95、100、101。

[84] 除心水外，後來移居美國波士頓的藍斯，也有類似的心境轉折，參見風笛詩社，藍斯作品，http://www.fengtipoeticclub.com/knkhuu/knkhuu-a042.html（2014.6.11徵引）。

第二類，移居國外，因逃亡、移居過程艱辛，不願再面對昔日人事，以致幾乎拒絕與外界來往。這類非常特殊，目前大約只發現古弦是具有這方面強烈的傾向。

古弦離開越南的過程十分坎坷，據其部落格文章，他是靠為人修船，而後才能藉此逃亡，去到澳洲，獲得澳洲政府庇護，才定居下來。但這一路上的奔波磨難，已使他對人世失望。到了澳洲，又親眼目睹一些不公不義的事，所以他決定從此除了工作之外，不與他人往來。直到昔日詩友找上他，他才開始有一些對外的聯絡，但仍沉默少言。[85]古弦這個態度，充分反映在他的部落格，他不僅張貼自己從以前到現在的作品，更張貼許多和越戰有關的圖文。古弦個性本來就比較具有反抗性，在青年時期就加入抗議團體，而後志願從軍，顯見是個有抱負的青年。越戰結束，南越淪陷，促使他痛恨美國，也不喜歡共產黨，所以他在部落格痛批美國，也指出越共、中共的謬誤；針對1970年印尼排華事件，他則說「我支持中華民國，但我更要知道真相」，他想要了解當時中華民國對救援華僑的態度。可見古弦剛烈的個性，不與現實妥協，極力爭取他心目中的正義與公理。[86]

古弦後來曾撰寫〈難民〉，敘述當時從海上逃難的人去到陌生的國家後，擔任廚師、洗碗工、雜貨店店員、修車工人等中下階層的工作，而且他們不只來自於越南，也有來自於高棉、寮國、中國，但每個人之後的表現也不盡相同：有的會在每年4月30日那天到越南大使館或中國領事館去示威抗議，以求保障人權；有的故意丟掉工作，領取救濟金，然後攢下錢來，想辦法回鄉探親，大有「衣錦還鄉」的意味；有的則是享受子女的孝敬，拿子女的錢去買名牌衣物、旅遊……這麼多不同類型的人，古弦對後二類人是鄙夷的，所以詩的最後只有兩行，但卻充滿了反諷的味道：

那些人有一個共同的名字
　　難民

---

[85] 詳參古弦，〈原因〉：「請不要問我為什麼自願失蹤了二十多年？／我只能告訴你因為我已經厭倦／這個世界⋯⋯」，http://ntqcd.blog.163.com/blog/static/280760622007630135572/（2014.6.21徵引）。

[86] 以上詳參古弦的部落格，「非詩人（凝視太陽的男人）古弦作品」。古弦的言論曾觸犯中共，其部落格曾被關閉，所以他曾發帖〈古弦反共不反華博客〉說明態度。〈我支持中華民國，但我更要知道真相〉一文，http://blog.sina.com.cn/s/blog_be21cb920101e74r.html（2014.6.14徵引）。

顯然，這些「難民」不是一開始那麼狼狽、卑屈的難民，而是不知自制、向現實搖尾乞憐的「難民」。古弦從年輕到老，都是憤世嫉俗。他還寫了〈感謝〉詩[87]，以感謝為名，「感謝」阮文紹等人把國家弄得滅亡：

感謝你們使我們成了難民
成了難民我們才能定居富裕的西方
我們之中有的人才能一面領政府津貼
一面做黑市的工作
然後每年一次衣錦還鄉
回去越南嫖賭食喝

他在澳洲長久隱藏自己是詩人的身分，但重新投稿被退，忍不住發牢騷開罵，這些情緒都寫在〈告知〉詩[88]：「我的每一首詩皆是我個人／某一時期不能磨滅的的悲痛紀念／我二十多年不寫詩是因為我個人再沒有那種悲痛／我有的是對人及神的憤怒」、「還寫甚麼詩？／何況我的詩一旦出現／他會即破神美麗的謊言／會撕裂人們的假面具／何況我只是把太陽引入臥室的那人／只是瓷碗跌落鋪磚的地面／碰擊出來的一種聲音／女主編們不能把它帶入夢……」古弦後期寫的詩（或只是雜文），大多文字淺白、情緒高昂，顯現的是他已無意在文字技巧上鑽研。他憤世的情緒除了個性，現在更因為是遭遇亡國之痛。南越政權已亡，現在的越共又非他認同之邦；澳洲是養家糊口之地，也不是安頓身心的地方。他只有在寫給婉儀的情詩時，才改用溫柔流暢的語調，訴說心中綿綿的情意和感謝，感謝婉儀和他堅持到底，抗拒家人的阻撓，決心和他攜手人生，陪他度過漫長單調的後半生，直到今天。

第三類，移居國外，現實生活是安定的，但心靈深處擺盪不安，不斷在追尋自我安頓的地方。這類可以尹玲為代表，在洪淑苓〈越南、臺灣、法國——尹玲的人生行旅、文學創作與主體追尋〉一文中已指出，尹玲的〈橋〉[89]詩對自己的身分有所思索、感歎，「有家而永遠無定的心情」如

[87] 古弦，〈感謝〉，http://ntqcd.blog.163.com/blog/static/28076062200752911206256/，2014/6/21查詢。

[88] 古弦，〈告知〉，http://ntqcd.blog.163.com/blog/static/28076062200753093147884/，2014/6/21查詢。

[89] 尹玲，〈橋〉，詩末自注「寫於一九九四年八月二十六日～九月九日」，見尹玲，《一隻白鴿飛過》（臺北：九歌出版社，1997），頁52-55。

愁雲慘霧籠罩著她。也因此，尹玲從越南到臺灣讀書，而後又遠走法國巴黎，然後又回到臺灣教書，她的意識始終在「翻譯的國度」流動，她的〈髮或時間是一枚牙梳〉更娓娓道來遊歷世界各地後的迷離心境：

> 而鄉愁亦在眾掌之中不時幻化
> 　　西貢的月忽忽作了臺北的風
> 　　巴黎流水拂綠北京嫩柳
> 　　伊斯坦堡的祈禱斜斜散入大馬士革
> 　　柏林睡穩的牆猶不忘敲醒它域的晨鐘

這其中，巴黎是她的最愛，但她終於醒悟「巴黎是最璀璨的鏡／鐵塔是鏡中之花」（〈鏡中之花〉[90]），一切和巴黎有關的記憶不過如鏡花水月，實體已不存在，鏡像更是虛空，因此她為自己的生命下了最適當、最滿意的註腳，亦即是〈在永恆的翻譯國度裡〉[91]。透過尹玲其人其詩，可充分見證流動的鄉愁，離散漂泊帶來的抑鬱。

五、與臺灣詩人洛夫「西貢詩抄」的對照

以上透過幾位詩人的作品，分析其越戰書寫的特點，試圖呈現越戰的亞洲經驗和觀點。這些出生於1940年代的越華現代詩人，他們的雙十年華恰巧都在戰火中渡過。其筆下的一動一靜，都是親身經歷，無論是烽火兒女的抒情纏綿，還是著眼於戰事的景況、士兵的心境，都可說是以詩作史，彌足珍貴。但這類親身經歷下的書寫，和外圍、間接經驗者的越戰書寫對照，會有怎樣的異同呢？

以臺灣創世紀詩人洛夫的「西貢詩抄」為例。洛夫對於越華現代詩人有深刻影響，且因為洛夫本身是軍官，在1965到1967年曾被外派越南，擔任顧問兼翻譯官，之後發表「西貢詩抄」十一首，收入他的詩集《無岸之河》[92]。從題材來看，洛夫較為偏重和軍事有關的，譬如〈手術臺上的

---

[90] 尹玲，〈鏡中之花〉，見尹玲，《髮或背叛之河》，頁14-15。

[91] 尹玲，〈在永恆翻譯的國度〉，詩末附注「2004年2月於巴黎」，見尹玲，《髮或背叛之河》，頁25-26。

[92] 洛夫，《無岸之河》（臺北：大林出版社，1969）。

男子〉寫的是一個十九歲的美國大兵因為受傷而送醫急救，但他終歸不治而死，身上留下十九個窟窿（彈孔或是手術傷口）。本詩全篇甚長，六大段，加上反覆用「（白色在吵鬧）」的句子穿插在各段落之間，加強這是在醫院進行手術的印象，而「白色」也容易和死亡的氣氛聯想在一起，和傷口流出、手術刀劃下去的血的「紅」也形成鮮明的對照。而重複多次的「十九」，更有結構性的藝術效果。又如第五大段：

十九歲的
　　　男子　掌中躍動一座山的
　　　男子　血管中咆哮著密西西比河的
　　　男子　胸中埋著一尊溫柔的砲的
　　　男子　嚼著自己射出去而又彈回來的破片的
　　　男子　他已改名叫「不可能」的
　　　男子　今年才十九歲
　　　手術臺上
　　　十九歲的男子
　　　脫下肌膚
赤裸而去

像這樣的形式設計在當時是相當新穎的，在視覺上也很震撼，彷彿不只一個，而是很多個十九歲的大兵都躺在手術臺上，凸顯了戰況激烈，傷兵累累的情況。

又如，洛夫對於士兵守候的情景，也有細微生動的描寫。〈午後印象〉[93]從「河對岸的那排房子仍然空著／有時有迴聲／有時沒有」寫起，直到最後「一隊士兵過去了／影子貼著瀝青路而行／他們在軍用地圖上／劃下一道虛線」一切彷彿「西線無戰事」，又彷彿隱藏著不安，氣氛寧靜而詭譎；〈魚〉[94]寫一個戍守的士兵，他百無聊賴地巡邏，猜想「從煙囪飄出來的是骨灰／抑是蝴蝶?」，也反問自己：「有鱗而無鰭的／算條什麼魚！」，最後他「沿牆垣而南而北而西／而東的一口枯井邊／俯身再也

[93] 洛夫，〈午後印象〉，見洛夫，《無岸之河》，頁11-12。

[94] 洛夫，〈魚〉，見洛夫，《無岸之河》，頁13-15。

找不到自己的那付臉」在這裡，洛夫透過這個士兵，揭穿了戰爭的虛無，所以士兵找不到井裡反映的自己的臉。

不能忽略的是，洛夫對越戰也有指責和諷刺，〈城市〉[95]的最後兩段：

酒吧開在禮拜六
　　砲彈開在禮拜三
　　裝甲車邊走邊嚼著一塊牛肉餅
　　而機關槍是一個達達主義者
　　把街上的積水
　　提升為一片夕陽

上引第一、二句是對比，也是反諷，看似有次序的戰事與生活，卻揭開了越戰的亂無紀律的黑暗面。把機關槍的射擊聲「達達」和達達主義聯想在一起，顯現巧思，但也很無情的點出機關槍其實正在掃射，鮮血噴濺，染紅地面，才會把積水「提升為夕陽」，夕陽，正是橘紅色，似血。而〈西貢夜市〉[96]更直斥越南時勢的曖昧與混亂：

一個黑人
　　兩個安南妹
　　三個高麗棒子
　　四個從百里居打完仗回來逛窯子的士兵

　　嚼口香糖的漢子
　　把手風琴拉成
　　一條那麼長的無人巷子
　　烤牛肉的味道從元子坊飄到陳國篡街穿過鐵絲網一直香到
化導院
　　　　　和尚在開會

---

[95] 洛夫，〈城市〉，見洛夫，《無岸之河》，頁9-10。

[96] 洛夫，〈西貢夜市〉，詩末自注「一九六八、十、十一」，見洛夫，《魔歌》（臺北：中外文學月刊社，1974），頁10-11。

這首詩作於1968年10月11日，沒有收入《無岸之河》，而是收入《魔歌》。第一段四個意象並列，顯示當時環境的複雜，出入的人也雜，加上第二段那個嚼口香糖的漢子——一般都推論為是美國大兵，就戰地來說，這個景象實在是鬆散無紀律，根本不像在打仗，反而是休閒俱樂部的樣子。而四處飄散的烤牛肉味道，或解釋為是美軍軍營飄散出來的香味，它直傳到化導寺，似乎也在誘惑著和尚破戒，而正在開會的和尚，也代表當時越南的出家人已經開始涉入政治，不是清修那麼簡單而已；但這也可能解釋是在影射1963年6月11日和尚釋廣德（ThichQuangDuc）自焚事件[97]，「和尚在開會」代表出家眾也開始不滿現實，欲提出自己的主張。這首詩讓讀者看到，戰火中的越南，其實有多方勢力攪和，裡外不安。但洛夫以意象並列，詩的語言是冷靜的，不帶任何說詞，而讓讀者自行揣摩詩的含意。

由以上分析可知，洛夫的越戰經驗是間接經驗，加上他當時的創作功力已趨成熟，因此他更努心於創作的藝術，以突出的形式設計帶出每一首詩的獨特觀照。雖然洛夫自己說「西貢詩抄」的語言是生活的語言，但在某個程度上，每一首詩還是有超現實的意味，因為他取自於現實，又不完全貼近現實；無論是意象的並置或拼接，內在結構都是抽象又帶點疏離的，引發讀者對戰爭更進一步思考。

洛夫對戰爭的刻畫，藝術手法高明，也有開創性。在越南的兩年，應該提供給他很好的近距離觀察機會。但洛夫仍然採用客觀冷靜的角度，以達到疏離的效果，這和越華詩人直接、主觀的經驗是很不相同的。當然，他在取材上不如越華詩人的多樣性、日常性，因為越華現代詩人是長期身在其中者，是利害關係人，他們有太多可以書寫的。

更進一步來說，越華現代詩人的越戰書寫，提供了那些亞洲經驗和觀點呢？第一，對特定事件的書寫是很可貴的，譬如對1968年「春節攻勢」的敘述與感觸，那是屬於越南居民的共同記憶，慘痛，但必須有人記下。又如「橙劑」，亦然。其次，真實地反映出戰爭下的戀情與愛慾糾纏，例如尹玲的小樓故事〈血仍未凝〉，是屬於在地的愛情記憶；古弦筆下的女子和男子都披著慾望的外衣，但實際上則都是被戰爭脅迫，不得不以畸形的方式交換慾望。第三，戰場上的瑣事記憶，如林松風的〈活在戰火時節

[97] 釋廣德以自戕討伐當時南越總統吳廷琰的統治政策，但當時吳廷琰的弟弟吳廷瑈之妻嘲笑這是烤肉事件，引起激烈反彈，間接導致陸軍楊文明發動政變，捕殺吳廷琰。而這個事件經國際媒體報導，引起國際間震驚，也影響美國的越南政策。

——給一位死去的戰友〉、刀飛〈我曾聽到哭聲，孩子〉也都是彌補了越戰敘事的空白，不是國際記者鏡頭下攫獲目光焦點的照片，也不是好萊塢電影裡的聳動情節，但卻是詩人最真實的經驗，無人可以替代說出。

此外，越華現代詩人對越戰的書寫，還提供讀者看到個體在戰雲密布的生活中，如何排遣憂愁，如何表現一個獨特的自我。譬如藥河或其他詩人的古典風格，對於戰事的輕描淡寫，不一定是無感或逃避，相反的，也是一種面對戰爭的態度。在照明彈的餘光下，描畫情人的小像；在老樹下共同聆聽老人的戰爭故事；想像自己是鼓動的雙翼，是無處不在的雨，乃至想像開始為孩童講「雪和戰爭」、「花和和平」，都是藥河以一個詩人的身分，面對戰爭威脅時擺出的優雅風姿，如許溫潤平和，戰爭下的年輕人並沒有忘記他們也有作夢的權利！而像古弦，提供的是另一種生命的姿態。他的詩確實是具有現代主義的特質，他呶呶不休地說著「我」，有時驕傲，有時哀傷，有時憤怒，有時溫柔，這都構成他詩的特色，也是吸引人的地方。他是個很精采的詩人。

至於戰後的種種，這些詩人的天涯行蹤與心路歷程，也是一篇篇動人的樂章。歷經離亂，詩人的心態各個不同，但詩卻是他們共同的語言，而「詩友」也代表他們一同走過的青春歲月。因此不只是風笛詩社的凝聚力強大，藥河過世了，許多詩人也都提筆悼念，這其中隱含著哀悼自己的青春的意義[98]。

六、結語

無論是戰時或戰後，越南首都西貢屢屢成為各方焦點。相較於美國好萊塢電影往往著重美國士兵參戰的心路歷程，或是間接經驗者以冷靜的筆法表現對越戰疏離的情感，有誰比越南居民對西貢有更深刻的在地情感與認同？因此刀飛、鄭華海筆下戰火中的西貢顯得格外有意義。戰後，乃至更遙遠的未來，對於西貢——雖然它已改名胡志明市——的期許，藥河〈啊！西貢，我們再次的城〉曾說：「誰是最後離去的請把燈光／熄滅，

[98] 藥河的紀念詩集出版後，風笛詩社及其他詩人在《新大陸詩刊》61期（2000.12），推出「番石榴樹的輓歌《詩人陳本銘紀念輯》」，撰稿者包括榮惠倫（荷野）、藍斯、陳國正、秋夢、藍兮、心水、張錯、非馬、秀陶等23人。參見風笛網站，http://www.fengticlub.com/#!blank/c1598（2015.6.1徵引）。

火種留下」因為他相信有朝一日眾人將幡然重認，那時：

火　便躍起
在鑽木的手勢中
一盞燈
重燃
一個文明
啊！西貢，我們再次的城

這首詩再次提示，當美國的越戰電影把焦點放在美國士兵的傷慟與對戰爭的反思，越華詩人對自身家國的企盼是——再造文明盛世，這個底蘊實非好萊塢的劇本所能觸及。如同西貢是屬於越南人的首都，越戰書寫，更需要越南詩人的觀點。綜上所論，相信藉由本文的梳理，已為越華詩人的越戰詩歌書寫在類型與主題上勾勒出清晰的輪廓，並且也挖掘出其內在的情感世界以及身處戰爭時空下，詩歌和現實對應的模式。研究越華詩歌不只是打開華文文學嶄新的一頁，藉由以上的論述，更凸顯了越華／亞洲視角，也開拓越戰文學研究的新面向。

引用書目

一、詩集

方明，《生命是悲歡相連的鐵軌》（臺北：創世紀詩雜誌社，2003）。
心水，《三月騷動》（臺北：秀威公司，2011）。
洛夫，《無岸之河》（臺北：大林出版社，1969）。
陳本銘，《溶入時間的滄海——陳本銘紀念詩集》（臺北：秀威，2012）。
尹玲，《當夜綻放如花》（臺北：自印本，1991）。
尹玲，《一隻白鴿飛過》（臺北：九歌出版社，1997）。
尹玲，《髮或背叛之河》（臺北：唐山出版社，2007）。

二、專書

方明，《越南華文現代詩的發展（兼談越華戰爭詩作1960-1975）》（臺北：唐山出版社，2014）。
王捷、楊玉文主編，《第二次世界大戰大詞典》（北京：華夏出版社，2004）。
熊杰主編，王利德等譯，《簡明大英百科全書》18冊（臺北：臺灣中華書局，1990）。

三、單篇論文

尹玲，〈自《十二人詩輯》至今〉，《創世紀》155期（2008），頁189-193。
林明賢，〈民族意識與文化堅守——從越戰時期的越華文學作品看越南華人的身份認同〉，《新大陸詩》雙月刊第130期（2012）。
洪淑苓，〈越南、臺灣、法國——尹玲的人生行旅、文學創作與主體追尋〉，《臺灣文學研究彙刊》8期（2010），頁153-196。
姚時晴，〈乾嚼生命的風景——讀方明的戰爭詩〉，《創世紀》2011冬季號。
單德興，〈創傷、回憶、和解：試論林瓔的越戰將士紀念碑〉，《思想》5期，頁96-127。
瘂弦，〈序〉，《當代中國新文學大系(8)詩》（臺北：天視出版公司，1980），頁29-30。
瘂弦，〈戰火紋身——尹玲的戰爭詩〉，《現代詩》18期（1992），頁152-164。

四、網路資料

刀飛，〈風笛詩社的燃燒歲月〉，《新大陸詩刊》，125期（2011.8），「風笛詩社」網站，http://www.fengtipoeticclub.com/phidao/ch401.html（2014.6.15徵引）。

刀飛，《歲月》，風笛e書，風笛詩社網站，http://www.fengtipoeticclub.com/book/years/ch007.html（2014.6.15徵引）。

古弦的博客，http://blog.sina.com.cn/s/blog_be21cb920101i6s2.html（2014.6.20徵引）。

非詩人（凝視太陽的男人）古弦作，http://ntqcd.blog.163.com/blog/static/2807606220122208121285/，（2014.6.20徵引）。

風笛零疆界詩，http://www.fengtipoeticclub.com（2014.6.15徵引）。

風笛網站，「前塵回顧」（風笛詩刊報紙圖檔），網址http://www.fengticlub.com/#!197394/zoom/c2t8/i0v3g（2014.6.15徵引）。

荷野等，《慶祝風笛詩社四十週年現代詩輯》電子書，「風笛」網站，風笛e書，http://www.fengtipoeticclub.com/book/book39/index.html（2014.6.15徵引）。

荷野，〈原越南革沿手札——謹向『笠詩刊』眾詩家虛心取經並懇請指謬〉，引自「風笛零疆界詩社」網站，網址：http://www.fengtipoeticclub.com/wvinh/wvinh-j006.html（2014.6.15徵引）。

ntqcd古弦的新浪博客，http://blog.sina.com.cn/s/articlelist_2542414544_0_1.html/，（2014.6.20徵引）。

War Writing & Diaspora Narrative of Modern Chinese Poetry in Vietnam

Horng, Shu-ling*

Abstract

This paper discusses the modern Chinese poetry written by Chinese in Vietnam. As the Vietnam War was the memory of all Vietnam people, this paper tries to explore the Vietnam War and Diaspora narrative of modern Chinese poetry from Vietnam. Modern Chinese poetry in Vietnam was deeply influenced by Taiwan modern poetry. Because of the introduction of Taiwan poets Wu Wang Yao, Lo Fu and Ya Xian and the spread of "Youth Literary Magazine" in Vietnam, the local poets approached their writing style from metrical poetry to modernist poetry. Thereby, they created the golden time of modern Chinese poetry in Vietnam in 1960 -1975. During the Vietnam War, the Chinese poets in Vietnam suffered from the tragedy and pain of the times. They regarded the Vietnam War as their collective memory and described the state of minds and unique experiences of war in their poetry. So this paper selects poems of "Fengti Poetic Club", "Twelve Poems Series" and of poets like Dao Fei, Yiau Her, Gu Thuan , Yin Ling, and Fang Ming, and also other selections which were concerned with war, to explore the depth of these poems. In the end this paper compares Lo Fu's "Saigon Poems" with those poems which represent the narratives of the experience of the Vietnam War, highlighting the unique meaning of art and multiple implications of modern Chinese poetry.

Keywords: Chinese literature, modern Chinese poetry, war, Diaspora, Vietnam

* Professor, Department of Chinese Literature, National Taiwan University.

性別化東方主義：女性沙漠羅曼史的重層東方想像*

林芳玫**

摘要

本文以沙漠羅曼史為研究對象，企圖達成三項目的。首先是對《東方主義》一書的批評與反思，從該書處處提及的情色化東方想像為出發點，探討被薩依德所忽略之東方主義的性別意涵。其次，筆者將沙漠羅曼史置於女性旅遊書寫的脈絡下，指出女性作者比男性作者流露出較多對東方的正面評價以及對帝國主義的猶疑。第三，筆者比較翻譯羅曼史與臺灣羅曼史二者的特色及其差異，指出西方羅曼史比臺灣羅曼史更具有對帝國主義的反省與顛覆。而臺灣小說經常將沙漠羅曼史與其他次類型混和。在這些女作家筆下，東西方二元對立雖然沒有完全消失，但沙漠羅曼史的東方想像富有重層性與曖昧性，一方面再生產了東方主義，同時也將其顛覆與轉化，成為女性旅遊與自我成長的契機。

關鍵詞：性別與東方主義、沙漠羅曼史、翻譯羅曼史、女性旅遊書寫、次文類雜混

* 本論文為科技部研究計畫成果，初稿宣讀於「第一屆文化流動與知識傳播國際學術研討會」，修訂後曾刊載於《現代中文文學學報》第13卷第1-2期（2016年夏），頁174-200。感謝計畫助理王俐茹、邱比特、廖淳曼協助購買書籍、整理資料、參與計畫討論、校對文稿。

** 國立臺灣師範大學臺灣語文學系教授。

一、研究背景與問題意識：性別化東方主義

黃沙遍野、狂風呼嘯，在遠方湛藍的天際線，一位身穿寬大白袍的騎士正策馬奔來，忽然驚見荒漠中一位踽踽獨行的女郎，兩人的目光交接，剎那間擦出閃亮的火花……。這樣的沙漠意象，從好萊塢名片《阿拉伯的勞倫斯》到西方羅曼史書寫，以及無數流行歌曲的MV，或是電影版《慾望城市》場景從紐約移到摩洛哥，這些現象在在顯示西方人對充滿異國情調之阿拉伯沙漠的想像與神往。[1]

本文以沙漠羅曼史為研究對象，企圖達成三項目的。首先是對《東方主義》一書的批評與反思，從該書處處提及的情色化東方想像為出發點，探討被薩依德所忽略之東方主義的性別意涵。其次，筆者將西方之英文沙漠羅曼史置於源自19世紀維多利亞時期女性旅遊書寫的脈絡下，指出女性作者比男性作者流露出較多對東方的正面評價以及對帝國主義霸權的猶疑。第三，筆者比較翻譯羅曼史與臺灣羅曼史二者的特色及其差異，指出西方羅曼史比臺灣羅曼史更具有對帝國主義的反省與顛覆；[2]而臺灣小說經常將沙漠羅曼史與其他次類型混和。在這些女作家筆下，東西方二元對立雖然沒有完全消失，但沙漠羅曼史的東方想像富有重層性與曖昧性，一方面再生產了東方主義，同時也將其顛覆與轉化，成為女性旅遊與自我成長的契機。

薩依德（Edward Said）之巨作*Orientalism*[3]出版三十餘年來，雖然初期引發正反兩面的爭議，例如他對東方主義研究者採取全面性的負面批判，略過不提肯定東方文化的學者。但是，此書之後越來越被學術界不同領域所接受，也對後殖民理論帶來深遠的影響。薩依德對東方主義的定義是西方人針對東方所建立起來的建制化知識系統與再現，這些知識系統與再現與帝國主義同謀，以知識及權力將西方對東方的宰制合理化。薩依德在書

---

1 《阿拉伯的勞倫斯》（*Lawrence of Arabia*）於1962年上映，根據真人真事改編，獲得七項奧斯卡金像獎。《慾望城市》（*Sex and the City*）為HBO電視影集，於1998至2004年播出共94集，並改編成兩部電影，其中一部以摩洛哥為背景。此影集曾獲七項艾美獎。

2 本文所指的西方英文沙漠羅曼史，主要是針對英國當代女作家作品，而這些作品以19世紀維多利亞社會為歷史背景。美國、澳洲、紐西蘭也有沙漠羅曼史，背景大多設定於當代。

3 Edward Said, *Orientalism* (New York: Vintage Books, 1979)。中文版：《東方主義》（臺北：立緒，1999），王志弘等譯。

中除了分析東方主義的學術研究與政策制訂，也指出通俗化的東方想像氾濫於電視、電影、新聞報導等傳播媒體。此外，東方主義對東方的負面刻板印象最常見元素為情色想像。雖然薩依德提到通俗文化與情色化這兩個面相，但是並未深入討論。《東方主義》一個為人詬病之處是一方面批判東西二元對立，另一方面又於重複批判中弔詭地複製與強化此二元對立。至於東方人是否毫無能動性？是否有自我發聲的可能性？薩依德約略提到這些問題，但是並未深入探討或給予答案，留給讀者諸多揣測。本研究因而以沙漠羅曼史為例，探討女性作家如何再生產東方主義，以及此再生產是否帶來不同的視野與顛覆的效果？此處所提出的顛覆，指的是以西方的東方想像為對象所進行之顛覆與轉化，而非針對薩依德《東方主義》一書。

本文試圖以沙漠羅曼史來回應「東方主義文化現象」，而這樣的研究路徑，必需經過對《東方主義》一書的檢視。因此，我們必須區隔「東方主義文化現象下的通俗書寫」以及《東方主義》一書。鑑於多年來《東方主義》一書所形成的廣泛影響，許多著作延續此書的視野來看待通俗文化，[4]也於研究動機中揭示對薩依德觀點的沿用與挑戰。這些挑戰並非否定此書，反而更證成此書對當代文化研究深遠與持續不衰的影響力。

沙漠羅曼史為羅曼史的次文類，以中東或北非沙漠為背景，男主角為阿拉伯酋長或王子，女主角為外來者。兩人邂逅後歷經綁架、部落間的攻擊、政變、虐待與囚禁等艱苦的考驗，最後有了圓滿的結局。沙漠羅曼史的起源可追溯及1919年英國女作家Hull所出版的*The Sheikh*（《酋長》），[5]此書不但大受歡迎且拍成電影，更捧紅了Valentino（范倫鐵諾）為當時性感男性的代表。此後沙漠羅曼史以此為模型，持續不斷有後繼女作家延續此書寫傳統。臺灣早自20世紀60年代開始大量翻譯英文羅曼史，[6]本土作家淺草茉莉即曾指出自己從小喜歡看「外曼」（外國羅曼史），深受這些翻譯書籍的影響。本文以西方羅曼史與臺灣本土出版的羅曼史為主

---

4 例如Billie Melman, *Women's Orients: English Women and the Middle East, 1718-1918* (Ann Arbor: University of Michigan, 1992)與Christina Klein, *Cold War Orientalism: Asia in the Middlebrow Imagination, 1945-1961* (California: University of California Press, 2003).

5 此書出版前就有許多以中東為背景的通俗愛情故事。Hull的作品拍成電影，影響層面廣大，故沙漠羅曼史研究者為了方便起見，以此書為第一本具備完整中東元素的沙漠羅曼史。詳見Hsu-Ming Teo, *Desert Passions* (Austin, Texas: University of Texas Press, 2012).

6 劉素勳，《浪漫愛的譯與易：1960年代以後的現代英美羅曼史翻譯研究》（臺北：國立臺灣師範大學翻譯研究所博士論文，2002）。

要研究對象，探討二者共同的特色及差異。[7]如果說英文羅曼史改寫了西方男性對東方的想像與再現，而臺灣作家於模仿翻譯羅曼史的過程中，又如何加以改寫而形成異於英文羅曼史的本土風格？

本文使用之文本可分為三類：（1）於臺灣出版、由臺灣作家撰寫的中文沙漠羅曼史18本；（2）原文為英文，由臺灣出版社翻譯為中文在臺出版者10本；[8]（3）於美國出版之英文原文2本。這三類文本都由筆者助理於臺灣購書網站或是拍賣網站取得，並且是二手書。如此的取得管道，顯示這些書籍廣泛的流通性。臺灣本土羅曼史及翻譯羅曼史很難於一般書店買到，讀者都是到租書店借閱或是於網路線上閱讀，線上書寫與閱讀社群，以及網路拍賣書籍，因而成為當今通俗小說的主要管道。[9]當線上閱讀成為重要閱讀管道，連中國的網站都大幅刊登臺灣作品。至於西洋羅曼史，臺灣長期存在著「西洋羅曼史讀書會」的網站，可見西洋羅曼史受歡迎的程度。[10]

薩依德的巨著《東方主義》儘管有廣泛的影響力，其限制與不足之處也可帶來新的研究主題之契機。筆者認為《東方主義》有以下幾方面的問題：（1）過度強調二元對立而忽視東方與西方的互相影響及雜混；（2）認識論的模糊與游移：一方面強調其研究旨趣是「西方如何再現東方」，因此是否有真實存在的東方並非其研究範疇。但是，薩依德以公共知識分子之姿關心巴勒斯坦的處境，並在其書之序言與後記屢次提到「活生生、血淋淋的中東現實」，因此究竟有無「真實的東方」，形成學術著作與社會關懷的斷裂；（3）書中指出東方主義為男性的領域，又多次強調東方被情色化——特別是西方男性對阿拉伯女性的情色想像，然而此書缺乏性別觀點，未能指出西方女性與東方女性是否有姊妹情誼，更未能指出西方女性對東方男性的浪漫與情色想像；（4）全書所指的東方為阿拉伯／伊斯蘭教／中東地區的三位一體，將其視為同質性的社群，未論及異質與少

[7] 本文所指的西方英文沙漠羅曼史，主要是針對英國當代女作家作品，而這些作品以19世紀維多利亞社會為歷史背景。美國、澳洲、紐西蘭也有沙漠羅曼史，背景大多設定於當代。

[8] 論文首次引用翻譯羅曼史時，於書名前面註明「翻譯小說」，然後是中文譯名，再以括弧標示英文原名。同一本書第二次提及時，不再寫出英文原名。

[9] 李韶翎，《我們讀，我們寫，我們迷：當代商業羅曼史與線上社群研究》（嘉義縣：國立中正大學傳播學系暨電訊傳播研究所碩士論文，2007）。

[10] 「臺灣西洋羅曼史讀書會」網址為：http://www.wrn.tw。中國閱讀網站有：「龍騰世紀書庫」（http://www.millionbook.net）、「玫瑰言情網」（http://www.mgyqw.com）等。

數——例如信基督教的阿拉伯人，或是改宗為伊斯蘭教的西方人。

整體而言，因為《東方主義》的主旨就是西方如何再現東方，因而此書很弔詭地不斷強化作者所控訴的西方偏見，結果是，東方人的自我再現、能動性、對西方的看法，這些面相反而不被考慮，所以東方人在此書仍然是沉默而被動的。Lockman曾指出，[11]中東文化並非一成不變，也充滿內部差異性。當代伊斯蘭教的復甦（包括基本教義派），並非如人們所以為的回歸傳統，反而是本土社會在殖民現代性情境下所做出的當代回應。以筆者目前已經閱讀過的約20餘本翻譯沙漠羅曼史而言，其中有信基督教的阿拉伯人、改信伊斯蘭教的歐洲人、不同部落間的征戰、與西方殖民勢力選擇性的配合或反抗，這些小說都證明了中東文化內部的異質性。

本文試圖以沙漠羅曼史來回應「東方主義文化現象」，而這樣的研究路徑，必需經過對《東方主義》一書的檢視。因此，我們必須區隔「通俗文化中的東方主義」以及《東方主義》一書。《東方主義》此書的不足，其實也是一大貢獻，帶給後殖民性別研究、中東女性主義、中東區域研究、亞洲研究等不同學科新的刺激與啟發。此書更激發了中東女性主義研究的新視野。Lila指出，[12]人類學者對當代埃及底層婦女的研究顯示這群婦女的幹練，善於掌握與爭取資源，並非刻板印象中被動的受害者。在論及東方女性地位低落這個陳舊議題時，Laura Nader提出一個創新的觀點與研究方法：「內部對照比較」（internal contrastive comparison），也就是不能只看東方女性的處境，而應分別於西方與東方內部觀察其男女地位的對比，然後再去比較這兩組對比。[13]這樣的學術研究方法，早已在女性旅遊書寫與沙漠書寫中見其端倪：19世紀英國女性尚未取得投票權，在維多利亞時代氛圍下的淑女行為禮儀也相當嚴格，淑女在無人陪伴情況下不得獨自出門，因此女主角到了東方，反而有解放之感，或認為東方的兩性不平等與西方自身的兩性不平等可謂半斤八兩，西方在婦女處境方面不一定優於東方。小說中也描述伊斯蘭教婦女擁有獨立的財產權，這反而是19世紀英國婦女所缺乏的。[14]

---

11 Zachary Lockman, *Cintending Visions of the Middle East* (Cambridge: Cambridge University Press, 2004).

12 Lila Abu-Lughod, "Orientalism and Middle East Feminist Studies," *Feminist Studies* 27:1 (2001), p. 101-113.

13 Laura Nader, "Orientalism, Occidentalism and the Control of Women," *Cultural Dynamic* 2 (1989), p. 323.

14 本研究的臺灣小說大都以當代為背景，而翻譯小說有許多以19世紀英國維多利亞時期為背景，所以筆者於下面的篇幅介紹18-19世紀英國女作家的旅遊書寫為參考。

本文傾向於肯定部分沙漠羅曼史具有顛覆與轉化的潛力，對男性主導的東方想像提出另類觀點。這樣的立場或許被質疑為太過樂觀。筆者對通俗文化的樂觀主義持有自覺，這乃是數十年來通俗文化研究此領域持續的辯論。法蘭克福學派站在菁英的觀點，對通俗文化持負面看法，認為這是主導性意識型態的控制，閱聽大眾只能被動地被洗腦，持續處於被壓迫的情境。20世紀70年代出現於英國的文化研究，開始反省先前研究者的菁英立場，轉而正視閱聽人主動詮釋的潛力，也認為通俗文化並非鐵板一塊，其文本之編碼與解碼都可能蘊含對主流霸權思想的顛覆與轉化。此種看法以John Fiske為代表人物，他的觀點具有強大影響力，但也引起諸多學者質疑其過度樂觀。女性主義對羅曼史的研究，長期以來擺盪於「充能」與「壓迫」兩種立場。2007年出版的一本羅曼史論文集：*Empowerment versus Oppression*，[15]尤其書名就可感受到諸多研究者對羅曼史的立場擺盪於正面評價／樂觀主義與負面評價／悲觀主義兩種立場。筆者認為應避免對羅曼史通則性的論斷其功能為充能或壓迫，而是具體地針對特定文本加以分析。筆者於稍早的一篇論文以重複度高、充滿對中東負面刻板印象的沙漠羅曼史為研究對象，認為這些小說完全符合薩依德一書的批判，將東方視為野蠻落後的他者。[16]而此處這篇論文所處理的，則是偏離基本公式，對中東文化的想像相當細膩多元，因此筆者分析過程與結論偏向肯定與樂觀。

二、女性東方書寫的特色：從身分轉變到旅遊書寫

西方沙漠羅曼史除了是羅曼史的次文類，也承襲19世紀英國女性東方旅遊書寫的傳統。此現象在英文羅曼史相當普遍，而臺灣羅曼史則以沙漠為背景，敘述女主角流落沙漠後路見不平、挺身相助的情節，較少深度的旅遊書寫。女性的東方旅遊書寫於19世紀英國即已蓬勃發展，文類包括遊記、自傳、回憶錄、信件等，這些文本深深影響日後沙漠羅曼史的對東方的想像。此處列舉四本研究女性東方旅遊書寫的學術著作。Sara Mill指出

---

[15] Sally Goade, Ed. *Empowerment versus Oppression: Twenty First Century Views of Popular Romance Novels* (Cambridge: Cambridge Scholars Publishing, 2007).

[16] 〈當東方遇見東方：沙漠羅曼史及其跨種族想像〉，《臺灣文學研究的界線、視線與戰線國際學術研討會》（臺南：國立成功大學臺灣文學系，2013.10.17-18）；本文將刊於《臺灣文學學報》第26期（2015年6月）。

19世紀女性旅遊作者不像男性那樣輕易採取帝國立場，她們對當地文化較為敏感，對英國殖民統治也非毫無保留的接受。文本中流露出帝國主義與女性氣質（femininity）二者的矛盾而產生的不安，由此而構成在殖民論述中的反霸權聲音。女性作者比男性作者更重視個人經驗而非種族差異的比較，在面對伊斯蘭教女性時，也會反思英國維多利亞時代對女性的種種道德與行動的約束。[17]

Billie Melman認為西方女性來到東方後，看到的後宮（harem）為女性家居場所，將其形容為類似英國中產家庭的起居室。[18]她們也對女性間的友愛與團結印象深刻。到東方旅行——通常是以外交官夫人或是探險家妻子的身分前往東方，讓這些西方女性從旅遊本身就感受到解放，因為可以不受家鄉對淑女的種種限制。他們對東方的體驗形成多元的論述，也試圖認識文化差異，因此其書寫未必將英國文化視為優越的。西方的優越與東方的落後，此種二元對立在女性書寫中較不明顯。

作者Mary Pratt企圖將西方觀看去中心化，重新思考中心與邊緣的關係，並探討旅遊書寫如何針對歐洲讀者再現世界的其他部分。[19]處於歐洲擴張形跡的特定時刻，這些書寫創造了歐洲帝國主義的國內主體（domestic subject）。她提出四個關鍵概念：接觸區（contact zone）、跨文化過程（transculturation）、反征服（anti-conquest）、自我民族誌（auto-ethnography）。接觸區指涉不同文化相遇之所在，並形成宰制與服從的關係。跨文化過程意指歐洲在建構他者時也被他者所形塑。反征服描述歐洲中產階級試圖以再現的策略維持無辜而同時又維護霸權。自我民族誌則為被殖民人民試圖以歐洲殖民者的條件再現自我。女性旅遊者儘管與男性殖民權威維持距離，她們終究難逃將自我置於帝國計畫之中。此外，在發現者與被發現者的關係中，後者必然會有反抗與拒絕。最後，Pratt提出克里歐（Creole）文化如何從歐洲與當地雙方面來形塑自我。

我們從以上三本關於西方女性旅遊書寫學術著作可發現，這些作者企圖突破東方與西方二元對立的框架，提出更多元、異質、同情、接納、

---

[17] Sara Mills, *Discourse of Difference: An Analysis of Women's Travel Writing and Colonialism* (London: Routledge, 1991).

[18] Billie Melman, *Women's Orients: English Women and the Middle East, 1718-1918* (Ann Arbor: University of Michigan Press, 1992).

[19] Mary Louise Pratt, *Imperial Eyes: Travel Writing and Transculturation* (London: Routledge, 1992).

互相影響的過程，這與薩依德以男性學者之學院知識為對象所產生的結論相當不同。[20]臺灣本身也是廣義的東方，為西方他者；然而，在臺灣沙漠羅曼史女作家筆下，模仿西方羅曼史女作家的發言位置與發言策略，將阿拉伯視為野蠻落後的他者，凸顯自身的優越性。部分羅曼史如薩依德所言，充滿二元對立，強調西方（或臺灣）的優越性。然而，也有許多沙漠羅曼史，以同情瞭解的態度描寫沙漠生活。在書中，臺灣女孩，來到沙漠旅行，經歷天然的與人為的災難，例如沙漠風暴、部落戰爭、殖民軍人對當地人的強暴與虐殺、俘虜與賣為奴隸，終於苦盡甘來，得到圓滿結局。「移動」是沙漠羅曼史的必備元素，從大都會來到沙漠，從沙漠移動到綠洲，再到另一個貿易市集，甚或進入現代化、高科技的阿拉伯都會城市。沙漠羅曼史作為旅遊書寫，不僅呈現天然地理景觀及社會人文特色，也書寫了外來者與當地人、殖民者與被殖民者、男性與女性、游牧民族與小鎮居民或都市居民等種種關係的複雜交錯，筆者將於下一節的第四小節討論旅遊書寫所呈現的多元與異質阿拉伯社會。

第四本與女性旅遊書寫有關的著作是Reina Lewis關於土耳其的研究。[21]此書以20世紀初鄂圖曼帝國為背景，當時帝國逐漸瀕臨瓦解，一群具改革意識的年輕人，在卡莫爾（Kemal）領導下主張現代化與世俗化，鼓吹土耳其共和國的成立。在此新舊交替的時代，一群接受西式教育、使用英文的鄂圖曼土耳其女作家以英文出版其旅遊歐洲的遊記，並與家鄉做對比。書中也介紹一位英國女作家Grace Ellison旅居伊斯坦堡的見聞。不論是鄂圖曼土耳其女作家或是英國女作家，都在書名中包括「後宮」（harem）一字，以吸引大眾對東方情調的好奇，而在書中則破解西方人對後宮的誤解，呈現鄂圖曼日常居家生活。這些出版品也包括許多照片，作者們的衣著從傳統服飾到西式服飾皆有。這些書寫顯示出當時作者面臨的文化矛盾：一方面想要呈現本真（authentic）的東方文化，駁斥西方人的偏見；另一方面，20世紀初土耳其社會在室內家具、衣著、街道、市容等已相當西化與現代化，離本真的本土文化已有遙遠的距離。這些書籍因而在傳統與現代、歐洲與東方、帝國與共和國間游離不定，不斷與西方霸

---

[20] 薩依德仍然有指出有些西方思想家與藝術家對東方抱持同情的態度。然而，帝國擴張仍發揮巨大影響力。參見Edward Said, *Orientalism*, p. 118.

[21] Reina Lewis, *Rethinking Orientalism: Women, Travel and the Ottoman Harem* (New Brunswick, NJ: Rutgers University Press, 2004).

權論述、本土傳統文化、土耳其的共和國政治論述進行交涉與協商。鄂圖曼帝國是重要的西方他者，也常出現於沙漠羅曼史，但在薩依德《東方主義》一書鮮少觸及。沙漠羅曼史也與一個多世紀前的女作家旅遊書寫類似，打破二元對立，描繪男女主角在二元對立的框架下翻轉優劣、高低、進步與落後的垂直結構，拋出一個多重可能性的水平面，交錯著不同的性別、種族、階級的跨越與混雜。沙漠羅曼史的後宮書寫延續這些紀實文類的看法，將後宮當成女性居家所在，是薩依德所未論述到的「真實的東方」，[22]描繪出女性之間親情。本文後續提到翻譯書籍《熱情的沙漠》、原文書*A Real-Live Sheikh*等書，將會具體呈現這些文本的後宮概念。

上述這些女性旅遊書寫雖然寫於19世紀到20世紀初，當代沙漠羅曼史仍持續著東方想像的重層性。這並不是說當代羅曼史作者讀過百年前的旅遊書寫而有意識的受到影響；以臺灣情況而言，作者可能連薩依德之《東方主義》都沒聽說過，也幾乎不可能讀過這些英文的旅遊誌。然而，東方主義從一開始就是學院研究與通俗想像並行，特別是18-20世紀的旅遊書寫、探險紀錄、旅居東方的回憶錄，都已形成對東方情調的想像，經常出現於電影、電視等視覺文化。當代英文羅曼史承襲了女性東方旅遊的書寫傳統，而臺灣作者大量閱讀翻譯羅曼史，也不免受到影響。[23]

不分中文英文，許多沙漠羅曼史呈現對阿拉伯的負面刻板印象；然而，仍是有許多作品呈現對阿拉伯文化的正面描述，或是女主角遭受文化衝擊後的自我反思。筆者在以下篇幅探討翻譯小說與中文小說在沙漠羅曼史這個次文類上的變異，同時也比較二者的異同。

三、沙漠羅曼史的多元變異

（一）男女主角背景多變

在沙漠羅曼史的基本型態中，男主角要不然根本不是阿拉伯人，要不然就是混血兒，由此構成身世之謎；女主角則是純粹的英國人（或是美

---

[22] 「真實」總是由符號建構與再現而形成，而非天生的、本質的。女性的後宮書寫充滿各種可能性，而非單一的性奴隸情色再現。此外，部分19世紀女作家實際造訪過後宮，不像西方男性單靠想像。因此，筆者賦予女性書寫「真實」的評價。

[23] 臺灣作家淺草茉莉於《天價女僕》一書的序言坦承：「從小就喜歡閱讀外曼。」外曼就是外國羅曼史。此外，國內有一個「西方羅曼史讀書會」的網站（WRN），顯示翻譯自英文的羅曼史在臺灣一直擁有廣大讀者群。WRN網址：http://www.wrn.tw。

國人、澳洲人、臺灣人等與作者相同的族裔背景)。混種書寫穿越種族差異,挑戰「純種」的迷思,提出異質雜混的可能性與吸引力。另一方面,混種書寫仍隱含著些微霸權思想:純種的阿拉伯人無法真正改變自己與其所屬的社會,只有外來者(西方人或臺灣人)才能帶來改革的契機。

隨著書寫質量的提升,男女主角身分開始變得相當多元,形成各種排列組合。以男主角而言,有如下可能性:翻譯小說方面,《黑豹的獵物》(*Panther's Prey*)一書以19世紀與20世紀之交的鄂圖曼土耳其帝國為故事背景,男主角為在地土耳其人,為了報復甦丹殺死家人,也為了反抗蘇丹的專制暴政,男主角領導一群游擊隊反抗帝國,最後成功地迫使蘇丹下臺並建立憲法及選舉制度。本土小說方面,《東狂惡棍》男主角為華人,通曉阿拉伯語並定居中東,以其領導才能與龐大事業被當地人稱為「首領」。

沙漠羅曼史的「基本款」其女主角為純種英國人(或是臺灣人),後來則發展出各種變異。翻譯小說《絲與祕密》(*Silk and Secretes*)女主角為蘇格蘭人,自幼成長於中東。雖然她是純種英國人,但是卻與英國社會格格不入,覺得自己是外來者。女主角少女時代回到維多利亞時期英國後,無法適應英國社會的淑女規範,感到文明規範的束縛與不自由。後來她決定離開英國,獨自來到波斯,重整一個荒廢的村莊,成為當地首領,也逐漸本土化。她為了行動方便而穿著男裝,但她並未刻意隱瞞自己的性別,當地人都知道她是女性。因為她的幹練,大家仍然尊其為首領。本土小說《沙漠青梅》女主角幼年為流落曼谷街頭的乞兒,被中東大亨收養後成為武功高強的殺手,更變裝為西方白人男性,以男性身分替老闆喬事情。擅長扮裝的青梅忽男忽女,也可搖身一變成為美艷婦人,帶著一群男妓歌舞團四處遊走以便暗中收集情報。

(二)平等互愛的情慾觀與家庭觀

關於薩依德一再指出東方主義將東方情色化,其論點偏重東方與西方的二元對立,忽略男性/女性二元區分的性別面向。薩依德的東方情色觀預設了以西方男性為中心,將東方女性視為提供西方男性性快感的工具。在此東方想像中,阿拉伯女性是被動的,但是又具有豐沛的性能量以供男性之需。西方男性身為東方想像書寫者,其情慾探索帶來自我的蛻變。反之,阿拉伯男性被視為好色淫蕩,把自己的性樂趣強加於他人身上,並無西方男性那種以性解放開展自我蛻變的存在主義式思辨，東方男人就只是好色而已，把女人視為玩物。而西方男性書寫者並未思考自己是否也把女性視為玩物，以自我優越感的發言位置，敘述西方男性中心的東方情色觀。沙漠羅曼史的主要特色之一是情色描寫，那麼，此種情色描寫是否複製東方主義或是將其轉化顛覆呢？

不同於薩依德，筆者認為在東方情色想像這方面，性別比種族更具意義。女性沙漠羅曼史以女性情慾滿足為前提，最後達到男女雙方的性愉悅與性高潮。女性中心的情慾觀並非只是反轉男性中心，而是追求男女雙方的性愉悅。有趣的是，有三本臺灣作品（《天價王妃》、《天價女僕》、《床上陌生妻》）將性慾與食慾互相置換，女主角看到男主角雄偉的身材都是「流口水」。此種流口水、裝可愛的行為讓女性情慾戴上青春、稚嫩、無邪的面具。

沙漠羅曼史與傳統羅曼史在情色描寫上最大的不同在於：後者是男女主角先有愛意，然後才發展性關係。沙漠羅曼史則是「外貌協會」，男主角看女主角第一眼就深受其身材外貌吸引，打定主意一定要與對方盡快發展肉體關係。至於女主角，雖然因男主角的霸氣而有所不滿，也同樣是第一眼就被男主角的身材外貌吸引。兩人經過種種欲拒還迎的挑逗過程，最後終於發生性關係，雙雙達到高潮。先有性、再有愛，此種順序似乎顛覆了浪漫愛意識型態，也顛覆了心靈重於肉體的價值觀。然而，接下來發生的一切，又與主流羅曼史的公式吻合：愛情、婚姻、生育後代三者的結合，缺一不可。主流羅曼史寫到婚禮即可結束，不一定要直接寫出懷孕生子。沙漠羅曼史一方面提出肉體歡愉先於心靈契合的情色觀，另一方面又比主流羅曼史更注重大家族血脈的延續。若是英國羅曼史，且將時代背景設定於19世紀，男主角通常有一半（甚或全部）的貴族血統，男女主角歷經千辛萬苦而確認愛意後，女主角旋即懷孕生子，使得夫家龐大產業有繼承人。有趣的是，這些英國故事生下來的嬰兒幾乎都是男嬰。

臺灣沙漠羅曼史的女主角，其性行為比起西方女主角，除了前面所提的裝可愛，還有裝酷、裝冷。例如《紫鴛》一書的女主角武功高強，奉派擔任王子（男主角）的保鏢。她仍是處女之身，與男主角賭注輸了以後，依據賭約必須與男主角發生性關係。女主角從頭到尾表現淡定，既無害羞或不適的表現，也沒有歡愉的表現。在《他是沙漠之王》一書，女主角同樣是具有武功的處女。面對男主角窮追不捨，起初她不予理會，表現淡定；後來被男主角的美貌吸引，加上好奇，決定與其發生性關係。西方沙漠羅曼史的情色書寫描繪女主角如何從被拘禁的受害者轉變成情慾主體，澈底享受感官愉悅。臺灣的小說部分沿襲此種寫法，但也經常出現表現淡定、低調的女主角。雖然開始時反應淡定，最後仍然會發現自身的情慾而加以肯定。不論是西方羅曼史或是臺灣羅曼史，重點在於男女主角雙方轉變的過程。男方由色慾而變成真愛，女方由懷疑與排斥而接受真愛。性歡愉以身體見證真愛的存在。

沙漠羅曼史的女主角幾乎都是處女，而且不分英文或中文，作者都刻意強調處女身分。乍看之下似乎讓人覺得這是相當傳統保守的處女情節，但是大量閱讀後可發現，這是以沒有性經驗的處女來證明男主角高超的挑逗技巧、性愛能力、以及溫柔與耐心。女主角第一次發生性行為就可達到高潮，過程中並無不適的感覺。這是因為男主角已經長期醞釀、挑逗女主角的感官，女主角雖然一再抗拒，卻也在一次次挑逗中逐漸認識自己的身體與感官經驗，也逐漸認識男人的身體與感官。無論男主角多麼渴望女主角，只要女主角仍有抗拒，男主角都耐心等候，絕不強迫。處女身分因而是情慾展演的舞臺，用以讓女主角從性啟蒙中經歷新的自我發現。而男主角雖然性經驗豐富，挑逗成功後，缺乏性經驗的女主角倏然功力大增，反過來給男主角前所未有的刺激與滿足。男女主角的性互動很快就發生角色反轉。在翻譯小說《熱情如火》（*The Trustworthy Redhead*）一書，男女主角終於發生性關係，女主角表現積極，而男主角則說「我正開始喜歡被動這個角色」（頁129）。

雖然先有性，再發展愛情，這種順序看似挑戰傳統兩性關係，但是除了這部分順序不同，接下來的結婚生子仍然符合傳統的家庭觀。《大漠情緣》（*Captive Bride*）的女主角在埃及歷經種種劫難，愛上綁架她的男主角，男主角父親為阿拉伯部落酋長，母親為擁有產業的英國貴族。男女主角發生性關係後，女主角懷孕新生的男嬰讓男方家族血脈與龐大家產得以延續。

在中文小說方面，《天價王妃》女主角結婚生子後，王子舉辦宴會與記者招待會，一方面慶祝小王子誕生，同時也公開宣布放棄一夫多妻制，採取一夫一妻制度，宣示此生唯一、天長地久的真愛。

沙漠羅曼史打破東方主義在情色想像的刻板印象，提出平等互愛的情慾觀。在薩依德所舉的例子裡，東方女性以女奴、妓女、舞女等形象出現，雖然具有高超性技巧與豐沛的性慾，她們被動地等待男人的召喚臨幸。反之，沙漠羅曼史不只是描寫男女主角熾熱的情慾，對東方女性的描寫也同樣呈現出勇敢追求自己的情慾滿足。在翻譯小說《伊斯蘭新娘》裡的後宮，大太太長期遭受丈夫冷落，因而主動向後宮裡的太監求歡。中文小說《失心奇劫》的女主角來到阿拉伯小鎮，無意間看到一名當地男子把一名當地女子拖到樹林裡，也隱約聽到女子呼救聲。她以為發生強暴，向村民求助，村民不予理會，只說這是當地習俗，女主角因而在心中大罵阿拉伯社會壓迫女性。後來她被男主角帶到樹林裡，親耳聽見女生性愛時的嬌喘，以及事後兩人的親密聊天，她才知道自己先前的誤會，也對阿拉伯女性有了新的瞭解。

不論是翻譯小說或是中文本土小說，露骨細緻的情色描寫讓讀者得以認識自己身為女性的身體各部位，以及這些部位在接受刺激後會產生哪些反應。同樣地，讀者也可認識男性身體的各個部位及其反應。這些激烈的反應與歡愉使得身體成為一種「證據」，用來證明雙方的愛。羅曼史的敘事及其開展，關鍵在於男女主角都不確定對方是否愛自己，經歷種種波折與考驗，終於可以確認真愛。一般的羅曼史可能利用讓對方吃醋來驗證愛情，而沙漠羅曼史則以身體歡愉來驗證真愛。

沙漠羅曼史除了描寫男女主角個人的情慾，也將其置放在公共領域的歷史與政治脈絡下，以此製造不同性質的刺激與冒險。例如詭譎多變的國際關係。

（三）國際關係與政治情勢

一般羅曼史以愛情鋪陳為敘事重點，鮮少涉及政治。沙漠羅曼史這個次類型的特色則包含許多政治事件的描述，特別是政變、叛軍與政府軍的對峙、為了爭奪石油引起的國際緊張關係、軍火買賣、恐怖分子等。為了描繪國際關係，必須先從地方性、小型政治單位開始鋪陳。最基本的是部落組織，這些部落過著前現代游牧生活，以部落酋長為領導人。再來是帝國，主要是大英帝國與鄂圖曼帝國。這兩個帝國都是由君王統治，形象與政治制度卻大異其趣。大英帝國國勢強盛，書中男主角或男配角為英國軍官、外交官等，忠君愛國，不畏危險，勇敢深入沙漠與當地部落協商合做事宜。鄂圖曼帝國幾乎都以負面形象出現，特別是其專制殘暴的蘇丹。許多小說對殘暴蘇丹的描寫偏好以誇大的方式寫出蘇丹肥胖臃腫的身材，每天沈溺於宴飲、美食與美女。不論是對自己的僕人與家人，或是對前來晉見的外交官，稍有不順便動輒加以拘禁、鞭打虐待，甚或處以死刑。英國的沙漠羅曼史若以19世紀為背景，經常提出「阿拉伯部落、大英帝國、鄂圖曼帝國」的三角架構：阿拉伯部落的人民善良勇敢，長期受到鄂圖曼帝國的暴虐蘇丹壓迫，而英國人可以協助阿拉伯人抗暴。如果沒有這種三角架構而只是英國人與阿拉伯人二者的互動，那麼阿拉伯人被寫成有好有壞。若是加入鄂圖曼帝國而成為三角架構，那麼土耳其人經常是負面形象，成為永遠的他者。

書中背景若是20世紀以後，或是當代，那麼阿拉伯部落已成為新建立的國家，情節設計免不了好人／壞人的對比。好人當然是男主角，他有傳統阿拉伯男人的騎馬與戰鬥技巧，也提倡將國家帶入現代化的進展：讓人民不分男女可以受教育、建立選舉制度、引進國外資金促進經濟繁榮等等。壞人則是自私自利的政敵，不在乎國家的整體發展，只想篡位奪權，不惜使用殺手行兇、放置炸彈、占領軍事要塞等「恐怖主義」手法來發動政變。這些政變引發國際注意，特別是英國與美國。面臨國內政變與內戰，男主角的挑戰就是對內克服政敵、對外取得英國與美國的支持。主流羅曼史很少直接涉及政治；相形之下，沙漠羅曼史具有強烈特色，以國內／國外、中央／地方、國家／部落的政治情勢為其推動情節的敘事要素。

翻譯小說《黑豹的獵物》，時代背景為19、20世紀之交。男主角的家人被殘忍的鄂圖曼蘇丹殺死，男主角為了報仇而組織反抗游擊隊。報仇只是其反抗原因的一部分，更重要的是，男主角意欲推翻蘇丹專制政權，改革帝國貪腐的政治。男主角每天閱讀英文報紙研判國際局勢，他發現美國某位軍火商長期支持蘇丹，因此綁架他的姪女，企圖以此取得談判籌碼，勸他停止對蘇丹的軍火供應。女主角被綁架時十分憤怒，後來逐漸被男主角吸引，也贊同他的政治理念。結局是現任蘇丹遜位，由他的弟弟接任蘇丹，並開始籌劃國會制度。書中也提及鄂圖曼帝國長期以來對亞美尼亞人（Armenians）的壓迫、甚或種族屠殺。男主角接獲即將屠殺亞美尼亞人的情報，即時告知亞美尼亞人的首領，助其抗暴成功後，也多了亞美尼亞人成為政治盟友。如此情節顯示東方人內部具有自我改革的能量，與薩依德的看法不同。薩依德認為西方的東方主義論述將東方視為被動無知、一成不變，必須依賴西方力量才可能改善自身的野蠻落後。在這裡，我們看到土耳其人自發的反抗與改革，並不符合東方主義的刻板印象。

Lewis（2004）於*Rethinking Orientalism*一書以20世紀初的鄂圖曼帝國女性生活與女性書寫為研究對象，指出當時土耳其人在服飾、室內裝潢與家具、街道市容都已西化。一群具改革意圖的年輕人試圖引進民主、男女平權等制度，將專制帝國改革為現代民族國家（nation-state）。西方與東方並非完全如薩依德所說的二元對立；此外，傳統與現代、本地與外來、帝國與共和國這些二元對立其實也是互相雜混交織。

臺灣的沙漠羅曼史反而比西方小說更具東方主義的偏見。臺灣小說鮮少描寫阿拉伯內部自我改革的能力，而是強調臺灣女主角身為局外人帶來的改革動力。本土小說《沙漠蒼鷹的慾望》一書，比起其他臺灣羅曼史，對阿拉伯文化具有較多的正面理解，特別是女主角（阿曼人與華人混血）經常引用可蘭經，最後也皈依伊斯蘭教。然而，在這本跨越時空的小說，身處當代的女主角來到18世紀的阿曼，教導男主角使用電腦，幫助阿曼政經發展，女主角還以政治軍師的口氣告訴男主角：「你要處理好與大英帝國及鄂圖曼帝國的關係。」縱然作者對阿拉伯文化與社會具有正面描寫，改革的動力來自於外來的女主角，彷彿沒有女主角，男主角再怎麼能幹也無法讓自己的部落繁榮發展。

（四）阿拉伯文化的內部多元性以及負面刻板印象的淡化

薩依德批評東方主義將阿拉伯文化視為本質的、不變的、缺乏差異與多元性。許多沙漠羅曼史的確顯示這種對阿拉伯文化膚淺、單一、負面的呈現。然而，仍然有許多小說描述阿拉伯內部的多元歧異。翻譯小說《絲與祕密》一書，女主角是蘇格蘭人，自幼在中東長大，少女時代回到英國短暫停留後，因為不習慣英國生活對淑女的規範與拘束而再度前往東方，在波斯的沙漠帶領一群當地部落重建荒廢的老城鎮。女主角會阿拉伯語、波斯語、烏茲別克語，土庫曼語。[24]她身邊的人也是上述族群的混和，還有少數俄國人、英國人在當地探險或是替國家收集情報。

此書的內容可印證Pratt在*Imperial Eyes*一書的論點，該書提出接觸區、跨文化過程、反征服、自我民族誌四個概念。東西接觸區始於埃及開

---

[24] 阿拉伯語與波斯語相當不同。前者為閃族語言，後者為印歐語系之一支，與英文、德文有若干相關。波斯伊斯蘭化之後，為了閱讀可蘭經及禱告，也使用阿拉伯語。波斯文與阿拉伯人字母相同，發音與文法結構不同，參見維基百科。作者並未詳細說明此二種語言之差異，但是由故事脈絡，讀者可得知二種語言及族群的存在，而非只是單一的阿拉伯。

羅或是鄂圖曼帝國的伊斯坦堡，那裡住著許多西方的外交官、軍團、商人、考古學者，為了工作而與當地人接觸，二者的互動產生對彼此的影響。當地人學習英文、閱讀英文報紙以便瞭解國際形勢、參與英國大使辦的舞會、擔任英國人深入沙漠的嚮導。而英國人在部落嚮導的帶領下到沙漠探險，為了配合當地特殊地形與氣候，不得不穿上阿拉伯長袍服裝、住在帳棚、接受飲食習慣。探險過程中嚮導與英國人熟悉後，會透露自己對外來政權統治的不安與批評，質疑反對大英帝國的征服。最後，嚮導也會詳細解說自身的文化傳統與風俗習慣，形成自我民族誌的言說。此外，本土小說《阿拉伯情人》一書中，武功高強、個性衝動的女主角在阿拉伯王子陪伴下遊覽當地市場。她一路上對所見所聞大發議論，無非是沙漠羅曼史常見的兩性關係議論，例如：一夫多妻與女性地位低落。王子耐性地對女主角評論一一提出說明，以自我民族誌的方式消解女主角的負面意見。

19世紀一些英國婦女以外交官夫人身分、探險家妹妹的身分，或是其他身分到沙漠旅遊居住，因而寫下遊記、自傳、回憶錄。她們來自道德拘謹的維多利亞社會，到了沙漠後，對比之下反而感到解放與自由。首先是服裝，不必穿英國淑女的馬甲、束腹、大蓬裙的裙箍，改穿寬鬆舒適的長袍。其次，當時的英國婦女沒有投票權，因此在自己的國家感受到男女不平等。在東方，根本沒有選舉制度，男女都沒有投票權，而男性女性都可擁有財產。因此西方女性先看待東方與西方各自的男女權益之差別，再將之比較，未必認為西方女性比東方女性具有平等的兩性地位。本文先前曾提及女性學者Laura Nader（1989）的觀點與研究方法：「內部對照比較」（internal contrastive comparison），也就是不能只看東方女性的處境，而應分別於西方與東方內部觀察其男女地位的對比，然後再去比較這兩組對比。這樣的比較方法，在沙漠羅曼史屢見不鮮——特別是以英國19世紀為背景的小說。

沙漠羅曼史也會出現信奉基督教的阿拉伯人以及信奉伊斯蘭教的西方人（或華人）。不只是女主角為了愛情而改信男主角的宗教，其他配角人物也會有種族與宗教不對應的情形。例如翻譯小說《沙漠玫瑰》一書，男主角的阿拉伯父親就是基督徒，但是男主角本人是伊斯蘭教徒。此外，另一本翻譯小說《絲與祕密》也曾提及居住於中東的猶太人及其獨特的頌念歌曲。

後宮書寫是女性作者與男性作者重大差異之處。西方一直對阿拉伯王公貴族的後宮充滿異國情調的情色幻想，認為後宮充滿妻妾與女奴，隨時等候男主人臨幸。由於西方男性訪客不被允許進入後宮，而西方女性訪客可以，因此西方男性毫無直接體驗，主觀地將後宮情色化。然而，19世紀英國女性到東方旅遊後所寫的遊記顯示出，後宮是女眷生活起居的地方（Lewis，2004），是「家」的核心要素。在那裡，三代或四代女性同堂共居，也是兒童成長的地方，包括男童。女作家筆下的後宮將其去色情化，成為溫暖家庭的象徵。也有阿拉伯女性或土耳其女性出版回憶錄，懷念童年時在後宮成長的快樂生活（Lewis，2004）。

在翻譯小說《熱情的沙漠》一書中，女主角被俘虜後被送到皇宮後宮。國王（男主角的父親）的妻子之一，被作者形容為雍容華貴、氣質出眾，對女主角親切地自我介紹，也要在場女性逐一自我介紹。後宮被描寫成舒適的女性空間，對外來者伸出友善接納的手，幫助外來者適應新生活。

女性的沙漠書寫不僅寫出女人間的姐妹情誼，也對西方帝國的軍事與文化入侵的現象持猶豫、批判、反思的立場。在翻譯小說《奇先生》（*Mr. Impossible*）一書，英國人的男配角批評當地人，而女主角則反問他許多問題，並不接受他對當地人的負面評語：

> 羅西頓：這個貪婪的小偷民族早在很久以前便讓被消滅，可惜土耳其政府不思振作，關鍵在於沒有人認為盜墓值得大驚小怪，土耳其人整天忙著收稅受賄，欺壓平民……。『我們也相去不遠，』黛芬說。『我們自詡為文明國家，同樣到處破壞劫掠。驚擾死者，或是拆開木乃伊尋找珠寶和紙草，都是錯誤的行為，但是沒有紙草文獻，我們這些學者要如何瞭解過去？我們該放任這些遺跡不管，讓它們湮滅消失嗎？或是帶走他們，放在國外的宮廷、博物館或私人宅邸中收藏？我不知道答案……。（頁325）

本文之前引用Sara Mill（1991）所著之 *Discourses of Difference: Analysis of Women's Travel Writing and Colonialism*，該書作者就指出19世紀女性旅遊作者對當地文化較為敏感，對英國殖民統治也非毫無保留的接受，這些文本中流露出帝國主義與女性氣質（femininity）二者的矛盾而產生的不安，由此而構成在殖民論述中的反霸權聲音。

沙漠羅曼史小說也呈現出阿拉伯社會的階層化，顯示阿拉伯社會既非一體同質的，也不是主人與奴隸的二元對立。在社會最底層是以劫掠行搶為生的部落，在小說中會有特定名稱（例如「圖瑞人」）；再來是以游牧為生的貝都因人（Bedouin）；[25]然後是橫跨國際線、買賣貨品、擁有駱駝商隊的商人；接著是定居的城鎮居民、官吏。最上面是西方殖民政權的軍團以及鄂圖曼帝國。此外，西方帝國本身又為了占領中東殖民地而互相競爭。例如英國、法國、俄國間的競爭；西方帝國的競爭也使得當地阿拉伯人有了合縱連橫的籌碼，用以爭取自治。小說若是以當代為背景，帝國已消失，我們看到由阿拉伯人組成的、具現代性雛形的民族國家（nation-state）。

大部分沙漠羅曼史的文本乍看下相當膚淺，內容大同小異，缺乏原創性。然而，羅曼史的讀者願意持續閱讀這些重複性高的文本，而許多學者也以羅曼史為研究對象，並成立期刊與學會，[26]這些現象說明羅曼史雖然在表面上一再重複且充滿陳腔濫調，實際上仍必須有所創新與差異化，才能吸引讀者。這些細微的差異很難被局外人察覺，但是看在讀者與研究者眼裡，卻是極為珍貴，得來一點也不容易。例如對中東與中亞各種語言的介紹，從阿拉伯語、波斯語、到烏茲別克語，即便是菁英學者也未必知曉這些語言的存在與差異，而《東方主義》一書也沒提起過。又如鄂圖曼土耳其帝國在19世紀末發生傳統帝制與君主立憲改革派二者的緊張關係，以及英美等西方國家基於自身戰略立場而企圖介入此帝國的政治，這些歷史細節也是《東方主義》一書未曾提到的。雖然大部分沙漠羅曼史複製對東方的刻板印象，但是也有部分作品是經由作者涉獵相關資料與歷史背景才能寫成，實屬不易。

（五）文類跨界

與西方沙漠羅曼史相較，臺灣作家由於缺少沙漠書寫傳統的豐厚底蘊，沙漠只是背景，未能深入描寫。沙漠羅曼史往往加入其他羅曼史次文類的元素，形成文類界線的模糊。

---

[25] 從聖經舊約就出現關於貝都因人的記載。貝都因人經常被等同於阿拉伯人，二者有重疊處，但不能完全等同。請見維基百科。

[26] 羅曼史期刊為*Journal of Popular Romance Studies*，學會為International Association for the Study of Popular Romance。

時空之旅、時空機器、時空變幻為西方與臺灣羅曼史重要次文類。西方沙漠羅曼史少見時空之旅，臺灣沙漠羅曼史則經常加入此元素。例如《薔薇三部曲》由當代倒回去18世紀的埃及；《沙漠倉鷹的慾望》由當代回到18世紀的阿曼；《天馬行空沙漠情》則是由當代回到中世紀沙漠。[27]《天馬行空沙漠情》以沙漠為背景，但是人物名稱像是中文武俠小說的華人的名字。因為只是「沙漠」而非「阿拉伯沙漠」，嚴格說來不算是沙漠羅曼史。

第二種文類雜混是言情小說加上現代武俠。本土重要羅曼史作者席絹於90年代開始如此的嘗試，將女主角寫成武功高強的俠女（范銘如，2001）。在沙漠羅曼史裡，在現代背景下的女主角練就一身中國功夫，從事間諜、滲透、破壞工作。武功高強的女主角不一定是仗義行俠，反而憑藉其武功從事殺手與諜報工作。在《沙漠青梅》一書，女主角青梅自幼是流落街頭的孤兒，被中東企業集團總裁收養，訓練她一身好功夫。該集團非常神祕低調，外界不得而知，但總裁政商人脈極廣，政治與經濟影響力很大，可說是中東的地下君主。青梅為總裁韓格爾的心腹與親信，經常授命打聽情報與擔任殺手，把妨害總裁利益的人殺掉。此書故事背景是總裁聽說沙漠裡有祕密軍事基地，因此派青梅去打聽。青梅執行間諜與殺手任務時，扮裝成男性，名叫「布雷德」，意思是掛在腰部的匕首（blade），也是阿拉伯男性氣概的象徵。

第三種跨文類書寫為吸血鬼或是魔鬼附身。《中東惡王子》男主角前世是中國和尚，女主角現為臺灣人，前世與和尚發生不倫戀，以悲劇收場。男主角後來變成千年不死的吸血鬼，住在中東，擁有跨國企業集團，出入各種冠蓋雲集的時尚場合。女主角到中東旅遊，遇見吸血鬼，被吸血後可能於數天內自己也成為吸血鬼，只有真愛才能破除兩人間的前世冤孽。男主角必須經過重重關卡的試煉，一一克服難關後，魔咒被解除、得到團圓完滿的結局。

《魔鬼的月光圓舞曲》一書的男主角是阿拉伯王子，自青春期起，每到月圓之日就會發生奇怪行為，例如對熟識的女性性騷擾或是與陌生女性發生一夜情，事後自己不記得發生任何事情。女主角為貿易公司職員，到中東來驗貨，與王子邂逅。王子愛上臺灣女孩，行為更加怪異，原來是被

---

27 此書的沙漠背景非常含糊，看不出是中東沙漠。

魔鬼附身了。此書主要情節就是女主角剛開始拒絕王子追求，後來卻幫助王室成員驅除魔鬼，讓王子恢復正常。此書可說是雙重東方主義想像：一方面是對阿拉伯王室奢華生活的想像；另一方面，王子發現父王藝術收藏品中有一幅中國仕女圖，他看了就對東方（中華文化圈）女子著迷，而其家族經營的奢華旅館也有一間總統套房，以中國風味的裝潢風格來布置。

臺灣沙漠羅曼史文類混和的現象比西方明顯許多。原因之一是臺灣一般的羅曼史本身就具有各種通俗小說的雜混元素，另一個原因顯然是臺灣本身並無東方（中東阿拉伯沙漠）的實際經驗，缺乏豐富的東方主義書寫傳統。在西方，特別是英國，自18世紀起帝國軍官、外交官、傳教士、作家、考古學者、探險家等各色人等到東方工作、遊歷、居住，留下許多遊記、傳記、回憶錄、學術調查報告。這些豐富的文本形成當代通俗東方主義書寫的肥沃土壤，使得西方作家不管有無實際的東方行旅經驗，光是閱讀既有文本就可熟知東方文化，在既有的東方主義書寫範式下，生產各種次文類的當代文本。臺灣的沙漠羅曼史要不然是重複西方文本的基本公式，要不然就是偏離沙漠羅曼史的框架，僅以沙漠為背景，而描述武俠、吸血鬼等其他類型的故事。西方的沙漠羅曼史雖然有許多也是東方主義刻板印象的重複，但是本論文提出的這些西方文本，能夠超越東方主義二元對立的框架，呈現出對東方主義偏見的批判與反思。

本文所分析的翻譯羅曼史大部分為英國女作家的作品，而其時代背景最常以19世紀為背景。[28]當時英國婦女無投票權，因此若比較國內男女相對的位置，女性仍處於弱勢。[29]小說中常描寫女主角偏好穿著阿拉伯寬鬆的長袍，認為這遠比維多利亞淑女穿的馬甲舒適。經由19世紀的背景設定，這些英國羅曼史反思維多利亞時期的政治與文化氛圍，抗拒淑女教養的意識型態與行為規範，從中東之旅得到解放。西方女性對東方主義的想像因而多了反抗本國父權文化、在異地追求自由與解放的意味。反之，臺灣的沙漠羅曼史大多為當代，作者的性別關懷在於誇大凸顯當代臺灣與當代阿拉伯的對比，以後者的落後對應前者的進步與優越。

由於沙漠羅曼史描寫對象是中東，與臺灣距離遙遠，臺灣作家接觸到

---

[28] 英文沙漠羅曼史作者的國籍以英國為大宗，也包括美國、澳洲、紐西蘭作者。這些國家的作者通常以當代為背景，而英國作家則以維多利亞時期為背景。

[29] 英國婦女於1928才有投票權。19世紀英國男性有投票權而女性沒有，相較於東方男女皆無投票權，英國女性更在意本國內部的男女不平等。

西方主流文化對中東的歧視時，並不會感到自己的漢文化／東亞文化為被歧視對象，因而順利的接收西方優勢霸權位置，以臺灣女主角取代西方女主角，再現對中東的負面刻板印象，同時滿足自身優越感。臺灣沙漠羅曼史對性別的關注來自於以中東婦女地位低落反襯臺灣女權高漲；相對地，西方則是以性別來思索男性同胞於國內的父權宰制及國外的帝國霸權。

四、結論

本論文以沙漠羅曼史為例，探討女性作家如何經由通俗書寫想像東方，而這些書寫固然不乏囿於東方主義二元對立框架而充滿對東方的負面刻板印象，但也有許多作品超越東方主義以及沙漠羅曼史的寫作範式，開闢新的可能性。

至於薩依德批評東方主義將東方情色化，筆者認為此批評缺乏性別觀點，只看見西方男性中心對東方單向的情慾想像。在沙漠羅曼史的情色書寫中，以女性為出發點，書寫男女兩性的性愉悅與性高潮。東方主義中被動的東方女性，在沙漠羅曼史中，轉化為主動追求情慾滿足的女性。性愛合一、以結婚生子為目標的情色書寫，顯示女性作家與讀者在幻想層次對自我與他者合一的欲求。西方女主角與臺灣女主角為了追求真愛，皆有可能接受伊斯蘭教，選擇性的部分認同阿拉伯文化、社會與習俗。也因為真愛，男主角願意放棄一夫多妻的傳統，將女主角視為此生唯一。羅曼史的核心要素——浪漫愛，得以翻轉西方對東方的歧視，使得東西雙方通過肉體歡愉、婚姻、家族、宗教而結合，互相適應、互相改變。

沙漠羅曼史與主流羅曼史最大的不同是：前者充滿政治與國際關係的書寫。從部落到帝國，再到帝國瓦解後的阿拉伯民族國家，顯現出阿拉伯動盪變化的歷史，並非靜止不變。西方沙漠羅曼史可進一步書寫土耳其人、阿拉伯人、波斯人、烏茲別克人等多元族群與語言，也會主動反省西方劫掠東方文物的功過是非。相形之下，臺灣羅曼史通常無法細緻呈現阿拉伯文化，只是把沙漠當成背景，增加異國情調。另一方面，臺灣沙漠羅曼史經常跨越次文類邊界，與其他次文類混合：例如時空旅行、武俠、吸血鬼等。

薩依德過於強調東西二元對立，結果很諷刺地掉入自己所批評的陷阱裡。讀完《東方主義》，我們熟知西方對阿拉伯的負面刻板印象，但是阿拉伯如果不是西方所說的那樣，那究竟是怎樣？薩依德並未回答此問題。經由女性作家沙漠通俗書寫，我們得以認識「後宮」的真實面相：[30]後宮乃是女眷與兒童居住所在，象徵家的溫暖；我們也得以認識一般性、同質化的東方其實內部有著土耳其、阿拉伯、波斯、烏茲別克等細微的異質區隔。沙漠羅曼史得以超越東方主義，以女性觀點創造東西方的互動與彼此包容，這是此文類的貢獻。

附錄　沙漠羅曼史文本

（一）中文小說：

七巧，《床上陌生妻》（臺北：花園文化，2009）。

卡兒，《東狂惡棍》（臺中縣：飛象文化，2003）。

古靈，《沙漠蒼鷹的慾望》（臺北：龍吟甜蜜屋，2005）。

阿蠻，《魔鬼的月光舞曲》（臺北：禾馬文化，1996）。

凌淑芬，《偷心契約》（臺北：禾馬文化，1997）。

凌淑芬，《失心奇劫》（臺北：禾馬文化，1999）。

凌淑芬，《沙漠浪子》（臺北：禾馬文化，2001）。

凌淑芬，《沙漠青梅》（臺北：禾馬文化，2005）。

淺草茉莉，《天價女僕》（臺北：花園文化，2011）。

淺草茉莉，《天價王妃》（臺北：花園文化，2011）。

陶汐語，《中東惡王子》（臺北：禾馬文化，2009）。

黑田萌，《撒哈拉薔薇：三部曲》（高雄：耕林，2001）。

嘉恩，《沙漠之鷹》（臺北：禾馬文化，2004）。

慕子琪，《阿拉伯情人：怪盜花精靈之風信子篇》（臺北：禾馬文化，1998）。

樂顏，《他是沙漠之王》（臺北：禾馬文化，2005）。

貓子，《紫鳶》（臺中縣：飛象文化，2003）。

蘇荻，《天馬行空沙漠情》（臺北縣：萬盛，1995）。

[30] 所謂「真實」，也是口說、文字與影像再現出來的。筆者並非認為存在著本真、不受西方影響的東方真實，而是指女性再現後宮的方式比男性及東方主義論述者更為具體與細緻。

（二）翻譯小說：

卡德蘭（Barbara Cartland）著，趙敏譯，《朱顏劫》（*Son of The Turk*）（臺北：駿馬文化，1983）。

林賽（Johanna Lindsey）著，龔慕怡譯，《大漠情緣》（*Captive Bride*）（臺北：希代，1991）。

納莉（Penelope Neri），杜默譯，《熱情的沙漠》（*Desert Captive*）（臺北：林白，1989）。

雀斯（Loretta Chase）著，唐亞東譯，《奇先生》（*Mr. Impossible*）（臺北：果樹，2006）。

麥瑞克（Doreen Owens Malek）著，劉莎蘭譯，《黑豹的獵物》（*Panther's Prey*）（臺北：林白，1997）。

普特尼（Mary Jo Putney）著，高瓊宇譯，《絲與祕密》（*Silk And Secrets*）（臺北：林白，1993）。

萊恩（Nan Ryan）著，張令宜譯，《紅寶撒旦》（*Burning Love*）（臺北：希代，1997）。

溫士貝爾（Violet Winspear）著，周斌譯，《沙漠玫瑰》（*Desert Rose*）（臺北：駿馬文化，1983）。

溫士貝爾（Violet Winspear）著，鄭秀美譯，《漠地情綣》（*Palace of the Pomegranate*）（臺北：駿馬文化，1984）。

瓊森（Iris Johansen）著，李雲瑄譯，《熱情如火》（*The Trustworthy Redhead*）（臺北：林白，1984）。

麗葛（Tamara Leigh）著，高瓊宇譯，《伊斯蘭新娘》（*Pagan Bride*）（臺北：林白，1996）。

（三）英文原文小說：

Darcy, Emma. *The Sheikh' Revenge*. (New York, USA: Harlequin, 1993).

Diamond, Jacqueline. *A Real-Live Sheikh*. (New York, USA: Harlequin, 1998).

引用書目

李韶翎，《我們讀，我們寫，我們迷：當代商業羅曼史與線上社群研究》（嘉義縣：國立中正大學傳播學系暨電訊傳播研究所碩士論文，2007）。

林芳玫，〈當東方（the East）遇見東方（the Orient）：沙漠羅曼史及其跨文化想像〉，《臺灣文學研究的界線、視線與戰線國際學術研討會》（臺南：國立成功大學臺灣文學系，2013.10.17-18）。後刊於《臺灣文學學報》第26期（2015年6月），頁39-74。

劉素勳，《浪漫愛的譯與易：1960年代以後的現代英美羅曼史翻譯研究》（臺北：國立臺灣師範大學翻譯研究所博士論文，2002）。

薩依德（Edward Said）著，《東方主義》，王志弘等譯（臺北：立緒，2002）。

Abu-Lughod, Lila. "Orientalism and Middle East Feminist Studies," *Feminist Studies* 27:1 (2001), pp. 101-113.

Goade, Sally (Ed.). *Empowerment versus Oppression: Twenty First Century Views of Popular Romance Novels*. Cambridge: Cambridge Scholars Publishing, 2007.

Klein, Christina. *Cold War Orientalism: Asia in the Middlebrow Imagination, 1945-1961*. California: University of California Press, 2003.

Lewis, Reina. *Rethinking Orientalism: Women, Travel and the Ottoman Harem*. New Brunswick, NJ: Rutgers University Press, 2004.

Lockman, Zachary. *Cintending Visions of the Middle East*. Cambridge: Cambridge University Press, 2004.

Melman, Billie. *Women's Orients: English Women and the Middle East, 1718-1918*. Ann Arbor: University of Michigan, 1992.

Mills, Sara. *Discourse of Difference: An Analysis of Women's Travel Writing and Colonialism*. London: Routledge, 1991.

Nader, Laura. "Orientalism, Occidentalism and the Control of Women," *Cultural Dynamic* 2 (1989), pp. 323-355.

Pratt, Mary Louise. *Imperial Eyes: Travel Writing and Transculturation*. London: Routledge, 1992.

Said, Edward. *Orientalism*. New York: Vintage Books, 1979.

Teo, Hsu-Ming. *Desert Passions*. Austin, Texas: University of Texas Press, 2012.

Gendering Orientalism: Women's Desert Romance and the Multiplicity of Oriental Imagination

Lin, Fang-mei *

Abstract

This paper intends to study desert romance to achieve three objectives. First, I would like to raise a critical reflection on the book *Orientalism* written by Said. Said refers to the stereotype of eroticized Orient many times in his book, which will serve as the point of departure for my study of the implications of gender and Orientalism. Second, I will examine desert romance under the context of British women's travel writing. British female authors, compared with male authors, express more positive views towards the Orient, and they also appear to be less at ease with imperialism. Third, I will compare the characteristics and differences between translated romance and Taiwan romance, observing the phenomenon that Western romance is more sensitive to Imperial culture and attempts to subvert and transform it, while Taiwan romance tends to mix up with other sub-genre of romance. Although binary opposition between East and West does not entirely disappear from women's writing, desert romance still creates ambiguity and multiplicity of Oriental imagination, which on the one hand reproduces Orientalism and on the other hand subverts and transforms Oriental writing into the opportunity for women's travel and self-development.

Keywords: gender and Orientalism, desert romance, translated romance, women's travel writing, hybridity of sub-genres

---

* Professor, Department of Taiwan Culture, Langueages and Literture, National Taiwan Normal University.

知識傳播與小說倫理：以《零地點》為發端的討論[*]

蔡建鑫[**]

摘要

小說如何介入現實？小說為何介入現實？小說介入現實思考、回應、又或產生了什麼樣的倫理問題？伊格言2013年9月出版的小說《零地點》作為一種零度書寫的文本，提供了一個反思知識傳播與小說倫理的契機。在作者不諱言希望以作品傳遞個人反對興建核四緣由之同時，《零地點》被期待發揮群治的作用。然而，當作者所傳遞的訊息是，如果一意孤行興建核四，小說虛構的內容恐將無可避免，那麼作者是認為《零地點》不僅是寓言更是預言：作為寓言，小說希望趨吉避凶；作為預言，小說信誓旦旦。本文以《零地點》為發端，討論小說作為一種知識傳播範例，如何介入現實以及如何展開了關於倫理、關於文明啟蒙的討論。

關鍵詞：《零地點》、核能、倫理、廢棄物、歷史、啓蒙

---

[*] 本文初稿宣讀於「第一屆文化流動與知識傳播國際學術研討會」，修訂後曾刊載於《臺灣文學研究雧刊》16期（2014年8月），頁61-82。

[**] 美國德州大學奧斯汀校區亞洲研究學系副教授。

愈是燦爛繁華的文明幻夢，總會誘發出最深沈的黑暗……

——伊格言《零地點》

文學長久以來屬於核能時代，即便文學不「認真」地談論核能。

——德希達（Jacques Derrida）〈不要浩劫，現在不要〉（"No Apocalypse, Not Now"）

一、前言

本雅民（Walter Benjamin）討論保羅克利（Paul Klee）畫作《新天使》（Angelus Novus）的文字，是他晚期思想的代表作。[1]在本雅民的解讀裡，克利的新天使，臉面向過去，他的翅膀因為從樂園吹來名為「進步」的暴風而無法收攏。天使面對著災難廢墟，隨著風勢，倒退至他背對的未來。本雅民的文章以倒退和前進為隱喻，重新思考了歷史唯物主義，並展開「過去」和「未來」的辯證聯繫。這段著名的討論來自〈歷史哲學論綱〉（"Theses on the Philosophy of History"）寫於1940年。當時，本雅民為了躲避納粹政府對猶太民族的仇恨虐殺，離開德國準備前往美國。這個大的歷史背景提示我們新天使是一個歷史寓言。不論本雅民是否將自己看成新天使，他在文章裏批評歷史通常是勝利者的歷史。作為一個歷史唯物主義者，他要我們帶著謹慎的態度去審視統治者的主流歷史論述如何遮蔽了被征服者的歷史，並讓他們的故事成了殘骸碎片。也因此他說：

> 被壓迫者的傳統教導我們，我們生活於其中的「緊急狀態」，並不是例外而是統治常態。我們必須抱持跟這種洞見相符的歷史概念。如此一來，我們才會清楚理解我們的任務是帶來一個真正的緊急狀態，這個緊急狀態將會協助我們對抗法西斯獨裁。法西斯主義之所以有機可趁，原因之一在於反對法西斯主義的人，以進步為名，視其為一種歷史的常規。[2]

---

[1] 感謝黃涵榆教授提醒作者注意本雅民的討論。感謝兩位匿名審查人精闢的修改意見。

[2] Walter Benjamin. "Theses on the Philosophy of History," *Illuminations*, ed. Hannah Arendt, trans. Harry Zohn (New York: Harcourt, 1968), pp. 257.

本雅民所謂的「緊急狀態」有納粹跟猶太人衝突的歷史背景，但是放在當代臺灣的語境中，也同樣引人深思。臺灣習慣了解嚴以來的自由和民主話語的同時，也更需呼應本雅民的批判，對主流的歷史言說和進步話語，抱持高度警覺。在臺灣，近年來重要的政治社會議題的展開與討論，基本上是以「上對下」（top to bottom）的模式來進行。不少時候，下層人民對某些政治決策的質疑，沒有辦法得到上層迅速而且確實的回應。準此，本文討論的小說《零地點》以及小說所處理的核能安全議題，反映出至少兩個相互關聯的面相：首先、臺灣人民對政府主導的核安論述的批判；其次，上對下的指導模式依舊阻礙更有建設性的雙向溝通。以本雅民的話來說，「政客對進步的頑固信仰，政客對他們『群眾基礎』的自信，以及他們與不受控制的國家機器的卑躬屈膝的統合，最後都是三位一體。」[3]如果本雅民對新天使的討論有任何重讀的必要，那便是來自他對歷史和所有統治者的批判性看法。

本文選擇伊格言的《零地點》主要原因在於，這本小說以臺灣面臨的「緊急狀態」作為核心，促使讀者思考政治話語的建構和運作。《零地點》的政治力度清晰可見，我們不難看出《零地點》的反核立場堅定。然而與其簡單地說《零地點》是一部反核小說，我更以為小說代表的是伊格言對政府主導的進步話語的、本雅民式的質疑。如果只強調小說的反核立場，很容易忽略伊格言如何用心良苦，反覆探索政治機器的運作，促使讀者更多角度地去思考核能發電以及相關問題。換言之，本文關注的焦點是小說如何介入現實議題以及小說肩負的倫理承擔。小說家組織情節、展開敘事，並藉此思考過去和未來的聯繫，審視臺灣現實和歷史。雖然小說不一定需要具備「載道」的功能，然而一旦小說作者有意識地要闡述己見、介入現實，小說便很難不兼備傳播知識、啟蒙大眾的使命。小說一旦牽涉到知識傳播，便也同時展現出其倫理面相。寫與不寫、怎麼寫、為什麼寫都帶有複雜的倫理意涵。本文將倫理定義為一種細膩的思辨，與下列三者相關：一、反省人的存在；二、反省人如何詮釋自身存在並合理化自身行為；三、上述二者之間的複雜協商。[4]

---

3 Walter Benjamin. “Theses on the Philosophy of History,” pp. 258.

4 本文對小說倫理的定義受法國思想家洪席耶（Jacques Rancière）的啟發。他的文章〈美學和政治學的倫理轉向〉開宗明義提醒讀者，一般人將倫理視為一種規範性的通用實例，透過這些實例，也就是倫理規範，人們可以去驗證不同的裁判領域和行為領域裏的各種實踐與論述。他並

二、敘述核災

《零地點》寫作背景近年對核四興建與廢存的激烈論爭。作者再三強調他以小說「介入」現實爭論。當然就小說虛構的背景來看，核災已然發生，介不介入都於事無補。《零地點》中，核四完工開始運轉，最後因為人為疏失以及最初的設計與施工缺陷，引發了無法逆轉的災難。作者設定的核災發生時間為2015年10月19日，給予讀者一個迫切的危機感。值得注意的是，敘事者是在事發過後兩年的2017年審視過去。敘事複雜的程度，以及其後現代時間性的特質，來自於作者在事後倒敘歷史，在事前順敘未來，透過「恢復記憶」這樣一種科幻小說中常見的主題，連結時間進程以及敘事手法的分岔。我們知道李歐塔在《後現代狀況》中便是以科學話語（大敘事）為批判對象，展開了他對「後現代」的思辨。對李歐塔來說所謂的後現代的基本就是一種對「大敘事」的質疑。是在這個觀點上，《零地點》貼合西方後現代的理論基礎。作者不斷追尋消失的記憶，思索媒體對核災的報導，為的就是反覆篩檢政府能源政策的大敘事。

《零地點》有兩條主要敘事時間線，一條發生在核災之後，另一條則是發生在核災之前。例如，第一章開始的時間是2017年4月27日，「北臺灣核能災變後第五百五十六日」，[5]第二章則點明時間為2014年10月11日，「北臺灣核能災變前第三百七十三日」。[6]伊格言在小說一開頭便很快地透過各個數字還有章節安排將時間複雜化。值得注意的是，兩條敘事線裡的時間都是順序行進：一條持續向2017年總統大選的日子前進，另一條則是邁向核災發生的時刻。原本在臺灣的總統大選是在雙數年，但是因為核災發生的緣故，政府宣布離開已成了廢墟的臺北，遷都到臺南，總統大選也因此延宕。

故事主角是核四發電廠的工程師林群浩。核災發生後，他的記憶也隨之消失。他跟一位名為李莉晴的醫師透過最新科技，試圖在夢境中找尋腦

不同意這樣的看法，因為對他來說這個定義將倫理限定在道德判斷裏。在藝術實踐和政治行動的層面上，倫理的規範尤其不是道德判斷的規範。換句話說，藝術和政治可以有所謂的倫理面向，但這個倫理面向不應該是一種道德面向。在洪席耶的思想裡，倫理所欲處理的是論述的各種形式、倫理是一種思辨方式，協助人類建立「一種來自存在方式與一種行為準則之間的身分／認同（identity）。」Jacques Rancière. “The Ethical Turn of Aesthetics and Politics,” pp. 2.

[5] 伊格言，《零地點》（臺北：麥田出版社，2013），頁19。

[6] 伊格言，《零地點》，頁26。

內存取的記憶，理解記憶消失的原因。[7]讀者後來會發現林群浩的失憶有明顯的人為操作因素。幕後黑手迷戀權力的政治動機，讓他說出匪夷所思的話語。在他看來災難是「創造政治意義的必經過程」，同時「政治意義高於一切」，而其「代價是至少數十萬人的輻射體內暴露」。[8]「體內暴露」：輻射從裡到外讓生命形銷骨毀的手段。這樣一個醫學用語言簡意賅地替我們揭示了核四興建與運轉表面之下龐大複雜的權力糾葛，要求我們從表面回歸深度，從外在轉向內裡的層層皺褶。內翻外轉的過程促使我們重新思考倫理學、醫學、知識分類與權力部署的界限。[9]

作者透過林群浩重述了一些與核能安全相關的歷史事件。例如2013年7月蘇力颱風經過臺灣的時候核一廠反應爐出了問題：「表面上的說法是變壓器避雷裝置故障、風太大吹壞管線而引發跳機，但事實上根本是人為操作問題。」[10]人為的疏失引發的跳機「幾乎可以說是差點失控的核分裂反應。」[11]伊格言整理了核四相關資料——從核四興建的層層轉包，材料與施工的品質、燃料棒的儲存，到地理位置——並巧妙地融入敘事背景中。林群浩自白「我以為我們只要把改善工程一項一項確實完成，把做壞的東西都抓出來重做，電廠就可以完全運轉了」，[12]但後來他清楚「若真要開挖，曠日廢時，也根本沒錢再蓋回去。幾乎等於是要打掉重做的意思。光是責任歸屬，又不知道要追到哪裏去了。」[13]

核四的建築史以及核廢料處理的難題，讓核四成了「失控的機械怪獸」、「亂長的癌」。[14]而這些都與多重的人為因素（貪婪、無能、權力鬥爭）有牽一髮動全身的關係。正因如此，就算核四是怪獸和癌，伊格言在小說中也寫道：「誇張一點，如果我說每個人都是一隻『被文明豢養的怪物』也不過分，對吧？」[15]；以及「每位成人都是從孩提時期起始便被

---

[7] 非常感謝審查人之一提醒作者注意伊格言的另一部作品《噬夢人》。對位閱讀《零地點》與《噬夢人》可以進一步展開科技、文明與人性之間的辯證。由於本文聚焦核能議題，兩部作品的對位比較討論，待日後另文處理。

[8] 同上，頁294。

[9] 我的討論得自張小虹教授的啟發。見張小虹，《膚淺》（臺北：聯合文學，2005），頁170–181。

[10] 伊格言，《零地點》，頁64。

[11] 伊格言，《零地點》，頁64。

[12] 伊格言，《零地點》，頁117。

[13] 伊格言，《零地點》，頁120。

[14] 伊格言，《零地點》，頁117。

[15] 伊格言，《零地點》，頁157。

這樣無因由的文明所豢養出來的——所以，也可以說是一團隨機拼湊組構的怪物……」[16]這兩句話不僅是對核能，更是對人性與文明的深刻內省。

《零地點》的結尾令人意猶未盡，儘管所有事件告一段落，我們對臺灣未來的思辨才剛開始。小說結尾讓人想起喬哀思（James Joyce）短篇〈死者〉（"The Dead"）的結尾。喬哀思筆下，白雪輕輕穿過天際，飄降在所有的生者與死者之上。伊格言筆下，「雨落在北臺灣這座巨大的，被文明瞬間侵奪了生命的廢城……雨落在鬼魂之上。雨落在虛無之上。」[17]《零地點》檢視華麗文明的內裡，看見的是虛無。這個富有哲學思辨的結尾，自然是作者精心安排的結果。全書四十六章回，以〈○ Ground Zero〉開始也以〈○ Ground Zero〉結束。開始時，林群浩還在找尋記憶和友人，結尾時林群浩已成了死者。雖然小說虛構了一個死亡結尾、雖然現實裡的臺灣正處於一種不上不下、「非生非死」、「亦生亦死」的門檻識閾裡（liminality），但是伊格言本人比小說的結尾樂觀：「在那恐怖的滅絕時刻尚未臨至之時，它尚未塌陷為單一結果。我們還有機會。」[18]

三、風險評估與廢棄物

如果反核小說虛構的內容沒有發生，虛構便還是虛構，「我們還有機會」。如果核災小說所預測的事情確實發生了，小說便失去了其作為虛構的最經典定義。換句話說，如果小說描繪的核災的確發生了，這個自我指涉性便讓現實與虛構，過去現在和未來之間的劃分變得不再有意義。如果核災不是虛構而真有其事，如果小說虛構的內容在未來一定會發生，那麼作家也有了預言家的姿態。《零地點》建構在作者的一個信念：只要建了核四，核災一定會發生。值得我們思考的不是「如果沒有發生，作者要怎麼自圓其說」，這樣一種事後諸葛的非難。當然我們可以說小說家妖言惑眾，類似的評論古今中外再多不過。但是又有哪一位讀者作家希望反核小說中的惡夢成真？責備小說家為大說謊家，或是將小說家當成預言家，對我們理解小說介入現實沒有實際的貢獻。作為讀者，我們或許更應該思考小說作者如何描繪事件的來龍去脈、人物心態的起伏轉變，並更進一步

---

16 伊格言，《零地點》，頁168。

17 伊格言，《零地點》，頁298。

18 伊格言，《零地點》，頁304。

探究小說作為知識傳播媒介的功能。我以為《零地點》是近年來最值得關注的反核小說。在臺灣文壇裡，反核小說從來不是大宗。在我有限的閱讀裡，比起宋澤萊的《廢墟臺灣》、張大春的〈天火備忘錄〉，《零地點》是最直接觸碰到小說倫理以及知識傳播的作品。[19]

核能安全的神話是《零地點》質疑的重點之一。「安全」指涉的是概率風險評估。由美國能源決策機構補助，有關核安最為著名的風險評估研究是1975年發表出版的「拉斯穆森報告」（Rasmussen Report）。相關研究由能源學者諾曼拉斯穆森教授帶領的團隊於1974年完成，目的是為了向美國大眾說明核能安全。其最受批評的結論是，核電廠出事的機率，大概十萬年才會發生一次，比隕石撞地球發生的機率要低。反對者指出其研究的瑕疵，質疑概率計算結果的可信度。[20]

當然概率是核能發電安全與否的一個重要環節。但是另外一個重要環境是概率對群眾心理的影響。心理學家指出焦慮作為一種心理症狀來自過度憂慮事件發生的概率。舉例來說，研究指出飛安事故的發生概率遠比汽機車事故概率低，但是概率高低並不能讓和緩某些人對飛行的恐懼。換個方式說，或許正因為是其發生概率低，一旦發生，群眾對災情的反應便來得大。簡單地說，數學上的概率和心理學上的憂慮並沒有一定關係的連結。

在臺灣反對核四興建運轉最常見的理論是，既然不能確保核災事故為零，那麼核災發生便有無限可能。核災事故不可能發生的主要條件是沒有核電廠。沒有核電廠熔爐的災難便沒有發生的條件。[21]《零地點》不是傳播數學知識的文本，關注的也不是如何計算概率。小說的前提是災難必定發生，也已經發生，其可能性是百分之百，也已經確定為百分之百。作者並沒有從數學上說明核災發生的概率，因為他已經預設上述核災無限可能發生的理論。正是因為概率不是零，可能性不是零，於是小說啟動了一種對未來核災必定發生的焦慮。這樣的反核論爭最值得探究的地方是焦慮和

[19] 葉淳之最近出版的《冥核》也提到臺灣核能發展的問題。由於小說不直接處理核災，故不列入考慮。然而小說走的推理路線無疑也是知識傳播的一個範例。

[20] 有關正反方面的討論可見，MichioKaku and Jenifer Trainer. *Nuclear Power, Both Sides: The Best Arguments For and Against the Most Controversial Technology* (New York: W. W. Norton & Company, 1982), pp. 81-108.

[21] 然而度量理論也同樣指出，概率為零的事件，還是有可能發生。在這裡牽涉到的是概率（probability）和可能性（possibility）的問題。在日常生活中，我們經常混淆這兩個並不相等的概念。

恐懼的不可測量，也就是心理症狀能否用數據來證明解釋的問題。換句話說，是什麼樣的心理條件讓不少群眾對核四災難發生的概率（或可能性）深信不疑，但同時卻能夠溫和地看待同樣危險的低概率事件（如外星人侵襲地球）？

《零地點》既不從數學上探究核災發生的概率，也不從心理學上探究不少臺灣群眾對核能安全所保持的焦慮。這部作品的一個重點是，作者透過想像災難提供了一個重新審視小說認識論與本體論的契機。一個引人深思的問題：如果未來這本小說的確對反核運動做出了不可磨滅的貢獻（假設這本小說與團結人民反對核四完工運轉有直接的關係），同時小說描繪的末世景觀沒有發生，那麼現實強調小說作為小說的同時，卻又同時剝奪了證明小說遠見的機會。當然，沒有作者願意自己所敘述的世界崩壞成為現實，我們也沒有必要為了證明小說家所言不假，而按照小說的情節發展核能。但這樣的再現的倫理的難題持續困擾著小說家，劇作家、導演以及製片人。

核能專家黃啟誠認為「任何事都有風險，你永遠可以繼續假設未來還會發生什麼災難，但如果因為這樣就停工，世界上就沒有任何事情可以做了。」[22]黃啟誠似乎在以風險不大的說法來緩和人民對核能安全的質疑，替核四興建背書。黃啟誠一定清楚，世界上大小不斷的核能事故（如2011年的福島核災）早已戳破核能安全的神話。雖然黃啟誠的說法避重就輕，但從另外一個方向閱讀，這句話也提示了預防性思考與措施的重要性。

我要強調的是，反對核能發電並不代表所有核能研究必須停擺，訴求核四停建不是為了妨礙核能研究。從供需邏輯來看，如果核電支持者深信核電潛力無窮，核能研究絕對不會因為核四停建而歸零。核四停工，以及逐漸發展替代能源，讓臺灣目前三座核電廠除役，恰恰提供了一個安全研究核能的環境與契機。這正是知識與未雨綢繆的關係，也是科技與人性之間持續的辯證。科技可以使人向上提升，也能讓人向下沈淪。無論是科技來自人性或是人性來自科技，二者的分野與知識以及倫理脫不了關係。

目前核能研究與核能安全絕對無法規避的，是核廢料處理的問題。廣義地說，不管是來自日常生活的垃圾，或是浩劫之後的殘遺，廢棄物打開

---

[22] 見樊德平，〈失控的燃料棒〉，http://savearth.nctu.edu.tw/index.php/nuclear/162-article2.html（2014. 06. 14 徵引）。

了另類的多重時間性，重新揭開早已遭人遺忘的歷史進程。就小說細節來看，當敘事者試圖搜尋恢復自己的記憶的時候，他依賴的不是完整收藏，而是斷簡殘篇。在廢墟中拼湊過去一事之所以可行，原因在於廢棄物並非毫無意義。

整齊清潔現代性的話語中，垃圾與排泄成了一無是處的污穢。[23]然而如同瑪麗・道格拉斯（Mary Douglas）所說：「有污穢就有體系。污穢是體系構成和物品分配的副產品。」[24]麥可・湯普森（Michael Thompson）所謂的「垃圾理論」（rubbish theory）進一步擴展了這個看法。在湯普森的論證中，垃圾不僅僅代表了價值體系崩壞，也代表了體系重建的可能。[25]如同湯普森所說，廢棄物有多重價值，其經濟價值、社會價值，或是文化價值背後也有其權力運作。透過廢棄物的物理特質（大小重量）、化學特質（有毒與否）、文化特質等（符號意義），我們可以理解價值網絡的建構與維繫。

再者，廢棄物也是一種相對的概念。一個人不需要而丟棄的東西，另一個人可能如獲至寶。同時環保意識所強調的回收再運用也讓廢棄物有了起死回生的可能。廢棄物作為一種相對性的符號，於是指引我們去思考價值的形成與消失的過程。從解構主義符號學的角度來看，價值的形成是一種定義的過程，而價值的消失則是抽空意義。就最嚴謹的定義而言，廢棄物之所以為廢棄物是因為不再有利用價值。但從龐大的文化語境與價值體系的角度來看，利用價值的消失不是一個瞬時的變化，而是一個或長或短的時間進程。

《零地點》虛構的臺灣核災不只是災難發生的一瞬間，小說展演的更是所謂的乾淨安全能源變成破壞浩劫的過程。作者以文字推動場景、建構意義的同時，也處理了核能的實質與象徵意義。核心熔爐當然可怕，但是燃料棒的儲存，在人口密度高，土地極度有限的臺灣島上，更是棘手的難題。核能依賴燃料棒，使用過的燃料棒發散的輻射可以讓太過接近的人在數秒內死亡。使用過的燃料棒不是沒有價值，而是其輻射價值遠超過現

---

23 有關文化如何將純粹潔淨跟污穢危險對立起來，可見Mary Douglas. *Purity and Danger: An Analysis of Pollution and Taboo* (London: Routledge, 2003).

24 Mary Douglas, *Purity and Danger: An Analysis of Pollution and Taboo*, p. 36.

25 Michael Thompson. *Rubbish Theory: The Creation and Destruction of Value* (Oxford: Oxford University Press, 1979).

今科技可以處理利用的範圍。臺灣蘭嶼存放的是低階性核廢料而高階性的核廢料如使用過的燃料棒則儲存在冷卻池。據說臺灣暫時性冷卻儲藏池已經額滿超標，而乾式的永久性存放地點仍然下落不明。就算政府成功與地方居民協商開拓存放地點，儲存桶也有使用年限。乾式儲存場的年限最多100年，但燃料棒中的放射性物質的半衰期長達幾萬年。[26]人類的文明史數千年，不及輻射廢料半衰期的一半。

《零地點》沒有直接討論燃料棒儲存，而是迂迴抨擊其處理問題。核四電廠的結構缺陷來自偷工減料包商弊案，天災人禍發生之後，很難確保輻射不外洩。根據林群浩的證言，「圍足體水泥牆上嵌著垃圾寶特瓶……這就是核四現場施工的品質！」[27]事發後，小說中的核四廠長試圖淡化隱瞞輻射外洩的問題：「通往一號爐上方燃料池的冷卻水管線發生鬆脫意外，導致冷卻水外洩。這冷卻水帶有輕微輻射污染，但由於我們及時發現，外洩情形並不嚴重，範圍也僅波及約數十平方公尺大小。」[28]這是小說中臺電的謊言。當記者會召開的時候，因為「核四廠離翡翠水庫水源區太近了」，早有多數民眾喝下輻射水，體內暴露而不自知。[29]此外，輻射屋問題也跟燃料棒處理有關。不少僥倖沒有體內暴露的民眾其實早就是「核輻人」，因為他們住家建築的材料「是不肖廠商違規使用核電廠外流廢料做的。」[30]隱形輻射的內外夾攻讓民眾防不勝防。

《零地點》有關核能廢棄物的理解將我們帶回風險評估的問題。廢棄物提醒我們風險概率不是評估核能安全的唯一標準。鈾礦的價值轉變也就是核能發電產生的廢棄物，以及廢棄物的處理，必須是評估內容與標準的核心部分。就算核電廠打造得滴水不漏，廢棄物如果無法處理，發展核能終究得不償失。如果核電的經濟效益小於發電過後各種相關措施的費用支出、如果說核電對環保價值的破壞，極度損傷了其經濟價值，那麼純粹就整體收入應當大於支出的角度來看，核能發電廠的興建便不符合利益邏輯。長遠來看，如果核電帶來的是文明的負面價值（其創造的經濟價值無法貼補環保價值的蝕損），那麼又是什麼樣的動力，或是說是什麼方面的

---

[26] 張岱屏，〈核燃料的難題〉，http://e-info.org.tw/node/97901（2014.06.14徵引）。

[27] 伊格言，《零地點》，頁119。

[28] 伊格言，《零地點》，頁207。

[29] 伊格言，《零地點》，頁239。

[30] 伊格言，《零地點》，頁232。

價值考量合理化了核能電廠的興建？而這恰恰《零地點》不斷鋪陳的。

反過來說，一旦有了轉換核廢料的科技能力，核廢料便不再是核廢料；一旦廢棄物搖身一變具備高度經濟價值也不再有任何風險，甚至說核能發電在將來只是為了取得反應過後的鈽元素，那麼整個廢棄物與風險評估以及價值體系必然再有變化。這又將我們帶回上一節末所提及的文明問題。伊格言當然知道核廢料處理是當前不得不面對的問題，也知道將來核廢料的價值可能隨著科技發展而有所轉換。《零地點》的倫理層面不在於不斷發展的科技、核廢料的價值與風險評估，而在於作者如何透過核能、核廢料、以及核災的議題，反省人性與文明。因為伊格言不是將《零地點》建立在日新月異的科技上，而是更為深層的人性與科技的糾葛上，即便將來核廢料成了炙手可熱的物件，《零地點》所展開的倫理思辨也不會失去其批判力。準此，下一節進一步思考小說所帶有的倫理意涵，以及小說寫作所展開的倫理思辨。

四、文學與倫理

評者長久以來指出一個有關災難與小說的弔詭。對德希達來說，核災的描寫最多只能是一種寫實主義式的推測，「一種寓言式的創作，或是一種等待被創作的創作。」[31]對威廉・謝柯來說，一部認真描寫核災的小說「或許只能被當成一個超越時間的美學物件，一件嚴肅的藝術作品，其設計是為了經歷永恆。」[32]二位評論人都提出了有關核災與創作的新看法，值得持續探究思索。例如，災變、廢墟、文字，乃至美學之間究竟存在著什麼樣關於哲學、關於時間、時間性與時機的思辨？

伊格言的《零地點》預設了未來的失去，藉此反思現在的作為。故事中，北臺灣在核災發生之後一片荒涼破敗。作者利用了殘敗與廢棄的意象，展開了文學與倫理二者之間的聯繫。德希達在〈不要浩劫，現在不要〉也透過核災，探究了同樣的議題。不論伊格言熟不熟悉德希達這篇文章，我認為《零地點》確實為德希達的討論提供了一個最為貼切的例子。

---

31 Jacques Derrida. “No Apocalypse, Not Now: Full Speed Ahead, Seven Missiles, Seven Missives” in *Psyche: Inventions of the Other, Volume 1* (Stanford: Stanford University Press, 2007),pp. 402.

32 William J. Scheick. “Post-Nuclear Holocaust Re-Minding,” in *The Nightmare Considered: Critical Essays on Nuclear War Literature*,ed. Nancy Anisfield (Bowling Green: Bowling Green State University, pp. 71.

德希達在理論層面上解構了核災和文學，相當具有啟發性。由於德希達沒有提供任何文本實例，他的這篇理論文字也容易架空。《零地點》正好協助我們進一步理解兩件事：第一、德希達解構主義特別在意的政治和倫理層面；第二，德希達對文學的解構閱讀與態度。

德希達〈不要浩劫，現在不要〉的一個重點是，文學和核災有相同的本質。對德希達來說，核災和文學等值的原因在於，二者在自身以外沒有任何意義的存在，而這正是解構主義對文字符號與印跡（trace）最基本的看法。〈不要浩劫，現在不要〉是一篇1984年的講稿。當時美蘇依舊處於恐怖平衡的冷戰年代裡，雙方的核子彈頭針鋒相對，一旦擦槍走火，後果不堪設想。共和黨籍的美國總統雷根（Ronald Reagan）支持廢除核子彈頭，引來諸多批評，反對雷根的理由主要是擔憂美國會因此讓蘇聯有機可趁。知名期刊《Diacritics》舉辦了一場名為「核子批評」（nuclear criticism）的學術會議，檢視批評理論介入政治現實的途徑與潛力。德希達在他的文章裡展現了他對語言的敏銳，玩弄了幾個文字遊戲。首先，作為武器的「核子」（nuclear）與例如核心家庭的「核心」（nuclear）有所關聯。[33]對他來說核子批評就是核心批評，他要思考的不僅是核子更是批評理論的核心。其次，他認為文章裡的幾個理論提案（missive）就像是飛彈（missile），毫不諱言解構（deconstruction）與破壞（destruction）之間的曲折淵源。[34]當然，解構對他來說不是純粹的破壞，而是一種倫理承擔。

臺灣處於地震帶上，地殼運動對核能安全是一個隱憂。另外，核電廠興建上的結構問題、危機應變，乃至核能發電廢棄物的處理，都是目前日常生活事物存在的威脅。這些事情威脅著要讓文化、環境、以及文學成為廢棄物廢墟。這也是為什麼論者如謝柯認為反核小說一旦在核災發生之後無法存在。除了為時已晚，小說再也不能做什麼的恐懼之外，更可能的是小說作為物件本身也將如人類身體一樣被毀滅。

---

[33] 德希達並沒有特別解釋兩者的字源聯繫。根據我的考察，nuclear來自拉丁文*nucleus*，亦即果實堅硬的外部。1914年，物理學家Ernest Rutherford是第一位挪用了這個原本不具備任何軍事或能源意義的詞彙來解釋原子中心，也就是核心（nucleus）的人。我要提醒讀者，Rutherford不是第一位將「核」作為一個外部構成轉化為一個內部中心的學者。生物學家們在十九世紀已經使用核這個概念來解釋細胞結構。1833年，Robert Brown第一次使用細胞核（cell nucleus）這個詞彙。見Bynum, William F, E J. Browne, and Roy Porter. *Dictionary of the History of Science* (Princeton: Princeton University Press, 2014), pp. 59.

[34] 提案和飛彈在拉丁文裡也有同樣的字根「missus」，也就是「mittere」（發送）的過去分詞。

破壞是德希達的解構主義的核心概念。破壞和解構之間的相互指涉，也就是文學語言的自我指涉性（self-referentiality）。在〈不要核災，現在不要〉，德希達寫道：

> 所有可能的文學的絕對指涉物等於所有可能印跡的絕對消去。這個絕對指涉物是僅有的不可磨滅的印跡，是完全他者的印跡。所有可能的文學、所有可能的評論，的唯一「主題」，唯一的終極的以及非象徵性的，沒有辦法被象徵化，甚至沒有辦法符號化的指涉物，如果不是核子時代，如果不是核子災難（至少是核子論述以及核子象徵一再示意的），那就是毫無倖存以及非象徵性的文學毀壞。[35]

德希達這段話的主旨在於：文學創作指涉的也是文學毀壞。文學創作指涉的是文學成為不可能的境況，而核災確確實是這樣一種文學毀滅的境況。書寫核災就是書寫文學的毀滅。也因此德希達說，「核子戰爭是任何言說以及任何經驗唯一可能的指涉物，其條件與文學的條件相同。」[36]所謂的非象徵性指的是浩劫（不論是不是核災）過後的一片荒蕪能夠讓符號、語言、文明、歷史、人類、所有價值，一切的一切歸零。文學既沒有辦法呈現核災於一萬，如有萬一文學本身也不存在。

在文章裡，德希達沒有明確解釋文學究竟是什麼。但他在上面引用的段落裡明確地指出，文學之所以可能是因為文學指涉了連文學都不存在的境況。這是解構主義的精髓。德希達一貫的理念是文本之外別無他物。換句話說，他物就在文本之內。文本要處理的，或者說德希達希望文本處理的，正是這個他物，以及文本與這個他物之間的關係。對解構主義最大的誤解是，解構之後什麼都沒了。德希達以核災來表達的是，文本的建構與文本的破壞／解構，相輔相成。在解構主義的核心／核子批評裡，文學創作要說明的就是文學創作不可能的境況。

一方面德希達將核災當成實際事件來討論，一方面核災作為隱喻而存在。透過這個核災的雙面性，德希達要強調的不是歷史的終結、文學的終結，或是人類的終結，他關切的毋寧是這個「未來」，還沒有到來但已經

---

35 Jacques Derrida. “No Apocalypse, Not Now,” pp. 403.

36 Jacques Derrida, “No Apocalypse, Not Now,” p. 403. 更多相關的討論參見，Joseph G. Kronick, *Derrida and the Future of Literature* (Albany: State University of New York Press, 1999), pp. 101-142

存在於文本的他者。德希達的焦點並非任何事物內在的準則，而是這個未來的他者。解構主義強調的正是對這還沒有到來的他者的責任與倫理。更確切地說，這個未來是不可預測，不可認知識別的，因為如果可以知道未來為何，那麼未來就不再是未來。由此看來，未來也是沒有辦法被象徵化的。德希達說，他者／未來「透過一個事件來到」，而這樣的一個事件正如核災一般，具備讓一切從頭開始的創發力量。[37]我必須再次強調，核災不是未來，已經知道的不是未來。核災只是創發（invention），未來藉此到來。[38]而這也正是伊格言命名小說為「零地點」巧妙之處。零地點是核子爆發浩劫出現的地點，是一個連接兩種不同認識本體論、連接過去和未來的臨界點，在那個點上，過去所有的一切被毀滅，一切從零開始。零地點不是過去也不是未來，但又是一個創發過去和未來的地點。

跟德希達的〈不要核災，現在不要〉一樣，《零地點》是一個事件、是一個零地點，也是一個零度寫作的地點。我所謂的零度寫作不是羅蘭・巴特（Roland Barthes）的「零度寫作」。在巴特看來，文學（或者更準確地說小說）是資產階級的產物。透過小說中的虛構，資產階級將自身的價值建構成普遍性的存在。[39]巴特所謂的零度寫作是為了超越小說作為知識傳播的工具或是價值交流的手段。他不認為小說應該是傳播工具。舉例來說，如果說寫實主義小說還有自然主義小說竭盡全力就是為了以文字複製自然環境，寫作和文學便將自身限制在自然社會環境之中，作為自然社會的傳播工具。這是巴特與沙特（Jean-Paul Sartre）對文學看法最為確切

---

[37] Jacques Derrida. “Psyche: Invention of the Other,” in *Psyche: Inventions of the Other, Volume 1* (Stanford: Stanford University Press, 2007),pp. 28.

[38] 是在核災的臨界點上，我們看到了德國法蘭克福學派阿多諾（Theodor Adorno）和霍克海姆（Max Horkeimer）以及法國解構主義掌門人連接的可能：文學的自我指涉性，以及對未來作為他者（或是他者作為未來）的倫理。德希達的結構主義從早期的《文字學》（*Of Grammatology*））到後來的《論待客》（*Of Hospitality*）的中心議題都是倫理，都是我們應該如何跟他者相處的倫理。另一方面，正如何乏筆指出的，阿多諾的啟蒙辯證提示了自我作為一種藝術創作，有其自律性：

將藝術看成政治或道德的工具乃等於無法進入社會與藝術作品的張力中，只是作為表面立場的表現。此外，藝術與政治的關係也反映在藝術與到道德的關係上……藝術作品具有的社會性不是因為它屬於某種社會，而是因為社會是內在於藝術作品本身的。社會作為藝術作品的內在性乃是藝術與社會的主要關聯。個體化的原理作為『澈底養成』的核心所在，因此藝術作品的個體化（Individuation）是藝術與社會治關係的關鍵因素。

——何乏筆，〈如何批判文化工業？阿多諾的藝術作品論與美學修養的可能〉，《中山人文學報》第19期（2004），頁20-21。

[39] Roland Barthes. *Writing Degree Zero & Elements of Semiology* (London: J. Cape, 1984).

不同的地方。沙特認為寫作就是為了溝通、為了傳遞訊息，巴特則認為寫作的價值不是來自其傳播的內容（文學一開始就不是交流的工具），而是來自其形式呈現。當然，巴特當然知道語言在寫作形式的層面上還是脫離不了人類活動。文字形式不能自我生成，必須有人作為中介才得以有所呈現。更準確地說，巴特認為寫作價值來自形式呈現，而人類透過文字形式來反芻語言除了溝通以外的功能。對巴特來說，人類對語言與形式的非溝通功能的思辨，就是一種語言的倫理。

《零地點》希望介入政策，希望有所作為，以核災作為主題，不是為了寫作而寫作，將文字當成寫作的對象的巴特式的「零度寫作」。《零地點》不是要處理「語言的倫理」的巴特式的零度寫作，而是更偏向德希達的看法：文學創作以文學毀壞作為自我指涉。也就是說，德希達對文學的看法更是從字面上來理解零度（零等於「所有可能印跡的絕對消去」），而不是巴特理念中，零度所具備的象徵隱喻意義（如超驗）。巴特所謂的零度寫作的前提條件為：（現代主義式的）寫作到底是可能的。然而德希達對文學的自我指涉、文學的核爆、文學的未來性，反覆迂迴討論的則是一種文學、文化、文明，一切都消失殆盡、無法預測的未來。對於這樣一種境況的思辨，在德希達看來，便是文學與知識傳播，也是批評理論的倫理。德希達的語言轉向後到達的地點是倫理問題。

正因為沒有人知道臺灣在核災過後會是怎麼一回事，《零地點》作為一部描寫浩劫過後的小說，便有其想當然爾預測的地方。最為嚴格地說，《零地點》描繪的未來不是未來，是過去，是在車諾堡、三哩島、乃至福島等地已經發生過的事實。作者依靠這些歷史知識建構了一個可能的未來，傳播的是核災造成的廢棄物體系與價值轉換等歷史知識。

當然一個最為直接的問題是，如果不知不識又如何傳播，可以傳播什麼？就《零地點》而言，恰恰是歷史讓知識傳播成為可能。[40]《零地點》在這個解讀層面上屬於寓言；「寓」不僅僅「寄託」更「進入」歷史。同時，《零地點》既然帶有小說虛構的意涵，也因此可以當成預言閱讀。在此，「預」指涉的不僅僅是「事前」和「預先」，更是一種介入行動，也就是「參預」。正如小野在他的推薦序裏所說：「別害怕，這只是預言小

[40] 如同「革命」一詞，「知識」是明治時期日本人將既有的漢字詞彙重新定義用來翻譯外來概念的產物。在古典文獻裡，「知識」通常是作為動詞存在，作為名詞的時候意思為「認識的人」。明治之後，「知識」反而少見作為動詞使用。作為名詞的知識最常用來指涉knowledge。

說，我們要呼籲千萬人民站出來，拼這次的鳥籠公投。讓預言小說中的故事不會成為真實。」[41]從他者未來不可知的觀點來看，我認為《零地點》介入現實的呼籲，也展開了一個時間的弔詭。小說一再斷言將會發生的災難，因為未來不可知的緣故，頂多是歷史知識。然而如同上文所描述，即便是以核災歷史知識投射未來，在未來還是未來的時候，這樣的投射確定了小說對現實生活的評判不僅不是空穴來風，更有紮實的歷史根柢。

從德希達解構主義的角度來看，小說不是未來，小說描繪的未來也不是未來，因為未來完全不可測知。儘管如此，《零地點》透過「逼真（verisimilitude）的文字再現（representation）接近所有的不可知（例如可能的災害以及自身存在的必要）必然有其倫理意涵。《零地點》的倫理思辨恰恰是建立在已知／寓言與未知／預言的雙重時間性之上。

《零地點》的核災無法逆轉，臺灣五分之一的國土已然毀壞。就德希達而言，這個已經發生的核災不是未來，只是一個事件。雖然伊格言也描寫了核災之後的臺灣的境況，但這個在德希達的定義裡也不是未來。我們能夠訴諸文字想像的就已經不是未來，因為未來是純粹不可知的。儘管《零地點》所描繪的不是德希達心中的未來，但《零地點》這本小說是德希達認為一個促使未來得以到來的事件。也因此《零地點》不只是一本反核小說，雖然伊格言透露出堅定的反核立場。我認為《零地點》作為事件要讀者思考的是，我們這些活在現在的人，對未來的人事物應該肩負什麼樣的倫理承擔？如果核災可以避免，當下的我們有什麼理由不去避免浩劫發生？伊格言在寫作的時候沒有辦法知道《零地點》出版之後會引起什麼樣的震撼。他不知道核四會不會停建，永不啟動。即便是現在，我們在《零地點》出版過後審視歷史，我們也很難評論當下臺灣核能政策的討論是否受到《零地點》影響，以及決策官員是否讀過小說。重點在於，《零地點》的寫作與出版作為事件，業已引發了它的核心／核子反應，促使每一位讀者思考自己對未來他者的倫理承擔。

---

[41] 小野，〈推薦序：夏至。伊格言。魔幻廣場〉，《零地點》（臺北：麥田出版社，2013），頁10。

五、代結語：啟蒙的辯證

以「工業革命」或「啟蒙」來替換「核電」，我們可以記得阿多諾和霍克海姆在《啟蒙的辯證》不斷思索的就是啟蒙、科技以及工具理性的價值。他們兩人指出，啟蒙的話語在建構並傳播知識的同時，最終帶來的是反啟蒙：「神話已然是啟蒙；而啟蒙回返至神話學。」[42]這個自噬其身的弔詭背後是「宰制的邏輯」（logic of domination），用二人的話來說：「啟蒙的本質就是在各種可能之間作出選擇。這個選擇無法避免，如同宰制無法避免。人類不是要向自然屈服，就是要自然屈服自己。」[43]廣義地說，啟蒙就是為了宰制自然，保存自己。人類開採運用各種有限的資源，提升生活的舒適度。人定勝天的啟蒙話語，在阿多諾和霍克海姆的眼裏，最終會付出昂貴的代價。

另外，在啟蒙的旗幟下，知識與訊息傳播可以用來營造一種全民參與的政治氣氛。然而這種全民參與的政治氣氛很有可能導向反啟蒙。因此阿多諾提醒我們必須要留意啟蒙「搖身一變為大眾的欺騙、禁錮意識的工具。」[44]政府以及相關機構（如臺電）對核能安全的說辭，是啟蒙與知識傳播的一個實際例子。如同我在開頭所引用的本雅民的話語所指出，我們不能失去對任何政府主導的進步論述的批判眼光。與此同時，雙向溝通的大眾化也不應該輕易等同民主化，因為正如何乏筆所提醒的，「直至近日，大眾媒體仍有大眾欺騙的傾向，並且具有相當程度的反啟蒙、反民主的因子。」[45]無論《零地點》是屬於大眾文學還是純文學，小說提供了一個反思啟蒙與知識傳播的契機。[46]這個契機不在於不斷反芻災難意象，而在於順著本雅民、德希達，以及阿多諾與霍克海姆的理論提示去反思歷史、解構啟蒙話語，並質疑工具理性的非理性。

---

42 Theodor Adorno and Max Horkheimer, *Dialectics of Enlightenment: Philosophical Fragments* (Stanford: Stanford University Press, 2002), pp. xviii.

43 Theodor Adorno and Max Horkheimer, *Dialectics of Enlightenment: Philosophical Fragments*, p. 25.

44 轉引自何乏筆，〈如何批判文化工業？〉，頁32。

45 何乏筆，〈如何批判文化工業？〉，頁18–19。

46 論者指出媒體是一般大眾科學知識的來源。見DorothyNelkin, *Selling Science: How the Press Covers Science and Technology* (New York: Freeman, 1995)。在電子媒介非常大層面上掌控知識呈現與傳播的時候，我們也不得不重新思考印刷文字媒介如小說是否還有足夠的影響力參與知識建構。

不論是擁核或是反核的話語都經常訴諸環保。一方面大量重複的知識傳播告訴我們核能廢棄物的半衰期有多麼地長。光是比人類歷史還要長久的半衰期這一點，核電發展就應該有所節制。另一方面，我們也聽到核能是乾淨能源的啟蒙話語。然而我以為這些都沒有真正觸及核能議題的核心。早在1973年全球能源危機開始的時候，英國經濟學家舒馬克（E. F. Schumacher）在他著名的《小而美》（Small is Beautiful）裡，便批評了他所謂的「巨大主義」（giganticism）——一種毫不滿足擁抱大量生產、持續擴充的市場，以及無遠弗屆的財金體系的慾望。[47]舒馬克幾十年前的見解到現在還是正確無誤：巨大主義需要資源，然而資源——不管是石油、天然氣、或是鈾礦——並非用之不竭。多有論者指出，我們現在的資源花費，取自後代，而這個預支或透支資源本身就是一個倫理問題。也因此舒馬克對巨大主義的批判不僅是為了體現環保主義，更是反思了人類需求持續的膨脹。

《零地點》描繪的核災震撼人心，但我認為伊格言最強而有力的，是對現代性與啟蒙的反思。林群浩下面的發言，比核安議題更為深刻：

> 以前我以為我知道。日本福島核災之後大家疑慮更深，但我總覺得那只是極端狀態。我以為那是例外。……但我現在想，我們是不是過度自信了？人類是不是過度自信了？文明是不是過度自信了？如果有一天，我們確認我們是過度自信了，但事情已經進行大半，騎虎難下，我們該怎麼辦？[48]

臺灣長久以來處於「緊急狀態」、「極端狀態」之中，林群浩提醒我們：我們把非常當成尋常，時間一久例外也會變成常態。在這個點上，《零地點》貼近了本雅民的歷史觀以及阿岡本對「例外狀態」的討論。阿岡本《例外狀態》的中文譯者薛熙平言之有理：

> 儘管不在阿岡本的歷史視線之中，但「例外狀態」（Ausnahmezustand）的歷史其實一直伴隨著身在臺灣的我們……從臺灣的國際政治處

[47] E. F. Schmacher. *Small is Beautiful: Economics As If People Mattered* (New York: Harper & Row, 1973).

[48] 伊格言，《零地點》，頁124。

> 境，到八八水災重建特別條例，到我們日常生活中各式各樣的安全措施，如班雅明[本雅民]所說，例外已經成為常規。[49]

在我有限的反核議題閱讀裡，焦慮與恐懼是最常見的反核理由，即便反核以環保角度出發也是如此。核能可以引環境浩劫，但文明的過度自信以及啟蒙的自噬其身，更值得我們靜心忖度。房思宏敏銳地注意到環保不是問題所在：

> 這類焦慮相信不惟少數具有綠色意識者所獨有，然而一旦陷入此種掙扎中，往往也讓我們失去綜觀全局的機會。比方說：誰在消耗能源誰在用電？如何消耗？為何消耗？工業與民生用電的情形相同嗎？那些消耗能源的大戶，究竟能否帶來人類生活福祉的實質提升？除此之外，我們也可進一步提問：人類生活的種種需求，包括照明、空調、取暖等，真的非得透過消耗（大量）能源的方式才可能滿足嗎？[50]

「我們只有一個地球」以及「拯救北極熊」等口號不能處理核能或其他資源問題。我們真正需要的不是能源的開源節流，而是思考舒馬克所謂的「小而美」的生活。只要當代人類生活仍舊依循當代資本主義的文化邏輯展開，人類對能源的需求便一日不會減低。這是伴隨著現代化也是現代性，啟蒙以及知識傳播而來的危機。面對這樣的危機，「永續經營」（sustainability）是一種積極的倫理立場。

---

[49] 薛熙平，〈我們所生活／生存其中的「例外狀態」：《例外狀態》〉，《破報》（2010.09.25），http://pots.tw/node/4357（2014.08.12徵引）。

[50] 房思宏，〈環境前線：只有關冷氣才救得了北極熊？〉http://www.lihpao.com/?action-viewnews-itemid-132264（2014.08.12徵引）。

引用書目

小野，〈推薦序：夏至。伊格言。魔幻廣場〉,《零地點》（臺北：麥田出版社，2013），頁7-10。

伊格言，《零地點》（臺北：麥田出版社，2013）。

何乏筆，〈如何批判文化工業？阿多諾的藝術作品論與美學修養的可能〉，《中山人文學報》第19期（2004）：頁17-35。

房思宏，〈環境前線：只有關冷氣才救得了北極熊？〉http://www.lihpao.com/?action-viewnews-itemid-132264（2014.08.12徵引）。

張小虹，《膚淺》（臺北：聯合文學，2005）。

張岱屏，〈核燃料的難題〉，http://e-info.org.tw/node/97901（2014.06.14徵引）。

樊德平，〈失控的燃料棒〉，http://savearth.nctu.edu.tw/index.php/nuclear/162-article2.html（2014. 06. 14 徵引）。

薛熙平，〈我們所生活／生存其中的「例外狀態」：《例外狀態》〉，《破報》（2010.09.25），http://pots.tw/node/4357（2014.08.12徵引）。

Barthes, Roland. *Writing Degree Zero & Elements of Semiology*. London: J. Cape, 1984.

Benjamin, Walter. "Theses on the Philosophy of History," in *Illuminations*, edited by Hannah Arendt, translated by Harry Zohn, p. 253-264. New York: Harcourt, 1968.

Bynum, William F, E J. Browne, and Roy Porter. *Dictionary of the History of Science*. Princeton: Princeton University Press, 2014.

Derrida, Jacques. "Psyche: Invention of the Other," in *Psyche: Inventions of the Other, Volume 1*, 1-47. Stanford: Stanford University Press, 2007.

———. "No Apocalypse, Not Now: Full Speed Ahead, Seven Missiles, Seven Missives" in *Psyche: Inventions of the Other, Volume 1*, p. 387-409. Stanford: Stanford University Press, 2007.

Douglas, Mary. *Purity and Danger: An Analysis of Pollution and Taboo*. London: Routledge, 2003.

Horkheimer, Max, and Theodor W. Adorno. *Dialectic of Enlightenment: Philosophical Fragments*. Stanford: Stanford University Press, 2002.

Kaku, Michio, and Jenifer Trainer. *Nuclear Power, Both Sides: The Best Arguments*

For and Against the Most Controversial Technology. New York: W. W. Norton & Company, 1982.

Kronick, Joseph. *Derrida and the Future of Literature*. Albany: State University of New York Press, 1999.

Nelkin, Dorothy.*Selling Science: How the Press Covers Science and Technology*. New York: Freeman, 1995.

Rancière, Jacques. "The Ethical Turn of Aesthetics and Politics," *Critical Horizons* 7:1 (2006), p.1-20.

Scheick, William. "Post-Nuclear Holocaust Re-Minding," in *The Nightmare Considered: Critical Essays on Nuclear War Literature*,edited by Nancy Anisfield, 71-84. Bowling Green: Bowling Green State University.

Schmacher, E. F..*Small is Beautiful: Economics As If People Mattered*. New York: Harper & Row, 1973.

Thompson, Michael. *Rubbish Theory: The Creation and Destruction of Value*. Oxford: Oxford University Press, 1979.

Ground Zero, Dissemination of Knowledge, and Ethics of Fiction: An Initial Inquiry

Tsai, Chien-hsin*

Abstract

How and why does fiction intervene into reality? And what ethical conundrum does fictional intervention ponder, respond to, or produce? As a kind of degree-zero text, *Ground Zero* published by Yigoyan in September, 2013, offers an opportunity to reflect on issues concerning the dissemination of knowledge and the ethics of fiction. Yigoyan makes explicit his antinuclear stance in the novel, hoping to instigate a collective intervention into government's decision making. Yigoyan wishes to express that if the government must construct the Fourth Nuclear Power Plant, his fiction may become reality. In this regard, *Ground Zero* is at once a preventive allegory and an apocalyptic prophecy. This essay provides an initial inquiry into a reconceptualization of fiction as a medium to disseminate knowledge by focusing on how fiction unfolds complex issues with regard to ethics and enlightenment.

Keywords: *Ground Zero*,Nuclear energy, Ethics, Waste, History, Enlightenmen

---

* Associate Professor, Department of Asian Studies, University of Texas at Austin, USA.

薪傳，文創，現代化：談《陣頭》中的電音三太子奇觀[*]

廖勇超[**]

摘要

本論文以當代臺灣所風行的文創現象為出發探討電影《陣頭》中所呈現的宗教文創化以及現代時間性「除魅化」所產生的種種問題。本文認為，當今所謂的宗教文創化所代表的並非是表面上意欲延續傳統文化的思維，而是某種企圖將傳統宗教世俗化、娛樂化、以及奇觀化的策略。更精確地說，宗教文創化所指向的並非是所謂的傳統風骨延續，而是馬克斯所言之異化（alienation）與資本化，以及此異化後的資本如何整合、收編於國家機器與全球資本主義的體制與時空性之中。藉由將傳統所具備的時間性文創化，宗教所具備的傳統時間性便能成為符號（文化資本）而具備交換價值，而企業、商家、地方、甚至是國家便成為了文化生意的資本家，各取所需。筆者擬由上述問題意識出發探討臺灣電影《陣頭》（2011）中的宗教文創化現象及其限制。《陣頭》此一文本的重要性在於其對於傳統宗教形式（陣頭）的呈現恰恰服膺了當代臺灣文創風潮的迷思，而其在票房上的亮眼成績也說明了其嫁接於當代娛樂工業的有效性和作為商品的高獲利性。文章分為兩部分：第一部分討論當代臺灣官方的文創意識形態以及其在臺灣社會所引發的各式論戰。第二部分則以《陣頭》為文本，進一步剖析宗教文創化在援引現代時間性除魅化過程中所衍生的種種問題。

關鍵詞：文化創意產業、傳統宗教、現代化、時間性、《陣頭》

---

[*] 本文為國立臺灣大學100年度邁向頂尖大學研究計畫之部分成果，曾刊載於《臺灣文學研究集刊》18期（2015年8月），頁83-102。

[**] 國立臺灣大學外國語文學系助理教授。

一、前言

近年來臺灣的國片市場在《海角七號》奇蹟式竄起之後頗有柳暗花明、更上層樓之勢，不僅在口碑和票房上取得雙贏，更借由各式國家補助或在地資源整合成功結合電影產製與在地行銷，試圖在影像層次之外另闢蹊徑，重新開發原本老舊、甚至無人聞問的地理空間，希冀電影票房所帶動的龐大資本流動能回流在地觀光產業，為荒蕪已久的傳統在地文化／地景脫胎換骨、進而與全球觀光產業結合，接軌於全球經濟市場。這其中，傳統與現代、在地與全球之間的拿捏與衝突便往往成為影片情節之軸心與衝突之所在：傳統之維繫所執著的在地與草根性往往不相容於全球現代性所強調的流動和與時俱進。誠如柏曼（Marshall Berman）所言，

> 所謂成為現代中的一份子便是認知到自己置身於一處應允我們自身及世界冒險、力量、愉悅、成長、和蛻變的場域——並同時威脅、摧毀著我們所擁有、知曉、和存有的一切。[1]

在現代性的摧枯拉朽的壓倒性力量下，傳統價值和社會體系往往面臨著自身穩定性的崩毀，也無怪乎焦慮恐懼感染蔓延而人人自危。

誠然，如今我們所處的時代其複雜度或許已遠遠超越了柏曼所欲分析的19、20世紀現代性，然而細讀上述文字我們仍可發現，如果說當今全球化是以西方現代性為基礎模式伴隨殖民以及資本主義勢力而開展而來的話，那麼身為非西方中心的當代臺灣社會似乎在應對這多元權力網絡的複雜交綜中仍隱隱符合當初柏曼對於西方現代性革命性的論述：在全球現代性力量的無遠弗屆下，我們也看見了當代臺灣社會對於自身國族認同和傳統文化逐漸式微而趨於解體的擔憂、焦慮、以及懼怕。這其中，在地傳統宗教和藝術因其強調自身美學的完整性以及價值的穩固性使其具備成為觀察現代性力量的指標性文本，而其對於全球化力量所採取的因應措施與回應也能提供我們觀察特定文化區域和國家政策如何抗拒、服膺、甚至整

1 Marshall Berman, *All That Is Solid Melts into Air: The Experience of Modernity*, (London: Verso, 1982), p.15.

合全球化力量的重要依據。相較於經濟層面強調資本流動與跨界的非固著性，傳統宗教和藝術在其既有價值逐漸被解構的同時也衍生出自我認同的危機、社區功能凋零、以及資本投入萎縮等等問題。這些憂慮擔心不僅僅凸顯出臺灣文化或宗教在面對全球文化帝國主義的患得患失與力有未逮，更點出了國家機器在面對全球資本主義和經濟體時所必然產生的愛怨情仇：如何將臺灣的經濟產業和在地文化接軌於全球化場域已然成為臺灣政府念茲在茲、汲汲營營之所在，也是臺灣政府資本化、理性化、和商業化自身傳統宗教藝術的治理手段。

因應於這鋪天蓋地的資本化熱潮，文化創意產業（Cultural and Creative Industry）便成為當今文化經濟政策的新寵。然而，將傳統宗教資本化、文創化所遵從的往往並非表面堂而皇之的理由說詞（即，以新的文化形式延續舊有宗教精神）；相反地，宗教的全然文創化意味著傳統宗教的世俗化、娛樂化、以及奇觀化。更精確地說，宗教文創化指向的並非一般所謂的「換湯不換藥」或「新瓶裝舊酒」的風骨延續；相反地，宗教文創化指向的是馬克斯所言之異化（alienation）與資本化（既是經濟資本亦是文化資本），以及此異化後的資本如何整合、收編於國家機器與全球資本主義的體制之中。也因此，在當今某些贊成宗教文創化的論述之下我們不得不去思考文創化的資本主義邏輯，以及此資本主義邏輯如何嫁接於臺灣官方的國族主義論述。在此論述下，傳統與現代之爭被以一種弔詭的方式置換成在地與全球之爭，而如此將時間置換為空間的想像也成為當代臺灣宗教奇觀化的重要意識形態：藉由將傳統所具備的時間性文創化，宗教所具備的傳統時間性便能成為符號（文化資本）而具備交換價值，而企業、商家、地方、甚至是國家便成為了文化生意的資本家，各取所需或謀得經濟利潤、或操弄國族中心論述。筆者擬由上述問題意識出發探討臺灣電影《陣頭》（2011）中的宗教文創化現象及其限制。《陣頭》此一文本的重要性在於其對於傳統宗教形式（陣頭）的呈現恰恰服膺了當代臺灣文創風潮的迷思，而其在票房上的亮眼成績（全臺約3.17億元）也說明了其嫁接於當代娛樂工業的有效性和作為商品的高獲利性。文章分為兩部分：第一部分討論當代臺灣官方的文創意識形態以及其在臺灣社會所引發的各式論戰。第二部分則以《陣頭》為文本，進一步剖析宗教文創化在援引現代時間性除魅化過程中所衍生的種種問題。

二、「文化產業化，產業文化化」？當代臺灣的文創論述

要談及臺灣文創產業的發想，或許1995由文建會所舉辦之「文化・產業研討會暨社區總體營造中日交流展」可被視為其濫觴。根據蘇明如的說法，此次會議的主要目的之一便是邀集各方專家學者對於文化及其實用性作出思辨與回應，試圖將產業與地方特色結合以尋求國家產業之新出路。[2]其中所提出的口號，「文化產業化，產業文化化」，更是奠定了之後國家經濟政策與文化政策互連的根基，也預示了文化與產業這兩者間可能出現的摩擦與不均等權力關係。而如此尋求經濟與文化攜手並進的策略則隨後逐漸受到國家政策重視，先於2002年由行政院納入總預算為一兆兩千億元的「挑戰2008：國家發展重點計畫」（第二項，文化創意產業發展），並隨後在2009年提出「文化創意產業發展法」，經立法院於2010年1月7日通過實施，而成為新成立文化部下重點的施政項目之一。[3]此法案囊括了視覺藝術、音樂與表演藝術、電影產業、以及流行音樂等等林林總總16項文化形式，也擬訂了各式補助和大學課程的建立，試圖將文創此一符合當今國際潮流之主流思考經由經濟和教育的層面全面與臺灣社會接軌，以達成提升臺灣競爭力之目的。

筆者在此並不欲對於臺灣文創事業建置的歷史多作著墨；相反地，筆者想探討的是文創此一概念在臺灣內部所引起的辯論。誠如筆者先前所言，「文化產業化／產業文化化」從一開始便忽略了文化和產業必然的不對等權力關係，尤其是在經濟層面的不相容性。產業的文化化所依賴的是文化的符碼化或是異化。而在此資本化的過程中，我們首先必須面對的必然是產業對於文化的選擇性。面對於產業挾經濟力之優勢，文化在產業化的過程中勢必被雙重階級化。首先我們可以注意的是，在產業化的過程中文化如何被篩選？哪些文化適合被商品化和產業化？而被篩選過的文化又在商品化的過程中受到何種程度的質變與扭曲？這屬於第一層次的階級化，將文化本身依據產業獲利的可能性依序排列、去蕪存菁。再者，

---

[2] 蘇明如，〈觀光思潮下的文化創意產業政策凝視〉，賀瑞麟編，《文化創意產業永續與前瞻研討會論文集》（屏東市：屏東教育大學，2009）頁214-40。。

[3] 行政院文化建設委員會，〈推動文化創意產業之系統服務規劃〉，文化創意產業推動服務網，http://www.cci.org.tw/cci/cci/market_detail.php?sn=3754（2015. 08. 07.徵引）。

就文創法本身的補助遊戲規則而言，這些文化形式也因為政府對於文化形式的定位問題（菁英亦或大眾？主流亦或邊緣？）而使得彼此的鴻溝更形擴大。實質資金的挹注（或不挹注）不僅僅影響了該文化形式的流通和保存，更重要的是此文化形式是否受到國家政策的認可背書。論者如陳逸淳便一針見血地指出，臺灣文創法所產生的效應首先出現於文化的篩選，繼而帶動文化為徵求資源而彼此鬥爭；再者，國家對於文化之定義與認可也牽動了文化品味化的問題。若要能將文化帶入經濟消費之中，從產業的角度首先必須處理的便是商品製造、通路、行銷、消費者之間的貫通，而文化作為一種商品若要能被普羅大眾認可、欣賞，首先的條件便是需確立此文化在消費端的價值，而國家作為推動文創產業的主要力量和潛在的受益者，其對於文化的定義便經由教育系統（培養美學）和行銷系統（品味模仿）傳達至消費端／大眾。如此的策略與其說是提倡美學教育品味，不如說是美學品味的中產階級化。[4]任何文化形式都在市場導向下受制於「可消費／無力消費」思維模式，而文化形式也具備雙重資本積累的特質：作為文化資本，消費者可以經由服膺國家定義下的美學品味得到社會地位上的加分效益（受頒「生活品味家」、「雅痞」等等在文化資本上具優勢意味的稱號）；作為經濟資本，文化形式的商品化（周邊商品、創意商品、或是觀光商品等等）所帶來的即是赤裸裸的金錢利潤，具備反饋企業、地方、國家的經濟實力。值此，文化在此掏空重置的過程中符碼化、資本化、奇觀化而進入由國家政策背書的資本積累過程。

當然，這些年來對於文創所引發的商業化現象並不是沒有反對的聲浪。然而吊詭的是，學術性研究中卻鮮少對於文創提出批判。王佳煌在其對於當代臺灣文創論述的評論中便感喟道：「整體來看，除了少數例外，國內研究文化創意產業的專書以政策分析與實務討論為主，不太重視理論探討或批判反思」。[5]他進一步指出此現象背後所可能產生的原因：一、學者學養背景多偏向藝術、設計、觀光、廣告、傳播、財經、企管、建築等等較具實務性的領域。二、近來學術領域流行文化研究與文化創意產業理論。三、臺灣獨特的「政學產」複合體使得學界成為政府政策的擁

---

[4] 陳逸淳，〈文化創意的（再）品味化：文創法及其社會意涵〉，《2011臺灣社會研究學年會：碰撞・新生：理論與實踐「踹共」研討會》（臺中：亞洲大學，2011）。

[5] 王佳煌，〈文化／創意產業、創意階級／城市論述的批判性檢視〉，《思與言》48卷1期（2010），頁136。

護者而非批判者。四、臺灣高等教育因市場壓力採取大量發表輕薄短小流行之論文。[6]這其中值得我們注意的是「政學產」複合體對於當代臺灣社會知識產製的重大影響：由於高等教育因政府政策走向技術取向而非思辨批判，高等教育體制成為了與國家機器技術接軌的生產平臺而非涵養批判思考能力的場域。在此我們所討論的文創事業正是此國家機器藉由企業和學術界將臺灣整體社會技術化、商業化、資本化的一個面向。吊詭的是，表面上國家機器雖未直接介入學術知識生產而只站在輔助、補助的角色，然而誠如先前對於文化文創化的討論所言，學術知識的文創化所導致的是不具交換價值知識形式的淘汰，一如不具交換價值的文化形式被棄之如敝屣一般。這也難怪2010年臺灣知名文化人張大春會將文化創意產業斥之為「狗屁」，將學術界文創化的現象視為是一種「寄生蟲」式的「集體幻覺」，其目的在於「媒合政商資源」。[7]張大春此番重砲抨擊隨即引起軒然大波，而各界人士，包含王偉忠、盛治仁、王榮文、李永豐等等與文化創意產業相關的人士也迅速回應，或部分贊成或反對張大春此一「作家式」的見解，[8]而張大春也隨後在其部落格繼續回應，抨擊當代文創現象背後的膚淺性。在此筆者無意涉入論戰，然張大春所指出的學院文創化現象卻不得不令我們警醒：在文化或學院表面的美學化、技術化的同時所指向的是複雜資本流通網路的建立（經濟資本、文化資本、人脈等等），而如此的網路不僅如上述所言構連了國家機器與資本主義，在商品的形式上也出現了符碼化、奇觀化等有利於資本交換的文化樣態：從以數量為取勝的學術論文、以懷舊為主要訴求的各式文化商品、甚至到全然商業化的建築和地景，臺灣的全面文創化所影響的不僅僅是那些以文創事業為生計的群體，更是我們每日實實在在生活、接觸的生活空間。

在先前的討論中，筆者提及了臺灣文創化對於文化以及學術界的諸

---

6 王佳煌，〈文化／創意產業、創意階級／城市論述的批判性檢視〉，頁168-169。

7 張大春在其部落格的回應來自於一位淡江大學學生詢及其對於該校所設置之「創意產業學程」之看法。此部落格在近來張大春與中時報系分道揚鑣之後已關閉。筆者在此引用的資料皆為網友轉載：李深耕，〈虛擬世界的虛擬變化〉部落格，http://blog.udn.com/glee/4608295（2015.07.30徵引）。

8 關於這幾位人士對於張大春的回應可見於林欣誼，〈王榮文：作家特權就是可以亂講話〉，《中國時報》（2010.11.17），綜合新聞；林欣誼，〈張大春：狗屁的文化創意產業 PO 文回應淡大生批此空泛名詞源自媒合政商資源者學院趕時髦開學程就像老鼠會勸學生趕快遠離〉，《中國時報》（2010.11.17），綜合新聞；汪宜儒、李維菁，〈《問題一：文創產業是空泛名詞？》王偉忠：不至於狗屁不通吧！〉，《中國時報》（2010.11.17），綜合新聞。

多影響，然而有趣的是，近年來臺灣的宗教也漸漸為文創產業所影響和吸併，進而發展出「宗教文創」此一矛盾修飾詞（oxymoron）的出現。在此筆者指的矛盾性在於，首先，就精神的層次而言，相較於其他的文化形式，宗教似乎具有較超然的地位和不可侵犯性，也因此相對而言較超脫於商業化。當然這並不說宗教自古以來與金錢交易無關（從西方中古世紀的贖罪卷、善男信女的捐獻、到各式祭典所吸引來的人潮我們都可以發現宗教從來就與金錢交易息息相關）。然而吊詭的是，宗教的出世性和神聖性使得金錢的交易從來無法赤裸裸地產業化：宗教作為一種精神信仰、民俗活動、社區商業中心、以及地方權力輻奏之處雖與資本交易有關，但卻鮮少「企業化」、「品牌化」。然而在臺灣政府提倡文創產業之後，近來臺灣宗教界也掀起文創化的思維。如2012年9月16日的一篇報導便指出，道教中的北斗七星習俗在相關團體的推動下試圖成立「北斗七星」品牌。[9]而該報導更進一步指出，近年來臺灣宗教文創有愈趨觀光化的傾向，從新北市的平溪天燈、嘉義鹽水蜂炮、燒王船、到媽祖文化節等等，宗教文創化所欲企及的不僅僅是自身品牌的建立和收益，更是空間的觀光化與資本化：觀光人潮的引入帶來資金的匯入、媒體的關注、以及在地空間的商業化，而這一切不僅僅將宗教本身置於資本主義交換系統中，更將其置於觀光產業的凝視（gaze）之下，在將自身物化、商品化、奇觀化的同時也試圖與全球觀光產業接軌，和當今全球化潮流互通有無。然而我們不得不注意的是，宗教如此的文創化本身雖然挹注了可觀的資金至地方，卻往往犧牲了宗教本身的歷史性。筆者在此試圖指出的是，在文創為首的資本化趨勢下，全球化的文創整合勢必在全球現代性之下置換、重組傳統時空，而在地在資本化之後也勢必面臨傳統此一時間與空間性的佚失。或更精確地說，傳統宗教所具備的時間與空間在當代全球化的影響下正面臨去畛域化的危機：當代全球化的時空壓縮（time-space compression）使得現代化下的時空愈來愈去時間性而更強調空間的游動性。[10]在資訊和運輸科技突

---

[9] 林采韻報導，〈七星大法會　發展宗教文創〉，《旺報》，https://tw.news.yahoo.com/%E4%B8%83%E6%98%9F%E5%A4%A7%E6%B3%95%E6%9C%83-%E7%99%BC%E5%B1%95%E5%AE%97%E6%95%99%E6%96%87%E5%89%B5-213000985.html（2012. 09. 17徵引）。

[10] 「時空壓縮」一詞是由地理學者大衛哈維（David Harvey）在其《後現代景況》（*The Postmodern Condition*）一書中提出的概念，指的是在後現代時空中，由於媒體、科技革新、和現代化設施的無遠弗屆，使得資本、訊息、距離等等所具備的傳統時空性被摧毀，成為一種同時性凌駕傳統線性時空觀的狀態（即，一切同步，沒有時間差的時空壓縮狀態）。若放在本文

飛猛進的今日，時間的差距已經逐漸縮減，甚至在某些場域（如網路）已經具備零時差的可能，也因此，空間的重要性似乎已凌駕時間。當然，這並不是說傳統從此不見於文創化後的宗教中；相反地，文創所仰賴的即是「傳統」此一鬼魂的陰魂不散：作為宗教文創之包裝、符碼，傳統在「現代化／文創化」之後只能憑依商業化空間此一肉身，遊走在全球在地（glocal）[11]此一由國家機器、資本、以及空間移動性所建築的全球觀光產業迴路，惶惶終日無處棲身。在此我們必須注意的是，宗教的傳統性（建築於非資本化時間性之上）在現代化的壓力和要求下（以文創為手段）便巧妙地置換於在地／全球此一空間性概念之上：傳統在此被空間化成為在地空間的固著性，本身缺乏流動性，而現代則被想像成具游動性的空間（資本的流動、觀光客的流動、商品的流動等等），本身具備與全球化平臺接軌的能力。而推動此一置換的力量，誠如上述分析所言，即是文創所念茲在茲的資本化與商業化。在此筆者擬以近來十分受歡迎的臺灣電影《陣頭》為例進一步深化下列討論：傳統與現代是如何以在地與全球的空間化概念呈現？而成就如此的空間化過程需要哪些技術層次介入？更重要的是，如此的操弄是服膺了哪些意識形態和市場機制？

三、不用開臉的陣頭：《陣頭》中的文創現象

由導演馮凱所執導的《陣頭》（2011）在其上映之後便屢創票房新高而成為近年來臺灣國片的奇蹟之一。《陣頭》的故事所探討的是逐漸式微

所欲針砭的全球化與文創政策的脈絡來看，我們可以說文創事業所企圖的事實上是如何藉由將在地文化轉換成全球資本，並嫁接至時空壓縮所呈現的資本流動與時空觀。關於哈維對於時空壓縮和後現代性的細部討論，請參照David Harvey, *The Postmodern Condition: An Enquiry into the Origins of Cultural Change* (Cambridge, MA: Blackwell, 1990), pp. 284-307.

11 「全球在地化」（glocalization）是英國社會學家Roland Robertson於1994年提出的概念，指的是全球普同性與在地性共存（“co-presence”）的狀態。他援引日本80年代後的貿易策略「dochakuka」（「土著化」）來思索、修正當時全球化論述重全球化身輕如燕（資本流動、人力流動、資訊流動等等）而輕在地固著性的迷思。日本商業界的「土著化」策略藉由挪取全球商品加以在地化以迎合日本當地市場的行銷策略使得Robertson提出全球與在地並非互相排斥，反而是彼此構連、辯證的共同體。而如此的策略，誠如本文所欲針砭的，在臺灣當代文創政策下已成為另一種與全球資本接軌的意識形態操作，資本化了其所預選的文化商品，而屏除了無法商品化的在地文化。關於Robertson的看法請參閱Roland Robertson, “Glocalization——Time-Space and Homogeneity-Heterogeneity,” in Mike Featherstone, Scott Lash and Roland Robertson, eds., *Global Modernities* (London: SAGE, 1995), pp. 25-44.

的傳統宗教民俗活動（陣頭）在現代化的壓力下如何因著一群年輕人的介入而重拾活力、再現榮景。故事的本身改編自臺中九天民俗技藝團的親身經歷：九天民俗技藝團從當初草創時的傳統道教廟會陣頭組織出發，逐漸受到政府重視（2002年受臺中縣政府評定為優良演藝團體），隨後一路走向國際，足跡踏遍美、加、港、澳、韓、以及歐洲與非洲等等國家。[12]該團從在地發跡而揚名國際的故事在《陣頭》的改頭換面下成為了臺灣傳統宗教如何擺脫窠臼、再造新生的示範寓言：故事敘述一位出身於臺中陣頭世家且熱愛（西洋）音樂的年輕人阿泰（柯有倫飾）如何因為抑鬱不得志而返鄉，進而與其父親達叔（阿西飾）及其陣頭團員產生衝突、妥協、以及和解的過程。全片以傳統／現代、父親／兒子、以及在地／都市為衝突軸心，試圖勾勒出一群年輕人如何以自己的想法與行動破除傳統陣頭價值所具備的侷限性和封閉性，將陣頭此一宗教活動成功推向國際。雖說全片仍無法擺脫一般商業片常有的一廂情願、歌頌青年人熱血的窠臼（努力、友情、勝利），然而值得注意的是，該片對於傳統宗教在當今全球化的時空下如何找尋出路與本文上述討論之文創現象息息相關，也因此值得我們在此細細推敲其背後所具備的意識形態。

《陣頭》全片環繞的重點之一首先在於父與子之間的衝突。達叔與阿泰、武正與阿賢這兩組父子檔（達叔和武正師出同門且互為競爭對手）各自面對宗教薪傳所必須處理的世代交替問題。就達叔和阿泰而言，此薪傳交替在影片開頭是以全球在地的文化想像而開展：阿泰從小因常常對神明「不敬」而被送去臺北學音樂，進而成為樂團鼓手，並時時刻刻想離開臺灣去美國。如此臺灣文化中值得思考的「美國夢」想像在片中與達叔等人所代表的在地認同形成極大對比：「去美國」不僅僅是空間的全球性挪移（臺中→臺北→美國），更是傳統時間性的現代化過程（傳統→現代）。對於阿泰而言，美國及其文化（搖滾樂、樂團）似乎是較在地陣頭文化更現代、更具吸引力的場域，而他對於媒體的運用（網路）也使得他比達叔等人更能與全球接軌。對於達叔而言，兒子對神明不敬不僅僅是對於傳統與父之權威的蔑視，也是對於在地文化的不屑一顧。也因此，片中看似簡單的父子對立從一開始便處於傳統與現代、全球與在地的衝突辯證下。

[12] 云游天工作室，《我愛三太子：眾神喧嘩太子幫》（新北市：向陽文化，2010），頁198-215。

如此的衝突基本環繞在一個知識論上的斷裂：對於達叔而言，宗教的權威及神聖性大於一切。宗教不是成就自己身分認同的工具，而是對於傳統價值和神祇神聖性的無條件歸依；然而對於阿泰而言，宗教卻是對於自身身分認同形塑的一種手段，是一種對於自我的追尋（也就是西方現代性中強調的對「個體性」或「個人主義」的追求）。如此的衝突在片中隨處可見。舉例來說，在一次與阿泰價值觀衝突的過程中達叔便曾慨然對阿泰說道：「心內若無神明，永遠別跟我說你是陣頭」。然而，阿泰的一舉一動似乎皆與此信念背道而馳：在電影中我們可以看見，他不僅小時候「手賤」亂畫三太子神像，更在返鄉後與其他團員的衝突中「鑽天公爐」而惹來達叔的一陣臭罵。對於上述達叔指責他不敬神明之言，他甚至回嗆說道：「你有沒有認真想過，人家尊敬的是你，是陣頭，還是神明？我們想要做到的是一個不用開臉，不用扮神，也一樣會讓人看得起的陣頭。」當然，在此影片試圖將阿泰形塑成三太子替身之意圖昭然若揭（他與哪吒同為叛逆的青少年，也在劇終與父和解），然而在此必須注意的是，對於阿泰而言，陣頭此一宗教活動是去神聖性的、世俗的、且不具與它者（神明）接觸的可能：不開臉的陣頭所服膺的不是捨去自我的主體模式（神祇作為絕對性的它者），而是自我實現的工具。在此處很弔詭的是，身為陣頭一分子的阿泰所要的並不是人家對於神明的尊敬，而是對於他個人，以及作為他個人延伸的新式陣頭的尊敬。如此對於「尊敬」定義的轉移（從對神的崇敬到對自我的肯定）不僅凸顯出世俗化的過程，更指向傳統到現代的時間觀位移：阿泰念茲在茲的是自己如何能在當代急欲全球化的臺灣社會中占有一席之地、功成名就，而達叔則選擇擁抱傳統、處處以神明為依歸。這兩種不同的主體性看似是世代傳承和父子的伊底帕斯情結，事實上卻是兩種不同的時間觀之辯證。

在此，筆者擬先對於現代性與傳統時間性之間的關連先行討論。在對於現代性與傳統時空性的討論中，時空意識的轉換一直以來是論者討論的重點。誠如研究西方現代性的學者Dilp Parameshwar Gaonkar所言，時間性自法國詩人波特萊爾（Charles Baudelaire）之後便有了不同的想像：波特萊爾將現代性定義為短暫（the transient）、稍縱即逝（the fleeting）、與偶然（the contingent）的說法決然地將現代性及其時間性切割於傳統或古典，將現時現地（the present）視為絕對的存有而去除了傳統或古典中介現時現地的功能。[13]雖說波特萊爾原先的企圖是想喚起大眾對於現地現時的重視，並爬梳存於日常生活、市民社會中的「當代英雄主義」（“heroism of our day”），希冀將美學從古典與傳統的制約中解放，然而誠如Gaonkar所指出的，如此決然的現代性轉向也造成了歷史性（historicity）的佚失，以及現代性自身「持續性的鬆動與斷裂」[14]。這不是說現代性本身並不具備歷史性，而是現代性無視其自身也為歷史性的一部分而進入一種自戀式的時間性迴路：對於身處現代性時間內的人們而言，時間性成為了過時／時尚、守舊／革新此類價值觀的辯證媒介，新與舊的斷裂不在於其之於傳統或古典的關係，而在於現代性時間觀內出現的先後差異。一言以蔽之，現代性時間觀形成了一個自我封閉性迴路，而一切的變動皆不出其設定範圍，可謂萬變不離其中。如此的時間性，誠如韋伯（Max Weber）的名言指出，所創造的是一種「世間除魅（the disenchantment of the world），是一種對於傳統、神祇所代表的時空性的除魅儀式，試圖將異質的時空糾結統整於世俗取向的、線性的大歷史中。

如此對於現代性與時空意識轉換的看法也可見於Espen Hammer的分析中。Hammer從德國概念史學家（historian of ideas）Reinhart Koselleck對於現代性（Neuzeit）的分析出發，將現代性時空意識的出現追溯至18世紀。Hammer從Koselleck的論述中得出以下幾項結論。首先，歷史此一概念，相較於前現代史學家將之視為是固定、具重複性的看法，現代性之下的歷史具備「偶然性與基進改變的可能性」（contingency and radical change）。[15]這也就是說，歷史的意義與詮釋框架已不能全然仰賴其與過去的構連性，而須對於現時現地產生關連。Hammer一針見血地指出，相較於前現代歷史家將歷史的詮釋訴諸於其與過去的關連性，現代性的史學觀強調「現時現地」同時作為「起點與終點」的可能性[16]：所謂的終點，是在於其作為過去至今的終點，而起點則是由現時現地出發，朝向未來進行的起點。如此一來，時間性便與「前進」（progress）此一概念結合，形成兩種對於未來性的論述：即，「前進」作為具備過去、現在、未來的

---

[13] Dilp Parameshwar Gaonkar, “On Alternative Modernities,” *Alternative Modernities* (London: Duke UP, 2001), pp. 6-7.

[14] Dilp Parameshwar Gaonkar, “On Alternative Modernities,” p. 6.

[15] Espen Hammer, “Temporality and the Culture of Modernity,” *Responsibility in Context: Perspectives* (Dordrecht: Springer, 2010), p. 104.

[16] Espen Hammer, “Temporality and the Culture of Modernity,” p. 104.

時間連續體，其目的是朝向未來所代表的最終目的地進行；另一種則是無視過去與未來的連繫，只專注於現時現地的「永恆更新」（“a permanent renewal”）。[17]然而，不論對於「前進」的定義為何，這兩種看法都指向傳統、非世俗時空性的佚失，這也是為什麼Hammer在談論到現代性與傳統宗教時會認為，如此強調稍縱即逝、不斷更迭的現代性時間觀導致了歐洲從啟蒙時代以來「具組織性宗教活動緩慢卻持續性的解體」（“the slow, yet persistent disintegration of organized religious activity”）。[18]當傳統宗教活動所仰賴的時間觀被現代性置換，其所仰賴的恆常性便無法被現代性時空意識所支撐，而只能逐漸解體、逝去在現代性世俗化、歷經除魅儀式的時間性中。如此的現代性時間觀，放在Dipesh Chakrabarty對於現代性的分析中，代表的是一種所謂「剔除了神祇與精靈的時間」（“a time bereft of gods and spirits”），[19]是一種「無神的」、「延續的」、「空洞的」、以及「同質性的」歷史時間。[20]相較於Gaonkar從美學對於現代性與時間性所做的分析以及Hammer從歷史與現代性的角度來思考前進時間觀，Chakrabarty將矛頭指向啟蒙運動中的科學論述與語言之間的關係。他認為，在現代性的影響之下，當代對於「現實」（reality）的認知是建築在人類心智「視覺化的能力」（“powers of visualization”）之上，[21]而如此視覺化所取決的是語言的透明性和客觀性：Chakrabarty指出，在如此的思維下，各種語言能夠無接縫地互相轉換而毫無衝突，而要達到此一目的，其所仰賴的是更高一層的語言制約——即，科學語言。針對此點他舉例說道，「水」這個概念在印度語為「pani」而英文中為「water」，而對於人類心智而言，我們之所以能從這兩種語言理解「水」此一概念是因為這兩個字都受到水的化學式H_2O的確立：當科學語言成為統馭一切的至高語言原則時，差異便不復存在，取而代之的是萬事萬物的通澈透明與客觀穩定。而前現代的傳統時間觀，那充滿神祇鬼怪魑魅魍魎的異質時間性，則在此透視下隱遁無形、灰飛煙滅。誠如Chakrabarty所言，「『科學』象徵的是我們在觀察不同文化時所產生的同質世界觀，而『神祇』則代表了差

[17] Espen Hammer, “Temporality and the Culture of Modernity,” p. 105.

[18] Espen Hammer, “Temporality and the Culture of Modernity,” p. 107.

[19] Dipesh Chakrabarty, “The Time of History and the Times of Gods,” *The Politics of Culture in the Shadow of Capital* (Durham: Duke UP, 1997), p. 39.

[20] Dipesh Chakrabarty, “The Time of History and the Times of Gods,” p. 36.

[21] Dipesh Chakrabarty, “The Time of History and the Times of Gods,” p. 38.

異」。[22]換言之，沒有神祇的時間便沒有差異和異質性，而沒有差異性的世界便走不出現代性時間觀的自我複製與更新。傳統與現代、宗教與世俗這兩種看似觀念或文化上的對立，從上述的分析可以看出，事實上所隱含的是現代性所帶來的時空意識轉換，以及該轉換所產生的衝突與拮抗。而這也是為什麼在電影中，阿泰對於陣頭的想法無法與達叔對話：阿泰對於陣頭的想像從結構上就已切割於達叔所擁抱的傳統式時間觀，或更精確的說，阿泰的陣頭想像所仰賴的是達叔式傳統時間觀的取消。阿泰執著於當下、拒絕傳統中介現代、並執意將陣頭文化奇觀化、技術化、全球化的企圖本身與本文先前討論的文創迷思有異曲同工之妙：兩者都是意欲將傳統文化符號化、商業化、去歷史化以進入全球現代性的嘗試，而兩者也都試圖將傳統文化從前現代時間性的制轡中「解放」、「除魅」、並開啟傳統文化在空間中的游移性。值此，傳統所代表的時間性與在地性便被全球現代性所代表的空間性與游動性取代。

在《陣頭》中，如此的置換是由阿泰接任團長後帶領團員環島之旅所開啟的。[23]環島之旅在此具備重要的指標性意義：誠如上述分析所言，陣頭與現代性的接軌事實上與其空間化有極大的關係，而阿泰帶領的環島之旅便是衝破傳統在地性制約的第一步。片中陣頭的現代化與空間游移性的關係可見於三個層次。首先，阿泰在環島的過程中憑著一腔熱血將陣頭的技藝層次技術化：他利用流行文化元素（如流行音樂、擊鼓方式、舞步）對於傳統陣頭做了結構性的基因改造，並隨後在三太子的外貌上也加添了象徵臺灣經濟競爭力以及全球現代性的LED裝飾。值得注意的是，這些改造多發生於環島此一脫離傳統在地性的空間巡弋／尋義行為中，本身具備空間現代性的意義：全球現代性的空間從來不是固著一處，反而是與時俱進、順流而行，就如同陣頭技藝也需隨著空間移動而創新。如此的改頭換面並非只是一般觀念中純粹的「振興傳統文化」，而是（文化）資本化的

---

[22] Dipesh Chakrabarty, "The Time of History and the Times of Gods," p. 39.

[23] 此處的討論雖聚焦於空間化，然而該空間化早已是經歷現代性時間性中介過的空間化；換言之，阿泰環島之旅所經歷的空間化過程事實上是一種將傳統陣頭轉嫁至現代時間性的企圖（環島本身即具備某種巡弋空間的時間性，與達叔所代表的傳統陣頭活動的時間性有所不同）。無論是阿泰將陣頭技藝技術化、或是環島行經文創觀光景點、乃至於之後進入媒體空間等等（請見後文分析）都是試圖將陣頭整合於全球時間性的企圖：這些過程所凸顯的無非是傳統宗教所代表的時間性取消，並將其轉化為對當今全球化有意義的資本游移。也因此，此部分的分析可與本文之前對於現代性與時間性的討論互相關照。

嘗試，試圖將陣頭此一傳統宗教活動置入現代性，使得身處在當代全球化下的主體能認知、理解、進而消費此一「商品」。換句話說，陣頭嫁接於當代流行文化符碼是為了成就其游動性的可能：就如同搖滾樂、街舞、以及科技商品能恣意移動於全球（文化）資本交換而遊刃有餘一般，陣頭的改頭換面在片中也成就了其接軌於臺灣觀光產業的可能性。至此，陣頭本身已與傳統性無關，而成為觀光產業下的資本，汲汲營營於觀光客青睞的眼光以及獲利之可能。再者，阿泰等人的環島成長之旅在片中是以環島觀光的路徑進行：他們途經的各處皆是如今臺灣觀光文創事業所選取、認可的觀光景點，本身即已是經歷文創化洗禮、具備交換價值的空間形式：從臺中都會公園、中清路檳榔攤、科博館、到鵬灣跨海大橋、花蓮跳浪隧道、以至關渡大橋、合歡山等等不一而足。在片中，如此置入性的觀光景點行銷甚至用了一幕太子爺全島走透透的旅遊路線圖像呈現，企圖更進一步加深此環島的觀光空間化與文創化意圖（見圖一）。在該幕中，觀眾可見到太子爺輕快地站在一幅臺灣地圖上，而此地圖則由各地觀光景點所匯集而成。值得的注意是，圖像的背景是由星夜與藍海構成，似乎是在向觀眾傳達太子爺此番環島之旅並非只是島內之隨性漫遊，而是必須被放在全球化空間之下來解讀（從圖中我們可以看到，此處的臺灣是被放在「地球」此一全球性概念之下，屬於全球的一部分）。一如九天民俗技藝團踏遍全球之舉，此處太子爺的歡欣鼓舞、手舞足蹈也預示了踏出臺灣、與世界接軌的可能性。最後，阿泰等人的陣頭文化與觀光產業的接軌也在媒體空間的層次上得到襄助。在環島的過程中，阿泰等人不經意巧遇三立電視臺主播小畢（劉品言飾），並受到其熱情的幫忙報導，將阿泰等人的壯舉媒體化成為全國注目的焦點。之後該報導甚至還在片中成為《自由時報》的一則新聞（刊登於2011年5月26日臺中都會生活版，報導名為〈全臺第一：鼓動人生、九天靈修院、帶太子爺環島的陣頭〉）。在此，媒體的介入性對於《陣頭》的文創化和個人主義化具備決定性的影響：在片中，阿賢與阿泰的對立在媒體的中介下由原先的忌妒、衝突、到後來的志同道合，一起攻頂環島，成為彼此夥伴。阿賢甚至為了加入阿泰而與父決裂，正式切斷傳統性所賦予陣頭的宗教性與匿名性（傳統陣頭中，個人之主體性並非重點，而是陣頭所祀奉的神祇），而轉向媒體報導的奇觀式與個人主義式價值觀，在影像化陣頭的同時也去除了其神聖性。如此一來，阿泰的陣頭便在兩種現代化空間層次與觀光產業接軌：現實持續行走於觀光空間的舉動在媒體此一推動觀光產業的影像空間的推波助瀾之下形成表裡互依、虛擬與現實共存的現代性空間結構。而隨著媒體持續性的關注，阿泰等人也從臺中縣一處默默無名的浩天宮陣頭團體一躍成為全國媒體的寵兒，進而受臺中市政府之邀於「臺中國際文化祭」擔任開幕表演，正式成為了國家文創產業的一部分。在此場表演中，陣頭的表演成為了一種文創商品式的奇觀：流行音樂元素摻搭陣頭舞群及鋼索表演、現場觀眾如參加演唱會般的狂熱反應、團員家人的驕傲欣喜、以及臺中市市長「神來一筆」的國家體制背書，這一切的一切都試圖令我們看見宗教文創化後的活力，以及背後所具備的可能商機（商演、代言、周邊等等）。至此，電影中陣頭文化的文創化過程已然大功告成：在經由空間移動性所進行的陣頭技藝化、媒體化、以及政治化完成之後，阿泰等人終於能夠與全球化平臺接軌，成為政府、民間、觀光產業所認可的、能被認知的文創產品，經由「國際」性的文化祭（本身也應被視為是種文創商品）推銷全球、為國謀利。

四、結論

那麼，我們該如何解讀片末大團員式的世代交替、薪傳不息？誠如本文先前所分析的，《陣頭》的故事所仰賴的是傳統對立於現代、父親對立於兒子的衝突戲碼，而對於神祇與宗教神聖性的爭辯在片尾也以父親對於兒子的肯定與和解收場。不論是達叔或是武正，當他們在臺下看著自己的兒子意氣風發地在臺上恣意揮灑、備受愛戴時眼神都是肯定與驕傲的：這一剎那，兩人已經不是先前心中有神、以傳統為依歸的陣頭傳承者，而是帶著欽羨、驕傲、慈愛的父親。這似乎在告訴我們，先前以神祇代理人對立於阿泰的世代差異已轉換成個人主義式的父子關係（由神與人的關係轉換成父與子此一世俗關係），而如此的父子關係，與其說是肯定兒子輩的成就和心喜陣頭文化的傳承，不如說是欽羨於兒子藉由文創化陣頭文化所得到的（偽）自由。知名地理學家大衛哈維（David Harvey）在討論貨幣對於時空的影響時曾指出，貨幣社群（the community of money）的特質具備了個人主義、解放、自由、以及平等的價值[24]。而在《陣頭》中，阿泰等人不僅透過文創化陣頭為自己構連上臺灣觀光產業此一貨幣社群，也在

---

24 David Harvey, *The Urban Experience* (Oxford: Blackwell, 1989), p. 168.

此過程中取得了上述種種的價值：阿泰個人主義式、英雄式的陣頭表演將陣頭文化從傳統「解放」，並使得他得以與父親平起平坐、分庭抗禮[25]。然而，如此的價值觀，誠如哈維所分析的，並非無中生有，而是需要資本主義意識形態的背書：私有財產制的律法、合法使用權的確立、以及自由訂定契約等等因素才是促使這些看似抽象的自由平等存在的基礎結構[26]。也因此，或許《陣頭》一片示範了傳統宗教如何在當今全球化經濟體中尋求出路的可能，但也因其過於注重文創化、奇觀化而使得宗教所具備的神聖性與傳統切割於當代時空，成為徒具空殼、符碼的幽魂。如此一來，阿泰在片中極度珍惜太子爺公仔的舉動在片尾看來便極具諷刺性：阿泰在片末所被形塑出的、以自己的方式「愛太子爺」的形象所仰賴的是其幼年對於太子爺公仔依戀的情愫，然而如此以懷舊包裝宗教神聖性的企圖卻因此公仔的文創性而被解構。[27]作為臺灣現實中實質上存在、流通的文創

---

[25] 筆者在此回應審查人對於此處引用大衛哈維討論貨幣社群與自由人本主義主體特質適切性的提問。事實上，本文所欲處理的即是臺灣宗教文創現象如何運用當代新自由主義價值（個人主義、解放、自由等等）來包裝其與全球資本主義銜接之實，而這些價值正是《陣頭》此一文本的核心關懷：以阿泰為首的一群年輕人如何藉由自我追尋與努力來與傳統陣頭所具備的宗教時空觀與價值體系切割，並在全球化的經濟資本與文化資本流動中尋求陣頭的新價值性。從這點來看，大衛哈維所討論的貨幣社群價值觀正是要處理當代傳統文化在全球化強勢嫁接的過程中所凸顯的問題性：《陣頭》一片在片尾的奇觀式的表演不僅具備了國家機器介入的色彩（胡志強市長的突兀露臉揭幕），其展演與鏡頭處理的方式事實上要彰顯的並非是傳統陣頭的神聖時空觀，而是當代娛樂工業符號化、資本化的可能，而筆者認為，這正是《陣頭》一片必須放在貨幣社群此一概念下審視的原因。在片尾，先前傳統宗教時空觀與全球資本主義時空觀的斷裂和衝突也以召喚達叔和武正師傅的方式解決：在面對老師傅的責罵時，達叔和武正一直強調阿泰等人對神明不敬，然而老師傅卻對此傳統價值嗤之以鼻，回說兩人的食古不化、不知變通才是對師傅我不敬。誠如筆者在正文中提及，此處的弔詭不在於老師傅以傳統陣頭先覺之姿中介、調停兩世代的差異，而在於老師傅也服膺於將神人關係置換成父子關係（將神與老師傅／達叔／武正的關係置換成老師傅與達叔／武正之間的關係，以父之姿態而非神之旨意強力「矯正」達叔與武正所抱持的宗教神聖性），成就了貨幣社群裡所欲強調的價值觀。因此，片尾老師傅對於達叔、武正提出阿泰對神明不敬之語完全無回應的態度在此更形諷刺，也讓我們窺見《陣頭》在運用傳統符號合理化其文創意識形態的高明之處。匿名審查人提問關於片尾阿泰希望讓父親看到自己努力，以及父親在片尾以親情化解先前衝突的提問也必須放在最終阿泰陣頭奇觀化與資本化的脈絡下來解讀才行：這裡筆者所謂的平起平坐，並非建立在阿泰等人對於達叔與武正的態度上，而是在於阿泰陣頭背後所支撐的國家機器、文創政策、以及資本化（未來的商演、代言、周邊商品販售等等的可能）。簡單來說，在情感層次或許我們看見了父子大和解的親情戲碼，然而就政治經濟層次而言，相較於達叔、武正所代表的傳統陣頭逐漸沒落，阿達等人的意氣風發象徵的是與全球資本接軌所擁有的權力與獲利性。筆者在此感謝匿名審查人的提問與回應。

[26] David Harvey, *The Urban Experience*, p. 168.

[27] 此三太子文創公仔是由嘉義朴子的傳統神明衣業者周讓廷、涂珈瑜夫妻所設計的商品。而筆者

商品，太子爺公仔的出現在片中成為了本文上述分析中現代時間性自我革新、去歷史性的絕佳範例：作為影片開頭與結尾的指標性物件，太子爺公仔所呈現出的時空錯亂 （anachronism）見證了《陣頭》中現代性的封閉性迴路（阿泰小時候應尚未有此公仔的製作與行銷）。至始至終，全片皆首尾相連地被包裹在太子爺公仔所代表的文創性和現代性時間中，而陣頭文化也只能成為個人主義、消費主義下的微笑公仔，淡定面對著其即將踏入全球文創經濟體的茫茫未來。

在此所謂的時空錯亂在於該公仔作為文創商品的出現應是晚於阿泰幼年，而其詭異的「回到過去」見證了該片所呈現的現代時間性的循環性迴路。

引用書目

王佳煌，〈文化／創意產業、創意階級／城市論述的批判性檢視〉，《思與言》48卷1期（2010），頁131-190。

云游天工作室，《我愛三太子：眾神喧嘩太子幫》（臺北：向陽文化，2010）。

行政院文化建設委員會，〈推動文化創意產業之系統服務規劃〉，《文化創意產業推動服務網》，http://www.cci.org.tw/cci/cci/market_detail.php?sn=3754（2015.08.07.徵引）。

李深耕，〈虛擬世界的虛擬信賴〉部落格，http://blog.udn.com/glee/4608295（2015.07.30徵引）

汪宜儒、李維菁，〈《問題一：文創產業是空泛名詞？》王偉忠：不至於狗屁不通吧！〉，《中國時報》（2010.11.17），綜合新聞。

林采韻報導，〈七星大法會 發展宗教文創〉，《旺報》，http://tw.news.yahoo.com/%E4%B8%83%E6%98%9F%E5%A4%A7%E6%B3%95%E6%9C%83-%E7%99%BC%E5%B1%95%E5%AE%97%E6%95%99%E6%96%87%E5%89%B5-213000985.html（2012.09.17徵引）。

林欣誼，〈王榮文：作家特權就是可以亂講話〉，《中國時報》（2010.11.17），綜合新聞。

———，〈張大春：狗屁的文化創意產業PO文回應淡大生批此空泛名詞源自媒合政商資源者學院趕時髦開學程就像老鼠會勸學生趕快遠離〉，《中國時報》（2010.11.17），綜合新聞。

陳逸淳，〈文化創意的（再）品味化：文創法及其社會意涵〉，《2011臺灣社會研究學年會：碰撞・新生：理論與實踐「踹共」研討會》（臺中：亞洲大學，2011）。

柯有倫等，《陣頭》，馮凱導演（臺北：濟湧影業、得利影視發行，2011）。

蘇明如，〈觀光思潮下的文化創意產業政策凝視〉，賀瑞麟編，《文化創意產業永續與前瞻研討會論文集》（屏東市：屏東教育大學，2009），頁214-40。

Berman, Marshall. *All That Is Solid Melts into Air: The Experience of Modernity.* London: Verso, 1982.

Charkrabarty, Dipesh. "The Time of History and the Times of Gods," *The Politics of Culture in the Shadow of Capital*, 35-60. Durham: Duke University Press, 1997.

Hammer, Espen. "Temporality and the Culture of Modernity," *Responsibility in Context: Perspectives*, 103-124. Dordrecht: Springer, 2010.

Gaonkar, Dilp Parameshwar. "On Alternative Modernities." *Alternative Modernities*, 1-23. London: Duke University Press, 2001.

Harvey, David. *The Urban Experience*. Oxford: Blackwell, 1989.

———. *The Postmodern Condition: An Enquiry into the Origins of Cultural Change*. Cambridge, MA: Blackwell, 1990.

Robertson, Roland. "Glocalization——Time-Space and Homogeneity-Heterogeneity." In *Global Modernities*, edited by Mike Featherstone, Scott Lash and Roland Robertson, 25-44. London: SAGE, 1995.

附錄

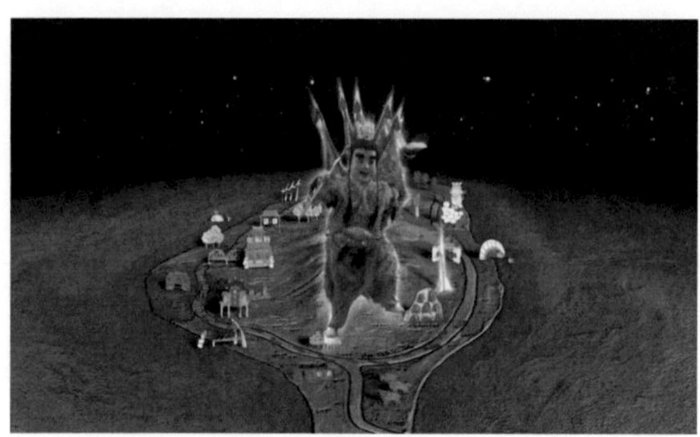

圖1

Heritage, Cultural and Creative Industry, and Modernization: On the Spectacle of Electric Techno Neon Gods in *Din Tao*

Liao, Yung-chao*

Abstract

Taking the hit movie *Ding Tao* as the text of analysis, the paper aims to examine the hotly debated issue of Cultural and Creative Industry in contemporary Taiwan by taking a look at the problems generated in the incorporation of traditional religion by that industry and its relation to the disenchantment of traditional time in the process of modernization. The paper suggests that the purpose of encouraging the incorporation of traditional religion into Cultural and Creative Industry in contemporary Taiwan is not simply an attempt to preserve traditional religion in its own right but a strategy adopted to secularize it by turning it into a spectacle for capitalist consumption and entertainment. This incorporation actually aims to alienate traditional religion by turning it into capital, which will further facilitate its smooth integration into the global capitalist economy and easy co-optation by the state apparatus. In this way, pre-modern temporality embodied by traditional religion is thereby capitalized and equipped with an exchange value to be circulated and profited by local communities, shops, industry, and nation state. This paper aims to tackle the problematic outlined above by taking the movie *Ding Tao* as a case in point for discussion. This movie is suitable for the purpose at hand, for its representation of traditional Taiwanese religious practice (ding tao) foregrounds the myth of Cultural and Creative Industry in contemporary Taiwan, and its successful box office sales also proves itself to be a competent commodity for

* Assistant Professor, Department of Foreign Languages and Literatures, National Taiwan University

the entertainment industry on the competitive market. The paper is divide into two parts. The first part discusses the ideology of Cultural and Creative Industry in Taiwan's cultural policy and the subsequent debates on the issue. The second part addresses the problematic of "the disenchantment of traditional religion" by modern temporality and the ideology of Cultural and Creative Industry in the movie *Din Tao*.

Keywords: Cultural and Creative Industry, traditional religion, modernization, temporality, *Ding Tao*

由蠻夷到外國人
——由外族稱名看中外文化交流*

呂佳蓉**

摘要

詞彙的誕生與消逝與社會的脈動有關，詞彙的使用可看成是社會的縮影，故本研究以詞彙的使用演變探究文化接觸與文化交流的脈動。本研究以語料庫為本，回溯各個稱名的使用軌跡。結果發現漢族對外族的稱名，從戰國時代的「蠻夷」，到了唐朝逐漸被較中性的「蕃（番）夷」取代。至明清「蕃」和「夷」兩個詞彙語意出現分流，分別指涉境內少數民族以及列強國家。到晚清以「洋」來特指西方列強與日本等國家。到了民國出現了以「外」來統稱外國的概念。本文從歷時性的語料庫爬梳對「外族」的指涉，看到一個由貶意到逐漸平等的詞彙使用的演變過程，且其指涉的對象也有改變。此外，本文也分析「蕃（番）」字的語意變遷，由獸足演變成勇猛之意。在臺灣的語料中，「蕃（番）」承接了指涉少數民族的意涵，發展出專指原住民的語意。

關鍵字：外族稱名、文化交流、詞彙變遷、語意變遷、語料庫研究

---

* 本文為103年度國立臺灣大學文學院邁頂研究計畫「文化流動——亞太人文景觀的多樣性」之研究成果，初稿「蠻夷、番仔、洋人與外國人——由外來者稱名的演變看文化交流」曾於「2013臺灣文學跨界論壇暨文學院邁頂計畫成果發表工作坊」發表，後經大幅改寫完成本文。並承蒙兩位匿名審查人提供寶貴意見，使本文得據以修正，在此一併致謝。

** 國立臺灣大學語言學研究所助理教授。

一、引言

文化交流一直是文化研究學者關心的議題，如異文化之間如何接觸彼此、接納彼此或受彼此文化影響，又從什麼樣的線索中可推測出文化交流的軌跡？這些都是人類交流史上永恆的議題。如同漢語的蔬果名稱有「番」系列、「胡」系列及「洋」系列，各自反映出不同時代的文化交流所留下的語言上的證據[1]。而對外族最具體的想像就反映在對外族的稱名上。本研究試圖探討兩個相關的議題，一是漢人對於外族的稱名是否也反映出文化交流？二是臺灣原住民舊稱為何為「蕃人／番仔」？為了解開這些疑問，本研究擬以語料庫的研究方法，就外來者稱名進行詞彙檢索調查，以歷時觀點出發，首先聚焦在「蠻夷」、「蕃夷」、「番夷」、「洋人」與「外國人」等五個詞彙進行探討，並以各詞其搭配詞的語意特徵，即語意韻律的觀點去探討這些稱名語意內涵的改變。之後連結議題二，即臺灣人對原住民舊稱為「蕃人」的討論。章節安排如下：第二節為文獻回顧並介紹理論架構；第三節介紹研究方法與語料庫種類及來源。第四節為結果與討論。由於議題一探討漢人對外族稱名歷時性演變，故語料探討橫跨各朝代，在四之（一）小節將討論各朝代的關鍵字搜尋結果[2]，四之（二）小節討論關鍵字的搭配詞、語意韻律。四之（三）小節則討論臺灣原住民舊稱為何為「蕃人／番仔」之議題，將提及番字的語意演變。四之（四）小節討論外族稱名與文化交流。第五節為結論。研究結果發現漢人對外來者的稱名確實隨著外族的強盛或是交流的頻繁而有改變。換言之，外來者的稱名演變反映出漢人對外來者態度變遷，從「歧視」到「平等」的過程，語言見證了漢人與外來文化交流的軌跡。

1　在現代漢語中，「胡」系列有胡瓜、胡桃、胡豆、胡椒、胡蔥、胡蒜、胡蘿蔔等。「番」系列的有番茄、番薯（紅薯）、番椒（辣椒）、番石榴、番木瓜等。「洋」系列的有洋蔥、洋薑、洋芋（土豆）、洋白菜（捲心菜）等。農史學家認為：「胡」系列大多為兩漢兩晉時期由西北陸路引入；「番」系列大多為南宋至元明時期由「番舶」（外國船隻）帶入；「洋」系列則大多由清代乃至近代引入。（cf. 魏2013：79）

2　審查意見提及本文語料「古代重於現今之著墨比重不同的現象」，但由於中國歷史悠久，探討詞彙歷時性研究通常導致對古代的語料著墨較多，而對現代語料「洋」與「外」著墨較少的問題。對當代「洋」與「外」用法，本文討論不足之處，將另以專文探討。

二、文獻回顧

對外族的稱呼，以蠻夷為經典。若從文字學的觀點來看，關於「蠻」一字，代艷芝與楊筱奕（2009）指出於《說文解字》中，「蠻，南蠻蛇種。從蟲聲」，可解釋為「崇拜蛇的民族及其後裔，是指少數民族的原始宗教文化現象中關於蛇的圖騰崇拜。」而由於古代漢人將魚蝦螺蚌等都稱之為蟲，故稱呼「南蠻」意指「以捕撈為生的民族與以農耕為生的華夏民族不同」，原本並無貶意。「夷」字，《說文解字》：「平也。从大从弓。東方之人也。」代與楊（2009）解釋為「像人背背弓弩，以意釋之則為狩獵之人。以此稱謂周邊民族，指以狩獵經濟為生之人」。而根據汪啟明（2012）的考察，夷在歷史上可能是境內少數民族的泛稱，或是外族一類之稱，或是某個具體地方的族類稱謂，最後於清代特指日本。而「狄」字為「赤狄，本犬種。」故由此推測出北狄為犬種動物的子孫，是由犬種動物轉化而來，是上古時期的動物圖騰崇拜使然。「番」字的解釋是「番，獸足謂之番。从釆；田，象其掌。」也是與動物相關。

而蠻番出現在古代的政治版圖中，最早可見於《周禮》：「方千里曰國畿。其外方五百里曰侯畿，又其外方五百里曰甸畿，又其外方五百里曰男畿，又其外方五百里曰采畿，又其外方五百里曰衛畿，又其外方五百里曰蠻畿，又其外方五百里曰夷畿，又其外方五百里曰鎮畿，又其外方五百里曰番畿。」[3]可知在周朝以同心圓的概念界定親疏遠近的政治關係，在國畿、侯畿、甸畿、男畿、采畿、衛畿、蠻畿、夷畿、鎮畿、番畿這樣的順序往外發展，到了「蠻畿、夷畿、鎮畿、番畿」領域時，已是1039公里[4]之外。屬於遙遠邦國只有象徵性的政治承認關係以及和平共處協議，朝貢已經是可有可無（趙汀陽2009：89）。又，原本關於蠻夷戎狄等民族並無歧視觀念，但後來此遠近親疏的概念被引申為中心與邊緣的概念，才造成了這些詞彙帶有貶意。

古今中外的「外族」又有什麼意涵？而英語中的外族是否有貶意？foreign一詞，語源來自古法語*forain*，更可回朔至拉丁文**forānus*，意思是

---

3 《周禮‧夏官司馬》，頁43。（《斷句十三經經文》（臺北：開明書店，1984臺六版））。

4 古代一里為1800尺（周尺）。而一漢尺為0.231公尺。換算成現代度量衡得知古代一里約為415.8公尺。則500里為207,900公尺，即207.9公里。而207.9×5=1039.5公里。

out of doors、outside。是故foreigner就是「門外之人」[5]。另外一個詞「野蠻的」barbarous來源是拉丁語*barbarus*，可回溯至Greek *βάρβαρος*，本義是foreign、non-Hellenic，後來發展出outlandish、rude、brutal之意，再發展出「not Latin nor Greek」，到了羅馬帝國時代，甚至表示「uncivilized、uncultured、non-Christian」之意。由此可知英語barbarian原意是非我族人，或非我宗教之人就被認為是野蠻人。

而要如何觀察一個詞彙的價值，判斷其是否帶有褒意或貶意？語料庫語言學先驅John Sinclair提出一個語意韻律（semantic prosody[6]）的概念，由於母語者的判斷有時過於主觀無法測量，故我們可從觀察篇章中跟此詞彙的常用搭配詞，看他們共現時描述的情境（context）是正面的，抑或是負面的，用這樣的觀察即可有量化的數據明確地表現出此詞彙的價值傾向。繼Sinclair之後也有許多學者投入這方面的研究，如Louw（2000）也定義語意韻律為「semantic prosody as ‘a form of meaning which is established through the proximity of a consistent series of collocates.’ The primary function of semantic prosody is to express speaker or writer’s attitude or evaluation」（Louw 2000）。在本研究中，筆者也利用對「蠻夷」「蠻番」等搭配詞的種類去探討其語意內涵，並討論語意變遷等議題。

關於語意變遷 （semantic change），語言學家Elizabeth Traugott與Richard B. Dasher（2002）提出經典的語意變遷誘發推論理論 （The Invited Inferencing Theory of Semantic Change model of semantic change；IITSC），而隱喻歷程 （metaphorization）、換喻歷程 （metonymization）是重要的誘發要素。人類的隱喻能力一直是誘發詞彙多義的一個重要機制，如「他掌握了這個概念」當中的「掌握」即從物理性質的動作領域轉換到抽象性質的思維領域。除了隱喻能力之外，Traugott & Dasher還提出換喻歷程同樣扮演重要的角色，例如，*cheek*本意是「jaw bone」，後來衍生為臉頰上的肉「fleshy part above jaw-bone」。在一些言談標記的語意變遷上，換喻也同樣重要。而語意變遷的誘發推論理論主張語意的變遷有一個路徑，即

---

[5] 詞源解說詳見Oxford English Dictionary。

[6] “A semantic prosody is attitudinal and on the pragmatic side of the semantics/pragmatics continuum... once noticed among the variety of expression, it is immediately clear that the semantic prosody has a leading role to play in the integration of an item with its surroundings. It expresses something close to the ‘function’ of an item.” (Sinclair 1996: 87)

從偶發的話語語意（utterance-token meanings）經由慣用之後，轉變為固定的話語類型意義之語意（utterance-type meanings）[7]。本研究中，蠻夷從外族的概念衍生出「未開化民族」的語意，也可說是由換喻這個機制而來。而對於「番」從獸足的象形字演變出「未開化民族」的語意變遷，將在四之（三）小節有更多的討論。

三、研究方法

為了調查漢人標記外族的稱名如何變化，我們先聚焦在蠻夷、蕃夷、番夷、洋人及外國人等詞彙上。研究方法採用語料庫語言學的方法，以中央研究院漢籍電子文獻資料庫[8]、晚清期刊全文數據庫[9]、臺灣日日新報[10]及中央研究院漢語平衡語料庫[11]作為語料的來源，調查文獻中這些稱名的使用年代與使用頻率，及其搭配詞的狀況。各語料庫及蒐集語料的方法詳述如下：

（一）中央研究院漢籍全文資料庫

漢籍全文資料庫涵蓋了從先秦到民國時的語料。為了探究這些指稱外國人的詞彙在歷史上如何演變，筆者分別依成書朝代針對不同關鍵字做搜尋。資料庫檢索朝代可分為先秦、秦漢、魏晉南北朝、隋唐五代、宋遼

---

7 “The prime objective of IITSC is to account for the conventionalizing of pragmatic meanings and their reanalysis as semantic meanings. Differently put, historically there is a path from coded meanings to utterance-token meanings (IINs) to utterance type, pragmatically polysemous meanings (GIINs) to new semantically polysemous (coded) meanings.” (Traugott and Dasher 2002:35)

8 資料庫內容包括經、史、子、集四部，其中以史部為主，經、子、集部為輔。累計收錄歷代典籍已達688多種，4億4595萬字。

9 共收錄了從1833年至1911年間出版的302種期刊，幾乎囊括了當時出版的所有期刊，目前已建成時間橫1833年至今一個半世紀、報導資料量超過3000萬條、揭示報刊數量達20000餘種的特大型二次文獻資料庫

10 《臺灣日日新報》是由1896年創刊的《臺灣新報》與次年創刊的《臺灣日報》在1898年合併而成，至1944年因物資短缺與官方欲進一步控制新聞的考量，與其他五家報紙被合併為《臺灣新報》。出刊期間長達47年，是臺灣總督府發行的發行量最大、延續時間最長的報紙。《漢文臺灣日日新報》於1905年至1911年獨立出版，為理解當時漢文使用情形的珍貴資料。

11 漢語平衡語料庫（簡稱Sinica Corpus）第4.0版，為一包含1,000多萬目詞的帶標記平衡語料庫。此語料庫中每個文句都依詞斷開，並標示詞類標記。語料的蒐集也盡量做到平衡分配在不同的主題和語式上，是現代漢語無窮多的語句中一個代表性的樣本。所蒐集的文章為1981年到2007年之間的文章。語料庫共有19,247篇文章；1,396,133句數；11,245,932個詞數（word token）；239,598個詞形（word type）。

金、元、明、清、及民國，分別檢視蠻夷、蕃夷、番夷、洋人、外國人這五個指涉外來者的詞彙。而檢索結果會有「筆數」「命中」和兩個數字，分別代表出現的篇數和關鍵詞總共出現的個數。例如：在《後漢書・南蠻西南夷列傳第七十六・南蠻》中的一段，蠻夷即出現四次，因此「命中」就會有四次，但只會有一個「筆數」，因是出現在同一篇中。如例1所示。

例1：肅宗元和元年，日南徼外**蠻夷**究不事人邑豪獻生犀、白雉。和帝永元十二年夏四月，日南、象林**蠻夷**二千餘人寇掠百姓，燔燒官寺，郡縣發兵討擊，斬其渠帥，餘眾乃降。於是置象林將兵長史，以防其患。安帝永初元年，九真徼外夜郎蠻夷舉土內屬，開境千八百四十里。元初二年，蒼梧**蠻夷**反叛，明年，遂招誘鬱林、合浦蠻漢數千人攻蒼梧郡。鄧太后遣侍御史任逴奉詔赦之，賊皆降散。延光元年，九真徼外蠻貢獻內屬。三年，日南徼外蠻復來內屬。順帝永建六年，日南徼外葉調王便遣使貢獻，帝賜調便金印紫綬。[12]

為了對關鍵詞所有出現的情境有較全面性的了解，我們選擇「命中」的數字來做探討。

（二）中央研究院漢語平衡語料庫（Sinica corpus）

由於漢籍全文資料庫著重於歷代的史料，無法看到近代之後的用法。為了觀察現代對外來者稱呼使用狀況，筆者採用了中央研究院漢語平衡語料庫，並以「中文詞彙特性速描系統」查詢Sinica corpus，關鍵字也同樣為蠻夷、蕃夷、番夷、洋人、與外國人。

（三）晚清期刊全文數據庫

為了捕捉對番字的使用及對外族的稱名使用，筆者也回溯至晚清，以晚清期刊全文數據庫調查番字的使用情況。在取樣方面，由於文獻龐大，故選擇了具有官方代表性且比例最多的官報[13]，其中的「公牘」（公文）

---

[12] 劉宋・范曄撰，《後漢書・列傳》，唐・李賢等注；晉・司馬彪補志；楊家駱主編（臺北：鼎文書局，1981，卷86），頁2837。

[13] 官報刊載最多的三項內容，依次為公牘、章奏、新知與實業。如將前兩項合稱官文牘的話，則

類別來看番字與外國相關的詞彙語料。首先在資料庫中先以「公牘」為關鍵字，選出公牘類的報導，再挑出有關番與外國事件的報導，在這些報導內再去探析晚清是以什麼的詞彙來稱呼外國人，以及「番」字所指對象。

（四）漢文臺灣日日新報

為了調查「番」字在臺灣本土的指涉內涵，本研究也採用《漢文臺灣日日新報》作為語料來源。早期臺灣人是否用「番／蕃」字指涉外國人？或是原住民？透過臺灣日日新報的記載，可得到一些線索。關鍵字搜尋為「番／蕃」。

四、結果與討論

本節首先呈現關鍵字在各年代的搜尋結果，以掌握各詞的分布全貌，之後個別討論語料、關鍵字的指涉對象及對其搭配詞的觀察。

（一）各年代的關鍵字搜尋結果

為了呈現「蠻夷」、「蕃夷」、「番夷」、「洋人」與「外國人」等詞彙在古今文獻上的分布情形，我們比較其在漢籍全文資料庫與漢語平衡語料庫（Sinica corpus）分布的情形。由表1與圖表1得知自秦漢以降「蠻夷」一詞已有極高的使用率，雖然到宋遼金時些微衰退，但是一直都被使用。而「洋人」（西洋人）則是自清朝開始出現，一直沿用至今。「外國人」出現得較洋人早，但使用率不如「洋人」高。

表1：漢籍全文資料庫中，各朝代各關鍵字的命中數

朝代稱名	先秦	秦漢	魏晉南北朝	隋唐五代	宋遼金	元	明	清	民國	合計
蠻夷	12	367	267	531	128	164	171	197	44	1881
蕃夷	0	0	9	41	118	104	1	0	0	273
番夷	0	0	0	1	0	2	7	19	10	39
洋人	0	0	0	0	0	0	19	485	99	603
外國人	0	0	1	7	5	5	3	110	42	173

已占總量的50%以上，這些是官報的主要內容。公牘項下包括公告、往來文箚、法規章程和調查報告，又以後兩者居多。因其具有官方代表性並且佔有最高的比例，本文以公牘來分析。

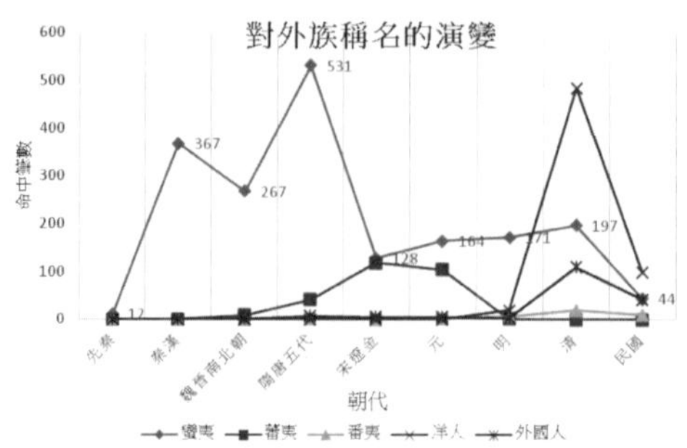

圖表1：漢籍全文資料庫中各關鍵字的命中數折線圖

以中文詞彙特性速描系統查詢現代漢語平衡語料庫，得到表2的數據。圖表2為其分布圖。

表2：Sinica corpus中各關鍵字的數據

稱名	筆數	%
外國人	231	89%
洋人	26	10%
蠻夷	3	1%
番夷	0	0%
蕃夷	0	0%
合計	260	100%

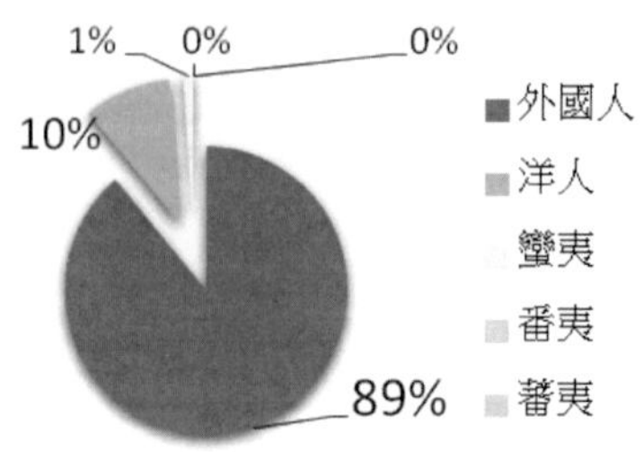

圖表2：Sinica corpus中各關鍵字的比例

由此統計可看出，在現代的用法中，對外族稱呼以「外國人」為主，佔了89%，「洋人」次之，佔10%，「蠻夷」只有1%，而「蕃夷」已不復見。

（二）關鍵字討論

以下依蠻夷、蕃夷、洋人、外國人等稱名的順序，討論其使用情形。

1.蠻夷

蠻夷是華夏民族由古至今用來指涉外族最多的詞彙，其分布如圖表3所示。

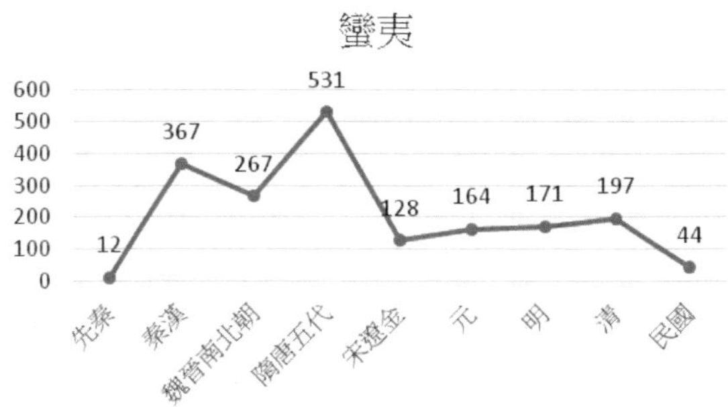

圖表3：蠻夷的命中筆數分布

蠻、夷、戎、狄是**先秦時期**華夏統治者對於四方少數民族的統稱。這些稱謂在開始只是一種泛稱，無歧視侮辱的內容，其不過是指過著不同社會生活方式的民族（代&楊2009）。如例2所示。

> 例2：中國戎夷，五方之民，皆有性也，不可推移。東方曰夷，被發文身，有不火食者矣；南方曰蠻，雕題交趾，有不火食者矣；西方曰戎，被發衣皮，有不粒食者矣；北方曰狄，衣羽毛穴居，有不粒食者矣；中國、夷、蠻、戎、狄，皆有安居、和味、宜服、利用、備器；五方之民，言語不通，嗜欲不同；達其志、通其欲，東方曰寄，南方曰象，西方曰狄鞮，北方曰譯。《禮記・王制》[14]

在先秦時期，戎、狄、夷、蠻等名稱可以互相代用。如《爾雅・釋地》：「九夷、八狄、七戎、六蠻，謂之四海。」又或者《國語・周語上》：「夷蠻要服，戎狄荒服」等。這些外族的稱名只是泛稱，而沒有明確地對特定民族的指涉。近年來有許多學者更指出在先秦時期與「華夏」相對的「夷」是方位名詞，或是具有文化涵義的名詞，並非專指某個國家（汪2012）。後來隨著少數民族的崛起，對華夏的威脅日益嚴重，才有「南夷與北狄交，中國不絕若線」[15]的思想，華夏的民族意識和危機感也逐漸強烈。於是夷夏之間開始劃出了明確的界限，蠻、夷、戎、狄的稱謂

---

[14] 《禮記・王制》，《斷句十三經經文》（臺北：開明書店，1991，臺六版），頁22。

[15] 《公羊傳・僖公》，《斷句十三經經文》（臺北：開明書店，1991，臺六版），頁21。

也逐步被賦予了貶意（代&楊2009）。

而為了更明確地看出「蠻夷」所帶有的價值色彩，筆者分析了各朝「蠻夷」的搭配詞，以此瞭解中國各朝代記載「蠻夷」時的背景及使用這個詞彙的評價。

在秦漢時期，於外患層面上，蠻夷與**匈奴**和**羌**、**烏桓**共同出現相當頻繁，如例3與例4所示。

例3：即今同是，而釋坐勝之道，從乘危之勢，往終不見利，空內自罷敝，貶重而自損，非所以視**蠻夷**也。又大兵一出，還不可復留，湟中亦未可空，如是，繇役復發也。且**匈奴**不可不備，**烏桓**不可不憂。[16]

例4：二月，明等殄滅，諸縣悉平，還師振旅。莽乃置酒白虎殿，勞饗將帥，大封拜。先是益州**蠻夷**及金城塞外**羌**反畔，時州郡擊破之。[17]

當時**蠻夷**為外族的泛稱，最強的外患會直接以匈奴或烏桓稱呼之。蠻夷則指稱較小的其他外邦，如例5與例6所示。

例5：大將軍霍光欲發兵要擊之，以問護軍都尉趙充國。充國以為「今**匈奴**擊之，於漢便。又**匈奴**希寇盜，北邊幸無事。**蠻夷**自相攻擊，而發兵要之，招寇生事，非計也。」[18]

例6：上曰：「**匈奴**逆天理，亂人倫，暴長虐老，以盜竊為務，行詐諸**蠻夷**，造謀籍兵，數為邊害。故興師遣將，以征厥罪。詩不云乎？（略）」[19]

在漢族與蠻夷之間，叛亂戰爭頻繁，可以搭配詞佐證。與蠻夷共現的動詞為「反叛、賊、寇、反、亂」等，而與漢朝廷共現的動詞為「發兵、滅、

---

[16] 漢・班固撰，《漢書・列傳》，唐・顏師古注；楊家駱主編（臺北：鼎文書局，〔底本：王先謙漢書補注本〕1986），頁2990。

[17] 漢・班固撰，《漢書・列傳》，唐・顏師古注；楊家駱主編，卷84，頁3438。

[18] 漢・班固撰，《漢書・列傳》，唐・顏師古注；楊家駱主編，卷84，頁3784。

[19] 漢・班固撰，《漢書・列傳》，唐・顏師古注；楊家駱主編，卷55，頁2473。

武服、誅、斬」等，可見兩者勢力不相當，以及漢族討伐蠻夷之心態。另一個觀察是，此時蠻夷與華夏主要是文化禮儀為區分。蠻夷文化禮制不同，若蠻夷服義、歸附，漢朝也會予以尊重，如例7與例8所示。

例7：玄菟、樂浪，武帝時置，皆朝鮮、濊貉、句驪**蠻夷**。殷道衰，箕子去之朝鮮，教其民以禮義，田蠶織作。樂浪朝鮮民犯禁八條：相殺以當時償殺；相傷以穀償；相盜者男沒入為其家奴，女子為婢，欲自贖者，人五十萬。雖免為民，俗猶羞之，嫁取無所讎，是以其民終不相盜，無門戶之閉，婦人貞信不淫辟。[20]

例8：臣聞帝王之兵，以全取勝，是以貴謀而賤戰。戰而百勝，非善之善者也，故先為不可勝以待敵之可勝。**蠻夷**習俗雖殊於禮義之國，然其欲避害就利，愛親戚，畏死亡，一也。[21]

而若蠻夷歸服之後，蠻夷對漢朝常用「獻、歸誼」等動詞，漢朝也會予以「賜、予」，如例例9、例10所示。

例9：始，風益州令塞外**蠻夷獻**白雉，元始元年正月，莽白太后下詔，以白雉薦宗廟。[22]

例10：師古曰：「**蠻夷**漸染朝化而正衣冠，奉其國珍來助祭。」[23]

到了魏晉南北朝時期，由魏晉的語料中看出，當時同樣對「蠻夷」維持負面的評價，以談論外患、叛亂、戰爭討伐居多。外患還是以匈奴、羌、日南、九真、武嶺等外族為大宗，如以下例11與例12。

例11：安帝永初元年，九真徼外夜郎**蠻夷**舉土內屬，開境千八百四十里。元初二年，蒼梧**蠻夷**反叛，明年，遂招誘鬱林、合浦蠻漢數千人攻蒼梧郡。鄧太后遣侍御史任逴奉詔赦之，賊皆

---

[20] 漢・班固撰，《漢書・列傳》，唐・顏師古注；楊家駱主編，卷28下，頁1658。

[21] 漢・班固撰，《漢書・列傳》，唐・顏師古注；楊家駱主編，卷69，頁2987。

[22] 漢・班固撰，《漢書・列傳》，唐・顏師古注；楊家駱主編，卷99上，頁4046。

[23] 漢・班固撰，《漢書・列傳》，唐・顏師古注；楊家駱主編，卷99上，頁4074。

降散。[24]

例12：夏四月，日南象林**蠻夷**反，郡兵討破之。[25]

此時，和蠻夷共現的動詞多為負面，甚至比秦漢時期所形容的更為負面。搭配詞在詞類上又可分為名詞與動詞。名詞方面為「寇、暴、賊、亂、鳥獸」等，動詞方面為「猾、扣掠、燔燒、逆亂」等，如例13到例16所示。

例13：詔策緄曰：「**蠻夷**猾夏，久不討攝，各焚都城，蹈籍官人。州郡將吏，死職之臣，相逐奔竄，曾不反顧，可愧言也。（後略）」[26]

例14：**蠻夷**之性，悖逆侮老，而超旦暮入地，久不見代，恐開姦宄之源，生逆亂之心。[27]

例15：塞外吏士，本非孝子順孫，皆以罪過徙補邊屯。而**蠻夷**懷鳥獸之心，難養易敗。今君性嚴急，水清無大魚，察政不得下和。[28]

例16：和帝永元十二年夏四月，日南、象林**蠻夷**二千餘人寇**掠百姓，燔燒官寺**，郡縣發兵討擊，斬其渠帥，餘眾乃降。[29]

例13中，蠻夷猾夏，猾為亂之意，在魏晉南北朝成書中蠻夷一詞共出現在十本作品中，命中筆數達267次。可見當時蠻夷常來犯，觀感不佳。故此時漢民族與蠻夷之間的互動出現更多衝突的動詞，如「殺、擊、攻、侵犯」等，這些動詞在秦漢時雖也有，但此時頻率更高，如例17。

---

[24] 劉宋・范曄撰，《後漢書・列傳》，唐・李賢等注；晉・司馬彪補志；楊家駱主編，（臺北：鼎文書局，1981〔底本：宋紹興本〕卷86），頁2837。

[25] 劉宋・范曄撰，《後漢書・列傳》，唐・李賢等注；晉・司馬彪補志；楊家駱主編，卷4，頁187。

[26] 劉宋・范曄撰，《後漢書・列傳》，唐・李賢等注；晉・司馬彪補志；楊家駱主編，卷38，頁1281。

[27] 劉宋・范曄撰，《後漢書・列傳》，唐・李賢等注；晉・司馬彪補志；楊家駱主編，卷47，頁1584。

[28] 劉宋・范曄撰，《後漢書・列傳》，唐・李賢等注；晉・司馬彪補志；楊家駱主編，卷47，頁1586。

[29] 劉宋・范曄撰，《後漢書・列傳》，唐・李賢等注；晉・司馬彪補志；楊家駱主編，卷86，頁2837。

例17：時郡縣賦斂煩數，五年，卷夷大牛種封離等反畔，殺遂久令。（中略）詔益州刺史張喬選堪能從事討之。喬乃遣從事楊竦將兵至楪榆擊之，賊盛未敢進，先以詔書告示三郡，密徵求武士，重其購賞。乃進軍與封離等戰，大**破**之，斬首三萬餘級，獲生口千五百人，資財四千餘萬，悉以賞軍士。封離等惶怖，斬其同謀渠帥，詣竦乞降，竦厚加慰納。其餘三十六種皆來降附。竦因奏長吏姦猾侵犯**蠻夷**者九十人，皆減死。[30]

在這些搭配詞的使用上，足以顯現漢民族與蠻夷的上下關係，漢民族具有其正統性，蠻夷常與「反叛」等搭配詞最多，另外尚與「叛、反、自立、自稱、乞、獻」等動詞共現，如例18到22。由於這是漢人寫的歷史觀，故難逃以本國為中心的史觀。而漢民族則多以「討、破、平、封、賜、降、斬」等帶有上對下意味的動詞對待外族。

例18：後二十餘日，廣柔縣**蠻夷反**，殺傷長吏[31]

例19：又交阯女子徵側及女弟徵貳**反**，攻沒其郡，九真、日南、合浦**蠻夷**皆應之，寇略嶺外六十餘城，側**自立**為王。[32]

例20：元和元年春正月，中山王焉來朝。日南徼外**蠻夷獻**生犀、白雉。[33]

例21：至中平五年，巴郡黃巾賊起，板楯**蠻夷**因此復**叛**，寇掠城邑，遣西園上軍別部司馬趙**討平**之。[34]

例22：靈帝熹平五年，諸夷**反叛**，執太守雍陟。遣史中丞朱龜**討**之，不能**剋**。朝議以為郡在邊外，**蠻夷**喜**叛**，勞師遠役，不

[30] 劉宋・范曄撰，《後漢書・列傳》，唐・李賢等注；晉・司馬彪補志；楊家駱主編，卷86，頁2854。

[31] 劉宋・范曄撰，《後漢書・列傳》，唐・李賢等注；晉・司馬彪補志；楊家駱主編，卷82上，頁2716。

[32] 劉宋・范曄撰，《後漢書・列傳》，唐・李賢等注；晉・司馬彪補志；楊家駱主編，卷24，頁838。

[33] 劉宋・范曄撰，《後漢書・列傳》，唐・李賢等注；晉・司馬彪補志；楊家駱主編，卷3，頁145。

[34] 劉宋・范曄撰，《後漢書・列傳》，唐・李賢等注；晉・司馬彪補志；楊家駱主編，卷86，頁2843。

如棄之。[35]

到了隋唐五代，由於唐朝等盛世氛圍，從語料中少見如前朝的燒殺擄掠等敘述，反叛的情況也不如從前顯著，並且兩方的正面交流也增加。如例23，由於朝廷和蠻夷的關係已較穩定，雙方有溝通管道，可由搭配詞「使」佐證。不過，漢民族與蠻夷之間的上下關係依然存在，但已從「討、平、叛亂、反變」等搭配詞換成「歸服、撫」等較有善意的動詞，如例24到26。

例23：箕四星，亦後宮妃后之府。亦曰天津，一曰天雞。（中略）就聚細微，天下憂。動則**蠻夷**有**使**來。離徙則人流動，不出三日，大風。[36]

例24：濬設方略，悉誅弘等，以勳封關內侯。懷輯殊俗，待以威信，**蠻夷**徼外，多來**歸降**。徵拜右衛將軍，除大司農。[37]

例25：是歲，西北雜虜及鮮卑、匈奴、五溪**蠻夷**、東夷三國前後十餘輩，各帥種人部落**內附**。[38]

例26：進左軍於武昌，為陶侃之重；建名將於安成，連甘卓之壘。南望交廣，西**撫蠻夷**。要害之地，勒勁卒以保之；深溝堅壁，按精甲而守之。[39]

在隋唐五代成書的文獻中，對蠻夷的「殺、誅、斬、擊」等攻擊性動詞不再顯著，反之，可見到「朝貢、貿易」，甚至「徵稅」等和平的互動，如例27到28所示。

例27：其年冬，帝至東都。矩以**蠻夷朝貢**者多，諷帝令都下大戲，徵四方奇伎異藝陳於端門街，衣錦綺、珥金翠者以十萬數。

---

[35] 劉宋・范曄撰，《後漢書・列傳》，唐・李賢等注；晉・司馬彪補志；楊家駱主編，卷86，頁2847。

[36] 唐・魏徵等撰，《隋書・志》，楊家駱主編，（臺北：鼎文書局，1980〔底本：宋刻遞修本〕），頁544-5。

[37] 唐・房玄齡等撰，《晉書・列傳》，楊家駱主編，（臺北市：鼎文書局，1980〔底本：金陵書局本〕），頁1208。

[38] 唐・房玄齡等撰，《晉書・列傳》，楊家駱主編，卷3，頁68。

[39] 唐・房玄齡等撰，《晉書・列傳》，楊家駱主編，卷71，頁1890。

又勒百官及百姓士女列坐棚閣而縱觀焉，皆被服鮮麗，終月而罷。又令交市店肆皆設帷帳，盛酒食，遣掌蕃率**蠻夷**與人**貿易**，所至處悉令邀延就坐，醉飽而散。蠻夷嗟歎，謂中國為神仙。[40]

例28：自盧、戎已來，軍糧須給，過此即於**蠻夷徵稅**，以供兵馬。其寧州、朱提、雲南、西爨，並置總管州鎮。計彼**熟蠻**租調，足供城防倉儲。[41]

而隋唐五代對蠻夷的稱呼也有變化，由稱呼「寇、賊」，並有「自稱、自立為王」等描述，以及與「酋長、夫臣」等共現，可見彼此之間有穩定的外交關係，而且是雙方所認定，如例29及例30。

例29：在州十一年。先是，**蠻夷酋長**皆服金冠，以金多者為豪儁，由此遞相陵奪，每尋干戈，邊境略無寧歲。畋患之。[42]

例30：本之舊事，尉陀於漢，自稱「**蠻夷大酋長、老夫臣**」，故俚人猶呼其所尊為「倒老」也。言訛，故又稱「都老」云。[43]

到了宋遼金時代，蠻夷的使用數量明顯下降，因文獻多在記錄唐朝五代之事，唐朝為漢民族國勢相對強盛，較穩定的朝代，雖外患叛亂仍可見，但與蠻夷的互動已更為友好。與蠻夷的搭配動詞有「朝貢、入朝、懷歸」等，如例31到例33。

例31：舞初成，觀者皆扼腕踊躍，諸將上壽，群臣稱萬歲，**蠻夷**在庭者請**相率以舞**。[44]

例32：通事舍人十六人，從六品上。掌朝見引納、殿庭通奏。凡近

---

[40] 唐・李延壽撰，《北史・列傳》，楊家駱主編，（臺北：鼎文書局，1980〔底本：元大德本〕），頁1390。

[41] 唐・魏徵等撰，《隋書・列傳》，楊家駱主編，（臺北：鼎文書局，1980〔底本：宋刻遞修本〕），頁1126-7。

[42] 唐・魏徵等撰，《隋書・列傳》，楊家駱主編，卷62，頁1479。

[43] 唐・魏徵等撰，《隋書・列傳》，楊家駱主編，卷31，頁888。

[44] 宋・歐陽修、宋祈撰，《新唐書・志》，楊家駱主編，（臺北：鼎文書局，1981〔底本：北宋嘉祐十四行本〕），頁468。

臣入侍、文武就列，則導其進退，而贊其拜起、出入之節。**蠻夷納貢**，皆受而進之。[45]

例33：元衡至，綏靖約束，儉己寬民，比三年，上下完實，**蠻夷懷歸**。雅性莊重，雖淡於接物，而開府極一時選。[46]

而蠻夷與官方或民間也頻繁出現貿易的情況，出現「貿易」等搭配詞，如例34及例35。

例34：帝在東都，矩以**蠻夷**朝貢踵至，諷帝悉召天下奇倡怪伎，大陳端門前，曳錦縠、珥金琲者十餘萬，詔百官都人列繒樓幔閣夾道，被服光麗。廛邸皆供帳，池酒林胾。譯長縱**蠻夷與民貿易**，在所令邀飲食，相娛樂。**蠻夷**嗟咨，謂中國為「仙晨帝所」。[47]

例35：又建學四門，以教閩士之秀者。招來海中**蠻夷商賈**。海上黃崎，波濤為阻，一夕風雨雷電震擊，開以為港，閩人以為審知德政所致，號為甘棠港。[48]

到了元朝，因史書為描述宋朝國勢，宋朝國勢較弱，此時蠻夷向宋朝入貢的情況仍維持以表示友好，如例36與例37。但比起前朝多了一些不穩定的描述，如「反叛、生變」等詞彙，如例38。

例36：臣欲望陛下依前代舊規，隻日視朝，雙日不坐。其隻日遇大寒、盛暑、陰霪、泥濘，亦放百官起居，其雙日於崇德、崇政兩殿召對宰臣。常參官以下及非時**蠻夷入貢**、勳臣歸朝，亦特開上閤引見，並請準前代故事處分。[49]

例37：翼宿二十二星，天之樂府，主俳倡戲樂，又主外夷遠客、負

---

[45] 宋・歐陽修、宋祈撰，《新唐書・志》，楊家駱主編，卷47，頁1212。

[46] 宋・歐陽修、宋祈撰，《新唐書・志》，楊家駱主編，卷152，頁4834。

[47] 宋・歐陽修、宋祈撰，《新唐書・志》，楊家駱主編，卷100，頁3932。

[48] 宋・歐陽修撰，《新五代史・世家》，宋・徐無黨注；楊家駱主編，（臺北：鼎文書局，1980〔底本：南宋慶元本〕），頁846。

[49] 元・脫脫等撰，《宋史・列傳》，楊家駱主編，（臺北：鼎文書局，1980〔底本：元至正本配補明成化本〕），頁9211。

海之賓。星明大，禮樂興，四國賓；動搖，則**蠻夷使**來；離徙，天子將舉兵。[50]

例38：萬一**蠻夷生**變，將誰與捍禦？雖各出良田，募人以補其額，率皆豪強遣僮奴竄名籍中，乘時射利，無益公家，所宜汰去。（中略）靖康初，調發應援河東，全軍陷沒。今辰、沅、澧、靖等州乏兵防守，竊慮**蠻夷生變叵測**。[51]

在對應蠻夷的外交策略上，可看出當時已有以蠻夷制蠻夷的想法，如例39與例40。

例39：帝下其議。既而諸司復上言：「往時溪峒設首領、峒主、頭角官及防遏、指揮等使，皆其長也。比年往往行賄得之，為害滋甚。今宜一新**蠻夷**耳目，如趙彥勵之請，所謂以**蠻夷治蠻夷**，策之上也。」帝從之。[52]

例40：帝曰：「岷、河蕃部族帳甚眾，儻撫御咸得其用，可以坐制西夏，亦所謂**以蠻夷攻蠻夷**者也。陝西極塞，儻會合訓練，為用兵之勢以懾敵人，彼必隨而聚兵以應我。頻年如此，自致困弊。兵法所謂『佚能勞之』者也。」[53]

成書朝代為明朝，但是史書為元史，到了這個時期，與蠻夷的關係已不見叛亂或暴動等現象。取而代之的是大量政府機構及官名的出現，如長官司、宣撫司、軍民官等，反映了自元朝起設置管轄少數民族的職位。此時蠻夷已不再野蠻，正式成為中國授權管的範圍，如例41至43所示。

例41：冬十月甲寅朔，增海漕米為七十萬石。壬戌，太白犯牽牛。**置蒙古都萬戶府於鳳翔**。立平珠、六洞**蠻夷長官司**二，設土官四十四員。[54]

---

[50] 元・脫脫等撰，《宋史・列傳》，楊家駱主編，卷51，頁1063。

[51] 元・脫脫等撰，《宋史・列傳》，楊家駱主編，卷494，頁14188。

[52] 元・脫脫等撰，《宋史・列傳》，楊家駱主編，頁14195。

[53] 元・脫脫等撰，《宋史・列傳》，楊家駱主編，卷191，頁4758。

[54] 明・宋濂等撰，《元史・本紀》，楊家駱主編，（臺北：鼎文書局，1981〔底本：洪武九十九卷本和南監本〕），頁420。

例42：有旨遣使發其民。烏蒙**蠻夷宣撫使**阿蒙叛，詔止征羅必丹兵，同雲南行省出兵討之。[55]

例43：丙寅，詔委官與行省官閱覈**蠻夷軍民官**。以江南民怨楊璉真珈，罷其子江浙行省左丞暗普。[56]

成書朝代為清代，但記述明朝事蹟。明、清沿元制度[57]，與蠻夷的關係更為穩定，此時期的蠻夷，有94%在指官制，並非真指蠻夷本身，如例44。而蠻夷在清史中，大多是以談地理、官制居多。

例44：烏羅長官司。元烏羅龍干等處長官司，屬思州安撫司。洪武初，更名，屬思南宣慰司。永樂十一年二月置烏羅府，領朗溪**蠻夷長官司**，烏羅、答意、治古、平頭著可四長官司治於此。[58]

透過以上對「蠻夷」共現搭配詞的分析，本文發現，「蠻夷」本來的指涉從先秦時對四周民族的泛稱，到秦漢至魏晉，將蠻夷比作非人類的獸類，與中國的交往皆為戰爭叛亂之事。到了隋唐五代隨著中國國勢強大，兩者關係趨於穩定，與蠻夷有了較良好的互動，可見使節來往，貿易頻繁。至宋朝，因國力較弱，故又看到蠻夷反亂的痕跡。到了元明清，則設置了「土司」官職或「長官司」等管理少數民族的官制。蠻夷在各個歷史背景的指涉和評價皆不同，也藉此看到漢民族與周邊民族的互動過程。

2.蕃夷與番夷

在看「蕃夷」或「番夷」之前，本文先單獨看蕃的命中筆數。如圖表4。在先秦、秦漢、魏晉南北朝時代，蕃的使用頻率大於番。至隋唐五代時蕃的使用達到高峰，而後逐漸下降。另一方面，番卻是慢慢攀升，再明朝時使用頻率大於蕃，並於清朝達到高峰。

---

[55] 明・宋濂等撰，《元史・本紀》，楊家駱主編，卷13，頁281。

[56] 明・宋濂等撰，《元史・本紀》，楊家駱主編，卷17，頁372-3。

[57] 中國之土司制度，旨在撫綏邊疆民族，羈縻邊民首領。蒙元在西南設長官司，參用土人為之；明、清因襲其法，形成定制。清季已漸衰微，民國益趨沒落。（參考「中華百科全書」網站）。

[58] 清・張廷玉等撰，《明史》，楊家駱主編，（臺北：鼎文書局，1980〔底本：清武英殿本〕，卷46），頁1213。

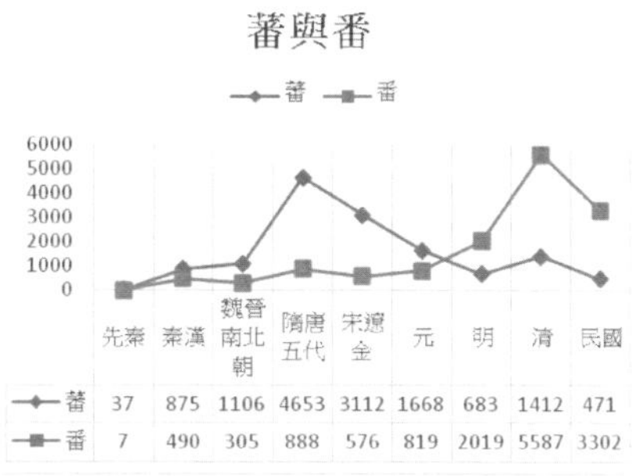

	先秦	秦漢	魏晉南北朝	隋唐五代	宋遼金	元	明	清	民國
蕃	37	875	1106	4653	3112	1668	683	1412	471
番	7	490	305	888	576	819	2019	5587	3302

圖表4：蕃與番的命中筆數及其時代分布

秦漢時「蕃」幾乎都還是繁之意，如《周易‧坤》：「天地變化。草木蕃。天地閉。賢人隱。」或是人名「陳蕃」[59]。到魏晉宋書出現「蕃王」、「蕃國」、「東蕃」「西蕃」，到魏晉隋唐才出現**蕃夷**，是否是因為當時土蕃崛起，尚有待查證。而番字在《毛詩‧大雅‧崧高》中提到「申伯番番。既入于謝。徒御嘽嘽。周邦咸喜。」番番是指申伯勇猛貌。番字在《說文解字》的解釋為「獸足謂之番。从釆、田，象其掌」。以「獸足」出發，極有可能再經過轉喻（metonymy）的機制，發展出勇猛之意。

根據《漢典》線上版[60]，「番」讀為〔fān〕時的解釋為〈形〉（1）舊時對西方邊境各少數民族和外國的稱呼，如：番西（四川西部少數民族地區）；番錢（外族錢幣）；番王（少數民族的領袖）；番客（指客居中國的外族人或外國人；或客居南洋的中國人）。（2）通「蕃」。草木茂盛。而「蕃」讀為〔fān〕時的解釋為〈名、動〉（1）通「藩」。（2）籬落；屏障。（3）藩屏；捍衛。（4）封建王朝分封的侯國，如：蕃王（封建王朝分封的侯王；蕃岳古代對諸侯王的代稱）。（5）通「番」（foreign）。（6）周代謂九州之外的夷服、鎮服、蕃服。後用以泛指域外或外族。如：蕃人（漢人古代對外族或異國人的泛稱）；蕃舶（海外入境的船舶）；蕃國（周代指夷服、鎮服、蕃服。建於九州以外的國家）。由此可知「番」、「蕃」兩字常可相互解釋，在「外族」的語意上幾為同義。

---

59 陳蕃為東漢末著名大臣，漢桓帝時為太尉。

60 《漢典》線上版網址：http://www.zdic.net/z/。

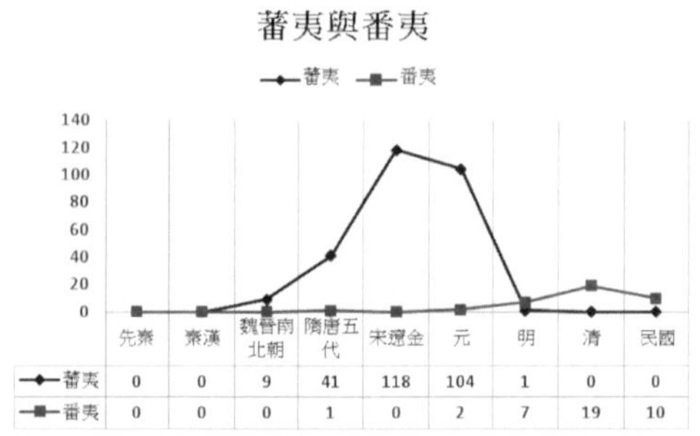

	先秦	秦漢	魏晉南北朝	隋唐五代	宋遼金	元	明	清	民國
蕃夷	0	0	9	41	118	104	1	0	0
番夷	0	0	0	1	0	2	7	19	10

圖表5：蕃夷與番夷的命中筆數及其時代分布

而由圖表5可知，蕃夷的使用頻率在各朝代遠遠超過番夷。故本文聚焦在討論蕃夷的搭配詞上。

與蠻夷的使用相較，本文將蕃夷搭配詞整理如下：

（1）出現「下對上」的動詞：贈、獻、朝貢、入朝。如例45、例46所示。

例45：自則天末年，季冬為潑寒胡戲，中宗嘗御樓以觀之。至是，因**蕃夷入朝**，又作此戲。[61]

例46：事聞，詔提點刑獄置獄淮治，因詔自今**蕃夷入貢**，並選承務郎以上清幹官押伴，按程而行，無故不得過一日，乞取買市者論以自盜云。[62]

（2）無「蠻夷」那麼多攻擊性的搭配詞，且常和酋長、君長一起出現，可見蕃夷對漢族來說已是比較可掌控的。如例47、例48所示。

例47：高祖神堯葬於獻陵，貞觀十三年正月乙巳，太宗朝于獻陵。先是日，宿衛設黃麾仗周衛陵寢，至是質明，七廟子孫及諸侯百僚、**蕃夷君長**皆陪列于司馬門內。皇帝至小次，降輿納

[61] 後晉・劉昫撰，《舊唐書・列傳》，楊家駱主編，（臺北：鼎文書局，1981〔底本：清懼盈齋刻本〕，卷97），頁3052。

[62] 元・脫脫等撰，《宋史・列傳》，楊家駱主編，（臺北：鼎文書局，1980〔底本：元至正本配補明成化本〕，卷490），頁14121。

履，哭於闕門，西面再拜，慟絕不能興。[63]

例48：時武三思率**蕃夷酋長**，請造天樞於端門外，刻字紀功，以頌周德，璹為督作使。[64]

（3）已不見將其比喻為動物、或野蠻等形容。

（4）與貿易相關搭配詞共現。如例49、例50所示，「市」為動詞，表示買賣之意。

例49：湘少文而長於吏事，歷邊部，所至必廣儲蓄為備豫計，出入軍旅間，頗著能名。邊州置榷場，與**蕃夷互市**，而自京輦物貨以充之，其中茶茗最為煩擾，復道遠多損敗。[65]

例50：宋初，經理蜀茶，置互市于原、渭、德順三郡，以**市蕃夷**之馬；熙寧間，又置場于熙河。[66]

由以上例句中蕃夷和蠻夷的搭配詞比較得知，兩者相同之處為漢族與他們皆有上對下的關係，他們皆會向位於中原的漢族朝貢，獻禮。而不同之處在於蠻夷出現朝代比較早，且在秦漢魏晉時，蠻夷的形象非常負面，兩者互動為攻擊殲滅性，而蕃夷則未出現這樣的情形。

3.蕃和夷的分流

至清朝時，皆可用**蕃夷**指涉邊疆少數民族，但到日本侵入清朝後，出現以**東夷**[67]來指涉日本，而不用東番、東蠻[68]，另以**洋夷**來指稱西方列強。

---

[63] 後晉・劉昫撰，《舊唐書・志》，楊家駱主編，（臺北：鼎文書局，1981〔底本：清懼盈齋刻本〕，卷25），頁972。

[64] 後晉・劉昫撰，《舊唐書・志》，楊家駱主編，卷89，頁2902。

[65] 元・脫脫等撰，《宋史・列傳》，楊家駱主編，（臺北：鼎文書局，1980〔底本：元至正本配補明成化本〕，卷277），頁9421。

[66] 元・脫脫等撰，《宋史・列傳》，楊家駱主編，頁4511。

[67] 東夷在古代並非特指日本。東夷是中國先秦時期，尤其是商、周時期，中原居民對黃河流域下游居民的總稱。從考古上說，東夷是指自後李文化始至岳石文化的承載者。東周時期，齊、魯等國在山東地區的多年經營，夷、夏逐漸融合。秦漢以後，東夷多指居住於中國東方的朝鮮半島、日本列島及琉球群島等地的外族或中國東北的少數民族。

[68] 於語料庫在清朝前有檢索到東夷、東蠻，但並非指日本，如以下例子所示：「而東夷皆內屬，惟日本不受正朔，帝知隋時曾與中國通，遣使諭以威德，……」《元史・列傳》列傳第54／王國昌子通。

而**番**[69]也可獨立使用，指中國境內的少數民族與原住民，推測此時**番**和**夷**有了語意的分流。如例51取自晚清時出版的《中國教會新報》，雖然其作者極力倡導外國人與中國人自古都可稱「夷」，故不需區分你我之和平友好概念，但是此著重在「夷人」的詮釋上，當時泛指外國人，與「番」的用法不同。可見夷與番是指涉不同的兩種人。

例51：按今中國人稱**外國人**為**夷人**，考中國書明季稗史中明夏節愍公所撰倖存錄稱清朝為東夷，是中國亦曾稱夷也。何必夷吾西國哉。況考中國經書爾雅有東夷西戎南蠻北狄之文，是清朝在東當稱夷，吾國在西不當稱夷也。禹貢言**島夷**即今**日本國**，萊夷即今山東萊州府，皆在東故稱夷也。然孟子曰舜生於諸馮東夷之人也，文王生於岐周西夷之人也，是**東西又皆可稱夷**矣。夫聖如舜與文王尚不免稱夷矣，則稱夷何害哉。兩免稱夷可，即兩互稱夷亦無不可。中國稱夷引舜為例可也。西國稱夷引文王為例可也。孟子聖人其言可遵也。況尚書言無怠無荒四夷來王夫曰四夷是四方四國無不可稱夷矣，則四方萬國皆稱夷亦可。[70]（1870，《中國教會新報》）

4.洋和夷的共現

於晚清（19-20世紀）可觀察到「洋」和「夷」的共現。晚清末年，列強敲開了清朝的大門，影響清朝最大的**西方列強**被稱為**洋夷**，**日本**為**東夷**。「洋」在說文解字中解為「形聲。從水，羊聲。本義：古水名」，即指洋水——河流。後來衍生出海域、海的中心，如「太平洋」。之後，又衍生出「漂洋過海來的事物、外國的東西」。故，此時出現以**洋**來指涉飄洋過海的國家，而當時的情勢，幾乎都是比清朝強盛的國家，如例52所示。

例52：兵科給事中許球跪奏，為洋夷牟利，愈奸，內地財源日耗，

[69] 蕃夷在清朝時無語料，而是使用番夷，推測在清朝有漸漸以番取代蕃的現象，且在晚清期刊資料庫中對蕃／番的查詢，番的數量也多於蕃。

[70] 《中國教會新報》，1870（81），頁8-9。

請旨飭下廷臣妥議，以塞漏卮，以裕國計。[71]（1837，《東西洋考每月統記傳》）

5.洋和外的共現

至晚清近民國，**洋**和**外**開始共現。滿清末年的**洋**、**外**指西方列強和日本，主要是英法比德俄奧義美。東洋特指日本，而南洋指新加坡菲律賓等中國南方國家。例53等名稱為洋與外的例子。

例53：「洋槍」（《湘報》，1898）
「洋員」「中外」「外國」「英法比德俄奧義」「美國」（《工商學報》，1898）
「中西」「各國」「洋教士」「洋人」（《商務報》，1990）
「洋稅」（《商務報》，1990）
「出洋學生」（《江南商務報》，1990）
「洋貨」（《商務報》，1905）
「東洋」（日本）（《四川官報》，1905）
「洋商」「外人」（《華商聯合會報》，1910）

6.外

到了民國，「外」成為現代最廣泛指涉其他國家的詞彙。除了外國人之外，還有外幣、外勞、外商等詞彙形容外來事物。例54到56是從現代漢語平衡與料庫中檢索得出的語料。

例54：普遍參入巴洛克與洛克克趣味，紋飾題材包括**洋**房、**洋**人，以及異國花式圖案及標幟，形色繁縟，裝飾華麗。

例55：這一類以韓文及泰文為代表。因應國際化則花錢鼓勵**外國人**學習該國字母，並沒有統一的羅馬拼音相對應，或者是……

例56：日本也對自己的語文系統相當有自信，極力鼓勵**外國人**學習日本語文，但是也極重視國際化，故同時大量使用羅……

[71] 《東西洋考每月統記傳》，1837（6月），頁247。

7.小結

綜合這些關鍵字的討論，我們將其使用頻率消長整理成圖1。圖1中的圓圈表示該詞彙使用頻率高的朝代。由圖1可清楚看出各朝代對外族的稱名有所改變，而且稱名的內涵也改變。如圖1下方的〈各詞彙指涉內涵〉所示，稱呼「蠻夷」由極具貶意的內涵，將外族比擬為無人性的動物，以及「蠻夷」常與燒殺擄掠詞彙等共現。到後來稱呼外族越來越中性，或是詞彙內涵越趨中性，至清朝時多指政府機構關名稱，如「蠻夷長官司」。圖1上方的〈各詞彙消長及其歷時分布〉則以線性方式表達詞彙使用重疊的時期。另外，第二個觀察是，番／蕃由不具貶意的外族概念，演變成具貶意的外族或是未開化的境內少數民族。尤其在臺灣成了專指原住民的詞彙，此部分將在下節詳細討論。

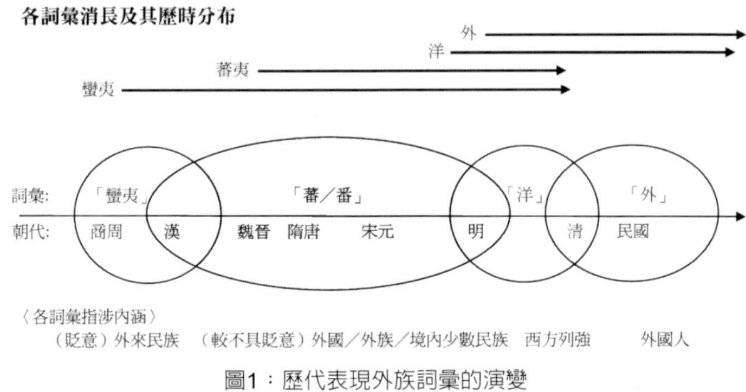

圖1：歷代表現外族詞彙的演變

（三）番、少數民族與臺灣原住民

由於在臺灣傳統上曾用「蕃人／番仔」指稱臺灣原住民，這觸發了我們調查外族稱名的動機。「番」一詞到底從何而來？而經過調查後發現，「番」字歷史悠久，從說文解字中的「獸足」象形，一直到獸的色彩，然後用於指涉外族，後來語意縮小到指涉境內少數民族。這一過程可用圖2表示。其中語意變遷的機制有換喻歷程與語意窄化。而「蕃」的出現極有可能跟唐朝的主要外患「吐蕃」的出現有關。自唐朝以後，「蕃」字的使用有增加的趨勢。而後蕃／番在中國指少數民族，在臺灣專指原住民，已不指涉外國人。

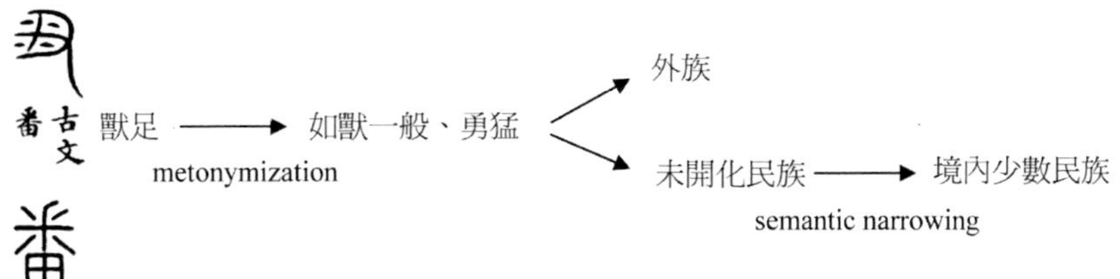

圖2：「番」的語意變遷

在1886-1893期間，如《益聞錄》中出現了帶「番」的篇名有〈臺撫劉爵帥陳奏剿辦叛番情形折稿〉（1886）、〈防番劄文〉（1891）、〈臺番未靖〉（1891）、〈臺番餘焰〉（1891）、及〈撫番續說〉（1893），都是指涉臺灣的生番情事。除了臺灣的生番外，這時期「番」字尚指稱南非生番、甘肅游牧番人、南美洲番人、西藏番人、四川番人等，皆是少數民族。但不指涉西方列強。

在《漢文臺灣日日新報》1905—1911年的報導中，提到「蕃人」的報導篇數為2068篇，其中只有五篇其所指涉的蕃人是非臺灣的原住民。那5篇的蕃人指涉美國的印地安人（1905.07.27〈華盛頓論〉)、德國領「加羅麟」島之蕃人（1907.10.20〈漂流蕃人之授受〉）、菲律賓人（1907.10.23〈消閑錄／勇而蠻／貪而狠〉）、西藏人（1908.8.1〈西藏改革〉）以及非洲人（1910.4.22〈羅斯福獵旋〉），可見得「蕃人／番人」一詞在臺灣已慢慢窄化為專指臺灣境內少數民族。另外值得一提的是，當時稱呼日本人為「邦人」，臺灣漢人為「島人」，而臺灣原住民為「番人／蕃人」。

又，臺灣總督府於1901年設置了臨時臺灣舊慣調查會來調查臺灣島內的原住民習性，其於1921年出版了《臺灣番族慣習研究》，在第壹卷的第一章總說指出當時「番」與「蕃」字的使用分別如下：「臺灣在漢人未至之前已有土著先住民族，漢人稱之為番。古時稱為番，後來也稱為蕃，近代大概以『蕃』字稱呼，本臺灣總督府的公文也跟隨之。但作為民族的名號也可用『番』，其字自古以來已蘊含野蠻之意。本來自古在支那大陸漢人對未開化民族之固有名詞稱作東夷、北狄、南蠻、西戎，而番字也是如此。我帝國領有後亦承襲此舊稱至今。」[72]（原文為日文，筆者譯為中文）。是故，蕃人常用來統指原住民，而番字常用在民族的劃分上，如平

[72] 臨時臺灣舊慣調查會，《臺灣番族慣習研究》（臺北：臺灣總督府，1921），頁3。

埔番、生番或熟番等。這樣的用字遣詞區分也反映在《臺灣日日新報漢文版》的用字上。

（四）外族稱名與文化交流

本文藉由漢族對外族稱名的詞彙調查，企圖了解歷代文化交流的軌跡。透過調查「蠻夷」、「蕃／番」、「蕃夷／番夷」、「洋人」與「外國人」等詞彙，發現原本蠻夷狄戎為動物崇拜的民族稱名，但後來有華夏概念產生，衍生了中心到邊緣的價值意識，這些外族稱名遂成了帶有貶意的名稱。而這個貶意一直存在，蠻夷一詞至民國、乃至於現代都還被使用。

到了明清，隨著與外來文化接觸頻繁（如鄭和下西洋等），用「洋人」（或西洋人）來指涉外族的頻率增加，以避開番字的貶意。如例57所示。

例57：明神宗時，**西洋人**利瑪竇等入中國，精於天文、曆算之學，發微闡奧，運算制器，前此未嘗有也。[73]

到了現代，使用更中性的「外國人」來指涉外族，更進一步說明華夏的中心意識慢慢瓦解，趨向與世界各國平起平坐。自古以來漢人治理國家運用「天下」[74]這個概念，而中國自是世界的中心。在國家概念形成後，現在稱呼外族為「外國」，反映了雙方平等的心理。而更有甚者，正如「崇洋媚外」一詞所暗示的，由於先進國家的科技發展進步神速，近代中國也對舶來品有正面的價值判斷，故對外族稱名的語意內涵由中性到貶，由貶到中性，甚至到褒，正反映了中國的外來文化交流的消長。而由詞彙的搭配詞趨勢可提供我們判斷文化交流價值觀的依據。雖然只是呈現研究的一小部分，表4為本研究搜尋到與「蠻夷」共現的搭配詞一覽表，由此可看出蠻夷出現的情境（context）都有負面且位階較低的形象。

---

[73] 清・張廷玉等撰，《明史・志》，楊家駱主編，（臺北：鼎文書局，1980〔底本：清武英殿本〕），頁339。

[74] 根據趙（2009：81-82）的分析，「天下」為一飽滿的世界概念，其內涵包括：（1）其地理學意義指「天底下所有土地」，即人類可以居住的整個世界；（2）社會學或心理學意義上的天下還指所有土地上所有人的心思，即「民心」；（3）天下概念最重要莫過於其政治學意義，它指的是四海一家的世界政治制度。

表4：本研究搜尋到與「蠻夷」共現的搭配詞一覽表

朝代	搭配詞種類
秦漢	外族：匈奴、羌、烏桓 蠻夷行為：反叛、賊、寇、反、亂獻、歸誼 漢族行為：發兵、滅、武服、誅、斬、賜、予
魏晉南北朝	外族：匈奴、羌、日南、九真、武嶺 與其搭配的形容詞：猾 與其搭配的名詞：寇、暴、賊、亂、鳥獸 與其搭配的動詞：扣掠、燔燒、逆亂、殺、擊、攻、侵犯、滅死 蠻夷行為：叛、反、自立、自稱、乞、獻 漢族行為：討、破、平、封、賜、降、斬
隋唐五代	外族：突厥、吐蕃、契丹、遼等 互動關係：遣使、歸服、撫、朝貢、貿易、徵稅、自稱、自立為王、酋長、夫臣
宋遼金	外族：遼、西夏、吐蕃、大理 蠻夷行為：朝貢、入朝、懷歸、貿易
元宋	蠻夷行為：反叛、生變 以漢族行為：以蠻夷制蠻夷
明（元始）	蠻夷與大量政府機構及官名共現，如長官司、宣撫司、軍民官
清	官制
民國	地理、官制

五、結論

本研究透過語言學的研究方法，以漢籍全文資料庫、文獻、晚清期刊全文數據庫、臺灣日日新報以及現代漢語平衡語料庫為語料來源，爬梳對「外族」稱名的演變及語意變遷，調查的稱名包含「蠻夷」、「蕃／番」、「蕃夷／番夷」、「洋人」與「外國人」。主要的發現有三。第一，由對外族指涉稱名的演變，本文從歷時性研究看到一個清晰的歷史脈絡：從對外來者帶有貶意的稱呼，隨著中國天朝的概念逐漸瓦解，也有了逐漸平等的詞彙，且詞彙所指涉的對象也有所改變，比方說由蠻夷、番夷、洋人到外國人。第二，在詞彙語意變遷上，透過對「蠻夷」及「番／蕃」字的探討，發現「蠻夷」由極具貶意的內涵，將外族比擬為無人性的動物，及與燒殺擄掠詞彙等共現，到後來越來越中性，至清朝時多指政府機構關名稱。第三，「番」的語意從原本的獸足（獸掌），到指涉外族，到帶貶意的未開化民族，之後專指境內少數民族這樣的語意變遷過程。而臺灣的原住民被指稱「番仔」也是在這樣的脈絡下而產生的詞彙。而在現代指涉原住民的詞彙已由「番仔」改為「原住民」，這樣的詞彙使用改變也反映了時代追求民族平等的氛圍。據此，我們知道詞彙的改變及語意變遷是與時代潮流息息相關的，不僅反映出當代生動的指涉，也可做為文化現象觀察的指標。而對於外來移民者，近年來臺灣社會更出現「外配」「陸配」等新詞彙，反映出臺灣外來移民（外籍配偶）的增加已成為顯著的社會現象，而這些新詞彙的語意韻律仍是待研究的議題。

引用書目

（一）古籍文獻

《禮記・王制》，《斷句十三經經文》（臺北：開明書店，1991）。

《公羊傳》，《斷句十三經經文》（臺北：開明書店，1991，臺六版）。

漢・班固撰，《漢書》，唐・顏師古注，楊家駱主編（臺北：鼎文書局，1986，〔底本：王先謙漢書補注本〕）。

漢・許慎撰，《說文解字》，清・徐以坤校，《欽定四庫全書薈要》，乾隆御覽本。

劉宋・范曄撰《後漢書》，唐・李賢等注；晉・司馬彪補志，楊家駱主編（臺北：鼎文書局，1981，〔底本：宋紹興本〕）。

後晉・劉昫撰，《舊唐書・列傳》，楊家駱主編（臺北：鼎文書局，1981，〔底本：清懼盈齋刻本〕）。

唐・魏徵等撰，《隋書》，楊家駱主編（臺北：鼎文書局，1980，〔底本：宋刻遞修本〕）。

唐・房玄齡等撰，《晉書》，楊家駱主編（臺北：鼎文書局，1980，〔底本：金陵書局本〕）。

唐・李延壽撰，《北史》，楊家駱主編（臺北：鼎文書局，1980，〔底本：元大德本〕）。

宋・歐陽修、宋祈撰，《新唐書》，楊家駱主編（臺北：鼎文書局，1981，〔底本：北宋嘉祐十四行本〕）。

宋・歐陽修撰，《新五代史》，宋・徐無黨注，楊家駱主編（臺北：鼎文書局，1980，〔底本：南宋慶元本〕）。

元・脫脫等撰，《宋史》，楊家駱主編（臺北：鼎文書局，1980，〔底本：元至正本配補明成化本〕）。

明・宋濂等撰，《元史》，楊家駱主編（臺北：鼎文書局，1981，〔底本：洪武九十九卷本和南監本〕）。

清・張廷玉等撰，《明史》，楊家駱主編（臺北：鼎文書局，1980，〔底本：清武英殿本〕）。

（二）一般論著

代艷芝、楊筱奕，〈蠻夷戎狄稱謂探析〉，《思想戰線》第35期（2009），頁110-129。

李嚴冬，〈政治文明與"華夷之辨"〉，《遼寧大學學報（哲學社會科學版）》第32.2期（2004），41-45。

Louw, W.E. "Irony in the text or insincerity in the writer? The diagnostic potential of semantic prosodies." In *Text and Technology*. pp. 157-76. Amsterdam: Benjamins, 1993.

Sinclair, John McHardy. "The search for units of meaning." *Textus, IX* (1996), pp. 75-106.

Sinclair, John McHardy. *Trust the text: language, corpus and discourse*. London; New York: Taylor & Francis,2004.

Traugott, Elizabeth Closs, and Richard B. Dasher. *Regularity in Semantic Change*. Cambridge Studies in Linguistics; Vol. 96. Cambridge; New York: Cambridge University Press, 2002.

王明珂，〈中國邊緣的再建構：由蠻夷到少數民族〉，「中研院史語所歷史文物陳列館」網站（http://www.ihp.sinica.edu.tw/~museum/tw/doc_detail.php?doc_id=8）（2002.06.29徵引）。

汪啟明，〈「東夷非夷」新詁〉，《經學研究集刊》第13期（2012）頁，1-22。

魏慶生，〈「胡」「番」「洋」字頭食物的來歷〉，《群文天地》第5期（2013）頁，79-80。

楊軍，〈中國與古代東亞國際體系〉，《吉林大學社會科學學報》第2期（2004）頁，34-41。

張其賢，《「中國」概念與「華夷」之辨的歷史探討》（臺北：臺灣大學政治學系博士學位論文，2009）。

趙汀陽，《世界研究：作為第一哲學的政治哲學》（北京：中國人民大學出版社，2009）。

（三）語料庫

中央研究院漢籍電子文獻資料庫（http://hanji.sinica.edu.tw/）

中央研究院漢語平衡語料庫（http://db1x.sinica.edu.tw/cgi-bin/kiwi/mkiwi/kiwi.sh）

晚清期刊全文數據庫（http://www.cnbksy.com/shlib_tsdc/product/detail.do?productCatId=5）

臺灣日日新報（http://smdb.infolinker.com.tw/）

中文詞彙特性速描系統（http://wordsketch.ling.sinica.edu.tw/）

中華百科全書：土司制度http://ap6.pccu.edu.tw/Encyclopedia/data.asp?id=2556

From Barbarian to Foreigner: Naming Reflects the path of Cultural Exchange in Chinese

Lu, Chia-rung*

Abstract

The birth and death of vocabulary deeply reflects their contemporary social trends. Their usage always represents an epitome of the society. This study investigates the different names diachronically used to refer to foreigners in Mainland China and Taiwan, aiming to depict the path of cultural contact and cultural exchange between foreigners and Chinese in different dynasties, based on the methodologies of lexical semantics and corpus linguistics. The results show that *manyi* 'barbarian' was frequently used in pre-Qin era, and a more neutral term *fanyi* 'alien people' gradually replaced *manyi* in Tang dynasty. In Ming and Qing dynasties, *fan* and *yi* gradually developed two different referents, i.e., ethnic minority and the foreign powers. In the late Qing dynasty, *yang* 'ocean' was the specific term for the western powers and Japan. The term *wai* 'foreign, outside' has been used to denote foreign people since the early 20th century. At the same time, in Taiwan, *fan* preserves its ethnic sense, and became the term specifically for the aboriginals in the 20th century. In sum, the results of this study show a clear path of change in naming foreigners, from a pejorative attitude to a relatively equal one in Chinese history, reflecting a gradually more impartial view towards others. Moreover, the term *fan* has gone through a process of metonymization and semantic narrowing, which originally refers to the footstep of a beast, then to the brave, and finally specially denotes the aboriginals.

Keywords: naming of foreigner; cultural exchange; lexical change; semantic change; corpus study

---

[75] Assistant Professor, Graduate Institute of Linguistics, National Taiwan University

後記

黃美娥

本會議論文集是臺大臺文所在2014年6月27-28日舉辦的「第一屆文化流動與知識傳播——臺灣文學與亞太人文的相互參照」國際學術研討會後的論文結集成果，此次會議意義重大，因為本所自2004年成立以來，歷經十年摸索，期間雖曾舉辦多次大小規模不等的研討會，但後來終於確定了全所教師的研究取徑和集體關注面向，並定調在這次會議之後，爾後每兩年便召開一次相關國際會議，藉以展現全所教師的研究能量。

關於前列會議主題的構思，乃源於2010年所上執行的臺大文學院「提昇人文及社會科學研究能量專案計畫」，時任所長的梅家玲教授，帶領本所同仁及院內其他教師所共同執行的計畫案而來，名稱即為「文化流動與知識傳播——從臺灣到亞太」。而這個研究主題，一方面延續了本所過去所曾留心的臺灣文化交流、文學實踐、語文教育等問題；另一方面，則是將研究視域由臺灣擴及、延伸至亞太，如此也為了與臺大當時文學院中長程計畫「亞太文化之跨學科研究」相互配合。其後，2013年本所同仁又在洪淑苓所長任內，進行了「文化流動——亞太人文景觀的多樣性」計畫案，持續關注該議題；到了次年，便綜合歷年計畫方向，據此正式舉辦國際會議。

為期兩天的研討會，參與者眾，現場氣氛熱烈，其中國內外學者發表之論文，業經兩年修改增補、投稿學報與匿名審查，現已順利蒐羅匯集，即將付梓印行。有關此一會議論文集之出版，係由洪淑苓教授擔任主編工作，她一人辛苦統籌所有編務，居功最偉。由於編輯作業期間，所長一職改由本人擔任，又恰逢發生三位所上專任教師，包括洪淑苓、梅家玲與楊秀芳教授歸建中文系之事，故承蒙洪教授之美意，邀請本人列名共同編輯，一起致力完成這本會議論文集，並為過去以來，本校中文系教師對於臺文所的許多支持與協助，攜手前進、共同奮鬥的合作過程留下美好見證，個人在此謹代表所內同仁致上崇高謝意。

另外，本會議論文集之成書，各個與會學者自然功不可沒，感謝他們的出色論述，使本書具有可看性。其次，敝所專任助理陳怡燕小姐的多方聯繫、收集稿件亦有利全書成型，至於所內博士生林祈佑、涂書瑋、蕭智帆的用心校對和碩士生劉亦修、楊珣、郭汶伶相關事務的幫忙，也有助全書印行，於此一併致謝。

隨著「第一屆文化流動與知識傳播—臺灣文學與亞太人文的相互參照」論文集的出版，本所所務也已步入第二個十年的發展階段，期盼在此基礎之上，同仁後續研究表現能夠更上層樓，並以此刺激、影響臺灣文學學界，為臺灣文學研究引入新活水，敞開新視野。

附錄一　本書作者介紹

黃美娥

輔仁大學中文博士，現職臺灣大學臺灣文學研究所教授兼所長，曾兼任清華大學臺灣文學研究所教授，亦曾主持文建會【臺灣史料集成】《清代臺灣方志彙刊》點校出版計畫。主要研究範疇包括臺灣古典文學、日治時期臺灣通俗小說、殖民地臺日漢文關係，近期另關注戰後初期臺灣文學、閩臺文學與文化關係等議題，著有《重層現代性鏡像：日治時代臺灣傳統文人的文化視域與文學想像》等專書。此外，亦致力於臺灣文獻史料的搜尋、整理與建構，迄今出版有《張純甫全集》等書籍，合編者有《梅鶴齋吟草》、《聽見樹林頭的詩歌聲》、《臺灣漢文通俗小說集一、二》。

張誦聖

美國史丹福大學文學博士，現為美國德州大學奧斯汀校區亞洲研究學系教授。長年關注臺灣文學現象及相關議題，由於文學場域及相關論述上著力甚多，並開創新的評論視野。曾任美國「中文及比較文學學會」會長、執行委員。著有《現代主義與本土對峙：當代臺灣中文小說》（英文版）、《文學場域的變遷：當代臺灣小說論》、《臺灣文學生態：從戒嚴法則到市場規律》（英文版）、《現代主義・當代台灣》等。編有《雨後春筍：當代臺灣女作家作品選》（與安卡芙教授合編）、《文學臺灣：哥倫比亞大學史料彙編系列》（英譯計畫；與奚密、范銘如合作）。

朱雙一

廈門大學中文系碩士，現職為兩岸關係和平發展協同創新中心、廈門大學臺灣研究院、臺灣研究中心教授，「中國世界華文文學學會」副會長，「福建省臺港澳暨海外華文文學研究會」副會長。著有《彼岸的繆斯——臺灣詩歌論》（與劉登翰合作）、《近二十年臺灣文學流脈》（臺灣版改題《戰後臺灣新世代文學論》）、《閩臺文學的文化親緣》、《臺灣文學思潮與淵源》、《海峽兩岸新文學思潮的淵源和比較》（與張羽合作）、《臺灣文學與中華地域文化》、《百年臺灣文學散點透視》、《臺灣文學創作思潮簡史》、《穿行臺灣文學兩甲子》，參與編撰《臺灣文學史》、《臺灣新文學概觀》、《臺港澳文學教程》等書，並在海內外報刊發表學術論文或文學評論文章二百多篇。

劉亮雅

美國德州大學奧斯汀校區英美文學博士，現任臺灣大學外國語文學系暨研究所與臺灣文學研究所合聘特聘教授。曾任2006-2008年臺大外文系系主任。獲得2014年度科技部傑出研究獎。主要研究臺灣當代文學與文化、英美二十世紀文學、後殖民理論、女性主義理論、同志理論。著有《遲來的後殖民：再論解嚴以來臺灣小說》（2014），《後現代與後殖民：解嚴以來臺灣小說專論》（2006），《情色世紀末：小說、性別、文化、美學》（2001），《慾望更衣室：情色小說的政治與美學》（1998），*Race, Gender, and Representation: Toni Morrison's* The Bluest Eye, Sula, Song of Solomon, *and* Beloved（2000）。與人合著《臺灣小說史論》（2007）；主編、導讀《同志研究》（2010），編譯、導讀《吳爾芙讀本》（1987），導讀、審定《海明威》（1999）、《康拉德》（2000）、《吳爾芙》（2000），導讀《簡愛》（2013）。

衣若芬

臺灣大學中國文學博士，現任教於新加坡南洋理工大學，兼中文系主任。並受邀為新加坡《聯合早報》專欄作家。研究興趣為中國文學與圖象藝術、東亞漢文學與文化交流。著有學術專著及文學創作多部。最近的學術論著有《南洋風華：藝文・廣告・跨界新加坡》（新加坡：八方文化創作室，2015年）、《雲影天光：瀟湘山水之畫意與詩情》（臺北：里仁書局，2013年）、《藝林探微：繪畫・古物・文學》（上海：華東師範大學出版社，2012年）、《遊目騁懷：文學與美術的互文與再生》（臺北：里仁書局，2011年）；文學創作有《北緯一度新加坡》（臺北：爾雅出版社，2015年）、《感觀東亞》（臺北：二魚出版社，2014年）、《Emily的抽屜》（南京：南京大學出版社，2014年）、《南國藝語》（臺北：群傳媒，2012年）等。

廖冰凌

新加坡國立大學文學博士，現為馬來西亞拉曼大學中華研究院副教授。曾擔任拉曼大學中文系研究部課程主任、中華研究中心現代文學研究組主任等職。研究領域為中國現當代文學、女性主義文學批評、世界華文文學，以及兒童文學與印刷文化。曾獲香港青年文學獎、冰心兒童文學新作獎、大馬旅臺文學獎等。著有學術專書《尋覓「新男性」：論五四女性小說中的男性形象書寫》，期刊論文〈存在之思：新加坡女作家淡瑩作品中的哲理意蘊〉、〈政治與文化禁忌：馬來西亞華文兒童讀物的翻譯與出版〉、〈亦正亦邪：馬來（西）亞民間故事中的鼠鹿形象〉、〈論商晚筠小說中的女性零餘者〉等。

蘇碩斌

臺灣大學社會學博士，現任臺灣大學臺灣文學所教授，並擔任社會學會理事、文化研究學會監事，曾擔任臺灣社會學會秘書長。研究主題曾涉及都市空間、媒介文化、休閒觀光、攝影及肖像畫等題材，目前從事臺灣觀光社會的形成、臺灣攝影文化史、旅行文學等方面的研究，教授課程包括「都市與文學」、「文化理論」、「文學社會學」等。近年著作包括：學術專書《看不見與看得見的臺北》、學術論文〈觀光／被觀光〉、〈活字印刷與臺灣意識〉等多篇，翻譯作品《基礎社會學》、《媒介文化論》等書籍、主編《觀光的視線》等。

垂水千惠

國立御茶水女子大學博士（人文科學），現為橫濱國立大學國際戰略推進機構教授，近年來主要的研究主題為臺灣文學中的性別與日本表象。主要專書著作有《呂赫若研究》（風間書房，2002），合編著《臺湾文化表象の現在》（あるむ，2010）、《記憶する臺湾　帝国との相剋》（東京大學出版會，2005），並翻譯邱妙津《鱷魚手記》（2008）、張愛玲「色、戒」（2010），近年論文「表象之鏡：當代臺灣／日本如何描繪彼此—以吉田修一《路》及魏德聖《海角七號》為中心—」（2013）、「紀大偉は如何に大島渚を受容したか—「儀式」を中心として—」（2013）等。

張文薰

日本東京大學人文社會系研究科中國文學研究室博士，現任臺灣大學臺灣文學研究所副教授。專長領域為日治時期臺灣小說、臺日近現代文學比較研究。關注東亞區域之文學文化的生成歷程、近現代文學文體的成立、都市空間與文學、近現代知識份子精神構造等議題。著有〈帝国アカデミーの「知」と1940年代臺湾文學の成立──『臺大文學』と「東洋學」を中心に〉、〈歷史小說與在地化認同──「國姓爺」故事系譜中的西川滿〈赤崁記〉〉、〈1940年代臺灣日語小說之成立與臺北帝國大學〉。

蔡祝青

輔仁大學比較文學研究所文學博士，現任臺灣大學中文系助理教授，曾擔任政治大學人文中心、中央研究院中國文哲研究所博士後研究。曾榮獲財團法人婦女權益促進發展基金會「第二屆女性議題研究論文評選」第一名獎助、國科會九十年度碩士論文獎、中華民國比較文學學會頒發「第二屆比較文學學會研究生論文獎」。研究領域為近代文學與文化、近代翻譯研究、比較文學、觀念史研究。曾發表〈舞臺的隱喻：試論新舞臺《二十世紀新茶花》的現身說法〉、〈文學觀念流通的現代化進程：以近代英華／華英辭典編纂literature詞條為中心〉、〈創辦新教育：試論震旦學院創立的歷史意義〉等論文。

柳書琴

現任清華大學臺灣文學研究所教授，清華大學中文系博士，日本橫濱國立大學、國際日本文化研究中心短期研究，曾任臺文所第四任所長。研究專長為日治時期臺灣文學、東亞殖民地比較文學，曾獲國科會吳大猷先生紀念獎、清華大學新進人員研究獎、巫永福文學評論獎、中山學術著作獎。專著有《荊棘之道：臺灣旅日青年的文學活動與文化抗爭》（臺北：聯經）、《殖民地文學的生態系：雙語體制下臺灣文學》（首爾：亦樂）；個人編著有《戰爭與分界：「總力戰」下臺灣・韓國的主體重塑與文化政治》（臺灣：聯經）；共同編著有《後殖民的東亞在地化思考》（臺北：聯經）、《臺灣文學與跨文化流動》（臺北：行政院文建會）、《帝國裡的「地方文化」》（臺北：播種者）、《作為「門檻」的戰爭：

殖民地總力戰與韓國臺灣的文化構造》（首爾：Greenbee）、《臺灣現當代作家研究資料彙編：張文環》（臺南：國立台灣文學館）等書，及單篇論文數十篇。

計璧瑞

北京大學中文系博士，現任北京大學中文系教授，曾獲北京大學優秀教學獎、「海外研修」獎教金及北京大學傑出青年學者獎；多次應邀赴美國、韓國、日本及臺灣研究訪問、教學及擔任客座教授；獨立承擔及完成大陸教育部「十五」規劃專案和「十二五」規劃專案等。研究領域為中國當代文學和臺灣文學，出版著作為《被殖民者的精神印記——論殖民時期臺灣新文學》、《臺灣文學論稿》等專著；在國內外學術刊物發表〈衝突下的民族意識形態〉、〈兩種理想的困境——析臺灣話文論爭兼及大陸國語運動〉、〈光復初期臺灣文學與文化現象的對抗式論述〉等論文數十篇。

Bert Scruggs（古芃）

Bert Scruggs is an Associate Professor at the University of California, Irvine, and the author of *Translingual Narration: Colonial and Postcolonial Taiwanese Fiction and Film*（University of Hawai'i Press, 2015）.

須文蔚

政大新聞研究所博士，現任東華大學華文文學系教授兼系主任，花蓮縣數位機會中心（DOC）主任，新臺灣人文教育基金會執行長，《詩路》主持人。曾任曼陀羅詩社編輯委員、創世紀詩雜誌社同仁兼主編。亦曾獲國科會2000年甲種研究獎勵，中華民國新詩學會「優秀青年詩人」、創世紀40週年詩創作獎優選獎，1997年「詩運獎」、創世紀45週年詩創作獎推薦獎、五四文學獎。著有詩集《旅次》、文學研究《臺灣數位文學論》、《臺灣文學傳播論》、編著《文學@臺灣》、《報導文學讀本》（與林淇瀁合編）等書，以及編有多種現代詩選。

洪淑苓

臺灣大學中國文學研究所博士，現任臺灣大學中國文學系教授、臺文所支援教授，曾任臺大藝文中心創制主任、臺大臺文所合聘教授、所長，國語日報古今文選特約主編、美國聖塔芭芭拉加州大學訪問教授。研究專長為民俗學、臺灣民間文學、臺灣文學、現代詩。曾獲臺大現代詩獎、教育部青年研究著作獎、教育部文藝創作獎、臺北文學獎、優秀青年詩人獎、詩歌藝術創作獎等。著有學術專書《思想的裙角—臺灣現代女詩人的自我銘刻與時空書寫》、《臺灣民間文學女性視角論》、《民間文學的女性研究》、《關公民間造型之研究》、《牛郎織女研究》等；並有詩集、散文集多種。

林芳玫

美國賓夕法尼亞大學社會學博士，現任臺灣師大臺文系教授，曾任政大新聞系副教授與教授，亦曾參與婦女運動，創辦「女學會」、擔任婦女新知監事、勵馨基金會志工，推動婦女創業、青年志工、非營利組織與公民社會發展等議題。現教學與研究領域為：民族主義與文化認同、國族與性別、通俗文學、臺灣歷史小說。

1994年出版《解讀瓊瑤愛情王國》一書，獲聯合報年度十大好書獎；2005年出版《跨界之旅》獲新聞局金鼎獎最佳專欄寫作。近年出版的論文有：〈日治時期文人謝雪漁之漢文文言通俗書寫〉、〈日治時期吳漫沙之白話文通俗書寫〉、〈施叔青《臺灣三部曲》研究〉等。

蔡建鑫

Chien-hsin Tsai is an Associate Professor of Modern Chinese Culture and Society in the Department of Asian Studies at the University of Texas at Austin. He has published articles in both Chinese and English on a variety of topics and authors. His first book "A Passage to China: Literature and Loyalism in Colonial Taiwan" is under review. His current research focuses on redefining the generic boundary between conceptual arts and contemporary Chinese and Sinophone literature.

廖勇超

國立臺灣大學外國語文研究所博士，現任臺灣大學外文系助理教授，研究專長為喬伊斯研究、大眾文化研究，與性別理論，近年來研究取向探討全球化下的流行文化與多元文化主義。曾開設臺灣大學外文系大學部課程「小說選讀」、「大眾文化導論」、「當代文化研究議題」，以及研究所課程

「都市性別專題研究」。近作包括〈從增能補缺到焦慮倫理：談押井守科幻三部曲中的後人類倫理〉、〈神遊電音：第三空間與電音三太子的文化想像〉、以及〈流行／形天后瑪丹娜：全球化下的瑪丹娜身體再造〉等。

呂佳蓉

日本京都大學博士（人間・環境學），專攻認知語言學，現任臺灣大學語言學研究所助理教授。研究領域為：認知語言學、詞彙語意學、語言類型學、隱喻研究。近五年主要研究興趣與方向，可概括為「中日擬聲語與擬態語研究」、「跨語言的諺語研究」、「語言與文化研究」、「以批判性言談分析理論看媒體及大眾的語言使用」、「由外來詞彙看文化流動」、以及「現代動漫語言探討」等。著有「認知と文化を取り入れた語彙リソースの構築」（山梨正明編）『認知言語學論考=Studies in cognitive linguistics』（第13卷），東京都：ひつじ書房，2016。譯有《森林傳奇黑猩猩》（2003），並監修《想像的力量》（經濟新潮社，2013），介紹日本京都大學靈長類研究所非常獨特的黑猩猩親子教育及社會認知發展研究。

附錄二　研討會議程

研討會議程（第一天）

6月27日（五）

時間	議程			
08:30-09:00	報到			
09:00-09:30	開幕式 貴賓致詞：楊泮池（臺灣大學校長）、齊邦媛（臺灣大學名譽教授）、陳弱水（臺灣大學文學院院長）			
09:30-09:50	合影&茶敘			
第一場				
文學體制與知識生產				
時間	主持人	發表人	論文題目	討論人
09:50-11:50	柯慶明	黃美娥	戰後臺灣文學典範的建構與挑戰：從魯迅到于右任——兼論新／舊文學地位的消長	陳益源
		張誦聖	文學史系譜的斷裂與銜接：二十世紀中期的台灣文學體制	柯慶明
		朱雙一	有關臺灣現代主義文學的成因和評價的諸種說法辨析	陳萬益
		劉亮雅	臺灣理論與知識生產：以臺灣後殖民與酷兒論述為分析對象	張靄珠
11:50-13:20	午餐			
第二場				
文化流動：臺灣文學與東南亞華文文學				
時間	主持人	發表人	論文題目	討論人
13:20-14:50	李瑞騰	衣若芬	文筆・譯筆・畫筆——鍾梅音在南洋	王鈺婷
		廖冰凌	臺馬兩地的書籍流通與文化傳播——以大衆集團為研究對象	張錦忠
		蘇碩斌	旅行文學的誕生：臺灣現代觀光社會的凝視與表達	林淑慧
14:50-15:10	茶敘			
15:10-16:00	專題演講：王文興（臺灣大學外文系榮退教授） 講題：清初臺閩詩人舉隅			
第三場				
文化流動：臺灣文學與東亞文學				
時間	主持人	發表人	論文題目	討論人
16:00-17:30	何寄澎	垂水千惠	日本人作家如何描繪臺灣「獨立」——以丸谷才一《用假聲唱！君之代》為論述中心	王惠珍
		張文薰	再見日本：1970年代黃春明小說之歷史敘事與文化翻譯	朱惠足
		金鮮	韓國與臺灣現代女性文學之比較——以Song Myeng Hee與杏林子為例	崔末順
18:00-21:00	開幕晚宴			

研討會議程（第二天）

6月28日（六）

時間	議程			
08:30-09:00	報到			
09:00-09:50	專題演講：杜國清（美國聖塔芭芭拉加州大學東亞系教授） 臺灣文學與世華文學			
09:50-10:00	茶敘			
第四場				
同文、主體、邊緣：日治與戰後臺灣				
時間	主持人	發表人	論文題目	討論人
10:00-12:00	施懿琳	紀一新	虛擬臺灣：《少年派的奇幻漂流》與華語電影	楊小濱
		蔡祝青	帝國殖民與文學科的建立：臺北帝國大學文政學部「東洋文學講座」初探	廖肇亨
		柳書琴	勤勞成貧：臺北城殤小說中的臺灣博覽會批判	游勝冠
		計璧瑞	創傷記憶——讀鍾理和日記	應鳳凰
12:00-13:20	午餐			
第五場				
個體、群體、時代與視覺文化				
時間	主持人	發表人	論文題目	討論人
13:20-15:20	江寶釵	Bert Scruggs（古芃）	記災：初探《廢墟台灣》與《黑い雨》核災後之敘述	謝世宗
		洪國鈞	Dire Straits: Cinematic Representation of the Year 1949	江寶釵
		須文蔚	1940-60年代上海與香港都市傳奇小說跨區域傳播現象論——以易金的小說創作與企劃編輯為例	李瑞騰
		陳培豐	翻譯日本的偽歷史——股旅演歌和臺灣的經濟起飛	施懿琳
15:20-15:30	茶敘			
第六場				
知識傳播與現當代臺灣				
時間	主持人	發表人	論文題目	討論人
15:30-17:30	梅家玲	洪淑苓	越華現代詩中的戰爭書寫與離散敘述——兼與臺灣現代詩的相關比較	劉正忠
		林芳玫	性別化東方主義：從二元對立到東方想像的重層性	賴淑芳
		廖勇超	「看不見的世界」：談五十嵐大介《魔女》中的巫術、介質、與生命本體政治	李衣雲
		蔡建鑫	知識傳播與小說倫理：以《零地點》為發端的討論	黃涵榆
閉幕式				
17:30-18:00	主持人：洪淑苓所長　總評報告：柯慶明教授			
18:00-21:00	閉幕晚宴			

附錄三　與會學者名單
（依會議當時職稱）

專題演講人

王文興／國立臺灣大學外國語文學系榮譽退休教授
杜國清／美國加州大學聖塔芭芭拉校區東亞語言文化研究系教授

主持人

何寄澎／國立臺灣大學中國文學系教授、中華民國考試院考試委員
柯慶明／國立臺灣大學臺灣文學研究所退休教授
洪淑苓／國立臺灣大學臺灣文學研究所教授兼所長、中國文學系合聘教授
施懿琳／國立成功大學臺灣文學系教授
江寶釵／國立中正大學臺灣文學與創意應用研究所教授兼所長
梅家玲／國立臺灣大學臺灣文學研究所教授、中國文學系合聘教授

發表人

美國

古芃Bert Scruggs／加州大學爾灣校區中文系暨亞洲研究中心助理教授
紀一新／加州大學洛杉磯校區亞洲語言與文化系助理教授
張誦聖／德州大學奧斯汀校區亞洲研究系教授
蔡建鑫／德州大學奧斯汀校區亞洲研究系助理教授
洪國鈞／杜克大學亞洲與中東研究學系副教授

日本

垂水千惠／橫濱國立大學國際戰略推進機構教授

韓國

金　鮮／梨花女子大學中文系講師

新加坡

衣若芬／南洋理工大學中文系副教授

馬來西亞

廖冰凌／拉曼大學中華研究院副教授

中國大陸

朱雙一／廈門大學臺灣研究中心教授
計璧瑞／北京大學中國語文學系教授

臺灣

林芳玫／國立臺灣師範大學臺灣語文學系教授兼系主任
洪淑苓／國立臺灣大學臺灣文學研究所教授兼所長、中國文學系合聘教授
柳書琴／國立清華大學臺灣文學研究所教授兼所長
張文薰／國立臺灣大學臺灣文學研究所副教授
須文蔚／國立東華大學華文文學系教授
陳培豐／中央研究院臺灣史研究所研究員
黃美娥／國立臺灣大學臺灣文學研究所教授
蔡祝青／國立臺灣大學中國文學系助理教授
廖勇超／國立臺灣大學外國文學系助理教授
劉亮雅／國立臺灣大學外國文學系教授
蘇碩斌／國立臺灣大學臺灣文學研究所副教授

討論人

王鈺婷／國立清華大學臺灣文學研究所助理教授
王惠珍／國立清華大學臺灣文學研究所副教授
朱惠足／國立中興大學臺灣文學與跨國文化研究所教授
江寶釵／國立中正大學臺灣文學與創意應用研究所教授兼所長
李衣雲／國立政治大學臺灣史研究所副教授
李瑞騰／國立中央大學中國文學系教授、國立臺灣文學館館長
柯慶明／國立臺灣大學臺灣文學研究所退休教授
林淑慧／國立臺灣師範大學臺灣語文學系教授
施懿琳／國立成功大學臺灣文學系教授
張錦忠／國立中山大學外國語文學系副教授
張靄珠／國立交通大學外國語文學系教授
陳益源／國立成功大學中國文學系教授
陳萬益／國立清華大學臺灣文學研究所退休教授
游勝冠／國立成功大學臺灣文學系教授
黃涵榆／國立台灣師範大學英語學系教授
楊小濱／中央研究院中國文哲研究所研究員
廖肇亨／中央研究院中國文哲研究所研究員
劉正忠／國立臺灣大學中國文學系教授
賴淑芳／國立中山大學外國語文學系教授
應鳳凰／國立臺北教育大學臺灣文化研究所
謝世宗／國立清華大學臺灣文學研究所副教授

附錄四　會議籌備委員暨工作人員名單

總召集人：洪淑苓（國立臺灣大學臺灣文學研究所教授兼所長、中國文學系合聘教授）

籌備委員：楊秀芳（國立臺灣大學臺灣文學研究所暨中國文學系合聘教授）
黃美娥（國立臺灣大學臺灣文學研究所教授）
張文薰（國立臺灣大學臺灣文學研究所副教授）
蘇碩斌（國立臺灣大學臺灣文學研究所副教授）
廖勇超（國立臺灣大學外國文學系助理教授）
呂佳蓉（國立臺灣大學語言學研究所助理教授）
蔡祝青（國立臺灣大學中國文學系助理教授）

議事組：趙詠萱、鍾秩維、熊信淵、王　萌、林冠廷

文宣組：陳怡燕、林冠廷

攝影組：馬翊航、楊勝博、王　喆、劉建志、陳怡燕

接待組：陳怡燕、彭玉萍、劉亦修、王　喆

機動組：黃婉華、黃安如、林有仁、江禺崙、陳涵書、孫中文、周聖凱、魏亦均、林巧棠

會後資料組：郭汶伶、楊　珣

語言文學類　PG1689　文學視界81

第一屆文化流動與知識傳播
國際學術研討會論文集

主　　編 / 洪淑苓、黃美娥
編輯委員 / 楊秀芳、張文薰、蘇碩斌、廖勇超、呂佳蓉、蔡祝青
責任編輯 / 陳怡燕、鄭伊庭、林昕平
校　　對 / 林祈佑、涂書瑋、蕭智帆、劉亦修
圖文排版 / 楊家齊
封面設計 / 林冠廷、蔡瑋筠
策　　劃 / 國立臺灣大學臺灣文學研究所

發 行 人 / 宋政坤
法律顧問 / 毛國樑　律師
出版發行 / 秀威資訊科技股份有限公司
114台北市內湖區瑞光路76巷65號1樓
電話：+886-2-2796-3638　傳真：+886-2-2796-1377
http://www.showwe.com.tw
劃撥帳號 / 19563868　戶名：秀威資訊科技股份有限公司
讀者服務信箱：service@showwe.com.tw
展售門市 / 國家書店（松江門市）
104台北市中山區松江路209號1樓
電話：+886-2-2518-0207　傳真：+886-2-2518-0778
網路訂購 / 秀威網路書店：http://www.bodbooks.com.tw
國家網路書店：http://www.govbooks.com.tw

2017年5月　BOD一版
定價：900元

國家圖書館出版品預行編目

第一屆文化流動與知識傳播國際學術研討會論文集 / 洪淑苓, 黃美娥主編. -- 一版. -- 臺北市 : 秀威資訊科技, 2017.05

面； 公分

BOD版

部分內容為英文

ISBN 978-986-326-416-3(平裝)

1. 臺灣文學 2. 文化交流 3. 學術傳播 4. 文集

863.07 106003704

讀者回函卡

感謝您購買本書，為提升服務品質，請填妥以下資料，將讀者回函卡直接寄回或傳真本公司，收到您的寶貴意見後，我們會收藏記錄及檢討，謝謝！

如您需要了解本公司最新出版書目、購書優惠或企劃活動，歡迎您上網查詢或下載相關資料：http:// www.showwe.com.tw

您購買的書名：____________________________

出生日期：________年________月________日

學歷：□高中（含）以下　□大專　□研究所（含）以上

職業：□製造業　□金融業　□資訊業　□軍警　□傳播業　□自由業

□服務業　□公務員　□教職　□學生　□家管　□其它_____

購書地點：□網路書店　□實體書店　□書展　□郵購　□贈閱　□其他

您從何得知本書的消息？

□網路書店　□實體書店　□網路搜尋　□電子報　□書訊　□雜誌

□傳播媒體　□親友推薦　□網站推薦　□部落格　□其他________

您對本書的評價：（請填代號　1.非常滿意　2.滿意　3.尚可　4.再改進）

封面設計____　版面編排____　內容____　文／譯筆____　價格____

讀完書後您覺得：

□很有收穫　□有收穫　□收穫不多　□沒收穫

對我們的建議：____________________________

____

____

____

請貼
郵票

11466
台北市內湖區瑞光路 76 巷 65 號 1 樓
秀威資訊科技股份有限公司 收
BOD 數位出版事業部

(請沿線對折寄回，謝謝！)

姓　　名：________________ 年齡：________ 性別：□女　□男

郵遞區號：□□□□□

地　　址：____

聯絡電話：(日) ________________ (夜) ________________

E-mail：____